潋滟江山

楚妆 著

光明日报出版社

图书在版编目（CIP）数据
潋滟江山/楚妆著. —北京：光明日报出版社，2011.7
ISBN 978-7-5112-1312-9
Ⅰ.①潋… Ⅱ.①楚… Ⅲ.①长篇小说-中国-当代 Ⅳ.①I247.5
中国版本图书馆CIP数据核字（2011）第113032号

潋滟江山
著　　者：楚　妆
出 版 人：朱　庆　　终 审 人：孙献涛
责任编辑：庄　宁　　封面设计：young
责任校对：王　婧　　责任印制：曹　诤
出版发行：光明日报出版社
地　　址：北京市东城区（原崇文区）珠市口东大街5号，100062
电　　话：010-67078245（咨询），67078945（发行），67078235（邮购）
传　　真：010-67078227，67078255
网　　址：http://book.gmw.cn
E-mail：gmcbs@gmw.cn
法律顾问：北京市华沛德律师事务所张永福律师
印　　刷：北京大运河印刷有限责任公司
装　　订：北京大运河印刷有限责任公司
本书如有破损、缺页、装订错误，请与本社联系调换
开　　本：710×1000　1/16
字　　数：484千字　　印　　张：21
版　　次：2011年7月第一版　　印　　次：2011年7月第1次印刷
书　　号：ISBN 978-7-5112-1312-9
定　　价：29.80元

目录

第一卷　家事国事

目录

第二卷　马踏契丹

目录

第三卷　箭指吴越

目录

『第一卷』家事国事

家事为小，国事为大，是秦、陶两家共同的祖训。这短短八个字，会给这一对璧人带来什么？家国天下、江山红颜，又到底孰重孰轻？她说：“天下人没一个能比得过他。”他说：“就是不要大周天下，也要换得阿陶一笑。”

楔子

深秋，万物肃杀。朔风卷着一股子戾气，吹起满地灰土。落红黄叶飞舞其中，尚不知所向西东。

京北落霞山正被重兵围困，咴咴战马嘶声传越数十里之远。士兵虽是周国番号，穿着却似北方外族，长靴短衣，队列也远比平时常见的周国军队严明整齐。附近村落的民众无不惊惧，几疑是契丹已犯京城。

围山的军队严阵以待，弩车火炮都已架好，只等下令攻击。众人簇拥当中，一匹高大乌黑的骏马缓步踏到阵前。马上是个刚刚长成的少年，不过十六七岁，一身细密紧致的黑色短衣被软甲压住，长靴直到膝盖，穿着与士兵相仿，只有铁胄边缘隐隐露出的金色绣龙纹与众不同，张牙舞爪神态飞扬。

与这大战气氛极其不相称的，更与他千军万马拱卫的主帅身份不相称的，他竟是叹了口气。跟随在旁的白须老者侧头宽慰，“这也是不得已。”

少年点头，“打仗杀人，从来都是不得已，敌我皆伤，受损的都是百姓。所以孙子才说：‘百战百胜，非善之善者也；不战而屈人之兵，善之善者也’。今天，唉，是真的没有办法。”说着他扬了扬右手，身旁的传令官立刻朗声大喝：“攻山！”

久候多时的火炮弩箭一齐发出，箭矢如雨，巨响连绵，天地为之震颤。大队分成数个锥形阵自四面掩上，缓慢却坚定地向上推进。

两个时辰之后，军队已从山脚推进到了山腰，山上不时有阵亡尸体跌落，刚刚下令的黑衣少年在山下看见，微微皱眉。

他一提马缰上了山路，回头说："战局已明。不如我再劝劝山上众人，让他们散去吧。"

话音甫落，随从还没有跟上来时，一支冷箭倏地飞至，却因他这一回头的仁义，利箭只是划过眼角溅出一道血痕，落入旁边的草丛。箭自山上来，此处在战阵之后，距离遥远且是大风天气，足见射箭之人功力深厚精准。

白须老者忙唤人："军医呢？王爷受伤了！"

少年摆摆手，"不妨事，先顾作战受伤的弟兄吧。"说着低头，右手在鬓边一划，擦去血迹，眼神就这么一转之间，正看见草丛里落的那支铁箭。

寒风里阳光若隐若现地薄情，却依然照出箭头上一朵桃花闪闪而动，光华灿然。

少年顿时僵住，片刻后抬头大喝："传我命令，停止进攻！"

在漫山遍野的号令声中，他翻身下马，到草丛中拾起那一支桃花箭，仔细看了半晌，拿箭的双手竟然微微颤抖起来。

落霞山顶，位置最好的箭垛要塞。

这处箭垛正可俯瞰全山，垛后站着一位红衣女子，二十岁上下，身上红衣已然被汗水湿透，鬓边几缕黑发也湿答答黏在面孔上，形容一片狼狈，只有眼睛仍似搜寻猎物的苍鹰一般，奕奕生光。她正搭着三支连珠箭在弦上，瞄准了敌方主帅。

这是山上首领中排行第五的陶花，站在这里已经足足射了两个时辰，例不虚发箭箭伤敌。刚刚眼看敌方主帅上山，正好进入了她的箭距，她知道机不可失，急忙抓起一支箭射出去，那人却躲开了。她赶紧搭上连珠箭重新瞄准，陶花的三箭连发既快且准，少有人能躲，可是那人的随从立刻拥了上前。她还在这里苦苦寻找机会的时候，敌方的攻势却骤然停住，号令声此起彼伏，竟然收队到了山下。

陶花与在远处指挥的两位首领罗焰、何四对望一眼，均不解对方意图，只好原地站着观望一阵，并不敢马上收兵。

身后有兄弟说："箭用得差不多了，得去库里取些。"

陶花看眼前一时没有战事，立刻回身跟大家一起去搬运箭支。

何四远远喊着："五妹，你歇着吧，让他们去就行了。"

她伸手一抹额头大汗，摇头说："不用，不累！"

山下。黑衣少年正在军帐内更衣，换上了士兵穿着。

刚刚自山上退下的副将踏进帐来，大声叫嚷着："奶奶的，这山上有一个神准的铁箭兵，不，不是箭兵，是他奶奶的飞将军李广！幸亏来的是咱们，要是那田太师来，别说攻不上去，老命都得交待下！"

少年笑道："我看她不似李广，李广终生不得志，应似楚国神射手养由基。恁是跟谁打，一箭就能定胜负，连白猿看到他举箭，都懂得流泪。"

副将这时才看见他已经换好衣服，立时惊问："王爷这是要去哪儿？"

“我上一趟山，叫昨天来过的那位首领下山谈谈。”

“我去就行了，这山上都是没规矩的悍匪，危险。”

少年笑笑，“我什么时候怕过危险？”

“是，是。”副将赶紧改口，“我知道您一向冲在最前头，但是，这事儿没必要您亲自去，找个弟兄替您跑一趟就成了。”

少年已经走到帐门口，回头一笑，“你昨天出征前去百香楼找小翠姑娘，怎么没叫个弟兄替你跑一趟啊？”

副将尴尬一笑，摸摸额头，“这个……这种小事您也知道啊。”王爷待下属向来亲如一家，他也就没有避讳，笑道，“这事儿，别人替不了啊。”

少年已经跨出帐门，脚到了外面，又笑着探回头来，“我这事儿啊，也一样，谁都替不了我。”

他徒步上了山，一路健步如飞，轻快得很。到了山寨附近，因着今天战事激烈也不敢马上近前，只是喊着：“我们长官请罗大侠下山谈和。”一边喊话一边向内猛瞧，看见山上众人仍在忙碌备战，几个箭垛旁边都是箭手，却没有他想找的人。

因为首战不利，罗焰听见谈和也就出来了，远远看见这个传话的士兵探头探脑的，他喝问一句：“瞧什么呢！”

少年向他一笑，“瞧大姑娘呢！”

罗焰这才发现这人居然是昨天见过的山下军队的首领，不免惊讶，“怎么是你？你一个人就敢上山？”

少年一边同他向下走一边说：“怎么就不能是我？我信得过罗大侠，你是侠义正道中人，不会把我骗到半山腰里推下去。”

罗焰苦笑，“我就算有这个心，现在也不好实施了。”

少年平和一笑，随意说道：“我知道罗大侠品行高洁，不屑与官兵为伍，可你们这么硬来不是办法，白白伤亡而已。”

“这话昨天已经说过一遍，不用再说了。”

“好吧，那就说点昨天没说过的，你们山上是不是有一个擅使箭的姑娘？”说着他把那支铁箭拿出来。

罗焰不必看那箭支就知道他问的是谁，他十分谨慎，“你问这干什么？”

少年听他不愿明说，也不继续追问，反倒转开了话题，“这落霞山风景虽好，却是太过险要，你看前面这座山崖，跌下去九死一生。”

这个少年天然的亲和乐观，与他谈话交往都觉无比舒服妥帖，虽然明知是敌人也一样，因此这些无关紧要的话题罗焰也就没有避讳，“这里是无情崖。听说有个姑娘与人私定终身，出了事遮不住了，她就带男人到这崖边，问他娶不娶，那男的犹豫，姑娘就跳下去了。”

少年点头，“女子肩负繁衍重任，一不留神可就掉进了万丈深渊。要我说，该把这负心人也一起推下去做个垫背。”

罗焰微觉奇怪，“你倒还真是好心，我还以为当王爷的个个好色无德，专会欺辱女子。”

“哪里敢欺辱她们？”少年笑了起来，“我小时候当过农奴，吃饭穿衣全都仰仗女人，什么三从四德那都是给达官贵人们看的，奴隶们谁顾得上那些。”说着他指指自己的脚踝，“这里还有个烙上的奴隶印呢，穿着靴子不好脱给你看罢了。”

罗焰有些惊讶，却也生了一丝亲近感，正想开口问问他怎么会当过奴隶的时候，却见那少年指完脚踝后重心不稳，身子一晃似要倒入山谷。罗焰虽然恨不得在战场上手刃敌首，此刻匆忙间却也是急急伸手一拉。

少年并未摔下，反倒是攀住他手腕猛地转头开口，“听说你偷偷喜欢陶花，是不是真的？”

罗焰刚才急着出手拉他，正心神不宁的时候，也没有多想就断然答道：“胡说！”

少年哈哈一笑，“那就好。”

罗焰顿时反应过来，这已经是把陶花的名字泄露了，何况他刚刚特地问及她，不免心下不豫。

少年笑道：“你不用担心，我没什么坏心眼儿，阿陶是我的亲人。”

罗焰知道陶花的身世，她早已没有了亲属，他重新警惕起来，“你是她什么人？兄弟么？”

“当兄弟也行，不过得先问问她，反正她说什么就是什么。她让我叫娘子那就叫娘子，让我叫娘亲那也得叫娘亲……”说着他一扬嘴角，“只要她高兴就行了，以前我倒是一直叫她姑姑的。”

罗焰更加怀疑，这少年看起来高大挺拔，年纪也差不了多少，实在不像是五妹口中那个瘦瘦小小的侄儿。他既然对他起了疑心，走路就有些迟滞，也动了折返的念头。

少年转回头来，正色道：“罗大侠，我既然已经跟你提过阿陶，就不会再让你回去了。”罗焰听此言正要疾步后退的时候，少年一声口哨，山路两旁密密站起两排箭兵，箭尖全都指着罗焰。恁是他武功盖世，也要先变成刺猬才能走得出去了。

这里刚过半山腰，正好进入官兵的控制范围，想来这些伏兵一早就已设下。

满山斜阳落霞之中，少年回头拱手，双目决然闪如晨星，“罗大侠，我无意为难你，只是无论如何不能拿阿陶去冒险，我怕你回去之后对她生疑而不利。等我见到她了，自然会向你致歉。”

第一章　初见

遥望中原，荒烟外，许多城郭。想当年，花遮柳护，凤楼龙阁。万岁山前珠翠绕，蓬壶殿里笙歌作。到而今，铁骑满郊畿，风尘恶。

兵安在，膏锋锷。民安在，填沟壑。叹江山如故，千村寥落。何日请缨提锐旅，一鞭直渡清河洛。却归来，再续汉阳游，骑黄鹤。

大周天下建国已有百余年，曾经繁华鼎盛，而自数十年前塞北契丹强盛以来，周朝天下逐渐衰落。二十年前，新帝登基，改元建安，江南节度使拥兵自立，以长江为界分出吴越国，朝廷疲于应付契丹侵扰，竟是讨伐不成。建安九年，契丹精兵更突袭幽州城，当时正驻幽州的太子赵齐及其幼子陷于乱军之中，铸成奇耻。周国自陷南北夹击，连年征战，时局动荡，就连曾是繁华之地的汴京，如今也大不如以往。黄昏将至，正值冷清冬季，整个城市慢慢被黑暗笼入，只有亭台舞榭、歌台娼馆，尚有几许光亮。

在微光之中，一只白鸽扑棱着翅膀，努力辨认出方向，停于一处府台窗下。窗内立刻伸出一只手来，托着十余粒小米喂给鸽子吃，解下它脚上的书信。

室内两三个人立刻凑了上来，“怎样？少将军有消息了吗？”

那解书信的老者细细读过之后，连连点头，“事已成。陶洪锡察觉不妙，连夜逃走，可是他的独子却在契丹太子府游玩未归。少将军当即设计，以陶洪锡幼子为饵，赚得陶洪锡和他长女来救，陶洪锡死于乱兵之手，临死前命女儿射死幼子，女儿倒是逃了。”

一个文官模样的人徐徐点头，“此事算是成了。跑了一个妇道人家，也没什么用。”旁听诸人马上附和。

契丹都城上京郊外无牙山，大雪扑人面。一位红衣少女伏于悬崖壁上，紧紧抓住枯藤，正是陶洪锡得以逃脱的长女陶花。天色已晚，前来搜山的契丹兵呼喝着收队下山。冬季的无牙山是一座雪山，行走不便，危机四伏，搜山也就只能草草看过而已。

天色渐渐晚了，陶花顺着枯藤攀了上来，手脚已经冻僵，只能摸索着理好衣服，裹紧了满是血污泥水的红袄，在风雪中下山。

因为心内焦急，越走越快，到半山腰时脚下一阻，险些跌倒。低头查看，竟是一个小孩倒在地上，瘦弱不堪，浑身僵硬，显然已经在这雪地中多时了。她探了探他鼻息，还活着，刚要伸手相救，随即想起自己是在逃命途中，救醒了他，又如何安置？

陶花一咬牙，不顾而去。已走出快半里路，却仍觉那孩子苍白面孔似在眼前。一瞬间想起自己昨日亲手射杀自己的幼弟，他的面孔也如那个孩子一样，小小的，毫无血色，喊着：“姊姊！阿爸！”却一声也未啼哭。他们的父亲一早就教过他们姐弟两个：宁流血，不流泪。

陶花此时却流了眼泪，拿袖子一抹眼角，又回上了山。

那孩子已全无知觉，她知道他命在旦夕，当即毫不犹豫解开衣服，将小孩捂入自己袄中。少女芳怀，本是多看一眼也不妥，此刻却也顾不得了。

夜风阴冷，雪花漫天飘着。陶花冻得瑟瑟发抖，仰望苍天，心中暗想：救了这个小孩，不知道还能不能活着离开上京，若是因此丧命在契丹，那这苍天可真是不公！

小孩在她怀中慢慢醒了，渐渐看清楚四周。风刀霜剑，雨雪不仁，万物都如刍狗，只有这一个怀抱，温暖如春。

乌云缓缓被风吹散，雪花虽然没停，月光却已透了出来。那女子仰头看着月亮，满头满脸脏雪污泥，连容貌都看不清楚，只有一双眼睛明澈似水，清爽得没有一丝晦暗。天地间的污秽昏庸，到她眼里只剩下黑白分明。

她觉到他醒了，低下头来。他向她一笑，虚弱，却是温柔。

她赶紧扶他起来，两人连说话的力气都没有，默然在山上相互扶持着行走。

陶花本来是打算连夜赶路，可是看这小孩体力实在不支，就找了一个砍柴人歇脚的山洞进去。

她已经累得筋骨欲断，进去先倚在草堆上歇了一会儿，那小孩自己默不做声在角落找到火褶子，生起了一堆火。陶花看他不过七八岁模样，想自己七八岁时哪里会生柴火，知道他必然是生活困苦，于是伸手把他拉到身边，“你先歇会儿，姑姑来。”

她这几天来一直跟父亲在一起，去救弟弟时，父亲特地交待说汉话，以让契丹兵听不明白，这时随口也就说了汉话。她自己并没发觉，那小孩倒是看了她一眼，有点警惕。

陶花性格并不敏锐，她自幼练箭，眼里能看得住的就只有那一副弓箭，当下毫无察觉，接着问他：“你叫什么名字？多大年纪？家在何处？”

那小孩眼神里的警惕犹疑慢慢散去，也用汉话回答：“我叫小满，十一岁了。我没有家，爹爹妈妈都死了。”

陶花这才反应过来两人竟然说的都是汉话，不由一下子觉得亲近起来。她看他十一岁的年纪，长得却比自己十一岁的弟弟瘦小得多，微觉心酸地把他揽到怀里来。

小满转头问她：“你是契丹人吗？”

陶花立刻摇头，“不是，我是周国子民。”父亲时时要她牢记，一家人都是大周子民。

小满点头，“我也是周人，想回汴京去了。”

陶花欣慰微笑，“那咱们正可同路。”

两人把山洞里的柴草摊开铺在地上，和衣而眠，陶花看小满衣服十分单薄，就把他捞到自己身边，裹在大红袄里取暖，又覆了厚厚一层草在两人腿上。

第二天一早两人下山，辨明方向直奔南方而去。路上偶有遇见契丹兵，两人小心谨慎，也没惹上什么麻烦。契丹地广人稀，到傍晚时才看见一座小镇，问了问叫做锡兰，陶花想看看能不能买到马匹，就带着小满进入小镇寻找集市。

锡兰是个冷清小镇，她本来料着多半买不到马，却是刚到集市边上就看见一个年轻人牵着两匹在叫卖，而且体形健壮，堪比战马。陶花高兴地要上去问价，小满扯住她，“姑姑，这是个偏僻小镇，却有这么好的马匹，我看咱们还是别招惹他。”

陶花想想觉得有些道理，两人已经快走到那年轻人跟前，她目不斜视地穿行过去，正看见对面走来两个契丹兵。

陶花一愣之时，小满已经拉她到路对面的小桌子旁坐下，让那两个契丹兵从背后走过去。那两个兵士停在了卖马之人身旁，三人低声说话。陶花侧头看一眼小满，眼神中十分欣赏。这孩子虽然瘦小幼弱，心思却比成人还要深沉，他刚刚的怀疑果然应验了。

陶花侧着的头还未回转时，就听见对面有人大声说：“贵不可言哪贵不可言！姑娘你的面相贵不可言！”

她转回头来，这才发觉这是个算卦的小摊铺，对面坐着一位五十岁上下的老先生，故意把胡子留得长及胸前。他身后挂着一面条幅，气势飞扬地写着几个不认识的大字。

她苦笑一回，低声说："我不看相，就是坐坐。"

那老先生却不管她，摇头晃脑自顾自说下去："换了旁人，求我李半仙看我也未必给看，可姑娘的相，不让我看我也要说说。姑娘你的面相可不是常人，这是母仪天下之相，将来是要进宫嫁给皇帝的！"

陶花皱眉不答，旁边的小满一笑，"你跟所有水灵灵的女孩子都是这么说的吧。"

老先生听见他拆台，转过头来看了看他，神情却瞬间凝住，声音低了下去，"这位小公子，你的面相，是君临天下、一统四方之相！这话可不要外传，我也怕掉脑袋的。"

陶花本来还有点半信半疑，还在想着这"母仪天下"是不是说自己最终会嫁给青梅竹马一起长大的契丹太子耶律澜，听到这儿，顿知荒谬——自己嫁给皇帝也许还有那么一丁点可能，小满要一统四方那是连边儿都摸不着了。

小满哼笑一声："我是个叫花子，连家门都找不着呢，你吹得也太不着道儿。"

老先生连连摇头，"现在虽然还找不到家，可你出身皇室之尊，很快就会见到家人。"

小满微微一怔，还未答话，摊子旁边一个卖水果的小贩回头，"李半仙，这话我今天已经听你说到第五遍了！你也不想想，你捧臬要饭的捧到天高，也赚不到半文钱啊，我看，你还是继续捧这姑娘能做点生意。"

李半仙笑骂："刘一刀，都说你削梨子不用起第二刀，可我看你今天要挨刀。"

刘一刀恼道："你敢咒我！"

李半仙摇头而笑，"你看，说多了就会惹人生气，我没有跟这姑娘多说，就是因为她虽然母仪天下，却是命带桃花，情路坎坷哪——鼻梁太宽，性子过于刚强；目光似水，招惹情场是非。"

刘一刀扬起嘴角嘲笑，"这母仪天下的，还情路坎坷，你是越来越会诌了。"

陶花无意受这些愚弄，听见背后那两个契丹兵连同那卖马人一起走了，她也就站起身来拉着小满快步离去。谁知刚刚走出几步，就听见背后有急促的脚步声，她凛然一惊，正要起步飞奔，听见背后有人说："陶小姐，我们是太子帐下的人，请你不必惊慌。"

陶花回头，是刚刚的卖马人，细看之下果然面相有些熟悉。她微一沉吟，说声："好，我随你们去，小满你自己快走吧。"

卖马人忙道："不可。"还没来得及解释，小满已经开口，"我不走，咱们患难与共。"

几个契丹兵已经远远围了过来，想走也走不脱了，陶花无法，只好跟着他们往镇外走去。

她刚刚离开，后面就有另一队契丹兵赶过来，带走了刚刚说话的刘一刀，四处找了一遍李半仙，没有找到，也就算了。

李半仙回到家里，连连惊怵，绘声绘色夸大其词跟老婆描述了一遍。李夫人说："你这意思，是说今天老天有眼，让你铁口直断准了一回？"

李半仙连连点头，“是啊是啊，我刚走，那刘一刀就被人捉走了，看样子真的要挨刀！幸好我跑得快。我一看那势头不对，大姑娘惹上兵，那还不得赶紧收摊儿啊。”

李夫人抚着胸口，连连说：“谢天谢地。”

李半仙一边擦着额上的虚汗，一边说：“看来今天是老天爷照顾我李半仙的铁口直断，那就让我再来直断两句——咱们家一定平安兴旺，总有一日发笔大财，带一包金元宝回家，最好明天早上一出门就能捡个！”

李夫人照着他的老头皮猛敲一记，“说什么明天？谁知道明天老天爷还照顾你不？应该说今天！”

李半仙连连懊悔，“是啊是啊，该说今天的，可这铁口直断，说了就不能改了。唉——”

天色已渐黑，陶花刚走到镇外就看见了绵延军帐，不由心内暗惊：怎么这次来了这么多人？上次搜山不过一百人的小队，如今却似大队兵马。她心内惊疑，就将小满揽得更紧些。

小满显然也看出来形势严峻，他处变不惊，只是一笑，“咱们今天是亡命天下，命带凶煞了。”

陶花也被他说得一笑，紧张心情散去一些。跟这个小孩子一起，说话做事都觉说不出的舒适，凡事都不用费心多想。她也低声打趣道：“真有母仪天下那一天，你放心，我先来这里把你救出去。”

“我用得着等你来救？我自己就一统天下了，你还是先去救那刘一刀吧。”

“怎么？他也被抓了？”

“是，我们在街角转弯的时候，正看见他被绑住，那个嘴巴抹了蜜的算命先生倒是逃了。”

“你眼还挺尖的。”

小满哧地一笑，“我靠人施舍过日子，眼不尖嘴不甜心不黑能活嘛。”

陶花又是一笑，小满侧过头，神色严肃起来，“姑姑，待会儿你见了那个什么太子，眼尖点，嘴甜点，心也黑点。还有，别滥捕无辜，让他放了刘一刀。”

陶花还未回答，帐帘已经掀起。

一个锦衣贵胄的少年公子正在帐内来回踱步，颇显焦急。看见陶花进来，他挥退左右，大踏步过来相迎，“阿陶妹妹！我听师傅说，你往锡兰过来了，所以特地替下都察将军，接了这趟差事。”

陶花点头，“那天在刑场北边的埋伏是师傅带队的，他暗暗放了我一条生路，不然我怎能逃得过他的三箭连发？”

“你现在怎么打算？”

“回周国，报仇。”陶花答得十分利落，说完却觉到小满在身后狠狠拉了她一把。

果然耶律澜紧接着便神色不豫，“阿陶妹妹，有些事情你还不知道，你父亲虽然在契丹为官十余年，却始终心向大周，既不愿训练士兵，也不愿为我契丹著兵书战册，只肯领兵征伐别的部落。我父皇倒也并未因此怪罪于他，本来以为他可在契丹终老，谁知周国来了密使，一定要置他于死地。”

陶花想了片刻，问他：“你可知道，那个人叫什么名字？”

耶律澜摇头，“除了我父皇和萧丞相，没人知道是谁。”

“好，天网恢恢，终有一日要教他落在我手中。澜哥哥，我有一件事想求你。”

“你说。”

“我想请你帮我收敛父亲和陶若的……尸骨，”她只觉说出这两个字来，既生疏又疼痛，“将他二人葬在燕子河边，那里靠近周国边境，我爹爹曾说，如果归回不到家，那就在燕子河边终老。”

耶律澜点头，“好，都依你，只是你不必嘱托我，自己去不是更好？你今日跟我回府接棺，明早令我帐下侍卫送你出京，难道还有谁敢拦阻我的亲兵营不成？”

陶花微微抿唇，垂首不语。

耶律澜又忙补上一句：“阿陶妹妹，你别多心，我没有强留你的意思，我……我只是舍不得你走，我……”

陶花伸手拦住他后面的话，“澜哥哥，你放心，我明白你的心意，咱们是从小一起长大的，我对你还有什么信不过的？只是……”她微微低头，望向别处，“我从小在草原上长大，这里虽然不是父亲的家，却是我的家。如今家中既然有变，我就想到草原之外的地方去看一看，我也想知道，周国山河，是否真如父亲所说的美丽？”

耶律澜眼中渐现失望之色，看着陶花的眼神也十分犹豫，似乎难以决定是不是让她走。

小满又在背后悄悄拉了她一下，陶花立刻警醒，知道此刻不能得罪耶律澜，于是柔声说道：“等我回去周国看过了，也许三五个月吧，再回来找你不好吗？到那时我就哪里也不去了，一辈子都心甘情愿做你的好妹妹。”她特地强调了“心甘情愿”这几个字。

耶律澜将她揽入怀中，“我才不要你做妹妹，咱们都已经长大了，我要你做我的妻子，每天陪着我。”

陶花在他怀中点头，“好，等我回来时，全都依你。”说罢她脱开温暖怀抱，拉起躲在帐篷一角的小满，就想出去。

耶律澜挡在门口，“我带你出去。不过，这个小孩，不能跟你走。”

第二章 同途

陶花皱眉，“他是因我才被抓，当然要跟我一起走。”

耶律澜轻轻摇头，“阿陶妹妹，你弄反了，他们要的是他，不是你。我送你出去。”说着过来要拉走陶花。

“他们是谁？”陶花颇为警觉。

“此次要我父皇剿灭陶家的人。他们已经不愿纠缠围捕你一个女子，但是这个小孩还是要的。”

陶花退后一步，紧紧揽住小满，想起这些天来的事情，想起小满的汉话说得如此流利，虽然并不很明白前因后果，却也知道自己和他应该是友非敌。想通此节，顿时起了同仇敌忾之心，沉声问道："要是我一定要带他走呢？"

耶律澜缓缓摇头，"阿陶妹妹，别这么傻。"

陶花沉思片刻，抬头一笑，迅即放了小满。她放手时，却飞快地在小满背后轻轻一捏。

"好吧，那我自己走了，同路一场，你们一起送我出去吧。"陶花款款含笑而言。

耶律澜从来不曾疑心她，当即出帐去牵战马。

夜幕已深，陶花看他牵来一匹通身雪白的高头大马，在黑夜中十分扎眼，神骏异常。陶花认得这是他自己的坐骑"飞雪踏"，她料到他会以战马相赠，不然她如何走得出这茫茫草原，只是没料到他竟送了自己的坐骑。她心里有些感动，一时再也笑不出来，一手牵马，一手牵着耶律澜，跟着他向外走。

刚走了两步，陶花转头问跟在一旁的小满："你脚上的伤好了没？"

小满愣住，他脚上并没有伤，他和陶花朝夕相处，同睡草垛，她怎会不知道？他乖巧地不做声，转头看陶花。

但见陶花脸上又有了笑容，一边伸臂将他抱上马匹，一边说道："黑灯瞎火的，别再伤着，那就真的没法动弹了。"耶律澜仍未阻止，他仍把陶花当做那个亲密无间的伙伴，却不知道她骤逢巨变，已经不再是以往那个什么事都靠着他来拿主意的小姑娘。

三人一路走到旷野，太子帐下亲兵都在十丈之外跟着，陶花看军营已远，就拉耶律澜站住，"澜哥哥，你留步吧。"耶律澜点头，刚想探手去抱小满下来，然后再来跟陶花道别，陶花却一把抱住他，用力奇大，将他冲得后退两步。他以为她只是撒娇，不由微笑。

陶花埋着头，好一会儿才抬起来，双目通红。耶律澜知道两人离别在即，眼眶也开始变红。陶花缓缓言道："澜哥哥，世事难料，我若在外有了不测，也没法说给你知道，你若碰到了合适的女子，也不要等我，明白吗？"

耶律澜皱眉，"刚刚还说要嫁给我的，现在又说这种话。"

陶花含笑，"是，如果我回来契丹，一定嫁给你。"说罢她仰头往耶律澜的脸庞靠拢过来。耶律澜以为她要亲近自己，随即闭上眼睛。

草原儿女们不似中原拘谨，两人也不是第一次如此亲近，然而这一次，他等了许久，等到的却是亲兵们在背后的呼喝之声。他睁眼看时，陶花已在"飞雪踏"之上，紧紧揽住身前的小满，她回首喊道："澜哥哥，记得，别等我！今天在锡兰镇跟我们说话的人，我们也都不认识，请你放了他们吧！"说罢纵马而去。

"飞雪踏"是草原上万里挑一的好马，一旦跑起来，一般马匹都追不上。耶律澜先是惊怒剧咳，随即断喝"别放箭"，到最后，又生了离别感概。他奔跑几步，知道无望，于是双手合拢，冲陶花喊道："这次我不怪你。可你要是说话不算数，我必率铁骑踏破你大周河山！"

陶花再未回头，只有双肩抽动，两滴泪水落在小满头上。

小满十分懂事地仰头，"姑姑，你别怕，咱们大周人才济济，我……我定要护你周全！"陶花拭泪摇头，"姑姑不是害怕。"

两人有了宝马之后行动快速许多，第四天傍晚到了燕子河边。

陶花带小满靠近河边去看，此时刚是初冬，上京内外都已冰封，这里却见河水滔滔，奔腾万里，恰如巨兽在咆哮。“飞雪踏”在岸边徘徊，被那声音震得咴咴长嘶，却并不退后分毫。

陶花沿河四望，不见有渡桥或船只，于是便沿着河流逆行而上，指望找到过河之处。走了小半个时辰，远远望见前头有人正来回踱步巡视，一身黑衣戎装，左臂上绣一条赤龙。

小满仰头急道：“姑姑小心！这里是边防要塞，这人却不像周国士兵。”

果然，那人看陶花停住了马，立刻摘下弓箭。陶花顿时一惊，知道这个距离拿下弓箭，必然是敌非友。她迅即一带“飞雪踏”的缰绳，让它斜着往远处跑去，再转头看那人时，却见他一箭往天上射去。那支箭上天后开出五彩焰花，似是信号，紧接着那人的第二支箭到了跟前，只是“飞雪踏”跑得迅速，在身后堪堪擦过了。

这番遭遇之后两人小心很多，路上遇见闲杂人等再也不敢轻易靠近，眼看天色全黑，两人正走到一座观音庙前，进去查看了无人，是座废弃多时的庙宇，于是就在这里歇宿。

陶花走到观音像前，跪下双手合十，“求观音娘娘保佑我二人平安，保佑我爹爹弟弟大仇得报，今晚我在这里歇宿，多谢观音娘娘收留。”

小满也学着样儿走过来跪下，认真念着：“求观音娘娘保佑我快快长大，完成爹爹的心愿，帮姑姑报仇，还有，要保护姑姑。”念罢重重磕头。

陶花听他两次念及自己，无比欣慰，拉着他到角落里半躺着睡了。刚开始两人都觉得冷，紧紧裹着棉袄，睡到半夜却又热了起来，陶花在梦中只觉大汗淋漓，仿佛正在烈日下的草原奔马，身旁尚有耶律澜相伴，她侧头对他说：“我也不想骗你，可是……”

话还没说完，听见一把童声大喊：“姑姑快起来，着火了！”

她睁开眼一看，只见整个庙宇一片火海，小满正在用力推她。火光中模模糊糊看见一个黑影刚走到庙外，陶花咬牙，拿起手中弓箭飞快射出三箭。木箭火中穿过带上火苗，那人躲过第一箭，后两箭一齐中了，当即失去平衡，往后跌进火中。本来箭伤并没能让他立死，这一入火中他立刻杀猪一样叫起来。

庙宇内的木柱顶梁正纷纷倒塌，直逼到陶花和小满所在之处，到处火光耀眼，间中还有那人凄厉的喊声。他在火中没有死，挣扎着四处扑逃，又看不清方向，竟然满身是火向陶花扑过来。这一扑正倒在她面前，火光清清楚楚照着他半边脸孔焦黑，骨肉分离十分可怖。

陶花也吓得失声，颤抖着紧紧抱住小满，忽觉手上一湿，还以为是有了水源可以灭火，转头一看，却是小满尿了裤子。他到底是小孩，听来的故事再多、性子再沉稳，也还没有亲眼见过这么残酷的死法。

陶花的惧意去了些，起了保护幼小的念头，将他搂得更紧了。湿漉漉的尿顺着裤子下去，到干涸的地上分成两条直线，陶花一愣：这庙里的地面本来是土质，这里分明是有个缝隙，否则水流不会成两条直线。

她立刻伸手到地下探摸，在半掌深处摸到一块石板，陶花叫小满一起帮忙，两人手脚并用把上面的覆土挖开，拼尽全力一抬，那石板被挪开了。她往下一看，里面黑洞洞的竟有空间，两人顿时欣喜若狂，进入那个洞穴，又把刚刚挪开的石板托到头顶合上。

陶花抱紧小满躲在洞内，听得地面上断垣残梁跌落之声不绝。两人都有些后怕，紧紧相拥，彼此剧烈的心跳声都听得清清楚楚。

也不知道火烧了多久，陶花困倦不堪，迷糊了一觉沉沉醒来时，只觉外面万籁俱寂，没了声音。她试探着掀起石板一角，见大火已熄，就跟小满一起挪开了石板，探身出来，只见到处断壁残垣、焦黑一片。感激之余，陶花回身看了一眼刚刚藏身的洞穴，看见角落处放着两个箱子。她不由好奇，又重新下去拆开来看看。

一个箱子里满满都是书，陶花翻看几本，她并不识汉字，只看见许多工件图谱。另一个箱子里放着一件金丝背心，陶花听父亲说起过，这种金属为线密密织成的盔甲自西域传来，中原叫做锁子甲，质地越细密防护功能越好，上等货色可刀枪不入。这一件乍看之下不见有孔眼，那必然是织得极密的宝物了，最难得的是拿在手上并不觉厚重，不知用的是什么材料。

箱子里还有几个小木盒子，那木盒子上明显有机关，陶花观察半响，想起刚刚翻过的工件图谱中有一本跟这个外形类似，找出来细看，那图谱中演示了如何使用，原来是一套弩箭。试了一下，力道速度都很大。小满孩子心性，立刻喜欢得不得了，拿着出去猎飞鸟小兽了。

陶花拿了一个弩箭盒贴身放着，又把金丝背心给小满穿上。整理完毕，两人走出废墟，看见“飞雪踏”在远处悠闲吃草，只觉得脱大难，如获新生。

出来之后先觉得饿。小满虽然认得些野菜，这却是寸草不生的冬天，带的干粮只剩半块馒头，两人你推我让半天，最后一人一口分了。分到最后一口时，本来该是小满，可他坚称自己已经吃饱，无论如何塞进了陶花口中。

小满的裤子虽然已经干了，陶花摸着却还是单薄，在包袱里找出一条自己的大红棉裤，挽了挽裤腿给他换上。

之后两人愈发谨慎，远远沿着河寻找桥梁。经历了这场大火后，倒是再没有遇见追兵，一直到晚上找到一座石桥，桥上守着周国士兵。大周与契丹交战多年，没有通关文书过不了边防关卡。若是只有陶花自己，尚可搏命一闯，带着小满却不能胡来了。

两人已经饥肠辘辘，所幸这里是关口，不远处就有民居给过往旅客提供饮食住宿。他们就住了下来，白天到石桥附近观察士兵数量和换岗时间，晚上仍是同床而居互相多一份警惕。如此过了数日，依然找不到一个过关的好办法。

陶花越来越愁，蹲伏在草丛中观察桥上士兵时，也都紧锁眉头。小满笑着到她眉间一捋，“姑姑，你就是愁白了头发，也没用，不如放开胸怀吧。”

正说话时，听见远远马蹄声急促，一骑红马正向石桥方向疾驰。后面有十数人紧紧追赶，全都是清一色黑衣，左臂上一条赤色火龙，跟曾攻击过陶花的那人穿着一模一样。这些黑衣人全都弓箭在手，一人带着至少两匹战马，显然是长途追逐、志在必得。

陶花在一侧举起弓箭，大有救人之意。小满却急拉她手臂，微微摇头。

这些时日的相处，两人早已有了默契信任，她也知道这孩子机灵得很，当即放下弓箭，静候其变。

桥上的岗哨走下来，远远观望，其中一人说："那不是……咱们理当过去相救。"

旁边一个军官模样的人立刻拦住他，"你没看见后面的追兵是赤龙会么？"

红马越跑越近，陶花渐渐看见前面马上是一个白衣少年，身量还没有长足，满头满身都是斑驳血污，看不清细致面目，依稀只觉容貌俊朗，英挺不群。

他在马上大叫："石桥渡的弟兄，帮我杀两个追兵！"

刚刚说话的兵士立刻摘下弓箭，对那军官说："吴将军，恕我今天不听您劝告，若是因此惹怒了赤龙会，您绑起我交给田太师就是。"

吴将军却举目远眺，"我反正什么都没看见，你就看自己的造化吧。"

他此言一出，旁边几个兵士全都摘下弓箭，纷纷向后面的黑衣追兵射去。

白衣少年在马上长笑一声，勒马折返，迅即无比地冲入追兵当中，探右手抢过长刀一挥，将那长刀的主人劈落马下，接着刀口横扫，顷刻间又有两个黑衣人落马。

如此不到一盏茶工夫，就只剩下了两人。那两人互望一眼，趁着他刀在前人身上的时候一起落刀下来。

少年展左手一抓，生生用蛮力将其中一个抓落下马，同时一夹战马，想要跃向一边避开剩下一刀的时候，却见那人蓦地顿住，手中长刀落地，连人一起跌下马去。他看了看那人胸口的箭，远远向石桥方向一拱手，提马缓步过来。这边几个兵士连同军官也一起迎上前去。

陶花在瞬间看到他空手入敌，连杀数人，功夫比人还俊，不由全神贯注呆望，满面仰慕之色。

小满却迅速起身，"姑姑，现在正可过桥！"

一句话惊醒梦中人，守桥的士兵都向少年走过去，桥上正无人。

陶花立刻在草丛中站起，与小满一起跃上"飞雪踏"，向石桥飞奔而去。士兵们回头呼喝，追赶已然不及，眼睁睁看着红衣女子带了小童飞马过桥。

陶花奔下石桥两里多远，放缓了马匹，心情也一下放松了，随口置评："爹爹说得没错，中原大地果然是人杰地灵。"

小满何等聪明，当即问道："姑姑是在赞叹刚刚那个男子吧？"

陶花本来只是随口一说，被他这么揭开就有些不好意思，只好为自己开脱，"我在契丹就没见过这么俊的功夫。"

小满哼笑，"契丹人在马上长成，功夫好的遍地都是，姑姑你看不进眼罢了。"

陶花没听出他的微微嘲讽，认真想了想，"也对，我在契丹总跟澜哥哥在一起，师兄弟们也都是全力练箭，不怎么练近身功夫。"

"契丹太子习文，那是治理天下的功夫，比一时胜负的武功更加长久。"

陶花已经听出了小满不喜欢刚刚那人，于是故意撇嘴逗他，"说不定他文才更好呢，爹爹说过，中原多得是文武双全的俊才。"

小满果然就被逗到了，气嘟嘟说："他再好，咱们也不理他！"

陶花微觉奇怪，问他缘故，他却是不肯说。

两人正磨嘴皮子的时候，背后却有马蹄声响，一回头竟是刚刚那白衣少年追了过来。

小满顿时大喝：“快走！”

陶花虽然刚刚为了这少年与他斗嘴，此刻却也十分听话地提马狂奔。这里是平原，是硬碰硬考验骑术和马匹脚力的地方，她本以为“飞雪踏”很快可甩脱追兵，谁知这少年竟是直追了她十多里远。想起刚刚的黑衣人追这少年时，每人都多带了马匹，轮番骑驰，显然他的骑术和马匹也都不凡。

想到此，陶花不敢再侥幸，由背上摘下弓箭，回身发出几箭，全都是堪堪擦过他的额角耳边，是为了警告他不要再追。他却只是微顿，并未停下。

小满在风中大声说：“姑姑，你这样吓不退他。一旦被他追上，咱们两个可决不是敌手。”

这句话顿时警醒了陶花，确实，如果被后面这少年追上，那真的是难以逃脱。

陶花不再犹豫，发了狠三箭连发，全往他左肩去了。她的三箭连发学自名师又苦练多年，既快且准，少有人能躲，何况是在马上。

那少年果然了得，竟然连躲了两箭，最后一箭才中到肩头。他一中箭即伏低停马，也知道是对方留了余地，不然劲力再大些，他必落马摔伤。他也就不再追赶，只是遥遥望着前面两人离去。

第三章　落霞

过了石桥渡便进入大周边界，陶花带着小满一路前行，路上越来越热闹，顿顿都有店铺吃饭。两人想着已经离开契丹，也就不再似原来小心。

小满体贴懂事，跟陶花一起吃了几顿饭，已经知道她的口味，以后就总是把她爱吃的留给她；天气冷暖寒凉、雨雪风霜，也都是他想着告诉她穿备些什么衣物；路过州府各县，有些什么风土人情需要留意小心，他也一件件提醒她。陶花却注意不到，她心思疏落，从不去注意这么细致的小事，所以她一直觉得是她在照顾小满。

中原山河壮丽，风物宜人。这两个孩子一路相依为命，走走停停，过了好多天才到汴梁京城。小满进城之后，找了几个小贩打听汴梁府在何处，又问过府尹是不是姓顾，得到肯定的答复后，便顺着指引走过去。陶花见他十分笃定，也就没有过问。

转过街巷，远远望见汴梁府门，气派非凡。契丹国自游牧民族发展而来，虽然早已开始建筑定居城市，却远没有大周京城的热闹。陶花四处张望，带些羡慕说：“要是留居汴京，也不错。”

小满听出了弦外之音，微显惊讶地侧头问她：“难道你还想去别处？”

陶花点头，“我在汴京也没什么亲友，把你送到也就放了心，再到别处去看看。”

小满听见她这么说，完全停下脚步，“你要去哪里？等我安顿下来了，一起陪你去好了。”

陶花张口结舌，她有心想说我总带着你这个小孩多累赘啊，终于只是苦笑，“我也没什么地方去，就是想各处走走。”

小满在原地沉吟一刻，“我看你这一路也劳累不堪，先跟我在汴梁府休息一阵好了。”

陶花微觉好奇，问了一句："这位府尹大人是你的亲戚？"

小满摇头，"不是，算朋友吧。"

"那我还是不叨扰了。"

陶花起步要走，小满一把拉住她，"咱们两人一路走来，患难与共、生死相依。你答应跟我一起，咱们再往前走，不然哪里也不去了！"

陶花微觉惊异，没想到这小孩子这么义气，让她有些感动。她是个性情利落的人，当即揽过小满的肩膀点头说："好吧，咱们一起，患难与共、生死相依。"

小满这才泛起笑容起步前行，拉着陶花走上汴梁府台阶。

门口站岗的军士低眉看了看他们两个，挥手道："一边去，一边去！"陶花正要跟那人理论，却听见身后有马蹄声，两旁军士一齐行礼，口中称"顾大人"。

陶花转头一看，一个官袍朝服的中年人刚刚下了轿子，看姿势便知身有武功。他看见陶花和小满顿时一愣。小满抬头仔细看他，十分谨慎地并不先开口说话。那人回神之后，威严询问两人："二位自何处来？"

陶花爽直，抢先答道："我二人来自契丹……"话音未落，那中年人哈哈大笑，"真是踏破铁鞋无觅处，来人！将这两个契丹奸细给我拿下！"

陶花大惊，拉着小满想要斜刺里冲出时，那顾大人上前来一把拉住小满，手中不知何时多了一把钢刀，当头向陶花劈下。陶花只能松了小满，疾步后退，两旁兵丁却已经拥了过来。她退到街角，重新看向小满，但见顾大人一掌拍在他前胸，小满当即倒下。

顾大人大笑道："这娃娃已死，快去追那女奸细，格杀勿论！"他口中虽如此说，人却踏前一步，刚好挡住了官兵对陶花放箭的视线。

陶花仓猝之间，骤见小满在面前遇害，悲痛莫名，一时竟顾不得自己，取下弓箭想为小满报仇。"飞雪踏"却通人性，奔到她身旁来，陶花这才想到自己不是对手，只能跨上战马飞奔而去。

她顺着来路奔出城门，一路上行人纷纷躲闪，后面的士兵并未追来，城门口的士兵也未拦阻她。到得郊外停住脚步，她以为已经脱险，却忽见远远十数个黑衣人朝自己这边过来。陶花举目四顾，见西面是一座高山，想起自己在上京郊外逃命时，曾在无牙山上与敌周旋，当即纵马向西而去。

"飞雪踏"虽是宝马良驹，却背负两人长途奔跑多日，一时间竟甩不开追兵。陶花到了山脚下，看地势曲折，索性将马放慢些，取出弓箭来连射五人于马下，可是这一缓的工夫也让那些黑衣人赶得更近了，她放下弓箭，打算转回身全力驱策马匹时，一转头却见前面近处赫然站着几个装束一样的黑衣人。陶花心内叫苦，那几人横刀在胸，硬冲必然会毙于刀下，她只能勒停马匹，站在原地，后面的追兵也赶上来停下，将她围在正中。

陶花举目四顾，高山巍峨险要，敌人穷凶极恶，只怕自己刚刚踏足，接着便要葬身在这大周的大好河山。

站在道路前面的黑衣人中走出一个，冷冷开口，"你最好束手就擒，回去听我们首领问话，免得大家动了刀枪，保不住你性命。”

陶花还未答言，山路边上响起一个笑笑的声音：“你们这么多人围攻一个小姑娘，也不怕丢了赤龙会的脸面。”

众人闻言一齐转头，见山道边上的一株大杨树的树杈上坐着一个年轻男子，正低头看着山路上的众人。那领头的黑衣人看见他，声音明显有了忌惮，“罗三，此事与你无关。”

罗三沉下脸来，“与我无关？你且看看你站在何处？这是我的落霞山还是你们赤龙会的青峰岭？”

黑衣人退后一步，双手抱拳，“不错，这是落霞山，是我礼数不够周全，请罗三哥恕罪。这女人是契丹人，与你非亲非故，容我们捉去，日后我亲自上门陪罪。”

罗三侧头看了陶花一眼，一笑，“我管他什么契丹、西凉，她既然此刻在我落霞山上，便该由我所得，你说是也不是？”

黑衣人再后退一步，与伙伴们低声耳语几句，又仰头看了看四周，罗三当即笑道：“你不用找，我大哥二哥都不在，山上弟兄们也不在。这里只有我一个，你尽管来试试，看你们这些人能不能在我罗焰眼前带得走这个姑娘？”罗焰说到最后，声音中仍是满带笑意，那黑衣人却似受惊，拱手言道：“我们没这个意思，只是在商量怎么跟主人回话。”

“你去跟你们的戚二爷说，这个女子，我罗焰留下来做了压寨夫人，看他卖不卖给我这个面子。若是不肯卖呢，你们尽管回来，再把罗三嫂劫去青峰岭便是，只要你们有这个本事。”

那黑衣人当即收刀回鞘，“不敢。我们也只是想问她一句话，还望姑娘如实告知。”他已知今天带不走这个女子，言语间也就客气起来。

陶花冷冷看着他，并不回答。

黑衣人续道：“我们只是想问问，你从契丹一路带来的那个小孩，现在何处？”

陶花却被这一言问出了气恼，“他已经死了！天网恢恢，总有一天要你们偿命！”

黑衣人还想再问，罗焰却已不容他多话，自树杈上一跃落下，正落在白马上陶花身后，他一扯缰绳，白马便在众人注目中登蹄远去。

陶花见他坐在自己身后，觉得有些唐突，又知道这是自己的救命恩人，也就不便推他下去，只是身子朝前倾了些，不欲与他接触。罗焰察觉到，一笑跳下马来，在前头牵着“飞雪踏”奔跑。陶花看他身形极其迅速，竟然不落后于马匹，不由赞叹一句：“你真厉害。”

罗焰仰头，“你不是契丹人么？怎么会说汉话？”

陶花摇摇头，“我不是契丹人，只是在那里住过。”说着勒停马缰，“多谢罗大哥救命之恩，来日定当报答，只是，你……你能让我走吗？”

罗焰也停下来，“你要去哪里？”

“我想离开这里，我……我可没打算做你的……什么夫人。”陶花脸红低头，声音变得细小。

罗焰大笑起来，半响才停住，“真是个小姑娘。我可不敢动你的心，你就是想跟着我，我还不敢要你这累赘呢，连赤龙会那几个人都对付不了，恐怕我这后半生会三天两头被人要挟。”

陶花本来对他存有疑忌，怕他对自己别有用心，刚才见他跳下马时，疑忌已经去了一半，这时听见他如此说，顿时完全放了心，也跳下马来与他并肩而行。

罗焰指指背后，“你要是想走我管不着，只是这些人未必这么容易就退。你还是小心些，先跟我上山避几天吧。”

陶花跟罗焰上了落霞山。这里是罗焰几个结义兄弟避居的地方，他们厌烦了武林争锋，躲在这里寻个清静。近些年周朝天下不治，常有附近的黎民百姓投奔他们而来，也有平时路见不平救回来的民众。这样下来，山上也就聚集了数百人，日常在山上耕种，自给自足，也跟他们兄弟几人学习武艺防身，奉他们为首领。

大哥二哥都是武林中盛名人物，平时各处云游，不在山上，只有罗焰与何四在。何四见过陶花后上下打量半天，对她殷殷嘱托，“你记住了，晚上一定把门关好，我三哥可什么事都干得出来。”

罗焰冷笑道：“我可告诉你，这位陶姑娘的箭法我见识过，就是在武林当中也算得上是数一数二，你别偷鸡不成蚀把米。”

陶花刚刚既见识过了罗焰不羁的调笑风格，也就不以为忤，笑看他们二人唇枪舌剑。两人笑着闹着就动起手来，罗焰身手如鬼魅般，双手推了几下就按住了何四的胳膊。陶花只觉这几推之中深有玄机，问道：“罗大哥这是什么功夫？”

何四被按着仍勉强抬头，“这么有名的‘推云手’你都不知道？这‘推云手’博大精深，在敌人跟前未必有用，对付自家兄弟最为有效。哎哟……你看，我说对了吧。”

笑闹一场后，何四问道：“我们兄弟共四人，陶姑娘可愿做我们的五妹？”陶花一听，当即下拜，“三哥，四哥。”

何四本来最小，从来都是他拜别人，这下有了更小的垫底，也有人来拜他了，立刻笑得嘴都合不拢，十分高兴地扶起陶花，叫一声“五妹”。

罗焰却闪到一旁，“她箭法虽好，近身功夫却是不堪，我丢不起这个脸。”

陶花十分羞愧，“我从小就天天练箭，其他的都没学过。”

何四拉回罗焰，“她功夫不好，等三哥来教啊，你不愿认她做义妹，难不成是别有用心？”罗焰被他挤对得无法，只好也回来叫了一声“五妹”。

从此后陶花就留在山上，平日就跟罗焰学习功夫。罗焰也曾问起她的遭遇，她把自己经历细细讲过了，说起小满死于顾大人之手时，仍有悲愤。罗焰当夜就带她去汴梁府找那顾大人寻仇，只可惜府中却换了主人，罗焰把那新府尹从卧榻拖出，刀架在颈子上，他抖抖索索说出顾大人刚刚获罪被斩，陶花只好作罢，回来给小满烧些纸钱了事。

闲暇时也会想起草原，想起那里曾有她青梅竹马的恋人。可是家有深仇，要回去也须先向契丹皇帝寻仇才是，而这契丹皇帝却偏偏是她爱人的父亲。这么一想，相思渐渐也淡了。

山中无甲子，寒尽不知年，转眼间陶花在落霞山已过了五个春秋。

她来时门口的小杨树，如今已经参天，而这个当年的稚气少女，也变成了能在山匪窝里领头儿的大姑娘。

这天山下忽然来了一支官兵军队招安，罗焰自是不从，谈和无果，第二天便交上了手。大家本以为官兵羸弱，折了锐气自然退去，并没放在心上；可等到开战了，才发觉这支军队比其他的都难缠，不过两个时辰便已攻到山腰，战况远比想象的艰苦。

陶花站在位置最好的箭垛后面，放眼望去，满山遍野都是朝廷的人马。她隐隐望见一身黑衣的敌方主帅上山，立刻射出一箭，却被他躲开了。兵家出身的她见识过了对方的凌厉攻势，心知今日再也无幸，正要倾力以连珠箭三箭连发射杀了他，蓦见大队骤然停攻，号令声此起彼伏，竟然纷纷收队到了山下。

陶花与在远处指挥的罗焰、何四对望一眼，均不解敌人意图。箭支所剩不多，她与兄弟们一起到库房取箭，再回来时便听说罗焰下山议和去了。

陶花与何四在山上等罗焰回来，直等到月亮升上中天也不见人影。两人开始着急，略作商议，在山上选了几个功夫不错的，一起下山去探听情形。

第四章　重逢

月黑风高之夜。

山脚下四处密布巡逻岗哨，陶花近看这些士兵的穿着，像极了契丹士兵的衣服，与她在汴梁城见的那些周国士兵很不一样，不由觉得奇怪。

何四一向厌烦官兵，当即向陶花做了个手势，带人把距离最近的两个岗哨给击晕。陶花则拉开弓箭，将附近两个站在原地的岗哨射倒，一行人便过了山脚下这第一道防线。何四悄声对陶花说：“官兵军心涣散，将领又不懂训练之道，不必害怕。”

他话音未落，却听得背后一队巡逻的岗哨路过，有人高声呼喊：“这里倒了两个弟兄！这里还有两个！”声音一出，霎时间脚步纷纷，几队士兵拿着火把过来，立时发现了陶花一行，将他们团团围住。

何四毫无忌讳，起手落脚间伤掉数条人命，陶花见他如此，也就不再留情，箭箭穿喉，第一拨过来的士兵很快被击退。然而紧接着就听见响雷般的马蹄声，全身铠甲的重骑兵急驰而来。陶花听父亲讲过用兵之道，也知道重骑兵的厉害，当下示意何四退回山上，保持箭距，何四却怎么都不肯，他与官兵交手从未败过，执意要先去救出罗焰。

领头的将军看见他们，又看了看遍地尸首，冷冷道：“王爷不欲伤你们性命，若束手就缚，可免你们杀害官兵之罪。”

何四在他说话间纵身跃起，一刀横扫过去。那将军竖起长刀相迎，两人战在一处。何四虽然功夫颇强，却因为在地上，十分受限，不能即刻毙敌。后面的重骑兵已经纷纷上来，陶花拉弓，照面门没有盔甲处射去，前面数人倒下，本来以为可以吓退后面敌人，谁知后面的士兵并不畏惧，变换队形提盾推行过来。

箭支既已无用，在前面交战的何四就先被大队重骑兵围住击伤，那将军命人绑住他，对余下众人喊道：“你们今天来的那姓罗的匪首已经被俘，如果想留住性命，就来此请降，否则大军不日攻山，再不留活口！”

陶花听得罗焰被俘，又看眼前实在是插翅难逃，打到最后必然是力尽而亡。她自己并不惧一死，只怕连累山上众多弟兄，当下再也没有办法，放下弓箭，带众人过去。那将军没想到领头的就是这个女子，垂下马鞭，抬起陶花下巴看了看。陶花顿觉受辱，拍开他的鞭子，他见她如此不驯，翻身下马一掌往她脸上掴过去。

陶花后退一步躲开他的手掌，袖箭挥出直射他面门。他仰头想躲开，箭支擦破他鼻尖过去。陶花不欲重伤他，否则这般距离突然出手，他决难躲过。

那将军却不知道她手下留情，当即大怒，回头拿过长刀劈头就砍，对身后众人说："拿下这个女贼！"

身后的兵士却没有行动，只是急忙提醒："张将军，王爷有令，不得伤害女眷。"

他一边挥动长刀进攻，一边说："这他妈是什么女眷！这就是一……"

他不在马上，地下长刀施展不开，又没有旁边的铁甲重兵护卫，三两下已经落了下风。陶花的近身功夫不算强，对付他却还绰绰有余，不容他说完，手中一柄小小袖箭已经指住他右眼。

她笑了笑，"这就是什么？"

那张将军虽然脾气火爆，这个时候却也懂得爱惜眼珠，老老实实说："这……这就是……一活姑奶奶。"

陶花哼了一声："我告诉你，姑奶奶想杀你刚刚就动手了，留你的命是为了让你们别伤害山上百姓。"说着将那张将军往怀中一带，小箭指住他咽喉，"让你的人全都退下去！"

她话音尚未落下，却突见三枚白羽箭自三个角度射向张将军。

陶花大惊后退躲闪，却仍是不及，一声都没响人质便在她手中被射死。

一个苍老的声音在敌阵中说："张将军违抗王爷号令，死罪不可免，厚待家属。这位姑娘，你还是束手就擒吧。"

陶花仰头，对方阵中灯火通明，明晃晃照得她眼睛生疼，什么也看不清楚。她冷冷喝道："本来我是不想打了，可你们欺辱我是个女子，姑奶奶今天偏就不降了！"

依旧是那老者的声音，"无礼之人已被处死，是在下治军不严，让姑娘见笑了。只是，老夫今年六十有三，倒是有两位姑奶奶，都早已化作了黄土。"

说话之时，两边的铁骑兵倏地展开一张大网，将陶花缚于其中，挣扎中听见那老者的声音，"本来不该绑你，但你实在太过凶悍，怕伤到王爷。"

落霞山一行人全都被俘，押在一间军帐当中。

陶花双手被牢缚在身后，两个兵丁紧紧压制住她，生怕她又甩出什么暗箭。她被迫得身躯前倾，只能看见地面。听到身旁的兵丁喊话："请王爷吧。"

不一刻脚步移动，帐内进进出出，陶花费力仰头，看见进来一个长须长者，目光威严扫视众人。陶花猜想这就是王爷了，别过头去不理他，只等发落。

那长须长者却并不说话，又等得片刻，外面一阵疾风骤雨般的脚步声，显然来人行动极其迅速，帐门"哗"的一声被推开，几双脚踏进屋内。

陶花认得周围都是一式一样兵丁的军靴，只有正中间一双脚有些不同，也是一双长靴，却是不同的款式。陶花一见之下，觉得十分熟悉，猛然想起这是契丹人爱穿的样式，又想到刚刚交手时对方的服饰，心里忽然一凛：莫非这是个契丹降将？那自己多半认识。

想到此处，陶花抬头看向此人，是个黑衣少年。她本来估摸着会看到一张非常熟悉的面孔，可是真正看到时，又觉得陌生，她凝神想想自己确实没在契丹皇帝麾下见过此人；既然已经知道猜错，再定睛细瞧，心里放下了多半熟识此人的念头之后细看，竟又觉得并不完全陌生，眼梢唇角，又依稀仿佛似曾相识。

陶花在这里看了半晌的工夫，这人正一个个把他们几个人全部审视一遍，大家全都是一色夜行衣，陶花在最角落里，到得最后才看到陶花这里。此人看见陶花之后，面色骤然大变，一句话也不说径直走过来，推开两个兵丁伸手就解绳索。

陶花看他的面色行动，再加上刚才似曾相识的感觉，知道必然是旧识。她努力苦思，脑海中把但凡有点印像的契丹将领都过了一遍，却还是对不上号。转头再看向他，见他双唇微抖，不能成言，双手也激动发颤，一时竟然解不开绳索。旁边的兵丁伸手帮忙，才把缚着陶花的绳子卸下。

陶花立定身形，疑惑中瞪着这人，看他行为态度，多半是友非敌，也就放下一些担心。

那少年见她凝视自己，轻轻抿住双唇，转头环顾一周后稳住声音吩咐："全都出去，把人也带出去，别为难他们。"

最先进来的长须长者却没有即刻离开，反倒走近少年身旁，少年侧头低声道："郑伯，你们先到外面去吧，过会儿我跟你说。"

陶花本来指望这少年开口说话后，从他声音中听出端倪，可是听了他声音后却更觉陌生了，连先前那一点点熟悉感都失去。

老者似有忧虑模样，低声劝道："这女贼骁勇异常，王爷还是小心为上。"

少年哈哈一笑，"这是我从前跟你提过的陶姑姑，我说呢，哪里又跑出来一个百步穿杨的女子。姑姑再凶，也不会杀我，她要真想杀啊——"他抬头看陶花一眼，眼神中的笑意一闪而过，"那就杀吧，我认了。"

这一声"陶姑姑"，顿时让陶花醍醐灌顶，她再次细看这少年眉目，不是小满又还是谁!

她一直以为他已经不在人世，而他正是成长的年纪，体型外貌都变化很大，声音更是粗壮了很多，根本就没有想到会是他。陶花一时惊喜异常，抓住他的手臂细细上下打量。

小满也是满面欢笑，回握陶花手臂，仍觉不能表达，干脆一头扑进她怀中磨蹭。这是他当年做过许多遍的动作，那时他是个瘦弱小孩，伏在少女怀中尚是小辈，如今他已长成壮硕少年，这一扑竟然就把陶花扑倒了。

陶花身上的绳子虽然卸下了，却还在四周牵绊着，这一下扑跌就没能稳住，狼狈万分仰摔到地面，小满倒在了她身上。

郑伯在旁连呼"小心"，陶花因心中满是喜悦，只觉滑稽好笑，并不觉疼痛，拍拍胸前人的额头说："快起来。"却觉到他身子一僵没有动弹。

陶花大惊，以为他是摔伤了，顿时惊惧询问："你怎么了？哪里伤到了？快跟姑姑说。"那时一路奔逃，陶花最怕的无非就是这个小孩子受伤，哪怕不是与敌人作战，也怕马行颠簸累伤了他。她仿佛又回到了当年，脸上全都是担忧之色。

他手一撑地站起来，微微一笑，本来不想说话，看见陶花面色紧张，低声答了句："没事。"

陶花皱眉，“怎么没事？这么重跌到地上。”她想也没想就伸手到他腰间揉抚。

他退了一步，脸色有微微尴尬。

她有些不明所以，郑伯在旁圆场，“姑娘先起来，王爷大了……”

她似乎明白过来，立时大怒，“你你你，你还害羞呢！当年尿湿了裤子换上我的穿，怎么就不害羞！”

小满苦笑，又有些脸红，转头说：“郑伯，你吩咐外面严防守卫，我要是不叫人，任何人不能靠近。我这姑姑一向口没遮拦。”

郑伯点头，“我知道，她还想当我的小姑奶奶哩。”说着向门外走去传令。

陶花已经站了起来，“哼，王府规矩大，话都不许我说了！”一边说一边气嘟嘟也要往外走。

在小满面前，她向来不隐忍脾气。就连在心爱的人面前，她也有不得不虚与委蛇的时候，可是在他面前，不必。他们见过彼此最狼狈的样子，也有过最亲密的依靠，万里奔逃时常常十多天都不能洗漱，寒夜里只能裹着她的大红袄紧拥而眠。那时候，只有这一个怀抱可以取暖，只能给予对方全部的信任，好在，他们都没有辜负这份信任。

他们两个，是生死考验过的交情。

陶花“咚咚”故意踩着脚往门口走，小满过去拉住她，“这就走啊？我欠你那么多东西，总得一样样还清吧。”

陶花扬了扬嘴角，顿住步子，“那是，你欠我一条命呢。”

郑伯正走到门口，清咳一声，显然是觉得这话大逆不道。小满也摇了摇头。

陶花也觉这话过分了，好端端的咒他干什么，她以为他死了的时候还不是拼了命去寻仇，何况，他现在显然身份不同以往了。她低下头，“呃，是我说话造次了……”

小满依旧微笑摇头，打断她，“我欠你的，不止是一条命呢。”

她笑了，又抬起头来，仔细想了想，“嗯，还有一条裤子，几两银子，一件背心……”

他一边大笑着，看了看郑伯已经出去，一边绕到她耳侧来，悄声说：“还有一个好夫婿。”她怔住，嘴巴张得老大。

“像你的澜哥哥那么好的。”

她这才明白过来，收起大张的嘴巴，“那个……那个……”一下子有些羞涩。

小满退后了一步，仰头做沉思状，“耶律澜年纪太轻了，这个辈份好像不对。”

陶花没听懂，问了一句：“什么辈份？”

小满摇头晃脑，“刚刚有人说，要做郑伯的姑奶奶，郑伯是我的仲父，这辈份要是算起来，那你就是我的太姑奶奶……”

陶花大窘，扑上去打他，他一边招架一边威胁，“我这是报一箭之仇，你以后再敢提借裤子给我穿的事，我有的是你的短来揭呢！”

“喂，谁说是借啊，我那条大红棉裤上面可还绣了花呢，也没见你还给我。”

“你！”小满咬了咬牙，捏尖了嗓子，“阿陶妹妹，我不要你做我的妹妹，我要你做……做……”

陶花扑上去狠狠按住他的嘴巴，“你再敢学澜哥哥说话，我就告诉你媳妇儿你尿裤子的事儿！”

小满却是愣了一下，捉住她的手，“我还没成亲呢，我……我怎么会成亲？我……我……”他瞪着她，眼神里有些着恼。

她毫无察觉，脸上带着凶相毕露的得意，“那就等你成亲了我再告诉！反正我是你姑姑，也就是她的姑姑，她总得来见我！”

他听见这话却似想起什么，抿了抿唇正色道：“其实，我也不比你小多少，你看我现在还比你高这么多，能不叫你姑姑了么？”

陶花看他神色郑重，也就细细思量了一会儿，沉吟道：“是啊，你现在当了王爷，那你的姑姑该是公主了吧？我确实配不上……”

他连连摇手，“算了算了，还是先叫着吧，以后再说。”

“以后？以后你就不认我这门亲了？”

“我认，太姑奶奶，我就是做了皇帝，这一辈子，你也都是我的太太太长公主。”

她显然没有被这么尊贵“古老”的称呼给唬住，“有什么了不起，算命先生说了……”

“是，算命先生说了，”他接过话来，“你将来是要亡命天下，命带凶煞的。”

“胡说！”

“说错了说错了，算命先生说的是，母仪天下，命带桃花。让我来想想啊，父皇虽然已经有几百位美人服侍，多加一位也不是不可。”陶花没想到他是皇子，愣了片刻，他接着说下去，“反正我欠你一个好夫婿，不如就把你送进宫去算了。”

陶花听他说得有板有眼，立时羞怒，“我才不要嫁老头！”

他笑了，凑到她面孔跟前，“那你嫁我？”

她不害羞了，一掌推开他，“我更不要嫁小孩！”

第五章　争执

月亮升上了树梢。

陶花与小满在帐中席地而坐，互道别后种种。说的都是机密大事，帐外的警戒线一直到了数十丈开外。

原来小满是当朝皇帝赵征的亲生长子，本名赵恒岳，皇后于氏所出。老皇帝当年选储之时，本来是选了赵征的哥哥——长子赵齐，可惜赵齐无嗣，为了社稷安定，老皇帝命过继一个族孙过去。当时还是王妃的于氏觉得机会难得，盼望着儿子日后继承大业，就把小满送了过去。没想到赵齐和小满两人双双陷于契丹人之手，赵齐更是含恨病逝，反倒赵征继承帝位。皇后于氏心念爱儿，不久也病逝，赵征于是立了宠妃田氏的儿子赵恒江为太子。

从此朝中分为两派，一派审时度势，拥顺田家，力保太子；一派仍想着迎小满回京，再图后业，这一派人中有赵齐的旧日拥戴者，有皇后于氏族党，也有朝中旧臣，顾念老皇帝心愿。

小满从契丹脱逃之时，早有人报信给了两方。他虽是个小孩，却因自幼陷于敌国而经历驳杂，素知人情险恶，回来找开封府尹顾大人，是因为赵齐对他说过顾大人是可托付之人。顾大人确实是想帮助小满，但当时皇帝并不在汴梁，田家的势力正在暗中大肆搜捕小满，而直爽的陶花对答又十分高调，所以他只好演了一出假戏，将小满打晕，对外说已被他打死。

皇帝回宫后与小满相认，封为徽王，田家悔恨莫及，找个由头杀了顾大人。不过，赵征知道儿子回来虽然欢喜，却禁不住田妃在枕边日夜吹风，小满从小就困苦挣扎，跟生于安乐脾气任性暴戾的亲生父亲也没什么共性，两人相处并不算好。期待赵征改嗣显然无望，拥戴小满的这些人于是蛰伏休养，跟随小满研习契丹军事，以期将来有厚积薄发一日。

这次招安落霞是田家的主意，他们知道落霞山有许多江湖高人，怂恿皇帝让小满率本部亲兵征伐，用心险恶可见，小满却觉这是一个好的练兵机会，欣然前来。

陶花听得天子家事如此复杂，不由微微叹气，她只觉若让自己来应付这些那是难比登天，此时看看小满，顿时面露怜惜，“你受了这么多苦。逃命的时候，总想着你年纪小，要先顾着你，可是逃回来了，却还是这样。”说着右手抚上他的面孔。

小满抬头望住她，轻握她的右手，“这哪里是苦？看见百姓受难、逼上落霞，却不得不兴兵斩杀，那才是苦。还有，”他微微低了头，“五年来每天都在想念姑姑，到处派人查访，还是找不到，那……那种孤单，才是真苦。”

陶花微笑，“姑姑承你的情，我也一直内疚，当时没能从顾大人手里把你救出来。以后，有我，有落霞山这么多好兄弟，你也就不会再孤单了。”

小满知道她没有听明白，抬眼看了看她，“我早就知道，世上没什么可全心依赖之人，即使亲生父亲也是一样，所以我常常觉得孤单，多少人在身边都是一样。当然，我对继父，那是全心信任，因为我们乱兵中共过生死；对你，也是一样。”他看住她，双目炯炯，手上微微用力想把她拉到自己身边来，却看见她抬头打了个哈欠。

陶花在契丹的生活远比小满好，她的父亲为一家老小性命归降了求贤若渴的契丹皇帝，她又与契丹太子耶律澜同岁，青梅竹马一起长大，多蒙他照应。虽然经历了五年前一场巨变，却又接着入了落霞山这个大家庭，所以她心思还是单纯，并不理解这种连亲生父亲也不能信任的感受，自然也就不明白小满对她的这份信任的份量。她困倦难掩，打完哈欠，只是随意“嗯”了一声。

小满当即收住话头站起身来，帮她把床铺理好，“你累了，在我帐里休息，我到别处去。”

他刚要出门，陶花一把扯住他，“差点忘了正事，我三哥呢？”

小满顿住身形，先没答话，回过头来看见陶花满面都是担心的神色，不忍让她如此，才赶紧开口，“他没事。我拿你的箭问过他，也就不敢放他回去，怕对你不利。”

陶花含笑，“不会，我们拜过把子，都是生死与共的好兄弟。”

小满微微沉吟，笑了笑，“既然生死与共，罗大侠又对你心心念念的好，怎么还没嫁给他？”

陶花大笑着推他出门，“别瞎说！大人的事你不懂。快去睡吧，我都困死了。”

第二天一早，小满拔营回汴梁，交待罗焰和何四带同众人到后山居住，避人耳目。陶花本来没想过跟他回京城，却禁不住他软磨硬泡，只好同意。她先回山上取了随身衣物，装满箭壶，而后跟大家告辞。正站在山路上依依惜别时，却见一名官兵飞马上山来找她。

山脚下，小满在营帐中踱步，边走边说：“幽州军情定是刻不容缓，不然秦将军也不会飞鸽传书给咱们，让田太师知道又是大麻烦。”

旁边的郑伯点头，“秦将军没有与契丹交过锋，硬打也许能赢，却必然损失惨重。好不容易拿到这十五万大军的虎符，如此损耗太过可惜。”

“是，田仲魁这只老狐狸，军权一直抓得死死的。原本，虎符一直都是秦府掌控。秦家是开国功臣，一门忠烈，世代是我大周枢密使，就只有本朝，父皇多疑，太师专权。”

“那也正是为此，秦家才暗暗投效了王爷，将来必可助咱们与太子一支较量。”

“那，郑伯您觉得谁可担当此行？”

“秦将军说，契丹人用兵诡异，他知道咱们徽王府一直在演习契丹兵法，希望能找个熟悉契丹军事的将领去助他，以期尽快退敌，又不至于太过伤损所辖兵力。其实么，眼下有个再合适不过的人选……”

小满垂头，“我知道，你是说姑姑，只是——”

郑伯插话赞同，“陶姑娘在契丹十多年，熟悉那里的官员将领、行军布阵；陶洪锡精通兵法，当年在朝中便赫赫有名，他教养出来的女儿既然能上阵，就必然不同凡人。”

“可是姑姑毕竟是女子，行军打仗多有不便。”

郑伯笑道：“我倒是觉得，此行女子会更方便些。那秦将军的脾气满朝皆知，清高自负，恁谁也不放在眼里。派人去指导他用兵？怕是不出三天就吵个剑拔弩张，倒是女子说话更易入耳些。”

小满笑起来，“难不成到了最后，还得让姑姑来使美人计。”

郑伯却未笑，正色说：“这美人计是三十六计之一，就是使出来也名正言顺，大敌当前，当然是方方面面都要顾虑周全。更何况，咱们也早已在用了，此次出兵，若不是秦将军以婚约相诱，田家又怎么肯交虎符给他。”

小满点头，“郑伯你说的是，成大事不能顾虑太多。只不过，我不肯让姑姑去战阵冒险，她跟我才刚刚见面，昨天又经历苦战，元气尚未恢复……”

小满还未说完，陶花一挑帐帘进来，“谁说我元气未复？不服就上来单挑，别在背后说话！”

陶花一直想找机会报仇，杀掉契丹皇帝耶律德昌，而要杀这个马上皇帝，就得先打败契丹铁骑军。这回遇到如此良机，当然是不愿错过，更有郑伯在旁撑腰，两人双管齐下，小满只好答应了。

她想到是用人之时，又回山去叫何四和罗焰。罗焰担心山上众人安危，让何四同陶花去；何四虽然一向不愿与官兵为伍，但听到是契丹来犯，热血男儿收拾了行装就跟陶花启程。

晚秋夕阳，朔风古道，薄暮就要收尽最后那一点余光。

小满送陶花直到几十里路之外，最后是陶花受不了了，到了一处长亭，说：“就这里，你不能再往前了。”

小满眼中布满离别伤情，他摸了摸陶花牵着的白马说：“不知道这‘飞雪踏’还认不认得我？”

陶花却是踌躇满志一笑，“它当然认得。我也认得，这里才是我的国家。”寒风吹起她的红衣，在满天红彩中猎猎舞动，她拱手向小满和郑伯一拜，“陶花告辞了，此番定传捷报！”

小满望着她，“姑姑，万一有失，你也要好好的回来见我。”

陶花翻身上马，“飞雪踏”前蹄腾空一声长嘶，她回头朗声答道：“皮若不存，毛将焉附？陶花舍生忘死，也必退敌寇！”说罢缰绳一转，白马红衣，率众绝尘而去。

一场大战才刚刚结束，陶花、何四和几个徽王府亲兵，马不停蹄日夜兼程赶往幽州。

到得城外但见己方军队营地缜密，秩序井然。正是晚饭时分，炊烟升起，来往繁忙，忙碌热闹却丝毫不乱。陶花暗赞这带兵之人有才，问过岗哨即被带到元帅驻扎的主帐。

帐外竖着一杆大旗，迎了晚风飒

飒飘扬，陶花仰头，见旗上写着一个字，她却不认得汉字。父亲是武将出身，又加上她是个女儿家，就没有刻意教她；耶律澜倒是有老师教，也叫过她一起去学，她却哪里有那个心性坐下来认平时用不到的汉字，能认几句契丹文就不错了。

岗哨见她看那旗帜半晌，不无骄傲说道：“这是秦将军亲笔，自然是好字。”

陶花一脸尴尬笑了笑，她懂什么书法，只是看了那字半天确认不识得罢了。

不一会儿岗哨通禀完毕，帐内有人出来，引她往帐后走去。

陶花跟着来人，渐渐闻到烟火味道，越来越重，到最后她忍不住呛咳起来。狼狈之中听见前面人说“到了”，她勉强忍住咳嗽，却是没忍住呛出来的眼泪。一片迷蒙中向前看去，一行人正围在火堆旁烤东西，地上斑驳血迹，想来是刚刚打猎所得。

人群中一位青年男子长身而起，一身白衣洁净清爽，在烟火里没有半点邋遢，未着片甲，布衣素袍在夕阳中十分宁静。他走到陶花身前，等发觉是个女子时便远远停下，微微拱手作揖。

陶花还礼，眼前仍是有些迷蒙，只能不停擦拭泪眼，隐约中看见对方气质清冽，行为态度微带点冷傲之气，却又被一身儒雅掩盖得不露半分怠慢。她取出书信，朗声道：“在下陶花，愿助元帅一臂之力，击溃敌军。”

男子颔首，温言回答：“秦文谢过。”说着命人接过书信，又叫了兵丁过来，带陶花一行人安顿休息去了。

陶花日夜赶路，很是劳累，当晚连饭都没有吃，倒在床上就睡着了。第二天起来，觉得困乏已去，就到外面找人去见秦文。她自幼在契丹长大，兵法上深受父亲教诲，满肚子的话都想跟周营主帅好好讨论。

可是去的人即刻回来，答说秦文出营打猎去了。

陶花不由微怒，契丹人打仗从来不讲礼法，偷袭之事更是常事。哪像中原人等，宋襄公待对方军队过江之后才攻击，还传为千古美谈。如果敌人一早就进攻，主帅不在营内，也不见有什么布置，岂不是危险？

她当即去牵了“飞雪踏”，问明方向即纵马而去。

追出去三四里地，却仍未看见秦文等人的踪迹。陶花觉得奇怪，又四面兜转一番，依旧看不见人。眼看太阳越升越高，陶花觉得又饿又累，只好原路回营。

刚走到门口，却迎头碰见秦文带了一队人马出去。

他今日已穿戴整齐，银甲紧紧压住罗袍，马镫上一对铁枪擦着甲胄边缘铿锵作响，全然不似昨日炊烟中入世的模样。虽然一样安闲随意，却似已与人间隔开了万丈冰渊，只有让人听命的余地，再无闲谈的空间。

陶花长在契丹，再不经心也是懂些马的，一眼已知他胯下战马是汗血良驹，神骏勇猛。那匹红马焦躁不安，四蹄翻动，随时扑击猎物之势；马上的人却是沉静如古井之波，勇力又内敛。

陶花为他威严所折服，心底的怨怒散了一些，翻身下马，先行礼，再开口，“我今早差人去请元帅，可是帅帐里的人说你去东南方打猎了，我找到现在才回来。”她已猜到必是他属下应付自己，他根本就没有出去打猎。

秦文沉默一瞬，淡淡答道：“我有军务在身，改日再与陶姑娘谢罪。”言毕即松缰而去，剩下陶花一人在原地。

陶花也是烈性女子，明知这是对方轻慢自己，当即大怒。本想再也不理会这人，随即又想到这是两军交战，父亲自她幼时就教诲过“家事为小，国事为大”。她深吸几口气，平息怒火，翻身上马去追这一行人。

陶花的骑术是契丹名师所授，“飞雪踏”又是草原上万里挑一的良驹，片刻之间已提缰横马于秦文面前。因停顿甚急，红衣尚在翻飞，“飞雪踏”长嘶立起。

秦文面上有不悦之色，陶花抢先开口，“元帅，我有些话要跟你说，请你移步。”

秦文尚未回答，他身侧的亲兵忽然笑了两声，“如果每位姑娘要跟我家将军说话，我家将军都要移步，那我们连汴梁城也出不了了。”

陶花临来之前已经听说秦文性格冷淡孤傲，所以被他冷落虽然生气，倒也算意料之中，可如今连一个亲兵都奚落自己，今后如何服众？她想到此，一言不发，袖箭甩手而出，正中那亲兵面颊嘴侧。

她发箭时已经估量好力度，刚刚伤到那人而已，不至致命。秦文已经伸手来救，可是近在咫尺，又事起突然，更何况陶花箭如何能防？竟是没能救下。

那个中箭的士兵受痛哀号，失去平衡跌下马去。周围的士兵立刻下来几个去照顾同伴，其余人等除秦文外全都提马后退几步，看陶花的眼神虽然有些敌对，却再无调笑而变成敬畏。

秦文面色如旧，仍是冷淡无波，“陶姑娘伤我家将，意欲何为？”

陶花伤人之时，已经知道一旦出手，今日是无法跟眼前这人心平气和谈论军事了。事已至此，她也不再隐忍，朗朗回道：“秦将军，徽王书信说得明白，我熟悉契丹军事，此行来助你退敌。可我几番跟你说话，你都故意回避。你若瞧不起人，我陶花倒是也不在乎，只是延误军情、祸及国家，你我如何承担得了？你这家将，哼，我原来听说秦家军个个骁勇善战，若都似这般油嘴滑舌，训诫一番也无妨！”

秦文沉默半晌，冷哼一声：“多谢陶姑娘教诲我家将。只是我今日要出营与契丹约战，恐怕无暇听你高论了，等我此战告捷，再来与陶姑娘纸上谈兵！”说罢纵马而去，众亲兵纷纷随上。

陶花被他一句“纸上谈兵”噎得反驳不出，只好带“飞雪踏”避于路边，冷冷看众人离去。

第六章　铁箭

陶花气呼呼回营，一到帐中就先看见一大锅米饭，当即皱眉，“大早晨的吃什么米饭？”

何四拍手，“我也正说这事儿呢！咱们是跟着帅帐吃饭的，听说那秦将军祖籍在南方，从来都是连早晨也吃米饭。要么咱们自己偷偷煮点牛肉面吃？”

陶花看看何四，“四哥，你果然是两手不沾阳春水，咱们既没有面也没有牛肉，怎么煮牛肉面啊？”她叹息着盛好米饭，“吃吧吃吧，多吃他两碗饭也好！”

何四听她言语不善，就没答话。过了一会儿，陶花犹豫着问：“四哥，你有没有觉得，这个秦将军，有点面熟？”

何四头摇得像拨浪鼓，“不觉得，我没见过长这么俊的男的，要是见过肯定记得。”

“他长得很俊？”

何四一口米饭噎在嘴里，显然对她这个问题十分惊讶，“五妹你眼睛长哪儿去了？看你一双眼睛也水灵灵的，敢情中看不中用啊。”

陶花认真想了想，“昨天见面，我被那烟火呛出眼泪来了，没看清楚。今天早晨，他重盔重甲，我又忙着吵架，所以没顾得上看，就是觉得马上的姿势有点熟悉。”

何四脸上的惊讶之色更盛，“你跟他吵架？！”

“啊，其实是他跟我吵，我只是还了一下口。”

何四摊开双手，“我的小姑奶奶，你跟他吵什么架啊！不看僧面看佛面，不看他这俊面孔你也得看咱这牛肉面啊。”

“牛肉面？”

“是啊，你跟他吵架，咱还咋去问他要牛肉面吃呢？唉，真是。”

陶花垂下头，“一人做事一人当，等明天我去问他要。”

此后，陶花每天早晨去帅帐拜候，连续五天，每次都被秦文以各种理由避而不见。

于是，米饭一共吃了五天，十五顿。

陶花还能忍受，何四无论如何不干了。他长期吃惯面食，这会儿连连叫唤着没力气。陶花也有同感，即使吃得再多，还是觉得饿，北方人身体还不适应米饭的缘故。

第六天早晨，陶花一拍桌子，“等我去要点面食回来，军营这么大，总有吃面的吧。咱们不能饿着肚子上战场。”

她没打算去找秦文，就打算去帅帐找个亲兵问问做面食的伙房在哪里。谁知，刚走到帐门口，正碰见秦文从内快步走出。

陶花走路一向飞快，秦文自幼长在军营，从来都是别人避让他，也就不怎么注意对面。两人正撞了个满怀。

两人都身有武功，同时跃后避开。等看清对方是谁了，又同时再退后一步。秦文退后是为了与女子避嫌，陶花退后是因为有点怕他。

两人相视一眼。这次距离很近，陶花又觉得他的样子有些熟悉，她性情爽快，当即问了出来，“秦将军，我们是不是在哪里见过？”

秦文身后跟着的几个亲兵一齐笑了一声。陶花奇怪地看他们一眼，他们旋即收住笑容，飞快地后退数丈之远。

陶花莫名其妙，不理他们接着说下去，“我觉得你看着十分面善，好像在哪里见过似的。”

那几个退后的亲兵掩住嘴，虽然仍是有笑意由眼角露出，却没人敢说话。

既然没人敢说话，秦文只好自己开口。他眼神冷冷的，连一丝嘲弄都没有，只是十分淡然地回答：“姑娘，这话我已经听过不下二十遍了。”

陶花愣了片刻，猛然明白了话中含义，立刻就脸红起来，争辩说：“我……我……”

他温和而认真地接下去，“我自幼长在军营，不可能见过你。今日大战在即，还是请姑娘让路吧。”

陶花迷迷瞪瞪让开路，等秦文去远了才想起此行主旨，当即大叫：“等等！”

饶是温雅如秦文，也难免带了些不耐烦回头。

陶花大叫：“我想问问，哪里有牛肉面吃？我吃不惯米饭。”

他微微皱眉，言语中带了些斥意，“我们是来打仗，不是游山玩水！”

陶花万分失望，一边盘算着怎么安慰何四，一边悻悻回帐。刚到帐外，却见何四已经等她半响，忙叨叨过来问她，今天是周军与契丹首战，怎么陶花自己回来了？

陶花顿时想起刚刚秦文提过今日有战事，看来不是虚言。她顿觉一口怒气冲上心口，虽然恨得牙痒，却也知道战事不容耽搁，当下顾不得其他，匆匆叫上同来的弟兄，往秦文离去的方向追过去。

陶花不熟悉地形，找路又耽搁了一阵，这几番下来，追到阵前时，两边军队已经交战，远远只见人仰马翻，没有她插手的余地。陶花带着众人，纵马到一侧地势高处遥望。契丹军前锋是大队轻骑兵，与周军前锋的重骑兵和战车已经兵刃相交，契丹军队灵活，周军盔重甲厚，一时分不出胜负。因为契丹人善射，所以安排己方的重装军队在前锋可以减轻弓箭伤害；这里平地作战，一时不需要追击敌人，正是重骑兵用武之地。陶花暗暗点头，赞秦文指挥得法。

她看完两军战势，仰头望向远处。在自己对面的一个土坡之上，秦文的帅旗高扬，陶花细望过去，见他正心无旁骛，在马上观看战局，他身周以及土坡之下一队轻射手，以防游敌靠近己方指挥台。

陶花再看向敌方，因为相距遥远，望不见指挥台，只能隐约看见阵后的旗帜上画着一副弓箭。陶花一惊，这正是她的授箭恩师哈布图的旗帜。哈布图是契丹军中有名的神射手，契丹皇帝耶律德昌特请他教授太子箭术，陶花也拜了哈布图为师，因此与耶律澜相熟，且更得哈布图宠爱与真传。

这一惊之后，陶花就往敌阵中细看过去，后面几队待命的骑兵个个身背大号铁弓，有数百人之众，箭壶乌黑锃亮，没有背在背上，而是放在马上，正是哈布图的铁箭骑射兵。

一般士兵用的箭都是木杆铁头，虽然轻便易射，在这种大规模作战的距离射到重盔甲上，并无致命伤害，然而哈布图的这些铁箭兵却不一样，箭身箭头是一体而成的坚固精铁，配上特制的大号铁弓，如同宝剑伤人。只是铁箭太重，所以只有骑射兵，以马负担，并无步射兵。

陶花正在这里观望着，敌营鼓响，那些骑射兵横列成排，个个掣满了弓，又一阵鼓响后，箭支一齐放出。原来这些人在周围已观看多时，一为等战局变化，二来找一个合适的射点，哈布图并不想让自己心血栽培的骑射兵轻易上阵，只是看苦战多时不能得胜，希望凭此扭转战局。

陶花暗叫不好。这些骑射兵一轮轮放箭，箭壶空了之后，就换下一队上去，前一队下去补充箭支。好在因为铁箭太重，一个人也带不了太多，但如此下去，对周军必然不利。

她微一沉吟，已有主意，转头交待过何四，自己则催马赶往秦文所在的土坡。这些骑射兵的缺陷在于防御，只要一队善战的轻骑兵能够靠近过去近身攻击，当即可破。但是她没有士兵可以调派，只能去找周营主帅。

她刚刚停马于土坡之下，就见秦文飞马而下，自一个士兵手中拿过一面盾牌，高声喊道："有马匹的，跟我走。"指挥台附近全都是训练有素的秦家军近卫，当即轰然应一声"遵命"，一个几十人的小队迅速形成，随秦文而去。

陶花本来希望他能从战场上抽调些人过去，虽然临时从战场上撤下正在参战的队伍会动摇军心、紊乱战局，可是这么小一个队伍过去，实在有些行险。陶花看他已走，也就冲何四远远一挥手，何四则带着弟兄自另一侧往铁箭兵冲过去。

陶花纵马高台之上，细细观望。见秦文一马当先，向铁箭兵队伍疾驰而去，等对方发现朝这边放箭时，已经相距很近。秦文一手持盾，一手持枪，铁枪翻飞中箭支纷纷落地。这些铁箭兵全都集中射向跑在前面的人，跟在秦文身后的士兵就安全了很多。何四那边也有箭支过去，远不如这边猛烈。偶有人中箭落马，秦文自己和胯下战马也中了几箭轻伤，却毫无停留，反倒更迅速往敌阵中冲过去。

箭兵擅于远处伤敌、灵活作战，近身攻击时往往胜少败多，训练一个优秀箭兵又十分不易，哈布图通常会告诉他们，避免面对面的硬仗，遇到近距争斗时先保存自己实力，换句话说，也就是逃跑。这就使得这些铁箭兵占优势时可以完全发挥，稍遇到点问题就容易自乱阵脚。秦文还没到近前，已经有人开始后退。若不是哈布图训练有方，只怕他们早已全队退后了。然而，汗血宝马如何能让他们轻易跑掉，秦文扔掉盾牌，双枪拿在手中，冲过去一枪一个，两名铁箭兵同时落马。后面的秦家军和何四也接着赶到，冲入铁箭兵阵中。

陶花在高台之上，远远望见秦文白衣红马，在敌阵中如入无人之境，不多时已刺杀十数人，银甲变成了血红，十分刺目。正稍稍放心时，却见远处铁箭阵后，旌旗移动，几人簇拥着中间一个黑袍白发之人走上前来。

她不由担心，虽然看不清面目，此人必是哈布图无疑。哈布图箭术超群，马术也精良，平时连甲胄都不穿，以让自己拉弓不受限制。

陶花远远看见这黑袍之人手臂动了三次，当下再不犹豫，急催"飞雪踏"往敌阵方向跑去。哈布图臂力奇大，可以在顷刻间连发三箭，而且箭箭都不失准头。三箭瞬间齐至，极难躲避。哈布图刚才手臂连动三次，必然就是在箭壶中取了三支箭出来。

陶花在马上奔驰，看见哈布图对着秦文拉开了弓，心内越发焦急，出声示警难及他耳中，何况哈布图的三连箭就算是提早知道面对面看着他射，也是难以逃脱。她别无他法，从背上抽下铁弓拿在手中，陶花所用铁弓是东洋玄铁所制，结构精巧，比寻常铁弓易拉且力强，契丹军中也只此一把，是当年她在箭术比赛中夺冠时，契丹皇帝亲手授予她的宝弓，刚好弥补她的臂力不足。

她又在箭壶中摸出一只铁箭，搭在弓上。因为铁箭沉重，在有风时也就更易控制准头。刚刚搭好箭，就看见哈布图第一支箭已经发出，当下再无细思的余地，手中铁箭离弦而出。

秦文已经看见有一只箭往咽喉过来，倒也不以为意，左手挥枪扫开。那箭的劲道却比他想的要强，手臂振得一麻。左臂还没有恢复过来，右手枪正刺在一个铁箭兵身上，不及回撤之时，第二只箭已到了。他吃了一惊，在马上后仰，堪堪躲过第二箭。铁箭兵看他仰于马上，立刻有人过来袭击，秦文瞬时一挺腰起来，左手枪刺入右前方赶过来的铁箭兵腹中。此时，第三箭已在他腰腹前一尺之处，再无回避余地。他甚至都能清楚看见，那箭尖上绿油油的奇异光影，一看便知必有剧毒。

秦文心内不由叹息，自己性命并不足惜，马革裹尸是英雄，可是，十年之内，朝中再无可抗衡契丹之将；十年之后，呵，恐怕等不到那个时候，大周已亡于契丹之手。他心念电转间，还不及哀伤，却见斜刺里一枚短小些的铁箭突至，正击于那毒箭箭身正中，“叮”的一声，小箭力尽落地，毒箭被击得偏了方向，擦着他身侧斜飞出去。

要击中行进中的箭支，原是极难的。哈布图这一箭，速度够快，他距离秦文也比陶花近，等陶花瞄准而阻击根本不可能。陶花能够击中，只是因为她对哈布图三连箭的方向速度太过了解，她发箭之时，只管自己箭支的方向，静等着大箭按预想方位撞上来。而刚好，哈布图就按平时惯用的手法，未加改变。当然，这么远的距离，又是在奔跑的马上，能把方位控制得这么精确，也非要陶花这样的箭手才能做得到。

秦文得脱大险，倒抽一口凉气，指挥台上的士兵原原本本看到了刚才的一幕，全都高声叫好。秦文回头远远望了一眼，自敌兵身上抽出双枪，急催战马向前奔去。他不再杀路上的铁箭兵，只是直奔哈布图的方向而去。

哈布图从来没有近身作战的准备，这次失利，也完全是意料之外。当下别无他路，慌忙撤退，眼看秦文风驰电掣般奔过来，他连指挥命令都来不及发出便纵马而去。

陶花早已转身向己方指挥台招手，示意击鼓。指挥台上的士兵此时人人信服于她，毫不犹豫立即按她指示行事。周营鼓声大作，群情振奋，正在交战的契丹军抬头看时，看见已方的帅旗半掩后撤，铁箭兵也被杀得七零八落，顿时一片混乱，一齐随主帅逃跑。

这一战周军大胜，契丹军死伤无数。待战俘安置妥当、收兵回营之时，日已偏西。陶花一天没有进食，已经饥肠辘辘，回营之后先打算吃饭，可是才一入营门，就听见四处在说，今晚要饮庆功宴，所以晚饭免了。她心想自己可再也等不了了，急急回帐找人想办法。

还没走近帐篷，先远远看见一人跪在门口，手还捂着腮帮。陶花愣了一下，看他服色是秦文亲兵，怎么会在这里？她走到近前，那人看见红鞋踏入视线，当即“咚咚”磕头，口里嚷嚷着：“陶姑娘恕罪。”

陶花命他抬头，一看见腮帮上的血痂，才想起是那天早晨被自己袖箭所伤的士兵。她看他已经跪了半晌，心想秦文未免过于严厉，挥手命他起来，“无妨。你家将军也太当真了，小事不值一提。你去吧。”

那个士兵倒是站起来，却不动，苦笑着回答：“我家将军倒没提姑娘口中那件小事。”

“提不提都不打紧，你回去吧。”

“那个……我家将军提的是，陶姑娘初来此地，人生地不熟，”他的脸越来越苦，“他命我来当你的随从，带你熟悉各处情况。如果，如果陶姑娘再有什么事情不顺心、生了气，我的脑袋就不保了。”说罢又跪地磕头，“我叫金德贵，兄弟们都叫我小金，以后就在陶姑娘帐下听候差遣了。”

第七章　故人

小金极为健谈，爱嚼闲话，就是有点抓不着重点，把军营里里外外的事情跟陶花一件件说了个清楚，连秦文家的几个兄弟姐妹都数了一遍。陶花虽然很想吃点东西，数次打断话头，可是小金这三寸不烂之舌总能立刻接上话茬。到最后陶花只好放弃了这个念头，只等晚上一起饮庆功宴了。

等小金说到秦家如何终日媒人盈门的时候，更是变本加厉地夸张了一通，也算是为自己今天早晨口出恶言变相解释一下。秦文生得英俊，文武全才，又是历代执掌兵权的秦家唯一继承人，自然受到众多关注。

陶花听罢一笑，“早知道秦将军这么忙，我就不去添乱了。多谢小金你提醒我，以后我少跟他说话就是。”

小金急忙大大摇头，“不是不是，陶姑娘你这样的人才，跟我家将军才正正般配。”说完又赶紧捂嘴，怕自己冒犯了陶花。

陶花生长在草原之上，混迹于绿林之中，对男女之防并不太上心。她在契丹时跟耶律澜在一起，也从不避讳众人，大家也不觉得有何不妥，只羡慕小儿女的甜蜜。那时，人人也都说他俩最是般配，可是结果又如何呢?

陶花苦苦一笑，“般配不般配，也要先看喜欢不喜欢；就算是喜欢，也未必一定有缘。”

小金听得这话只觉深奥不解，也就不再追问，换个话题说起今天的战事，说到“将军抓了那个老黑怪，拿下了他的弓箭，扔到我跟前，我以为是叫我绑呢，没想到他是叫孙二哥去绑，对我说：‘小金，你别在这里跟着了，先回营听陶姑娘发落你吧’”之时，陶花愣了一会儿神，才反应过来，“他抓了哈布图？”

“谁？喔，是，好像是叫哈什么图。”

陶花即刻起身，“带我去帅帐。”

陶花到的时候，帐外已经摆开了宴席，不停有人向她躬身行礼，小金跟在陶花身后极为得意，时时给引见一下这个，闲话一下那个。陶花不及细听，快步踏入帐中，小金正跟帐外的士兵说通禀一声，看见陶花已经冲进去，只好也跟进去。

秦文看见陶花闯进来，微微一笑，小金在后头立刻爆豆子般低声咕哝："将军笑了，秦将军笑了！我跟了他八年，这才是第三次看见将军笑呢。"

陶花无暇理他，先扫视帐内，不见有战俘。她问秦文："哈布图呢？"

秦文向门外一指，"在我亲兵帐内押着，两人轮班看守，跑不了。"

陶花不及答言，疾步转身出帐往他指向的帐篷走过去。一进门，就看见哈布图被五花大绑，坐在角落。

陶花五年未见他，白日战场上不过是个影子而已，此番一见之下，恩师头发已经全白，比五年前更苍老了些，绑得结结实实像个粽子坐在地下。一见故人，往日种种都涌上心头，陶花扑过去跪倒在地，抓住哈布图被绑住的臂膀，哽咽一声"师傅"。

哈布图见她过来，又惊又喜，细细上下打量，"花儿，是你么？你怎么在这里？来，快给师傅松绑。"

陶花赶紧解开绳索，哈布图空出手臂，抚着陶花面庞，"五年了，是么？咱们草原上这朵会射箭的花儿，让澜儿天天念到现在。"

陶花听见提起耶律澜，不由一震，"澜哥哥，他……他还好吗？"她从小叫惯了"澜哥哥"，如今是大姑娘了，这么叫法儿不明就里的人恐怕会觉得太过亲密，可是陶花和哈布图都习以为常。

哈布图面有忧色，叹息道："他咳嗽更重了，有时晚上咳得睡不着。他常常会提起你。"

陶花眉头一皱，一阵酸楚涌上心头，正努力平复情绪之时，听见帐内一声清咳。

她回头，看见秦文正站在帐篷一角。他刚刚不明所以，一路追着她到了俘虏营帐。

哈布图看见秦文，冷哼一声转过头去。

陶花起身扶起师傅，"我送你出去。"

两人走到帐门口，秦文面色沉郁，"周营是这么容易出入的吗？"

陶花刚才与哈布图对话全都是用的契丹语，此时便跟秦文用汉话解释一遍："这是我的授箭恩师，我要送他出去。"

秦文停顿片刻，明显不愿跟陶花正面冲撞，"此事关系重大，我需回过徽王由他定夺。"

陶花毫不停顿，"若是徽王因此怪罪下来，我来承担！"

秦文看着她，"国家大义，岂容如此儿戏？"

陶花凛然回视，朗声答道："我的师傅只是箭手，并不是契丹皇帝，你留住他于战局无任何帮助。他年事已高，我一身本领都是他所授，当年我从契丹逃出，也是他老人家抗旨才放我一条生路。若是师徒、朋友间的小义都不能顾及，又何来大义？"说罢即带哈布图出了帐门。

秦文苦笑摇头，终是没有强留他们。

陶花是性情中人，待人最是义气，不论是大义还是小义，对她来说都愿倾尽全力维护。

她送恩师到营门口，指明方向，又从士兵手中牵了一匹马给他。哈布图点头作别，等走出两三步，又回头道："花儿，其实，这次出征，是太子殿下领军，你要不要见他？"

陶花呆了一瞬，轻轻摇头，"过去的都过去了，只要他好好的，那就好。"

陶花送别哈布图，回到帅帐中。帐内已经坐满了军中将领，正等着开席。

秦文眼望门口，看见陶花进来，即刻端起一杯酒走上前。诸位将领看秦文离席，也一齐向这边看过来，看见是陶花，就全都站了起来。

秦文将手中酒杯递给她，扬声说道："今日大败契丹，我周国已有多年没打过这么痛快的仗了。头功自然是陶姑娘，这杯酒是周国百姓敬你，保住我边境不受敌扰。"

陶花当此情景，就是刀子也得喝下去，客套一番接过酒杯，一饮而尽。

秦文拿过酒壶又斟上一杯，"陶姑娘来时匆忙，我们不及给你接风，这第二杯酒是大家一起敬你，从此后，你在我秦家军中，无人敢不服！"

陶花一昼夜未尽粒米，酒意上来有些头晕，可是这杯酒同样不喝不行，当下咬咬牙，也饮尽了。

在座诸人也全都饮尽了自己杯中的酒，空杯示敬，欢呼声过重新坐下，三三两两觥筹交错，吵吵嚷嚷的十分热闹。

在这一片闹嚷声中，陶花只觉有些恍惚头晕，模糊中看见秦文又给自己斟满了一杯酒，似听他低声说道："这第三杯酒，是我给你赔礼，我本来看轻了你一个女儿家，多有怠慢。请陶姑娘恕罪，恕在下无知，不知巾帼之中，有如此英雄……"

也不知道是因为他声音渐低，还是陶花眩晕渐甚，后面的话陶花没有听清楚，只觉天旋地转，一个踉跄之后再无知觉。

陶花是被香喷喷的牛肉面味道唤醒的，她睁开眼睛，第一眼看到的是小金。小金一眼不眨地守在她床前，看见她醒了，即刻大叫"陶姑娘醒了"，让外面的人传话出去。

陶花勉强起身，端过桌上的面就狼吞虎咽，小金在旁边不停帮她吹气，怕烫着她。吞下大半碗之后，陶花问："我昏了多久？"

小金伸出一个手指头，"一夜。将军听军医说你是饿着了，就让人每隔一个时辰给你送一碗热面过来。"

陶花听到此言，剩下的小半碗面连碰也不敢再碰，又放回了桌上。她总觉得，如此冷傲的秦将军热情起来，那是件挺让人害怕的事情。他又不是小满，又不是欠着她一条命加一个好夫婿，干吗要如此体贴？

外面天色已经亮了。她从帐缝里望见，刚要起来，却觉全身还是软绵绵的无处使力。小金急忙扶住她，"你先别动吧，再歇歇。将军说你一醒就叫他过来看你，应该快过来了，唉，你要是再有个啥闪失，他真得把我给军法处置了。"

陶花笑道："我闪失了更好，少个人攀着你家将军说话。"

小金皱眉作无地自容状，"陶姑娘我求求你，别再提这事儿了，再提可就真的要处置我了。你现在是我家将军的宝贝，我可从来没见他这么高兴过。我家将军为人清淡，我跟了他这么多年，这才是第三次看到他笑呢。第一次，还是五年前他拿武状元的时候，那时他才是个十六岁大的孩子；第二次见他笑，呃……”小金忽然似有悔意，开始含糊其辞，陶花也不点破，他马上就过渡到了第三次，“从昨天，我看到他笑了好多次，连我都替他开心。”

陶花微微颔首，“大败契丹，你家将军当然高兴，跟我没什么关系。”

小金点头，“我问将军的时候，他也这么说。他说武状元那次，他还不懂事，为一己功名而笑；第二次，呃……第二次他没说；这一次嘛，是为家国天下，黎民百姓而笑，所以笑得久一点。不过啊，要我说，怎么能说跟陶姑娘没有关系呢？没有陶姑娘我们能打胜仗吗？”

陶花微笑着好奇打岔，“他第二次笑是因为什么？你跟我说说。”

小金忸怩不安，还是不开口。陶花微笑，“我听人说，小金知道的事情最多，也最会说话，所以秦将军才把小金安排到了我这里。”

小金更加忸怩，这次却开了口，“第二次嘛，唉，无非是儿女私情……”话音未落，帐帘一挑，秦文走了进来，一进帐就先定定看了小金一眼。

陶花无端被人打断，十分不悦，连着昨天被怠慢的怒气一起，将面孔沉下来，“将军，你进我营帐不该通报一声么？我毕竟是个女儿家，怕见人。”

秦文看看帐内，“这里，似乎是我的营帐吧？”陶花四顾，果然不是自己的住处，不由尴尬。

秦文却没有问责她的意思，接着说道：“你昨晚进帅帐也没有通报，我以为这是你们契丹人表示亲密的意思。何况，小金也在帐中，有什么事是可以见他，却不能见我的？”

他说到最后脸色完全沉下来，小金吓得双手连头乱摇，“没有没有，将军我这就出去，这就出去。”

小金连滚带爬挪出去，陶花忽然觉得有点不自在，面孔转向帐壁不说话。

秦文到她床边坐下，端过一旁桌上剩下的小半碗面，“吃饱了吗？”陶花点点头，却不看他。

他叫人来把面收了，待众人都退去后，缓声说：“行军中烹制食物不便，战斗中的军粮其实都是干粮，北方人可能吃面做的干粮多些，南方人可能吃米做的干粮多些，但无论如何都是吃不到牛肉面。你能吃到新鲜米饭，也只是因为跟着帅帐的伙食，并不是我亏待你。”

陶花从未参加过实战，平时听父亲提起战例也很少讲到饮食，这会儿就有些惭愧，低头不语。

秦文见她如此，立刻和声安慰，“无妨，我知道你不是个娇气的姑娘，若是娇气，练不成这么一手好箭法。以后，我留着意给你做面就是了，今天这些是昨晚连夜快马到幽州城取回来做的。”

陶花终于无法坐视，开口说：“不用了，是我不懂事，给你们添这么多麻烦，还要劳累士兵半夜赶路……”

秦文一笑打断她，“你是不知道，昨晚我说谁愿意去一趟幽州帮我取面，没一个应声。后来我说是陶姑娘想吃，哗地一群人全都站起来。”

陶花低头笑笑，有点不好意思，也有点微微的得意。

秦文接着说下去：、“虽然饮食上我没亏待你，但……”他望住她，含笑凝眸，“姑娘，你我确是旧识，请恕我昨天言语冲撞。”

陶花一怔，“我们真的见过面？”

他微笑点头，自随身箭囊中取出两支箭来递给她，一支木箭，一支铁箭，箭头上都铸着一朵桃花，春意盎然。木箭的箭尖已经不甚明亮，变得温润圆滑。

她一眨不眨看着，猛然就大怒，“你竟敢翻我的东西？”

他闻言苦笑，“姑娘真的这么健忘？”

陶花仍是不解何意，只是去查看自己的箭囊，想看看里面的箭支有没有少。

秦文一边苦笑一边摇头，抬手解开自己的领襟，推开衣服，健硕的肩膀缓缓露出来。他虽是外貌看起来清俊，身上的筋肉却一点也不瘦弱。

陶花震惊当地，缓过神来后就往床里面躲，惊惧地嗫嚅：“你做什么？”这还是她头一次看到一个成年男子裸露的身躯，心里头七上八下的，脸色变得通红。

他已经解开左肩的衣服，指着肩上一处伤疤说：“这是拜姑娘所赐，你还记不记得？”

陶花已经想了起来，这必是她五年前带着小满过燕子河时遇见的那个少年，她和小满还为了他斗嘴半晌。此刻她紧靠在床内，面前是一个半裸的男子，心思完全混乱，颤抖着问他：“你是不是要寻仇？”

秦文继续苦笑，“你想哪儿去了？我要是想寻仇，还用得着半夜给你寻牛肉面去？再说，当年也是你手下留情，难道我还看不出么？”

陶花哑然半晌，依然抖个不停，“那……那你要做什么？”

秦文望她一阵，忽然笑得侧开头去，回过头来时带着满眼笑意睨她一眼，把衣服重新掩好，说：“我什么也不要做，是不是让姑娘失望了？”

陶花在情事上笨拙些，想了半天才明天这语中隐义，顿时羞恼得抓起手中箭支就想往他身上刺过去。

秦文握住她拿箭的手，“是你不停问我要做什么，其实我什么都没想做，只是不忍让你一个女孩子家独自想那么多。”

陶花的面孔已经红似烟霞，用力抽自己的手，却是怎么都抽不出来。

他含笑望着她，也不说话，就那么握着她的手。

她只觉心神激荡不堪，手中铁箭“当啷”一声落到地上。

就在这一声当中，她猛然一凛，想起来这桃花铁箭是耶律澜铸了送给她的。

铸造之前，用她的玄铁弓，试过了十余只不同大小重量的箭，每一支都陪着她试射，选出最中意的一支木箭和一只铁箭。木箭共造了九千支，铁箭铸了九百支，他说，汉话里面，这叫做“长长久久”。这朵桃花，是他背着她加上的，为此她的爹爹大怒，后来还是师傅哈布图来跟爹爹说情，勉强才说通了。

如今，虽然她用的早已不是当年铸造的那批箭支，后来这些却一直仿了当初的份量样式。虽然她也知道自己和耶律澜已再无续缘的可能，他们却始终没有明明白白把话说清楚，哈布图说，他还时常念着她……

想到此，陶花的脸色凛然端正下来，坐直身躯不再动作。

秦文见过的女孩子太多，早就百炼成钢，见此情景立刻明白，眼神一滞便放手，正色道："我对姑娘不敢有半分轻薄之心，请别误会。自五年前相见，我也一直记着姑娘红衣白马，箭技骑术当世无双。没想到还有重逢一日，也算是上天眷顾。"

陶花抽回手腕揉抚，虽然神色端正，被他连番夸赞难免仍有些飘飘然。

他拿起那支桃花铁箭看着，这铁箭射在广漠战场之中，那也是颇费了力气才能寻到，想来是他十分用心。半晌他又开口，"我性命是你所救，无论怎样报答，都是应该的。只是，今日我还有一个不情之请，不知道姑娘能不能再帮我一次。"

陶花在飘飘然中拍了拍胸脯，"那是当然。说吧，是想让我夜探敌营还是帮你训练箭兵？"

秦文看着她，眼中带着一丝猜不透的诱人，"我想请姑娘与我演一出戏，假扮爱侣。"

第八章　假戏

故人相见，床头谈心，本是旖旎情状。秦文却坐在床前，把朝中局势一点点讲给陶花听："秦家暗托于徽王帐下，姑娘若是于我有意，那便再好不过。如今咱们徽王派系足可与田太师一斗，只是王爷碍于父子兄弟情分，有些犹豫罢了。咱们两人结亲，田太师必然要发难，到时局势逆转，胜算有一半以上。

"只可惜姑娘对我无意，那只好请姑娘帮忙演这一出假戏。一来，可以分明局势，帮徽王下定决心；二来，此次出兵，是以婚约换了虎符，我回去就再也拖不住，要迎田家小姐进门了。我不想与她共度一生，可是过门后若再有变动，我秦家可也失不起这个脸面。"

他开口求人时低眉颔首，姿态伏低，与初次相见时那不冷不热、却分明拒人千里的神气大不相同。

陶花默然半晌，喃喃说了一句："中原政事竟如此复杂，连情事都要牵涉其中么？我若真的有意于你，你所谓的'再好不过'，也只是为了我的身份么？"

秦文低头，不与她目光接触，"国家动乱非常之时，理当心在千秋功业、家族荣辱。我也知道这对姑娘清誉有损，当初我布虎符这一局时，也是想好了，要是真的逃不开，这一生也只好与她相对终老。这也是没有办法，也都是为了秦家的将来、徽王的天下。"

陶花没有答言，秦文看她并没拒绝，就接着说了下去："这件事郑伯在密信中也提过。他说你在汴梁也没什么亲人，不论结亲结友都是好事。我家世代袭爵，虽然当朝军政布局错综复杂，我家——"他一笑，"也差点给媒人踏破。可是，我的命是你救的，我们两个要是想在一起，这是再自然不过，旁人不会怀疑。"

陶花听见这事是郑伯首肯的，就知道推脱不过，于是笑道："我在契丹时知道的规矩，是女方欠了男方家的人情，才会嫁过去。怎么，中原风俗是要男方欠了人情才娶的么？"

秦文大笑，知道她已是答允的意思，便拿铁箭在她肩头一敲，"你去打听打听，看我要不要施人情才能娶到妻子。"

陶花当仁不让，“你也去契丹打听打听，看看人家都是怎么给我家送人情的。”

秦文听见这话，收了笑容自怀中取出一封书信放在桌上，“今天早晨，契丹来使送了这封书信，是契丹太子耶律澜写来的。”

陶花一骨碌爬起来，抓过书信小心展开。书信是汉文写就，耶律澜精通汉语，一手蝇头小楷写得秀丽遒劲。陶花却不认得汉字，她又将信放下，“他说什么？”

“他说，两国交兵，生灵涂炭，希望周营主帅能与陶花姑娘过去一谈，以期讲和。”

“那你怎么打算？”

“我已经送信给徽王，说我们俩可以一试，若能免用兵之祸，也就值得行险一回。”

陶花想了想，“你去就成了，我去只是拖累你。我只懂射箭和马术，马上兵刃逊你太多，到时若真有危险，你一个人可以在万军丛中冲出一条血路，带着我就难了。”

秦文看看陶花，嘴角微微扬起，“我自己去，难保耶律澜不给我埋伏下火炮炸药，你跟我一起去还能放心一点。”

陶花愣住，揣摩他话中意味，稍一寻思，即问道：“你懂契丹语？”

“知己知彼，方能百战百胜。”

陶花面红低头，自己与哈布图的对话，必然全都被他听懂了去。

秦文站起告辞，脸色又郑重深沉下来，“你先在我帐中好好休息，假戏之事，不能让任何人知道。”

陶花点头，“我明白。”

“除了我和郑伯，还有我家老祖母，就连徽王都不知情。”

她微觉惊异，“小满也不知道？”

“徽王待你恩重，万万不舍得拿你冒险去触太师的霉头。何况，我们本就是为了劝他早日下定决心，再拖下去于我方不利。”

她正色点头，“将军放心，陶花明白大事大义。”

天已大亮。晨练收队的呼喝声此起彼伏，周营中一片秩序井然。

秦文走出自己的营帐，面色深深，又微带了些困乏。其实他一宿未睡，这会儿又得立刻去巡防、安排昨日战后的伤兵、给养等各项。

朝阳映照他清逸冷俊的面孔，他在光影中回首望了望自己刚刚走出的帐门，眼中掠过一瞬说不清楚的缠绵。然而那只是一瞬，他立刻便摇了摇头，让自己清醒些，眼神也重新变得如刀似钢，终于振奋精神大步离去。

当日天气大晴，万里无云。下午秦文就带陶花巡营，一处处带她认识军中各重要将领执事，再无保留。

这支军队不过才刚刚交到他手上，已经军容威严，有模有样，颇有郑伯口中称赞的秦家军风范。陶花曾受父亲教诲过带兵用兵之道，心里赞叹不已。

秦文在人前人后都对她十分亲近，且从不避言仰慕之情。陶花被他怠慢所积的怨怒慢慢散去，重新来审视这个人，才华品貌都是上乘，又对自己处处温柔体贴。虽知是假戏，也生了好感，短短数日，两人已经相熟。

往后的日子就默契了很多。陶花把在契丹军中所见所闻和盘托给秦文，他则细心揣摩聆听，及时调整士兵训练和战备规划。白日练兵，往往都是晚上在帅帐秉烛夜谈，两人谈及军事常常不谋而合，大有相见恨晚之意。有时兴起谈得晚了，或者一人太过劳累、瞌睡了，另一人觉得话还没有说够、不舍得离去，也就都在帐中席地休息。军中诸人已经全都知道，这一对小儿女渐渐如胶似漆。

又过了数日，小满的书信到了。让他们自己安排即可，不必事事请示，又大大褒奖刚打的胜仗。

秦文读信后，叹道："徽王英明睿智，爱才信才，是百年一遇的明君。若能得继大统，周朝必可得数十年安定。"

陶花从没从这个角度看过小满，在她眼中小满一直是个不怎么懂事的小孩，大家口中的"徽王派系"，在她耳中"派系"是主，"徽王"是辅。不过听人夸他，还是很高兴，毕竟她把他当做自己的亲人。

陶花正笑得合不拢嘴时，秦文又补上一句："这话我只说给你听，即使在幽州军中也不能外传，免起祸端。"

陶花连连点头，"我明白。你放心，小满跟我是亲人，我必然处处小心维护他。"

"亲人？"秦文疑惑看她一眼，"我只听人说，你是徽王的救命恩人。怎么，你们还是姻亲？你是先太子、皇上还是于皇后那边的支系？"

"不是不是，"陶花急忙摇手，"我们……唉，不是那样，就是跟亲人一样，但是并没有有血脉联系。你听明白没？"

秦文显然更不明白了，他回味半天陶花这句话，凝视她半晌，又突然展开书信重读一遍，自言自语道："嗯，字字如金的军情密信，他还特地提醒你塞北寒凉，多加衣服，还让我做些面食给你吃。"

他的面色变得郑重起来。良久，秦文一字一顿道："陶花，你可千万别告诉我，徽王与你有私情。"

陶花听他语气极其郑重，又连名带姓叫自己的名字，于是也一脸严正地听着。听到最后一句，对她来说实在是太过突兀且荒谬，忍不住爆出一阵大笑。她笑得弯下腰去，"你……你想法也太怪异了，我是他长辈。长辈你明白吗？就像母亲，姑姑，婶娘……这样的长辈。"

她只觉得，这世上所有可能跟自己有私情的人当中，小满一定是排在最后一位的。不，不，他根本就不可能排进来。

秦文牢牢盯住她，"他不过比你小四岁而已，又不是姻亲，你怎么就变成长辈了？"

她怎么变成了小满的长辈？这句问话让陶花想起往事——虽是满载痛苦的冰冷回忆，却因为有这个"晚辈"的参与，而变得有了些温暖的颜色。

汴梁。太师府书房。落叶盖满了窗外的花园。

田太师听罢随从在耳边的低声密报，点点头，命他把小姐叫来。

随从出去了，室内无人，他摇头晃脑地想了想：陶花……陶洪锡……秦文……

终于一下子笑起来：怎么？天底下有这么巧的事情？

女儿田倩如走进书房，含羞低头，“前方是不是有信来？他……他可好？”

田太师把女儿拉到身边，“倩如，你与他虽然有婚约，但我田太师的女儿不会没人要，你不必被他限住。”

田倩如一惊抬头，“怎么？出什么事了？”

“他在军中与人有染，不知怎么有个女人去找他，我查过，这女人是落霞山的草寇，她父亲曾降顺契丹为官。我看，咱们还是立刻收回他的虎符，给你另谋贤婿。”

田倩如默然半晌，垂头说：“爹爹，我与他尚未行礼，他是青年男子，有姬妾陪伴原也是情理之中，难道你还指望他做和尚不成？他不但不是和尚，为人还风流得很，这也不是第一回了，你怎么又轻言退婚？”

田太师哼了一声：“若不是为了你呀，我可真不愿蹚他这个浑水。”

田倩如娇声倚到父亲身边，“爹爹，你可别这么说，他能应了这门亲事，我……我开心得很……”

田太师叹气，“是，女生外向，我说不过你，为父只能帮你这个外向的女儿把她赶走。”

“又要杀人？”

“这次倒不必，有的是好办法。何况，这女人居然是陶洪锡的女儿，哈哈——”

徽王府。秋意渐深。

小满久久地看着面前这封密信，面色沉沉。

郑伯却是喜上眉梢，笑出声来，“我说呢，上次秦将军写来的信居然写满了三页，他以前可从来是几句话就说完，一个字也不肯多写。原来他不但是写信啰唆了，待人也和气喜乐了很多。”

小满却未笑，“前方的军士说，他与姑姑两情相悦，这才欢声笑语。”

郑伯笑得更加欢畅，“这是好事，天大的好事！秦将军若是有意于陶姑娘，咱们更不愁秦家对徽王的忠心了。田太师也不会忍这口气，到时候必然是要刀兵相见。”

小满手按额头，“也未必刀兵相见，也许田家会想办法加害姑姑。”

郑伯微笑，“那也要看能不能办得到。秦将军这么孤傲的脾气，看中了谁，还能让她受害不成？早晚是刀兵相见。”

“这么说，秦文，可以保护姑姑了？”小满口气中满是置疑。

郑伯深深看他一眼，笃定回答：“当然。秦将军是人中龙凤，勇力有余，人也斯文，这汴梁城哪一个姑娘不喜欢他？我明白王爷爱护陶姑娘，但秦将军配陶姑娘，足可匹配。”

小满沉默许久，呼出一口气抬头，“好，只要姑姑喜欢，那就好。”

郑伯低声：“王爷是不是担心田太师……”

小满摇头，“我不是担心他，我担心的是……唉，当年——”

当年……

小满靠到椅背上去，仿佛回到那雪花漫天的无牙山上，他与陶花初次相遇的地方。

往事桩桩件件如水漫过脑海。

小满轻轻叹口气，“总之，是我欠姑姑的，欠她一条命，还有一个好夫婿。”

中军帐内。陶花仰头把前情回忆一遍，发了一会儿呆，然后笃定点头，“嗯，我跟小满，就是姑侄，最多是姐弟。没有别的，也不可能有别的。他自然要提醒我加衣服，我当年还借衣服给他穿呢，这点义气总归要有的。”

秦文答道：“真是这样最好，我只是怕万一。徽王虽然待人宽厚，到需要杀伐决断时，却也毫不手软。你若是与契丹太子有情，或许还有回旋余地；可你若是与徽王有私，那……那只怕是为难之至了。”

陶花盯住他半晌，“什么为难不为难？咱们演完这出戏，不就一拍两散了么？”

秦文抬头看她一眼，似乎话到嘴边，却终究没有说出来，就只是那么看着她。

陶花又等了片刻，等到他终于低头一叹时，她自己也低下头去，萧索中问了一句：“和谈之期选哪天好？”

“你说呢？”

“那就尽快吧。我已经五年没见过澜哥哥了，也真的是……想看看他了。”

秦文又抬头看她一眼，缓缓点头，“好，我带你去见他便是。”

第九章　和谈

约好的和谈之日到了，是个萧瑟的阴天。

陶花一早起来就装束停当。她听小满的话，特地穿多了些，裹上了大红袄，配在她的“飞雪踏”之上，十分醒目。而秦文则刚好相反，他一身素甲白衣，与陶花并辔而行。远远望去，两人真算是一对璧人。

为了表示诚意，两人没有带任何随从。一路上都很顺利，到了契丹营中，兵士也没有为难他们，也看不出什么埋伏。

领头的岗哨带他们到一间大帐，陶花进去之后，心内小小吃了一惊。这帐内完全是她以前家里的布置，就连屏风摆设都跟以前一模一样。陶花过去拿起几件小东西看，分明就是她的旧物。

她一件件把东西看过去，找到一件陶若亲手雕刻的小木马，雕工虽然拙劣，却是旧情无限，陶花把木马放入自己怀内口袋，而后坐在自己“家”中，万分感慨。

秦文一看这情势已经猜到八九分，看陶花坐下之后，便走近她身边，“等我们大破契丹之后，你带我到你长大的地方去看，可好？”

陶花仰头向他微笑，一时旧日感慨散去，心中重新盈满斗志。

话音刚落，帐外脚步声响，先进来几个侍从，奉上瓜果茶水，而后哈布图进来，陪陶花闲聊几句，却不怎么理会秦文。

耶律澜进来时，陶花即刻站起，看见他竟是一点也没有变，跟五年前分别时几乎一模一样，只是偶尔以手掩面轻咳。

几人坐下叙话。

耶律澜看陶花情绪平静，只字不提旧事，不由显出很失落的样子，言谈间话语甚少。陶花与秦文已经颇为熟稔，经常会互相开几句玩笑，说几句家常，如今深入敌营之中，只有他们两个是自己人，自然而然态度十分亲昵。耶律澜看在眼里，重新把秦文打量一番，点头道："人都说秦将军是人中龙凤，今日一见果然如此。"

秦文忙答："不敢当，我周朝这数十年来与契丹国交锋，胜少败多，是我等无能，哪里敢当谬赞。"

耶律澜又咳了两声，"这一仗，两位看如何打法儿？"

陶花不语，看向秦文。秦文拱手，"太子殿下有何高见？"

耶律澜微微一牵嘴角，似想微笑却没有笑出。帐外微风吹过，帘布沙沙作响，宛如儿女低吟之声。

他转头望向陶花，眼中柔情无限，缓缓言道："我们俩从小一起长大，你在契丹十五年，自记事开始，我们就是天天在一起的，是不是？"

陶花默然低头。

"我一直以为，你必然是要嫁给我的。每年春天咱们跟大人去长白山围猎，我跟你从来是同桌吃饭，一张毡子睡觉。你怕黑，半夜里要是醒了，就得叫醒我陪着，等我把你哄睡着了，我可就完全醒了，再也睡不着。"

陶花低头咕哝："也不是每次都叫醒你的。"

"嗯，你好心的时候，就不会叫醒我，悄悄起来放个捕鸟夹子，等着看我的笑话，结果自己忘记了，一早起来踏进夹子里，疼得你大声叫唤，连隔壁帐篷都被惊动，以为我把你怎么了。"

陶花听见提起此事，不自觉地摸摸脚踝，那道伤痕一直到现在还有。

耶律澜望着她脚踝，"你的伤疤就留下了，是吧？我身上可也不少，一桩一件，你比别人都清楚。后来，你十三岁那年，拿了我们契丹箭术比赛的头名，那时你还是个小孩，臂力不强，我们草原上箭法好的青年可也不少，你一个娃娃是怎么拿到的头名？"

陶花仍是低着头，"是澜哥哥你偷出父皇的玄铁宝弓给我，我才能跟他们比赛。"

"不错，后来我父皇看见了，就把那张弓当做奖赏赐给你，也没有责罚我，如今，你拿着这张弓来对付我们了……"陶花不语，耶律澜又咳嗽两声，才接下去，"从那次比赛之后，你就矜贵了好多，平时一起走路也不手拉手了，跟我出去围猎也不住在一起了。可是我知道，你心里头，其实更想跟我在一起了，对不对？我每次叫你出来玩，你都会穿上特别鲜艳的衣服，其实，你穿什么又有什么打紧，我们草原上美丽姑娘也不比你们中原少，可是，我从小就只看得见你一个。有一天，你突然问我喜欢什么颜色，我看你那天正穿着一件红袄，就说我喜欢红色，后来你就天天穿红的，整天像根火苗跳来跳去。其实，我都已经跟我阿妈说好，隔年一开春就跟我父皇说，让他去你家提亲，谁知道，谁知道……"

耶律澜的声音低下去，随即大声咳嗽起来。陶花以手握拳，紧紧抑住啜泣。沉默良久，他又缓缓开口，“五年前，你带那个小孩走的时候，我就觉得你变了，以前，你何曾对我说过半句谎话？可是，我还记着那天晚上你答应我的事，我对你说，如果你敢违背，我会怎么样，你还记得吗？”

陶花面色发青，“澜哥哥，两国交兵，事关重大，你不要意气用事。”

耶律澜徐徐点头，尽量让声音温和些，“你跟我走，我即刻退兵。”

陶花还未回答，秦文已然起身，“难道太子殿下约我们前来，就是为了自己的儿女私情？”

耶律澜冷冷看他一眼，转头问陶花：“阿陶妹妹，你告诉我，你是不是喜欢上了他，所以才这样对我？”草原儿女性情爽直，也不觉得这是什么该避讳的事，所以他当着三个人的面直接问了出来。

陶花受惊抬头，面孔发红，不知该如何回答。

耶律澜盯着她，“你喜欢的人若还是我，这就跟我回去，我也不会为难你们。”

陶花缓慢却坚定地摇头，“澜哥哥，无论如何，我是无法跟你回去了，你若是因此生气，那我也没有办法，要打我杀我，都由得你。只是，今日之事，是你请秦将军过来，就该让他平安回去，你若定要为难于他，那我们也只好拼死一战！”

耶律澜听见陶花说出“拼死一战”之语，不由长叹一声，想着自己如何跟阿陶妹妹竟到了如此地步，半晌低头不语。

陶花见他如此，心下酸楚，知道是自己负了对方深情，缓步走到他跟前，想要安慰却无从开口。

两人就这么相对无言了半天工夫，耶律澜终于抬头拉住她手，轻轻说道：“从小到大，我们都是一队，玩捉迷藏、打架，从来都没有分开过，更别说做敌人了。要让我在两军阵前跟你对垒，那如何能做得到？既然是一定要打架，那我们俩今天就在这里打吧，我们两个人的事，不用那么多兵士来陪着。”

陶花瞠目结舌望着耶律澜，他们俩怎么打架？耶律澜虽然习过武、练过箭，也就仅算是学过而已，他自幼有咳疾，大部分时间都是在读兵书和习文。

他说着走出帐去，手提一副弓箭，指着不远处一个拴马的木桩说：“当年吕奉先辕门射戟，咱们今天也来效仿，射到那根木桩子的就算胜了。”说着他拈弓搭箭，连看也不看，一箭冲天而去，片刻后软软落在地上，自然是什么也没射到。他把弓箭递给陶花，“到你了。你若能射中那木桩子，我们这就退兵。”

陶花接过弓箭，反倒不知如何是好。他这是摆明了要让陶花赢，可是这样以强欺弱的事情，到底让陶花觉得十分不光彩。她犹豫半晌，把弓箭递给秦文，“你箭法不如我，你来吧。”

秦文从鼻子里哼出一声，接过弓箭扔在地上。他把陶花拉到自己身边，朗声对耶律澜和哈布图说：“承两位相让，我替陶花多谢你们。无功不受禄，既然你们客气，那我们也就不再乘胜追击，以免你们有全军覆没之忧。我会令士兵休战三日，请你们三日内退出幽州边境。”说罢即携陶花离去。

两人的马匹就在左近，双双上马后，“飞雪踏”却不肯挪动，无论陶花怎么催促，它就是望着耶律澜咴咴叫唤。

耶律澜走上前来，抚摸马头，刚要轻声安慰。却见秦文纵马过来，到得近前，一手拉住马缰，一手揽住陶花腰间一提，陶花即凌空而起，稳稳落在秦文的马上。他向耶律澜一拱手，“就此别过，但愿后会无期。”即与陶花共乘出营而去。

已出敌营好几里远，陶花还有点恍惚，说不出话。一是因为见到了耶律澜，多年心事一起涌到眼前；二是因为被秦文揽在怀中，男子气息扑面而来，让她心跳得飞快，不敢出声。

秦文看她一直低头恍惚，于是温言道：“我的坐骑，叫做‘火云追’，你让人家驮着你，不跟人家打个招呼么？”

陶花破涕为笑，拍拍马头，“我叫陶花，以后有谁欺负你，尽管来找我。”

秦文看她笑了，自己也就笑了，柔声劝慰道：“过去的都过去了，以后总会有人对你更好。”

她低声答他：“我不是在想过去的事情。”

“那你在想什么？”

她沉默一阵，“今天，要是没有你，我多半会撑不下去。”

秦文半晌无语，陶花回望时，他猛然双臂一紧将她拥在了怀中。

月华如练，光影皎洁，漫空密密情意。

她怔了片刻，既未躲闪也未挣扎，却忽见前面就是岗哨，于是茫茫然抬起头来，傻乎乎问：“是……是做给他们看的，是不是？”

身后的人没有答话，只是怀抱却放松了许多。

到了岗哨近旁，他低头到她耳边，“乱世无奈，你别怪我。”

她一脸失望，却仍是强笑道：“怪你什么？没事的，我在草原上长大，不看重你们中原的规矩。”

他不语，她接着便是叹息：“将来，等到天下平定，我再也不过这种乱世的日子，我要卸甲归田。”

他沉吟半晌，岗哨已经远了，于是把手臂放开，“我们秦家的规矩，是要在朝中掌着虎符。”

“火云追”缓缓前行。明月如歌如诉。

陶花转回头来，“那，将来你在朝中，我却归隐了，你……你会不会去田间看我？”

他揽在她身侧的双臂收了收，却终于没有收成怀抱，终是放开。

两人无语半晌，气氛已经微微有些尴尬隔阂，营门却已就在面前，一众兵士都在附近巡逻。

秦文重新抱住她，忽地一笑，“不必到田间去看你，今晚，到你帐中去看你，可好？”

话音未落，一柄小箭已经指住前心，秦文点头，“嗯，果然是我秦家的媳妇。”

陶花握箭成拳，重重击在他前胸，他受了这一拳，就势握住她的手，轻声说：“你力气还不小，我可受不住第二下了。”

他们就这么迎着月光缓缓进了营门。从外面看起来，倒是个十分亲热的模样，何况她脸上尚带着羞晕。

三日内契丹大军果然退去，耶律澜自是以情相让了，可是他们首战大败，锐气伤尽，这仗打下去，他们其实是胜少败多。正如秦文所说，周军同意休战，不追击，其实也算是相让了。争战由来如此，双方各让一步，就是天下太平。

契丹军退去之后，周军即整理行装。十五万幽州军分散各地布防北境，秦家军亲兵由秦文带回京城。大批人马分头开拔，各往目的地，井然有序离去。

秦文特地安排陶花和自己一队，陶花的战马已然不在，交待小金去寻一匹来。结果小金回来说找不到，陶花看他鬼鬼祟祟的样子，十分恼怒，“重骑兵一人配三匹战马，怎么可能找不到一匹给我先用着？”

小金听凭她训斥，反正就是找不来。

陶花走上前牵过小金的马匹，说：“那我就先用这匹，你走路吧。”

陶花骑上小金的大灰战马，一边得意前行一边回头看嘟着嘴跑的小金。秦文听见这边吵闹，纵马过来，看见眼前情景，笑道：“你别欺负小金，他是老实人。”

陶花撇嘴，“可惜啊，我的雪儿不在，不然用得着受你们的气？”

秦文附和，“是，是，你的雪儿最好，天下第一，古今无双。”

陶花继续撇嘴，“不但好，还是别人送的，我没有好马赶路，澜哥哥脱手就把他的马给我了。”

秦文微笑着拍拍自己的汗血宝马，“听见没？以后你就归陶姑娘使唤了，人家都开口来要了。”“火云追”似通人意，当即冲陶花长嘶两声。

陶花大喜，低声问他：“是真的还是假的？不是做给别人看的吧，以后要不要还的？”

他毫不犹豫，“当然是要还的！”

她的脸刚苦下来，他接着说：“十年后还吧，借给你十年。”

一匹马的全盛时间不过十年，陶花低头一笑，在马上探手过来拍拍“火云追”的脑袋，同时斜眼看看马上坐的人，“那你还不下去，骑着我的马干什么？”

秦文伸臂过来，“先把你放上我再下去，不然它不认你。”陶花想想也有道理，就听任他把自己携过马上。可是过来多时，他还是不见有下去的意思。

队伍中兵来将往，人多眼杂，有人看见就会笑笑。虽然是做戏，陶花也会害羞。她坐在马上越来越不安，自己的功夫却又不足以赶他下去，想要自己跳下去时，他用臂膀拦住了。

两人就这么共骑而行半日之久，到陶花窘得一句话也说不出了，心跳得快跃出喉咙时，秦文才去帮她找了辆马车独坐，让她能休息好些。

队伍日行夜息，缓缓行回汴梁。一路上秦文对陶花照顾有加，形影不离。

接近汴梁城外时，秦文下马，跳上陶花所在的马车，掀开帘子进去。陶花皱眉，“我不是跟你说过，进女儿家的闺房，一定要通报一声。”

秦文不与她理论，到近前坐下，叫一声“陶花”，伸手握住她的手。陶花看他面色郑重，也就没有反抗，仔细聆听。

他寻找着措辞，缓缓说道：“到汴梁城后，人事复杂，你只管去见徽王，听他指示即可，不用理会旁人。”陶花点头。

“你最好时常跟在他左右，没有他、没有我，你别轻易出门，明白吗？”

陶花想撇嘴说“那我不得闷死”？看他神色郑重，就没打岔。

他深深看她一眼，眼中五味杂陈，挑帘要跳下车时，陶花在背后出声：“等等！”

他踩在车辕上弓身回头，帘子一半挑起，一半散下，冬日正午的薄阳照得他面色温润轻柔，双眸如星，光芒隐隐四射。

陶花坐在车内，阳光照不到的角落里，轻声问他：“你没其他要跟我说的了么？”

他慢慢地一闭眼又睁开，让眼睛适应车内外的光差，“你还想听什么？”

她不说话，只是看着他。

微风吹拂车帘，在他手中微微颤抖，扫过二人相交的视线。他整个人如铁似钢般的坚硬，“你不说话，那我先走了。”

“喂！”

“什么？”

“如果……”她抿了抿唇，“如果我真的那个什么清誉有损，嫁不出去了，怎么办？”

“真正爱惜你的人，会明白体谅；不肯体谅的，也不必嫁他。”

“如果……如果是你，”她一咬牙，说了出来，“你会爱惜体谅吗？”

“我早就说过，你要是想嫁给我，随时可得。咱们两个联姻，大周军权便固若金汤。”

陶花刷拉把他挑着的帘子夺过放下，“快滚，省得我一箭穿了你的喉！”

又行得一会儿，车速渐慢，最终完全停了下来，外面隐约传来锣鼓乐声。陶花下了车，看见汴梁城门就在眼前，城墙下众多欢天喜地的百姓们在等着凯旋归来的士兵，有敲锣打鼓的，有舞狮踩高跷的，一团喜气。陶花被这份喜气感染，不由也微微笑起来。

与这份喜气十分相衬的，她听见一把苍老却兴高采烈的声音大叫着：“贤婿，贤婿！你运筹帷幄，大败契丹，此番立了头功一件！”陶花好奇地侧头一望，看见一位富态的白须老者，正扶起跪在地上的白衣将军，那将军站起身来，猎猎风姿掩不住一身儒雅气息，正是秦文。

秦文对那老者极为恭敬，一副俯首帖耳的样子，他在军营里、在陶花面前的那股傲气完全消失不见。那老者身后跟着一位少女，包了头巾看不清面目，只见身姿窈窕，显是深闺小姐不愿以面貌示人。二人身后仆从如云，陶花不懂分辨官阶服色，只知道这必然是大官。

她还在这里疑惑观看，忽听耳旁一声马嘶，陶花转过头来，何四一边轻拍“火云追”的脑袋安抚，一边说：“小金刚刚让我交给你的。”陶花心里安稳了些，可还是有种说不出的不舒服。

正神思不定的时候，有人大叫着“姑姑”扑过来。陶花听见叫声已然微笑，还不及转头，就被小满给扑了个结实。

第十章　嚼酸

小满似乎又长重了些，陶花险险不能应付，好在罗焰从背后扶住。

陶花许久不见罗焰，一迭声地连叫“三哥”。罗焰也十分高兴，抱起陶花转了好几圈。陶花以前一直没觉得这样有什么不妥，可是自从在马上被秦文抱过之后，就变得有些通人事了，面孔发红地挣下来，凑到小满跟前拍他脸庞。

在她心目中小满一直是个孩子，与他如何亲昵都不觉不妥。见他下巴似乎尖了些，不免捏捏他手臂关心问道：“怎么脸瘦了？身上倒没瘦。”

小满十分认真地回答：“想念姑姑啊，先生今天刚教过，‘一日不见，隔三秋兮’。”

陶花笑着拧了拧他的嘴，左手牵起小满的胳膊，右手拉着罗焰的袖子，一边进城，一边细细问过别后情形。

三人身后，跟了数列徽王府的随从，陶花不免又想起刚刚看到的来迎接秦文的那个老者，于是又朝那边看了一眼。

小满也随她看了一眼，低低问：“大冬天也能吃到杨梅啊？”

陶花一愣，“没啊。”

“喔，我还以为你刚刚吃了杨梅嚼到酸，不然怎么这脸色。”

罗焰已经大笑，陶花才反应过来，嗔道：“小满，大人的事你不要管！”

小满脸上虽有笑容，眼神里却是隐隐不悦，“你这小大人不让我管，将来哭的时候可也别来找我。”

陶花冷哼一声：“我才不哭，你什么时候见过我哭？”她的眼睛黯淡下来，“自从父亲死后，我只哭过一次，就是在无牙山上……”

小满那一点点不悦的神色迅即被征服，笑嘻嘻打断她，“打了大胜仗，提什么不高兴的事？”他指着陶花刚刚看的方向，“那是田太师，太子的亲舅舅，朝中最得势之人，军权掌在他们手中。秦将军若不是在出征前与他女儿订了婚约，他又怎么肯交十五万大军给他？”

陶花已经知道这事，也就不觉惊讶只是嘀咕了一句：“这不是骗人家姑娘嘛。”

小满哈哈一笑，“秦将军说，大丈夫要成大业，就不能顾虑许多小节了。”

陶花不服，带些恨意又带些娇声说：“他从来都瞧不起我们女子，幽州阵前，几番让我难堪。这会儿要成大业，又拿女子们垫背。”

罗焰在旁连连点头，眼带笑意，“正是正是，这种人千刀万剐死不足惜啊，五妹你快替天行道。”

陶花怒道：“这话不许你说！只能我说。”

罗焰还未答话，小满顿住步子看向路边，“这大冷天还真有杨梅，过去买点。”

他真的走到旁边的果子铺里，侍卫立刻散开布防，店老板慌慌张张迎了出来。

见他看着摆在外面的杨梅果饯，老板急忙说：“这是去年夏天的鲜果，拿糖腌了存的。除了颜色差点，味道比鲜的还好，没那么酸了。”

小满皱眉，“杨梅不酸了，还吃什么？”

老板立刻知道说错话了，赶紧改口，“这比鲜杨梅差一酸，可还是能酸倒牙。”

小满抓了一颗放在嘴里，“嗯，不错，果然够酸。”

老板连忙吩咐伙计：“去地窖里拿几枝杨梅叶来，给贵客嚼一嚼，别真酸倒了牙齿。”

小满摇手，“不用。我就是想吃这个酸味儿。”

他熟门熟路地拿过点心纸，随手包了一大包扔给陶花，“你拿着，留给我慢慢吃。”一边吩咐身后的侍从付钱一边拍拍手出门。

陶花抱着一大包杨梅，无奈地从背后赶上去。她一遍遍安慰自己：帮侄儿拿果子，情理之中，小孩子嘛，弄饴之乐弄饴之乐。

一行人穿街过巷，小满不再似刚刚多话。他一闭口，气氛立刻就会嫌闷。

陶花四处张望找些话题，看见路上人满为患，尤以十五六岁的少女为多，便故作夸张奇道：“爹爹曾说，中原风俗女子是不出门的，为何这么多少女在路上？”

罗焰大笑，“你不知道秦家军每次出行，汴梁城都是万人空巷。这城里有首歌谣，‘来生不为女儿身，免见将军误新婚’，说得是那田家小姐本来与右相之子宁致远有婚约，却是在一见秦文之后，退了婚事。这么多女子在此，那都是宁可误婚，也要一睹将军风采。”

陶花哼了一声：“这家伙人缘这么好？将来我要是落魄无依、街头卖艺为生，一定拉他入伙。”

小满侧头，“你怎会落魄无依？难道我还养不起你？”

陶花一愣，虚张了两下口，支吾着：“那个，我不能总让你养啊。”又觉得这话说得十分怪异。

小满点头，“是，你宁可跟他卖艺，也不让我养你，咱们当年可说过患难与共的。”

她彻底莫名其妙，“那是开玩笑的。”

“患难与共这种话都是开玩笑说的？！”他完全停下步子来瞪着她。

“不是，我是说，卖艺什么的，是开玩笑的。”她也更加奇怪地看着他。

“卖艺是开玩笑的，他订了婚约可不是开玩笑的！”他起步前行，“纵然可以三妻四妾，正夫人的位子却只有一个。”

陶花跟上前去，“那怎么了？反正他的婚约也不是心甘情愿来的。”

“不是心甘情愿？可没人敢逼他，是他自己去田家提的亲。”

“那也是田太师不好。”

“田太师好与不好，这件婚事上都没什么错，是你们两个胆大妄为！”小满带了愠色，“你不懂事也就算了，他也不知道在军中回避一下，明明是有婚约在身的人！”

陶花微微抬头，“小满，我不想在背后说他的坏话。”

小满再次停住步子，抬手从她抱着的纸包中拿出两颗杨梅，丢到嘴里去，然后抱怨一声：“酸死了！”

陶花不语。

小满低头看着她，“咱们现在可动不了那田太师。你是不是宁可冒着被田太师暗害的危险，也要跟他出双入对？宁可给他做如夫人，也不愿……也不愿……”

他又拿出两颗杨梅丢到嘴里，这回酸得微微皱眉，“你就宁可，让我酸成这样？”

罗焰微带惊讶地转头看了看他，似乎明白了些什么，先有点吃惊，随即却又了悟。

陶花因为知道是做戏，一直都听得心不在焉。这会儿忽然就想起来了什么，尽量小心翼翼地开口，“小满啊。”

他听她口气十分保守小心，以为她听明白了，就把头完全低下去，声音微不可闻地“嗯”了一声。

“你看，”她艰难地转弯抹角地开口，“我虽然是个吃闲饭的，可你让我帮你拿着东西，也不合适吧。”说着把手中的杨梅举起来。

她想这件事已经想了很久了，虽然自己是他的姑姑，照顾他是应该的，可身后这么多随从侍女，怎么着也不该让她这么抱着啊。所以只好委婉提示一下，虽然这“委婉”也是她认为的委婉。

小满苦笑抬头，一把抢过杨梅，“回家吧！”

回到徽王府中，陶花一行人把在军旅所见所闻讲了一遍，小满似乎早已经全都知道，只是徐徐点头，毫不见惊讶新鲜之色。

相见的话语还没说完，小金就来了。他与徽王府的众人显然熟识，登堂入室进来直奔陶花而去。到得近前，小金拱手行礼，“陶姑娘，将军差我来看看你。”

厅内人多，他说的声音也一点都不低，陶花当即就有些脸红，轻声道：“看什么看，这才半天不见，我好着呢。”

小金一笑，“那就好。他让你凡事放心，不用多想。”

“喔。”

“还有……”

“还有什么？”

小金抬头看了看，见众人都在，依然没有避讳，反而更加大声了些，“将军特地让我问明，今天跟徽王一起到城门口去迎你的那个男子，是谁？”

陶花看了一眼罗焰，“是我罗三哥。”

小金皱眉，“我要是这么去回，今晚恐怕有人睡不着觉了。”

陶花只好再加上一句：“是我结义大哥，你让他不要多想。”

罗焰早已哈哈大笑，“五妹，你怎么惹上个这么难缠的主儿？不赶紧来拜候我这个三哥，倒是先问东问西的。”

小金听见，与罗焰笑着见礼，满意离去。

陶花送客人出门去了。小满却有些不乐意，“他自己不清不楚的，倒还责问起姑姑来了。”

郑伯正在大厅，当即笑道：“王爷，你可真是陶姑娘道道地地的娘家人。”

小满听见这话，也就一笑，对侍从吩咐：“更衣，我往秦府去一趟。”

郑伯笑容更盛，“这还没到提亲的时候吧？就算到了，那也该男家来咱们府上。”

小满无奈摇头，“还是我过去拜候老太太吧。秦家的门可不是那么容易进的，咱们得未雨绸缪，先套套近乎。”

郑伯点头，“我同你一起去，这秦老夫人确实厉害，今天咱们两人也去踏一踏他家的青石板，看看是不是真的已经被媒婆的鞋子给踏平了。”

当夜天降大雪，汴梁城银装素裹，忽如一夜春风，吹开万树梨花。

即使是远行归来，陶花依然天不亮就起床去练箭。她住在内室，外室里服侍她睡觉的小丫头还没起来，她是头一次服侍这位姑娘，没想到她起这么早。

陶花不愿吵醒别人，静悄悄出了门，走到门外才看见雪花似鹅毛般飘着，到处都是一片白，院子里一点动静也没有。她练箭向来雨雪不停，于是就想找小满问问演武厅在什么地方。

王府很大，小满交待过她，别的地方都不用记住，只要记住他住在哪里就可以了。于是她就走到他的住处去，这条路他昨天特地带她走了两三回。

到近前了就看见有三三两两的侍卫在室外走动，她便走过去问问侍卫们演武厅在何处，对方尚未回答，听见小满在室内扬声说："进来吧，我带你过去。"

陶花掸了掸身上的雪花进门，一边问他："是不是把你吵醒了？"等进到屋里了，看见他衣着整齐正在读书，不免惊异，"你怎么也起这么早？"

小满盯着她上上下下地细看，随口答道："我是讨饭长大的，从来就睡不实。"他站起来，走到她身边再帮她掸掉几朵雪花，而后轻声说，"下雪了呢。"

陶花皱眉，"我最怕下雪，演武厅里没有风，跟外面实战不同，练箭没有功效。"

他笑了笑，没接话，抬起手说："你睫毛上落了一朵。"

她闭上眼睛，自己拿手来擦。他握住她的手，不让她动弹，缓缓帮她摘掉那一粒冰晶，而后，手在她眼角鬓边轻轻抚拭。

陶花不耐烦道："这才几步路，哪有什么雪。"却听见小满声音无比温柔向往，"我还记得那天，你满头满脸都是雪花儿。"

陶花最受不了磨叽，强睁开眼说："带我去练箭，快点……"话还没说完，就看见小满面孔靠下来，嘴唇已经快靠到她脸上。她顿时大惊，心里第一个念头是：他肯定是要在我脸上唾一口，就像小时候跟陶若吵架时他对付我的办法一样。于是她奋力一推，"我又没得罪你，你干吗欺负我！"

小满被她推得后退了三四步，转过身去不让她看见神色，拿起披风只说了一个字："走。"

陶花跟他出门，他指指自己的披风，"进来吧。"

她警觉地说："那你不能往我脸上吐口水，我知道你们小孩都爱玩儿这个。"

他苦笑点头，把她揽到身边来。

雪依然下着。地面上留下两对深深浅浅的脚印。

他的怀抱温暖，心跳得却是有些吓人，手心里也有些微汗。陶花十分难得地多想了一次：他刚刚，不会是要亲我吧？

这个念头刚刚起来，就听见小满说："我以前喜欢过一个女孩子，第一次见她，就是下大雪的天气。"

陶花听见这句话，一颗心顿时提到了嗓子眼儿。

"那天，我到她家门口去讨饭，她穿着雪白的貂皮袄，手里拿着一块热呼呼的点心，她的裙子，比地上的雪还要白净。"

陶花心里立刻开始猛嘲笑自己：自作多情了吧，别有事没事起这种怪念头，看来做人就是不能想太多啊。

小满接着说下去："可是……"

他的转折还没有转出来，陶花后知后觉惊道："讨饭的时候，你应该还很小吧，你怎么那么小就懂这些了？"

他笑了笑，"我本来就比你懂事早，你看你，到现在也还是什么都不懂。"语气里说不出的宠溺亲近，一边说还一边捏了捏她的肩膀。然而，陶花显然没那么容易自作多情了，她只是很实在地说了一句："我的肩膀经常会痛，嗯，捏捏还真是会舒服些。"

他立刻紧张起来，"你常年练箭，肩膀一定吃不消，自己要懂得保养，我帮你找几个好的推拿师傅。"

陶花摇摇头，"推拿师傅大多是男人，不方便。"

小满点点头，一边用手在她的肩膀微微加了些力捏着，一边想继续刚刚的话题。可惜，却怎么也找不到刚刚的感觉了，于是只好简短一句话进入主题："如果，我刚刚说的那个女孩子是你，你会怎么对我？"

陶花连想都没想，就回答："不可能是我。"

"为什么？"

"我从来不穿白裙子。爹爹说了，白裙子在中原是死了爹娘才穿的衣服。"

他皱起眉头，"我是说如果。"

"如果啊，"她认真地想了想，思绪回到了当年，那时候他是个小叫花子，她是陶府的小姐，"那，我猜陶若会把你教训一顿。澜哥哥倒是不会做什么，因为他不能以大欺小，但是陶若肯定不会放过你，他跟你刚好一般大。"

"好吧，就算那个时候把我打一顿，那现在呢？现在你会怎么做？"

"现在？现在你早就忘了。你刚刚说的那个女孩子，难道你现在还喜欢？"

他哑然半晌，也只能先实话实说："那个女孩子，确实早就忘了，可……可我如果忘不了，一直喜欢你呢？"

他们已经进了演武厅，陶花兴高采烈摘下弓箭，心不在焉答道："忘都忘干净了，还非得问我如果。如果真是那样啊，我就再也不敢理你了，躲得远远的。"

他低下头，"我知道了。"

雪花下得猖狂，他在门口仰望天空，"可是吧，天要下雪，不是人力能管得了的。"

第十一章　风月

时间转瞬即过。陶花忙着收拾行装，一连数日没有秦文的音信。他每日派人大张旗鼓来问候，但是真人并不来。

陶花竟是有些想念，她的性格沉不住气，问了小满两次，小满每次都耐心回答，说可能是事务繁忙，羁绊住了。

到第九天晚上，小金来了，身后跟着一个兵士，军帽低低盖住面庞。小满当即把二人请进书房，郑伯和陶花也一起跟了进去。

那兵士脱掉帽子，正是秦文。陶花满心欢喜，他却未理会她，只是跪拜徽王。小满赶紧把他扶起，细细问过一遍军中情况。秦文带来一份名册，一一指给小满和郑伯两人看，三人窃窃私语。陶花在一旁看得十分无聊，悻悻然拿着袖箭一只只磨尖，消磨大好时光，虚掷相逢佳期。

过了一阵，小满抬头看她一眼，“姑姑，你先回去休息吧，我们说的都是些朝廷政事，还有好多没说完，你累了。”

陶花一边继续磨着袖箭，一边说：“我在忙呢，磨箭头。”

秦文听见，抬头望她一笑。她忽觉他的笑容如春风一般和煦炙暖，清秀的眉目间一股诱人温柔。

她的眼神一定是表达得太过明白，小满当即就说：“要么咱们改天再谈，姑姑和秦将军好久不见。”

郑伯忙道：“不可，秦将军在田太师监视之中，来一趟徽王府不易。”秦文也即刻收回了目光。

等到夜半，三人终于谈毕，秦文带同小金告辞而去，临到门前看见陶花尚倚在角落，一眨不眨看着他。

他转头对小金说：“你先回去吧，我带陶姑娘四处走走。”小金、郑伯、小满三人一起反对：“将军不可，小心为上。”

秦文笑着摇手，“无妨，让田老头撞见更好，他不至于当着我的面动手。再说，他撞见我的风月事又不是头一回了。”说罢即携陶花出门。

因为出征的将士刚刚凯旋而归，汴梁城入夜也还不十分冷清，时时有亮灯的店家，也不时有欢声笑语自两旁传来。秦文拉住陶花，在半明半暗的巷子中穿梭前行。陶花好一阵没有见他，颇为想念，她也并不懂避讳，伸手拉住他手臂，悄声道：“好多天没看到你了，还真有点想呢。”

“这不是来了。你还好么？”

她点头，含笑低语：“带我去见见你喜欢的姑娘，让我看看她有多好。”虽是带着笑，心里还是有点不自在。

他微微一怔，“谁？”说着侧目望望她，缓声正色道：“以前，我总想着我要是喜欢一个女子，必然不让她受一丝苦，只要她一想念我，我立刻就会出现在她面前。现在才知道不能，乱世之中，哪里能有不受苦的日子？既然做不到，那也就只好谁都不喜欢了，免得拖累了好女子。”

她望他一眼，“谁都不喜欢？那你的风月佳人呢？”她刚刚听他提到什么风月事，就一直上了心。

秦文不再说话，扯住她往旁边一条巷子拐去。不一会儿，门口出现一处亮灯的人家。大门上挂着个红灯笼，院落里可见隐约灯火。

陶花不明所以，秦文做出个噤声的手势，让她听室内传出的声音。她这才觉到有琴声自院内传出，可她还是不明白这有什么可听之处。

秦文到院门口，朗声问道："素素姑娘在不在？秦文来访。"

屋内琴声"铮"的一声停了，片刻有一个十三四岁的小丫头提着灯笼走出屋来，到门口打开院门，笑道："是秦将军啊，上回不是说，要过几个月才回得来么？"

秦文笑答："旗开得胜，所以回来得早了。"

那小丫头立刻乖巧道喜，引二人进去。

陶花一踏入院内，但觉异香扑鼻，进到屋内，看见一盆一木，都雕琢得独具心思。帘幕轻扬，内室琴声再次响起，缓缓传出。

秦文坐在外室，静心聆听。陶花却是觉得十分无聊，于是走来走去，又到内室门口往里偷望，隐隐约约看见一个白衣女子正静坐抚琴。虽然陶花听不懂琴声，却只需看这一眼，便知这女子清丽脱俗，卓而不群，仿若未经人间烟火。

琴声袅袅而停，陶花仍靠在内室门口痴痴看着，秦文在背后轻拍她，"你也听得入神了？"

陶花猛然惊醒，"不是，我是看入神了。这姑娘好生美丽，怪不得爹爹说过有人会为了一个女子着迷，置家国于不顾。"

秦文笑道："那也不能怪女子美丽，是男子定力不够。"

陶花眉毛一挑，"你是不是就是定力不够的那一个？"

他仍旧笑着，"还从来没见过让我定力不够的女子，你尽可放心嫁我。"

话音未落，绣帘一挑，素素姑娘走出来，"你们二人，跑到这里来就是为了在我跟前说情话么？"

秦文连忙拱手，"素素姑娘见笑，我是特地带她来听你抚琴，'此曲只应天上有，人间哪得几回闻'，素素姑娘琴技又长了。"

素素挑目望了他一眼，"将军过奖，抚琴之人，最想要的就是知音鉴赏，秦将军正是这样的知音。只是，你若想天天听时，也并不难。"她是对着秦文说话的，可是即使侧在一旁的陶花，也能看得见听得出她眼中语中的脉脉情意。陶花顿时觉得自己十分多余，移步想走远一点。秦文十分迅速地一探手，将她紧紧箍住。

他侧头看着她，缓声说道："我从小就脾气沉郁，一直落落寡欢，心忧天下。第一次笑，是十六岁拿武状元时；第二次笑，就是在这里，听了颜素素姑娘抚琴。"

陶花转头，仔仔细细把颜素素从上到下打量一番，但觉她通身没有一处不是完美到极限，忽然地心底就一阵难受，甩开秦文的手转身出去。

一直到院落外面也不见秦文跟来。她觉到些心酸，原来真就是小满说的那样，像吃了杨梅似的，酸溜溜一阵难过。她不再等他，只管加快脚步。

陶花在小巷中飞快前行，快走到大路时秦文才从后面赶上，拉住她笑问："生气了？"

陶花侧头，"不是，只是不想打扰你们。"

"你多想了。咱们深夜来访，你一言不发转头就走，太失礼数。"

"我长在草原，不懂什么礼数。让你的情人见笑了，对不住。"

他停下脚步，“你真生气了？”

她也顿住步子，转回头来，“戏要演到什么时候？我烦了。”

他慢慢走到她跟前，嘴唇探到耳边，姿态极其亲热，言语却甚是端正：“是徽王让你来问这句话的么？”

陶花愣怔片刻，摇摇头，“他不知道，我答应你不告诉任何人的。”心底深处忽然就觉得无趣起来。

“那是你自己想问了？”

她依旧摇头，“现在也不想问了。”

“瞧你酸的，”他带着促狭的笑容，“你放心，我听说田老头那边已经着急起来，局势应该很快就会明朗了。”

他看她变得无精打采，只好送她回去。徽王府门口，她已经跨过门槛，又回转头。

他没有走，在夜色中静立目送，月光洒下来，一身白霜光华流转。

她再问：“你真没什么其他的要跟我说了？”

他望着她，紧抿双唇，缓缓摇了摇头。

陶花回去时，徽王府中已经静悄悄的，她蹑手蹑脚穿过大厅，正看见小满坐在椅中半睡半醒的样子。怕他着凉，陶花过去叫醒他，让他回屋里睡觉。他揉着眼睛迷迷糊糊说：“别催我，我等姑姑回来再睡。”

陶花胸中一阵暖意，拍拍他面孔，“姑姑已经回来了，你不用等我。”

小满这才睁开眼睛，声音仍是混混沌沌，“几更天了？姑姑你早点回来，我担心你。”

“姑姑是跟武状元出门，你担心什么？”

小满皱眉，“你一个年轻女子，深夜与男子出门不归，如何让人不担心？”陶花本来听着这老气言语，想着他的小孩面孔，觉得十分可笑，可是注目看时，却见他已颇有老成之态，眉目间自然露出的世故明理、体贴周到是无法假装的，立时就笑不出来了。

陶花侧身扶起他回到卧室，侍从丫鬟们早都听命去睡了，她为他铺好床，宽衣脱靴，盖严被子。小满打个哈欠，满足地闭上眼睛，这时又十足十地像个孩子了。

陶花拍拍他的背，轻叹一声刚要离去，小满一把扯住她的手腕，眼睛仍旧闭着，声音却是清晰，“为什么叹气？”

她低头，“没有。”

他转过身来，仍旧闭着眼，“秦文这个人，外表看起来是温的，骨子里却是凉的，功业看得重，情意看得轻，接近容易，交心却难，纵然文武全才，也不是做丈夫的好材料。你性子疏漫，脾气耿直倔强，到时候免不了两个人隔阂怄气。”

她仍旧低着头，“我不这么觉得。”

小满哼笑一声：“你现在两情正浓，昏头昏脑的，当然说不这么觉得，将来怎么样可就难说了。换个脾气合适的人喜欢，不是更好？其实我倒觉得耶律澜会是个好丈夫。”

陶花叹了口气，“我跟澜哥哥已经不可能了。换个人？你说得真容易，连汴京城街边的卖花小姑娘都知道，天下人没一个能比得过他的。”

他苦笑，“好，没一个能比得过他的。”说着睁开双目扫了她一眼，眼神中清明犀利，并无一点困意，还微微藏了点不易觉察的失望。

陶花连别人写在脸上的不悦都未必瞧得出来，这一点藏着的那就更加瞧不出来了。他看着她，正色说：“既然这样，那这件事情，我会尽力帮你办到。”

“不要！”她斩钉截铁打断，“我不要什么联姻！”

他深深望着她，“你别以为联姻就容易，还不知道要费多大力气才能争到。你觉得他好，难道田倩如就不觉得他好？我冒天下之大不韪去帮你办这件事，指不定明天就父兄成仇、身首异处，到头来你就是两个字：不要。”

“小满，”陶花在床边坐下来，“其实，我们就是想让你快点下个决断。”

他微微笑了笑，“这么快就跟我说实话了？我还以为你见了他就丢了魂，就跟咱们在燕子河边第一次见他的时候一样，好好的突然就吵架了。”

“我不是那样的人。你知道我为什么对澜哥哥这么无情？不单是因为他的父亲杀了我的父亲，那是长辈们的事，不能算在他头上；最要紧的，是因为陶若是在他府中被捉的。你跟陶若一样，都是我的亲人，比什么其他人都重要。”

他立刻笑了，多日来的阴霾一扫不见，“既然你这么说了，我也只好舍生忘死帮你办事。”

她看着他，“这不是帮我，是为你自己，太子登基，早早晚晚都会对你不利。至于我，”她落寞低头，“我说过，我不要联姻。”

他叹口气，“随便你要不要吧，我知道你是喜欢上他了。城门口去接你那天，你下车往他那儿一望，我就已经知道传言都是真的。我得先提醒你——秦家是个大家族，跟朝中官员和皇家都有盘根错节的关系，进他家的家门并没那么容易，秦文的生母就是直到死去才被承认。中原礼仪严谨，你跟他这么闹法儿，对你自己名声不利，秦家人恐怕不会喜欢。”

陶花从来没有想过这么多，这时候愣了半晌，把小满的话一句句想了一遍，隐隐觉到一阵寒意。

小满为人体贴，知道她的心思，也不忍她独自担忧，于是柔声安慰：“你别怕。秦家再厉害，你背后，有我。”

陶花感激地望着他。“你背后，有我”，这是多么安慰贴心的承诺。她只觉这话连谢都不能说，说了就生分了，于是点一点头，起身离去了。

小满看着她的手腕从自己手中一点点抽出，刚刚还活色生香的一个人终于变得只剩下一个背影，侧过身来长叹了一口气。不知怎的就起了一阵突然的心烦，将整床被子都踢了下床。

第二天有早朝，小满一早去了，回来却是满脸怒气。陶花奇道：“怎么？刚打了大胜仗皇帝还不高兴？”

小满不答，摘下冠带扔在地上，闷闷坐进椅中不说话。陶花看情势严重，转头去看郑伯。郑伯走近她身边，轻声道：“今天朝堂之上，田太师在天子面前盛赞陶花箭。他，唉，他说你箭法无双，美貌更无双，天子已经命你去觐见。”

陶花还没有反应过来为何这事会让小满生气，就听见小满大骂说：“田仲魁这只老狐狸，听见消息说姑姑跟秦将军要好，就想了这么个一箭双雕的主意推姑姑入火坑：我们少了一员良将，他女儿也可以高枕无忧。好如意的算盘！”

陶花仍是不明白，奇道：“见见天子而已，难道朝堂上有火坑让我跳？我又没犯法，当了五年山贼，可也没干过坏事。”

郑伯摇头，“非也。当今天子十分好女色，田太师大肆宣扬，这练箭之人，唉，定然与众不同啊。”

陶花听言，转身向外，“那我走了，不见总没事了吧。”

郑伯拉住她，“你这一走，老狐狸一定把所有脏水都泼到徽王身上。再说，你也未必能走得脱，皇上为一个美人掘地三尺的事情，已经干过多次了。”

陶花皱眉，“那如何是好？我，我可是不愿意的。你们有祸事自己承担好了，我反正是不蹚这浑水了。”言毕看了小满一眼，见他愁眉深锁，全不似往日意气风发的样子，不由担忧，走过去拉住他，“好吧好吧，我明天先去让他见见好了，回来再想对策，兴许他看不上我呢。”

小满抬头，双目全是通红的血丝，一字字道：“姑姑，你放心，当日在无牙山上我就已经下定决心，此生尽我之力，无论如何都要护你周全。”

陶花看他咬牙切齿、满眼血红的样子十分惊心，忙握住他手，“没事没事，你还是个孩子，应该我来护着你的。”

正谈话间，家丁来报，田太师来访。

小满和郑伯立刻换上了笑脸，仿佛刚刚的全都没有发生。两人出门把太师迎进来，陶花偷眼一瞧，正是那日在城门口迎接秦文的富态老头。

田太师一屁股坐下来，就再没挪过窝儿，从东扯到西，从南扯到北，陶花明白，他这是来探听虚实，也让府中没有布置对策的时间。正在这里闲扯的时候，家丁来报，秦家有人来了。

田太师一下坐直身躯，来了精神，“快请快请。”陶花在旁悄没声息退了出去。

徽王府的家丁带着小金进来，身后还跟着一人，穿着军士服色，一顶大军帽遮住面孔。

田太师走下座位，“这位仁兄帽子戴歪了吧，我来帮你正一正。”

那人后退一步，粗声道：“不必，太师别脏了金手。”

“不妨不妨，”田太师笑着，“仁兄若是秦家的人，我帮你正正帽子也是应该。”说着，他伸手硬去掀那人的帽子。

田仲魁怀疑秦家有人与徽王府过从甚密不是一天两天了，他很想抓住个证据好让他的贤婿去查，所以硬去掀这人的帽子，要他露出真容。秦家上下，没有一个人他得罪不起的，所以他掀起来也毫无顾忌。

可是帽子脱掉，他看见的是一张温存可爱的面孔，如春日盛放的桃花，红艳艳香喷喷，让人爱不释手。田仲魁一愣神的工夫，对面那人一拳打在他面门，他当场眩晕过去。

田家的家丁一起冲过来，陶花冷言道："我就要去面君了，此刻身躯贵比千金，你们谁敢动？咱们到金殿上说个明白！"家丁们不敢发作，拥着田仲魁离去。

陶花扯下一身军士服，扮个鬼脸，郑伯在旁边给她竖起大拇指，同小满一起，三人到书房去见秦文。

陶花冲在最前头进来书房，秦文却只冲她微一点头，便不再多言，急急与小满和郑伯商议起来。陶花起初坐在案边，听他们细细商讨安排应对，讲的全都是军政细节，陶花听得昏昏欲睡，越来越不专注，只看见秦文和小满沉稳镇定、信心十足，两人配合亲密无间。陶花迷迷蒙蒙心想：或许真如秦文所说，小满有一统天下的才干。

天色渐晚，秦文换上军士服色，跟在小金身后走了。陶花一直送到门口，秦文冲她点头，说声"放心"，便急急离去。

第十二章　倾国

晴朗月夜，却无人有心赏风景。

徽王府为陶花面君之事，已经连续繁忙了数日，对外只说要好好打扮以邀圣宠。

早来晚来，这一天也总是来了。陶花不待天黑便上床躺下，今夜必须好好休息，明日早朝面君若是说不通，那就只有一战。

迷迷糊糊将睡未睡之际，听见门外有声音，似是服侍自己的小丫头开门让人进来。

她还不及坐起，就隔着帐子看见小满从外间屋走进内室，径直走到她床边，放了一样东西在她枕侧。她伸手拿起来，摸出了是那件刀枪不入的金丝背心。小满倒是有些吃惊，"吵醒你了？"

她并不避讳他，干脆起来把帐子打开，灯烛一时摸不着，所幸月色足够明亮，照见小满殷殷的关切之色。

她笑了笑，"我用不着这个东西。"说着塞回到他手中去。

他却是没说话，就那么一直看着她。

陶花不明白他为什么盯着自己看，抬手摸摸脸，"怎么了？是不是大半夜的看着像个鬼？"

小满低头一阵赧然，想换个话题，于是把手中的金丝背心打开给她穿上。室内暖阁，她只穿了一件薄薄的丝衣，金属划过时有些异样的触感。

她也不觉得有什么不妥，他在她胸前暖过冻僵的身体，还能有什么更不妥的呢？

她只是觉得他的手掌有些异乎寻常的灼热，于是担心了一句："小满，你手怎么这么热，没生病吧？"

他一下子脸红了，月亮底下也能看得出来。她立刻伸手去探了探他的额头，结论是："嗯，还好。"

小满后退了一步，说："明天你自己小心点，不过也别害怕。"

她点头，"我不是个会害怕的人。"

他笑着望她一眼，"我想了半天，还是觉得，就算你嫁了人，这世上最亲近的人还是你和继父，其他的人都不如。"说完就走了。

隔天一早，陶花也不梳洗，穿上家人换下的一身旧袍子，蓬头垢面就出了门。小满连连念叨："老天爷保佑，他若看不上你，咱们又免一次兵祸。"

郑伯则不以为然，"安排已经周密，秦将军又肯全力相助，未必是坏事。"

金殿之上，陶花快把头低到地上，粗声粗气请安。天子走下宝座，命她抬起头来，见她云鬓不整，花颜冷落，皇帝赵登却越发来了兴致，"朕今天忽然体会了前朝王丞相的一首诗——'低徊顾影无颜色，尚得君王不自持'。没有苦心修整的惊绝之色，却一样让人不能自持啊。"

小满闻言，脸上顿时变色。

田仲魁今天白布缠头，本来是打算涕泪交流来告一状，听见皇帝如此说，马上改了主意，接口道："圣上这首诗，引得最是妙，为何？第一，这陶姑娘的姿态，正合了明妃的'意态由来画不成'，这般姿态，如何画得出？画出来也是一张干枯的面孔而已，有什么好看。第二，呵呵，圣上想必是听说了，这位陶姑娘自幼在塞北长大，可不是那句'黄金杆拨春风手，弹看飞鸿劝胡酒'。圣上高明，圣上高明啊。"

赵登扬扬自得，"朕也就是略读诗书，略读而已。"

田仲魁陪着笑，接着往下："不过呢，圣上引用明妃作比，有一点微臣不敢认同。"

"哦？怎讲？"赵登有些不悦。

"皇上，当年汉元帝令明妃流落塞北，宫中再无可比之人，悔恨终生；明妃自己'千载琵琶做胡语，分明怨恨曲中论'，这是何等伤心。圣上呢，从塞北召来了美人，可不是让美人出塞，圣上是一代明君，又如何会让这样的美人埋没呢？所以说，这一点，微臣不敢苟同啊。圣上若是弃这样的美人于不顾，那岂不是变成……变成……微臣不敢说下去了。"

赵登脸上早已乐开了花，"不会，不会。陶姑娘，你就不用回去了，这就在我宫中住下可好？"

陶花听见他们文来诗往，自己全都不明白，只有最后这一句是听懂了，她立刻回答："不好。"

赵登奇道："为什么不好？你随身的东西，我差人帮你取来就是。"

陶花摇头，"我不喜欢你，所以不好。"

赵登脸色已变，他性情急躁暴戾，当即耐心用尽，唤侍从把陶花"请"进宫去。

陶花不从，金殿之上正要动手，听到小满清咳一声，她抬头一望，小满和秦文同时向她使眼色让她不要动手。陶花想了想，出于对两人的信任，跟天子的侍从走了。

赵登立即宣布退朝，高高兴兴下了金銮殿回宫。刚走到门口，随侍的一个老太监过来，在他耳边说了几句话。赵登顿时大喜，"是么？素素果真如此说？快，快，朕这就过去，快，快，给朕换便衣，快，快，通知当值侍卫，你，你愣在这里干什么？还不快点。"

忙忙活活赵登就走了，把刚刚"请"来的陶花给忘了个干净。

陶花被安置在一间内室，外面有人把守，她刚坐下就听见一阵急促的脚步声过来。

她以为是皇帝，当即站起，思量对策。门"砰"的一声被推开，进来的却是一个丰容靓饰的美艳妇人，她一见陶花，伸手就来抬她的面孔想看仔细容貌。陶花怎么可能无端受此羞辱，当即用"推云手"一带，那美妇人就顺着劲儿往前扑跌过去。趴在地上之后，她大怒起来，“你敢殴打本宫，今后在这后宫之内还想活命么？快传侍卫！”

来人正是田妃，陶花听见要传侍卫，她的近身功夫无法对付众多皇宫侍卫，不想白白受人欺负，心念电转间，猛然扑过去，取出一只袖箭抵住田妃咽喉。

田妃顿时吓得“哎呀”乱叫，她的哥哥告诉她今天会有新人来此，让她作好防备，不必留情。然而，她的哥哥却显然忘记告诉她这个女子身负武功，否则她如何竟敢亲自前来。

内宫侍卫被赵登带走了大半，剩下的分散各处，迟迟才到。他们将陶花密密围住，看见田妃受制，无人敢动手。

宫中闹得如此大动静，早有人回报了徽王府。

小满正在大厅内来回踱步，郑伯在一旁苦苦劝慰，说这是天赐良机，正可夺回大权。小满只是皱眉，“若夺大权，为社稷安定，太子一支必然再不可留。可是，叛父杀弟，未免骨肉相残。”

郑伯叹道：“从古到今，哪一次宫变不是骨肉相残。天子无德，民不聊生，如此下去朝代更替是迟早之事。”

正谈话间，亲兵过来报说，陶花在宫内已经箭指田妃。郑伯听见，朗声对小满说：“势成覆水，若要强收，陶姑娘性命不保。”

小满一下立定身形，长叹口气，“无论如何，我也要护得姑姑周全。既已如此，不如趁田妃受制，取了宫中的虎符，其他各处安排，也都可开始行动了。”

“王爷，不，天子英明。”郑伯当即恭贺。

小满摇摇头，“如今周国哪里还有个大国的样子，北受契丹欺负，南方分出了吴越国。我们掌权之后，我不称帝，仍称王，等到我们北拒契丹，南并吴越之时，再称帝不迟。”

郑伯徐徐颔首，“大王，我郑知易真的没有看错人。”

陶花制住田妃后，也不知如何是好，这女人哭得梨花带雨，陶花很想放她，却是不敢。过得一阵，有一名侍卫长来到，原本围住陶花的侍卫一齐向他行礼。那侍卫长说：“近日事务繁忙，大家多有劳累，今天你们不必当值，可回家休息，自有别人顶上。”

那些侍卫正围着要犯，不由莫名其妙，可是听侍卫长言之凿凿，又见陶花凶悍无比，倒是乐得躲了开去。也有一两个精明些的，感觉到将有巨变，那是更加想躲得远远的了。

这些侍卫退去之后，换了一轮新人上来，田妃哭泣不停，对侍卫们说：“快快救我。”

但听一个侍卫答声“遵命”，走上前来。陶花不由后退几步，待那人走近了，却向她猛眨眼睛，陶花一愣，细细一看，这侍卫服底下罩着的，竟是小金。

陶花大喜，恨不得把这个哭哭啼啼的烫手山芋立刻推给小金。小金过来拉开陶花，田妃立刻收了哭声，变得趾高气扬起来，即命侍卫拿下陶花。两旁的侍卫迅速移步过来，却是擒住了她自己。田妃大怒道：“你们反了不成？”

小金微笑，“我们未反大周，只是愿意拥立徽王，还请娘娘告知虎符所在。”言毕低声对陶花说道，“徽王命你与罗大哥去守朱雀门，防止赤龙会攻入宫内，你即刻便去，张侍卫给你带路。”

朱雀门前铁甲整肃，刀枪林立，黑压压的重装铠甲绵延直至远处，有千人之众，然而，却是鸦雀无声，连一声沉重些的呼吸都听不到。

大门紧紧关着，守门士兵直到罗焰前来，才给陶花和张侍卫开了大门让他们出来。

罗焰见到陶花，先是急急问道："你没事么？"

陶花摇头，"我没事，被那些狗侍卫带到宫内，"说完之后却意识到张侍卫也在旁边，于是赶紧改口，"被那几个坏侍卫带到宫内，连皇帝的影子都没见到，然后就有好的侍卫大哥来救我了。"

张侍卫向她微微一笑，"姑娘但骂无妨，我等都不是什么侍卫，是秦家军。临行前将军曾嘱咐，说陶姑娘安危，比他自己安危还要紧，我等如何敢不尽力。"

陶花微微脸红，"多谢张大哥，不知秦将军此刻在何处？"

这一句话即把张侍卫问倒，他虚张两次嘴，"我听说……我听说……"又立刻斩钉截铁答道，"末将不知。此次行动安排机密，我们连兄弟之间都不知对方去了何处。"

罗焰呵呵一笑，让张侍卫退下去守门，而后对陶花说："秦将军此刻恐怕正在素素姑娘房内，这会儿么，该到床上了吧。"

陶花蓦然怔住，罗焰哈哈大笑，"若非秦文请得动颜素素，你怎能连皇帝影子都没见到，还全身而退到这里来守门？我这五妹如今面子可大得很，上上下下都惊动起来，连我和何四都被拉下山来当兵头儿。"

陶花莞尔，"谢谢三哥四哥，那……那素素姑娘可没事？"

"想来应该没事，秦将军已经跟素素姑娘商议好了，要在帷帐之内制住赵登，才能令御林军投鼠忌器，而后拿下赵登随身携带的京郊大军虎符，调离京郊驻军。"周国的虎符原本是枢密使执掌，但是因为赵登暴戾多疑，便全都收在宫中，京郊军虎符由他随身携带，其他的由他和田家共同掌管。秦文出征契丹时，将常驻北方的十五万幽州军虎符交予了他，虽然归来即刻归还，但秦家军已控大军，再也不惧虎符去向了。如今只剩常驻南方的二十万淮南军虎符还在宫中，是要紧物事，想来小金此刻已经取得。

陶花徐徐点头，"秦将军果然安排周密。"

罗焰斜睨她一眼，"这不是秦将军的安排，他的安排比这可周密多了。帷帐之内制服赵登，由你去不比那手无缚鸡之力的颜素素强得多？只是你那小满侄儿无论如何不舍得，为这个差点跟秦将军打起来。"

"什么？"陶花大惊，"是闹着玩的吧。"

"我不知道是不是玩笑，打一打也没什么，徽王跟将士一向亲如兄弟，练兵打架都在一起。"

"其实我去也不是不可，大战当前，当然人人都要上阵。"

"我也这么想，可你那小满侄儿说，你不通情事，应付不了赵登。秦将军说，没关系，他这就去教，准保你明早起来脱胎换骨，比颜素素还懂得逢迎男人。小满就掀桌子要打人了。"

罗焰说完，看了看陶花的神色，她却只是惊讶张口，"那后来呢？"

"后来？后来秦将军只好去请颜素素，这事儿也挺难办，弄不好就是灭族之灾，听说素素姑娘起初不太愿意，秦文在她那儿劝了整整一个晚上，不知怎么也就应了。"

陶花听见，微微有些不悦，还未回神时，有人来报："秦将军已得手，传话过来，请四门守军务必严防，无论如何不能有人进出。"陶花点头，知道今天正是攸关时刻。

又过得小半个时辰，朱雀门安静如常，却有一哨探奔上前报道："有黑衣悍匪百余人，正攻玄武门！"

陶花急问："玄武门是何人在守？"哨探未答，罗焰抢先道："是何四和秦将军的胞妹——秦梧姑娘。"陶花听小金提过秦梧，知她承袭家学，已累计军功升骑都尉，算是一位巾帼英雄，倒是稍稍放心了些。罗焰以为陶花不知道秦梧，就又重新介绍一回，言语间甚是欣赏。

陶花笑道："难得听见三哥如此称赞一个女子，莫非……"

罗焰一笑，不去理她。

陶花与他共处五年之久，彼此的脾气性格都很熟悉。他越是不理，她越是明白，眨眨眼睛叹息，"咦，小满真是不会分派，应该让你和秦姑娘同守玄武门才是，免得我三哥人在此处，心却早飞过去担心人家了。"

罗焰笑道："你别胡说八道，她哪里用得着我担心，秦家军中最为精强之兵将分作两处，一处去宫中护你，一处便跟着秦梧在玄武门。"

陶花本来不担心，这么一说倒是担心起来，"那秦将军自己呢？"

"他说他自己便是精兵强将，当然要先让着两个女子。"

陶花一撇嘴，"这人如此自大……"话音未落，听得笑声在身前响起："是谁在背后说我坏话？"

陶花急忙抬头，看见秦文战马刚停，正在马上正向他微笑，一身铁甲压不住衣袂飘扬，阳光之下笑容与战衣一起光芒四射。她刚刚因为颜素素生的不悦瞬间全被照得冰消雪融，飞步跑过去，站在地上去拉他的手。

秦文只好俯身相就，柔声问道："你可好？"

"我好得很，连皇帝的面也没见到。"

秦文一笑，"你要见皇帝么？他已入宫中接掌印鉴，此刻正坐镇全局。"

陶花转瞬间明白过来，笑道："这么快。"

秦文点头，"禅位诏书已颁，命徽王继位，如今有人不服，胆敢抗旨逼宫，追新皇直至玄武门，咱们要打起精神，务必守住宫门。"

陶花急忙点头，松了他手，"你快去玄武门那边看看吧，我们这里一时无事。"

秦文微微摇头，"不见得，我刚从那边过来，那里不是赤龙会的主将所在。我猜他们是要声东击西，所以过来朱雀门看看。"

陶花"嗯"了一声，似有话，却欲言又止。

秦文俯身侧头，低声道："有话就跟我说。"

她微微咬唇，十分不舍，"今天过后，咱们的戏可就演完了。"

秦文一皱眉头，"大敌当前，怎么说这些？"他自马上箭壶拿出一支木箭交给她，"一旦情形危急，射此箭于天。"

陶花收敛心神，点头接过，刚刚放入自己随身带的箭囊，忽听得罗焰忽然大叫一声“五妹退后”。她一愣，依言疾退数步，抬头时，看见秦文已经提缰跃往一旁，而自己刚才与他所站立之处，竟密密麻麻如雨点般洒下无数黑色铁蒺藜，个个深入地下，力道深厚可怖。

陶花仰头看时，天上如大鹏般落下近百人，全都着黑衣，左臂一条赤龙，一落地便成鹰翼阵型往大门攻去。两旁兵士一起涌上，战在一处。

秦文在刚刚见人落下时，已纵马奔袭，在半空杀死一人，此刻正被另两人截住缠斗。罗焰跃至陶花所在处，帮她接住近身敌人，陶花早已取下铁弓，箭不虚发，往已近城门的几个黑衣人射去。

众人都在苦战，只有陶花这个箭手可以眼观六路，但见这些黑衣人个个身手不凡，瞬间局势便凶险异常，不由焦虑。正着急间，听得秦文叫道：“陶花，快射火箭！”

第十三章　赤龙

陶花听见秦文呼喝，立刻拿出他刚刚给的木箭，拉满了弓向天射去。那箭冲天而起，在半空中燃起火花，焰火喷出，竟是一朵桃花形状。

秦文仰天一望，长笑一声，朗声道：“桃花箭出，铁骑兵顷刻即至。”在场的兵士欢声雷动。原来秦文早在城中埋伏下重兵铁骑，却未让他们来守宫门，怕引起城中混乱而使京郊大军有异动。如今匪寇来攻，那是再好不过的出兵理由。只是，铁骑兵赶来尚需时间，此地的战况却已是万分凶险。

陶花再也没有观战的余暇，双手不停射向近门的敌人。罗焰已经快挡不住不断赶来进攻箭手的敌人，秦文跃马过来相助。若是陶花箭受损，只怕朱雀门顷刻即破。

三人都在苦战的时候，忽听秦文大喝一声，俯身去推陶花。

陶花一惊侧头，眼睁睁看着一只短箭在自己脑后停住。本来应该中在自己咽喉的短箭，钉在秦文手臂，余力未消，将他推下马去。

陶花大叫一声，疾步奔到秦文身侧，却见他已拔出那只短箭，鲜血喷出，全都是黑色。罗焰也赶过来，叫一声“有毒”，迅即去搜寻那放箭之人。

陶花立在秦文身侧，看着黑色血液在他臂上汩汩留下，只觉如坠冰窖。秦文皱眉说：“箭手不能离岗，你快回去！你不用管我，我也不知道这箭有毒，不然不会以身来挡。”

陶花却仿佛没有听见，只是一眨不眨看着他，脑中飞快地转过许多念头。她曾听父亲说过，若是血液变为黑色，那必是可以夺人性命的剧毒。父亲说：蝮蛇一噬手，壮士即断腕。一再交待他姐弟二人，若在战场上中剧毒，须得立刻断腕，以保性命。拖延久时，必然不治。可是，难道如今让她挥刀斩断秦文的臂膀不成?

在那一转念间，再无细思的余地，她伸手在自己衣襟上撕下一条长布，紧紧扎在伤口之上一寸之处，而后俯身将毒血吸出，一刻不停直至黑血变红。父亲也对她说过，这是救命的办法，只是剧毒会自口中进入这施救之人体内，她必然性命不保。

秦文见她如此，却是大怒，“朱雀门若破，你留我性命又有何用？到时候全都是九族不保，你怎么这么糊涂！”

陶花见黑血已去，一边撕下一条衣襟帮他包扎伤口，一边淡淡答道：“你去顾你的九族，顾你的千秋大业，我反正只顾你。”

他一下顿住，看着她，不再说话。

陶花包好他的伤口，隐隐觉到心头开始麻痛，她知道这必是毒液攻心了，于是抬头凝目，问他：“这是我第三遍问你这句话，事不过三，再没有下一次了：你真的，没什么其他要跟我说的了？除了做戏，就没有其他要说的了？”

所有敌人都在强攻朱雀门大门，喊杀声惊天动地，钢铁碰撞声不绝于耳。她在一片血雨腥风中只是静静望着他，眼神中倔强刚强。

婚姻唾手可得、众望所归，她却不想要；她一定要，最难拿到的那一样。

那一点坚持，到底让他失神了片刻。秦文仍旧不语，却伸出双臂，将她揽在了怀中。

她在他怀中饮泣，“我……我是真的……”

他轻抚她的后背，“我明白，我也是真的想娶你这么好的姑娘。可是，陶花，箭手此刻必须回岗，等待铁骑兵来援。”

陶花离开他的怀抱，“即使命在顷刻，也必须回岗么？”

他神色严正，“战场上，谁不是命在顷刻？你不是我辖下士兵，我本没有权力对你发令，可是，你是我的未婚妻，于情于理我都该请你回岗。”

她愣住，如今局势已变，她已不必再假扮他的未婚妻。她迟疑着问：“我……”话还没出口，一声巨响中，朱雀门大门被攻开了。

秦文侧头去望，恨得一咬牙，“大门已开，你的小满怕是性命堪忧！”

陶花听见这话浑身一凛，再也顾不得别的，挽弓站起，三箭连发射死最前面的三人，却阻不住敌人蜂拥而入。

她正要奔到箭垛旁去取箭，却听见背后“咚”的一声。

转身看时，罗焰口吐鲜血倒在身后，显是身受重伤。陶花顺着罗焰的目光看过去，一个黑袍白发的老者正站于一丈之外，看见陶花，怒斥道：“你害我天子，我必不留你性命。”说罢一剑刺来。

但见那剑影如鬼如魅，转瞬已到胸前，又暗含了四面八方之变化，让人连躲闪的余地也没有。秦文在背后急拉她后心衣服，却也已经晚了。剑尖刺破衣服，未入皮肉之时，陶花已被那劲风激得胸口疼痛。

然而，利剑却骤停在胸口。

她低头一看，想起自己穿着金丝背心，可是这金丝背心能挡住铁器，却挡不住劲力，她一直没受到这一刺之力，不由觉得奇怪，抬头看了那老者一眼。

那老者也正看着她，忽然问了一句：“你是不是姓陶？”说着俯身拾起地上一块金属佩件，接着问：“这是谁给你的？”

陶花看了一眼，刚才为秦文包扎伤口时，她两次撕取自己衣襟，前襟内的几样随身物品散落出来，她自己一直在变故之中，竟然没有察觉。有陶若的小马，有木盒弩箭，还有这块父亲临终前以箭射给自己的铜牌。当时父亲挡住追兵，命她射死陶若，然后赶紧逃命去。她让父亲一起走，却哪里可能，眼睁睁看着父亲被一只长戟刺中，临终前，将这块铜牌缠于箭上，射来给她。她也不知是什么东西，只曾听父亲跟陶若提起过，这块铜牌将来是要给他的。如今既然给了自己，她只当是父亲遗物，算是个对亡父的念想。

她不知该不该回答这黑袍老者的问话，却听得罗焰重伤之下依然开口，“不错，这姑娘是姓陶，由契丹来我中原，但她祖上却是我中原人氏。”

那老者听此言目光闪烁，声音颤抖着猛然追问一句：“陶洪锡是你什么人？”

陶花尚未回答，秦文抓在她背后的手突然一抖，他在背后颤声问道：“你是陶洪锡的女儿？”

陶花没去回答那老者，倒是转过头来答秦文的问话：“不错，那正是家父名讳。”却见秦文脸上阴晴不定，还未及询问，那边老者已经单膝跪地，叫了一声“小姐”，接着竟然痛哭失声。

陶花愣在当地，罗焰在旁冷冷提醒，“戚二爷，你家小姐此刻身中你箭上剧毒。”

戚二爷急忙从怀中拿出一堆小瓶子来，手忙脚乱地一个个细看。

他们在这里耽搁的工夫，马蹄声已自四面而来，似奔雷涌动，如潮水一般将朱雀门淹没。然而，攻入朱雀门内的敌人已经难追，怕是即使追上小满也已经有了危险。陶花不停向门内张望，心急如焚。

戚二爷眼观六路，当即站起。

早已有铁骑兵围住了这里，只是被秦文挥手止住，远远一圈弩箭全都向着戚二爷，随着他起身一起指高。他也未顾，只向外圈喊道：“弟兄们全都停手，伏击的弟兄们也回去，到总部会合。”他声音不高，却是稳稳传出，震得人耳膜疼痛。即刻便听到有声音自各方传入耳中，“玄武门退了”“东城门退了”“朱雀门退了”……

发完施令他便继续埋头找药，千军万马全然不顾，最后拿出一个小瓶递给陶花，又看一眼秦文，说道：“请你们二人分食，这位将军的毒并未解掉，我赤龙会的毒哪有这么易解。”

陶花拿着瓶子在手中却不敢动，看看秦文，又看看罗焰。秦文面色极不好看，罗焰倒是对她点头，指指她手中的瓶子让她用药。

戚二爷已经重新跪下，见陶花不敢用药，自她手中取过一粒药丸自服。陶花便也拿一粒吃了，回头对秦文说：“过半个时辰如果我没事，就也给你吃一颗。”

戚二爷答：“半个时辰可以等得，不妨事。”又加了一句，“小姐真是用心良苦。”

陶花看这白发之人一直对自己跪着，虽是敌人也觉不妥，就示意他坐在旁边。戚二爷盘膝坐下，将前情细细道来。

原来陶花的祖上曾是武林中人，创下赤龙会，当年为武林第一大帮派。而这位陶氏祖先，更是有天下第一的名号，以开碑手排武林《兵器谱》第一。后来周太祖起兵，这位陶氏祖先以赤龙会相随，终于打下了大周江山。赤龙会出生入死，与士兵共同作战，这铜牌便是当年作战时的调遣令牌，与虎符相同，一半在陶家，一半在会中。大周建国后，赤龙会一直在陶氏手中，会中辈份排列从二哥开始，因为大哥必留给陶家人。虽名为兄弟，实为主仆，这戚二便是当年陶家的家将。只是陶家人功成后不再涉足江湖，而改读兵书、习马上功夫。

有了朝廷作倚仗，赤龙会在江湖中势力日渐壮大，不意终成赵家皇室的心头之刺。到了陶洪锡的父亲这一辈，皇帝将陶家人招至宫中，不知说了些什么，陶大哥当晚将赤龙会中已升至第二把交椅的戚二招进宫去，在皇帝面前对他说：从此以后，赤龙会听从天子号令，陶家要卸甲归田。戚二那时年纪尚轻，不明白这其中关系厉害，只是不知为何大哥却未将令牌交给他。他心觉蹊跷，追至乡间去找大哥，大哥只对他说了八个字“家事为小，国事为大”，便不肯再言。戚二回来之后，仔细思量，率赤龙会投效了赵氏，那自是不敢再称为大哥，只敢称圣上了。

陶大哥死后，皇帝请其独子陶洪锡出仕为将，戚二此时已颇通朝廷事故，不去与陶氏来往，免为他们带来祸端。后来陶洪锡陷在契丹，听说他做了契丹的大官，赤龙会就更加不便相救。直到变生肘腋之间，陶家遇难，赤龙会密遣弟兄过去，却只得见遍地鲜血，连尸首也没见到。

戚二爷将前尘旧事讲完，拿出与那铜牌相对的另一面，铭文刚好吻合。陶花无限欷歔，自是不再疑心，赶紧再拿出一枚丸药，递到秦文嘴边。却见他面色青白，唇上血色全无，陶花想着必是箭伤所至，于是轻声促他吃药。

看见秦文，陶花忽然想起一事，问道：“当日，你们曾追杀我，也曾苦追秦将军，所为何事？”

戚二爷急忙重又跪下，答道：“属下冒犯小姐，罪不敢当。朝中政事想来小姐也听过一些，赤龙会虽然名为天子属下，实际发号施令的却是那田太师，他命我杀死你带的那个孩子，就是现在的徽王，所以会众追杀你们二人。所幸小姐无恙，否则我戚二死难抵罪。至于秦将军……”他抬头看了秦文一眼，秦文紧紧握住陶花的手，双唇抿住。

陶花觉到他的手冰凉无温，想是他忆起当日旧事心惊，于是回身轻拍他手背，然后扶起戚二爷，“算了，往事不多提了。”

一行人等握手言欢，先命人送罗焰和秦文回去养伤，其他人入宫去见小满。陶花拜称戚二为“戚爷爷”，让戚二感愧不已。

小满正在大殿内听各处奏报，尽皆传吉。京郊大军原是田太师的内侄统帅，密使携虎符调令到时，他疑惑不愿接，他的副将早恨他专横跋扈，一刀砍下他的头颅献予密使。自此宫变算是成功。淮南军即使有异心，合幽州军与京郊军之力，也可一战。

陶花远远看见小满坐阵正殿，指挥镇定，气度恢弘，郑伯不在身旁，他也全无疑虑，行事果敢利落，俨然帝王风范。

小满看见陶花进来，先抛下事务把她拉到跟前来上下细看，陶花笑言：“没事，那皇帝什么便宜也没讨去。”她刚一说完，小满旁边的内监立刻清咳一声，说道：“皇帝大人正在此处。”

小满一笑挥手，“无妨。”说着将陶花拉到身边，作势要捏她脸蛋，“看看这回能不能讨些便宜。”他看到陶花就会变得格外活泼，有点戏彩娱亲的“孝顺”劲儿。

陶花大笑着推开他，招手让戚二爷过来，引见给小满，把陶家旧事也简略讲了一遍。

小满点头说："今日起，赤龙会重归陶家，听我姑姑号令。"

陶花急忙摇手，"算了算了，我可没那本事，还是小满你接下吧。"

小满冲陶花一眨眼，"前朝太祖曾想往'君臣两不相疑'，他没有做到，我和姑姑倒是做到了。"说罢亲热地拉过陶花，问道，"此番登临王位，必要大赏将士，姑姑想要什么？"

郑伯正好进来，快步走到小满跟前，低声在小满耳边说了几句话。小满微皱眉头，只一瞬间，便朗声对郑伯说道："杀。起兵之时，已想到今日。"郑伯点头接令。

陶花正被小满拉住在身边，好奇地随口问了一句："谁？"小满也不瞒她，随口答声："废帝。"陶花心底不由惊了一场，纵是相处不恰，这终是他亲生父亲。

小满见陶花变色，淡淡说道："你刚刚跟我讲，你爷爷在田间说的那八个字是什么？'家事为小，国事为大'，废帝妄想妖言惑众，不可再留。"

"可……我记得咱们在锡兰时，你连一个水果摊主的命都要设法保全。"

小满垂眸，缓缓言道："杀人，都是不得已。被逼到不得已了，那就没有亲近远疏，只有不得已；若还没被逼到那个份儿上，就谁都不该杀，能放过一命也是一命。"他目光坚定、宽容仁善，眉宇间踌躇满志、英气勃发，再不是当日观音庙中被大火焦尸吓得尿裤子的小孩了。

郑伯在旁连连点头，"鸿蒙之初，人性本善，古战场都是以观兵为主，杀人并不是目的。是到了后来，大千世界色相万千，人们变得贪婪，才要取人性命，以独享贪欲。大王为人仁义，施政温和，对待朋友的仁义那是小善，对待天下的仁义那便是大善，上善若水啊上善若水。"

郑伯连连赞得心悦诚服。陶花侧过头来望住小满，做了个鬼脸，嘻笑道："原来，你的温柔才似水啊，我还以为只有女子们才似水呢。"

小满抓着陶花的手蓦地一紧，极低的声音飞快在她耳边掠过，"我的温柔你还没见过呢。"

陶花愣了一下，没明白。郑伯看见他二人私语，又似听大王刚刚提及封赏之事，便拱手清咳，"大王，你口口声声称陶姑娘为'姑姑'，恐怕不妥。"

小满不语，郑伯接下去，"大王的姑姑，那是太长公主，秦将军的母亲轩云公主才是大王的亲姑姑。不如称陶姑娘为义姊，封长公主，日后赵氏长公主下嫁我朝忠义门庭，那才是般般配配的美事一件。"他这话说得十分明白，那是要将陶花嫁给秦文了，这才须考虑辈份、封号。

小满微微一笑，松手放开陶花，"如此甚好。请郑伯给姑姑想一个端庄娴淑的好名字，赐姓为赵。"声音严正明晰，一派君主气概，不似刚刚与陶花说话时的亲热了。

郑伯尚未离去，一个亲兵近前来报："朝中三品以下文官，都已请在太华殿。"郑伯已经转身待行，此刻又转回身来，"三品以上官员和军中将领已经大半安置妥当，这剩下的么，须找一个妥帖又强硬之人，一举服众，立威立德。"

小满看向郑伯，郑伯笑着摇手，"老夫乃秀才出身，还是找一个将官去比较好行事。"小满又看向戚二爷，他同样笑着摇手，"这种大伤风雅的事，我不去。"

陶花看众人推推托托，冷哼一声："什么大不了的事情，我去好了。"

郑伯一笑，“长公主此去，倒也合适。”说着拉陶花到一侧，密密叮嘱安排。

等到说完话时，见戚二爷和小满正窃窃私语，陶花不由奇道：“你二人怎么还有私话说？”两人却俱都不答。

第十四章　立威

陶花稍作休整，便带同赤龙会几个得力之人，由侍卫带路一起往太华殿去。还未进殿，只听得里面熙熙攘攘，如炸锅了一般。

陶花急躁推门，却觉滞手，不由用力大了些，接着就听见“咕咚”一声，看见一人翻倒于面前，原来他正背靠着门打盹，被推翻在地才揉着眼睛醒来。陶花注目看去，见是一个青衣书生，神色淡雅，眉宇间轻松自若，一副慵懒之态，虽然倒在地上，那份举重若轻的随意却让他毫不显畏缩。

她顿觉歉意，想要俯身扶起他，旁边的侍卫抢上来说道：“公主可受惊？”说着要把那人赶开。

陶花急忙阻住侍卫，亲手过去扶起那人，她在草原上长大，就也不避讳肌肤相触，见那人眼睛直直地望着自己，觉得有些尴尬，于是赔了个笑容算作道歉，两旁侍卫却已经呵斥他无礼。陶花挥手喝止，“是我等无礼，怎么反怨别人。”

进去之后，见大家三三两两各坐长案之后，交头接耳中竟对外面来人丝毫不觉。陶花走到最前一张案子，呼喝几声，却没有人理她。当下她又不耐烦起来，抽出佩刀，一刀将长案斩成两半，这一下大殿内顿时鸦雀无声。

众人上下打量她一番，又有人开始悄悄低语。

“这便是让圣上葬送江山的那个美人……”

“真是红颜祸水……”

“妲己妹喜，也不过如此……”

“听说她以媚术，夺了秦将军虎符……”

陶花在断案之后听得众人低语之声渐渐又大起来，怒不可抑，抽出背后铁弓，取出铁箭，拉满了弦一箭往殿门射去。那铁箭正中门缝当中，钻开门缝直飞出去，将门缝中间刺出一个洞来。陶花又取出三支木箭，三箭连发，全都从那洞中出去。

殿内众人虽是文官，却也都有见识，低语声全变作惊叹。

陶花朗声说道：“我自幼练习箭术，寒热病痛，皆不敢怠慢，为的是有朝一日能报效国家，沙场杀敌。并非我想伤人，乃是敌人伤我百姓，夺我祖先土地，我虽是女子，也不敢坐视。如今国家不兴，屡屡受异族欺负，太子更曾被契丹掳去，实为耻辱。得此奇耻，是我武将无能，文人懦弱。徽王少年英雄，虽居于京中，却决战千里，一战击败契丹，是我周国数十年来首胜。老皇帝自感羞惭，甘愿禅位。徽王是两朝传承，英明睿智，他志不在皇位，而在天下苍生，誓言要等一统天下、国泰民安之时，再登帝位。我等愿誓死相随大王，诸位若与我相同，今后大家共事一朝，若与我不同，请即刻走出殿门。”说罢又拉开铁弓，将箭搭在弦上，向着殿门。

殿内众人听完陶花之言，有人默然垂首，有人叹一声“姑娘说得是”，也有人你看看我，我看看你，却不敢出声。偶尔有一两个伸长脖子看看那殿门，再看看陶花手中弓箭，哪里敢走过去。

陶花刚刚放下一颗悬着的心，忽然听得一人在大殿后面朗声说道：“姑娘以箭指门，我想出去，又如何敢？”陶花望过去，竟是刚刚自己撞倒的那个书生。她本来听郑伯安排，不可放走众人，否则一时之间官员尽散，朝中政事难以维持，所以才以箭指门。

此刻见有人竟敢在箭尖之下辩驳，倒也说得在理，郑伯本来说若有人反抗，当场斩杀示众。可是她刚刚扶起此人，此刻无论如何下不了这个手，于是只能放下弓箭，抬手道：“请便。”

那人却并未走出，反倒走上前来，向陶花一拱手，“听闻前朝河阴之变，尔朱荣把满朝大臣诛杀干净，大王待臣下已算仁慈恩义。我朝开国以来，也未见一个公主如你这般英勇，我宁致远心甘情愿，听令公主铁箭所指。”

他此言一出，底下众人又议论纷纷。

“连宁公子都从了……”

“这姑娘原来有公主名分，老皇帝真是……”

“等到了河阴之变那般地步，再后悔可就晚了……”

“公主说得也都是实话，徽王确实贤明……”

一阵议论之后，有一位老者站起，拱手说道：“食君之禄，忠君之事，我等愿同公主一起，共事大王。”余下众人一同站起，轰然称是。

陶花微笑点头，向众人抱拳一揖，“各位深明大义，是我国家之福。我还有军务在身，就此别过。”说罢收起弓箭，带同侍卫又急匆匆离去。路过宁致远身旁时，陶花展颜一笑，微微点头，“多谢宁公子。”

宁致远也望她一笑，“公主可知那尔朱荣后来怎样了？”

陶花停住脚步，赧然笑道：“我不读诗书，不似公子有才，家父也没有讲过这段故事。”

宁致远依旧笑着，“他被北魏孝庄帝设计斩杀。”

陶花微顿，面色有些尴尬，“公子是说，屠杀大臣的人没有好下场，是么？”

“哈哈，”宁致远大笑，“我怎么敢说这话，他有没有好下场与我何干？我是想说，他被设计斩杀后，他的妻子破关而出，召集旧部，终于攻下洛阳为丈夫报了仇。不论忠臣奸党，这位女子是响当当的闺阁英雄，在下若能得如此贤妻，敢望青史伟业。”

陶花站在原地揉了揉脑袋，想了半天这屠杀大臣的祸事怎么就扯到贤妻身上去了，没想明白，只好讪笑着离开了。

数日后淮南军拜服、易将的消息传来，到此局势算是全到了掌握之中。小满登基为周王，血誓天下要等一统大业、收复失于契丹的国土和吴越国之后再称帝。朝中遍赏群臣，郑伯封右丞相，原右丞相宁诤晋位左丞相，太师之职废弃，秦文拜左卫上将军，秦梧拜右卫将军，陶花赐姓赵，称长公主，建公主营为其亲兵。罗焰、何四不受封，只是落霞山与赤龙会一起，归入公主营帐下。

宫变的兵马渐渐退去，汴梁城重又开始热闹。陶花现在常居宫中，跟小满提过另辟府邸居住，他却未许。

这天陶花正在房中翻看观音庙石洞里的弩箭图谱，小满早已经命人全部带回，按图制箭，请陶花这个箭手提些意见。她看得入神时，侍卫报说秦梧来了。

她还从未见过秦梧，匆忙起身相迎，又觉得心里有些惴惴，不知她会如何看待自己。

秦梧一看见她就大叫着“陶姐姐”奔过来，既不称“公主”也不拜礼，倒是让陶花觉得十分亲近。她看秦梧面貌清秀，颇似秦文，不由笑道：“我听人说秦家有个女将军，以为必然身高八丈，腰宽五尺，没想到妹妹你这么秀丽。”

秦梧也笑道：“我倒是没以为你身高八丈，只是听说哥哥神魂颠倒的，就以为你必然长得像个狐狸精……”

话音未落，陶花已然捏住她面颊，“要我说，咱们俩里头，还是你更像狐狸一点，你看你这尖下巴……”两个女子笑闹在一处，瞬间已如知己好友。

秦梧看见陶花正看着的弩箭图谱，拿过来翻了翻，立刻说：“应召集能工巧匠，按此图多制弩弓，专建一个弩箭营。”

陶花点头，“小满已经在做了。”

秦梧讶异道：“小满是谁？”

陶花一笑，“便是大王，他跟我说，他是小满那天出生的，所以有这个小名，我叫习惯了一时改不了口。”

秦梧笑道：“原来大王有个这么随意的小名……”她拉过陶花眨眨眼睛，“你想不想知道我哥哥的小名？”

陶花一下来了兴致，秦梧却卖起了关子，“你今日要随我回家，见过我家祖母，我才告诉你。”陶花到此才明白，原来秦梧今日是来请她。想到此行早晚难免，也只能点头启程。

秦家虽是深宅大院，且世代为官，却毫不见奢靡之风，处处都是兵刃架、练武场，秦梧不停指给陶花看，她兄长幼时在哪里摔跤，如今在哪里居住。

见到秦家老祖母时，陶花下跪行礼，老人家赶紧扶起她，口口声声“不敢当”。宾主落座，秦老夫人一边叙话，一边暗暗地把陶花上上下下仔细打量过，谈至半途，老人家忽然问了一句：“你爹爹在契丹十多年，官至何位啊？”

陶花答道：“我也不知，那时我年纪幼小，不懂得这些。”

祖母点头，“嗯，当初听见陶洪锡在契丹为官，人人都道他是叛国……”

陶花立刻不顾礼数打断她，“没有！我爹爹在契丹，不著兵书，不帮他们训练士兵，只肯统兵与其他部落交战。十多年里，他每日都在告诉我，我是大周子民，更把平生所学所知结合契丹军事详述给我和弟弟，希望我们将来可以为大周效力。”

秦老夫人点头，“是，当时朝野之中，只有我儿重平私下里跟我说过，陶洪锡决不至叛国。”

陶花点头，目中有泪光，“老人家明鉴，多谢你们信任我爹爹，他若九泉之下有知，必然欣慰。”

秦老夫人叹口气，“如此说来，他也算是忠臣，只是朝野之中，政事复杂……”她接着又叹了口气，话锋一转，“公主你贵为金枝玉叶，我这一个孙儿一个孙女，全都刁蛮无礼，你跟他们一起玩，若有冲撞之处，还望恕罪。”

陶花急忙摇手，“哪里，老人家你多虑了，他们都对我……很好。”陶花微微低头，有些羞涩之态。

秦老夫人看着她，正色说道：“我知道他们对你好，若说有心冲撞你，我必然不信，有时也许无心冲撞到，你就念他们年幼无知，不要计较了吧。”

说着她靠上椅背，微微一笑，“要说我这一对孙子孙女，老身虽不敢在人前自夸，市井传言也还是听说过的。都说我秦家的门槛快被媒婆踏破，此事也不是妄言。我那孙儿十三岁随父出征高丽，杀高丽两员将领；十六岁中武状元，天子在金殿之上敬酒三杯；十九岁率军五千平定晋北十万匪乱，归来时汴梁城万人空巷，呵，田家当晚就来跟我提亲，我并没答应，也不想跟宁家结仇。后来，他陪我去九华山上香时，见过了那田家小姐，跟她姑姑生得一般艳丽。归来不久契丹来犯，田家带了宫中虎符再来提亲，后来的事情想必公主也知道了。此次大败契丹，公主自是大功，我孙儿也是领兵之帅。我儿早在六年前战死疆场，媳妇自尽相随，剩下这一对孙子孙女孤孤单单，老身也是很想给他们找个伙伴……”

陶花一直低着头，也不知道该怎么接话。

秦老夫人顿了一顿，自椅中坐起，微微前探问道：“只是不知，公主是否会嫌弃我秦家，配不上天子门户？”

陶花急忙抬头，想摇头，又害羞，一时间手足无措。秦梧在旁边看到，大笑起来，秦老夫人转头斥她：“如此无礼！看明日自有治你的人在。”

秦梧笑着站起来，“奶奶你再问下去，人家要怕了你家，不敢进门啦。”说着拉起陶花，到别处去玩了。

把秦家里里外外看过，天色也就暗了。秦梧送陶花出门，陶花不放心地交待她：“回去告诉你家祖母，我并非什么天子门户，只是逃命而来的孤女。”

秦梧笑着点头，说声知道，又拿了一个精致的木盒子给她，打开来是整整齐齐的各色珠花。秦梧说：“你在汴梁也没什么亲人，凡事都没人张罗，我看你现在衣服虽然多了，头上戴的还是只有红色，这些都是我自己用的，你要是不嫌弃就收着。”

陶花有些不好意思，一时没有接手。秦梧笑道：“我哥哥说了，今年京城里头时兴绿绿的细珠子串成的牡丹花，他看见素素姑娘戴了一朵很好看呢。我猜他跟我说这个，是想让我送你一朵好戴给他看呢。”

陶花越发被说得不好意思，秦梧就从盒子里拿了一朵出来，果然是一朵翠绿色的牡丹花，她执意给陶花簪上，而后悄悄附在她耳边，“告诉你我哥哥的小名——他小时候生得不像个男孩子，清秀之处，倒像个江南女子，所以奶奶叫他‘吴娃’。”说罢哈哈大笑。

陶花回到宫门时，夜色已沉，一进门就有人过来说："大王请公主至长宁宫。"长宁宫是小满的住处，她微觉奇怪，却不敢怠慢快步走去了。

小满正坐在灯下批阅奏折，陶花看他专心之至，面色深深，就在旁边站了一会儿，没出声。

小满却似脑袋上长眼睛一般，看完手中那本，即刻抬头。

"你见过秦老夫人了？"

"嗯。"

"头上戴的什么东西？"他这才看见那朵翠牡丹，皱着眉头走过来。

"喔，秦梧送我的珠花，她说我总戴红色就不好看了。"

"可你今天穿的红衣服，配这朵翠牡丹，跟唱大戏似的。"说着他过来把牡丹给她摘下来，拿在手中看了看，"嗯，做得不错。等哪天有空了我给你做几朵好看的，管保比这些好。"

陶花惊异，"你还会做这些东西？我都不会。"

他笑了笑，"我小时候什么都做过。"说着把陶花手中的盒子接过来，一样样仔细看过，最后才似忽然想起正事，问她："秦老夫人都跟你说什么了？"

"说……嗯……就是些客气话，老夫人待我很好。"

小满一哂，"你是我亲封的长公主，她怎么敢待你不好？"

陶花微微不悦，"小满，你别把人都想得这般冷漠，老夫人是真的对我好。她还说，朝中都说我父亲叛国，她不相信呢。"

小满撇了撇嘴角，"还提起你父亲了？"

"是。"

小满不语，半晌说："如果你愿意把人想得和善些，那也没什么。反正，从今以后，你是我最信任的人，没人敢对你不和善。"

陶花忸怩着笑了笑，"我觉得，老夫人是真的喜欢我呢。"

小满陪她笑笑，"好，好，秦老夫人一向铁板心肠，这回终于动了善心。"他收住名不符实的笑容，正色问："你想好了，嫁入秦家？前几天还跟我说怎么也不肯联姻呢。"

她嘟起嘴来，"这可不是联姻，是老夫人看中我了，他……"她低下头去，声音变得细不可闻，"他也是真心对我的。"

小满沉默，一直沉默了许久，陶花都觉得奇怪开始看他的时候，他说："好，那就嫁给他。只是，有三句话你要记着。"

"第一，不管在哪里受了委屈，随时记得来找我。"

陶花点头。

"第二，"小满叹口气，"你要时刻记着，在别人那里，跟在我跟前不同。你心思单纯，有些时候不算伶俐懂事，到了那样一个大家庭里，虽说没人敢惹你，你自己也得小心收敛些。秦文也不是什么好脾性，你就多察察言观观色，"他看住她，"在我这里，是我察你的言观你的色，到了外面，你得多留心。"

他的口气便如同嫁女儿，所有的人都是"别人"，只有他们两个才是自己人。

陶花抿住唇，再次点了点头。

“第三……”他低下头去，这次陶花没有催他，容得他沉默许久，终是抬起头来，“我……其实……”还是说不下去，只好又低头，“我是说万一，哪天你不喜欢他了，别忘了告诉我一声。”

陶花对于小满的殷殷嘱托的理解就是——嗯，这个小孩没白救，果然是铁杆哥们儿，不对，什么时候变成哥们儿了？还是侄儿。

第二天一早，侄儿来告知陶花下月初一在仪熙殿夜宴，秦老夫人也会来。陶花心里明白个八九分，只是不说出来。

下午秦文到宫中来探望陶花，并没提昨天的事，陶花当然更羞于提起。两人自宫变后首次见面，反倒比之前少了些亲密。以前知道是演戏，也就没有任何防备，现在知道是当真了，反而要庄重些。

秦文尤其谨慎，说话行事比以前隔阂很多，即使迟钝如陶花也能觉得出来，她以为这只是中原男女的庄重规矩，也就没有多想。

陶花看看他臂上的伤已经见好，也放下了心。片刻之后秦文就要离去练兵，陶花送他到门口，正碰上侍卫拿着一幅长卷走进来，看见陶花急忙呈上手中纸卷。

陶花奇怪，问：“何物？”

侍卫答道：“是宁致远公子命我呈给公主的。”

秦文也不问询，直接探手自陶花手中拿过纸卷展开，一股墨香瞬间四溢。秦文看完之后，忽地将纸卷掷于地下，气得脸色铁青，本来已到门口，又转身回了房。

陶花大奇，在地上展开纸卷，见是画着一枝桃花，旁边写着了几个字。陶花不识汉字，于是命侍卫过来念出。那侍卫到近前来，念道：“一支秾艳露凝香……”

陶花问：“何意？”

侍卫摇头，“属下也不甚清楚，好像是说一枝花很漂亮……”

侍卫话音还未落，秦文在房内喝道：“好一个宁致远， 如此胆大，竟敢调戏公主！”说罢就听得一个茶碗掷在地上摔碎了。

陶花听见秦文动怒，赶紧挥退侍卫，回入房中。秦文冷冷言道：“这宁致远，是宁丞相的小公子，今春状元出仕，任翰林学士。他和田家小姐的婚约虽是因我而失，对不住他的却不是我，我对宁家也从来避让。今日他敢如此放肆，分明是欺你非赵氏本家公主，你已有赐姓，他还是非要拿桃花来作文章。如今大局初定，太子党羽刚被清除，他的父亲正受重用，此人便不知天高地厚，竟然欺到你我头上来。”

陶花皱眉，“不见得吧，我看那人清清爽爽，对我很是友善，不至于是要欺负我。”

秦文奇道：“你见过他？”

陶花点头，“不但见过，还……还算有些交情。”

秦文转头盯住陶花，声音中的怒气散了些，却添了些寒意，一字字道：“什么样的交情，让他写出这些淫词艳曲！秦、宁两家向来不和，你竟然去跟他谈什么交情？”说罢甩门而去。

陶花愣在当地，只觉莫名其妙，不知该如何收场。

此后数天秦文都没有再来。陶花有心想跟他解释解释，可是她却根本不知该如何解释起，她也想过问问旁人那句话是什么意思，可身边的侍卫也都不懂，去问宁公子又太不合适。她在情事上一向笨拙，就这么一直拖了下来。

第十五章　婚事

日子一天天过去，月亮已由圆变缺。

秦府花园。秦文在月光下舞了一路剑，微汗时下来休息，正看见祖母过来。他迎上前去，老夫人面色却似不喜，问他："文儿，今天下午你怎么没去练兵？"

他支吾一声："嗯，有点不舒服。"

"不舒服？是跟陶姑娘别扭吧？"

"不是。"

"不是？若不是因为女子，你怎会如此神不守舍？大风大浪也经过不少，美人也见过许多，却还是这么沉不住气。"

秦文熟悉祖母的脾气，赶紧赔笑，"陶花是个好姑娘，是孙儿自己失神，以后不会了。"

秦老夫人淡淡说道："我没说她不好，只是国事初定，她在朝中无亲无故，也就是大王一个依靠。婚事么，我们当然是要答应的，但我看可以缓得一缓再行礼。大王现在待她是不错，救命恩人刚见面，自然如此，将来要是一言不合翻了脸，我们可就难处事了。"

秦文并不敢顶撞祖母，只是低头，"孙儿是真心喜欢她。"

"真心喜欢？"秦老夫人眼睛看着他，目光却空茫起来，"当年，你的父亲也说是真心喜欢你的母亲，一再到我跟前苦求。我也就是发了几天善心，却终至惨祸。生在将门官家，你得记住——家事为小，国事为大。"

秦文抬头，"奶奶，你刚刚说的，是我的生母，对不对？"

秦老夫人叹口气，"这些事情，以后再跟你说吧。我喜欢的媳妇儿，最好不会武功，别整天抛头露面的，行为举止要端庄，别还没进门儿就先有了孩子。这几条你母亲可都没有做到，我看这姑娘……反正婚事拖一拖并没什么坏处。再说，你才认识她几天？又不是知根知底一起长大的，还是多看看，难道你还愁秦家找不到媳妇不成？"

秦文微微抿唇，没有言语。

秦老夫人很了解他，知道他这是不怎么心服，又不愿顶撞长辈，于是就不说话。她只好继续规劝，"本来呢，我是打算选个朝中大臣的女儿。咱们当初说好的是，让陶姑娘帮忙，挡一挡田家婚事，也激一激徽王与田太师的斗气，并没说……"

"奶奶，"秦文出言打断，"我在燕子河边第一次见到她，就已是对她有心，一直不肯说，不过是因为国家还未安定。朱雀门之役，她舍身救我……"

秦老夫人微笑，"愿意舍身救你的姑娘又不是只有她一人，再说，我又没说不允婚。但你也该知道，咱们并没有高攀。允婚是咱们先让了一步，这婚期婚礼之事，也就该咱们来定。”

“可……”

“文儿，你知不知道宁相的小公子对她有意？咱们与宁家素来不和，现在若急行婚礼，恐怕落人话柄。她还没有过门，先就惹得朝中大臣争执，这姑娘命中桃花太盛。”

秦文低下头，仍是无语，眼神却已开始有了犹疑。

秦老夫人看得清清楚楚，快刀斩乱麻把龙头拐杖重重一顿，“你还记不记得你父亲是怎么死的？”

他一下被敲醒，顿首说：“孙儿知错了，必要等到扫平吴越、天下无忧时，再来思虑婚事。”

秦老夫人点点头，又摇摇头，最后长叹说：“文儿啊，你就是着急又有何用？她明明是陶洪锡的女儿……”

秦文这边淡了下来，陶花一下子就多出许多闲工夫，练完箭了常常在宫中转来转去。她练箭的时间正好是小满早朝的时间，于是两人常常在上午“偶遇”，然后一起混一整天。他一点点教她认汉字，红袖添香夜读书。她也曾问过他那句惹了祸的诗是什么意思，他却没有回答。

陶花一直觉得，让秦文对她突然冷淡的原因，就是宁致远那幅画和那句题诗。

一晃到了二月初一，夜冷似冰。一弯若有若无的上弦月，自不量力地吊在墨黑的高空。

陶花特地把那朵绿牡丹珠花戴在头上，为此又不得不换了件从没穿过的绿色衫子。小满看了她半晌，只说了一句：“嫁出去的人，爱穿什么穿什么吧。”

陶花听不出这是说她的衣服不好看呢，仍旧满心期盼地随小满去仪熙殿夜宴。到了殿内，看见郑丞相坐在一侧，秦老夫人在另一侧，秦文秦梧陪在两旁。陶花过去见过秦老夫人，而后就随小满坐在主席。

秦老夫人跟小满闲话半晌，刚刚要入正题，殿内却进来一个侍从，对陶花说“宁公子求见”。

秦文当即冷冷看她一眼，小满却和气说道：“让他过来吧，既然来了，一起饮宴也好。”

陶花看着秦文的脸色，急忙摇头，自己出去了。

夜色渐渐深沉。几只寒鸦栖在树梢，看着仪熙殿内人丁兴旺起来，酒意阑珊，觥筹交错。过了一个时辰，酒兴尽到，又慢慢变得寥落，众人纷纷离去。

郑伯、秦老夫人和秦梧都已告辞，小满只把秦文留了下来，杯盘冷落，凉意沁人，他们两个也只是在说话。

小满面色极不好看，沉声说道：“长公主为人重情义，她去见宁公子只是因为他曾经帮过她，她向来最顾义气。”

秦文面色凛然，“她既对左相公子重情义，我看他们两个也很般配，结成良缘，也就不必牵扯秦家的名声。”

小满半晌无语，脸色越来越难看，最后说了一句："秦将军是觉得，长公主出嫁之后，就不能再跟男子来往？那她以后岂不是再不能上阵？"

秦文不语。

小满接着说："她在契丹有血仇，一直说要亲自征伐。不让她上阵，她一定难受。"

秦文听到"血仇"这个话题，声音一下子更冷了许多，"她是女子，所谓血仇，也不需她来承担，报仇是男子们的事情。"

"可是她全家被戮，只剩下她一个女子。秦将军的意思，莫非是愿意帮她承担报仇一事？"

秦文似乎想转换话题，沉吟半晌，答非所问："我一直以来都想出征契丹。"

"那，你若出征契丹，难道把长公主留在汴京？她熟悉军事，箭法称冠，一定想亲自与契丹军对敌；何况，她是一员良将，咱们朝中有几人可以与她相比？"

又是一阵沉默。秦文终于开口，"我本来就没打算这么早娶妻。我也早就说过，要等到击败契丹、收复吴越之后，天下平定，方迎娶家室。"

小满无奈地叹气，"当初说那些话，无非是为了拖延与田倩如的婚事，你现在拿来推搪我？这种话也能当真？"

"怎么就不能当真？契丹作乱，吴越未平，正是国家用人之时。我一早就有此誓愿，要等天下平定，才成家立业。"

小满抬头看着他，"这么说，你是不愿娶长公主？"

"不是不愿娶，只是现在太过仓促。"

"她年纪已然不小，别人家的女子到了这个年纪，已经是孩子母亲。"

"孩子将来总会有。"

"击败契丹、收复吴越，谈何容易？蹉跎得年岁大了，许多妇女会难产而死。"

秦文莫名其妙抬头，他觉得大王今天十分奇怪，尽是纠缠些无关紧要的小节。他知道大王十分厚待陶花，可是他想着，既然祖母都已经允婚，这也是算是给够了面子，怎么就在这里锱铢必较起来，连孩子都谈到了。在他想法里，这些都是最细枝末节而不重要的东西。他近来本就有些烦闷，一时也就没有刻意应对，随口说了一句："秦家之后，也未必一定要长公主所出。"

他自己，也并不是父亲的正妻轩云公主的亲生子，所以他也并没觉得这句话有多么过分。既然害怕难产，那就不生孩子好了。他性子寡淡孤傲，也不觉得那有多么不好。

然而，他的话音未落，大王却一拍桌子站起来，震得杯盘叮当作响，大怒喝道："早说这话我也不会容你们到今天！"

陶花送走了宁公子，刚刚走到仪熙殿门口就听见里面一阵乱响。她推门进去，小满赶紧换了神色，赔笑说："你回来了？"一边收拾着身旁的位子让她坐下。

陶花一夜应酬，十分疲惫，只是点了点头。

小满却追问了一句："宁公子来做什么？"

陶花看了秦文一眼，"他……拐弯抹角好像是在问我和秦将军的事。"

秦文冷冷接话，“你怎么答的？”

“我没听懂他的问题，也不知道该怎么回答，反正最后他说，秦将军才是那有福气的尔朱荣。”

秦文慢慢把手中酒杯放下，到桌面时猛地一顿，森然道：“朗朗乾坤，能容得他如此栽赃？尔朱荣目无天子，是个残暴无比的大奸臣。他这话，我定要问个清楚！”

小满一笑，“将军多心了，他是另有所指吧。或许他是想说，将军的相貌也如尔朱荣一般俊美呢。”

陶花听见这尔朱荣是个奸臣，知道不妙，赶紧解释：“那天在太和殿，他跟我说起尔朱荣被杀，旧部为他报仇的事。”

秦文仍是冷着面孔，“尔朱荣的旧部为他报仇，杀进国都洛阳，放纵手下兵士淫辱王妃公主，这等劣迹，也好在长公主面前提起么？”

陶花愣了片刻，不知道该说什么来圆场了，只好转开话题，“你们刚刚吵什么呢？吵到要拍桌子。”

小满笑道：“秦将军刚刚说天下不定，不娶家室，我们就说起了契丹吴越，说起敌人自然就拍桌子了。”

陶花抬头看了秦文一眼，他却低着头不与自己目光相接，她等了半晌见他终究无语，于是点头说：“天下疾苦，确实不宜谈婚事。”

“不是不是，”小满忙笑着解释，“婚事早就订下了，只是这婚期要再酌情商议。我当然是希望你们尽快，我还等着把大周虎符交给我的小表弟呢。”他虽然封陶花为长公主，那是姊妹的辈份，但称呼还是一直叫姑姑顺口了，而姑姑的孩子当然是他的小表弟。说着他向陶花一笑，又转目去望秦文，神色瞬间变得严正。他已经说得再明白不过——虎符，他是打算交给陶花的孩子。

秦文端然迎视他的目光，两人谁都不说话。静了有一会儿，秦文拿起酒杯向小满遥遥微举，一杯饮尽，而后淡淡一笑，斜斜挑目睨向陶花，“等他长大？今晚洞房不知能不能赶得及。”

陶花顷刻间面红过耳，在他的目光中深深低下头去，小满却是大怒道：“你敢调戏公主！”

陶花立刻抬头，仍旧红着面孔，语声却是不容辩驳：“小满你说什么呢！”她把声音放低些，“两夫妻间说些私话儿，你一个小孩子多什么嘴！”

小满没答话，拿起刚刚被震歪到一边的酒杯，斟满了酒一饮而尽。

这一天把陶花累得不轻，往后几天都是睡昏昏的，也没再看见秦文。数日之后，郑伯请陶花去田府抄家。田太师在朝中相熟之人众多，谈不上党羽，多为门生幕僚，所以抄家之事选了陶花这样跟他素不相识的人最合适。

陶花带了小满的亲兵侍卫过去，监督着他们把东西一件件记录入库，家人则一个个押入牢中待审。正在院中看着众侍卫动作，忽听得一声娇叱，一个女子自押解队伍中冲出来撞向陶花。

陶花站得距离押解队伍很近，而且正看向别处，毫无防备。两边侍卫见这一队都是女子，且都有绳索捆绑，也没有太上心，结果施救不及，让那人正正撞到陶花身上。

陶花被撞得跌倒在地，只觉胸口十分疼痛，早有侍卫过来扶起陶花，剩下的上去拎起那女子，连着掮了好几个耳光，那女子瞬间口唇流血。

陶花喝止众人，走过去拨开她乱发，但见眉目颇为熟悉，稍一寻思，便想起与在宫中见过的田妃颇为相似，是个娇媚的美人。

旁边的侍卫过来告诉她："这是田倩如，田仲魁的独生女。"

陶花猛然省起，此女曾是秦文的未婚妻。但见她此时鬓发凌乱，口角不住往外滴血，曾经的美貌佳人，如今十分可怜。

陶花知道她和秦文之事，自是秦文对不住这个姑娘，当下也有怜惜之意，对左右说："善待于她。"

田倩如冷哼一声："你这妖女，何必假仁假义！你害我家破人亡，帮赵恒岳弑父杀……"

陶花一伸手捏住她的嘴巴，阻住她的话，她狠狠咬住陶花的手，鲜血汩汩流下。

陶花面不改色，喝止两旁要动手的侍卫："你们别管！"说着把田倩如拖到房内。

关上房门，她抽出手来。田倩如恨得很了，下了死力，一路都是血迹。

到了屋里嘴上空出来了，田倩如开始狠狠咒骂："你这妖女擅使媚术，骗得我夫君反叛朝廷、杀我家人，这些全都是要诛九族的罪行！天子驾薨？谁不知道是那赵恒岳杀了他！哼，你和那赵恒岳，倒是正好一对，弑父杀弟，禽兽所为！"

"弑父杀弟"这句话，直刺到陶花心中，这是她从十五岁便开始的梦魇。她不由后退几步，半晌才回了一句："没有，我没有杀我爹爹。我杀陶若，是不得已。"

田倩如斜着眼睛冷笑看她，"父亲早就跟我讲过你的身世。你陶氏一家，难道就你武功最高强？如何一家人惨死，只有你一个女流逃了出来？你未亲手杀你父亲，你父亲也是因你而死！那赵恒岳弑君，难道还须亲自动手不成？"

陶花又后退一步，呆立当地。不错，假若当日是她前去挡住追兵，让父亲逃跑，也许可以保住父亲性命，而不是她一人孤孤单单活在这里受"弑父杀弟"的指责。可是——

"不成的，就算我挡住追兵，我爹爹也逃不出契丹。澜哥哥能放得我走，却未必会放爹爹走。"

"呵，不错，我倒忘了，还有那契丹太子耶律澜。"田倩如咬牙切齿，"父亲对我说过，此次契丹退兵，契丹国内有传，是因你迷住了他们的太子。你这妖女，要害多少人才罢休？"田倩如一语未毕，竟然又直朝陶花撞了过来。只是这次陶花有了防备，一伸手挡住她，并未让她近身。

她抵住田倩如的肩膀，定下心神，正色对她说："倩如姑娘，你和秦文之事，是他对不住你，欺了你一番女儿心意。可是家国之事，却容不得你在这里胡言乱语。契丹退兵，是我等将士血战而来。你父身为太师，总理朝中事务，可是周国境内怨声载道，民不聊生，与契丹屡战屡败。这回幽州之战，若不是秦将军相貌出众些，被你田氏女儿看中，如何能够率军出征，一战传吉。”

陶花刚说到此，忽听得背后房门“砰”的一声被推开，一个身影疾步进来。看见田倩如躺身在地，一路都是血迹，陶花正抵住她的肩膀，那人一把扶起田倩如，又看见她面上口唇受伤，他恨声道：“你……你忍心如此对她！”

陶花骤逢变故，定了定神才看清面前的人是秦文，见他神色十分冷峻，眼角眉梢都是怒意，陶花不由也觉委屈生气，皱眉道：“我没有碰她。”

秦文冷冷看着她，“我刚听说你来抄田家，就飞马赶来，想让你对她宽容些，没想到还是晚了。她一个妇道人家，什么也不懂，你把她打成这样干什么！”

陶花抬起头狠狠瞪了秦文一眼，再不愿解释，也羞于在田倩如面前一点点分辩，一言不发转身出门，上马飞奔而去。

一路上她越想越是委屈，越想越是生气，从宁致远的画卷，到婚事遇阻，再到今日无端受责。回到宫内，气愤仍无从排遣，她在世间已无亲属，只有小满和罗焰算是亲人一样，当下连想也未想就直奔小满的居处长宁宫而去。

到了门前，她心中难过懒得理会旁人，推门而入。几个侍从急忙拦阻，却又不敢碰她身形，只能大呼小叫围着她跟进去。到了内室，卧榻已可看见时，那几个侍从却不敢进了，全都退出去。

陶花一路叫着“小满”走入长宁宫内室，但见帐幕低垂，窗户紧闭，室内一地散落的衣饰，角落里一炷檀香静日生烟，与室内一股汗湿味道混合在一起。她顿觉有些异样，脚步缓下来，却懵懵懂懂并没有停住，直走到那帐幕前。

陶花停在榻前，倒是没有莽撞到直接掀开帐幕，只是停在那里，似觉十分不妥，又不知该如何安置。

小满掀开帷帐一角，慌张叫了声“姑姑，你怎么来了”，陶花无可避免地看见帐内有一女子仰卧，内心一阵惊跳，顿时连耳朵根都红透，转身出去。

刚走到外厅门口，小满披着一件袍子追出来，一手拉住衣带，一手抓住陶花，急急叫声：“姑姑别走。”

陶花这一刻工夫已经想明白，刚刚的震惊也已经退去。小满已不是小孩，虽然耽于国事动荡还未明媒正娶，在这宫廷之中却女侍众多。他贵为少年天子，此事原是再平常不过的事情，只是自己刚刚因为负气而过于莽撞，惊破了这一对鸳侣。

陶花觉得十分歉疚，侧头柔声道：“是姑姑鲁莽了，我……我就是有点难过，没什么大事。”

她的本意是说：因为自己难过，所以鲁莽闯了进来。没想到小满也在惊惶之中，会错了她的意，以为她是说看见此事才难过。他紧紧拉住陶花，急急说道：“是我错了，是我错了，姑姑你别难过。”

陶花一时觉得莫名其妙，想说这是人之常情，又羞于启齿，于是轻轻推他手臂想迈步出门。小满却牢牢抓住，怎么也不松手放脱。陶花回头望室内一眼，嗔道：“你不去安顿人家姑娘，在这里扯着我干什么。”

小满立刻朝内室高声叫道：“晓虹，快过来拜见姑姑。”室内有人低低应了一声，而后就是窸窸窣窣穿衣服的声音。

陶花只觉尴尬，皱眉低声道：“不用见了。”说着就要出门。小满仍不肯放脱，陶花使力一推，手上被田倩如咬破的伤口又开始流血。

小满大惊松手，“姑姑你怎么了？”

陶花趁他松手将他向内室方向用力一推，不答话闪身出去。

第十六章　密信

陶花离开长宁宫，快步走向自己居处。这一闹下来，刚刚的气倒是消了不少，不觉那么委屈了。

走到门口却见一青衣男子背着双手立于门外。侍卫见她过来，上来悄声说：“宁公子已经等候许久。”

陶花赶紧过去问道：“宁公子你怎么来了？”

宁致远转头一揖到地，“实不相瞒，在下已知，对公主的相思为不可得，此行为取回画卷，请公主恕冒犯之处。”

陶花进房取出画卷给他，既听他直承曾有相思之意，回想起当日秦文的怒气也就不无道理，想到这里怨气更散了些，即命侍卫备马回太师府。

她回到太师府院内时，见侍卫亲兵们匆匆忙忙，一毫也不敢怠慢，再看秦文正站在正中，帮她打理各项事宜。

有侍卫看见她进来，早报给了秦文知道。

秦文回头一笑，疾步走到跟前，单膝跪下，抱拳于顶，朗声道：“左卫上将军秦文，参见长公主。”陶花虽名为公主，却从未跟他论过礼节、受过跪拜，这时心知他是要表达歉意，多半已从侍卫口中知道她并未伤过田倩如。

陶花伸手远远虚扶了一下，懒懒答道：“将军何必行此大礼，本宫可受不起你一跪。”说罢侧头四顾，见侍卫们早都躲开去，于是又接了一句：“将军身边美女如云，若是哪天真的不小心伤了一个，还不得跟我上马单挑，我可打不过你，还是离你远些好了。”

秦文甘受奚落，赔笑站起，到她近前来低声问：“你跑到哪里去了？我去宫内找你，侍卫说你不在，倒是碰见那宁公子，我一气就又回来了。此人性情疏慢不羁，风流成性，你不要跟他走太近。”

陶花仍是懒懒答道：“他只是来索回画卷，你不是早把那幅画当成眼中钉了，看一眼就生了半个月的气，不是为了你的田小姐都不来理我。”

秦文的语声却森冷起来，“他索回画卷，倒是可以保住性命，否则就是调戏公主的铁证！”

陶花奇道：“那幅画到底怎么了？”

他斜睨她一眼，看她竟似真的不懂，只好解释："那画上题字'一支秾艳露凝香'，本来无伤大雅，可是这首诗的下一句却是'云雨巫山枉断肠'。"

陶花仍是不懂，问了一句："这是什么意思？"

秦文皱眉看她半晌，最后说了一句："这宁公子这么风流的心思，可惜用在了一根木头上。"

这句话陶花听懂了，本来就正着恼，于是一甩手去别处了。

田府宅院深深，财物丰硕，众人一直收拾到天黑还未结束，也只能先封存。待大家都离去时，陶花才猛然醒觉已经夜深，不由慌张起来，"这么晚了，小满要担心我了。"

秦文在旁说："无妨，我已经差人报给大王和我家中，就说咱们今天挑灯夜战，不回去了。"

陶花转头看着他，见他并不似玩笑，立刻决然说："不行，我得回去。"转身欲走。

秦文伸手拉住她，"陶花，我有些话要跟你商量。"

陶花摇头，"明天吧，深夜不便。"

室内已经只剩他们两个，他走近她身旁，"田太师卧房内有一张凳子，是产自南海的一种树皮做成，坐上去像荡秋千一样颤颤的，你要不要去玩？"

陶花犹犹疑疑间，秦文把她强拉了进去。

等到进了房间，却哪里有什么凳子，只有一张硕大无比的棕床。陶花猛然知道受骗，秦文已经笑着拉她坐到床边，"如今大局已定，你可有什么打算？"

陶花愣了一下，"什么什么打算？"

"我曾立下志愿，天下未定，不娶家室。契丹国欺负我们已久，我父亲又丧于吴越，我们一家人全都耿耿于怀。等我先领兵击败契丹、收服吴越，再娶你过门。你能等得及吗？"

陶花一下子脸红起来，推开他羞道："谁等不及啊，你才等不及呢。只要不是什么联姻，多久我都会等你。"

秦文听到"联姻"面上微微有些尴尬，他望住陶花，"其实，五年前我第一次见你时……就是真的……唉，现在说这些也没有意思，等到将来咱们打败契丹，你不再天天念着家仇之事了，那时再说吧。"说着自她箭囊中拿出一支箭来，朗声说道，"你的桃花箭，就算作你我的见证。"

陶花接过他手中木箭，"若有人变心，便如此箭。"说罢双手一折，却没能立刻折断。

秦文笑着自她背后环上来，握住她双手一用力，箭才断了。

陶花转头笑说："看来'吴娃'也并非手无缚鸡之力。"

秦文难得见了些羞恼，一掌将她推倒在床上，"缚鸡不知道有没有力，缚你还是有力的！"

陶花着急起来，"我手中有箭，别伤着人。"

他俯在她身侧，拿过那支带箭头的半支断箭，抽出她的佩刀削掉箭头，而后佩刀并不回鞘，远远仍了开去，半支断箭放入陶花前襟的衣袋，"这便是咱们两人的信物。"

陶花看他放箭入自己衣襟毫不避讳，却也磊落而没有多余之意，只好也低头将自己手中的半支断箭往他衣袋里放去，一边问他："你为何把我佩刀扔了？"

他本意只是确认婚事婚期，并未打算纠缠，此时望着她低眉顺目的模样，却是有些发痴，说出来的话也就未经考量，带了些心神的迷乱，“衣服也早晚是要扔的，何必留着佩刀。”

她听见这话，顿时失了磊落之心，面色通红，双手微抖，在他襟内摸索半晌还没有找到袋口。两人斜倚在棕床之上，灯火半明，旖旎无限，陶花手在他襟内，进也不是，退也不是。

烛火闪烁跳动，照着她一双明眸柔情四溢，双颊带着少女的羞晕。秦文深深吸了一口气，再也无法自控，突然翻身而起将她按在床上，箍住头颈深吻下去。

陶花与耶律澜有过偶尔的亲近，却哪有这般深入，又哪有秦文的熟练。她抬臂推拒，却被他轻而易举按住，慢慢就觉得身躯酸软，无法动弹。到后来秦文手放到她衣带之上，她竟然也阻止不得。

带扣被他轻轻解开，他在她耳边低语：“我现在就告诉你……‘云雨巫山’是什么意思……”她长长喘息几口，觉得羞涩难当，又有些说不清楚的害怕，本能地转开头去。

田太师的床上布置十分周到，缎子枕头边上是一盏小油灯，被几近透明的玉石封住，即使倒了也不会着火。那灯火忽闪忽闪，照得床上的缎子枕头一明一暗。忽然，陶花看见那枕头底下露出一角纸片。

她不由好奇，伸手取了出来。秦文正吻在她颈中，丝毫不查，陶花被这纸片扰开心神，不似他沉沦。她打开纸片见是一封书信，上面密密麻麻写满字，不由觉得好玩，她正看着的时候，秦文忽然一把抢过那封书信，他只匆匆看了一眼，神色便惊惶起来，抬头看着陶花。

陶花奇道：“怎么了？这信里说了什么？”

秦文不答，反问道：“你看见了什么？”

陶花笑起来，脸色仍旧红扑扑的，“我不认得汉字……”说着满脸羞愧低头。

秦文听到此，长长舒了一口气。陶花觉得奇怪，追问道：“到底是什么？”

秦文摇头，“跟你没关系，是田老头儿的军机要务。”说完之后，他明显忧心忡忡起来，心不在焉地闲话一阵就送陶花回去了。

夜深得连一声狗叫都听不见，月亮也躲进了云朵。

陶花回到住处，远远地便看见了一众侍卫在紧密巡逻，她赶紧过去问：“怎么了？”

她自己的侍卫长迎上来，低声道：“大王在屋内等了你一夜，这都是长宁宫的兄弟们在这里巡守。”

陶花闻言，疾步进到内室，果然看见小满斜卧在她的床上，已经沉沉和衣睡去。

她蹑手蹑脚走到床边，不知道该不该叫醒他。想了片刻，拿过薄被给他搭上，然后轻轻放下帐子。自己则坐到椅中，趴在案上打了个盹儿。正迷迷糊糊的时候，听见外面打更的声音，接着就听见小满在帐内高声喝问：“公主还没回来么？差人去太师府看看。”

陶花赶紧应声：“我回来了，看你睡着，没叫醒你。”

小满掀开帐子坐起来，满脸不悦。

陶花奇道："不是已经差人跟你说过，我今晚不回来了吗？你怎么还在这里等？"

小满坐在床边低着头，半晌说："你跟秦文在这汴梁城中出双入对，从不避讳，现在秦家人来跟我说，你今晚不回来，而且……而且又是我刚刚惹过你生气，你让我如何不担心？"

陶花知道他是真心为自己着想，看他神情也是真的忧心，于是坐到他身边去，"小满，姑姑又不是小孩子了……"

小满猛地抬头，"我求你一件事情可好？"

陶花点头，笑道："大王有命，谁敢不从？"

小满却未笑，正色言道："小满是我的乳名，只有小时候我妈妈叫过，连我亲生父亲和继父都未叫过，那时候跟你说这名字，是因为还不知道你是敌是友。以后，你别这么叫了。"

陶花一怔，想起自己经常在大臣面前如此称呼小满，如今他贵为一国之主，确实很是不妥，赶紧点头，"是我疏忽了。"

小满又接下去，"以后，在人前你称我大王，人后你叫我'恒岳'，那才是我的名字。我也不叫你姑姑了，你本来就不姓赵，陶家也是开国重臣，赐姓收回，我叫你'阿陶'可好？"他听见过耶律澜叫她"阿陶妹妹"，觉得这个称呼很是不错，只惋惜这"妹妹"两字他是实在叫不得了。

陶花愣在那里，看小满虽在问询，目光语气中却全无让人反驳的余地，一派威严，不由垂首道："是，大王。"

小满面上有了些笑容，不似刚才严峻，轻拍陶花手背，"说过了，叫我'恒岳'，这里又没别人。"

陶花抬头看他，再也不是当年那个缩在她怀中取暖的小孩子了，他显是不愿再提起旧事，不愿再跟陶花如姑侄一般。陶花想起父亲曾经跟她讲过许多改朝换代的故事，也说过"飞鸟尽，良弓藏"，陶家的赤龙会可不正是应验。想到此不由觉得脊背有些寒意，脱口而出说了一句："赤龙会之事，我早说过交给大王。"

小满皱起眉头，"无缘无故怎么说起这个了？"一瞬间他也明白过来，一把抓住陶花手腕，"你想到哪里去了？我早说过，你我是'君臣两不相疑'，不，我从来没把你当臣下。"他似觉说不清楚，站起来在屋内来回走了两圈，又坐下，"阿陶，从当年在契丹躲藏逃跑的时候，我就跟你说过，我要保护你，我要你平安喜乐，每天都高高兴兴的。"说罢他又站起来走了两圈，却在中途猛地停住步子，语音微带怒气，"你喜欢秦文，那也平常，这京城中喜欢他的女子多得是，阿陶喜欢，我招给你做驸马便是，可是，他竟然推拒……"

陶花急忙截住他话头站起身来，"不是，他并不是推拒，只是他有过志愿，想先为大王平定天下，然后再娶妻。"

小满看着陶花，"可是，阿陶，你年纪已经不小，寻常人家的女子在你这般年纪已经做了母亲，他这般推托，可曾为你想过？何况，若是真心爱惜……"小满低下头去，不与陶花目光接触，"若换了是我，别说契丹吴越，就是不要大周天下，也要换得阿陶一笑！"

陶花愣愣看着他，隐隐觉得有一件什么事情十分不妥，把她逼得退后两步。小满即刻走到她身旁，跟进了这两步。陶花再退一步，目光中有些惊惶无措，抬头看着他。小满看见她的神色，刚刚又踏出的步子停在半空，而后收回来，轻声说道："姑姑，我……"随即意识到自己叫错了，又赶紧停口，只是专注盯着陶花，眼神里满是关切担心。

陶花微微笑着望向他，"小满，我做你的姑姑，很高兴，你不想叫了也没关系，赤龙会你要与不要，也都不是什么要紧事。只是，我与秦将军，是我们两人之间的事情，我不喜欢你妄加评论。"说罢陶花转身就要出门，小满伸手轻拉住她，"阿陶，这里便是你的家，你还到哪里去？你睡吧，我该上朝去了。"说罢他疾步出门，再未停留。

第二天陶花起得很迟，也没去练箭，却一起来就说想出门，不想待在宫里。

她不想，每天上午练箭之后都再"偶遇"他了。

几个侍卫一商量，带她去了郊外的一处草场。

陶花到的时候，看见草场周围戒备森严，侍卫上前说："怕是大王在。"

陶花点头，既然到了，也只能一提缰绳跃进场去。背后却有人高声阻拦，她圈马回头，"怎么？不认得我么？"

在草场守卫的侍卫首领走上前施礼，"当然认得公主，只是今日不比寻常，还请公主海涵。"

陶花微有些不悦，"什么事情这么要紧，连我都不能进？"

那侍卫首领只是躬身赔礼，并不让步。正在此时，远处传来马蹄声响，陶花侧身一望，看见远远一匹黑色骏马奔驰过来，马上的人黑色短衣长靴，胡服打扮，一望便知是小满。他身前黑乎乎一团东西，等到近些了才看清楚是他的披风脱了下来，里面显然包着一个人，身形瘦小，多半是个女子。

陶花已经明白过来，回头对那侍卫首领说："就这么点事儿，值当得拦住我么？"

小满也已经认出她来，俯身对马前的人说了句话，接着便纵马过来。

陶花远远笑道："我被拦在这儿了，不让进呢。"

话音落下，小满已经到了跟前，身前果然是个女子，姿态窈窕，侧坐鞍前，风帽遮住了大半容颜。

小满先下了马，而后伸手去抱那女子，女子似不会武功，下到地上时低低惊叫一声，小满含笑低声："怕什么？还怕我摔了你不成？"语调娇憨温柔，显是宠爱已极。

陶花听见，毫不犹豫在旁塌他的台子，"那可难说，你这手劲儿要是一下没跟上，人家可就是一个大跟头，是不是啊，晓虹？"

那女子并不回答，反倒把脸孔微微侧开，正好背着陶花。

陶花本来就十分好奇，这下子干脆就提马过去，想绕到她身前去看看她的模样。

小满把女子往身前一抱护住，回头瞪了她一眼。

陶花撇撇嘴，露出一个"谁稀罕看"的表情，跃马离去。

她在宫中憋得久了，"火云追"也许久没有撒欢儿，今日一人一马都十分尽兴，缰绳完全松开，由着马跑。等到陶花觉得微汗时，才缓了马慢行。

夕阳将尽，天边一片血红。晚风当中，听见背后有马蹄声追上来。陶花回头，看见小满大汗淋漓，到跟前时大声抱怨："你就不能跑慢点？"

陶花奇道："你追我干什么？"

"你是不是生气了？"

她想了想，"嗯，开始有点。"

他一下子手足无措起来，眼睛里却又有些喜悦。

她接着说下去："不过后来我想想，你现在是一国君主，跑马场里又没跟着侍卫，不让别人进来也是情理之中。我虽然是你的姑姑，可是王子犯法与庶民同罪，侍卫大哥们拦住我也是应该的，所以也就不生气了。"

他眼神里那些喜色瞬间退得干干净净，到最后咕哝说："我又没说这个。那你跑这么快干什么？人人都知道你马术好，不用当面炫耀给人家不会骑马的姑娘看。"

陶花一脸无辜拍了拍马头，"不是我跑得快，是秦将军的马烈性儿。"

小满听见这句话，慢慢缓了下来，最终完全停住。

陶花却未回头，仍随"火云追"向前走着。

小满双手拢在嘴边，大喊了一声："姑姑——"

陶花仍未回头。

他接着喊："小满走了——"

夕阳一点点沉入地平线，刺得人眼睛生疼。

"你的侄儿小满，今天可真的走了——"

"再也不回来了——"

他果断圈马，向反方向跑远了。

陶花猛地转身，也把双手拢在嘴边，"小喜鹊，尾巴长——娶了媳妇儿忘了娘——"

小满在奔马上回头，刺目的晚霞中，看见陶花已经回转了身，伏贴到马上。"火云追"突然发足狂奔，不知道是不是颠簸太盛，陶花的双肩已在微微颤抖，却仍然没有停下。

再美的夕阳，也还是要落下去。

小满，作为她的侄儿这重身份，终有一天会渐渐疏远。他终是要有心爱的女子，娶妻成家，从没见过谁家的侄儿跟姑姑亲密一辈子的。

他几次征询她的意见，而她笃定指示：你就是我的侄儿。

那好，既然这样，这一天就总是要来的，你的侄儿小满，今天就跟别的女人走了，再也不会回来……

『第二卷』马踏契丹

契丹既是她的家乡，又是她的家仇，这条通向塞北的道路上，到底是泪水多些，还是欢笑多些？

她说："愿为他处子终老。"

他说："要是有一天你被捉了，我也绝不会独活，我就要做那只飞回来的燕子。"

第十七章　出征

冬天过去，迎春花开，漫山遍野都是报春的黄云。

宫墙里也不例外，三三两两的宫女们在院墙边摘下黄色的小花，簪于发上。

陶花却蹲在角落里，她好奇地剪下了一丛树枝，在弓上比量着这硬度够不够做箭身。

正专心的时候，听见背后有人说：“这要是试好了能成，咱这汴梁城里从此再也看不见迎春了。”

陶花回头，笑道：“你吓我一跳，小满……呃，不，大王……呃，不，恒岳。”

赵恒岳大笑，“好，每次都叫我三遍。”

陶花看他笑得极是开心，便多了一句口讨巧儿：“要么，我还是叫你小满吧，我叫习惯了。”

赵恒岳带着笑容，沉吟一刻，把笑容敛去说：“你要是答应我一件事，我就让你叫我小满。”

“什么事？”她兴冲冲问。

“嫁给我。”

她把手中的一丛迎春树枝扫到他身上去，人却起身走开了。

赵恒岳在背后叫住她，“喂，我有事跟你说呢。”

她停住身形，“你答应我一件事，我才听你说。”

他大笑起来，“好，学会了以其人之道还治其人之身，说说看。”

陶花转回头来，“我想搬出去住了，宫里头太闷。”

她本不是个会察言观色弄心机的女子，换了是跟别人说这句话，她多半也就是铁箭一横——“喂，我要搬走了，成不成你自己看着办吧。”可是对赵恒岳，她不能这样，这是她的亲人，她的伙伴，她的——小满。她已经或多或少觉到他对自己有些“奇怪”的感情——反正在她看来，是“奇怪”的，她也不想用什么有违伦常这种大字眼，因为她不舍得这么说他。

于是她只好在想得起来的时候疏远他一些。而这种疏远，也是要小心翼翼表达，她不忍心伤害他。她总还是觉得自己是他的长辈，所以，对他是有着责任的。

赵恒岳在原地立了片刻，笑了笑，“阿陶，你听没听过一首歌谣，‘入山一千，出山五百’。”

陶花摇头，不解何意。

“这是说建造宫殿的时候，为了采一根梁木，要有一千人进到深山里面，却只有五百人能够出得来。”

“另外的五百人呢？”

“全死在山里面了。”

陶花张大嘴巴，说不出话来。

赵恒岳走到她身旁，指着距离两人最近的一处大殿，“你看，这一间大殿，要十多根梁木，我猜最顶上那根栋梁，五百人的命也换不回来。”

陶花合上了嘴巴，还是没说话。

“那，咱们在朱雀门对面给你盖栋府邸？”

“不，不，”陶花终于开口，而且一开口就脑袋连手一起乱摇，“我还是住在这里，挺好的。”

“不好吧，你刚刚不是说这里太闷了？”

“不闷不闷，地方这么大，一点也不闷。”

“那天你不是还说，老跟我住在一个院子里面，抬头不见低头见的，很烦？”

“不烦不烦，我喜欢跟你在一起，天天看到你也很高兴，一点都不烦。”

“真的？”

“真的。”

赵恒岳回身大喊：“史官呢？史官！把公主刚刚说的话原样记下来，我心情不好的时候念一遍就行了。”

陶花愣了半晌，期期艾艾说了三个字：“不要吧。”

“还有，传示群臣，以彰公主俭朴贤德。”

这回是大喊出两个字：“不要！”

“不要？你怕谁看到？”赵恒岳一边促狭地笑着，一边拿出一张折子扔给她。

陶花接住折子，却没有展开，她反正不识字。

他的笑容收拢，缓缓说道：“秦将军上表，请战契丹。”

陶花把折子还给他，收拾心情，抱拳行礼，“我熟悉契丹军事，愿带公主营与秦将军同去。”

赵恒岳微微点头，“本来大局初定，不该着急用兵，可是……”他抬头盯住她，“我还是成全你二人吧。希望能够早日平定天下，也好打发了你这蛮横公主，别总让我这娘家人养着。此次出征，我会从京郊军借调五万兵力，合幽州军之兵，分三路过燕子河。我与郑丞相亲征督率中军，秦文率左军，幽州节度使邓宣正与秦梧率右军，公主营……嗯，跟在秦文军中吧。三军之中，以中军为首，左军之中，以公主令为先。”陶花一一点头接令，听到最后一句时笑了，“以将军令为先也无妨。”

赵恒岳正色道：“军国大事不是儿戏，我今早已昭示群臣，虎符之外，增设铁箭令。”说着他自怀中拿出几支小巧铁箭递给陶花，“这令上铭文与虎符相同，可调动我大周兵力，交给你保存。”

陶花大惊抬头，“不可。”

赵恒岳神情淡淡，“夺到虎符那天，我就命人去打造了这些铁箭，本来就是给你的。”陶花接过那些箭支，每支上面都有繁琐铭文，顶头没有箭尖，全是一朵黄金打造的桃花。

赵恒岳嘱咐道：“小心保存。”

陶花摇头，“我怕担不起如此要务，万一偷了抢了，丢了忘了，那就麻烦了。”

赵恒岳蹙眉道：“如今你仆从如云，怎么可能让你丢了忘了？若说偷了抢了，你贵为我大周公主，如此重要的东西被人偷了抢了，恐怕倒不必担心这些令箭了，还是先担心我大周天下，还有，你。”

陶花看赵恒岳君意已决，只能将这些铁箭先放到自己箭囊，好在个头短小，倒也不十分沉重。她望着他，不知道该说什么，他轻咬嘴唇，“从此以后，再别跟我提什么赤龙会的归属了。”

大军两月后自幽州会合出发。赵恒岳吩咐按弩箭图谱速速赶制弩箭，配备的箭兵都归在公主营帐下。同时差人去赤龙会总部青峰岭传讯，命赶赴幽州。落霞山的力量壮大了很多，官民结合，平时由罗焰和何四带领，此时听说出征契丹，那是人人争先。陶花却未将罗焰带在自己营中，让他去右军辅助秦梧。

大军齐聚幽州之日，意气飞扬，战戟霍霍。赵恒岳命犒赏三军，第二日过燕子河。

陶花十分欢喜，检视过公主营在城外的驻军，便回幽州府内的居所休息。路过大厅时，听见厅内有争吵之声，她停下脚步望了一眼，看见郑丞相和大王对峙于厅内。郑丞相高声劝道：“大王，出征不是游猎，何况那晓虹姑娘并无名分，你带她同去如何安置？”

赵恒岳十分生气，声音几乎咆哮起来：“我带去的女侍又不止她一个，为什么别人都能带，就偏偏她不能带？出征之时带同家眷，古已有之，为何你偏偏要管我？”

郑丞相不紧不慢，躬身道：“大王，老臣我也是一片忠义之心，原本老臣是不能管大王家事，可是大王家事，便是国事。当日大王曾以血为誓，不伐契丹，不登帝位，是以老臣处处对大王期待甚高。晓虹姑娘之事，若是我不知情，那也罢了；可是老臣刚巧知道，不得已而进诤言。咱们军中有严令，带外妓过夜者，立斩无赦！”

到此赵恒岳被完全激怒，他一把抓住郑丞相的领子，“你说她是什么？”赵恒岳高大，且习武，郑丞相是文人出身，被他一抓便如小鸡一般，岌岌可危之态。陶花赶紧现身，到门口咳嗽一声，赵恒岳立刻把郑丞相放了。

陶花走入厅内，“敢问大王，何事争吵？”

赵恒岳忙不迭摇头，“没事，没事，我和丞相玩笑呢。”说着转头对郑丞相说：“都依你，你命人送她回汴梁吧。”

陶花从前言后语中猜测是为了带晓虹姑娘随军之事，她听到此事，心里竟是说不清楚地放松了下来，他对其他女子有情，那是尽力也要促成的；又想起自己曾经撞破他们一次，自然也忍不住想行个善事，当下便对郑丞相说：“大王贵为九五之尊，又是年轻男子，虽然尚未婚娶，带个女子随军也不是什么大事。军中尚且带着营妓，为何独不能带上大王心爱之人？”

郑丞相朗声说道：“大王行事当为万世楷模，若是要带妃子同行，也该明媒正娶。你看那秦将军也是年轻男子，俊逸天下知，却何曾在军中带过女眷？”

陶花听到提起秦文，不由有些尴尬，就没有接话。却见赵恒岳猛然站起，一把抽出佩刀砍翻了桌子，对二人大吼道：“我已经说过不带了，你们还在这里干什么！我心爱之人？哼！”他一脚踢翻已经倒在地上的案子，转身出门。

陶花被他这一顿脾气给惊了一跳，郑丞相倒还是不紧不慢，走上前问道：“公主没有受惊吧？”

陶花摇头，“我没事，丞相呢？”

郑丞相一笑，“平常之事，不足挂齿。大王一向英明，只有在儿女之事上……”他抬头看了陶花一眼，似有深意，却是不便说出。陶花已经觉察到，就问在当面：“丞相有话请讲。大王行事不周之处，我会委婉提醒他，不能伤了功臣之心。”

郑丞相一笑，吞吞吐吐说道：“当日大王取消公主赐姓，臣等在朝堂之上暗自猜测，以为是大王猜疑公主，想收回公主手中的落霞山和赤龙会。可是大王当廷示出铁箭，言桃花箭与我大周虎符同列，又令人甚为不解。”他说话时一直眼望着陶花，看她的反应。

陶花轻松一笑，“他自幼与我相识，所以信我多些，其实，令箭交在我手中，便是交在秦将军手中。大王爱惜功臣，不是很好么？”

郑丞相沉思片刻，“老臣却觉得，大王并未厚待将军，就连秦梧的升迁，都比将军快些。”

陶花皱眉道：“丞相觉得，大王待我，可算亲厚？”

“那是自然，远胜玉环飞燕。”

陶花当即沉下脸来，“丞相此比不当，公主怎可比宠妃？既然他待我亲厚，又肯将我嫁给秦将军，还不算厚待将军么？”

郑丞相被此问问住，仍是有些不服，却不想再跟陶花争辩了，于是告辞离去。

陶花离开大厅，问过侍卫后寻到赵恒岳房内，见他独自仰坐在椅中，闭着眼睛面孔朝上，满脸都是委屈生气，十分小孩模样。陶花便止住侍卫禀报，悄悄走过去，在他身侧半跪下轻声问道：“小满，你把晓虹交给我可好？”此刻，她又把他完完全全当成了小满——一个需要她帮助的孩子，哪怕帮他做些不甚光明正大的事情，哪怕帮他爬上其他女子的床头，那也是她这个小姑姑义不容辞的。

赵恒岳没有回答，仍是闭着眼睛，陶花凑到他耳边低声说道：“我把她带在公主营中，老郑必然不屑来跟我一个女流讲什么大道理。到时你避开他耳目，过来悄悄看她，不是正好？”陶花说起这偷情香艳之事，自己羞得面色通红，又免不了觉得刺激好玩，眼神飘飘荡荡向上挑着，笑笑地看着赵恒岳，颇有在侄儿面前邀功炫耀的意味。

窗外一枝桃花浓艳欲滴，勾魂夺魄。

他睁开一条眼缝斜睨她片刻，眼神中光芒一闪而过，几乎就要伸手把这枝花折下来，却终于还是沉寂，说了一句："我算是明白了，你是真的傻，不是装的。"

陶花大怒，狠狠推他一把，推到一半想起来——自己应该跟他疏远些，于是又硬生生把手劲收住，就变成了不痛不痒放在他胸前。

赵恒岳抬手撣落她的手臂，冷冷斥道："说你傻还生气，一个女孩子家不懂得矜持些，偷情这些事是你该说的么？我这人好欺负，你跟其他人可别这样，要是出了对公主无礼的事，就算我给你报仇，你自己不也得难受么。"

陶花悻悻然站起来，面孔有些发红。

赵恒岳又怕自己话说得太重，伸手拽住她的袖子，"人的定力都有限，我这是为了你好。你的侄儿小满也早就走了，别再指望我总把你当长辈供着。"

她信任他，知道他说什么总是为了她好，于是低下头，答声"知道"，神色间难得有些温顺，又有些微微的羞涩。

窗外那支桃花更加红艳，让人挪不开目光。

赵恒岳忽然想起什么，自椅中一跃而起，到床头去拿了几枝珠花过来。他笑着说："你戴牡丹太艳了，我看戴桃花正好。"他手中拿着一式各色的桃花，做得精巧细致，比市面上能见到的那些好看多了。

她吃惊地看着他。她本来听他说要给她做珠花，还以为只是随口玩笑，没想到今天送到了面前。

赵恒岳看她今天穿件梅红衫子，就给她挑了一朵同色的桃花簪到发间。又特意走到远处细细看了看，点头说："嗯，果然是人比花貌强。"

陶花懵懵然地站着，听着，只知道发愣。

第二天三军各自过河，陶花率公主营在左军之中最先过去，一直到正午过后才到了对岸。

过河之后，大军就地驻营。公主营早已安置妥当，开始埋锅造饭。陶花有自己的侍从照应伙食，过来问她想吃什么。陶花挥挥手，"就随大家。"侍从刚要离去，陶花又把他叫住，"多备一份，也许秦将军会过来。"侍从点头去了。

果然，过不到片刻，在侍卫后知后觉的一片通禀声中，秦文已经大踏步挑帐帘进来。上次出征时他们便是餐餐共食，这次他延续这个习惯，她当然十分高兴。

陶花笑问："这么饿了？"

秦文走至跟前，也笑道："不是饿了。我昨晚来拜见你这铁箭公主，侍卫说你劳累，早早就睡了。今天一早大军渡河，也没空来看看你……"

陶花一边命侍从去催促伙食。一边解释，"昨天忙碌一整天，上午去城外的驻营查看，下午又撞见大王跟丞相吵架。"

秦文蹙眉，"何事争吵？"

陶花附在他耳边，把晓虹的事说了一遍。

秦文沉吟半晌，侧头低声说："大王的家事，你还是少掺和，别以为你真的就是长公主了，你毕竟不姓赵。一旦怪罪下来，你这唯一的靠山没了，可就麻烦得很。郑丞相那边，历来以忠义直言蒙受圣宠，与你不同。"

陶花听他为自己打算，不由心里甜甜的，靠着他肩膀撒娇说："你不也是我的靠山么？他，我真不知道还能到哪一天。"她最担心的一件事情，就是那份"奇怪"的感情如果处理不好，不知道自己跟小满会不会从此陌路。

秦文点头，"等你进了秦家的门，我自然就是你的靠山了。现在么，大王那里你还是得赔点小心，别得罪他就是了。我原本以为他会把虎符交给我，可是他另做铁箭令给了你。一来，军权并不全落到我手中，二来，给了你，我又怎可能跟你去争锋？我只觉此举十分精妙，却一时没有应对之策。"

陶花摇头道："不会吧，小满他……他只是随手给我的，没想这么多。"

秦文侧望她一眼，"只怕你低估了他。你以为宫变登基，那么容易做到？"

陶花抿住嘴唇，"可是，我们两个有……有婚姻之约，铁箭令在我手中，也就是在你手中一样。"说罢她想起那天赵恒岳跟她说的话，于是抬头望着秦文，"那天，在仪熙殿中，你不愿答允婚事，是不是……是不是觉得家国天下、虎符令箭，比我重要？"

秦文不答，俯首沉吟半晌，侧头看陶花一眼，"将门虎女，怎么问出这种话来？"

不一刻饭食做好，两人对坐而食，陶花刚刚送了第一口饭进嘴里，侍卫进来禀报说，中军营来人要见公主。

陶花命传，见进来的人面目熟悉，似是大王的近身侍卫，他见礼过后，径直走到陶花身侧，俯身欲低声说话，陶花摆摆手，"秦将军不是外人，但讲无妨。"

那人遂直身禀道："大王命我带公主去见他。"

陶花皱眉，对于赵恒岳的命令，她向来是不掩饰情绪的，"难道你没看见我正吃饭吗？"

侍卫急忙跪下，"属下看见了，只是，大王之命，属下也不敢违背。"

陶花无法，一边起身一边将嘴巴塞得满满的，咕咕哝哝出门。

第十八章　旧识

陶花跟随那传信侍卫骑马驰出营地，见他带路的方向却不是往中军营地去，不由起疑，缓住了马匹。

他回身拱手，"大王在前面等着公主，这一路上大王布满了我营士兵，公主不必害怕。"

陶花迟迟疑疑跟着他向前去，一众马匹转过一座小山，看见赵恒岳立在山脚下，侍卫们远远跟在十丈之外。

她奔到赵恒岳身侧下马，见他目光前视，于是也看过去。赫然看见一座墓地，立着一丈多高的大石碑，上写五个大字“陶洪锡之墓”，陶花立时惊得后退三步，旁边还有一座小坟，上有陶若的名字。

陶花曾托付耶律澜将父亲和弟弟葬在燕子河边，此次大军出征，她想到了此事，却没有时间访查，只想等燕子河收归周国之后，再来细细找寻。

她顿时放了马缰，直直跪下地去。想到十五年间父亲对自己的关爱教导，想到最后那一刻挡住追兵的凛然无畏，不由痛哭失声。

赵恒岳待她哭得累了，声音渐弱，这才走过来扶抱她起身，轻声慰道：“人死不能复生，咱们收复失地之后，将你父亲坟墓迁往京城供奉。”

陶花垂泪点头，赵恒岳扶着她手臂，缓步送她回营。侍卫们全都远远跟着，不敢着急一步。两人走了半天才见左军军营，陶花心情已经平复不少，到营门口时侧头道声谢。这个谢字却让赵恒岳十分不悦，但他眼见陶花满脸都是泪痕，也就没说什么，上马率侍卫回了中军帐。

当晚契丹大军也到了，在四十里外安营扎寨，周军再想前进一步，也是难了。

晚饭过后陶花又到父亲墓前去探视，静坐了半晌，看这个地方选得甚好，依山傍水，面向燕子河，想来耶律澜当日也是十分尽心周到。

陶花登上小山，俯视燕子河，看河浪滔滔，一如当日初来此地之时。只是她已不再是当年那个疲于奔命的小姑娘，而是带领大周军队来击退契丹，收复失地。不知父亲在天之灵若有知，是否同感欣慰？

再转头看周军大营，烟火慢慢散尽，夜色渐渐深沉。此时虽是初春，塞北的夜晚却依然寒凉，冷风吹拂，明月普照，营中大旗赫赫飘扬，偶有马嘶之声，更显夜之静寂。看见周营整齐肃穆，陶花向天祷祝：但愿此行一举击溃契丹，保边境百姓数十年安宁。

正思量时，一个远远跟着的侍卫走上前来，递给陶花一件披风。她倒是也觉得冷了，于是展开披上，只觉温暖贴身，竟不似新衣，而似有人刚刚穿过的。陶花转头向那侍卫的方向望了一眼，夜色昏暗，只看见一众身影远远站着。

她又耽搁了一会儿才走过去，近身时看见赵恒岳正在这一众身影之中，陶花把披风还给他，两个人难免又是推让半天。旁边一个侍从再拿出一件，赵恒岳悄悄地以眼色阻止了。

到最后披风还是落在陶花身上，他却不给她系好，只是手搭在肩上揽住，另一只手指着燕子河，“你可知道这里为什么叫做燕子河？”

“我爹爹说，是因为夏季北飞的燕子到此即停，聚居于河岸，所以叫做燕子河。”

“哦，原来还有这一种说法，我听到的可不是这样。”

“你听到的是什么？”

“我听说，有人在这河边捉了一只燕子，另外一只不肯走，飞回来撞地殉情，所以叫做燕子河。这里——”他把她往怀中揽紧了些，指指脚下，“就是这一对燕子的坟墓，叫做‘燕丘山’。”

陶花点头，“好执著的燕子。”半晌又想起来对照一下自己，“嗯，若是秦将军有失，我也不会独活。”

赵恒岳没有说话，过了一阵，慢慢放开手臂，这一放披风就滑落下地，他又弯腰捡起，仔细地把披风给她系好，“知道了，我不会让他有失。”

陶花小小的面孔掩在深色披风中，发丝被吹得凌乱飘舞，塞北空气干燥，她的明眸却是清澈欲滴。他长长叹了口气，“你说秦文这家伙是哪辈子修来的福气？我怎么就没修到？”

她抿唇而笑，促狭地眨眨眼睛，“修行这事儿可是挺苦的，还要吃斋念佛呢。百年修得同船渡，千年修得共枕眠，你跟我就是修了一百年，我跟他就是修了一千年。不过，你跟晓虹姑娘肯定是修了有一千年的。”

赵恒岳大笑，“吃一千年素？就算我想吃，她也未必陪着我。”

第二日契丹来使递战书，约战五日之后。赵恒岳回书允约。

此次契丹军大营也分作三处，效仿周军的三军设置。周军哨探只探得是太子营领兵，其他细节并不知情。

五日后的清晨，两边营地都是三军齐发，在两营之间的平原上列开队来，但见铁甲无际，旌旗蔽日。

陶花与秦文勒马立在左军阵前，凝目看向敌阵。却见敌阵三军中倒有两军都是太子营旗帜，陶花不由觉得奇怪，太子领兵本是寻常，耶律德昌是一意要培养自己的接班人，处处委以重任。只是两军都是太子旗帜，难道他可分身不成？第三军的旗帜不同，陶花认得那是大将帖木儿的标志，此人在契丹军中并不算一等一的人物，看来耶律德昌对周军是轻视之至。两国交战数十年，周军胜少败多，契丹帝的轻视傲慢也并非全无理由。

陶花把心中想法对秦文说了，秦文点头，“骄兵必败，咱们定要给他一个教训。只是……”他侧过头来，“太子营中可还有能领兵之人？”他显然也是看到了有两军都是太子旗帜。他曾去过耶律澜营中，所以认得他的旗帜。

陶花苦思一阵，仍是摇头断然道：“没有。太子营我再熟悉不过，除了澜哥哥……”她话还没说完，秦文猛地侧头盯住她，也不说话，就那么一瞬不移地看住她。陶花顿时支吾，半晌才续下去：“呃，耶律澜，除了他之外，没有别人能领兵了。”

秦文点头，“除非……耶律德昌有个能征善战的小孙儿。”

陶花“哧”的一声笑出来，“上次见耶律澜，他还是孤身一人，这次就有了个儿子不成？”

秦文斜睨她，“你怎知他是孤身一人？也许他的儿子已经能骑马，只是没告诉你罢了。”

陶花摇头，“不可能，我了解他的为人。”

秦文冷哼一声：“那是自然，你何止了解他的为人，他不是说过么，你连他身上每一处伤痕都清清楚楚。”说着他微微沉了脸，“我是你的未婚夫，你知不知道我身上有几处伤痕？”

陶花抿了唇，提马靠近他几步，转过头来凝目低声：“我只望你身上一处伤痕也别再有，咱们平平安安到老。”

秦文面色和缓起来，陶花仍是望着他，笑道：“再说，就算他有了儿子，你以为人人都能十三岁出征高丽么？”

秦文终于一笑，“老太太夸孙儿的话，你也信得。”

两人正在战场一侧轻言细语，对方中军阵一骑跃出，马蹄嘚嘚，缓步到了阵前。

陶花看向那人，一身金丝软甲，秀气苗条，头上一支紫金钗束住青丝，分明是个女子。

陶花远远向中军阵望了一眼，却见大王与郑丞相正看向右军阵中，多半是想让秦梧出阵应敌。陶花轻声对秦文说："还是我去吧，此人多半是我旧识。"说罢纵马而前。

到渐近那女子身边时，相貌越发清楚起来，见她浓眉大眼，朗朗有男儿气概，冷静敏锐不弱须眉——正是契丹萧丞相的大女儿萧照影。

萧丞相祖籍也在大周，却早在数辈之前便死心塌地归顺契丹。萧家与陶家原籍竟然都在周国同一个州府，相距不过百里，虽然政见有所不同，仍是格外亲近，陶家在契丹时更是屡屡受到萧丞相照应。

萧丞相的两个女儿照影照怜，都是自幼习武。契丹文化与中原不同，对妇女限制少些，照影照怜更是日常即领兵出战。

陶花看见是萧照影，远远便抱拳行礼，"照影姐姐，多年不见，你姐妹一向可好？萧伯伯也好吧？"

萧照影看见陶花微微而笑，并不见惊讶，想来早已知道陶花在周军之中。她也含笑抱拳，"陶家妹子，多谢你关心，我姐妹和老父都安好。"

陶花又问道："萧伯伯可在军中？"说着往敌阵看了一眼。当日陶洪锡连夜奔逃，正是得了丞相府传来的消息，陶花在内室并未睡着，所以听得明白。她心底一直深深感激萧丞相，这一战若是他也来了，倒真让她难以开弓。

萧照影依旧含笑摇头，"国事繁忙，家父并不在军中。"

陶花顿觉松了一口气，又看见敌阵中的旗帜，忍不住问了一句："照影姐姐为何不举丞相旗帜，难道丞相府和太子营合二为一了么？"

萧照影大笑起来，"陶家妹子你说笑吧，丞相府和太子营是我契丹国中两大军政枢要，各有千秋，怎么可能合二为一？看来你真如太子所说，天真得很。"

陶花到此才似明白过来，若有所思点点头，"虽然不能合并，却可以联姻。"

果然，萧照影微微而笑，"不错，如今我是契丹太子正妃，带领太子营出征，岂不是理所应当？"

陶花心里微微有些酸楚，却随即想到，是自己负耶律澜在先，他已成年，娶妻立妃原都是应当。她迅即盈盈一笑，"那是理所应当，你二人已为眷属，我祝你们百年好合，白头偕老。"

萧照影含笑答道："多谢你，陶家妹子。大家既是旧识，你看今日之战，咱们是不是小小打过，也就算了。"

陶花听到提起战事，立刻收敛心境，正色问道："敢问照影姐姐，这小小打过，是如何打法儿？"

萧照影依旧不减笑容，"咱们各请一员武将上阵，比过武功，然后再请两列箭兵上阵，比过箭法。若是你们全胜，我退兵五十里，若是我们全胜，你退过燕子河，若是各胜一场，那就择日再战。"

陶花答道："此事我须先回禀大王，再来答复你。"

萧照影含笑做了个“请”的手势，陶花即往中军阵中，与大王和郑丞相商议。

郑丞相听完，当即点头说：“公主决定即可。”

赵恒岳一向信重下属，当即也说：“以后两军阵前有战事抉择，阿陶你尽可自作决定，你比我等都更熟悉契丹军阵。”

陶花抱拳答令，差了两人去分别告知左、右军中的统帅，而后回到阵前。

萧照影仍旧立在原地，仍旧微微而笑。态度看起来谦和，一如平日秦文的姿态，温文平和，其实心里却是傲然。陶花明白，她必然是不把自己和周军放在眼里。

陶花到她跟前，“照影姐姐提议甚好，请问你们派出的武将是谁？”

萧照影朝己方阵中一挥手，一人袅袅而出，穿着打扮与萧照影相似，正是萧家的二小姐萧照怜。萧照怜是上京城有名的美女，出身又是重权在握的丞相府，在契丹是众人仰望的人物。

陶花看她连招呼都不打，招手即召出了萧照怜，显然已经是早就商议过了。看来此次战局并不是因为什么旧识之谊，萧照影多半是认为不值得与周军消耗兵力，所以想速战速决。

萧照影仍旧保持笑容，“就让我家小妹照怜与你们比上一局，如何？只是我小妹是女子，你们若是以男子迎战，就请让以单手。陶家妹子，我也先说清楚，待会儿箭兵出阵时，你可别换了兵士衣服上来，我们自然也不会让哈布图上来。”

陶花点头，“那是自然。”她刚刚回阵商议时，对箭兵的比试心下已经有了计较，只是这两将之战，本来打算用秦文，此时却见对方是个女将。若她自己上阵，并不足以完胜萧照怜；若召秦梧，她从未见过她在战场上的应对，也就不敢冒险。

陶花正在这里思前想后，萧照影笑道：“敢问陶家妹子，周国有一位秦文将军，此时可在阵中？”

陶花没料到她会问起秦文，回身将鞭梢一指，“正在阵前。”

萧照怜此时已到了两人跟前，接话道：“既然如此，不如就请秦将军出阵。”

萧照影侧头望着她妹妹一笑，萧照怜也侧头看她，两姐妹对望一眼，萧照怜粉面泛红，嗔道：“两军阵前，你可不许胡说八道。”

萧照影却是接着大笑起来，“妹妹你功夫高强，将他擒回契丹入赘丞相府，再也跑不掉了，岂不是好？”

陶花听得这姐妹二人调笑，甚为不解，她从来不知萧照怜竟有意秦文。萧氏姐妹并不常与周国作战，而秦文更是上次才首战契丹，他们如何相识？莫非是萧氏姐妹知道他二人有情，在调笑他们不成？可是她们两个说话时，并未看她。陶花忍不住回头看了秦文一眼。

秦文看见陶花远远在阵前两次回望自己，便纵马过来。马匹走到近前，已经能看清人面貌时，他骤然一勒马缰停住。

萧照影已经认出了他，在马上微微点头行礼，“秦将军别来无恙？”

陶花听到此言已经确信他们是旧识，只是不知如何相识而已。陶花满脸疑惑望向秦文。却见秦文不肯再踏前一步，只说了一句没头没脑的话：“我久闻契丹人重信守诺，不知是真是假？”

萧照影还没说话，照怜含羞抬头，“当然是真，我何曾骗过你？”

秦文颔首，“若是真的，当然好，若是假的，我也不会对女子便格外容情。”

陶花听他此言颇有威胁之意，更加疑惑。萧照影却已经沉下脸来，“秦将军，我家小妹对你一往情深，苦候整整五年，你怎能对她如此无礼！入赘我契丹丞相府，原是多少英俊少年梦寐以求的好姻缘……”

萧照影还未说完，秦文冷冷打断她，“多谢萧姑娘你一片好意，如今两军阵前，咱们是敌非友，还请姑娘自重。”

他这一句话把萧照怜气得当场泪光盈盈，萧照影把马匹往回一圈，说了声：“妹妹你休放了这薄情之人！”纵马回阵。

萧照怜气得已经催马朝秦文奔过去，陶花勒马后退一步，朗声向秦文说道：“秦将军，我们刚刚说好，她是女子，你得单手迎战，要么换我可好？”

秦文已经右手提枪架住萧照怜的一对峨嵋刺，转头时言语比刚刚温和了很多，“我来吧，你回去阵中，别在这里了。”

陶花依言退回，远远望着，见秦文单手应付萧照怜虽然不似平时挥洒自如，倒也不落下风。萧照怜伤心之中，招法极为刚猛，她原以为秦文一定会让着她，却是没有，所有猛烈攻击到了他这里，都如泥牛入海，化得干干净净。

两人战了三四十个回合，萧照怜见秦文不温不火，处之泰然，心情急躁起来。她乘个空隙用左手刺压住秦文的铁枪，右手竟然放脱兵刃探手抓了过来。秦文看她只剩单手压着自己，枪尖一挑就震开她的峨嵋刺，斜上来刺她前胸。本想她右手必然回救，谁知萧照怜竟是不躲，她便是要赌他不会刺死她，右手不收，立意要将他擒过马来。

秦文枪尖刺破她衣服时，她也抓到了秦文的腰侧。

陶花在阵中看见，大惊失色。萧丞相没有儿子，对这两个女儿那是爱逾性命，若是眼睁睁看着死掉一个，她日后如何跟萧丞相交待？

陶花大叫一声：“不要杀她！”

第十九章　照怜

秦文听见陶花的叫声，硬生生收住力道，枪尖一摆在她前胸划过。尖铁已破衣服，萧照怜前襟的衣服哗啦啦全都散开，她本来已经抓到秦文，此刻赶紧回手捂住胸口，然而衣襟已经裂开，酥胸半露，两阵中士兵虽然看不甚清楚，却也知道发生了什么。

萧照怜顿时羞得无地自容，左手剩下的一只峨嵋刺当啷落地，双手紧紧护于胸前。她如此一个刚烈勇猛之人，竟然当场落泪。秦文怔了一刻，似在犹疑，终于还是探手将她提过马来，他与她面对面坐着，轻揽住她后背将她抱于胸前，算是为她遮羞了。

契丹营中顿时有人出阵来救应，秦文却早已回马到己方阵中，陶花抢上前来，带了公主营的女兵接下萧照怜。

侍从递了一件披风给陶花，她过去包在萧照怜胸前。

秦文提缰走到旁边避嫌，陶花跟过去，问：“你是怎么认识萧家姐妹的？”

他嘴角噙了一丝笑，“萧照怜号称是契丹第一美女，这天底下的美女，我都是要见识见识的。”

陶花沉了脸，“我跟你说正事呢。”

他转过头来，面色并无丝毫调笑之意，“我也在说正事。我不喜欢为难女人，刚才是没办法才把她带回来，你给她找件衣服放她回去吧。”

陶花愣在那里，觉得他的话十分没有逻辑，他刚刚明明是想刺死萧照怜，怎么现在又开始怜香惜玉了？她有心想质问个清楚，却又怕在这战阵之中士兵面前让他难堪，只好先忍住。

她心里七上八下十分不痛快的时候，正看见赵恒岳赶了过来，探着头往萧照怜的方向看过去。陶花皱眉斥道：“你也是来看这契丹第一美女的？给你送到中军营去慢慢看吧！”

赵恒岳转头有些奇怪地看了看她，没说话。

陶花顿时明白自己过分了，竟然在阵前无缘无故斥责大王，于是分辩一句：“小满，你已经不再是小孩了，遇见衣衫不整的女子该知道回避。”

这一句话却说得更加不合时宜，陶花说完之后也发觉自己越描越黑了。果然，赵恒岳脸色已经沉下来，似有怒气，只是看见周围全都是兵士，发出火来必然让陶花在众人面前颜面有失。他一甩袖子，转身上马离去。

陶花犹豫片刻，追过去拉住他的马缰，“是我不好，刚刚……有点乱发脾气了。”

赵恒岳冷冷答道：“我从来不怪你发脾气，可是他的风流事你怨到我身上，这也太不公平。”

陶花先是低着头老老实实受训，猛然间却反应了过来，问：“到底什么事？”

他哼一声：“你还是先出阵吧，萧照影已经在等了。”

第二阵是比箭兵，契丹人善射，那自是他们最引以为傲的项目。萧照影施施然带了一个一百人的小队出来，面上的微笑去了一些，却仍是带着笑容说道：“我家小妹，就烦请秦将军多加照应了。若是能玉成好事那是功能无量，若是少了一根汗毛，只怕就不是兵退五十里这点小事了。”

陶花淡淡答道：“我会尽力保她性命。”说着挥手让公主营内的弩箭队出来。这一百人全都配备了顾师傅造出来的弩箭，机关精巧，力道雄厚。

萧照影看周军的这一百个箭兵全都不拿弓箭，反倒是扛着个盒子，就猜想到是弩箭。只不过强弩体积很大，需要几个人才控制一台，不如弓箭兵灵活，而他们带的这种可以一人扛一个的木箱弩，恐怕力道就不够，所以萧照影也没有十分担心。

然而等到一声号响，两方走出一百步开始交战时，萧照影却惊呆了。这些木箱弩劲力堪比强弩，而且装拆弩箭十分容易，她的箭兵虽然准头都不错，却抵不住这些强弩箭多力大，转瞬间契丹箭兵伤亡惨重。

萧照影到底是身经百战，知道已然无望胜利，拖延下去只会让自己精心培养的箭兵死伤更多，立刻高声向陶花喊道：“我们认输了，请收兵！”

陶花喝停弩箭兵，在马上一拱手，“那么，请照影姐姐即刻退兵。”

萧照影也拱手还礼，面上笑容隐去，“我会如约退兵五十里，咱们到五十里外，择日再战！”

当晚周营中欢声一片，大家全都喜气洋洋，只有陶花微皱眉头。她想问问秦文是如何识得萧家姐妹，却左等右等也见不着他，直到用过晚饭也没见人影。她也就先压下好奇，带了几个随身侍卫到父亲墓前，把今日战事说了一遍，希望父亲也能分享胜利的喜悦。

之后她又登上燕丘山，本来是想散步，却在山顶碰到了中军营的侍卫。赵恒岳正独坐山顶，望着滔滔燕子河神情凝重。

陶花走过去，他的面色不似以往亲密，淡淡问话："你想不想知道，我今天为什么过去看萧照怜？"

陶花不语。

他仍是淡淡说道："无论我做什么，都是错的，你从心底厌烦我，所以处处把我想得不堪。"

陶花急忙跟进一步，"你别这么说，小满……"

"说过了别再叫我小满！你真以为你是我长辈了么？连是非都分不清楚的长辈！"他声音猛地高了起来，惊得远处的侍卫也往这边走近几步，怕出什么变故。

这是陶花第一次见赵恒岳对自己发火，她后退两步，微觉有些害怕。也说不清为什么，千军万马都不怕，就是见他发怒伤心，就有点怕了。

赵恒岳看见她的神色，一下子又怜惜起来，伸手把她拉到身边，轻声说："我不是怨你说我，我是怨你太傻了。你这样子笨拙，就算是嫁给他，以后可怎么办？他跟那萧家二小姐有前情，难道还需要猜么，你这该管的不去管，跑来管我有什么用？"

陶花低下头去，"我……我也不是厌烦你，我怎么会厌烦你？我……"

"我什么我？都跟你说到这个份儿上了，你还不去看看战俘？"

陶花哼了一声："我管不了他！他要是看中了别人，那也请便！"

赵恒岳叹口气，"阿陶，你要也是这么傲的脾气，嫁秦文可真不合适，嫁宁致远都比他强。虽然同样风流，但宁致远至少我能管得了，这秦将军，可是连我都吃不准。"话音未落，旁边过来一个侍卫，到赵恒岳耳边低低说了几句。赵恒岳点头，对他说："你把刚刚跟我说的，再跟长公主说一遍。"

那侍卫立刻向陶花行礼，禀道："大王刚刚遣人去将战俘带至中军看守，却得知已经被左营秦将军带走了，我们想去将军帐带人，却被挡在了门外，兄弟们私下里听说，秦将军已经把战俘放走了。"

陶花皱眉看了赵恒岳一眼，两人一同站起，朗声吩咐各自的侍卫同回左军营地。

陶花进了营门，连马都未下，直接奔驰到将军帐门口。

秦文负手在帐内，看见陶花和赵恒岳一起回来，他也没有行大礼，只是到了陶花身边说："我已经放萧照怜走了。"

陶花怒道："你这是重罪！"

他淡淡笑了笑，"那就请公主治我的罪吧。"

"你……你别以为我不敢！"

"萧照怜与我有过情事，不过那是好多年以前了，现在我放她走，就跟你放哈布图一样，总得顾点义气。”

陶花气得再也说不出话，转头奔回了自己营帐。她原以为秦文一定会追过来解释，等着他过来说两句软话儿，却是没有。倒是赵恒岳追了过来，并坐在地毯上安慰她许久。

她负气问：“难道这不该按军法治罪么？”

他柔声答：“你没听见他说，你也放过哈布图，那是说给我听的，要治他的罪，也得先治你的罪。”

陶花愣了片刻，她自己并没听出这层意思，还以为他只是在借旧事求她原谅。她愤然道：“这人心地好坏！”

赵恒岳大笑，“阿陶，这世上也就只有你这么傻。”

“我傻，你们就都欺负我是么？”

他望着她，“阿陶，我什么时候欺负过你？我只是尽我所能地，不要让他欺负你罢了。”

陶花长叹一口气，“要是他能像你对我这么好，就好了。”

赵恒岳一愣，很明显地心思活跃了一下，似乎已成死灰的心又悄悄复燃，他轻声问：“要么，阿陶，咱们退了这门亲事好不好？反正也还没有让别人知道，只有两家人自己……”

他还没说完，陶花断然止住，“你说什么呢！就算他欺负我，我……我还是……”

“你还是甜甜蜜蜜地恨他。”他帮她接了下去。

她低头不语。他喟然长叹：“这世上啊，从来是痴情女子负心郎，痴情男子负心娘，似乎痴情的不配上一个负心的，就不成对儿。”

陶花本来迟钝，这会儿不知怎么就灵光一现，“你说谁是负心娘呢，我才不是！”

赵恒岳也没料到这个傻姑娘这回这么快就反应过来，他一时都没想好怎么应对，于是仰身躺到地毯上去，避开了她的目光。过一会儿想想，既然这木头疙瘩已经听懂了，似乎避开也没什么意思，他看了看她，半笑不笑，“你怎么就不负心了？跟你一路走过来，从契丹走到中原，现在又从中原走回契丹，没有功劳也有苦劳，你就只看见他的好，他做了错事全都算在我头上，我去看看战俘都要被责备行不正坐不端。”

陶花静默了一会儿，一笑，“你别给自己脸上贴金了，我就是个负心娘，也得有个痴情男子来配啊，你算什么痴情男子？你就是个尿裤子的小屁孩儿！”

赵恒岳猛地坐起来，拿手指指着她，“阿陶，你给我听着！这件事你要是敢再提一次，我……我……”

她得意地扬起头，一副不受任何威胁的样子。

他恶狠狠地说了后半句：“我就尿到你床上去！”

陶花轰然大笑。

他没有笑，却也收了恶狠狠的声音，好整以暇地似是随口接了一句：“还得让你亲眼看着。”说完，就在她满脸通红的时候，哼一声离开。

第二天一早，三军开拔前行五十里。五十里外正是原属大周、今属契丹的乌由城，萧照影带领契丹大军驻扎城郊，周军则在城外二十里处扎营。乌由城临近高山，地势险要，易守难攻，周军驻营后一时没有约战，先休养生息，商议对策。

陶花故意对秦文冷冷的，他也不说什么，就安心受着，似乎料定她总有雪融冰消的那一天。

这天，几人在军帐议事，说起乌由城东侧的乌由山谷是个打埋伏战的好地方。

陶花说："这计是好计，可是契丹人却没那么容易上当，而且乌由山谷的入口不算近，从这里跑过去，背后又有追兵，只怕这一路上都有凶险。"

郑伯点头，"你们几个将领，只有长公主或可诱得下敌人。她马上兵刃不强，败退下来也十分可信，而她弓箭马术都好，至谷口这一路上比别人都少些凶险。"

赵恒岳和秦文一起开口阻止。

陶花拦住他们两人的话头，"我愿意去。"

众人都看向赵恒岳，等他最后点头。他看了看陶花，"我若不让你去，你怕是不会开心，那你就去吧，记得带足马匹和箭支。"

当天下午三军将领在中军帐中商议定下部署安排。乌由谷距离较远，中军留下来守营，左、右两军埋伏在山谷两侧，又在公主营和左军中选出精兵随陶花诱敌。

赵恒岳写就战书，加盖公主印鉴连夜送到敌营。陶花待战书送出后才问："你写了什么？"

"写的是：左军将领因情私放萧照怜，公主听说后醋意冲天，定要与萧照怜拼一死战。"

陶花瞪着他，见他笑意晏晏，全然不似撒谎，想必这战书真的就是这么写的，忍不住在中军帐中众目睽睽之下伸手去掐他手臂。他也不躲闪，笑着受了。

战前一晚，陶花在帐中整理衣甲，穿上金丝背心，装满箭壶，另带了一支焰火箭作为讯号。收拾停顿后，脱下戎装，正要熄灭烛火睡觉，却听得帐外有声响。陶花还未回神，秦文已在侍卫的阻拦声中进来。

塞北女子在寒凉时节是穿着贴身的小棉袄睡觉的，陶花此时正穿着她的红绸小袄，腰身精细，玲珑有致，并不是见客的衣服。她待秦文走到近前，沉下脸斥道："我正要休息，你就这么闯进来，帐前的侍卫都是白设的么？"

秦文不理会她的呵斥，只是焦急进言："陶花，我又想了想，还是有些担心你。要么我在谷口和战场中间接应你一回，如何？"

陶花摇头，"无妨。你去接应我，难免让敌人怀疑。"

"我想到了这点，所以打算只带一个百人小队，只求挡得一挡，让你能多跑出些距离。"

陶花皱眉道："那你怎么办？挡得这一挡之后呢，你便已经距离敌人比我还近，岂不是更加凶险？"

秦文微笑，"没事。我十三岁就上战场了，比你可厉害得多。"

陶花却未笑，只是摇头皱眉。

秦文似料到她会不允，轻握住她手臂，"这样吧，我在半途那个杨树林中等着，如果看到你远远甩脱敌人，就不现身，只等你们过去之后合围；如果看到你有危险，再去救应。我已经交待过副将明日替我率左军埋伏，连百人小队都已经选好。”

陶花看他不容置疑，部署全都安排妥当，知道无法再反对。她也知他用心良苦，为自己不顾安危，顿时有些感动，抿唇低下头去。

他本来就握着她的手臂，慢慢将整个人都揽到怀中来，“还生气么？”

陶花一入他的怀抱，那阵熟悉的气息扑面而来，就已经放下了怨怒。秦文紧紧抱着她，只觉她的体温体香透过那薄薄的丝绸小袄四散开来，直击自己的心脏，他的呼吸越来越急促。

他垂下双目，轻轻的声音仿佛自言自语：“陶花，等到天下平定，我陪你一起卸甲归田吧，再也不问江山社稷、家族兴衰。到那时，我欠你的情再一点点报还，现在，只望你别怪我。”

陶花胸中一阵热意，回抱住他轻声说：“乱世无奈，陶花明白。等到明日一战传吉，契丹指日可胜，咱们……”

秦文听到这里却顿时清醒，一把将她推开，说声“明日还有大战，今夜你要好好休息”，连道别都无，急急起身离去。

第二十章　离间

初春的草原上，乍暖还寒，虽然是个太阳高照的大晴天，冷风一吹，还是觉得冰冷异常。

陶花点齐士兵，带队出营。按他们商量好的计谋，此时左、右两军应该已经到了乌由谷的山上，正在布置埋伏。秦文应该正在杨树林中，找一个合适的隐藏地点。

可是走到营门口时，却看见秦文一人两骑立在那里，连亲兵都没有带。陶花不由奇怪，到他跟前低声说道：“你怎么又过来？伏兵已经设下了么？”

他翻身下马，把坐骑交给陶花，“伏兵已经设下，只是我不知为何，眼皮跳个不停，所以又回来，想让你再多带一骑。万一‘火云追’有事，也不至葬送了你。”他把坐骑交到她身后的侍卫手中，然后在马下抬头望向她，“我十五岁随父在江淮，有天中午正跟父亲吃饭，哨探来报说有四五十个山匪正在附近村落作乱，父亲就带了一个百人小队过去，还交待我剩些食物给他回来吃，可是他再也没回来……”

陶花看见他眼中的悲伤不舍，心里一边疼惜，一边又觉得甜蜜。她知道，让秦将军在大战之前不按计划地回来探望她一趟，这已经是万分不易了。可是再回身看了一眼身后，士兵列队待发，她无论如何不能下马来跟他卿卿我我道别。

陶花微一沉吟，便有了计较，自怀中拿出当日在太师府中折的半支断箭，轻声说道：“有誓在此，不敢或忘，纵然浴血疆场，也要归见将军。”

秦文点头，“你记得就好。”

她俯下身来，凝望他双眼，很想亲近一番再走，却终于一咬牙起身，口中断然吐语：“一生之盟，永志于心。”说完纵马率队离去。

陶花到约定地点时，见契丹军早已经列好队伍等候。萧氏二姐妹正在马上说笑，想来是等了她多时。

她缓步过去，与两人见过礼后，萧照影看看她身后的兵马，笑道：“陶家妹子怎么只带了这么点人？”

陶花早有事先商量好的回答：“我只带了公主营，因为此事是我私事。”

萧照影大笑道：“看来妹子你的脾气还是一如当年。还记得你十四岁那年，圣上把周国进贡的南海珠赐了一颗给我，命太子送来，你知道他送珠子给我，也不问原因，便在一同练箭时射了他一箭，虽然没有箭头，也让他痛了好几天。”

陶花咬唇不语，既然萧照影认为她还是当年那个脾气娇横、不知轻重的小姑娘，那只对今日战局更有益处。

萧照影声音低了一些，“妹子，我接战书后问过太子，才知道你竟有意于秦将军。既然他如此风流，伤了你和我妹妹两人，我看你不如弃他而去。我和太子虽然名为夫妻，其实常年征战，一年也见不了两三回，你若能陪在他身边，我必然待你如姐妹。”

陶花轻轻摇头，“我若还能同澜哥哥在一起，当年就不会走了。”

萧照影缓缓点头，“你可是恼恨他耶律家害了你陶家？”

陶花不语，不想跟她解释这段旧事。

萧照影见她不答，似不经意间淡淡提起，“太子曾经问过我，当年那个要害你陶家的密使是谁。”

陶花一听，立刻抬头凝视她。

萧照影一笑，徐徐说道：“我对他说，此事我虽然知道，却和父亲小妹同在圣上面前发过血誓，不能泄露他姓名。”

陶花点头，“我知道你们不肯告诉我，等我攻破上京之时，查阅记档，总能找到蛛丝马迹。”

萧照影轻提马缰，向前走了几步，更靠近陶花一些，压低声音说道：“此人姓名我是万万不能告诉你，否则与我誓言有违，他曾在两军阵前提醒我，问我们契丹人是否重信守诺，那是自然。”

陶花闻听此言，猛地抬头看向萧照影。

萧照影依旧微笑，“虽然我不能告诉你此人姓名，却可以跟你说些姐妹间的悄悄话。此人访我契丹时，行止极之严密，住在我萧府之中，并未见过外人。只是，他既住在我家，我照怜妹妹对他一见钟情，失身于他……”

陶花双手颤抖，“火云追”被她不自主勒缰逼得倒退三步。她猛然清醒，“你骗我！”

萧照影毫不恼怒，笑容淡淡，“你且想，大周来使若非极为机密之事，怎能住到我萧府之中？不住在萧府之中，又怎会遇见我妹妹？当时，周国田太师曾写来一封密信，此信收在圣上手中。数月前，田太师却忽然密遣使臣将此信带回，后来，我听说你国有变，太师被杀，你们杀他之时，没找到这封信么？”

陶花在那一瞬间，顿时想起在太师府卧房枕下见到的那封信。她想起秦文当时十分慌张，把那封信拿走后再没有提起。

陶花又后退三步，萧照影又慢慢前行三步，招手把萧照怜也叫过来，“妹妹，咱们三人都是女子，有些私话说说也无妨。咱们萧家二小姐是上京城中最最高傲的姑娘，此事想必陶家妹子也知道，可是，如今老大也未出阁，妹妹你且告诉她，你等了几年？”

萧照怜眼中隐隐有恨意泪痕，“五年。五年之后，物是人非！”

萧照影点头，“不错，正是整整五年。我上次就跟你提过，难道你就没疑心？怎么那么巧你家也刚好是五年前遇难？当时，我们萧家待他也算不错，他离开上京后有黑衣人追杀于他，那些人沿路设卡，只要看见周国官员便不留活命，想必是要找这个来使，却并不知道此人是谁。照怜妹妹求得我父亲下令，命沿途官员接应保护，我妹妹对他情深意重，却不想此人如此翻脸无情。”

陶花看着她姐妹二人，只觉恍如隔世。

萧照影确实在上次对阵时就提过萧照怜等了五年，那就是说，秦文在五年前去过契丹，她只是没有把这件事跟自己的家事联系起来，此时一想可不正好相合？

那些追杀他的黑衣人，多半就是赤龙会，因为他们知道这个周国使臣剿灭了陶氏一族。

往事一幕幕在她心中重演，都验证了这个她最不愿去面对的推断。

她模模糊糊又听到萧照影说了些什么，却只觉耳中眼中空蒙一片。她在战场上茫然四顾，漫天遍野的绿草，连边际都看不到，这天下如此之大，却是……却是……再也没有什么意思了。原来她爱的人，竟然处心积虑骗了她这么久！原来他害死她的亲人，还要凌迟一个十一岁的孩子！终于逼得她亲手射死幼弟，成为这一生永难忘记的噩梦……

陶花恨不得就此离世，从此不再问人间是非。猛然间胯下“火云追”突地一跳，她往下看去，一支铁箭向“火云追”咽喉飞来，宝马有灵性，它一跳之时是为了想躲开，却终于还是中了左腹。“火云追”痛得一声长嘶，陶花顿时重回人间，勉强圈转马匹往己阵中奔去。

萧照影不欲取她性命，只想射伤她这头马，而后将她带的队伍全歼于此处。

“火云追”受伤之后，更知情势凶险，全力奔跑回阵。

陶花挥手命撤退，她的侍卫把秦文早晨留下的坐骑牵着迎上来，陶花在马上一跃换过马匹，然后拍拍“火云追”的背，它十分懂事地自己往营地方向跑去了。

萧照影带着队伍中的轻骑兵追杀过来，陶花按照原定路线，往乌由谷口奔跑。这条路线她已试跑过多次，只是，这次她的心境却不同了。

她只想就这么纵马而去，跑到天涯海角，再不回头。

然而往事历历，没有一件可以躲得开，纵使她跑到天涯海角，她也忘不了父亲如何被乱戟刺于地上，陶若如何被她自己的桃花铁箭一箭穿喉。

她心乱如麻，马匹也不熟悉，跑得远不似平时迅速。

她带了五千轻骑兵，刚刚撤退时已经被掩杀两千，这是撤退时的正常折损，布局时已经想到。可是此刻，因她这头马跑不起来，大队马匹跟着头马，都有些迟缓。后面的追兵频频放箭，契丹军以弓箭见长，她带的轻骑兵又没有配重甲，一时间死伤惨重。跑了还没有路途的一半，身后只剩了不到一千人。

陶花赶紧摘下背后弓箭，伺机往敌军中领头的马匹射去。这次为了重创敌人，她带的全都是铁箭，可是她一摸那箭支，瞬间又想到她便是用铁箭射死了自己的亲弟弟，更曾用铁箭在战场上救了杀父仇人。

她的手一颤，箭支又落入壶中。

这里她的箭刚刚落下，背后却有一支乱箭飞了过来，陶花只觉右臂一痛，转头看时，箭已擦臂而过，鲜血涌出。

疼痛让她警醒起来，压下心中千头万绪，抽出箭支射向敌人。

第一支箭刚刚发出时，已过了路途中间的杨树林。

陶花回望时，正看见周军小队自树林中杀出。人还是昨日的人，他一马当先冲入敌阵，所到之处尽皆披靡，只是，她看到他时，却全没了往日情谊。

陶花一勒战马停住，圈转马匹往敌军方向过去。旁边侍卫见此情景，全都不明所以，也都跟着停下来，这一千轻骑兵顿时混乱起来，最后凌乱万分竟然全都停在了此处。

秦文察觉有异，回头看见周军全部停住，陶花更奔驰过来，不由大怒，“你还不快走？！”

陶花放缓马匹，远远喝问：“秦文，当日杀我父亲兄弟的周国来使，是不是你？”

他手中双枪在两名契丹骑兵的身上，回头望向她，远远地看不清神色，“我们回营再讲此事。你快走！”

陶花心底最后一丝缥缈的希望也破灭了。若不是他，他必然会说。他既如此回答，定是他无疑了。

陶花拉开玄铁弓，搭上三支铁箭，缓缓向敌阵中拉开了弓。

他四周全都是敌人，根本顾不得这边。她箭支一发，定然能将他射毙马下。

她的弓箭得自名师真传，不用在此时，更用在何时？

可是她的双手却颤抖了，终于缓缓还是将弓箭放下。

他已经杀得眼红，身上素甲溅满鲜血，回头时见她仍在原地，声音已近沙哑吼道：“你疯了么！快走！”

陶花定睛往敌阵中望过去，因她这一阵耽搁，这支百人小队不能撤退，虽然个个骁勇，进退紧密有致，却终于敌不过重兵包围，已经死伤过半，连战马也大都受了伤。如果她此刻转回头按原计划跑往谷口，恐怕这一百人会全军覆没于此处。

千军易得，良将难求。似秦文这般将领，恐怕一死之后再无可继之人，那么讨伐契丹吴越，都会变成可望不可即之事。

家事为小，国事为大，这是陶家历代的祖训。

刚刚萧照影完全可以趁她心神恍惚时命人一箭射死她，她却没有那么做。以萧照影的为人，留她性命绝不是为了什么姐妹情谊，她必是想留下她来对付秦文，她知道她一定会为父报仇。

可她若是那么做了，岂不是遂了敌人的心愿。

军情紧急，再不容她犹疑。陶花伸手至箭壶，拿出焰火箭射向天上，同时命自己麾下所剩兵士杀入敌阵，连贴身侍卫也不留。

虽然敌军还没到伏击地点，但是焰火箭已出，伏军的将领应该知道来此地决战。

再等得片刻，她自己带着的这一千人也快全军覆没时，周军的埋伏队伍赶至此处。秦梧一马当先冲在最前，陶花紧绷的心弦总算松了下来。

她回头望向敌阵中，一时竟没找到秦文，不由吓得心惊一回，赶紧再定睛寻找，终于找到他的兵刃，只是那持枪之人，身上再无一处白净，全身便似血池中捞出来的一样，早已分不清哪些是敌人的血，哪些是自己的血。

陶花找到他时，正看见几个契丹将领围住他。想是别处的周军都杀得差不多了，便来专攻他这一个。

她看见有个契丹将领使条铁链，正牢牢用双手绞紧链子，锁住他的右手枪，他一时挣不脱，左手枪在应付左侧敌人，也无法回救。这时右侧又有人持刀往他右腿劈下。

秦梧刚入敌阵，无论如何也救不了近火。

陶花犹疑一瞬，不知道该不该施救，战机便在这一转瞬间失去，等那钢刀落到腿上，鲜血四溅之时，她再想抽箭已经晚了。

陶花心痛如绞，只恨不得那钢刀是砍在自己身上。原以为他右腿必然不保时，却见一支白羽箭倏地飞至，将那钢刀斜斜震开。陶花顺箭支方向看去，正看见萧照怜手中空着的铁弓。

陶花暗自庆幸，同时也深深后悔自己刚刚的犹疑。她拿出三支铁箭，射落那使铁链的将领。接着纵马到一处高地，箭无虚发把自己的箭壶和箭囊全射空了，便圈马回了中军营地。

刚进营门，身心一下放松，竟然一头栽下地去。

门口的哨兵急忙过来扶住她，她摇头吩咐："你们找条绳子来，把我绑了去见大王。"

哨兵当然是不敢，陶花只好自己走到赵恒岳帐前跪下。

门口的侍卫都是近侍，一边过来问"公主怎么了"，一边早有人去报给了大王知道。

赵恒岳正在巡防，一身重甲赶了回来。侍卫颇懂事体，已经把陶花接进帐中，赵恒岳一挑帘，看见陶花跪在地下，右臂受伤，满目眼泪，吓得三步并作两步跑到近前，"阿陶你怎么了？"

陶花低着头，"我有辱使命，义气用事。本来让我去诱敌，却中了敌人的离间计。请大王处置。"

赵恒岳蹲下身来，"阿陶，凡人都有弱处，没有百战百胜的将领。你不要自责。"

她仍是跪着不动。

他继续劝慰，"哪一个名将不是在败战中成长起来的？飞将军李广曾被俘于匈奴，南梁奇将陈庆之曾全军覆没、剃发逃命，你败一次，便多一次教训，以后也就多了一次胜算。若是一败便处置将领，那岂不是把惨重代价换回的教训也给处置没了？再说，今天这一局本来就凶险，你不知道我……我多担心你。"说着把她从地上拉起来。

她仍是不语。

他开始担心，"到底怎么了？"

她抬头望向他，仍似不相信般，"杀害我父亲兄弟的周国来使，竟然是——秦文？"

赵恒岳毫不见惊讶，只是平平回了一句：“你都知道了？”

“你早就知道？”

他点头。

她所有的哀伤与怒火都在此时发出，蓦地痛哭急斥：“你早知道，为什么不告诉我？你们都是这么对我的吗？我一直把你当亲人一样，你，你怎么忍心骗我？！”

他没有说话，等到她哭得累了，停下来喘息时，先把自己随身的水袋解开递给她，而后撕下袍襟，帮她缠好还在流血的伤口，一言不发将她抱入怀中。待她气息稍平，轻声说道：“这件事，戚二爷也知道，他还跟我商量过要不要告诉你。你说，我们为什么没告诉你？你现在知道这件事后，难道比以前更加开心么？”

陶花不语，她自己也明白不该冲赵恒岳发火，只是她心中波涛汹涌，总需要一个出口。发泄过后她也有些后悔，拿起水袋饮了一口，问他：“这事，你是怎么知道的？”

第二十一章　伤情

乌由谷外杀声震天，明晃晃的太阳如人间任何一场大战发生时一样，安然照着这一场新的屠戮。

赵恒岳回来之前已经把各处都安排好，此刻专心拉着陶花席地坐下，缓缓问道：“你还记不记得，我遇见你的时候，是多大？”

“十一岁，你跟我说是十一岁。”

“是啊，我那时已经十一岁了，你可知道我那十一年是怎么过的？”

陶花沉吟一刻，想起当日遇见赵恒岳时，他骨瘦如柴，弱小得不似十一岁的少年，倒是生柴火驾轻就熟，并且十分乖巧谨慎，心知他生活必然困苦，只是自己一直没有细问过而已。

他十分平淡地述说起往事：“我很小的时候就到继父府中了，已经不记得原来的家是什么样子，甚至我妈妈的样子，都很模糊，我只记得她抱我在胸前的时候，怀里温温软软的，其他的都不记得了。五岁的时候被契丹人抓住，他们知道我继父是太子，绑了我们一家三口在牛车上示众，还脱了我们的衣服，烙上奴隶印。”他说着脱下长靴，指着脚踝上一个印记给陶花看，陶花看得惊心，他却似在说旁人之事，毫不关己。

“我继母不堪受辱，当场自尽。我继父说他本来也不应该贪生，可是他死了，我一个五岁的小孩也活不下来，所以他为着我苟且偷生。他对我很好，教了我识字，还教了我很多政事道理。后来到我九岁的时候，我继父也生病死了。”赵恒岳说到这里，低了一回头，陶花伸手将他揽住。

“契丹人对我们不好，有时候家里实在没吃的了，我饿得咕咕叫的时候，继父就会找个借口到萧丞相府中去拜见，其实就是讨些吃的。那萧丞相祖籍在周国，对我们还算客气。继父死后，契丹人就不怎么管我了，我就跟上京城里那些在街头讨饭的小孩子们混在一起，有一顿没一顿的。后来，一个大雪天，我实在是又冷又饿，没有办法，就到丞相府门口去。那些门卫们当我是来乞讨的，呵，其实也没错，我就是去讨饭的，他们往外赶我，正好碰上萧家的两位小姐出来。

“那时候，二小姐手里正拿着一块点心边吃边走，她姐姐还笑她像个馋猫。那块点心……还冒着热气，连我都闻见香味了，我一辈子也没吃过那么好吃的东西……”

赵恒岳的声音中终于有了一丝向往，不再似刚才平淡，“她……她穿了一身跟雪一样白的貂皮袄裙，我从来没见过那么白的颜色，就连下的雪，有时也会混些尘土，可是她穿的衣服连一丝尘土都没有……我……我好想摸一摸她的裙角，却……却又怕弄脏了。她见我一直看她，可能嫌我烦，就把那点心扔到地上给我了。我很想拾起来吃，可是……可是又怕她看轻我，所以没做声跑了。后来，我有空就去丞相府门口看看，也不敢走近；再后来，我找到围墙上有个狗洞，就经常趁天黑钻进去看看她们家，有时候运气好，也能偷点东西吃。”

陶花心里只觉钝钝地疼痛，终于知道了那天下大雪时他跟她提过的那个女孩子是谁，却没料到是这么卑微的一段感情。她把手中的水袋拧开，拿在手里喂给他一口，他饮一口水，接着说下去：“有一天，我去她们家的时候，看见她们家来了一个人，说是周国人，本来她们家来客人也不稀奇，可是那个人却似乎很让二小姐高兴。我看见她一直围着他转，可是……可是她却连正眼都不会瞧我一眼。

“我那几天都不怎么高兴，也要不到东西吃，实在饿得受不了了，就在一个下午又偷偷跑去她们家。就在那个客人的屋子里，我看见二小姐她没穿衣服，她……她比那貂皮袄还要白……我虽然不怎么懂，却知道伤心，就在雪地里跑出城去。那时只想着，我要离开这里，宁可被打死也要跑回家，我再也不要过这种日子了，我想回去找我妈妈……”赵恒岳低下头去，似想起当日心情，久久无语。

陶花此时颇有同病相怜、同仇敌忾之心，恨恨说道：“哼，他与人欢好之时，你我正在雪地中奔逃搏命。”说罢紧紧抱住赵恒岳，轻拍他脊背，“小满，都过去了，姑姑在这里呢，谁也别想再欺负你。”

他伏在她肩上，接着说下去：“其实，后来我才知道，那时候我妈妈早已经死了。而我当时出城，恐怕也是刚刚好。我刚出去就看到他们在城头上贴我的画像找我，好在当时天色已晚，容得我跑上无牙山，可是山上那么冷，我又没有衣服……我倒下的时候，以为真的完了，幸好姑姑你路过，把我救起来，姑姑……你……你怀里跟我妈妈一样，温温软软的。我睁开眼睛看见你的时候，你满头满脸都是泥污血水，你那个时候可不如现在好看……”他说完又怕陶花生气，直起身来看了陶花一眼。陶花苦苦一笑，“我知道，我最狼狈丑陋的样子都被你看在眼里了。”

赵恒岳坐直身躯，伸手揽住陶花的肩膀，“可我看见你的时候，却真真正正地把萧家二小姐给放下了。像她那样的姑娘，本来就跟我不同路，她有好吃的点心，雪白的衣服，我很羡慕，可是，那些都不是我的。阿陶，你才是我的亲人、身陷绝境时可以指望的那个人，你好看不好看，都没有关系……后来，我们在契丹军营里，我看得出来你跟那个契丹太子很要好，可你却为了救我，骗了他。我那时就想好了，此后倾尽我力，也要护你平安，我欠你一条命，还有一个像耶律澜那样的好夫婿。

“我们在燕子河边遇见他，我当然猜得到他就是你说的那个周国来使，所以不让你靠近他。回到中原之后，我也很快知道了他并不是太子一党。我没跟他提起在契丹见过他的事，遇到凶险时，他也曾多次护我，郑丞相说他是我大周脊梁，我也就善待于他，不去想旧事。后来在落霞山无意间竟然找到阿陶，我好高兴。你去幽州之前，我想过要不要告诉你这件事，又怕两军阵前将帅失和，就没说。现在，我好后悔……”

陶花仰头，“这不怪你。”

他微微放脱了手臂，低下头去，“阿陶，我对你的心意，你也该能猜得到了。可你肯定猜不到，我听说你们两人在军前生情的时候，心里是什么滋味……我念了你整整五年，他才认识你几天？就敢横刀夺爱！我听见你说要嫁给他的时候，我……我恨不得找他拼命！可是不行，宰了他，你会不高兴。呵，你怕是不知道吧，我连想死的心都有过。可我知道自己不能死。我死了，你就不再是什么长公主了。你若不是公主，没了我做靠山，你以为秦家还愿意迎你进门么？我……我连死都不能死……”

陶花哑然瞪着他，没想到他竟如此轻言生死，她从来不知道他是这样的深情，她一直以为他只是小孩脾气偶尔意动，甚至是闹着玩。她就那么瞪着他不知道该作何反应。

赵恒岳看见她的神情，立刻收住所有言语，他知道自己说得太多了，已经让她承受不了。他慢慢敛了情绪，重又恢复平时的冷静，摇摇头说：“没事的，我也不是一定要娶你。天下之大，有很多事等我去做。我就是一次次看着你为了他不高兴、为了他跟我生疏，心里有些难受。他拖延婚期的时候，其实已经惹怒了我，如今，既然你已经知道家仇所在，那咱们以后都不要理他了。要杀要剐，都由你决定吧。

“还有，我要跟你说明白，那天我去阵前看萧照怜，不是因为惦记她，我早把她忘了。只是听说抓了萧家小姐，我想去看看是大小姐还是二小姐。若是二小姐，哼，我倒要看看他秦文是如何应对，他若是救她，就不怕她向你泄漏秘密么？若是杀她，那也真是狠心。”赵恒岳讲到此处，问了一句，“是她告诉你的么？”

陶花摇头，“是照影。萧照影十五岁即领兵出征，在契丹朝中拜有将军封号，不但有勇力，更足智多谋，她多半是想借我之手，杀死秦文。”

话音未落，门外有人高声禀报军情：“大王，契丹军在乌由谷口南侧的杨树林与我军混战，他们人少，只有轻骑兵，已经有大队从乌由城出来增援。郑丞相问，中军是否过去增援？”

赵恒岳想了想，看向陶花。陶花摇头，“契丹军行止诡秘迅速，中军若出，万一来夺营就麻烦了。”

赵恒岳点头，向外说道：“中军不出。派一个五千人小队，去试攻乌由城，围魏救赵，顺便探探他城内防守如何。另外，传信给秦、邓两位将军，若是战局不利，便退兵。”

士兵得令而去。

陶花沉思半晌，直起身来，“恒岳，有两件事我要跟你说：第一件，我们不能杀秦文，相反，还要重用他，越是契丹人想我们做的事情，我们越不能让他们如愿。第二件……”陶花侧头看了一眼赵恒岳，伸手拉住他手臂，“我与你，比亲姐弟还要亲，不过，我对你并无私情，这个念头你别再想了。你是我的亲人，跟爱人一样亲的亲人，我若陷入绝境，最能指望的人也只有你了，不然怎会在这个时候来找你？本来我也想过找罗三哥，可是他有了秦梧，不能总去跟他说心事了……”

赵恒岳打断她，“阿陶，我以后不管有了谁，你都要记得一样来跟我说心事。”

陶花笑道：“是，跑去说心事，还惊散了一对鸳鸯。”她是在说撞破他和晓虹的那次。想起这件事，她刚刚绷起的心弦又松了下来——他不是说了么，他本来是喜欢萧照怜的，后来失意了，于是她就填补进来；现在既然有了晓虹，她就已经变成了被替换掉的那个，如同现在的萧照怜一样。

赵恒岳听到她提起这件事，顿时有些尴尬，没答话。

陶花心绪已渐渐平复，也想好了今后的打算，既知不能杀秦文，倒是觉得轻松很多。

她又歇得片刻，觉得饿了，赵恒岳亲自出帐去找了些清淡食物给她吃。侍从们看大王亲自动手，一片惶恐之声，她在伤心之中也觉不到不妥，由他陪着一起吃完。正要离去时，外面有侍卫的声音唤了声“大王”。

赵恒岳问：“何事？”

那侍卫却吞吞吐吐。陶花起了疑心，侧头问赵恒岳：“可是有什么机密军情不能让我知道？”

赵恒岳断然摇头，向外说道：“公主不是外人，你但讲无妨。”

那侍卫禀道：“试攻乌由城的小队说，城内防守坚固，他们已经退回，不过，在阵前的契丹军听见攻城，也就退了，我军并未追击，邓将军说，今日两败俱伤，先撤回养兵。”

赵恒岳答：“好，将士们辛苦了，我这就去左右两营看看。”

那侍卫却还没走，赵恒岳再问他：“还有何事？”

他迟迟疑疑答道：“秦将军一回来，就问公主何在，中营的岗哨跟他说了在大王帐中，他说……他说请公主过去见他。”

赵恒岳怒道：“他是什么人？竟叫公主过去见他？你告诉他，左营之中，公主为先！”

侍卫顿了顿，低声回禀：“大王，秦将军伤势不轻，恐怕来此不便。”

陶花猛然站起，“军医呢？都到哪里去了？”

侍卫答道：“军医已经看过了，说性命无忧，只是怕要将养些时日。”

陶花又缓缓坐下，“你跟他说，我在大王帐中叙旧，一时半会儿恐怕到不了他营帐，以后再说吧。”

那侍卫拜礼退下了。

赵恒岳带着陶花先到右营，但听呻吟声一片，陶花心内悔恨自己。赵恒岳一边安抚伤兵，一边跟将领叙话，一边还要安慰她，却都处理得有条不紊。

再到左营时，陶花刚一进营门，“火云追”便扑了上来。岗哨跟她说这马在营门口等了很久，伤口已经包扎过，只是大家都不舍得把它硬牵回马厩。

陶花跟它亲热一阵，又检视过它的伤口，它才摇摇尾巴回去了。

陶花回头对赵恒岳说："要是没有它，我今天必然就丧命阵前了。"

他笑笑，"那我真应该好好谢谢它，封它做御史大夫吧。"

她微微一哂，"你又乱说话。它不能开口，怎么能当御史大夫？御史大夫是动嘴皮子的差事，当将官还可以。"

他伸手捏了捏她的面庞，"你总算笑了，为你这一笑啊，十个御史大夫也封得。"

左营之中伤亡比右营还要惨重，陶花一路看过去触目惊心，这回彻彻底底明白"家事为小，国事为大"八字的含义。

秦文躺在榻上，右腿有厚厚布带包扎，看见陶花和大王进来，急忙想起身，赵恒岳过去又把他按下了。

他看了一眼陶花的右臂，问她："伤得怎样？"

她懒懒应声"轻伤"，就不愿再说话。

他和赵恒岳两人说了说今日战局，陶花只在进门时扫了一眼他右腿的伤势，此后便一直端坐，再没看他一眼。

谈过战局，赵恒岳又嘱他安心静养，这才起身离开。陶花随他走到门口，却听得秦文在背后叫她："陶花，我有话跟你说。"

陶花只好回转身，把赵恒岳也拉回来。

秦文看看赵恒岳，不愿开口。陶花淡淡说道："我没有任何事情避讳小满，你但说无妨。"

秦文无法，只好开口说起五年前旧事。当时契丹刚攻下乌由，大军直逼燕子河边，天子惊恐，命田氏族党出兵。可是他们哪里敢战，都在幽州城内畏缩不前。秦文那时刚拿了武状元，志得意满之时，自请出使劝契丹退兵。其实他是看准了契丹军队也不想再前进，因为燕子河以北土地都已经归了契丹，他们也满足了，必不愿将军队牵制在这里。

而田太师在他出使前夜下了密令，一是铲除陶家，二是杀死赵恒岳，这两条都是为了将来太子登基铺路——陶家是旧太子赵齐一党，又有跟赤龙会的渊源。秦家在朝中一直没有明确表态，田太师也是想试试他们到底帮哪一方。接这两条密令后，秦家商议一晚，赵恒岳是一定不能杀的，相反，要找到他暗暗保护回京。若是两件事情都办不利，恐怕田太师即刻便会发难，最后只能决定铲除陶家。

因了这两条密令，此次出使变成机密，只有相关人员才知晓。秦文在契丹递上田太师给的通关密信，又说出这两件事情，只把杀死赵恒岳一节篡改了，变成带他回京。然而众人苦寻赵恒岳不获，他也只能独自回去。

陶花听他说完，与赵恒岳对望一眼，倒是都觉得他说的是实情。

秦文看他二人交换眼色，向着陶花气苦道："事已至此，我还有什么要瞒着你不成？"

陶花淡淡回答："你已经瞒了我很久，当日在朱雀门碰见戚二爷，知道我是陶洪锡的女儿时，你就应该告诉我。"

他轻咬下唇，"我……那时与你情谊尚浅，怕你会因此不理我。"

陶花怒道："你是说，如今情谊已深，我便离不开你了么！你受田仲魁指使害我陶家也就算了，我和父亲既然逃出了，你又为何献计给那耶律德昌，让他……让他凌迟陶若……来逼我父女回救……”她咬住嘴唇，“他……他才是个孩子……我从来不知，你竟是这样狠毒的人！”说罢拉着赵恒岳起身出门。

既然已到左军营中，赵恒岳便送陶花回帐去休息了。他刚刚走出帐门，就听得她在背后啜泣，他一言不发转身扶起她，同回了他的营帐。

第二十二章　儿戏

士兵们刚打过大战，沉沉地休息了好几日。

陶花在大王帐中沉睡数日，醒来就吃些东西，偶尔也会再哭几声，远失了往日的活泼。她虽是巾帼中的英雄，却到底是个女子，更是个重情重义的女子，最看不开的就是情事。

赵恒岳见她着实是伤了元神，就把一切事务都交给郑丞相，专心陪在陶花身侧。开始时他和衣睡在地上，后来索性在帐中又搭了一张床榻，每日与陶花对床而眠，贴身照顾她饮食起居。

再过几日，陶花也就渐渐缓过神来，也开始四处走动，练练弓箭。可是她却有些惧怕回自己营帐，一直在大王帐中住了下来。赵恒岳待她亲密无间，又守礼重义，有时她也想，就这样过一生也不错。若是能够不嫁给他，又由他陪伴一生，那倒是也很合人心意；只是一想到嫁给他这个念头，立刻觉得十分怪异难以接受。

这天晚饭时分，她又吃不下饭，夹起来又放下去。

赵恒岳轻声问：“面条也不爱吃了？”

她还未回答，听见帐外似有人说话，他便问了一声：“何事？”

外面低声叫嚷一阵，有人忽然高声说道：“请大王告知公主去处。”

陶花认得是小金的声音，她掀开帐帘出来，看见帐外的侍卫正拦住小金往外推，他却一意想求见大王。

陶花温言对他说：“我一直在大王帐中，左军之事，由秦将军定夺即可。”

小金行跪礼，“公主，这好多天将军到处找你不见，你帐中侍卫只说你不在，却不肯说你去了何处。将军他……他今日饮酒失度，伤口裂开，这样下去，军医说只怕右腿难以保全。还请公主宽容，见将军一面。”小金说罢伏地“咚咚”叩头。

陶花淡淡答道：“你回去告诉他，一个人若不知爱惜自己，任谁也救不了。”说着放下帐帘，回到帐中抱着面碗发呆。

过一会儿听见帐外没了声音，她抬头问赵恒岳：“我是不是太狠心了？”

赵恒岳摇头，“长痛不如短痛。”

陶花却彻底没了胃口，也越来越坐不住了，不停起身坐下，到处观望。

赵恒岳坐在一旁，看着她忙忙碌碌，只是不说话。

终于陶花还是一挑帐帘，回头说：“我出去走走。”他但笑不语。

她出去了片刻却又回来，可怜巴巴地问：“能不能借我套男装？不想让人认出来。”

他指指侍卫营帐，“问他们借去，我的衣服都太显眼了。”

她讪笑：“我不好意思去。”

他淡淡一撇嘴角，出去片刻，拿了一套侍卫衣服回来。

陶花着着急急地穿，却还是对男装不够熟悉，有些笨手笨脚的。

他过来帮忙，细心帮她系带子、拉袖子，又蹲下身去帮她把裤腿挽好。

她抬腿踢踢他的肩膀，“你还记不记得，你小时候我也帮你挽过裤腿。”

他迅即低下头去，良久沉沉一声：“记得。”

“没想到这么快你就长大了，现在轮到你来给我挽了。”

他低着头不说话，忽然就伸臂抱住她的双腿，轻轻叫了一声“姑姑”。

陶花被他突然抱住本来有点紧张，听到这一声“姑姑”却又放松了，也就没有推他，只是“嗯”了一声。

他低着头，声音闷闷的，“你别出去了，留下来陪我，好不好？”

她笑嘻嘻推开他，“我就是去走走，很快就回来了。”

夜风寒冷，陶花悄悄走到将军帐。果然没人认出她来。

她假装有事，挑起帐帘看了看。

秦文躺在榻上，右腿伤口绷带透出鲜红血迹。

他双目紧闭，似昏似睡，没有反应，微微挑起的眉毛应愁而锁，面孔比平日更显苍白，越发清俊得似个女子。

陶花看他不似有知，便纵容自己多站了一刻，仔仔细细把他的眉眼看了一遍。

床头燃烛的火苗忽忽跳动，映得他的睫毛也微微颤动，她的心也随着发颤。

到最后，她叹了口气，终是放下帐帘，含泪转身。

秦文在帐中睁眼，也叹了口气。

他已经知道，局面比他想象得更为艰难。

他在女人身上从未失过手，偏偏这一次，最重要的一次，却掌握不住了。

自燕子河边初见，他就牢牢记住了这个女子在马上矫健的姿态，此后多年萦绕不忘。那时她带着一个小童在马前，后来他也多次想过，不知道那是不是她的孩子，不知道她是不是已经罗敷有夫。每想到此，他都会觉得懊恼。幽州阵前重逢时，他一见那枚铁箭的来路力道就已经知道是故人重来。那一夜数位轻骑兵要为她去城中取面，到最后其实是他自己亲驰“火云追”前往，他怕她醒得早、等不及。这些，他没对她说过，也不打算说了。

生逢乱世，身在军中，拿什么去谈情？她，可不就是因为动了真情，时时苦闷失措、进退两难。朝中军中政事复杂，他只敢与她演假戏。越是真心对她，就是越是不敢谈情。他在军营里长大，沙场二十余年，刀口舔血，马下屠城，真心早已如同荒丘白骨，被风沙掩埋得再也找不到了。

只有在那些失神的瞬间——朱雀门前她在生死之际询问他时，寂寥月夜他在清辉中独思时，他才会偶尔想起，其实，他，一直都是喜欢她的，自初见到现在。只是他不敢多想。

既然不敢去想情意，就只能权衡军政。当朝的公主颇有几个，却没有一个在君前如此得宠。她手握铁箭令，与虎符相同，若是她嫁了旁人，甚至嫁了宁致远，本朝的军政分布可就要大费考量了。

想到此，秦文暗暗咬牙。他知道，这一生最艰难的一仗，已经向他这个常胜将军拉开了序幕。

他别无选择，必须应战。

陶花回到大王帐中，见赵恒岳正挑灯夜读兵书，并未出去巡营。她就走到他身边讪讪站一会儿，便似被人窥破心事的少女一般。他回头笑问："这么快就回来了？"

她点头。

"说上话没？"

她摇头。

他放下兵书，回头拉过她的手，"你要是不开心，我陪你出去走走？"

她便转身出去，他赶紧拿了一条披风跟上来。

塞北气候干冽，空气清朗，夜月繁星都明净异常。他拿披风包住她双肩系好，又怕被风吹开，就一路揽着她前行。帐下侍卫全都是他近身之人，早已经约略明白，全都跟在二十丈开外。

陶花觉到冷风刺骨，就把披风解开来还给他。他坚不肯受，她说："这件我穿太大了，你先穿着，我这就回去取我的。"说着不容分说给他披上去。

他已经十分高大，她需要扬起手来才能够着他的肩膀。

她仰着头细心给他系好，"你还记不记得你小时候，就这么点高——"说着拿手在身侧比画一下，然后抬头笑道："我还以为你长大了最多到我肩膀呢。"

他垂眸一笑，"是，我永远长不过你，你永远是最高的，最大的，最强的——"陶花面上刚刚浮起得意笑容，他接着一拧她的面颊，"最不会尿裤子的！"

她还没来得及发嗔，他大笑着把她揽到披风里去，两人共衣而行，却是比刚才还要暖和了。

自从上次两人把话挑在明处说了，陶花也就没有再像以前一样不时提醒自己维持距离。那番谈话让她认为，她和萧照怜都变成了他的过去，只有晓虹才是他的现在。如果萧照怜为了他的旧情而耿耿于怀，那岂不是天大的笑话？何况，一直以来她伤心悲愤之中，他们两人同帐而居，他从无逾越，此刻就更不觉得与他亲近有何不妥。

两人一路共衣回到左营公主帐中，沿路说些军中琐事、旧日闲趣，亲密而不觉秽嫚。

到了帐前，陶花想起自己衣箱中有些女儿物事，营中虽有女兵女侍，眼下却并不在跟前。她便让赵恒岳等在帐外，自己进去取披风。

她多日不回来，竟一时想不起灯烛位置，摸了半天才找到。点亮灯烛，又打开箱子翻找半天。她的衣服平时都是侍从帮着收拾，自己早记不太清楚了，既然是翻了一场，索性又多拿了几件一道带回去，免得总差人回来取。

等她全都拿妥了熄灭灯烛出门时，自觉已经过去大半晌，怕是赵恒岳在外已经等得烦了。

她快步走出帐门，冷风吹得一个激灵，可是双手都抱着衣服，就无法拣出披风来穿上，出门后四处一望，看见赵恒岳正站在不远处的旗杆下，赶紧跑过去。

周营中整肃凛然，大旗迎风飘扬。

陶花走到近前，听见他手扶旗杆，正念到“中天悬明月，令严夜寂寥。悲笳数声动，壮士惨不骄。借问大将谁？恐是霍嫖姚。”余音未尽时，就看见她已出来，却又并没多穿衣服，赵恒岳疾步上前把她重新揽入披风中。

陶花虽不读诗书，却早知“霍嫖姚”是何人，当下朗然一笑，“大王你十六岁率军讨伐契丹，比那霍将军还要早呢。”

赵恒岳垂下面孔，“我下个月就满十七岁了，你别总把我想得太小。”

话音刚落，听到侧旁有人问：“大王也有封狼居胥之意么？”

陶花心中顿时一阵惊跳，转头看过去，正是秦文。想必是正跟赵恒岳谈古论今，她来得匆忙，并未注意到。他也未与她对视，只是看着大王。

赵恒岳一笑，“此事应问将军，不该来问本王。将军曾说过‘天下未定，不娶家室’，与那‘匈奴未灭，何以家为’如出一辙。”

秦文在此时看了陶花一眼，“此言，我已深深有悔，我恨不得即刻与我所念之人结成连理，将来大王另请他人去伐吴越。”

赵恒岳听见这句话，沉默半晌，紧紧揽住陶花，终是笑道：“听闻吴越之地，以美人名扬天下，古有飞燕合德、西施虞姬，今有苏州名妓姚碧君，人称色艺双绝，以妓身入宫，竟为吴越皇帝宠妃。相传姚妃抚琴之时，连宫门侍卫都闻之落泪。秦将军是风雅之人，若不见一见这样的奇女子，岂不是憾事？”

秦文冷笑，“大王也太瞧低了秦文，拿一个风尘女子来说项。”

赵恒岳似没料到他这么一句话，微觉奇怪，“怎么？姚碧君如今是吴越皇妃，吴越皇帝都不嫌她出身风尘，秦将军倒是瞧不起么。”

秦文冷冷答道：“大王想必知道，我与素素姑娘交情不错，可大王怕是不知道，她颜素素连我秦府的大门都没进过，就连来通讯息的丫头都是拦在大门外面说话。”

“哦？为何？”

“怕轻佻女子辱了家门。”

“我听说颜素素早就从良了，举止也庄重得很。”

“已非完璧，何来庄重之说？”

赵恒岳张口哑然，又是沉默半晌，看了看怀中的陶花。陶花倒是仰头悄悄问他：“完璧是什么意思？”她自幼丧母，平时的伙伴都说契丹话，这么隐讳的汉语父亲自然也没有教过她。

赵恒岳在她背后一捏，示意她不要胡乱插话，而后他对秦文微笑，“将军果然是出身富贵、德行严谨，与我们这些困苦中长出的孩子不同。”他拍拍怀中的陶花，“我们两人往中原逃命时，饥寒不保，夜夜相拥而眠，只为了不被冻毙。我只望自我揽政后边境得宁，百姓安居乐业，凡我周国子民，都能吃饱穿暖，高士贤人，也都如将军般德行严谨。至于封狼居胥，千秋功业，纵有汉武之心，也须有霍氏之将，所以我才问将军可有此意。”

秦文忽然跪地行大礼，“末将但听大王差遣，只是……只是等不到封狼居胥之时，末将想即刻迎娶长公主。”

赵恒岳还未答言，陶花掀开披风一侧露出面孔来，“将军，你我婚事已然成空，请不必顾念本宫了。”言毕即拉着赵恒岳离去。

两人回到王帐之中，陶花整理刚刚带回来的衣服，赵恒岳在一旁只看着她微笑。陶花问他讨要一个箱子来装置衣服，他笑问：“你是打算在我这里长住下去了？”

陶花怔了一怔，“是不是不妥？”

他一边忍俊不禁，一边点头，“你没听见那秦将军话里话外的什么庄重不庄重的。”

陶花把刚刚收拾好的几样东西又都拿起来，“我听说中原女子礼仪严谨，那……那我还是到我自己营帐中去住吧。”

他按住她的手，“你在这里开心一些，还是在公主营开心一些？”

她低眉，“在这里。”

他为着这句话笑得没了嘴巴，柔声问她：“告诉我为什么？”

陶花十分真诚地仰头，“因为公主营里没有一个侍从有你这般细心，这般懂我心意。”

赵恒岳的笑容瞬间全变作苦笑，“好吧，以后我会留心给你找几个妥帖的侍从。现在还是先住在我这里好了。”

陶花展眉一笑，“好，先住着吧，无非就是别人嫌弃我，嫁不出去罢了。”

他撇撇嘴，“你只想自己，不为我想想？”

她抬头看他，满脸歉意，“是不是，连你的名声都会有损，然后娶不到妻子了？”

赵恒岳大笑起来，“周国的王后，自然有人争着做，你这铁箭公主，也不会嫁不出去，只是那秦将军恐怕会动怒了。”

她微觉奇怪，“小满你怕是多想了，他刚刚说话不温不火的，比前两天淡和许多。”

他撇撇嘴角，“不是我多想，是阿陶你想太少，你没听到他说什么让我另请他人去伐吴越么。国中一时并无大将，他又不是不知。明明知道你现在不会答应，仍跟我求娶长公主。这是在提醒我，要我看住你，更不能嫁给旁人。”

她大皱眉头，“你们这些人说话怎么这么弯绕，听得累死了。”

他笑着拉住她的手，“是挺弯绕的，居然连什么完璧不完璧都说出来了。我还在想呢，这话是不是说我啊？这一阵子我一直跟你住一起。不过这事儿我可真没敢想过。”说着仰起头认真想了想，“嗯……也不能说完全没想过……”

陶花十分好奇地又问了一遍：“到底什么意思啊？”

“就是说，他秦家娶的媳妇儿，不能是别人碰过的。”

她瞪着眼睛，“这怎么可能呢？走在路上，每天都要碰到人的啊，还有，你明明每天都在碰我。”

他不怀好意地笑了笑，“这话是你说的，咱可不能让你吹牛……”说着就故意邪笑着往她身边靠过去，“那我今天就要碰碰你了。”

她一看到他的表情即刻明白过来，伸手推他，“你又欺负我，不就是仗着你多学了几句拐弯抹角的汉话么，有什么了不起！”

“那你现在明白了？”

她点头。

“明白了就说说看啊，没关系，用契丹语我也懂。”

她哑然半晌，“这有什么好说的。”

“让我听听对不对。”

“你以为我不敢说？我有什么不敢，不就是那点事儿么。”

“是是是，你最勇敢，那我先说，说完了你要是不说，可就没我勇敢了。这点事儿么，不是碰一下手碰一下胳膊那样子碰的，汉语里面，有个说法叫做‘云雨巫山’。”

她张大嘴巴，心里连连埋怨自己：这个说法我明明是知道的！可我怎么就没想起来？果然还是这家伙脸皮厚，这些说法天天都记着。

他听不见她的埋怨，只是继续邪笑着催她：“该你了。”

她叽里咕噜在脑子里想半天。契丹语说这回事么，她是会说的，可是那也太直白了。汉话么，她不怎么会说，可是要让这么点小事给吓退，以后在男子阵中还怎么混？还不得天天被变着法儿的欺负取笑？

她想了半天，憋了半天，最后憋出一句：“有什么大不了的，不就是小男孩尿尿那回事儿嘛！”

赵恒岳怔了一怔，瞬间笑倒到地上去。

陶花冷冷看着他，“有这么好笑吗，大王？难道我说的有什么不对？”

大王努力压住狂笑，抬起头来，一脸认真地问：“阿陶，你是不是说过，我曾经在你身旁尿过一次裤子？”

陶花默然半晌，倏地抽出帐壁上挂剑，指到他喉间，“赵恒岳，你给我听着！这件事你要是敢再提一次……”

“不敢不敢……我不是说了么，你要再敢提一次，我就……就再……再尿一次……”他笑得连话说不全了。这个话题的开始，他是存了那么一点点轻薄之心的，可惜到了这会儿，已经笑得他连腰都直不起来。

第二十三章　护花

周军和契丹军全都休息了颇长一段时间。陶花长居王帐之中，除了郑丞相偶尔弦里弦外在单独相处时说几句，其他人并不敢多言。

秦文的伤渐渐好了，只是一日比一日沉默。开始的时候他想尽一切办法接近陶花，不放过任何一个单独相处的机会，可是慢慢就知道无望。他便将心思全用在练兵上，比往日更加勤勉严苛，将左营治理得如钢铁一般。他平素便以冷厉出名，此时那就更是变本加厉了。

赵恒岳待秦文很好，时时劝他保重身体，不要过于操劳。邓宣正是幽州地方官，年岁颇大，心思周密，有时会命幽州城送些年轻女子过来。赵恒岳往往挑一两个姿色出众的送去到左营将军帐中，余下的分给兵士。秦文从来是完璧归还。陶花在军中日久，对这些事情习以为常，曾经在幽州送人来的时候问赵恒岳要不要让她回去住几天。他盯住她眼睛问为什么，她说给他躲个空儿，他毫不退缩继续面对面问躲个空儿做什么，她说："不就是，那点事儿么。"他大笑回答："阿陶，你放心，这辈子都不会再有别的女人看到我尿尿了。"

周军休息得差不多的时候，契丹军的战书也来了。约战在乌由城西侧的平原之上。

这天晴空万里，朗日高照。已是暮春天气，陶花早脱去棉袄换了单衫，只有金丝甲是不敢怠慢，贴身穿着。

周国三军列阵，公主营虽驻扎在左军之中，列阵时却随陶花到了中军。

秦文依旧白衣素甲，单骑立在左军阵前，浑身散出一股忧郁肃杀之气。

两军对峙之时，陶花见契丹的中军已换了旗帜，她远目一望，竟是皇帝耶律德昌的军旗，不由大受鼓舞，侧身把此事告诉了大王，心中悲恨交集。

赵恒岳也十分高兴，当下对士兵高呼："今日契丹皇帝在此，能擒杀此人者，跃升三级。"

中军将士轰然应了一声："为大王效命！"群情激奋。

陶花听到此处心潮澎湃，一提马缰"火云追"越众而出，红衣飞舞，战马桀骜，她走到阵前，朗声对身后的中军士兵说道："契丹帝耶律德昌，于我不仅是国恨，更有家仇，我陶氏一族亡在他手。诸位中若有能取耶律德昌首级者，我陶花以公主之身许之！"

赵恒岳所说跃升三级，无非是官阶之变，在队伍中时间长了，积累军功，慢慢也总能升上去。而若能得娶公主，那可是跟皇家联姻，不必说三级，封王封侯也是指日可待，更何况这位公主豪爽美丽，是人人都看得见的。当下中军将士轰然应声"为公主效命！"声音那是比刚刚还高了许多。

赵恒岳看着陶花急使眼色，又连皱眉头，显是怪她出言急躁。左、右两军的将士都不知道这边闹哄哄说了些什么，一齐转过头来看向这边。

正在此时，契丹军中有三骑并肩而出。他们看见陶花出阵，所以迎了上来。陶花出阵本意不是迎敌，此刻却也不能退缩，只好纵马过去。

赵恒岳看见对方有三人，陶花却只是一个，当即自己也跟了过去。郑丞相劝阻不及，急命侍卫盯紧阵前。

陶花待走近时，看见这三人中间的是萧照影，左边的是耶律澜，右边的是契丹名将都察。都察是契丹国中数一数二的将领，勇冠三军，比上阵中的帖木儿不可同日而语。只是他从来不曾与周国对敌，因为周国羸弱，出动不到他这样的将领。但这次连耶律德昌也到了，可见上次乌由谷口一战让他们知道了厉害。

陶花倒是很久没见过耶律澜了，微微冲他点头打了个招呼。他眼神淡淡的，上下打量一眼陶花，“我们这几日才去打听你们周国朝政，竟听说你掌着虎符。当真是‘士别三日，刮目相看’。”

萧照影在旁微微一笑，“陶家妹子么，俏眼睛能滴水儿，只消抛抛眼色，什么虎符啊、太子妃啊，都不在话下。我萧照影就没这个命了，我手中虎符，是靠在战阵中与弟兄们浴血奋战杀出来的！”

耶律澜听见她如此说，在战马上微微侧身，握住她手。萧照影也侧身回握，两人相视一笑。

陶花看他们两情相悦，倒是由衷为他们高兴，可是她却不能容忍别人在阵前如此评论她，当即冷声说道：“我十岁时随太子去郊外踏青，回来晚了没能练箭，父亲不许我吃晚饭，罚跪一夜。从那之后，我日夜也不敢停息。如今我陶花箭，莫说中原，便是你契丹也无可抗之人！我掌虎符有何不妥？”

赵恒岳早已到了，微笑看向萧照影，“难道你们契丹的虎符是按勇力来分的？如此说萧大小姐是你们契丹最为勇猛之人，契丹的男子全都打不过你了？”

萧照影不语。他又接道：“至于生得好不好看，那更是见仁见智，我自然觉得她是天底下最美貌的女子——”赵恒岳说到这里，侧望一眼陶花，陶花一看见他的眼神就知道他在促狭自己，他何曾说过自己好看？只说过自己丑陋而已。她前后望望，这里是两军阵前，终于没有发作。他又正色向着萧照影续下去：“那是因为我喜欢她，难道我中原还找不出比她美貌的女子了不成？我一时还没有太子妃给她做，她要是肯做我的王后，那我是求之不得；要是不肯做，我可也不敢逼她联姻。”

萧照影脸色沉了下来。

赵恒岳一笑，又接着说道：“我大周公主的军功，没必要说给你知道，至于你的军功如何能累升以掌军权，我倒很想知道，你是嫁入太子府之前得的虎符么？”

萧照影脸色已经沉得似井深，赵恒岳句句话击中她要害。同在帝王之位，契丹皇帝的顾虑想法与赵恒岳是相仿的，他只需稍稍想想，就能猜得到契丹国中军政分布。

赵恒岳提马侧行两步，低声对陶花说道：“你传令击鼓进兵，我下面一句话马上就会惹怒她了。”

他语气不容置疑，陶花马上向阵中做了个击鼓的手势，赵恒岳哈哈一笑，“既然嫁给太子是为了虎符，不是为了情谊，你又怎能让人家真心喜欢你、真心觉得你美貌呢？恐怕你家太子到此刻还念着以真心待他的阿陶妹妹吧？”

话音一落，萧照影果然变了脸色，她手中长刀一挥，她纵马向赵恒岳扑去。与此同时，周营鼓声大作，三军喊声震耳欲聋杀将过来。契丹军却因主帅正在攻击敌人而未得到命令，一时愣在当地不知进退。

萧照影到赵恒岳近身时已知自己中了激将法，可是此刻若回身又心有不甘，她举刀便向赵恒岳砍去。陶花不由一惊，她从未见过赵恒岳的马上功夫，立时手中扣住袖箭准备相救。却见赵恒岳抽出宝剑，是一柄通体乌黑的铁剑，接住萧照影的招数尚游刃有余。萧照影本来想着他若是跟耶律澜一样不习武功，那么三两招若是能制住敌军首领，再回阵去发号施令也不迟，没想到不但不能制敌，竟连抽身都抽不开。

赵恒岳人高马大，招数圆满，用沉重的黑铁剑也不觉滞涩，陶花在一旁看得怔住，满心欢喜叫好。

而他在两军阵前大战之中，一边接着敌人的招数一边对她喊："既然叫好了，那你以后街头卖艺的时候叫上我行不？别叫旁人了。"

陶花愣在那里，抓抓头发，"我不会真的落魄到去卖艺吧？"

"我是说如果，就咱们两人一起去，好不好？"

陶花仍然愣在那里，她在想，大王跟她说让她去卖艺，这是啥意思？是对她的作战指挥不满意吗？这得不满意到啥程度才能说出这话？就算当不成元帅，她去当个箭手还是能当得了的吧。

赵恒岳已经发怒了，斥道："这是战中，你再这么呆着，还要不要命？我回去就把你的元帅给罢了。"

陶花点头，拉开弓箭指挥应战，心想：我刚刚猜的果然没错，他确实是对我不满，才说些拐弯儿的话来责备我。

萧照影已经落了下风，更显焦急，正手足无措的时候听得契丹军中击鼓。

陶花一看，竟是耶律德昌的军旗移动过来。他本来是把指挥权完全放给了萧照影，此时看战局急迫，才开始发号施令。

都察听见击鼓，立刻向周军阵中冲去，他竟是绕过了陶花，分明瞧不起她。耶律澜则后退回阵中，立时有太子营亲兵上来保护。

耶律德昌是马上皇帝，武功在契丹名将中都可称冠，他见萧照影似乎受制，毫无惧意就击鼓进军，更督促亲兵营冲在最前。

陶花看见耶律德昌的亲兵营竟然冲出来，顿时如获至宝，急忙掣出三支铁箭放在弦上，随时准备出击。她如今日常即需参战，箭壶中常备了至少一半以上的铁箭。

耶律德昌并不常到阵前，她十分珍惜这个机会，若是错过了，又不知下次到何时才有报仇的指望了。

耶律德昌的亲兵营已经入了陶花箭距，可是他自己却十分精明地停下。陶花不免顿足，催动座骑向前跑去，只望能再近得一些。

赵恒岳在背后大叫"回来"，她却只是不管不顾。

铁箭不如木箭射得远，可是木箭却难以伤到耶律德昌穿着的重铁甲，陶花只能再往前去，很快就入了亲兵营的箭距。

她一身红衣，又是向着皇帝的亲兵营冲过去，自然成为敌阵中弓箭手的目标，一时乱箭纷纷过来。

陶花用盾牌护住马匹，手执佩刀拨开了第一轮箭支。她穿着金丝甲，到上体的箭支根本伤不了。契丹兵士却是惊了一回，以为她有邪术。

到第二轮时周军已有轻骑兵冲上来，大多都是秦家军中的亲兵。训练骑兵需要时日，契丹骑兵勇猛是因他们是马上民族，骑术不需特殊训练。中原的骑兵则需培养数年以上。只有像秦家军这种队伍，代代相传，许多兵士都是从小就入了军籍，方可训练出能与契丹骑兵抗衡的骑术来，普通军队就很难做到了。南宋时期的岳家军能够驰骋疆场，也是为此。

看到己方人马冲上来，陶花更加有恃无恐，拉开弓箭射向耶律德昌。到底因为距离太远，三箭连发只中了一箭，也没有穿破他的铁甲。

耶律德昌却抬头看了看陶花所在的方向，已经看到箭支中到她胸前直直跌落，契丹士兵颇有些忌惮。他偏不信这个邪，一提战马冲了过来。

陶花再掣出铁箭，他举起了盾牌护住了身体，陶花便斜仰马上往低射出一箭，正中他的马腹。

那马匹中箭后却并不惊跳，只是立住不再奔跑，显然已通人性。耶律德昌立刻一跃上了旁边一个轻骑兵的马匹，把那轻骑兵推下去，他继续向前冲来。

周军中一个兵士上前拦阻，他连剑都未抽，一抬手抓住那人手中战戟，向上一挑竟把那人倒挑下马来。

陶花被他这般勇猛之态都惊得呆了，她在契丹时也见过耶律德昌，却从不知他在战场上竟然如此勇烈。

陶花此刻本应后退，一个优秀箭兵应该懂得保持距离。可是她大仇当前，机会如此难得，竟然是不顾得退后，又掣出三支铁箭射过去。这次耶律德昌中了一支在前胸，穿破他铁甲扎入皮肉，他毫不退缩，催打战马更快速冲了过来。

陶花再掣箭时，他已经到了跟前，抽出佩剑直刺。陶花微微侧身，危急时刻“推云手”连想也没想就照他手腕抓过去。耶律德昌手腕急停，宝剑横扫。陶花抓了个空，剑刃却已经削到手面。她万般无奈拿手中佩刀去挡，正如她所预料的，她的佩刀被震飞出去，耶律德昌的神力在草原上是出了名的。

他微微一笑，宝剑仍往她臂上扫过来，陶花佩刀已飞，再无可凭借之物，眼看要受重伤时，一柄黑剑斜刺里往耶律德昌身上刺过去。

耶律德昌也不惊慌，微微一转身闪开，重新调整宝剑方向，仍是往陶花身上刺过来，竟是一意要杀死她。

这几下变故快如闪电，陶花都不及逃跑，剑尖又到了胸前，虽然她穿着金丝甲，单这般劲力只怕也要受伤。那剑尖刚触及她衣衫，力道还未透入时，一只铁枪急掷过来，将那宝剑荡开来去。她这才得空圈马回转，往背后看时，耶律德昌仍想追击，却被赵恒岳和秦文两人一左一右拦住。秦文手中只剩一只枪，施展不开，跟赵恒岳两人才跟耶律德昌战个勉勉强强。

陶花回到阵后，倒也不觉惊慌，只惋惜自己力弱，面对面仍不能手刃大仇。此时又看见都察在己方阵中冲杀得如入无人之境，邓宣正招架不及，她急忙三箭射过去，都察中了一支在右臂，顿时力量不如从前了。

这时耶律德昌也已经退回去，他击退陶花，便已经向士兵证明了此女并无邪术，自然不愿再恋战。

赵恒岳和秦文对视一眼，两人全都圈马回到己方阵后。在阵前两人合力尚不能制服他，若追击到他阵中去那就更是危险了。

两人回马阵后指挥，陶花听见他二人交谈，都说那契丹皇帝实在了得，不由暗自忧心，要如何才能杀他以报家仇呢？

第二十四章　苦计

这一战杀得天昏地暗，到日落时分两方才收兵，各有胜败，又战成了一个平局。

陶花回到中军王帐中卸甲。各处士兵都在护送伤员、清理战俘。公主营归在左军之中，又有何四日常打理，她不须关注日常事务，也就得出空来休息。

陶花早已疲累不堪，倒头就睡下，睡意蒙眬中赵恒岳似乎回来了，到她身边来抱怨她今早出言莽撞，陶花迷迷糊糊应着，他看她实在困倦，也就没再啰唆。

第二天陶花醒来时赵恒岳早已不在帐中，甫经大战，他甚是忙碌。如此休息了数日，两人聚少离多。等到事情刚刚少些，闲了一点的时候，陶花便发现好多时日看不见罗焰，中军帐商议军情从来看不到他。

这个念头还来不及问，就见到罗焰带了一位绿衫女子回营。

赵恒岳大摆宴席欢迎这个女子，他帐下许多人似乎都认得她。陶花却是从来没见过，悄悄问宴席中坐在自己身侧的罗焰这是何人。

罗焰大笑，“陶花箭排名《兵器谱》第一，你竟然都不看看这排第二的是谁了么？”

陶花更加摸不着头脑，那女子倒先起来行礼，“原来是陶花箭陶姑娘，久仰久仰。听说你领军抗击契丹，铁箭无敌天下，便是那马背上长起来的契丹射手也比不过你。”

陶花急忙还礼，想说“我也是马背上长起来的契丹射手”，却见她们地域观念甚重，也就收住没说出口。

罗焰起身给她引见，“这位是柳叶刀柳姑娘，江湖中新近重修《兵器谱》，这排头两名的么，‘塞北陶花箭，江南柳叶刀’，今日竟齐集我大周军营，真是我朝盛事！”罗焰自从跟秦梧在一起，贼寇的气息淡了，官腔多了不少。

陶花急忙施礼，只是仍不知这柳姑娘的厉害，她毕竟从未见过她动手。罗焰坐下后又悄悄告诉她，是因为赵恒岳曾有恩于柳叶，不然也请不动这名满天下的柳叶刀。柳姑娘不喜热闹，只爱寂寥清静，平时甚少涉足江湖。天底下想跟她比试刀法的人太多，她已经应付不过来，也就一个都不去应付了。

大军休息半月之后，这一日，陶花在中军帐内与众人一起处理军中事务时收到一封契丹来的书信。

她本来以为是战书，立刻打开来看了，却是契丹文写就，陶花虽不识汉字，契丹文还能约略认得些。那信上写耶律澜重伤，口口声声想见她一面，字里行间分明有不治之意。

陶花大吃一惊。战时急迫，她的心思也不在他身上，根本就不知他受了如此重伤。

她急问那送信的使者："太子伤在哪里？"

那使者回答："左胸箭伤，一直不敢拔箭。"

此时已经多日过去，竟一直不敢拔箭，分明就是不能拔了。陶花气血攻心，"啊呀"一声险险跌倒。

那使者是跟随太子多年的近侍，早就认得陶花，竟是如往日般叫声"陶小姐"起身扶住她。

赵恒岳抢上来夺过陶花，扶她到到椅中坐下。

她慨然叹道："早知战事如此惨酷，当初不如留在契丹与他作伴。"说完之后即知不能，契丹已无她立足之地，两国之争又不可能无端停息。

陶花稳住心神，猛然想起，"是谁伤了他？"

她一直说的是契丹语，到此时秦文应声而出，说的是汉话："是我一箭射伤了他……"

他尚未说完，陶花一按扶手起来，气得一时说不出话。他明明知道陶花与耶律澜的情谊，竟不留手。

秦文微微低头，面色萧索，似知她已不会原谅自己。

此时那契丹使者应声道："正是此人射伤太子，太子说，他不怕战死疆场，却偏偏不想死在此人手中。"

陶花先是心中怜惜耶律澜，随即却隐隐觉有不妥。那天在阵前明明看到他和萧照影琴瑟和谐，怎么此时却又对着秦文说什么"偏偏不想死在此人手中"？便在这一转念间，陶花心内浮上一条破敌之计。

自从上次大战以来，周营将领看到契丹军的战力后都暗自称赞，虽然并不惧怕，却也知一时难以完胜。这几日陶花日日夜夜都在苦思破敌之计，一刻也不停歇，所以一遇到触发便想到此事。

既然有了念头，陶花稳住心神，冷冷看向秦文，缓声用汉话说道："秦将军，你与我初见便是在这燕子河边，对不对？"她立意要那使者听真切，所以说得很慢。却又并不去问他是不是通汉文，还故意装作以为他不懂汉语，接着又用契丹语对那使者说："我一定为太子报仇。"其实此人能出使周营，必然是懂汉话的。

秦文没想到她忽然提起旧事，轻轻答了声"是"。

"你对我说，我那时红衣白马，箭法骑术都是当世无双，让你一直记到现在。后来幽州阵前重见，我一箭救你性命，我们从此出双入对，也曾折箭立下深盟。"她说到此，已然隐隐含泪。

秦文没想到她竟然当众说出如此私密的情事，愣在那里一时不知如何作答，半晌只是点了点头。

陶花冷冷一笑，"可是你不但杀我父亲兄弟，灭我陶氏一族，更射杀我的情人。我跟澜哥哥从小一起长大，两军交战那是没有办法，情谊却还是在的。你说你杀我父亲兄弟时并不知情，如今你杀他的时候早已经认识了我，为何还能下手？你可曾真的把我陶花放在心中？”陶花声色俱厉，“左营之中，公主令为先，大王早就交待过，可你处处僭越，又何曾把我这长公主看在眼里？”

秦文初时愣在那里，到后来只剩了疑惑，紧紧盯住陶花双眼不语。

陶花自襟内拿出当日在太师府中折的半支断箭，“这是你我定情之物，如今，我只望从来没遇到过你！”说着把那半支断箭狠狠扔在地上。

秦文仍是盯着她一语不发。

大帐中众人在两人之间看看这个，再看看那个，都不好插话。

陶花见秦文不语，便以手指他前襟，“把你那半支也还给我！”

他轻轻咬唇，摇了摇头。

陶花向帐外大声传唤侍卫，公主营的侍卫进来两个。陶花对他们说：“此人身上有我半支断箭，搜身取出，然后关入军牢。若是他不肯交，立斩无赦！”

此言一出，郑丞相先高叫一声“且慢”。

他走到陶花跟前，“公主，私情归私情，国事归国事，秦家是我朝重臣，秦将军射杀契丹太子，那更是大功一件，你怎能因此论罪？”

陶花斜斜瞟他一眼，“这天下是赵家的还是你郑家的？公主说话何时轮到你来插嘴？”郑丞相气得险些昏厥，到大王跟前去要他主持公道。赵恒岳却只是不语。

陶花立刻指挥两个侍卫绑了秦文。

右军统帅邓宣正看闹得实在不像话，也出来劝架，“公主，此事慢慢再审，不必急躁。”

陶花一撇嘴，“我左军之事，你右军之人还是不要管了吧！”邓宣正当即气得胡子翘起来，也看向赵恒岳。

秦梧看看哥哥，又看看陶花，轻声道：“陶姐姐，我哥哥待你情深，我们全家上上下下都看得清楚，他为了你数次跟祖母争吵……”她话还没说完，陶花冷笑一声：“我是公主，不是你的什么姐姐。他倒是你的哥哥，你自然是帮他说话！你秦家跟我陶家的恩怨，我早晚也是要找你算的！”秦梧一下愣在那里，接不上话。

陶花厉声道：“这许多人都不许我动他，那好，我今天偏偏要杀了他！这就推出去斩了，不必等了。”

赵恒岳缓声拦阻，“阿陶，你先别急躁，等静下心来再想想可好？”

陶花却像一只发怒的狮子般，回过头恶狠狠道：“当日我在无牙山上救你时，你怎么没跟我说什么静下心来再想想可好？如今本事大了，前两天还跟我说什么为了我高兴，什么都可以不顾，现在只不过要杀一个左军将领，就舍不得了。我是左军之帅，连惩处下属还要上报大王么？”

赵恒岳静静望着陶花，“你真想杀他，我也没有不舍得，我早就跟你说过，他既是你家仇，要杀要剐都随你。只是此刻，咱们有好多紧急军情，先处理完这些可好？”

陶花听到此言似乎才想起帐中还有位契丹使者，回身对他用契丹语说：“对不住，我差点忘了大事，我想跟你回去看看太子。”

那使者急忙点头。

秦文和赵恒岳都能听得懂契丹话，一起出声阻止。陶花又生气起来，连理也不理，只急令侍卫把秦文带下去，“此人押入牢中，鞭四十，杖……八十！”她说到这里心头一滞，犹豫了一瞬是不是减个一半，却终于还是没有，只是免不了抬头看了秦文一眼。

秦文早觉到蹊跷，此时面上不动声色，心中却是微微有暖意。她自从知道家仇之事后，一直对他冷若冰霜，直到刚刚那一瞬，他才从她眼睛中一闪而过的痛惜中察觉到她的爱意仍在，也确认了她是在用计，而不是真心恨憎他如此。

她又走到他跟前，望着他的眼睛一字字说道：“你别觉得委屈。你假意向我示情，无非是想跟皇家联姻，以保你仕途通畅。你待我怎样，我也清楚得很！”

这句话说得狠绝至极，连那契丹使者都听得出她的怨恨。

秦文回望着她，极轻的声音只在两人之间，“我不委屈，是我欠你的情。”

陶花正背对着契丹使者，眼神瞬间千变万化，秦文当即一凛，提高了声音怒喝：“你这样对我，就不怕寒了功臣之心么！”

陶花也已回神，冷哼一声：“快拖出去。记住不能打死，要等我回来后亲手斩决！”说罢带着契丹使者离去了。

公主出营见敌，秦将军被拖入牢中，所有规劝之人一概被骂得狗血淋头，连大王都拦不住她，周营士兵自然也无人敢再拦她。

陶花与那使者一路过去，路上闲闲谈些心事，说起秦文当日是如何百般笼络了芳心，到最后才知他却是家仇所在，如今她冷落他，他便射杀耶律澜，真是恶毒心肠，让人好生后悔当初没有留在契丹做太子妃。那使者是耶律澜近侍，当然是附和陶花，说太子对她一直情深。

此话陶花倒是也信。

他们二人一起长大，虽然他已婚娶，她也另有了心上人，那其中如兄妹般的亲情牵系却是断不了的。秦文射杀耶律澜，也着实让陶花生气，只是却远远到不了如此地步。她只是看那使者有意挑拨，刚好将计就计罢了。此番冒险来探耶律澜，也是为了让敌人放松戒心。

秦文看出了她的深意，也就未加强阻；赵恒岳半懵半明，看她脾气甚大，知道自己劝不下也便没有硬拦。

陶花见到耶律澜时，他躺在床上，脸色苍白。箭身已经剪断，半截落在胸内，他咳得更是厉害了。

陶花握住他手，却不知该说什么。倒是他先开口了，“阿陶妹妹，我娶了别人，你生我气吗？”

陶花大力摇头，泪水终于涌了出来。

他惨然一笑，“你喜欢了别人，我……我一开始很生气，后来想明白了，你跟我一样，都有很多不得已。就像我娶萧丞相的女儿，那原就是应该的。”

陶花听到此言猛然警醒，急忙答道："没有，我没有喜欢他，他是害我一家的大仇人，如今又伤了你，我今天回去就要处死他。"

耶律澜握着她的手，轻声道："你不用为我报仇，我就只想，让你好好地过下去……"

陶花陪着他坐了很久，说起好多少年时的往事。

耶律澜是耶律德昌十分爱重的儿子。耶律德昌是马上皇帝，治国只是靠铁腕而已，他寄厚望于耶律澜，也从未强求他习武，只希望他能把契丹治理得如中原一般富饶，却不想这个不爱习武的孩子终于折损战阵之上。他近在同阵之中，竟未能救得，不知是否痛悔未将自己一身本领传授给他。

耶律澜渐渐精神不济，陶花看看天色不早，也赶紧告辞。她临到帐门时回望一眼，不知此生还有没有机会再看到他，不由悲从中来。他却是连落泪的力气都没有了。他是为着跟她说话才苦撑这许多时候，一直到实在撑不下去了，才露出倦意。

陶花不忍看见他那副样子，疾步出帐。一出门却看见了萧照影在外等候多时。

她脸色淡淡，分不出喜怒。陶花微微点头不想理她，她却冷冷问道："你不怕我留下你？"

陶花抿唇，"我既然来了，就是任你宰割。若是不来，见不到澜哥哥这一面，恐怕一生也不得安心。"

"如今你便安心么？你那秦将军把他害成这样！"

"我此行回去，即刻杀他为澜哥哥和我父亲兄弟报仇。"

萧照影一笑，"我怎么信你？你在太子帐前立个誓吧。"

陶花无法，只能取出一只木箭，"我此番回去，马不停蹄去军牢中斩杀秦文，若违此誓，让我不得善终，让我心爱之人恨我入骨。"说罢将木箭折断，抛在地上。

萧照影点头，"愿咱们草原上的神灵，护佑你的誓言。"说罢闪开道路让她离去。

陶花一回去先到大王帐中。天色已黑，侍从都退下了，帐中也未点灯。她本来以为赵恒岳已经睡下，蹑手蹑脚进去时才蓦然看见他坐在黑暗里，不由吓了一跳。

他站起来，缓缓走到她身边，慢慢将她拥入怀中，"他已经走了，带了八百秦家军诈降契丹。他跟我说了你的打算，我……我担心坏了。你都不跟我说一声，就这么独自去了敌营。"

陶花低声道："我要是单独跑出去跟你说，那个使者难道不起疑么？本来我是打算回来再告诉秦将军的，倒是没想到他看得如此明白。这样最好，我也不必违背我的誓言了。"

赵恒岳酸溜溜一笑，"你们两人心有灵犀，他自然看得明白。"

"他……他伤得可重？"

"嗯，他交待了行刑官不可留情。你的秦将军面对千秋功业时，从来不会留情，对人对己都一样。"

第二十五章　战火

此后数日，敌营中毫无动静。

陶花都开始后悔自己的计策了，深怕把秦文给葬送在契丹军手中。到第七日夜里，东北风最盛时，哨探来报敌营起火。

秦文走时就已经准备好了柴草火药，带到一个隐秘地方保存。诈降是陶花之计，火攻却是他的策谋。他熟知战事，北方气候干燥，正是火攻的用武之地。只是他伤得不轻，养了几日才敢动手。也是过了这几日敌人才对他放松警惕。

当日陶花在阵前错失良机，不肯发箭救他，以致他伤了右腿，那是萧照怜看得清清楚楚的，自然是他在周营不被信任的明证；而耶律德昌虽然怒他重伤爱子，却并不能在这两军重兵相交的关键时刻怠慢他。至于他有没有为了取得信任而跟萧照怜重温旧情、逢场作戏，这个只能去问他自己了，他那么聪明一个人，若不是陶花问到跟前，他又怎会自己来提这壶不开的水?

周军早就等候这个消息，当即杀出。中军、右军合围城外之敌，左军截住城中敌人出救的道路。

陶花与赵恒岳一队而出，但见整个东北方一片火光，半边天都被烧红，呼喊哀号之声传播数里。

两人纵马往火光方向过去，陶花看见那柳叶姑娘一直徒步跟在赵恒岳身边。到了敌营之后，契丹军在火中乱作一团，赵恒岳找了块高地指挥，远远看见耶律德昌的军旗，便指给柳叶看。

柳叶轻轻点头，足尖点地而出，速度之快，似在水上漂浮一般。遇见有敌兵滋扰，手中柳叶刀竟是看不见她何时抽出的，对方已经倒下。

陶花哑然半晌，侧头道：“柳叶刀，真的排在陶花箭之下？只怕比我多排个几十位也是应该。”

赵恒岳仰头大笑，“陶花箭虽小，却能号令我大周铁骑，难道我大周千军万马，还敌不过一柄刀了么？陶花箭排名第一，那是实至名归！”

陶花知他爱惜自己，自然是诸多称赞，一笑置之。哨探接着来报，敌军死伤惨重，残兵往西北方向退去了。

赵恒岳点头，命右军到西北追击残兵，中军与左军一起攻城。那城池中并无大军，只是契丹人顽强，死守到底，攻了一个时辰才下来。

追击残兵的右军也回来了，邓宣正禀报说只跑了些游骑、将领，其余尽数歼灭。

赵恒岳道声辛苦，问他们耶律德昌何在。

邓宣正却摇头，“并未见到那契丹皇帝。”

马上有哨探来回禀：“有人在东北方向见过契丹皇帝，他和一员契丹大将一起奔逃，只带了小队侍卫。秦将军带轻骑兵追击，只是他们奔逃迅速，马匹精良，我军的轻骑兵竟然追不近前。”

赵恒岳立刻对邓宣正说：“麻烦将军再追一趟，多带战马。”说完他一跃下马，将自己的战马给了邓宣正。邓宣正受宠若惊，也不敢推辞，带了战马就走了。

陶花心急如焚，跃跃便要奔出。赵恒岳拉住她马匹，“你不是那人对手，乱军之中你也追不过去，还是让柳姑娘去吧。”

陶花一愣，“柳姑娘？”

“是，她答应了我，定要取回耶律德昌的首级。”

陶花立在马上，低首望向赵恒岳，他指挥若定，布局周密，千军万马中还不忘记她的心事，不由心中涌起一阵说不清楚的柔情，俯下身拉住他手，“多谢你。”

赵恒岳的侍卫重新领来一匹战马，他看一看，不甚喜欢，转身一跃上了“火云追”。

陶花朝前挪了挪，不是为了避嫌，只是为了让他坐得舒服些。

赵恒岳拿住缰绳，低头温言道：“我也是想了好一阵，怎么样才能找一个合适的人来取这耶律德昌的首级，想来想去，还是柳姑娘最合适。她是女子，你想嫁她也嫁不了；她功夫高强，若是她都取不到，那别人自也取不到。刚刚你也看到她的柳叶刀了，你说我军之中，有谁能在她刀下走三十个回合？秦文或许可以，却也胜不了她。她答应了我，要么她取回来，要么，谁也别想取回来。”

陶花微微侧头，“我从来不知你心思这么周密。”

他苦笑，痛恨地拿手指点她脑袋，“我也从来不知你出言这么莽撞！居然当众许嫁！”

陶花含笑低头，他还不解恨，“若是邓宣正取了他首级你怎么办？他妾侍如云、正妻悍妒如虎；若是罗焰取了他首级你怎么办？秦梧还不跟你拼命！若是……若是帮我烧菜的那个老吴头，忽然在白菜堆里捡到了契丹皇帝的首级，哈哈，那他岂不是……”陶花笑着回身捏住他的嘴，“怎么会？白菜堆里怎么会捡到人头，那还不吓死人？”赵恒岳虽被她捏着嘴巴，仍是挣扎着说完：“他有三个孙子，你嫁过去虽然是守活寡，倒是一样有人叫奶奶……”

等到陶花笑声停歇，他俯下身来按住她肩膀，猛然问道：“是，白菜堆里捡不到契丹皇帝，只有猛将在战场上才能擒得到。你是不是指望着他拿到了，你就能名正言顺嫁过去？”

陶花一愣，瞬间明白他所指何人后，断然摇头，“没有，我那时就是报仇心切，没想这么多。”

“反正，你嫁谁都行，只是不能嫁给他。”

陶花奇道：“你跟他又没血海深仇，为什么这么恨他？呃，我知道了，是因为萧……”

赵恒岳伸手按住她的嘴巴，“别胡说，他们家是大周栋梁，我怎么敢提恨字。只是你却不能嫁给他，他对你不够好，我也不喜欢他。而且，你一见到他就昏头昏脑，在汴京城的时候，每次见到他都要让我等到半夜，都不知道别人挂念。”

陶花低头，“是我不好。”

他不理她接着说下去：“在军营这段日子，跟你天天在一起，是我一生最快乐的日子……”他说着一刮陶花的鼻子，“要是能一直这样多好？可是我也知道，你总是要嫁人的。我想好了，咱们给你招个驸马入赘宫中，或者一定要另辟府邸，就在朱雀门对面那条街上好了。”

陶花撇嘴，“招个驸马入宫？你不知道入宫的男子要先……先……”她一笑，没说下去。

他抬头想了想，“如果一定要净身，也好啊，反正不影响尿尿的……”说着大笑起来。

陶花猛地转回身去掐住他的脖子，赵恒岳正色说："阿陶，不跟你闹了，我得先下去一趟。"

"下去干吗？"

"内急。"

她狐疑地看着他，判断是不是又在捉弄自己，手上还是没有松开。

"你再不松开，我可真的要尿你身上了。"

陶花愣了片刻，忽然发觉这句话双关，立刻脸色通红，抬手一推，把他给掀下马去。

赵恒岳转到土坡下面，问侍卫："上回幽州送过来的那批营妓在哪儿呢？"

侍卫答："在营里呢。"

"没带上两个？"

侍卫一脸惊讶看着他，"大王，这是打仗……"

他叹口气，"算了算了，刚才那匹马再给我牵过来，要是再这么挨肩擦背的下去，我非得给整残了不可。"

侍卫显然是跟他很熟，一笑说："不是跟着个女人的么。"

"哪个？"

侍卫往山坡上一指，"就是那位啊。"

他气得笑起来，"哪一位都行，那一位，我惹得起吗？"

侍卫挤挤眼睛，"大王这话说得过谦了，我看你们很是般配呢。"

"真的？没骗我？"

"真的。不敢欺君。"

赵恒岳一下子有了信心，重新骑了一匹马纵上山坡去。陶花奇道："不敢上我的'火云追'了？"

他不答话，过去语重心长地说："阿陶啊，咱们刚刚是不是商量给你招驸马来着？"

"是，你还非要人家入宫，谁敢应这差事啊？"

"其实宫中也有男子的，不需要外面的人进来。"

"宫中……有谁？"她实在想不出来。

他在旁边猛咳嗽，她皱眉看看他，"哦，我知道了！"

"你知道了？"

"你那几个侍卫啊，我都看不上。"

他颓然无语。

她假装灵光一现，"不过啊，我觉得你这个思路可行，侍卫们啊，兵士们啊，落霞山的弟兄们啊，其实都挺好的。哈哈。"她没心没肺地自嘲大笑。

他无奈地看着她，"阿陶，你这几句话，圈进去好几十万人。"

"人太多了？那就跟选状元一样，大家校场上比武功，演一出比武招亲。"她说到这里忽然怔住，本来，她是纯粹在开玩笑胡扯，可是……陶花脸色黯淡下去，"不知道能不能选出一个，似他那么出众的武状元。"

赵恒岳清楚觉到心口如受一击，他不是受不住，只是这次一点准备都没有。正开着玩笑呢，忽然就是这么一句。他急忙转开头去，长长呼了口气。正在此时，听得哨探一声高喊：“报——柳叶姑娘带耶律德昌首级回阵。”

陶花一听，大喜过望，纵马过去迎接。

柳叶已经骑在马上，绿衣成红，颇有疲累之色。她把首级掷落地下，微一拱手，赵恒岳还礼，连说“辛苦”。

柳叶一笑，“今日之战，必然记载史册，愿我大周从此不再受夷狄之苦。柳叶这厢告辞了。”说罢纵马而去。

陶花看着她倩影远去，还沉浸在她那窈窕却又刚强的风姿之中时，赵恒岳轻声提醒：“你不道声谢？”

陶花猛然想起，然而柳叶却已经去远了。赵恒岳一笑，自怀中取出一块碧玉圆环，通体晶莹，宝光透亮，递给陶花说：“这是我给她的谢礼，没想到她走那么急，你去武林大会时带给她吧。”

陶花一愣，“什么武林大会？”

赵恒岳仍是一笑，“怕你分心，战前没有告诉你。武林群雄在嵩山重修《兵器谱》，要请你们这些上了座次的人过去号令天下英雄呢。”

陶花连连摇头，不愿去沽名钓誉。赵恒岳正色道：“你是我大周公主，这等盛事当然要去，才能令江湖中人知我国威，将来也多为我国效力。”

陶花看他坚持，便答应了，点头接过碧玉，而后命兵士收起耶律德昌首级，她要带着到父亲坟前致祭。

此战之后契丹元气大伤，向周国求和。

赵恒岳带陶花和邓宣正前去谈和，契丹愿意献出以往吞并的周国土地，再割让两座城池，俯首称臣，此后岁岁进贡。

陶花杀耶律德昌只是为报父仇，她对契丹草原本身其实是有深厚感情的，那里有许多她的儿时伙伴，她更是以之为家。大周是她的国，契丹却是她的家，所以她极力主和。

而周国尚有吴越心腹之患，契丹在北方苦寒之地，周国也不欲倾兵于此，赵恒岳便答应了和议。

契丹来谈和的是萧照影，她一身缟素。皇帝战死，太子登基两日后便驾崩，忽然之间所有的重担都落到她身上。

陶花问她如今谁是皇帝，她骄傲地指指自己的肚子，“若生为男儿，便是皇帝；生为女儿，我便从宗族中挑一个出来。如今是我太后称制。”

陶花看她虽连遭变故，却依然镇定，是个能担当得起大事的女子。太后称制，不过是女皇的别称而已，陶花看见那些马背上长大的凶悍契丹将领，在这孤儿寡母的萧太后面前却连大气也不敢出，不由赞叹。虽然各为其国，却也一样惺惺相惜。

周军大胜回朝。

到燕子河边，大军就地驻留一晚。赵恒岳带陶花去了观音庙旧址，两人回味起逃难时光，此时只觉温馨有趣。远望燕丘山时，赵恒岳笑道："要是有一天你被捉了，我也决不会独活，我就要做那只飞回来的燕子。"陶花皱眉不喜，"咱们俩都好好的呢，别说这种丧气话。"他只好住口。

第二天一早，赵恒岳率众将拜祭陶洪锡，奉上耶律德昌的首级。陶花在墓前哭了一场，而后便请出父亲兄弟的棺木，打算迁回汴京。

她早脱下红衣，换上重孝，一路扶棺而行。赵恒岳此后一直穿素色衣服，众官员见他如此，自然是谁也不敢造次，整个队伍便如国丧一般。

他又怕她伤心，日常陪伴在侧，一刻也不敢离开。官员们全都知道此事，来禀报事务也再不避讳陶花，人人都知她是此番大破契丹的头功，大王对她更是敬爱若神明。

只是这一路之上，陶花一次也没看到过秦文。她起初有些奇怪，原以为拜祭仪式一定有他。这次他甘受苦肉计，火攻破敌，自然也是头功一件。她心里的仇恨也被冲淡了，一路都有些惦念他那些杖伤好了没有。本想在拜祭仪式上跟父亲说明此事，也好让父亲弟弟明白她为何没有杀了他给陶家报仇，只是却一直未看到他。后来陶花就想多半是他自己心里放不开，所以不敢前来吧。她这一路都扶棺而行，他自然也是要避着的，也就未加疑心。

到了汴京安顿下来，停棺庙中，开始建造陵墓。陶花平日也没有政务，便专心亲自督建。

赵恒岳封赏群臣，在宫中大宴数日。陶花还带着孝，就都没有去。倒是赵恒岳一有空隙就来陪她，督建陵墓之事也是事必躬亲，样样都亲自过目才觉稳妥。陶花有时笑他像个孝子，他唯唯诺诺，说是应该的。

两月之后，陵墓完成，棺木入土为安。赵恒岳带领群臣拜祭，追封陶洪锡为忠义侯，陶若为忠义将军，备及哀荣。

到此陶花才脱下孝服，却已近了武林大会的日期，赶紧又带着赤龙会和落霞山弟兄前往嵩山。

赵恒岳本想让她带上五千铁骑随行，被罗焰劝阻了。

陶花还是照军队习惯，命大家在嵩山下扎营，而后按约定之日到得嵩山之上。早就有人传信上去，她走到半山腰便远远看见一众人等迎下山来。

此次武林《兵器谱》主笔是少林寺主持空悔方丈。他虽是出家人，武功也深不可测，见到陶花却是毫不见冷淡保守，盛赞她铁箭无敌，安邦定国。

群雄聚在嵩山凤凰峰上，陶花看着面前欢声雷动，倒是也不觉怯场。她带着数十万兵众尚不觉怯场，何况这区区几千人。

众人看她气度磊落，不卑不亢，真是大将风范，不免都心内暗赞。

空悔站到陶花身侧，充足中气托出稳稳的声音传遍凤凰峰上下："今日老衲有幸，竟能主持近十年来最盛大的兵录庆典。'塞北陶花箭，江南柳叶刀'，这两位姑娘一举击败契丹，一雪我华夏数十年之耻！《兵器谱》排行在江湖已有百年之久，强手如林，代代层出不穷，这才是头一回显了安邦定国之能，咱们也才能有这样一位首领，率军抗击夷狄，保护百姓。我辈武林中人自当谨记，习武不是为了上这《兵器谱》，乃是为了造福天下苍生！大周公主，也是赤龙会主的陶花箭排名《兵器谱》之首，有谁不服？”

空悔连问三声“有谁不服”，声音震得松树沙沙作响，到第三声时，山顶竟然有一颗巨石被震落谷中，巨响声连绵不绝。在这一片巨声之中，群雄连答三声“我等皆服”。

空悔知道陶花只是善兵，真要单打独斗未必能胜，所以他旨在立威，一出声便跟上雄厚内力，震石入谷。便是偶有一两个不服的，眼见空悔这般阵势，又怎敢上前？就算上前来，这和尚多半会说：“你若是不服，先跟我这排第三的铁禅杖斗上一斗吧。”

凤凰峰上巨响不断，峰顶一株松树下呼啦啦被吓得跳出来一群小松鼠。待巨石已经落定，群雄欢呼完毕，各处声音全部停息时，那些小松鼠吱吱叫的声音就刺耳明显起来。

群雄站在台下，距离松鼠比陶花近，有人甩了几支暗器出去，却够不到那些松鼠。陶花一笑，轻巧搭上几支木箭，数箭连发，远远将那峰顶上的松鼠全射落下来。她站的方位比众人都远，只是弓箭有借力之处，所以暗器到不了的距离方位，弓箭可以到。

凤凰峰上惊叹之声响过之后，空悔也微微点头，群雄又齐喝一声：“我等心服口服！”

盛典过后，天色已晚，空悔方丈问陶花是否愿意到寺中禅房过夜。陶花深怕冒犯，施礼说：“我一身血腥，不知会不会亵渎寺庙。”

空悔轻轻摇头，“公主救天下苍生，乃是大慈悲。”他本来并未想到陶花会真的留宿山上，毕竟她贵为公主，怕是山上太过简陋。陶花却是随遇而安，礼数甚为周到。

到寺庙之后，陶花在大殿上见到一个熟悉的绿影，正是柳叶姑娘。她来了嵩山，只是嫌吵闹而未去参加刚刚的盛典。陶花问过空悔柳叶的住处，正在自己附近，便放心到了禅房休息。

用过晚饭之后，陶花去敲柳叶的房门，她不在。

陶花又看看这禅房清静之地，却里里外外遍布着自己的侍卫，不由也觉得心烦，就走到院子里来散心。

在那院子里正碰见了柳叶在树下练刀，身姿矫健，轻灵飘忽。陶花看了一阵，想到自己刻苦练箭的勤奋也是一样，原来这《兵器谱》的座次都不是平白取得。

等到柳叶练功完毕，陶花便走过去把赵恒岳交待的那枚碧玉交了给她，又命侍从奉上黄金千两。

柳叶一向寡言少语，收下碧玉细细看过，轻声道谢，对那黄金只是摆了摆手，推拒了。

陶花深怕这金子冒犯了她，赶紧解释：“我也不知该怎么感谢你，我也没什么好东西，从小只会练箭，什么宝物都不认得。你帮我报得大仇，我……我……”

柳叶微微一笑，“陶姑娘过誉了，举手之劳而已，这碧玉是我旧物，多谢大王费心了。”说罢她转身离去，半途又回头问了一句：“那位白衣将军可救活了？”

第二十六章 惊闻

少林寺坐落在丛林之中。夜晚月影婆娑，更显肃穆。风吹过树木，沙沙作响，又如哀哀啜泣之声。

陶花愣了半晌才回味出柳叶那句话的意思。

她顿时想起自从乌由一战，竟是再也没见过秦文，恍惚间如坠冰窖，猛然一个踉跄。

左右侍卫急忙过来扶住。陶花立时问他们："秦将军怎样了？"那两人却都不答。

陶花大怒，"你们身为我的侍卫，可曾把我看在眼里？"

此言一出，所有侍卫一起跪倒，却仍是无人说话。

陶花看着他们，恨得咬牙，却又奈何不得。举目四顾，这一众人等倒还只有柳叶跟自己近些，于是问道："柳姑娘，我并不知情，你能否跟我说详细些。"

柳叶回身走近，仍是细声细语："那夜我找了很久才找到契丹皇帝的奔逃方向，路上碰见一位白衣将军也在追击。他带着的人全都跟不上了，那契丹皇帝有宝马，骑术又甚了得。最后只有我二人一起赶上，合力杀了那皇帝的侍卫，只剩下一员大将。他跟那契丹大将战在一起，我拦住皇帝，两人都甚勇猛，久战不下。后来北方来了契丹援军救驾，我们二人都知援军一到，必然无望。他就不顾那大将还有兵刃在手，硬是转身来刺这契丹皇帝。那大将的长矛刺他后背，谁都没想到他竟然不接。那契丹皇帝也没想到，就被他一枪刺进了前胸，可是长矛也刺进了他后背。我先斩断长矛，再拿了契丹皇帝首级，此时援军已到，就赶紧牵着他的战马回周营方向。路上碰见周军，我把他交给了领军之人。这么勇敢的将领，要是死了就太可惜了。"

陶花只听得心痛如绞，追问道："他伤在哪里？有多重？"

柳叶一直细声细语，声音平淡，她又是名冠天下的武林英雄，见惯了场面。直到听见这句问话，她的答声中方有了些惧意，"在后背进去，透到了身前。他竟似不知，还想再刺那契丹皇帝第二枪。我拦住他，说那人已经死了，他接着就昏倒在马背上。"

陶花勉力站稳，"透到身前，必然脏腑已损，那就是无救了……"她只觉双眼一黑，整个天地都有些摇晃。

两侧侍卫起身来扶她，陶花十分恼怒推开他们。

便在此时，不远处一个赤龙会的黑衣人过来，躬身说道："公主先别着急。若是秦将军有失，必然会大葬，怎么可能无声无息？宫中还接风饮宴数日，秦家的人也都在。

陶花抬头看这个黑衣人，二十来岁的年纪，不是自己的近身侍卫，多半是赤龙会随军之人。此次上嵩山因是武林盛事，赤龙会和落霞山凡有名号的人都来了。

陶花轻轻点头，那人看了一眼她两侧的侍卫，又接着说："我看此事公主还是问罗将军合适些。"他一言提醒了陶花，急命他去寻找罗焰前来。

罗焰也住在寺中，倒是很快就来了，看见跪了一地侍卫，柳叶也在这里，陶花又是痛不欲生的样子，他似乎猜到了是什么事情。

他走到陶花身前，“是为秦文的事情？”

陶花如遇救星，“正是，三哥你知道？”

罗焰却犹疑起来，“我若是跟你说了，只怕大王会怪罪下来。”罗焰如今已封将军，也早已从落霞山搬入了汴梁，赵恒岳更在秦府附近赐了府邸给他。他此时的心思与以往已大不相同。

陶花顿时火起，冷哼一声：“当初咱们在落霞山落草为寇的时候，你怎么不怕皇帝怪罪？到现在来跟我说这种话，与这些侍卫何异！”

罗焰四处看了一看，先到柳叶身旁，跟她低声说了几句话，柳叶即点头离去。他又回到陶花身边，“五妹，我们进屋去说吧，此事不宜在此处说。”

陶花见他肯说就已经千恩万谢，赶紧带他回自己的住处，所有侍卫都被留下跪在院中，只带了刚刚那个赤龙会的年轻人。陶花在路上问他：“你叫什么？在赤龙会中任何职务？”

那人躬身答：“姓林名景云，在赤龙会中并无职务，在军中是校尉。”

陶花点头，见他是个机灵懂事的人，便问：“赤龙会现在排了六位会主，是吧？”

那人点头称是。陶花当即说：“从此后你是赤龙会第七位会主。以后日常跟在我身边，我挥退其他侍卫时，你都不必退。林七哥，以后陶花还请你多加照应。”

那年轻人立时受宠若惊，便要下拜，陶花摆摆手，带他和罗焰入了自己房内。

罗焰进屋后先关好门窗，看陶花忧心如焚，先跟她说：“他好好活着，你先别担心。”

陶花长舒一口气，心头一颗大石落下来。

罗焰接着说：“那一刺伤了他一个肾，军医都说不治，可是大王说非治不可。他早已受不起颠簸，就留在了乌由城。大王命人从冀州星夜兼程请来了“鬼师傅”的徒弟杜若仙，江湖人称“鬼舞娘”。他们师徒二人专好盗剖人尸体，听说还剖过活人，因此江湖人士都厌憎他们，却又不敢得罪，怕有朝一日要找他们看病。那杜姑娘真是妙手，取了他的伤肾出来……”

陶花“哎呀”一声：“那还怎么活？”

罗焰微笑摇头，“平常大夫自是不成，这杜姑娘却可以。他活了下来，只是……”罗焰犹疑着看一眼陶花，她急忙问：“只是怎样？”

罗焰又看了看林景云，陶花轻声道：“无妨，你说吧。”

罗焰缓缓说道：“军医们都说，若是伤了肾，恐怕秦家便要绝后。这杜姑娘倒说不会。我们那时也没别的办法，总不能就这么看着他死了，只能一试。谁知现在……现在……”

陶花听到这样的事情先有些脸红，随即却明白这不仅是他一生大事，更是周国军政相关，当即直言相询：“现在怎样了？”

罗焰摇摇头，“现在怎样我也不好说，除了杜姑娘，所有人都跟我说不成了。我并不是大夫，也不敢下妄言。只是秦梧却跟我商量过，将来我们若是有子，想让第一个姓秦，接掌秦家军。”

陶花一咬唇，“杜姑娘怎么说？他们……他们会不会看错了？”

罗焰苦笑，“大周名医如今齐聚乌由城，众口一辞，杜姑娘也说奇怪呢。”

陶花跌坐椅中，“这……这……他……”她终是说不出话来，也不知道能说什么。她既不是大夫，又不是男儿身，什么话也说不上。想到他那样傲气一个人，不知会怎样面对这件事情，不由半晌无语。

罗焰看她无语，只是满面痛惜，轻声说道：“此事他自己并不知情，我们连去肾的事情也还未告诉他，杜姑娘嘱咐过千万不可泄漏出去，更不可让他知道。你记得万万不可在旁人面前提起。”

陶花奇道：“这种事情，他……他自己怎么可能不知？倒是大夫们这些外人知道。”

罗焰轻轻叹息，“你若是见到他，就会明白了。他如今整日郁郁，对自己身体根本就毫不在乎，只有那杜姑娘跟他亲近些。”说到这里他又想起一事，“五妹，有件事忘了跟你说，还要求你原谅。”

陶花早已失神，轻轻摇头，“没关系，你说吧。”

“我们那时候没有办法，他昏迷不醒，军医说随时可能会丧命，我们……我们让你的侍从偷了你春天时常穿的一件衣服出来，让丫头们穿上，日日坐在床边，他认得你那件衣服，一直到取肾时都握着那穿衣人的手。”

陶花再也控制不住，强抑悲声，“为什么不叫我去？你们好糊涂！”

罗焰再次苦笑，“为什么不叫你去，为什么没人告诉你，都是一样的原因——大王下了严令止住此事。”

陶花恨声道：“我回去找他算账！”

罗焰却摇头，“这次能请动杜若仙，我听说大王列土封疆送了人一座城池，你不能再怪他了。”

陶花坐在椅中，不再说话。

罗焰看着她，缓缓说道：“五妹，你要拿要放，速下决断。那杜姑娘对秦将军情深意重，这些时日天天服侍在身边，如今也只有她才能在他跟前说上两句知心话。人家妙手回春，医舞双绝，是江湖上数一数二的奇女子。若是五妹你顾虑家仇，也不要误了别人的终身。”

陶花垂泪道：“三哥，连你都不帮我了？”

罗焰轻叹口气，“不是我不帮你，我只觉你也实在狠心。这几个月都没看到他，纵然是大王不想让你知道，你竟然也不担心么？他去追耶律德昌，那是军中好多人都看到的，你竟然连问都懒得问问？这几月之中秦府众人全都愁眉不展，秦梧时时哭泣，我都不知道该怎么为你辩解。”

陶花想要解释，却又只觉百口莫辩，何况如今这种情势，就算她能解释得天衣无缝又于事何补？

陶花思虑一瞬，轻轻低头，“我此刻就算快马赶往乌由也要多日后才能到了，你先命人飞鸽传书把此物送过去”，说着她自怀内拿出当日在耶律澜帐中带回的陶若的小马，交给罗焰，“我不会写字，你写信告诉他，劝他安心养伤。若他终是不能恢复，我……我处子终老相陪。”

他为她陪上半条性命，这一生都不再是一个完人，她已别无选择。

罗焰一笑，“好吧。只是大王那边，要你去应付，我们可担不起这个罪责。”

陶花点头，“我尽快启程回汴梁。”

陶花匆匆作别群雄，第二日就踏上归程。赵恒岳早接了禀报，接出城来二十余里。陶花一看见他，即刻就沉了脸。赵恒岳自然知道是为了什么，也沉着脸不说话。

两人一路无语，一直到了宫内，陶花要回自己住处了，赵恒岳才冷冷问道：“就为了这件事，你就不打算跟我说话了么？”

陶花皱眉，“你为什么要瞒着我？”

“你知道了能帮上什么忙？除了伤心你还能做什么？你是神医？哦，我倒是忘了，有件事我那阿陶也许能帮上忙，虽然她不是大夫，也医不了别人的病，却说不定能治好秦将军也未必！”赵恒岳说到最后满脸怒容，又愤愤不平续道，“我早就说过，只要与他相关，你立刻就丢了魂！我费那么多心力为他四处寻访名医，秦家人都在谢我，倒是你！”赵恒岳气极，转身而去，不再理她。

陶花回去休息了一晚，第二天一早起来问过林景云大王那边怎样了。林景云答说大王一夜未睡，今天又一早去上朝了。陶花默然不语，林景云开口说：“公主，救秦将军一事，大王仁至义尽，恕属下妄评一句，我真不明白你发的是什么脾气。”

陶花踌躇，“我……我也说不清楚，就是生气……反正恨得我牙痒！”

“你要真是恨大王，听见他一夜未睡，怎么又皱眉？”

“我……”她果然就答不上来。

“公主，”林景云施礼，“我看您最近心思混乱，是要好好静一静。”

又过了几天，秦梧来看陶花，带来秦文的书信。陶花拆开封蜡，展开来却是一小幅图画，他知道她不识字，所以只好画画。画上一个青年男子站在地上，手中拿着一只小马，这是说他已可站立，也收到了陶花带去的东西。陶花立刻提笔，在那画上又添了一个女子站在旁边，是说她希望自己在他身边。画由秦梧带回去托信鸽载往乌由城。

又过几日，秦家家丁再送来一封信。陶花打开仍是一幅画，画中是一人跪在坟墓前拜祭，陶花知道这是他说想去拜祭父亲的坟墓，她当然是要答允的。于是又在那画上添了一个女子，说她会陪同前去的意思，至此，她已经把家仇之事说得十分明白了。

想必秦文收到这封信十分高兴，又见她总是在画上添一个人，第三幅画就是红堂之上，一人手执红绸一端，等着她去添另一端的那个女子。陶花思虑一瞬，当前情形并容不得她多想，他为她性命尚且不惜，如今又重病在卧，她如何能够多加犹豫？她即刻含笑画上回了。

再过几日，收到了一枚颇大的蜡丸。陶花打开来，是印制的一卷图画，而不是他手画的了。她一张张看过去，看到第三张时已经明白，这是一卷春宫图。红堂之后，他想到的就是这幅图画了。陶花顿时如炙手般把画卷扔到地上，又怕人看到，赶紧再拾起塞到枕边去。她又觉害羞，又不明所以，回想罗焰说过他的病情，也不知现在怎样了。这封信她就不知该怎么回，一直放在枕边苦思，怎么样才能说出她既愿意承欢，又不是非此不可的这番心意，着实为难。

就这么这幅画卷一直在枕边放着，她还没回信，却已经听到消息说他数日后便要回京了，不由欣喜异常。

她是从林景云口中听到消息的，赵恒岳并未亲自告诉她。这却也足够让她雀跃不已，她终于可以再见到他，而且这次的见面跟以前又都不同——她终于确信了，他也是真心喜欢她的，有谁会为了一个自己不喜欢的人去搏命报仇呢？

因为太兴奋，这天早晨她起得晚了些，赵恒岳已经穿着朝服过来的时候她还赖在床上。到了她屋中，他一边命侍从解衣一边问她：“你已经知道他明天回来，是不是？”

陶花欢喜点头。他被她的欢笑感染，虽然本意是来劝退而不是劝进的，也还是微微笑了一下，等侍从退出了就过去拧她面颊取笑。陶花娇慵着往旁边一躲，他一个愣神，眼角余光一滞，猛然自她枕边拿起来那幅画卷。

她当然知道那是什么，飞身起来抢夺。此时夏天刚过，天气还有些炎热，陶花睡觉时也并未穿多少衣服，这一下春光乍现。她微一犹豫，还是扑了出去抢那幅画卷。

他在半空中接住她，怕她跌到地上，所以只能先顾她再顾画。其实他扫了一眼那封面就已经不想再看了，也没打开，原封还给她，然后将她放在榻上。

她急急去拉被子遮羞，他一探手把被子拎起扔到远处，沉沉说了一句：“阿陶，你们二人尚未行礼，他就敢对你如此轻薄。”

陶花不知怎地又被激起了怒气，大声辩驳：“我的事你管不着！”

赵恒岳点头，缓缓言道：“好，说得真好，果然是我最亲最近的阿陶，咱们就看看，我管不管得着！”

番外　杜若仙

这个世界上有两种人：运气好的和运气不好的。

我无疑是属于第二种。

小的时候，我跟妈妈学跳舞，妈妈给我取名“若仙”，希望我“风吹仙袂飘飘举，犹似霓裳羽衣舞”。可是，就在妈妈觉得我可以出师，可以代替她出去挣钱来支撑起这个家的时候，有几个醉酒的士兵闯进我家里。他们叫着“杜舞娘、杜舞娘”，就抱住我妈妈，我知道妈妈不情愿，就上去打他们。然后他们看见了我，就朝我扑过来。

我妈妈一定是吓傻了，抽出一人的佩刀跟他们拼命，最后却被他们给杀死了。他们看见死了人，也就清醒了，不打算再留活口，一刀刺进我左胸。我却没有死，迷迷糊糊觉到他们把我和妈妈拖到了乱葬岗，然后我就昏过去了。

我是在剧痛中醒来的，有人在我左胸的伤口里探探摸摸，而后又用针线缝上。我疼得想死掉，可是四肢都被固定，动都动不了。

后来知道，是师傅救了我。

本来被人救应该是件运气好的事情，可是被鬼救就不见得了。

我这个师傅每天都在半夜去乱葬岗，拖回来尸体把它们剖开，起初我被吓得尖叫，后来也就见怪不怪了。做鬼么，当然就要有鬼的样子。

师傅他一直戴着面具，我也不知道他是个男鬼还是女鬼。他高兴的时候也会跟我讲讲他的一些发现，比如他说我是那种很少见的心脏长在右胸的人。他不高兴的时候么，我就连吃的都没有，只能去掏摸死人口袋，运气好也能找到点吃的。不过，我说过了，我一直是运气不好的那种。

运气不好到什么程度呢？我虽然一直不怎么能吃得饱，却偏偏越长越胖了，到最后甚至连行动都会受阻。师傅说是因为我受了那一次重伤，必须用药养着的缘故。我一生中最美丽的时刻，如果“美丽”这个词还能用在我身上的话，就是给那几个士兵看到的时刻。你看，我这运气。

偶尔，我会见到有人找我的鬼师傅去治病，那些人都奇奇怪怪的。后来有一次师傅让我出去买粮食，路过一个小村落时，我听见一个妇女在哭喊，她哭的声音让我想起了妈妈，我就过去了。

她是在哭她的孩子，那个孩子脖颈中长了一个大包，郎中们全说必死无疑，那小孩已经奄奄一息了。

这种大包我见过，师傅曾经割过一个，那人现在活蹦乱跳的。所以我就过去，说我帮他们治。他们都不信我，可是也没别的办法，还是让我试了。

那个孩子活了过来，那家人给了我好多好多粮食，我背不动，他们就送了我一头骡子帮着背。

再后来，我收到过无数金银珠宝，宝马良驹，却只爱那一头骡子，因为它的主人跟我妈妈有一样的哭声，所以我格外爱惜它。直到——

直到收到他送给我的战马。

我去给他治病，是因为师傅收到了一样大礼，可是他自己却不愿去，因为他说他不能为五斗米折腰，所以这个折腰的人只能是我。

如果为五斗米折腰的意思就是为他那样的人治病，那好吧，老天爷，你行行好，让我多折几次吧。

可是没有，我说过了，我从来都是运气不好的那一种。

这一辈子，也就只见过一个他。

第一次见面，他昏在榻上，是个长得很俊的年轻人，如果还能睁开眼睛，应该更好看些。我拨开他身后的伤口，围观的那些号称是铁血男儿的人，全都倒抽一口凉气。可是我没有，我见得多了，我只能说，算是触目惊心，却不值得让我杜若仙动容。

我问起这伤口怎么来的，原来，他是为了报仇。是的，我也日日夜夜想着，如何找那几个士兵寻仇，只可惜我不会武功，找到了也是去送死。

如果可以选择，以受这样重的伤为代价来报仇，我会不会做呢？

我不知道。而他做了，我就觉得他比我强。

我在施刀之前守了他两日，想看看他能不能受得起我这一刀。

这两日中，他床前一直有一个红衣女子。英俊少年负伤，边上有个女子守候，本来是很平常的事情，可是这个女子却不停在换，只有衣服不换。我十分好奇，就问起她们来，她们就告诉了我，他的故事。

原来他舍得受这样的伤，都不是为了给自己报仇。

那一刻我觉得，若是能拿一辈子的好运气来换一个这样待自己的人，也是值得的，虽然我一向没什么好运气。

我是手捏活跳的心脏都不会动容的杜若仙，看着他的伤口却忽然心痛了。

因为心痛了，我格外小心，在施刀之前先让他们去找了个死囚，试过一次之后才敢动手。

我知道很痛，把他绑了起来，可是他却没有挣扎，只是一边狠狠捏着榻侧的木头，一边握着那红衣女子的手。

完刀之后，那榻侧的木头被他硬生生捏成了粉末，可是那红衣女子的手却还是嫩如柔荑。她看见那木头时，吓得脸都白了。那一刻我很瞧不起她。我想，如果是我，我一定不会害怕，他为了我连性命都不惜，又怎么会伤害我一分一毫呢？其实，如果真的是我，我根本就不会吝惜一只手，为了他，什么都是甘愿的。

有了这个念头的时候，忽然觉得心里有些很奇妙的感觉。如果是我，如果是我？那该是天底下最幸福的事情了吧。

摘掉一个肾后，他的伤口就开始愈合见好了。可是总有人说，肾虚，男子将不能人事。我师傅又不是没给人施过，早跟我说了这是无稽之谈，他说一只肾足够活了。

然而，我却亲眼看见他，面对着女人呆呆木木的。

我在给他检查伤口的时候试过他，他很奇怪我竟然要检查那些，他对我说，他不想，让我不要试了。

我又去试那个被我割了一刀的死囚，他没事，他生龙活虎地差点把我吃了。

于是我明白，他是真的不想。

按说，我作为神医的任务到此已经圆满结束了。可是，既然那些治不好病又总喜欢嚼舌根的老头子们说是我治坏了他，那我就帮人帮到底吧。

好吧好吧，我才不在乎那些老头子们怎么说，那是我的借口。

我只是想与他多待一刻。

我日夜服侍在他床前，每天看着他是我这一生所能想到的最大幸福了。

他总是闷闷不乐，我们试过无数美女名妓，最后他烦了，对我说：“不必再试了，这些人还没有一个有你好看呢。”

我听完这句话差点欢喜得晕倒。虽然，我知道，他并不是在称赞我的容貌，他只是在说他不喜欢那些人而已，我知道自己长什么模样。

我一定要治好他。

我知道他不是肾病，只是郁症，于是配了一种即可以帮助愈合伤口，又可以缓解愁绪的浴汤，陪他泡浴。他早已经不在我跟前害羞了，我有时会动手去挑逗他，他却像跟我比赛一样，就是不理会。

我都快要发疯了！难道我竟治不好他了么？

为了搏他一笑，我甚至跳舞给他看。我知道，很多人看到我跳舞的样子都会笑。

可是他没有，他看得出神，然后说我跳舞的样子很美。我以为他是在取笑我，可是不是，他很认真。

于是我跟他说，我这医舞双绝的名头，只是因为我的病人们尊重我而已，其实没有人喜欢看我这胖姑娘跳舞。

他却跟我说，舞技与琴技一样，神韵为上，形态为次。如今的看客却都是先看人、再看艺，这也是他为什么很少抚琴给人听的原因。他说完就为我抚了一曲。

我很想跟他说，看他这样的人抚琴，是很难不先看人再看艺的，除非那人真的是瞎子。

我出尽百宝，都没能让他一笑，很是伤心。

有一天，老天爷在打喷嚏的时候忘了我一瞬，于是我的坏运气暂停了那么一刻。我们在外散步的时候听到有人谈论今年的武林大会，说起什么“塞北陶花箭，江南柳叶刀”，那两人争论着陶花箭能不能打得过柳叶刀。我看见他撇嘴一笑，说“陶花箭要是能打得过柳叶刀，我也就不用陪上半条命了”。这是我第一次看见他的笑容，真是好看。可是我还来不及欣赏，就知道自己必须抓住这个机会。我单刀直入问他，那件红衣的主人是谁?

他跟我讲了好多。

我问他们有没有过肌肤之亲，他说没有。我忽然就有些心疼，“就这样，就值得为那女人搏命么？”我实在没忍住，把这话说了出来。

他说他有过很多机会，可是他总觉得不必，他以为，她必然是他的，因为他们两个人是最般配的一对。我顺着这个话题说了开去，让他多想想当初情动时的感受，可是他似乎不愿多想。

他说，想一次，便多痛苦一次。

唉，为什么这样的男子，没有让我遇到呢？我果然是运气不好的那种人。如果是我，我可不忍心把他孤零零一个人扔在这里受苦。

有很多人来看过他，独独没见过那个红衣女子。有天，来了一个眼睛很亮的年轻人，他见到那人话一下子多了起来，平时他是不怎么跟人说话的。他不停问他“她”的事情。我知道，那个“她”，必然就是那个红衣女子了。

我心里不舒服，就回自己房间了。

我坐在房间里唱歌，唱妈妈教过我的“山有木兮木有枝，心悦君兮君不知”。

不想，被那个眼睛很亮的年轻人看到了。他来跟我道别，听到了我的歌，然后他问了我他的病情，跟我说：“心悦君兮君不知，你不告诉他，他又怎么能知道？”

我要告诉他吗？

当然不，我说过了，我一向是运气不好的那种人，多做多错。

所有的人都绝望了，都认为他不会好了。

只有我，我知道他会好的。

难道一定要像那些庸医们一样，夜夜笙歌才叫康健？我觉得他很好，自己心爱的人不在，为什么要对着不相干的人示情？

那段日子，我们一起说了好多话。

他说起好多不开心的事情，包括打败仗的事情，他说这些话从来没跟任何人说过，连那个红衣女子都不会告诉。因为他要在她面前维持一个完美的样子、永远完美的样子。他只把我当做唯一可以说说心事的好朋友。

我很开心。

我也告诉了他我的事情，带他看我的骡子，他当时就送了我一匹战马。他却不知，我并不是没有，只是因为爱惜这匹。

我说我要报仇，这些话从没跟任何人说过，我最讨厌乞怜示弱。他点点头，“我记下了。”

我吃了一惊，立刻跟他说：“如果，如果要受这样重的伤来报仇，那我万万不要你去，我再也不要报仇了，我只想你平安一世。”

他说：“要是我爱的人也像你这么想，那该多好。”

是啊，那该多好。

可惜，他爱的人，并不是我。

那天，他蹦跳着到我屋里来，那是我第二次看见他笑。

从那时候开始他一直在笑，所以，我现在想起他来，最后的样子也是笑着的。

他给我看一只小木马，那真是手工拙劣的一个东西，不像大人做出来的。至少，以我的刀功，绝对能做出更好的。他却如获至宝，我要拿过来看看都不行。

预备浴汤的时候，侍从交给我一封信，说是公主写来的，本来跟木马在一起，因为他还不知道自己的病情，不能让他看到。

我把信放到衣袋里，这个公主，想必就是那个红衣女子了，送一只拙劣的小马都能让他欢喜成这样。

那天晚上，嗯，那天晚上他抱我了。当然，是为了别人的衣服。我穿着那红衣女子的衣服，在他面前起舞，而后伏在他胸前问他，如果是那红衣公主，他会如何。

他失控了片刻，把我拖到木盆里去抱住。我也清清楚楚看见他动情了，他的情思跟他的身体一样强壮，怪不得那些病歪歪的庸医们整天咒他不能人事。没有他，能省出多少美女。只可惜，就算他不能人事，似我杜若仙这般女子也不会看一眼别人。

正如，就算那红衣女子不在，他也不会看一眼我。

他即刻道歉，我也即刻起身换衣。那天晚上，我背对着他换衣服的时候，我却觉到他在看我了。

我很是犹疑，要不要转过身去，赌上一记？

也许，也许他一时情动，真的会好好看我一次，哪怕只有这一次，我心愿已足。

可是，我又害怕，我一向是运气不好的那种人。

假如到最后，他想着的仍是别人，我可怎么收场？

我走出门去，把那红衣掷还给他，他也没有留我。

我只好走了。

已经到了这一步，再没有我能留下的空间。

他们曾经送给我千两黄金，我把这些金子分为十份，给了十个小丫头，让她们去服侍刚刚恢复的他。

我告诉她们，就是汴京城的颜素素、吴越国的姚碧君，当年也到不了这个价钱。我也告诉了她们，怎样去服侍一个男人，作为一个医者，我比别人都更加清楚。当我一点点教给她们的时候，就像师傅教我医术一样平淡，仿佛那人，与我毫不相关。

天知道，我是多么嫉妒她们，我多么希望自己，只是这么一个默默无闻的小丫头。

可是不行，我若是做了小丫头、小舞女，那还有谁能来救他呢？

我走了，骑着他送我的战马走了。

数日后回到家乡，一进城门就有人跪到跟前，我以为又有人生病了，却不是。是有人为我报仇了，将那几个士兵在集市口凌迟，说是不等到我回来，不能让他们死。

他们的家人跪到我跟前，只求能得个速死。

他们的样子都很惨，已经没什么人旁观了，因为太可怖。我杜若仙当然不会为这种事情动容，我本该多折磨他们一刻，可是我还是让他们速死了。

不是因为我好心，只是因为，我已实在没办法承受——

有他在的空间，有他在的记忆。

江湖传言，若仙妙手，可医天下绝症。

可是，谁来告诉我，该怎么医好相思？

回到家里，我好好泡了个澡。

我穿着衣服到了浴盆里，闭着眼睛想象在他怀抱时的情景。

假如，当时只要稍稍糊涂一下……

唉，我从来是运气不好的那种人。

只有这一抱，一生也不会忘记了。

湿漉漉的信纸从衣袋里滑出，才想起我还带着那红衣公主的书信。

她是运气好的那种人，豪情公主，铁箭桃花，什么都有。她苦练箭法，救过一个小孩，救过他，就什么都得到了；我救过的小孩没有一千也有八百了，我是从阎王手里把他夺回来的，我也一样苦练舞技医巧，可是，我知道，我是运气不好的那种人。

苍天，你待我不公。

我看了她的书信，她说，愿处子终老相陪。

哈，我仰天长笑，公主，你不必处子终老，为他处子终老的，怕是我杜若仙！

不过，也有一样，是我可以在这红衣公主跟前骄傲的，那就是——

我知道他最狼狈的事情，最难过最伤心、打败仗的事情都知道，可是你，你不。

第二十七章　画卷

秋日清晨，天高云淡，红叶遍野，汴京东城门外欢声雷动，一片喜气洋洋。

陶花梳妆整齐，在“火云追”上已等候多时。

远远望见秦家军的旗帜挪动过来，走在最前的是一骑白马，她满怀希望看过去，此人虽是将官服色，却一眼已知不是她等的人，不免失望。

那人到近前了撇撇嘴角，“看见我就这么让人难受么？”

陶花听得声音熟悉，细细一看却是小金，她笑道：“你升做将官了？”

小金点头，“此次降服契丹，秦家军人人争先，都有封赏。”

陶花与他相熟，虽然忸怩，却还是问得出来：“你家将军呢？”

“他是大功，已经封侯。”

“我不是问这个！”

“那你是问什么？”

陶花抬起头来狠狠瞪视小金，小金一笑，马鞭向后一指，“看见那辆有帘子的马车没？将军在那里。”

陶花不由有些担心，“他伤还没好？”

小金听她声音中十分挂念，不忍再打趣，只是笑道：“他伤已大好，一路骑马来的，只是刚刚路过城镇时换了车子，他说你必然会来接，马上——嗯，多有不便。”

两人说到此处，一起脸红。小金也是个正值青春的少年，在女子面前害羞得快，一偏马头比陶花跑得还先。陶花本来已经脸红，到此时又觉得好笑了。

她催动“火云追”到了车前，在马上借力一跃上去。车周并无士兵，马匹跟着大队，也不需车夫，他安排得甚是妥当。

她还没有落稳，车帘内探出一只手来，一把将她拉了进去。她顿时失了平衡，仰躺着被倒拖进车内。

陶花刚想挣扎起身，他在她头顶俯身下来，吻住她双唇。

她都未看清是谁，忍不住要推拒。他紧按住她双手，贪婪无限。

喘息间歇，她急问：“伤好了么？”

他点头，将她拉起同坐到车凳上，片刻后又问：“失了一个肾，你会不会嫌我？”

陶花看他已经知道，也就不再刻意回避，直接伸手探他后背腰部，“让我看看。”

他抓过她的手，“你先回答。”

她大怒，“以后再问这种话，军法处置！”说着声音温和下来，仍是执著轻言，“让我看看。”

他不愿在白昼解衣，随口说：“晚上再看吧。”说完之后才想到这话其实别有深意，不由一笑。

陶花立时有些脸红，虽然疑惑却也不好一见面就相询，只是低下头去。静默片刻，她仍是担心不已，于是侧头轻问：“还疼么？”

“早就不疼了。最疼的时候，是那天终于看清，原来那个穿红衣的女子并不是你。”

她满面愧疚，“我一直不知道，是武林大会上遇见柳叶姑娘，她问起你我才知道的。”

“柳姑娘她还好么？柳叶刀如鬼如魅，快似闪电，若非有她相助，万万杀不了耶律德昌。那样的功夫，竟然排不到《兵器谱》第一，看来生逢陶花箭真是人生之大不幸。”

陶花被他夸赞还不及谦虚，先已暗自神伤，“柳姑娘跟我说了，若非你肯舍身，你们也是万万杀不了契丹皇帝。我……”她紧紧握住他的手，“你这般自苦，万一有个三长两短，让我如何……如何……”

秦文拥住她，“情话留到春宵一刻时再说吧，反正咱俩的婚事，这回是一定要办了。”

到此陶花又想起了罗焰曾说过的话，低垂面孔吞吞吐吐询问：“我……我听人说伤了肾之后，会……会……”她终是说不出口。

他当然知道她想说什么，先是沉吟不语，继而问她：“若是真的，那便如何？”

陶花仰头，“我……我想尽办法也要医好你，实在不成，我……我自然陪着你……”她的声音细下去，渐渐听不见声音，“处子终老……”

秦文仰头大笑，拿过她手掌贴到自己身前，“只怕你这处子之身，连此刻都保不住了。”陶花顿时满脸通红，如遇蛇蝎般急急收回玉手，退开身形坐到边上去。

他坐到她身边，重新去抱她，她急急抗拒，“你……你……你白昼宣淫……”

他笑着握住她乱推的双手，“刚刚说得那么好听，这会儿就怕了？我初见你时就说过你纸上谈兵，你还生气。”说着双手微微用力，已经控住她的挣扎，接着怀抱便缓缓压了过去。

陶花大睁着双眼，“不可，咱们这是在……”

他已经扯开了她的领襟，“箭在弦上，不得不发！”

陶花战战兢兢，却也推脱不开，正羞怯难当、心乱如麻的时候，车外忽然传来一声清咳，是小金的声音。接着有人翻身下马，听得小金的声音再次响起，“飞骑尉金德贵，叩见大王。”

陶花低低地“啊呀”一声，急急要起身，秦文按住她。

此时车外传来赵恒岳的声音：“秦将军在何处？”

小金顿了一顿回答：“可能在队伍前面，刚刚看到他往前面去了。”

赵恒岳声音森寒问下去：“公主的马怎么在此处？”

“这个——”小金微一思索，“刚刚公主还在马上，可能这会儿到别处去了。”

赵恒岳冷哼一声，向着“火云追”方向说道：“马儿啊马儿，你日夜相伴跟了她也快一年，如今说不要就不要了。”

陶花心内蓦然一凛，急忙推开秦文穿衣起身。

秦文脸色极不好看，低声问道：“你怕他？”

陶花轻轻摇头，“不是怕，是……”她又说不清楚，掀开车帘缝隙看着外面，等赵恒岳一行走远了便一跃下车，跳上“火云追”往他离去的方向赶过去。刚刚看到他身影，连侍卫都还没发觉时，他已经勒马转身。

陶花放缓了马匹，到他跟前问道：“你可是在找我？我刚刚在人堆后面，没看到你。”

他一言不发，看着陶花云鬓凌乱，粉颊泛红，冷冷低声道：“光天化日，满面春情，不怕人笑话！”

陶花被他斥得羞恼，又知道他是爱护自己，也就不能发作，低头支吾半晌，他仍旧冷冷呵斥：“你什么时候学会骗我了？他不过才刚刚回来，连汴京城门都还没进呢，你就开始骗我了！我把大周军权交付与你，把一腔热情满满给你，你……你到头来就学会了骗我！”

陶花只觉心内“咯噔”一声，又痛又悔，轻声跟他解释：“我……我刚刚……”又不知该怎么跟他说出口。

赵恒岳四望一眼，低低跟侍卫吩咐了几句，说罢便强拉着陶花纵马而去。

到了宫内他总算放开了她，声音仍是森寒：“好歹你是回来了。今天我十分忙碌，你不可再擅自离开。”说罢扔下她又急匆匆走了。

陶花回屋愣了一会儿神，想到这般匆忙离开恐怕会惹得秦文不悦，于是赶紧叫过林景云，让他去一趟秦府，请秦文过来解释几句话。林景云微微皱眉说：“公主，秦家上上下下好几百口人，将军又是重伤之后刚刚归来，似乎这么急请不太通人情。”

陶花想了想他说得不错，不由对这个能跟自己商量些话儿的年轻人顿生好感，就对他说：“那你自己看着办就好了，反正……”

林景云一笑，“反正，我会把公主的心意转达到。”

陶花匆匆用过中饭，之后林景云就传话回来，附在她耳边低低密语：“秦将军说今晚的庆功宴后，他过来找你。”

陶花点头，见林景云办事颇为得力贴心，就跟他多聊了几句，又见他这几日愁眉深锁，似有心事，也就顺便细细问了一问。

原来这个少年是苗人后裔，父母因生计奔波到冀州渤海县，只是汉人居处对苗裔多有忌惮。渤海县的县令夫人刚好在他们搬过去不久就浑身发疹子，四处请名医都找不到原因，后来就怀疑到苗蛊身上。苗女擅蛊是天下皆知的事实，县令将林景云的母亲捉了去，拷打无果，最后下在了牢中。林景云的父亲万般无奈，写信让儿子回家探母一面，不知道她还能撑多少时候。

陶花听完，深皱眉头沉思片刻，轻声说道：“此事可大可小。咱们现在飞鸽传书到冀州，让那里的官员星夜兼程赶到渤海放出你母亲，也好少受些苦难。只是这件事情若不能解释清楚，怕是你父母在渤海仍旧待不下去。”

林景云点头，眼神中掠过一丝冰冷凶狠的神色，“若是他们害了我家，我必也不让他们好过！”

陶花看着他那狠厉的眼色心中一惊，又有些同情，她深深理解家仇的折磨，于是不自主地伸手轻拍他手腕安慰，“咱们尽快想办法，你也别因此就自暴自弃。”

林景云怔得一怔，看了看陶花拍在他手腕的手。陶花久在军营战场与男子相处，早没什么忌讳了，这时见他看着自己，只道他害羞，收回了手不好意思地笑笑。

林景云也抬起头来笑了笑，他一直谨言慎行，平时在陶花面前很少抬头，她更是从未见他在自己跟前笑过。这时看见，才觉到他眉目清朗，是个英俊少年，只是一双眼睛如虎狼猎豹，有点不同于儒雅汉家书生的异族味道。若不是自己与他已相熟多时，恐怕也会有些忌心。

陶花听见他低声对自己说：“别人听说我是苗人，避之唯恐不及，担心我手指一抬就会下毒。”

陶花轻盈一笑，“会下毒也是本领。人又不是傻子，都知冷知暖，我又没有害你，你干吗要对我下毒？何况你对我这么好，怎会下毒。”

林景云又是一笑，“公主，我要说句话，你别怕我冒犯：你也真是天真轻信，就算你没害我，我要是别有所求呢？我若是有了色心，下点情蛊你可就逃不脱了。”说完紧紧看住陶花，怕她忽然翻脸动怒。

陶花毫不在意大笑起来，“那你刚刚去秦府时怎么不帮我给他喂上两大碗？”

两人正谈笑间，听得外面搅搅嚷嚷，且有女子的哭声。陶花站起来走到门口，见一个侍女服色的人跪在地上，似在哀求什么，那些侍卫却不为所动。

陶花问了一声："怎么了？"

那女子听见声音，以膝为腿跪行过来，一路把薄绸的裙子都磨破了，看着十分可怜。她扑在地上哭道："公主救命！公主救命！"

陶花看她生得瘦削，全身抖如风中落叶一般，就温言问道："是不是犯什么错了？我帮你去求求情，就是不知道有没有用处。"

此时林景云却极轻地扯了扯陶花的袖子。陶花察觉到他动作甚轻，想来是不想让别人知道，也就没有回头看他。可是她又不知他是何用意，只能呆立当地。

那侍女哀哀哭道："奴婢犯了大错，求公主殿下在大王面前帮忙说项。奴婢死不足惜，只求此事不要连累旁人。九泉之下，奴婢永感公主大恩！"说着连连磕头，她使力极重，片刻间额头上已经有了血印。

陶花伸手拦住她，轻声道："起来说话吧。你叫什么名字？"

那侍女回禀道："公主不答应，奴婢不敢起。奴婢叫蔡晓虹。"

陶花闻言一愣，瞬间想起这是跟赵恒岳要好、还曾经被她撞破过的那个姑娘，当下心里有些疑惑：她有什么事情赵恒岳帮不了，反倒要来找她。不过既然算是认识，看她哭得这么可怜，就还是先扶起她来再说别的。蔡晓虹却仍是狠狠跪着，头伏在地上，不肯起来，分明是想等陶花先答应了她。

陶花正待开口说我去试试，就感到林景云在背后又轻轻拉了一下她的袖子。她就住了口没有说话，微微侧头看了林景云一眼，见他极快地微微一抬手，陶花知道这是让她扶起蔡晓虹，于是就加了些力道，不管她肯不肯起，仍是用力一扶。

她扶起蔡晓虹之后，见她与自己身量相仿，低垂面孔仍是看不太清面目。陶花忽然就有点好奇，想看看赵恒岳喜欢的女子是什么样子的，她便对她说："你抬起头吧，不用避讳本宫。"

蔡晓虹此时才慢慢抬起头来。陶花一见她面孔骤然一惊，心中忽然似起了一阵风浪，只觉连船都要带翻。她却不敢去深究这件事情，往后退了两步，正碰到站在身后的林景云身上。

林景云十分妥帖扶住她，也不再像以前只敢碰袖子或衣角，他稳稳抵住她双肩，待她站定了又即刻松手，一点也不多停留。

陶花也说不出来是哪里不舒服，就是觉得有些什么大大不对，想回屋里一个人静一静。她不顾众人沉默走回内室，林景云跟了进来，她想到刚刚在外面他两次扯她的袖子，就抬头看了他一眼。

他正满眼关切望着她，见她抬头，便轻轻点了点头，"公主，她跟你，容貌十分相像。我是自嵩山回来才跟着你的，所以这件事也是刚刚才知道，还没来得及告诉你。我听说晓虹姑娘这几天很不高兴，却不知道是为了什么事。"

陶花把他招到近前，有气无力地说："此人非同寻常，大王喜爱她。"

林景云轻轻点头，"这个我也听说了。"

陶花看他不过才刚刚来此，就已经各路消息十分通透，显然是机灵之人。而她也没有别的心腹之人可以说得上知心话，她幼年苦练箭法，朋友中只得一个耶律澜，连个知心丫头都没有；后来混迹落霞山，山匪窝中也甚少女子；再后来进了军营，身为公主，那就更没什么朋友了。此刻，她倒有些依赖眼前这个人，淡淡垂眉道："本来，我是很高兴大王找到一个伴儿，可……"她皱起眉头。

林景云看了看她，接着刚刚的话说下去："我听说的是，有一回下大雪的时候，她跟人打雪仗被扔中了一个大的，满头满脸都是雪，于是发了急，猛掷一个雪球出去，正好打中了大王。大王一瞧见她……"他的声音低下去，"我听那天在场的侍卫冯大哥说，大王当时清清楚楚叫的是你的名字，扑过去就再没让她起来。"

陶花眼神有些发呆，默然良久，叹道："我原来一直指望，有了晓虹，他就不再想着我了。"

林景云冷笑，"公主，你且想想，大王是少年男子，你跟他日常起居相处，怎能不让人想入非非？"

陶花皱着眉头，"难道就没了朋友亲人不成？就像……就像你跟我也是日常相处……"

他嘴角一扬，眼神中一缕光芒一闪而过，"公主你别太信人了，也许我是勉力自控，才不致对你失礼；也许——"他抬头看了看她，"也许我从一开始接近你，就有目的。"

陶花大皱眉头，"你还嫌我的事情不够多是不是？没看见我现在有多烦恼。"果然他立刻收敛神色，低声道："公主，事情已经如此明白，你最好趁早作打算。天底下做事不择手段的人多得是，你若是又想不伤和气，又想独善其身，那可就挺难。我劝你还是跟秦将军说明此事。他手握重兵，若真想跟你在一起，必然会有办法，若不想跟你在一起，那你也就不用再对他如此情深。"

陶花听得心中一凛，急忙摇头，"此事不可再提。咱们刚刚与契丹打完大仗，将士疲累不堪，怎么能为此事又提到刀兵？"

两人正商量着，听见外面又传来晓虹的哭声。陶花起步去看，正看到大王的侍卫架着晓虹要走，她急忙出声制止。不想那几个侍卫却并不听她，反而说："公主，我等奉大王命令，请公主和蔡姑娘同去仪熙殿。"说着有两个侍卫迎上前来，分明就是请不到不走的意思。

陶花也别无办法，只能跟着他们去。林景云跟在身后，却被那两个侍卫拦下了，陶花冲他摆摆手，让他留下。

蔡晓虹一路之上都在哭哭啼啼，陶花则不明所以。到了仪熙殿，一进门先看到秦文竟然也在，连衣服都没换，软甲尚在身。陶花心中疑惑，他今日刚刚到家，如此繁忙怎么也来了这里。秦文看了她一眼，目光淡和，无喜无怒，一如他平日在战场之上、军营之中的样子，让人不知道他在想些什么。

陶花骤然看到他总是有些欣喜害羞，立刻转开头再看向别处，坐在秦文旁边的还有一人，面目熟悉，细细一看竟然是宁致远。

陶花甚觉奇怪，再往前看过去，见赵恒岳站立当地，背负双手，目光中却是一反平日的阴沉冰冷。

蔡晓虹一进来就扑地哭泣，赵恒岳十分厌烦，“我怎么样你了么？现在就开始哭！”说完指指旁边一张椅子，让陶花先坐下。

陶花一看今日这情势，心中先就直觉不妙，她便没有直接去坐，而是走到赵恒岳身边，轻声问他：“出什么事了？”

赵恒岳看见她过来，刚刚训斥晓虹的厌烦神情收敛了些，声调也和缓不少，“你先坐下歇着吧。”说完这句却又狠声加了一句，“我知道你今天累得很！”

陶花坐下之后看一眼秦文，他神色平缓，旁边的宁致远却明显是忧心忡忡。

赵恒岳挥退侍从，命他们出去时把门牢牢关严，而后自袖管中抽出一幅画卷，摔到地上去。

蔡晓虹膝行两步向前，凑到那画卷跟前不住啼哭叩头。

陶花看到那画卷封皮，赫然便是当日秦文飞鸽传书递给自己的那卷春宫图。她不由大吃一惊，抬头看向秦文，正好看见秦文也看向自己，眼中的惊异一闪而过。

她细细想了想，自己的画卷赵恒岳见过，但他并未拿走，连打开都不曾打开就原封不动还给了自己，所以这幅应该不是自己的。可是她也没那么笃定，毕竟今天也没有特地去查过。

她一言不发，也不再看秦文，静观其变。

沉默了有半盏茶工夫，蔡晓虹已经头破血流了，她本来是指望陶花帮她求情，却不想陶花自己也是疑心重重。整个屋子里只剩下咚咚的叩头声音，极是凄惨。

忽然之间，宁致远起身重重跪下，“大王，此事是微臣之罪，私传画卷入禁宫，与晓虹姑娘无关！”

晓虹听见这话，赶忙又哭说：“大王，此事与宁公子无关，是我，是奴婢之错……”

赵恒岳冷笑一声：“你们倒是互相回护得很！”他猛然呛咳两声，跌坐在身后的椅子上。

陶花顿时明白了，定是宁致远和蔡晓虹有了私情，已经到了传递这种画卷的程度，也难怪赵恒岳会生气。她抬头看他那咬牙切齿的样子，从未见过他如此愤怒，又带些委屈，他向来是意气风发神采飞扬的。陶花顿时有了怜惜回护之心，见他跌坐在椅子上，便起身过去站到他身边，又不知道该怎么安慰，只能轻轻去握他的手。

没想到赵恒岳却猛然甩开，狠狠瞪了她一眼。

陶花被他瞪得一个失神，他刚刚甩开她手时的力道就没避好，竟然被他带得往前倾了一倾。赵恒岳坐着，她站着俯身，往前一倾就正往他身上倒去。他急忙撑起双手扶住她，稳稳助她站直，然后神情也和缓很多，低声说：“你回去坐着，不关你的事。”

陶花只好回去了，又往地上那副画卷的封面看了一眼，果然是跟自己那卷一模一样，看来这正是近来最盛行的一本。她抬头苦笑着看了一眼秦文，却赫然看见他面色虽然温和平淡如旧，眼神却冷峻异常，让陶花心中一寒。

宁致远头伏在地上不敢抬起，“大王，微臣犯重罪，唯求一死，只是此事确系微臣一人痴心妄想，与晓虹姑娘无关。微臣生性轻薄，也曾经……也曾经给公主送过画卷，那副画微臣已经取了回来，不知怎地多了一句诗……”

赵恒岳听到这里，冷哼一声，宁致远顿时吓得失了一瞬声音，回过神来又继续恳求，

“是微臣轻薄放浪，大王要杀要剐臣都没有怨言，只求大王放过无辜的晓虹姑娘……”

他还没说完，赵恒岳冷冷打断他，声音中已然没有了愤怒，只剩下冷漠，“你倒还惦记着替她求情，不先想想你宁家两百多口人。”

此言一出，宁致远顿时有了哭腔，跪行向前，“大王宽容！我家人毫不知情！”

陶花听到这里忍不住想出言相劝，却看见赵恒岳黑沉一张面孔，只怕自己出言也讨不了好去。她去看他面孔时，正看见他缓缓转头，目光向秦文直射过去。秦文不卑不亢迎视他的目光，面色仍旧平淡无波，眼神里却是深邃。

赵恒岳缓缓靠到椅背上与他对视，半晌无语。

宁致远生怕错过机会，又赶紧哀求，“大王，我父亲为了大周呕心沥血、事必躬亲，请大王看在我父亲面上……”

赵恒岳没等他说完，冷冷哼了一声：“难道没了你宁家，我大周竟不能立国了不成？”他的目光重新看向秦文，“我们文有郑丞相，武有邓、李两位将军和长公主，我又不是不能出征。咱们且试试，缺了你们家，大周还是不是大周！”

陶花惊呼一声：“恒岳！”抬头瞪着他，似是不能置信他竟是说出了这么一番话。

赵恒岳转头迎视她的目光，注目半晌，而后低下了头。

蔡晓虹听他半晌无语，想着或许能有转机，开口哭着叫了声“大王”。

他仍旧低着头，缓缓说：“我第一次见你，是个大雪天儿……”

地下的蔡晓虹痛哭失声，“奴婢感念大王恩情，大王待奴婢情深意重……”

“虽然咱们还没有挑开来说这件事，可是我想着人心都是肉长的，难道你还不明白我对你的心思怎么样？”

晓虹哀哀点头，“奴婢当然知道，大王待我没有一处不是体贴周到，姐妹们都说，就是寻常人家的夫妻，就是公主们招来的驸马，只怕都没有这样的心思。”

他继续说下去：“也不是说你就不能嫁给别人，只要你喜欢，只要你高兴，你说什么就是什么。我跟你在一起这么久，什么时候违拗过你一点半点？我只是不许你跟着他胡闹这见不得人的勾当！”

晓虹只如捣蒜一般在地下磕头。

赵恒岳的声音猛然转冷，森森地说下去：“宁家是我朝重臣，原不该为这种事让你们灭门，只要你做事别太过分。”

宁致远不知该如何对答，不住叩头求大王宽容。

陶花已经懵懵懂懂听明白了，再愚钝再听不明白也该能看明白了，只是跪在地下的两人一直低着头绷着心弦，没注意殿中的局势而已。

既然已经听明白，她也就无法再回避，这件事她必须要开口明志。

陶花深深坐到椅中，看了一眼殿中众人，低垂下面孔缓缓开口，“小满，我不懂读书，可是很小的时候父亲就跟我讲过庄王绝缨的故事——大臣酒后调戏他的妾侍，妾侍折了那人的帽缨下来，庄王却让所有人都把帽缨折下，为了保护那个酒后失行的大臣他却没有治罪，后来这人为庄王效了死力。庄王少年英明，他登楚国国君之位的时候，年纪也跟你差不多，仁政治国，宽以待人；等他观兵周疆、问鼎中原的时候，也不过才二十多岁而已；我一直把你当做小孩子，什么都想让着你，宠着你……”她叹了口气，声音变得严厉，“可是你已经不是小孩子了……同样的事情，为什么庄王可以绝缨，你却口口声声要让功臣国士灭门？”

赵恒岳毫不退让，“那是因为，他根本不在乎那个女人！世人都知道，他的王妃是那个流传千古的贤德樊姬，谁去可怜绝缨宴上被戏弄的女子？”

陶花冷哼一声：“照这么说，你倒是个多情之人了？你在乎晓虹姑娘，是么？你看看她现在什么样子！你看看她头上的血都快流干了！”

赵恒岳一拍椅子扶手猛然站起，椅子被他这一拍之力给推到地上，他大吼一声：“你明明知道我在乎的是你！”

第二十八章　夜宴

椅子摔在地上咣啷啷几声巨响，震得蔡晓虹和宁致远全都停了叩头。等那巨响过后，室内顿时静寂，只有赵恒岳的呼吸声微微可闻。

陶花愣了一瞬，随即一言不发转身疾步出门。赵恒岳似知失言，站在当地手足无措，侧头看了看秦文。

秦文冷冷迎视他一眼，一纵身追出门去，在门外石子道上追到了陶花，一把揽住。见她双目已然含泪，于是抱入怀中，轻声道：“别怕。他虽然是大王，却不能一手遮天。今早你走后我已觉不妥，他急命我进宫时，我便已命人飞鸽传书到乌由，令幽州军分兵一半回师幽州城。若是你我有失，他们即刻南下。你把铁箭令拿去调开京郊驻军，到时候这汴京城唾手可得，大周天下也是指日可待。”

陶花大惊回望他，“你……你怎能作如此打算？周国屡受战乱之苦，咱们又刚刚兴兵战完契丹，百姓疲乏，怎可内战？”

秦文冷冷言道：“大王忌心我秦家也不是一天两天了，今天这一场戏分明就是给我看的，不是为了画卷，却是为了对秦家的疑忌！再忍下去徒劳无益。”

陶花仰头与他对视半晌，缓缓摇头，“你错了，大王并没有忌心秦家。你重伤之时，他是以一座城池换杜姑娘来救，怎可恩将仇报？他……他恐怕真的就是因为我……”她面孔微红低下头去，“其实，我早已觉得有异，只是……只是没想到他这么当真……”

秦文深深皱眉，“我早跟你说过，不要与他有情事。”

“我……我没有……”

秦文正要说话，一抬头却看见赵恒岳已经慢慢走过来，就拍了拍陶花肩背低声道：“他来了。”

陶花转身，看见赵恒岳一步步走到她身边，似乎想对自己说话。

她立刻转回身去，起步就要离开。

“姑姑，”他在背后低声呼唤，“我错了，我口不择言惹你生气了，求你别跟我计较。”

陶花低头微微叹了口气，面孔沉下来，“我知道你为晓虹的事情难过，可你不该因此就胡言乱语！算了，我们回去吧。”

赵恒岳耷拉着脑袋，十分温驯地听她安排，默默跟着回去。

三人重回仪熙殿，见晓虹和宁致远还跪着，陶花再次开口，“放了他们吧，晓虹并没有明媒正娶进门，何况……”后面的话她没说出来——蔡晓虹见出了事，立刻就知道来求陶花，她显然是明白的，知道她自己为何得了宠幸。她知道大王是靠不住的。只可惜，宁致远对她的感情难道能比赵恒岳更靠得住么？这点陶花也不知道，也无意为他人分忧了。

赵恒岳点点头，唤了侍从进来，不动声色吩咐：“宫女蔡晓虹赐嫁左丞公子宁致远。”两人千恩万谢离去了。

他又抬头看看秦、陶二人，“今晚太华殿大宴群臣，为秦将军接风，想来我们此刻过去正好。”

陶花点头，毫不避讳拉着秦文的手一起走过去。

三人到了太华殿，熙熙攘攘已有不少人落座，更有陆陆续续正在进来的。

殿中布满层层长案，众人都是席地而坐。侍从带秦文坐到左侧首席的一侧，秦老夫人和秦梧已经坐在那里了。赵恒岳径直走到正中的主席坐下，拍拍自己身边的座位让陶花过来。

陶花走到他案后，靠左边坐了。过一会儿就再往左边挪挪，正中的主席和左右两侧首席是紧挨着，不一会儿她就挪到了秦文身边，两人相视一笑。

再过一会儿郑丞相也来了，坐在主席的右边，陪着赵恒岳一起跟秦老夫人叙了几句话，大赞秦文英雄了得。秦老夫人只是不停夸赞陶花。

到得众大臣都落座之后，厅内渐渐安静下来，赵恒岳举杯向众人道：“咱们当日庆功宴上便说过，要等秦将军归来，再行庆功之事。此次契丹之战大胜，一雪这数十年来受异族欺压之辱，这第一杯酒，敬天下百姓，从此不受夷狄之苦。”说罢他以酒洒地。接着再斟满一杯，续道：“这第二杯酒，敬今天在座的诸位，是大家齐心协力，个个奋勇迎战，才终于打败契丹。”众人齐声回应“多谢大王”，声震屋宇，一齐举杯而尽。

待第二杯饮尽之后，赵恒岳又斟满一杯，且亲身站起，向众人说道：“这第三杯，敬咱们大周战胜契丹的两位大英雄，是他们舍生忘死，才有咱们一战全胜。”

他还没有举杯，厅内欢呼声已经此起彼伏，纷纷叫着“秦将军”和“长公主”。陶花甚少在宫中与群臣饮宴，但是军中诸将全都认得她，见她在座，当然不会冷落了这位巾帼。赵恒岳向陶花和秦文举杯，两人站起还礼。秦文的眼神仍是冷冷刺人，赵恒岳把杯中酒一饮而尽，微微笑了笑，目光却是和暖如常。

三杯过后，众人欢呼声刚落，尚未举箸之时，在那短暂寂静空隙秦老夫人忽然开口道：“大王，多谢你抬爱我家孙儿，我们原不敢跟长公主同列，但既然今日大家如此高兴，我也听说长公主人才了得，一直未有匹配。今日老身斗胆相问，大王看公主可愿下嫁我秦家？”

陶花听得此言，心中稍稍吃惊，没想到秦老夫人会在今日且是大庭广众之下提起此事。他们二人的婚事虽然两家已经心知肚明，却因婚期不定而未公之于众，今天秦老夫人既然如此提起了，那就是要让他们两人从速完婚了。

陶花转头看了看秦文，他显然也有些吃惊模样，吃惊之外却也有一些欣慰，看到陶花望向自己，向她微微一笑。陶花想到这正是他们二人的婚事，不由顿觉羞涩，脸色涨得通红。她正要收回目光之时，却听得身侧一阵乱响，转头一看，原来赵恒岳突然站起，身周杯盘全都被带翻。

这边变故，让近座诸人都有些吃惊，坐得远的不知道出了什么事，但看见美食当前竟无人动作，当然也就不敢造次，一时厅中更是静寂。

陶花本能地侧头看向翻倒的杯盘，因她就坐在近旁，必须要小心规避才能不让汤汁流到身上。她这侧头一瞬，正看到坐在赵恒岳另一侧的郑丞相在桌下狠狠拽大王的袍子。

赵恒岳重新坐下，秦老夫人忙道："请大王恕我言语造次。"

郑丞相当即起身回道："哪里哪里，大王是喜不自禁，我跟随大王这么多年，还是头一次见他高兴到站起来。你看你看，这菜都打翻了，快来人收拾。"

郑丞相双手帮助侍从收拾杯盘，脚下又踢了赵恒岳一下。赵恒岳却仍未开口说话，郑丞相只好继续接话："京城上下，谁不知道秦将军文武双全，英雄了得，每次将军出征，汴梁城万人空巷。我听说这秦府门口的青石板，都快被媒婆的鞋子给踏破了，哈哈，老夫人应当比我们更清楚才是。我还听说京城女子传唱的歌谣，'来生不为女儿身，免见将军误新婚'，那是一见秦将军，连终身都要误了。"说罢大笑。

秦老夫人闻言也是一起大笑，连说过奖，又赶紧把陶花给好好夸了一回。

郑丞相看看赵恒岳，见他没有开口的意思，于是自己答道："那是那是，长公主也是人中龙凤，铁箭无敌，贤良淑德，跟秦将军真是般配之选，天底下再也选不出这么珠联璧合的一对了。再说，他们两人在军中配合默契，互相顾念，这是咱们全军上下都眼见为实的，是不是？"他最后一句是向着众人说的，顿时厅中轰然答"是"，一片笑声。

秦老夫人望向赵恒岳，"大王……"分明是在等他出言。

郑丞相也转头，"大王……"接着在众人一片笑声混乱中压低声音，只有主席中的赵恒岳和陶花听见他说："军中虎将都在，大王你不可让弟兄们寒心。"

赵恒岳看了陶花一眼，回望秦老夫人，满面堆上笑容，"此事是大喜之事，只要长公主点头，我奉上旧属徽地做她的嫁妆；只是，公主曾经跟我说过，她是武人出身，选夫婿时曾有愿要比武招亲。"

陶花一惊，当即接口："我说过这话？"

赵恒岳转头看着她，"乌由大战时，你不是亲口对我说过这话么？"

陶花顿时发窘，"那……那是开玩笑的。"

郑丞相哈哈大笑，向着众人说道："无妨无妨，长公主这是不放心，想看看驸马爷这勇冠三军的名头是不是虚的。那咱们就校场比武，诸位在座的将士尽管下场，有大王给你们撑腰呢。"大家全都一笑，当然是没人打算来争这个锋，只不过是显示大王爱重武将而已。

觥筹交错间众人开始饮宴。陶花抿唇不语半晌，抬头看一眼秦文，见他正含笑望着自己，看见她抬头了，就轻轻一扬嘴角，分明是让她放心的意思。

郑丞相和赵恒岳在另一边交头接耳密密议了几句，声音却越来越大，到最后似乎争论起来，赵恒岳忽然起身离席，郑丞相赶紧跟了出去。

陶花坐了一会儿，不见他们回来，只觉如坐针毡，也就起来跟出去。

她走到殿外，看见郑丞相的背影正在殿外一株柳树底下，就悄悄走过去。正听到他说："秦家是我朝重臣，秦文手握兵权，是公主联姻的上上之选。何况他二人情意相投，大王有什么不放心？"

赵恒岳坐在那柳树下的一条石凳上，看着地面，不说话。

他们两个人一个低着头，一个背着身，就都没看见陶花过来。

郑丞相又开口，声音低了些，"秦文与公主之事，全军将领都略有耳闻，大王此刻便是要后悔，也已经晚了。大王爱重将才，咱们大周才能兴旺，怎可因一个女子失了军心？"说着郑丞相的声音更低了下去，也多了些柔和，"其实，我一早已经看出大王喜爱公主。这自古以来，就是情关最难过，大王你年纪轻轻，我也很是明白。我郑知易跟在大王身边有六年了，大王处处行事妥帖、自律严苛，我很是放心，也深知能跟随大王这样的明君是我等的造化。其实，我也不愿大王懊恼伤心。等将来咱们收复吴越，大王登基为天子之时，咱们遍选天下美女，难道还找不出一个胜过公主之人不成？"

赵恒岳仍是低着头，淡淡答道："找到胜过她的人又怎样？又不是她。"

郑丞相还要进言，赵恒岳轻轻摇头，"丞相，我并不是为此阻挠婚事，我只是不放心秦文。"

郑丞相十分不信，以为他是面皮薄不愿承认，于是直言道："大王对公主之情，深浅厚薄，老臣是看得清清楚楚，也早就委婉劝过大王。"

赵恒岳抱住自己头颅，深深俯到膝上，"我知道，丞相说过很多次了。你我名为君臣，实如父子。你说过的话、交待过的事情，我都尽力去办到、做到。只是这一件，我已经想了好久，也尽了全力，可是，我实在是无能为力……我做不到……让丞相失望了。"

郑丞相走过去，真如父子一般轻拍他肩背安慰。

陶花在当地站立良久，只觉头脑混沌一团，看他低垂头颅的那个丧气样子，忽然心底深处一阵阵痛惜难过，不由自主地走了过去，自郑丞相手中将他揽过来。郑丞相看见她过来，吃了一惊，赵恒岳却是认得她的怀抱，连头也没抬扑入她怀中。

陶花抚着他的头发，柔声说："小满，你还小，以后你就知道，好姑娘多得是。"

赵恒岳缓缓摇头吐语："阿陶，要是五年前你跟我说这话，也许我还能放得下，可现在已经晚了。不过你放心，我知道你不喜欢我，也不会缠着你的。我说过，我欠你一条命，欠你一个好夫婿，这一辈子都会好好对你。我只是觉得，秦文他不是你的良配。

"你自己去想想，跟他来往过的女子有几个落什么好下场？你知道颜素素如今在哪里？她已经出家，这样一个美貌才女余生只有青灯古佛相伴。还有田倩如，她曾是他的未婚妻，如今满门灭族，只有她一个被他放了，他放她到西北边疆充军！有一件事你怕是还不知道，他跟田倩如在九华山上就有过了肌肤之亲，不然田家怎么会动用到虎符去提亲？他跟我们提起这事时讲得十分明白，他并不喜欢她，就只是为了制住这田家小姐。还有，你问没问过萧二小姐怎样了？契丹乌由一战大败，两代皇帝都死于此战，萧二小姐在秦文诈降后与他出双入对，战后既失了名声，又难以面对国人，愧难自处，又伤心万千，竟至横刀自刎。今日你陶花又如何？你还没出嫁，全汴京城都已经都知道你们两个要好，谁知道明日你会怎样？这人心思冷漠狠毒、功名心重，十六岁时就懂得凌迟陶若来逼你回救，可不是阿陶你的良配。”

“可是，”陶花慢慢开口，“我喜欢他啊。”

“在乌由时，你跟我说过你们不会在一起了。”

“他为我舍身，我怎能不顾？”

“那你这不是喜欢，你这就是报恩而已！”

“报恩……”陶花缓缓回味着这两个字，“难道你对我不是报恩？”

赵恒岳抬起头来看着她，“你要是这么觉得，那，我也没有办法。”

第二十九章　相斗

校场比武之日，连附近的道路上都是人山人海，老臣们都说，堪比三年前秦将军自晋北归来时天子在校场阅兵的盛事。当时践踏死伤无数妇孺，御史大夫进言从此取消了阅兵盛典。这次就没敢遍告民众，只有官员、家属前来，却也把校场挤了个水泄不通。

秦文一人一骑立在硕大的校场正中，银甲素衣，俊逸无双，却又威严不可亲近，目光所及之处立刻鸦雀无声，在场中站了半晌竟是一直没有人下场跟他比试。

赵恒岳带着几个要臣坐在正中的看台上，如此盛事，大家全都穿戴整齐，重甲在身。陶花坐在大王身边，从头到尾就一直痴痴看着场中。赵恒岳几次跟她说话，也无非是体贴问问她冷暖天气、是否劳累，她都要隔上一阵才能反应过来。

眼看太阳升至了正中，大家用饭休息完毕，回来又一直看着太阳渐渐西沉，竟是终无一人下场。郑丞相看着那太阳马上就要落下，只剩最后一缕余光在外了，哈哈笑道：“秦将军这勇名果然是威震四方，居然无一人敢下场，看来公主这良缘已成。”

话音刚落，太阳刚要将最后一缕余光也收去来结束这一天时，猛然一人拍案而起，喝道：“备马！”

周围人等全都转过头来向着声音方向，看见赵恒岳已然站起，大踏步走下场去，在侍卫手中牵过自己的战马飞身而上。

到此时，全场都已经看见，他一身黑衣金甲，疾驰到校场中央，马已经勒住时，衣角的十二章纹还在夕阳余辉中闪闪舞动。

郑丞相呼叫不及。陶花大惊起身也要下场，林景云在她身后轻轻拉住，“公主，你此刻下场去劝，不但劝不下，恐怕他二人还斗得更狠，此事也必然成为坊间笑谈。”

陶花顿足，站在当地不知如何是好。郑丞相已经跑了下去，远远地叫二人住手，那二人哪里肯听，竟然一句话不说就战在了一处。

郑丞相大呼小叫都没有用，回身向陶花招手比画，她立刻会意，取出弓箭以三支铁箭大力射过去。她坐在正中的看台，距离本就很近，这三支箭的力道便足够将两人兵器荡开了。

郑丞相趁着这短短兵刃不交的间隙，赶紧对两人说："马上兵刃太过凶险，你们真要打，就空手到地上摔跤玩吧。"他已经知道劝不住两人，所以退而求其次了。摔跤是军中常用的训练项目，既可比试，又没有致命伤害。

他说的倒是实情，马上两人便一起跃下，远远扔开了兵刃，站到校场中央。四目相对，如骤逢的猛兽，彼此试探着挪动脚步，寻找着最佳的攻击点。

这一架一直打到天黑，看台上众人早已惊呆，不敢发出一点声响。校场内寂静如空谷，只有两人的扑击声，和沉重的呼吸声。

天黑之后，有侍卫挑灯过来，主台上众人早已经走到近前灯下来看。劝退之声又开始此起彼伏，只是郑丞相却不再开口了。

灯光下两人都是滚得一身泥土，仍是胜负难分。秦文自幼便得严父教诲，招势间有章有法，看台上时有摔跤教习忍不住赞叹，跟周围兵士讲解他这一招如何精妙。赵恒岳招数狠辣，他幼时混迹街头，各样不要命的打法全都学会，来周国后又有名师指点，勤奋刻苦，又兼天生高大，竟是不弱于秦文。

慢慢地，两人俱都力尽，此时秦文便开始占些上风，因为力尽之时，招数精妙就变得尤为要紧了。眼看着秦文一个翻身将赵恒岳压在了身下，他以身躯压住他的双手，而后自己的双手伸到他脖颈之中。平时的摔跤比赛到此时底下的人就会道声"输了"起来，然而赵恒岳却硬是不说，秦文手上就渐渐加了些力。

陶花紧咬住嘴唇，看他手上力道越来越大，刚要出言示警，却先听到了秦老夫人无比低沉的一声"文儿"。

秦文的手顿时一松，便在这一松的空儿，赵恒岳翻身而起一头往他胸口撞过去。两人一齐跌倒，全都在地上喘息，一时间竟都起不来。

郑丞相急命侍卫将两人隔开，再抬两幅担架过来，而后他与秦老夫人对望一眼。秦老夫人也是习武出身，懂得观战，她轻叹口气，"这一跤，算是和了。"

郑丞相也点头，"正是。"

陶花一直看着他二人打斗，知道赵恒岳受的伤要比秦文重，他用的全都是不顾自己而硬使蛮力的打法。她就先走到他担架旁边去看了看，问问他有没有骨伤。他只是看着她笑，连说话的力气都没有。

她再回头看看秦文，他眼神冷冷地，满身泥土却一样高傲，躺在担架中只对她说了一句话："你立刻从宫中搬出！"

陶花愣在当地。人群已经散去，明月高悬，夜空万里无云。

她把前情回忆一遍，所有的事情，都变得如此清楚明白。他待她的心意，远远超过了她的想象，也从来不是闹着玩。

神思飘忽时小金到了面前，低声禀报："将军刚刚交待，公主先住到秦府去，他已经吩咐人打扫房间了。"

陶花转头交待侍卫："我今晚住到秦府，你们去宫中帮我拿随身的东西。"

林景云皱眉，"这大半夜的……"却不敢违拗她，带了几个人走了。

林景云刚刚离去，郑丞相疾步从一侧跑过来，到陶花跟前深深一揖，"公主，老臣有些话，不知道会不会冒犯公主。"

陶花知道他是个明白人，便点点头，"丞相有话但讲无妨。"

郑丞相还没说话，人先扑通跪地，陶花急忙伸手去扶，他却是不起，只是微微叹口气，缓缓言道："这从古到今，便流传有无数倾国倾城的故事，妲己妹喜、褒姒西施。也有人治国不力，就把罪责都推到女子身上，说是红颜祸水。老臣从来不觉得这祸国之罪该由女子承担，正如古人所说，'西施若解倾吴国，越国亡来又是谁'。只是，老臣却觉得，若能有一个贤明识大体的女子辅助督促，这本该亡国的或许就有了转机，这本该疾苦的天下或许就成了太平盛世。"

陶花站在当地细心聆听，一言不发。

郑丞相伏头于地，声音低了下去，隐隐约约听到他说："大王是我和先太子教导出来的，政事上一向明白，也懂得广施善行，可是他本性却有些随他生父的暴烈，不顺心时会发作一下，自从与公主情苦，那是时不时便要发作，无辜杀人的事，也不是没有过。"

陶花微觉惊讶，"他从没有在我面前如此。"

郑丞相抬起头来，"所以我才来求公主。咱们周国这数十年来没有一日太平，如今万幸遇到了明君，也是历经几代积累才能教出一位好皇帝，公主你怎忍心让我们的心血全都成空？老臣本意是想要公主尽快嫁入秦府，再为大王选一位贤妃，可谁知，他却已禁受不起了。情之苦处，老臣也是过来人，难以责备、难以规劝，只有眼睁睁看着他举措越来越无理失常，公主属意他人又是众所周知之事，只怕这样下去，天下终有混乱一日。"

陶花听到此言，不由后退了两步。郑丞相以头叩地，咚咚作响，"公主，请你体恤天下苍生，要知道，百姓战乱流离之苦，远胜过这金门玉户中的相思情谊！"

陶花微微一个踉跄，她早已明了他的意思，心中凄苦万分，"可是……可是……"

郑丞相声音渐高，"老臣一直以为，公主便是那贤明识大体的女子。公主出身陶氏重臣，自幼得忠义侯教导，又是亲自领军上阵的将领，自然是明白天下祸福所在。公主若肯辅助大王治理天下，这大周国的百姓从此不必受苦！"

陶花的眼泪盈上眼眶，哽咽着说道："丞相也知道，秦将军……他……他为我身受重伤，我怎可负他？"

郑丞相长长叹了口气，"此事公主不必忧心。将军既然出身秦家，又怎会不明事理，公主可知道秦将军的身世？"

陶花一愣，微微摇头。赵恒岳曾把自己的复杂身世毫无保留告诉过她，秦文却是从来没有。

郑丞相低头，"秦家之事，我不便多言，公主尽可去问秦老夫人，问问她是想让你嫁入秦府，还是留在大王身边服侍。"

陶花茫茫然站在当地，只觉心中千头万绪没有一个可落脚之处。她也想不起来去扶起郑丞相，只是心神恍惚走了开去。郑丞相既然让他去问秦老夫人，她也就迷茫着吩咐车驾去了秦府，她今晚本来也就打算来这里住。

此时已是深夜，秦府竟然灯火通明。秦老夫人在正厅接驾，看见她的神色也已经明白大概，不由也叹了口气。

陶花眼眶仍是微红，想要开口，却是说不出话。

秦老夫人遣退众人，离座走到她跟前，轻轻揽住她拍拍肩背，和声道："公主，不瞒你说，老身看见你如此伤怀，倒是放下了一大半心。你若是一意要跟大王争个短长，老身倒真的放心不下了。唉，只可惜，这么贤明识礼的女子，我秦家竟是娶不到了。"她说完才放脱怀抱，回到自己的座位上。

陶花稳住心绪，望着她说："郑相让我来听听秦将军的身世。"

老夫人点头，缓缓说道："是，我秦家失却的好媳妇，并不止你一人。"

"我儿秦重平，当年在朝中执掌虎符，那也是军功赫赫，一剑能镇百万兵，若论英俊无双，比文儿今日有过之而无不及。那时因为公主争嫁，还惹得后妃不和。二十一岁时得娶孙皇后膝下的轩云公主，公主是深宫中长出的弱女，我儿却是军旅中长成的将领，重平对她虽然礼敬有加，我却知道他并不喜爱。后来，吴越自立为国，重平率兵讨伐，在长江岸边与吴越国血莲教交战，就在扬州碰见了血莲教圣女文瑾瑜。他们二人久战不能决胜负，起了惺惺相惜之意。时值夏季，长江起了水患，血莲教是绿林队伍，并无应对之策，我儿便以水攻夺了扬州城。城中败兵逃亡时，他不追敌寇，反倒是遍寻水中，在观音山下救出那文瑾瑜姑娘。江水寒冷，文姑娘受了风寒，他日夜侍奉在侧，唉，也是前生冤孽，两人就这么要好了。"

秦老夫人微微叹了口气，"只是那文姑娘既是血莲圣女，失了处子之身便自愧于教中，当夜就回去领罚。她不辞而别，重平遍寻不着，朝中又已经听见了风言风语，皇后亲下懿旨，召了重平回京。轩云公主也有她的傲气，避居宫中不肯见他，如此一年有余。这一年之中，所得吴越城池又尽皆失去，吴越大军竟然北上，有了与周国一争高低之意。圣上无奈，只能再次令重平为将，又请出我来任监军之职，以防变故。这般他才终得出京。在扬州城下驻营时，文姑娘抱着一个婴儿来见他。她犯了教中重罪，本该受死，但那血莲教主却对她倾心已久，设法保住了她的性命。文姑娘已知自己有孕，也就勉力求生。只是，那教主如何容得下这个孩子？幸而文姑娘强悍，在产床之上与人动手，拼死救下了这个婴儿，带他出逃。这便是文儿了，他的名字是重平给取的，自然是为了爱重他的母亲。"

陶花吃惊，"原来秦将军竟不是轩云公主的孩子。"

秦老夫人点头，"这段往事我们没有跟他细说过，如今也是该说的时候了。轩云公主待他如同亲生一样，几次护住他性命，否则以孙皇后的脾气，断不会容他活在世上。重平在扬州重遇文姑娘之后，孙皇后催得先帝连下几道金牌，要召重平回京，杀死文姑娘。那时两军战事正急，重平带了他们母子两个想远走避世，临行前来跟我辞别，我当场质问他：若他这么走了，吴越国挥军北上，何人可挡？他答不出来。我便斥他，以一己之私，却要天下百姓陪同受罪，且先不说我秦家一门老幼的性命。他跪在地上，甘受我的斥责，万分为难之至。后来，那文姑娘看见如此情形，不忍他作难，当场横剑自刎。重平一看见她取剑便扑过去相救，可是文姑娘身有武功，动手也甚是利落。重平扑过去，刚刚好，她颈中鲜血喷出，全都溅在重平脸上……”

秦老夫人说到这里，手覆前额低下头去，良久之后方才缓缓抬起，眼眶发红继续说下去：“重平第二天就病倒了，收复吴越从此成空。只是他们忌惮重平，也不敢再北上，于是就成了割据之势。轩云公主听说重平卧病，立刻从宫中赶到军前侍奉，再也不提旧日嫌隙，以皇室之尊，日日亲奉汤药，又处处维护文儿，待他十分慈爱。后来重平慢慢病好了，几年后两人也就有了梧儿，此后夫妻一直和睦。直到文儿十五岁那年，江淮一带有人私通吴越国作乱，重平率军平叛，苦追匪首直至吴越境内，在扬州城外观音山下落入敌国军队陷阱。本来，以重平的身手，就是千军万马也该能冲得出来，他却认出了那里是他和文姑娘相遇之处，不肯突围，就死在了那里。文儿已经长成将才，秦家军后继有人，想必他也可放心伴她去了。他死之后，轩云公主自尽殉夫，留下秦文、秦梧这一对孤苦的孩子……”

秦老夫人再次低下头去。陶花听见如此惨烈悲痛的故事，也觉伤感。秦老夫人却是惨淡一笑抬起头来，“公主，生在将门官家，便该知道承担天下祸福，为圣上分忧。你看那文姑娘虽然出身草莽，却也知道一死以释夫君与百姓，如今……如今却无人要你性命，人人都知大王对你爱重万分……”她叹口气，“唉，我也知道你和文儿要好，曾想借着这次庆功宴促成你们的婚事，谁知道大王对你的心思已经比我们想的都深了。事已至此，那也没有别的办法，只能望公主体恤苍生疾苦……”

陶花低下头，喉中哽咽，“我怎么能让秦将军伤心？他重伤才愈……”

秦老夫人缓缓摇头，“他是我的孙儿，我自会开导教诲他，公主不必挂念。只是，我今日也明明白白告诉公主，既然出了此事，你再想进我秦家的门，那是绝无可能了。”说着她把面色一沉，“为了情事，竟至幽州军回调，你们两个做得出来这等好事！”

她面色严正看住陶花，“我们秦家历代多得圣恩，尤以大王为最。梧儿自契丹归来便有心事，为着罗将军不肯下山为官，他是绿林中人，入仕朝中总是有心结，大王为此三上落霞山，终是说动了罗将军；文儿受伤，若不是大王舍城，又怎请得动神医来治？便是伤好了，将他留在乌由镇守北疆也是情理之中，何况大王又对你有心。可他却是亲自来跟我说，文儿重伤才愈，又是我唯一的孙儿，我们一家上下必然挂念得紧，当然要回来。大王如此仁善，你们却在盘算着起兵，这等不忠不义的事情，也不怕背上万世骂名么！”

陶花低头，“我……我没有。”

秦老夫人冷声答道：“好，那么就算此事是文儿主谋，我也原不该训诫公主。你虽不是赵姓公主，却掌着大周军权，大王待你怎样你比我们都清楚，别平白辜负了这份信任！这天下虽不是一个人便能为所欲为，可你们也得看看，谁能替得了他！谁能抗衡李涵庆二十万淮南军！淮南可是先太子的封地，那李涵庆，更是大王心腹中的心腹。你们两个人纵可单骑冲出，把两百口秦家老小置于何地？把百姓们置于何地？幽州军与淮南军内战，契丹吴越来犯，你们又把大周天下置于何地？！”

第三十章　诉情

窗外敲了两声鼓，二更天了。

月明星稀，几只麻雀被惊起，绕树飞了几圈，不知何枝可依。

陶花出了秦府大门，正碰到林景云送东西过来，她摇摇头，“回去吧。”

林景云看她面色，不敢多问，又陪着她登车回去。

她在哀痛之中不愿多想伤心事，便转开话题随口问他了一句：“你母亲的事怎样了？”

他低头禀道：“我刚接到父亲的家书，说是宫中遣了一名专治疹证的御医到渤海县，治好了县令夫人的顽疾，县令亲自上我家登门谢罪，我父母从此可以无忧了。”陶花点点头。他又续道，“没想到大王如此细心，我……我……”

陶花惨淡一笑，“你也是要变得跟旁人一样，劝我从他了。”

林景云却断然摇头，“不会，我仍是要劝公主追寻自己真心所系，只是，我以前并不知道他待你如此周到真诚，还以为他只是为得美色。”

“美色？”陶花一撇嘴角，“他从不觉得我美丽，我第一次见他时……唉，算了，往事不提也罢。”

林景云听她口气仍是心烦无比，便多问了一句：“公主心里，是想要秦将军？”

陶花叹气，“现在，还能轮到我来说想要不想要？”

“那您是要依顺大王？”

“做梦！”陶花险些跳将起来。

她是纵横疆场的大周名将，她是排名《兵器谱》榜首的陶花箭，宁折也不会弯，流血也不流泪，一听到“依顺”这两个字，她就想撕成碎片！

林景云一笑，因坐得近，说话也就无忌了些，“公主啊，就跟小猫被踩到尾巴一样，不对，是踩到痛脚，一只脚受伤坏掉了，还正巧被人不偏不倚踩到这只。”

陶花冷哼一声：“他以为他这么对我，我就会屈服了么？我早晚要把这只痛脚斩掉！”

“斩掉您自己不疼么？”林景云目光灼灼追问一句。

“疼也得斩，谁叫他坏掉了！”

半晌，林景云叹气，“公主啊，您真是个傻姑娘脾气，您要是真的想跟秦将军在一起，就该转转脑筋想想办法。”

“都到现在了，秦老夫人都赶我出门了，还有什么办法可想？”

他苦笑，“公主，秦老夫人年事已高，你们两个若真是情深似海，难道还不能等等？”

陶花不语，过了一阵，幽幽说道：“这天下之大，莫非王土，就算我们两个人能彼此守候，又有什么地方可以容身？”

林景云一笑，“大王给‘鬼师傅’封送了一座城池，是西北边陲的酒泉，大王说了，所有事务财政都由‘鬼师傅’掌管，他不会插手。”

陶花一愣，先好奇问了一句：“他为什么要酒泉？那地方风沙大，又偏远。”

他叹了口气，“听说，‘鬼师傅’是西凉人氏，因为皇位争端被嫌忌，逃到了中原。他日夜思念家乡，于是就常住在酒泉，不时登上阳关遥望。”

“真可怜。”陶花也一同轻叹，又说：“你知道的还挺多。”

“我是江湖人，当然都知道些，我见公主这么难过，也就想尽办法帮您出出主意。”

陶花沉吟不语，半晌说：“景云，如今，我只能靠你了。”

林景云点头，“为公主分忧，是我本分。”

陶花抬起头来看住他。脸色郑重，“你想办法帮我传个话儿给秦将军，告诉他我怎么都不会嫁给大王，必然会等他，我就不信小满他真的不娶妻了，总有一天能让我们守得云开见月明。到那时我们就到西北去，离开他远远的。”说着她取出一支木箭，一折两半，递了一半给林景云，另一半放入自己襟内，“我们两人有断箭之盟，在乌由一战时用苦肉计给弄丢了，把这个给他，他自然明白。”

林景云接过断箭，躬身答：“遵命。”

林景云办事周到利落，不出三天就给陶花带了回话：“将军说，等到他伤好了就请驻阳关，在那里等候公主。”

陶花到此才觉得神情气爽些，从此后每日只是早起晚归练箭。赵恒岳伤重不便起身，虽然同在宫中，却是连面都没见过。只有躲到无人处了，她才会悄悄问起大王的伤势，还密密嘱托不可向旁人提起。

这么过了七八天光景，长宁宫的侍从来请陶花过去，说大王要看看她的铁箭令。她刚刚练箭回来，挽着弓就过去了。

她把几支铁箭令往他跟前一横，“想收就收回去吧，不用拐弯抹角的。”

赵恒岳仍旧卧床，半欠起身子小心翼翼察看她脸色半晌，轻声问：“真的这么生气？”

陶花冷冷转头，“不敢。”

他小声为自己辩解：“说好了比武招亲的，要是不许人下场，那还叫什么比武？”

她冷哼一声：“你以为我是为这个生气？”

他变得不明白，“那是为什么？”

“不为什么。”她神色如冰，不想跟他多说一句话。

他的神色已经由刚刚的好奇变得严肃，“阿陶，告诉我到底怎么了。你要是怪我下场，再怪我我也还是要下，不然这辈子都会后悔；你要是怪我喜欢你，那我是没办法，请你原谅；可要是怪别的事情，你得让我听听到底是什么。”他虽然一向眼观六路、耳听八方，这次的事情却没人跟他通气，郑丞相和秦老夫人都不打算来传这个话儿，不想让他觉得自己得到美人是依靠权势。

陶花依然面孔森寒，“我没生气，我说了不敢。你是周国大王，万民仰望，我就指望着你平平安安规规矩矩的，就是我这小民的福气了。”

赵恒岳思忖半晌，问了一句：“秦老夫人不敢让你进门了，是么？”

陶花看他已经猜出，也就不再避讳，恨声道：“赵恒岳！我在契丹雪地里把你救回来，到头来你就这么对我！”

他听见她把话说得这么重，“咚”的一声仰头栽到床上去，望着屋顶不说话。

她继续发怒，“你听着，我陶花生平最恨的就是被人胁迫，最不怕的也是被人胁迫！当初拿凌迟陶若来胁迫我父女，我爹爹就让我一箭射死了陶若！”

他声音里无喜无怒地平平答了一句：“阿陶，凌迟陶若的不是我。”

她却更加大怒，“那你就试试，看我会不会嫁你！不让我嫁他，那好，我不嫁就是了！可你，你就是收了我的铁箭令，你就是把我筋骨打断了绑到床上去，你只要敢近身，我也要咬断舌头喷你一脸血！”

窗外一根枯枝似被她的高声震断，啪地跌落到地上。

赵恒岳侧过头来震惊地看着她，似不相信她会对自己说出这么狠的话来，他的牙齿已经微微有些发抖，要勉力才能平住情绪，过了好一阵子，才说：“阿陶，伤我的心，就让你这么高兴是么？”

他的唇角竟然有了一丝微笑，“如果伤我能让你舒服些，能让你现在不这么混乱难过，那你想说什么就说吧。可是，我得告诉你，自那天校场比武之后，我什么都没做过，我怕你生气，这几天一直惴惴地想着怎么跟你解释。今天刘太医来瞧伤的时候，悄悄跟我说你问起我了，还嘱咐他不许跟别人说。我就知道你是想我了，还硬撑着不肯承认，那我想着，我就找个由头让你不掉价地来看看我，所以，就说了想看看你的铁箭令。”

陶花绷着嘴唇，不答一语。

“自从你知道家仇的事，咱们俩天天都在一起，你总说咱们是亲人啊朋友啊，没别的，我也不戳穿你，你是女孩子面皮薄。可是阿陶，你知道，咱们俩既不是姑侄也不是姐弟，你跟我在一起，难道不是每天都开开心心的？你肩膀不好，我亲手去学的推拿，每天帮你按肩膀，你也从来没有推拒过，现在说什么绑到床上这种话，你……

“我也不知道该说你什么了，我也不舍得拿重话说你。我要是想对你用强，还用等到今天？还用得着处心积虑隐瞒你家仇的事情？当初为了让秦老夫人答应这门亲事，我也是跟媒婆一样快踏破她家的大门了，好在后来宫变，咱们掌了权，她再没什么推脱余地。

“不错，秦文一身好武功，人也长得俊，世家公子，文武双全，十六岁的时候就让萧二小姐心动到私许终身。可是，他这些也都是他的家族教给他、传给他的，你喜欢他这些，你就得接受他的家族。秦老夫人不让你进门了，你就得自己想办法去争，你跑到我这里来发什么脾气？我早跟你说过，你的侄儿小满已经走了，被你伤透了心，再也不回来了。他隐忍着五年相思、一心一意帮你，到最后还要被猜疑是为了权柄、是为了什么赤龙会，那好，他就走了，反正他已经帮你得到了秦家的婚约。现在秦家悔婚了，你跑来找我，可我不是你的侄儿小满，我——”他转过头来盯着她，“我是想娶你的赵恒岳！”

他又把头转开，仍望着屋顶，“我知道，我没有他好，咱们俩在燕子河边第一次遇见他时，就为这事吵架了。我的武功不如他，可我拼着受重伤，也不能输给他；我的文采不如他，可我能每天耐心地教你认字；琴弹得也不好，可是阿陶，你也听不懂那些东西……唉——”他说到这里叹一口气，“这么一条条说下来，才真的知道我是没有一样及得上他，怪不得你不喜欢我。我是沿街讨饭长大的，怎么比得过他这世家出身的贵胄天骄？我本来还以为，你跟那萧照怜不一样……”

陶花上前一步，语声中的寒意减去一些，“别这么说，我知道你对我好。只是……”

“只是什么只是？”他的声音猛然提高了，狠狠瞪着她，“小满已经走了，也早就跟你说清楚了。乌由阵前，你还跑到我怀里哭什么？你自己投怀送抱，还要怪我喜欢你么？”

陶花又羞又恼，怒道：“你……你……”

“我怎么了？我从来没对你有过一分一毫的坏心眼儿，可你今天居然跟我说什么胁迫强娶这种话。陶花，你给我听着，我要是真的想对你用强，你连咬断舌头的机会都没有！”

她这是头一次听见他叫她的全名，退了一步，不知怎的有些伤心。

他急忙把眼神转开，不去看她伤心的神色，他怕自己心软。他冷冷地说：“既然话说到这儿了，那咱们来说说今天看的这铁箭令，我就是收回你的铁箭令，难道你还冤枉么？你拿着它们，指不定哪天就拿去调幽州军回京了！”

陶花一阵惊惶，明白他已经知道了幽州军回调的事情，她急忙辩解：“没有，那不是我……”又赶紧改口，“不，不……那是我。”

赵恒岳一声冷笑，“是谁都不打紧。擅发军令的，跟知情不报的，全都应当是死罪。我杀你们两个，那是我做周王的本职份内，没有灭族，那是我格外容情。”

陶花大惊，“恒岳……不，大王……”

他转过头来，半笑半恨地看着她，“你要是想让周王忘了这件事呢，也成，过来亲亲我。你刚刚不是说你不受胁迫么？”他脸色陡地寒下来，“那咱们今天就来试试！”

陶花低头垂目半晌，“恒岳，你别闹。”

他不答话，冷冷向外呼喝：“来人，传那几个幽州军将领来见……”

他话还没说完，陶花已经走近床边，俯下身去拿嘴唇按住他的嘴唇。

赵恒岳伸个懒腰斜着眼推开她，“我让你亲亲我，不是让你来咬我，不算！”

陶花却也已经被逼到了极限，她忽地大哭。

这份眼泪从校场比武那晚一直忍到现在，没在郑丞相跟前落，没在秦老夫人跟前落，却是在他跟前落下来了。

她一边大哭一边数落念叨：“我知道自己笨，可你从来就没跟我当面说明白过。后来出了个晓虹，你跟她那叫一个亲热，连马场都不许我进，还跟我说你要走了，再也不回来了，你以为我那时候不伤心吗？乌由阵前我去找你，我……我只有你一个亲人，那我还能去找谁？契丹一战，他为我舍身，你居然都不告诉我，这么大的事竟然故意瞒我，这算什么？柳姑娘、罗三哥……所有人都看我的笑话！你不想让我嫁，那你就跟我直说，当着所有朝臣将领的面下场去比武，你……你让我如何面对大家？以后，还有谁敢要我？”

“我要你！”他毫不犹豫接了这句话，伸出手来抓着她，“我要你，阿陶。你别哭。”从来没见过她哭得这么厉害，他立刻思维混乱起来，恨不得她要什么就给什么，她说什么就应什么。

她重重一掌打开他的手，“可我不想跟你！我要是跟了你，全天下都知道我负心，都知道我陶花贪图权贵嫁给大王，撇下了为我一身伤病的秦将军……”

“不是，你不是贪图权贵，你是被我逼的，好不好？”他就像哄一个小孩子一样地安慰她。

“那更不好！我陶花铁箭，打遍契丹中原，到头来屈服给一个帝王，我不受这样的折辱！”

“阿陶，战阵之事，不是一个人说了算，你的铁箭再强，也强不过千军万马，就当是我胁迫你吧。”

“你敢！你把我逼急了，我真的就拿铁箭令调开京郊驻军，跟他一起逃到西北边塞去！什么大周天下，我才不管，我长在契丹，不是为了父亲才不来什么周国！”

“阿陶，你们走不了，他还没有回到京城，我就已经亲自到京郊驻军下令，一月之内不受虎符调遣，只听我和身边几个亲信侍卫的命令。”他随口就说了出来，他看见她这么汹涌的眼泪已经完全失措，只想赶紧安慰她劝服她——不是她屈服，都是他的错。

陶花却顿时呆住，瞬间浑身冰冷。她虽然在情事上和赵恒岳有分歧，但一直在军事国事上全心信任他。他把虎符给了她一份，她心思单纯，自然也就受人之托、忠人之事，从没有过二心，秦文提起反叛之意时，她也立刻反对了。此刻却如兜头一盆凉水泼了下来，原来她细心保管的虎符只是虚设，原来他竟是处处防范着她。本来，她应该知道作为臣下总不能得到君主的完全信任，总要有些防范制约。可是此刻她竟不知为何胸中气血翻涌，头脑中混沌一团难以静心考量，只觉冷得浑身发抖，转身就出了门。

赵恒岳立时知道失言，不顾伤势从床上跳起来追了出去。他身上伤还没好，站都站不利落，只是拦住她轻声细语致歉，跟她说不是不信任她，自己肩负举国安危，不敢怠慢。

陶花已经气得颤抖，心中波涛翻滚混乱不堪，恨声起来直言无忌，“你……你原来就是这么对我的……我对你可是……可是……”她说到这里猛然顿住，她想要说什么？

他对她怎样，已经完完全全说明白了，那么，她对他呢？她这话是要接什么样的下文？

心里头一阵诉说不明的恐惧，陶花转身要走。赵恒岳在一怔之后，一把拉住她臂膀再不放手。

陶花不去看他，不停转身想要甩脱他手臂，他却是更加紧紧抓住一刻也不放松，两人就在门外争执着，谁也不肯先让步。

她渐渐焦急起来，手上使力也重了，最后是用了“推云手”去推。他竟不躲闪，硬生生等她推到手上，一击吃痛，手被震开去。

陶花并未使足力道，否则他此刻手臂早已折断。她见他松手，立刻自随身箭囊中取出铁箭虎符，重重掷到地上，起步便要绕行离开。

此时正是暮春，万物生机，道路两旁的草坪上也满满都是绿意。佳人的红裙拂过草面，拂过那曾连系两人的铁箭虎符，眼看着就此割断这份信任，连裙角都要消失不见。

赵恒岳心内又是悔意，又是情意，再加上十分焦急，猛然间重重跪到地上。

在外的侍卫见此情景，都不知该如何自处，想要一起跪下，这样一来却又显得人人都看到大王下跪了，也是不妥。林景云跟着陶花过来的，也在门外，他把目光转向别处，只当什么都没看见。其他的侍卫见他如此，也就都学着转开了目光，远远避开。

他跪在地上，模模糊糊似在说：“……我错了，我知道你也是真心喜欢我，早就知道……”

陶花大为气恼，“我那是口急说错了！”说完就懊悔，这岂不是承认了刚刚的下文是这句话么？

难道，刚刚她想说的下文，真的是这句话？她自己都不明白起来。

他伸臂抱住她双腿，“说错了我也要你。”

陶花再也走不脱，只好探手挽起地上的人，“跪什么跪！不知道男儿膝下有黄金。”

“黄金有什么稀罕，阿陶才是宝贝。”

“可这天底下也不是所有宝贝都归你。”

“其他的我都不要，只要你这一样。”

“还就是偏偏这一样，已经许了旁人了，岂能反悔！”

又过了十数日赵恒岳才渐渐开始起床走动，陶花却是一日不比一日，最后病倒了。

这一病迁延数月，周身寒冷酸痛，整日昏沉于床榻之间，箭术武功都生疏不少。御医说她是恸哭之后受了冷风，寒气入骨所致。

赵恒岳在旁叹息，心中已生悔意，却又不忍放手，只能衣不解带在她身边照顾，三餐都是亲手服侍。病重那几日他在陶花房内搭了个睡榻和衣而卧，半夜里她痛醒时一直叫冷，他即刻紧抱住她，以身体给她温暖。这么下来，陶花虽然气苦，对着他却也说不出什么狠话来了。

『第三卷』箭指吴越

天下之大，可以有千百个永嘉，四海之内，却再无第二个陶花。

她说："永嘉如此难攻，请将军三思。"

他说："攻城为下，攻心为上。"

第三十一章　和亲

等到来年开春，天气渐渐暖起来，陶花的寒症才慢慢好了。起身之后第一件事就是去练箭，而后又把罗焰叫进宫来演习了一遍“推云手”。

陶花一边拆招一边低声询问：“他还好么？”

罗焰点头，“还好，只是话更少了。”

当晚赵恒岳留罗焰在宫中饮宴，把秦梧也叫了来，陶花才知道他二人已成眷属，只是因她在病中就没请她去婚礼。

席间四人说起吴越国事，秦梧口口声声说想要出兵讨伐。赵恒岳笑道：“是你想出兵，还是你哥哥想？”

秦梧也是一笑，“我眼下还不能独自领兵，自然得带着他去才行。”

罗焰大笑起来，“好，是你带着他，从小到大，都是你带着他，不是他带着你。”

秦梧不恼这讽刺之语，倒是顺水推舟更加得意道：“那是当然，他除了战场上争先，其他时候都慢吞吞的，又说过天下不定便不婚娶。我再不催着他去，奶奶要着急坏了。”

罗焰听到此处，斜了秦梧一眼朝她使个眼色，秦梧却不退缩，硬硬回瞪他一眼。

陶花轻轻咬唇，侧头问坐在身旁的赵恒岳：“吴越之事，大王有什么打算？”

赵恒岳柔声道：“这里没有外人，你不用叫我大王。罗焰是你三哥，秦梧是你新嫂嫂，又是我的表妹，咱们都是一家人。”

陶花改口，“好吧，小满。”

赵恒岳却沉默不言。

陶花等了片刻，见他一直无语，只好叹口气，“恒岳，吴越割据已久，此番兴兵须当从长计议，也要找一个合适的由头。”

赵恒岳这才点头开口，“我也这么想，一直在苦思一个好借口，巴不得吴越先来犯边境。这一战又是大仗，秦家兄妹两人是不够的，邓将军要留驻幽州以防契丹，李涵庆的老母亲卧病在床，不合适叫他，阿陶你恐怕要出阵领兵了。”

陶花即刻点头，“那是自然，收复吴越也是我的心愿，自然是要奋勇上前的。”

赵恒岳微微一笑，“这收复吴越如今已是众人心愿。吴越不服，秦将军不娶，孤王这卧榻之侧，便总有人酣睡。”

陶花闻言微微皱眉。

赵恒岳伸个懒腰，“既然你们都去，那我自然也得跟着，免得……”他后半句话被陶花给瞪了回去。

罗焰赶紧出声打破僵局，“听说吴越朝中也在忧心此事，有大臣献计和亲呢。”

陶花一哂，“忧心别国来犯，应当勤加练兵，先去想什么和亲之策，已经输掉一阵。”

罗焰点头，“这吴越皇帝生在深宫，长于绮罗，听见刀兵就先害怕。听说主战的官员都不被重用，倒是这和亲之策甚得他欢心，只不过……”他顿了一顿才说下去，“这吴越国中只剩一位未出嫁的公主，都说是一位稀世美女，乖巧伶俐，品貌才华都是一等一的。吴越皇帝爱若掌珠，竟然颇不舍得，这才留她到如今都未出阁。”

赵恒岳淡淡扬眉，“真要不舍得倒是正好，咱们以此为由发兵，让吴越国中都去埋怨那个皇帝。”

陶花听到他开口才回过味来，问众人：“这和亲……是给谁的？”

秦梧和罗焰一起微笑，“当然是给大王。”

陶花侧头，赵恒岳即刻倾身过来，伸手在案下重重握住她的手腕，低声道：“阿陶，我不会当真娶她的。”

陶花忙大力摇头，“恒岳，你也到了年纪，娶吴越公主是一桩般配的好姻缘，只是不知她能不能忍下将来的灭国之恨。”

赵恒岳脸色有些黯然，沉声对罗焰说：“我刚刚接到讯息，吴越皇帝已经派了使臣送公主出来，看来他是终于决定和亲了。此时咱们出兵十分不妥，有伤人和，还是好好待这使臣，尽快迎娶吴越公主。等她嫁过来，我自然有办法把她给逼得逃回国去，到时候咱们就师出有名了。”

陶花皱眉道：“好好的亲事，你怎么现在就想着要害人家？她只是一个弱女子……”话还没说完，赵恒岳已经恨恨起身离席。

该吃醋的时候不吃，也是一样会惹恼人的。

数日之后的清晨，陶花仍是起个大早出去练箭，身边只带着林景云和他在赤龙会中的三个亲信属下。到了郊外她日常练箭的那片树林，陶花刚刚下马，就听见前面传来一阵笑声，接着有一个紫色身影走过来，一边下拜一边说道："人言公主丽色如花，今日一见是有过之而无不及。"

他话音未落，林景云已经飞身冲出，隔在他和陶花之间。那人一笑，抬头道："林七爷忠心可嘉，但我并无恶意。"

陶花看了他一眼，忍不住心内稍稍吃惊，对方是个艳丽至极的少年男子，眉目间尽是风流之态，顾盼横波，华光耀目，这一笑之间，竟让人心神荡漾不已。

林景云看见他面容后退回陶花身边，轻声道："这是谢怀畅，吴越国使臣，听说是今年吴越国的探花。"

陶花又看了那人一眼，淡淡开口，"既是吴越使臣，该当拜见大王，为何在此处拦住本宫？"

谢怀畅仍是一脸笑意，再次下拜，"在下曾是金榜探花，这探花之意，自然是要探访名中有花的公主。"

陶花被他这牵强的解释给逗得一笑，又想到这是敌我交锋，顿时收住面上笑意，带些促狭说道："你吴越国不派状元榜眼，倒是遣了排第三的探花，我还以为是怠慢我国，却原来竟是为了我这异姓公主。"

那人也不以为忤，笑着回答："公主虽不是赵氏出身，却比那赵氏公主多得了三千宠爱……"

陶花当即大怒，"什么叫做三千宠爱？本宫未嫁，你敢如此口出狂言！"

谢怀畅尽显江南才子风流之处，也不跟她动气，一笑说："公主跟在下申明未嫁，是何意啊？"

陶花气到最后张口结舌，一句话也说不出来，也不敢再说，反倒苦笑起来，"你找我什么事？"

谢怀畅再次下拜，神色掩在衣袖中看不清楚，只听见他低低的声音："我昨夜刚刚去过秦府，带去了吴越国宝'绿绮'，将军爱极，抚琴至黎明，琴声凄切，密密相思，想必公主心中也明白。"

陶花缓缓地下了马，想要开口却不知道该说些什么。谢怀畅走近几步，"我有些话想告诉公主，却不知道……"他抬头看了看跟在陶花身边的侍卫。

陶花把林景云叫在身边，而后挥手让其余人等退开。谢怀畅这才开口，"我国圣上是性情中人，不喜刀兵，却是爱惜将军与公主这般的英雄美人、良缘天成。听说公主如今陷于深宫之中，圣上也为你二人忧心，这才遣了靖玉公主远嫁。只是么，靖玉公主虽然也是美人，却没有把握能得周王之宠，还要请公主教个计策才好。"

陶花点点头，已然明白吴越此番来使是做了周密安排的。遣公主远嫁自然不是为了她陶花，然而要让吴越公主得到周王之宠、平息吴越兵祸，却需要她这周王跟前的女子来教导了。若在平时，她是倾力也要为之，巴不得赵恒岳能与旁人坠入情网，她和秦文从此高枕无忧。可是此刻，她面对敌人，心思便不能不多一层。

陶花沉思无语时，谢怀畅又悄悄进言："就算事不能成，我们也有意安置公主和秦将军往吴越国中。”

陶花大惊，“京郊大军十万人，你一个吴越来使，怎敢口出此言？”

谢怀畅却微笑，“我自有办法送你出城，到时你二人进可列于吴越朝堂，退可居于江边水乡，便似世外桃源一般。”

世外桃源，陶花忍不住心驰神往，目光中也游离了一阵。她又低头沉吟片刻，轻声道：“你等我几日，要走也得安排一下。靖玉公主之事，也须容我几天想个好计策。”

谢怀畅大喜点头，“但听公主佳音。”

陶花上马回宫，路上她问林景云：“此人多大年纪？”

林景云回道：“今年的新科探花，听说还不到弱冠。”

陶花点点头，“还好，虽然是机灵，到底还不是十分世故。”

林景云笑道：“原来你刚刚说的话都是骗他，只是个缓兵之计。”陶花本不是心思复杂之人，只是久在战场朝堂，就是看也看出了些门道。这谢怀畅却不同，虽然聪敏，到底是新科探花，并未有多少实战场合。刚刚陶花已经试探过问他吴越国为何派了这个新科探花过来，他却并未实答。

陶花带点后怕说道：“他安排如此周密，我要是不允，谁知道在林子里有没有埋伏。”

林景云却摇头，“这倒是未必，你练箭的这片树林，大王早就派了重兵保护。只是怕扰了你的兴致，一直没告诉你罢了。今天他能进来，恐怕是……”

他顿住不语，陶花侧头看他，以眼神命他说下去。林景云便轻声续道：“恐怕是有朝中重臣的腰牌，林中的卫兵便放行了。”

陶花皱住眉头，“你是说，朝中有了内奸？”想到此处，陶花心里骤然焦急，双腿一夹“火云追”，马匹纵跃出去。她回身对林景云吩咐：“速速回见大王。”说着一人一骑飞身而去，剩下侍卫们在后追逐。

陶花进了长宁宫内还有些气喘吁吁，急急问侍从大王下朝了没。侍从答说在书房，陶花又疾步跑出长宁宫，往书房奔过去。路上碰见紧赶慢赶刚刚过来的几个侍卫，她也不及说话。

书房外侍卫的警戒线有十数丈之远，陶花一看就知道是有事，立刻二话不说便往里走。

侍卫首领过来低声阻她，“公主，大王交待……”

“交待什么我也得进去！”她用“推云手”一带，把前面的一个侍卫推到后面一个身上，正好闪身而过。那两名侍卫并不是如此脓包，只是不敢真的跟她动手罢了。

刚进了书房门，迎头便听见一个熟悉的声音，陶花一路奔跑的脚步立时顿住，满心的焦急全都消失无踪。她怔怔立在门口，眼睛搜寻着他的身影。

书房另一侧的窗边立着两个人。明晃晃的正午阳光将两人的影子长长拖在地上。

赵恒岳眼望窗外，微微低着头，“虎符、铁箭令、枢密使，全都给秦家，我在亲族中选一个样貌胜过她的公主，风风光光嫁给你。”

秦文背负双手远眺群山，淡淡答道：“军权本来就该是秦家的。我确实是想娶一个公主，但这个公主得是她才行。”

赵恒岳一笑，“我以为，你对女人一向不怎么上心的。”

他的语气依旧淡淡的，“那是你看错了。何况，就算我不上心，我也不会让天下人看着她被掳走。”

“我会顾及秦家的颜面，你尽管放心，我给你选的这个公主，也一定比她强。”

“比她强？我还没见过比她强的女子。”

“这么说，你怎么都不肯放手？”

“你是打算现在杀了我么？”

赵恒岳大笑起来，“怎么这么说话！项羽和刘邦争天下，鸿门宴上也还没杀人呢。”

“你不必杀我，一样可以强娶她。”

赵恒岳脸色沉下来，“你是要逼我作个承诺是么？好，你放心，我不会因为情事动你们两人一指头。”

秦文转回头来抱拳行礼，“多谢大王。我想请驻阳关，即刻离开京城。”

赵恒岳沉默片刻，“你想走随时可以走，不过，我们跟吴越马上要开战了。我知道你的父亲死在吴越，难道你不想报仇？”

秦文抿唇沉吟，似乎难以决断。

陶花在门口清咳一声：“秦将军，征伐吴越是军中大事，你怎能错过？”

窗边的两人一起回头。

陶花走到跟前去，悄悄地上下把秦文看了一遍，他明显清瘦了些。

秦文也同样把她仔细看了一遍，而后点头，“好，那我们一起去打这一战。”说罢转身去了。

陶花还怔怔望着他离去的方向时，听见清澈悠扬的乐声在旁响起，她转头，看见赵恒岳正站在琴侧拨弄。陶花走到他身边去，一把按住琴弦，“我有事跟你说。”

“除了婚事，其他的事都不该急到闯我的书房。”

“是急事，十万火急！”

“我说过了，除非是你打算嫁给我了，咱们得赶紧准备各项婚仪，其他的，都没什么十万火急的事。”他说到最后兴味索然。

陶花怒道：“家国天下，都不算十万火急么！”

他哼了一声：“我早就说过，家国天下，都没有我的阿陶一笑重要。”

两人谈得僵住。

他绷着脸，不打算让步。

她先软了下来，“好了，是我不该乱闯你的地方，对不住。”说着一笑圆场，“要是再像上次一样撞见个姑娘啥的，岂不尴尬。”

他本来有些不悦，听见这话也就笑了，在她面颊上一弹，“没碰到姑娘，却碰到个比姑娘还俊的。”

陶花故意一撇嘴，吊他的胃口，“我今天碰见了一个，比他还要俊的，啧啧—”

赵恒岳大笑，“谢怀畅去找你了？”

她惊问：“你早就知道？”接着便把今天早晨的事情细细说了一遍。

赵恒岳心不在焉地听着，听完问：“阿陶，你也觉得这小子好看，是不是？”

陶花皱着眉，一脸苦相，“大王，我在跟你禀报国事呢。”

“哦，国事啊，国事早在意料之中。这天底下的事情，就只有阿陶我把握不住，所以先要问问你喜不喜欢他。”

“你问这干什么，莫名其妙！”

“瞧，还害羞了，你要是喜欢他，咱们就让他陪着你好了。”

陶花更加莫名其妙地看着他，“你不是说，你想……想跟我在一起的？”

“是，我说过想娶你，可这也不妨碍这个俊小子陪着你，”他微微有些赧然，“我不如你的秦将军长得俊，所以，你要是跟我在一起，我就总觉得像欠你点东西似的，这样还了也挺好。”

陶花诧异，“我又不是什么绝色佳人，你干吗要这么说？”

“可我总觉得，这天底下一切最好的东西，包括这个漂亮的谢怀畅，都应该是我的阿陶的。”

陶花愣愣地看着他，目光慢慢感动而柔和下来，“恒岳，你对我的情意，我承受不起，希望来世能够报答。这一世，我谁都不想要，只想请你成全我和秦将军。”

数日之后谢怀畅晋见周王，礼数完备，赵恒岳却在金殿之上斥责他送来的靖玉公主是假，更有谢怀畅的随从出来指认。由此又牵出左相之子宁致远通敌，当日谢怀畅入林用的正是左相宁诤的腰牌。于是赵恒岳趁此时机大发雷霆，将吴越来使连同宁氏一家全入了狱，当场下令征讨吴越。

早有侍从在变故伊始便报给陶花知道，她也吃了一惊，这么大的事情赵恒岳从未在她跟前露过半点口风。

她立刻到他下朝的路上去等着，看见他时却是一点也看不出发过脾气的样子，满面春风迎着她走过来，悄声询问：“为什么来等着我？想我了是么？”

陶花不及与他闲话，只问他：“靖玉公主真是假的？”

他点头，“我本来想着，你若是喜欢那姓谢的，就放他一马；既然不喜欢，就借此机会发兵算了。”

陶花更加吃惊，“你老早就知道了？”

赵恒岳耐心讲给她听：“我听说他们派个新科探花来使就觉得蹊跷，后来才知道，这谢怀畅跟靖玉公主竟然有情，他才一意冒死前来。旁人谁肯担这个差事？都巴不得把真公主给送过来和亲算了，只有他和吴越皇帝两人想送个假的过来。谢怀畅这人倒是很有骨气，只是他这一行人却不见得个个如此。”

陶花听到这些先没去想国家大事，先倒是微微叹了口气，“这么说来，那靖玉公主是不愿意嫁给你了。”

赵恒岳冷冷一笑，“想不想嫁也由不得她，等咱们攻下建康，我自然也要会会此女，看看到底傲成什么模样，居然连我都不放在眼里。只是既与旁人有染，我才懒得理她，别人碰过的女人，我不会碰。”

陶花虚张了两下嘴巴，到口边的话没说出来。赵恒岳看她神色似有话说又不敢说的样子，便把耳朵凑到她嘴边去，声音柔得能滴出水来，与他刚刚的冰冷腔调判若两人，“阿陶想说什么？悄悄告诉我就好了。”

陶花期期艾艾地，“其实，我……我也是……呃，与旁人有染。”她心里想的是，最好他也就懒得理她算了。

赵恒岳却一皱眉头，“你怎么一样？我从没把你当女人看。”陶花被他说得怔住，“可是，可是……我也不是男人啊。”

他微笑着揽住她，“你先是我的伙伴、朋友、亲人，其次才是女人，明白吗？作为女人，你要是喜欢谢怀畅，或者其他人也可，我都可以容忍，帮你拿到手都可以。”

陶花垂头，“那，我喜欢他呢？”

赵恒岳撇撇嘴，立刻打住换了个话题，“此次征伐吴越，由你领兵可好？你我在中军之中，秦文领左军，秦梧和罗焰领右军。”

陶花奇道：“你既在中军之中，还用得着我来领兵？”

他揽着她的肩膀拍了拍，“如今国事繁忙，只能每日往来飞鸽传书和快马信使，郑丞相也无暇跟去，我恐怕没多少时间在军中了。”

陶花知道他说的确是实情，赶紧说：“那你也留在汴京吧。我和秦将军都饱经战事了，能在军前做得了主，你放心就是。”

赵恒岳冷哼一声：“放心？我可放不下你们俩的心！”

陶花闻言皱眉时，他把声音转温和些，说起正事：“已经挑了一个月末的吉日大军出发，你既是元帅，该当率军祭旗。只是按礼法女子不能领祭，到时还是我来领祭好了。”

陶花不悦评论：“这周国礼法真是对我们女子刻薄万分。”

赵恒岳微笑着安慰她，“周国礼法不好，咱们家中的礼法以你为尊，可好？”

第三十二章　破壁

大军出行之日，铁甲铿锵声传播数十里，队伍在汴京城外排列绵延，齐齐遥望城郊祭台方向。

陶花身着轻甲，手按佩刀，与赵恒岳一起踏上祭台。众将在台下跪拜大王，陶花虽在台上，也欲俯身拜下去，赵恒岳一伸手拉住她衣袖，极快极低地说了句：“不用了，他们又看不见你。”

陶花举目一望，人人都跪着，倒是真的看不见她没有下拜。她便站在台上，安然望着台下众人，听他们山呼万岁声震耳欲聋。

赵恒岳亲手杀牲祭血，完成仪式之后，朗声对众人说道：“我平生心愿有二，一是统一天下，一是娶陶花为妻，但愿此番出征回来，两者都可成真。”

陶花心中大声叫苦，万万没想到他竟在如此场合说了如此言语。

台下众将全都重甲在身，一起再行跪礼，冷峻的钢铁碰撞声过后，人人都低头向地，瞬间鸦雀无声，却是没人说话也没人起来。赵恒岳看了陶花一眼，她猛然省到这是在等她这元帅领先开口。

陶花跪下去，这次赵恒岳没有拦她。她抱拳于顶，“不灭吴越，不归汴京！”

台下众将这才齐齐随她喊了一声。

赵恒岳握着陶花的手臂把她扶起，命大军出发。在一片号令整队声中，他向着她微微而笑，低声问道：“我的心愿有两个，你为什么只答了一个？”

三军先后而行。陶花随赵恒岳乘马车，他甚为忙碌，不停有奏折书信递上来，又需批阅，又需受颠簸之苦。陶花几番想劝他回去，却又知道必然无功。

行进数日后，终于到了吴越边境扬州城下。陶花命三军驻营，扬州驻军坚守不出，周军遂在隔日一早攻城。

陶花在后督阵，眼见城墙上的吴越守军并不多，而且服色繁杂，己方士兵已经搭好云梯，轻易就攀上了城墙。然而，当他们想要翻入城内时，双手一触城墙，迅即痛叫跌下。这么高的城墙跌下来九死一生，偶尔有些保住性命的，后队上去救援时，大多数也是一碰伤兵便痛叫跌倒，如此一来，周军出阵的士兵竟没人能回得去。

陶花心内又是惊奇又是焦虑，仗着自己有金丝甲在身便上前了两步。她近了城池些时，刚刚好看见城上一人俯身向下查看城墙，两旁不少随从。陶花见他不去看激烈战况倒只看城墙，知道必有古怪，又见两旁随从众多，猜想是个首领，立刻摘下背上弓箭，选了三支铁箭射过去。

这人正低头看着城墙，并未想到会突然有箭支来袭，何况又是连着三箭。他身手也是甚佳，匆忙躲过前两箭，到了第三箭时，他俯身到城墙上去才避过。陶花见他靠身形变换连躲三箭，正惊叹此人武功如此了得，却见他两旁众人不来寻箭手，反倒先惊慌向着此人过去。她心念电转间，已然猜到这城头怕是有剧毒，这人刚刚俯身到城墙上避箭时必是也中了毒，而他的下属此时过去定然是想施救。

陶花一不做二不休，立时又取出箭支向那人近身射过去，一时旁人就近不了他。只一片刻，就见那人倒在城上。他倒下前看了看这个害他的箭手，伸指在城墙上一弹，一团小小的绿色物事向着陶花过来。

她倒是猜到了是毒物，所以未敢用手去挡，拿铁弓一拨。那绿物到了铁弓上，陶花正想查看，却见那东西似会动一般，一跳到了她的手背。她顿觉手上剧痛奇痒，还未来得及出声惊叫，已经听见身后有人大喝“别动”，一人飞跃到她马背上，一把捉住她受伤的右手，接着一柄薄刀往她手臂划去。

陶花早就听出了是林景云的声音，这紧急之时也就并未挣扎，她对他毕竟是信任多过犹疑。眼看着薄刀在她手臂处划开，袖子顿时裂开半截，带着绿意的鲜血涌了出来，滴滴答答往下流去。

她惊惧万分，想要俯身看看那些绿血，林景云手臂一紧，仍将她箍在怀中，低声说道：“血中有蛊，幸而伤的是手背。你别动，也别说话，静等蛊血排尽，如果乱用气力让蛊虫回流，再散至全身，就难救了。”他声音低沉，语调严厉，陶花被惊得不敢言语。林景云一分也不敢怠慢，在她身后紧紧箍抱着护住她，缓缓放马回阵。

正在此时，左军阵中有一匹马奔驰过来，马上的人急急想要拉陶花受伤的手臂探看，正是秦文。陶花已知这蛊毒传播迅速，立刻着急起来。林景云当然知道她心意，替她开口阻住了秦文。

秦文看了他二人一眼，陶花的半截袖子聊胜于无，赤裸雪白的藕臂上一丝鲜血缓缓下落。林景云紧紧箍她在怀中，两人都是既不回避也不觉羞涩，显然是日常便习惯了亲近。他们二人共乘在“火云追”之上，这曾是他送给她的战马，他们两人也曾共乘此骑，那时的旖旎甜蜜，现在想来还如在昨日。

秦文脸色已经沉下来，近前想要从林景云手中把陶花拉过来。他如何能够容忍眼睁睁看着她在别的男人怀抱之中？

林景云却是毫不退让回了一句：“将军留步。”说着又低头对陶花说了一声“别动”。

秦文沉着脸看向陶花。陶花被几番叮嘱，知道事关紧要，于是只能不动不言，只是看着秦文，见他脸色沉似冰川，一侧身圈转马匹离去了。秦文是个心气高傲而不愿受委屈的人，对赵恒岳隐忍，那是为社稷苍生，那是让在明处。若让他无缘无故退后，他宁可傲然转身。

陶花眼睁睁看着他离去，身形微微摇晃发抖，林景云在背后牢牢扶抱住她，轻声道：“公主别怕，是失血过多，蛊毒并未回流。”

陶花连点头的力气也没有，只是看着自己手臂上流出的鲜血，看着那些绿意渐渐融入泥土之中。等到血色成红时，林景云探手蘸了她腕上一滴鲜血，并无异状，刚想下马，却见陶花大量失血后连独坐都难，他只好继续在后扶住她。如此回到中军阵中，陶花勉力下令收兵。

大军各自回营，在路上碰见了赵恒岳出来迎接。他并未随军出阵，只是听说陶花受伤才慌张赶了过来。走到近前看见陶花和林景云共乘一骑，他微微一怔。

林景云急忙翻身下马，想要跪拜大王，赵恒岳也赶紧下马来扶住他，不让他跪下去。他们二人这一礼一让之间，陶花却是直挺挺往马下跌落，两人这才一起惊慌接住了她。

直到回营之后喝了些热汤，陶花才渐渐稳住。赵恒岳已经从林景云口中知道了阵前情形，不由有些后怕，一直握住陶花的手不说话。

等四旁无人了，赵恒岳低声对陶花说：“你这个侍卫，竟然懂得解血莲教的蛊毒，不是那么让人放心。”

陶花对林景云一向信任回护有加，她和秦文之间传递信息也都是交给林景云办，已经是离不开他，所以她立刻回答："是他救了我性命，我不许你猜疑他。"

身体恢复一些后，陶花想起今天阵前情形，又开始担心秦文。他们两人虽然有誓约在心，却是许久没有通过气了。中间隔着一个赵恒岳还不够，要再加上一个林景云，那可真是不知如何承受了。

陶花翻来覆去想了半天，差人把林景云叫进来，低声对他说："我今天想去见见秦将军。"

林景云顿时皱眉，"不妥。"

陶花摇头，"我已经决定，你别劝我了。你去跟他说，让他到左营南面那片树林等我。"

林景云急道："一定要去，也得去营里，你现在怎么能到外面去？"

陶花见他几番阻止，而自己又着急出去，就故意把脸一沉，"是你是主子还是我是主子？"

陶花很少对他说这样的话，林景云顿时抬起头来盯着她，态度已经有些无礼。他眼神里先是有些焦灼犹豫，到后来变成无奈颓然，一片死灰神色中说："好，你去吧。"

林中日光不盛，太阳才刚刚下山，就已经黑得影影重重。一只乌鸦落在树梢停着，在暗黑林中看不清楚轮廓。

陶花为避赵恒岳耳目，特地换成了兵士服装，一个随从也没带，步行来此。然而，她在约定地点等了许久也没有等来秦文，甚至连林景云都没有露面。若是秦文有事不能前来，至少林景云应该回报讯息才对。

乌鸦死死盯着她的头顶，嘎地叫了一声。

她开始觉到不安，正要回去的时候，树林里传来轻微的脚步声向着她的方向过来。

她满心欣喜迎过去，看见是两个瘦高的男子，面容十分相似，像是孪生兄弟。失望之余还没来得及躲开，那两人向她一笑，她竟忽觉一口气提不上来，浑身软塌塌地倒了下去。

两个男子一起大笑，其中一个说："大家一起出来找，最后倒便宜了咱们兄弟。"说着过去拨开陶花的军帽看了看，"嗯，模样儿还不错。"

另一个拦住他，"哥，咱们得到这么个宝贝，还不赶紧送回去领赏？"

"领赏？领什么狗屁赏！祭到教主灵前，也算是大家兄弟一场。"

"可林护法交待过了，这个女人不能杀，留着有大用。"

"什么大用小用，咱哥儿俩还用得着听他林景云的？他入教是哪一年？嘴上才几根毛？我看他啊，不肯杀了这小娘儿们给教主报仇，多半是看上她了。"说着把手伸到陶花脸颊，拧了一把。

陶花狠狠盯着他，眼睛是她唯一可以使力的地方了，全身都酸软绵弱，心，也一阵阵地沉了下去……

原来林景云到她身边果然是另有所图，原来信任这种东西从来就不能轻易给人，给错了一次，怕是就要把性命也丢了。

这里四野无人，纵然她是军权在握的公主之尊，纵然她的铁箭令就带在身上，纵然大周军队就在二十里之内，她，却是毫无办法受制于人。

那男子一边拧着她脸颊，一边随手撕开了她的衣服。

旁边的人似还在劝阻，“哥，林护法说，有了她，不愁大周国不退兵。”

“退兵？退兵跟咱们有屁关系？你以为皇帝向着咱？把咱们派到这短兵相接的扬州头阵，连援兵都不派，教主是吴越国师，就这么死在城头。他从来就没真心信过咱血莲教！咱把这女人杀了，给教主报了仇，顾全了义气。然后咱们远走高飞，剩下的爱退兵的退兵，爱围城的围城，血洗扬州也跟咱们没关系！”

“那……那咱杀了她！可你干吗脱她的衣服？”

“她反正是要死的人了，咱兄弟不如玩个痛快的，省得杏花楼那些姑娘们总推三阻四。”

“好主意！哥，我今天才算真服了你，有义气有担当，有好事儿还想着兄弟。”

这个弟弟显然没有他兄长沉稳，话还没说完已经长刀出鞘，从头到尾划开了陶花的衣服，倒也是好刀法。

他的兄长大笑，“哈哈，看看这武林第一的陶花箭，跟寻常姑娘有什么不同……”

陶花的牙齿已经在打颤，最害怕的并不是疼痛，而是那种不知下一刻会发生什么的恐惧。所有的一切，对她都是恐惧的，懵懂少女的恐惧，未知死亡的恐惧……

树上那只乌鸦一眼不眨盯住了她，似在看着一盘美好的食物。

晚风很凉。

人的身体很热。

灼热的疼痛，让她虽然舌头不能动弹，喉中却是哑嘶了一声。

身上的人说：“没声响不好玩。”指甲在她面前一弹，解开了她的蛊毒。她立刻挣扎，却被另一人以更羞耻的方式按住。

以前看过兵器铺子里打铁，烧红了的铁块，一锤一锤打上去，直到满意为止。

虽然也曾是铁打金刚，却终是被那重锤敲得变了形状，变成另外一个自己，再不是原来的样子。

刀变成枪，戟变成剑，天空越来越遥远，旧日越来越迷茫……

模糊中，两个男人一起抓住她，箍住她所有的挪动范围。一个声音在耳边说：“小姑娘，你能撑到现在，不错啊，果然是练过功夫的。再往后，你要是受得住呢，还有一个时辰好活；受不住呢，这怕就是人间最后一眼了，多看看吧。”

陶花用尽最后的力气，向前唾了一口，却是不能远及，反落到自己胸前。那人一声冷笑，“你到现在居然还有力气，真是不枉这武林第一的虚名。”他随手一掌，本想打她面孔，却又怕打破了相自己看着恶心，于是改打到她肩头。她已经不觉得疼痛，只是听见咯的一响，知道是骨折了。

骨折并不痛，然而接下来，两人低低一声吼时，陶花瞬时就在剧烈的疼痛中全身颤抖着昏晕过去。

第三十三章　崖边

赵恒岳在中军帐内来回踱步，对地下跪着的人说：“你起来吧，这不怪你。”

帐下跪着公主的贴身侍女宝珠，她的声音与外貌不相似的沉着，“她应该是太阳没落山走的，到现在，一定是出事了。”

“秦将军那边怎么说？”

“他说他毫不知情，应该是真的，我看他也很着急，已经出动大队去四处寻找。”

“林景云呢？”

“到现在也没见人。”

“既然秦将军已经去找了，我们就不再派人，人多也没用。你去右营，叫上罗焰去一趟扬州城，罗焰去见扬州守将，带我的话，只要公主平安，我们万事好商量。你进城之后就暗中访查，看看有没有公主的消息，尤其注意血莲教的人，找到公主了，也别冒险施救，先通讯息，见机行事。”

宝珠答应一声“遵命”，起身迅速离去。

赵恒岳待她走远了，坐进椅中，双手撑在膝上，头埋进去，再也站不起来。

墨黑的夜，没有月亮。

乌鸦觉得憋闷，仰天叫了几声，却被一根来自树下的断枝击中，惨啼一声跌落树下，就此无声。

陶花醒来时浑身上下由内而外没有一处不疼痛。在这疼痛当中，她却忽然开始有些惊讶，“难道还没死？既然觉得疼，那就是还活着。”

她艰难地侧头，肩胛骨那处骨折顿时一响。

坐在旁边树下的人立刻转头过来看她一眼，发觉她醒了，他没说话。

陶花摸索自己的袖箭，然而身上衣服零落，袖箭早就没了，只盖着一件男人的袍子。

她不再寻找武器，只是以手撑地，想要挪到那人面前去。

那人淡淡开口，“你明知道杀不了我，做这种姿态出来，是要让我可怜你么？”他眼中一片清冷墨黑，看不出任何神色。

陶花咬住嘴唇，声音虽然虚弱，语气却并不，“林景云，我自问待你不薄，你为何如此害我！”

他把头转开，不看她，“不管你信与不信，我没害你，倒是救了你，不然你现在早就死了。”

陶花四处一望，见不远处躺着两具尸身，正是那一对双胞胎兄弟。她再回过头来时，发觉暗暗的星光底下，林景云整条右臂都在滴血，就似血中捞出来的一块生肉一般。

她咬牙切齿，“活该！”

他哼了一声，半晌无语，而后有一搭没一搭的，淡淡对她说了几句：“我是苗人，从小就受你们汉人欺负。虽然我功夫好，可这世上不是所有事情都能用拳头解决的。所有人都被我打怕了，都不理我，那不比欺负我还难受？

“血莲教是我们苗人的教会，这里就是我的家。公主你怕是不知道吧，我在教里已经是第二把交椅了，在吴越国中也封了将军，故意跑到你们赤龙会，假装什么都不懂，听你的差遣，看所有人的脸色，就是因为知道你们有一天会攻吴越。”

“今天本来是想捉住你，逼赵恒岳退兵，我看得出他喜欢你，一定会听话。谁知我们教中因教主暴死，仓促间人心大乱，我又多年不在总舵了，竟然有人不听号令……

“敢不听我的号令，我只好杀了他们。这两人是我们教中元老，我也中了他们的蛊，只好刮了右臂一层皮下来阻住蛊虫内进。”

陶花细细抽了一口冷气。

林景云侧头斜她一眼，“怎么，心疼了？”

陶花大骂：“我早晚要把你满身的皮都剥下来！”

她的声音刚高了这么一点，立刻就听见有脚步声随着火把亮光照过来，远远能看得出是周国兵士服色。

陶花转头，“你再不走，真的就要被剥皮了。”

林景云一笑，“秦将军怕是要剥我的皮，大王却未必。”

“胡说！恒岳见我受辱，一定不会放过你！”

他十分不屑地扫了她一眼，“大王没有你这么不辨是非。去年，我们苗疆遭逢大旱，颗粒无收，有人聚众上山作乱抢粮。大王没有派兵，反倒是送了粮食进去，那些抢粮的见自己抢来的还没有坐在家里领的赈灾粮多，自然就下来当了良民。”

陶花刚想质问“那你还要如此行事”，兵士们已经近前来，连连惊呼“公主”，却都束手不敢向前。

公主衣衫不整，没人敢近她的身，只是先有人回去报信，还有人过去照顾林景云。陶花喝道：“把他绑了带回去！”

正忙乱间，秦文已经到了，他几步跨到跟前，俯下身去查看陶花。

她一看见他，眼里就有了些晶莹，手从袍子里伸出来抓住他的手臂，似是终于找到依靠一般，半诉半泣，“我……我被人欺负了。”等他惊痛中抬起头看她时，她望着他的眼睛问，“你……会不会嫌弃我？”

他没有回答，却突然反手挥出佩刀，把站在陶花身侧的两个士兵拦腰斩倒，鲜血溅了她一脸。

她带着满脸鲜血惊讶莫名地看着他。

他迅即起身，把旁边绑了林景云的两个士兵也一手一个劈倒，刀往林景云头上落时，林景云却侧身闪开，冷笑说声："你要想杀我，可不是一刀就能办得到了。"

秦文冷冷答道："需要几刀，那就几刀。"

陶花伸手抹一把脸上鲜血，惊问："你怎么了？为什么要杀人？"

秦文的声音低低的，似不愿被人听到，"公主失贞，岂能外传？皇家失不起这个颜面，我秦家也失不起这个颜面。"一边说着，一边已经跟林景云拆了五六招。

两柄单刀在星光下闪闪烁烁，金属的碰撞声不绝于耳。

在这一片刀光剑影中，陶花如水的眼睛中一片死灰，目光空蒙穿越到远处，仿佛看不见面前相斗的两人，她喃喃自语了一句："失贞，原来是这么大一件事。"

中军帐。

赵恒岳手按在案子上，半倾着身子听完禀报后，长舒一口气跌坐到椅子上去，抬手擦了擦额上的冷汗，"幸好幸好，人活着，四肢齐全，我谢天谢地了。"

他向左右吩咐："这就去接公主。"临出门又补上一句，"你们全都给我记住了，待会儿别提不高兴的事，饭照吃歌舞照演，就当什么都没发生过。"

什么都没发生过？那已经不可能了。

只是，以前并不知道，失贞原来是这么大一件事。

比这么多人的性命还要大，比她的人还要大，她重伤在地，却没有人来管她。

没有人管自己，只能自己管自己。

陶花艰难地用没受伤那一侧的臂膀撑起身躯，又是几阵钻心的疼痛。掀开袍子，一身狼藉全都露了出来。顾不得这些了，赶紧把袍子穿好，系紧了衣带，踉踉跄跄站起来。

她忽然想起，当日在契丹无牙山上奔命时，顺着枯藤爬上来，也是这般狼狈地在夜色中系着衣带。

她笑笑，那时，她才十五岁，还是个小女孩。不，不但是个小女孩，还是个贞洁干净的女子。现在，却再也不是了。

她不顾正在激斗的两人，一步步走出树林，暗影中分不清方向，只是看到西北方有一座山，不知不觉就走上去了。

第一次与秦文分开，是在契丹战场上知道家仇所在。那时候，是没有办法，虽然也痛，感情还是在的。

那个时候，她知道，只要她松一松口，一切都会好起来。

现在不同了，他嫌弃她了。而且，他所嫌弃的东西，是她永没有办法去弥补的。

原来，失贞是这么大一件事啊。

恍惚间已经走到山顶。山不高，一个小土坡而已，可是在山顶望下去，一样觉得心悸，如果跌下去，也一样活不了吧。

角落里有块突出的岩石，她累极了，坐上去，立时觉到袍子有些湿湿凉凉的。垂头一看，是血，一滴滴已经浸透了。

已经不觉得疼，只是觉得心酸，说不出的委屈，陶花伏头到膝上，却是哭不出来。所有的委屈憋闷都堵在喉咙口，却是哭不出来。

哭出来又给谁听呢？

不知道这山底下有没有小兔子小猴子，可以听她哭泣。如果有，那么，下去也无妨。

从这个小土坡跳下去，然后好好哭一场。

要不要下去呢？

也许，那会是另外一个世界。喝过孟婆汤重新投胎，一切都还可以从头来过。她还是个干净的小女孩，她爱的人还把她奉为珠宝。

她在想着的时候，看见天边已经隐隐有了鱼肚白。

原来，一夜已经过去了。

袍子上的凝血已经冷似寒冰，新鲜的血液又涌了出来，去化解那冰凌般的旧伤。

有脚步声从背后传来。

她没有回头，是谁都不重要了。

“喂，”背后那人叫她，“你跑这里来干什么？该吃早饭了。”

她微微低头，“你回去吧。”

“我不回去，找了一夜才找到你。”

“你还不知道我出事了吧？回去问问，就不想再找我了。”她想，他这讯息可真是迟滞。

“你出什么事了？我听说，是被狗咬了一口，你还真跟狗较劲啊？”

她转开头去，不想理他。

他一路急奔上来跑得累了，坐在旁边喘几口气，本想陪着她静一会儿，却在一低头间看到她袍上的鲜血。

他立刻站起来，“阿陶。”

她仍是不说话。

“你也算是巾帼英雄，日常领兵上阵的，人家秦文没了一个肾照样活得有滋有味……”

“别再提他！”

“好，好，”他微笑起来，“不提他，那人家林景云废了一条胳膊，也照样去吃早饭了，关云长刮骨疗毒，也没耽误了下棋。”

“别再跟我提那姓林的！”她咬牙切齿一字字说着。

他却立刻反驳了，“阿陶，你别不知好歹，他腿上又没伤，在那树林里一直守着你，却不逃跑，你说为的是什么？要是他把你带进扬州城，拿你的命换我退兵，难道我能不退？这一辈子都拿你做要挟，我还就得一辈子都认账。”

“要不是他，我不会落到今天这地步！”

“两国交兵，说什么私人恩怨。他是吴越国的将军，你是大周国的公主，要不是你，他也不会重伤如此，要不是你，这吴越国的扬州城也不会被重兵围困。”

她不再说话。

"阿陶，我觉得，景云是有点喜欢你，为了给你报仇废了一条手臂，到最后还背叛了自己的国家。你要是傻到连这点都看不出来，还把他当成大仇，那也太让人寒心了。"

"你跟我说这些是什么意思？"她忽然有些着恼，"让我嫁给他么？"

他笑了，"我可没这么说，我就是让你明白，你要是从这里跳下去，你让景云情何以堪？"

她哼了一声："你不用狡辩了，你就是想让我嫁给他！你……你们全都嫌弃我。"

"嫌弃你什么？"

"……"她窘住，一下就来气了，拾起身边一块石头回身砸过去。

他笑着接住石头，慢慢走过来。到近前了，才看见她浑身是伤，心疼得收缩起来，却不能露出一点。

她看他过来的姿势，以为他要揽住她，谁知到近前来却又收住手，规规矩矩站到一旁。

她这一刻极为敏感，当即冷哼一声："嫌我脏了？"

他上上下下打量她一番，"嗯，确实挺脏，一股狗尿味儿。"说着掩鼻躲开。

她气得侧身用掌来推他，这一下就牵动了肩胛骨的伤处，痛吟一声。

他额头上立时滴下汗来，埋怨自己不该随性儿说话惹到她动手。他走到她跟前蹲下身去，"阿陶，你到我背上来，我背你回去。"

"谁要你背！人都哪儿去了？"

"呃，让别人背更不妥吧。"

"担架不行么？"

"担架是挺好，没人抬啊。我刚刚没敢让他们上来，怕你看见人多受惊，一个想不开跳下去了。"

她已经到了他背上，在背后照他腮边就是一耳光，"你才跳下去呢！敢咒我。"

"不敢不敢，太姑奶奶，我跳下去我跳下去。"他一边慢慢地往下走，一边说："阿陶，你要真的跳下去了，我可就真的陪着了。"

她哼一声："我才不跳呢，我哪有那么傻。天下的好男儿千千万，我才不要一块石头上就跳了崖，我好歹也得找一个比他强的来垫背。"

他的脸一下子拉成苦瓜，"阿陶，这一位我都已经是拍马也赶不上了。你要再找一个比他还强的，我……我也不用跳这观音山了，我跳落霞山的无情崖算了。"

话还没说完，啪地又挨了一巴掌，"有这么乱说话的嘛！你过去看看，这小土坡未必跳得死人，那无情崖可是真要命的。"

他回头看她，"你要是敢变心，我就去跳无情崖，你打我我也跳！"

她伸手去捏他的嘴，"你敢跟我较劲了你！"停了会儿又反应过来，"什么变心不变心的，我可没说要嫁你。"

他张大嘴巴，"你都已经想这么远了？都到婚嫁了？我可还没想到这一步呢。"

她气急，大声吆喝起来："谁说要嫁你了？谁说了？我要是真说了，你敢跟我说半个不字……哼！"

他握住她自肩上垂下的小手，"放心，我不敢说半个不字，我一定高高兴兴娶你，迎你当大周的王后。不过……"

"不过什么？"她紧追不放。

他没说话。她这才觉到有些不对，抬起头来。

秦文正站在半山腰，与他们相距已经不过一丈，他们两人一个低头走路，一个垂头谈话，都没有察觉。

他许久没有说话。

他们两人也就都没动。

最后是陶花挣下地来，赵恒岳紧张得眼睛都发直了，先是不许她下来，后来看实在拦不住，就紧紧抓住她的手腕，一眨也不眨满眼绝望地死盯着她。

她轻斥一声推开他的手，"你要跟他说话就赶紧，这么背着我干等，我怕你累着。"

他的神情就如同刚射出箭去的弓弦，一下子回复原状，轻松自在且喜气洋洋起来。明知道这不是个谈情说爱的好场合，还是凑到她身边去说："我不累，背的是你，多久都不累。"

她手搭凉棚往下眺望一阵，"好，那你就背我下山吧。"

他当真了，立刻凑过来。

秦文在旁开口，"骨折了，还是用担架吧。"说完独自下山，再未停留。

第三十四章　围城

随军的太医进去了四五拨，除了包扎外伤和固定断骨，都没有其他进展。

大家又找了一个产婆进去，她出来也只是摇头。

赵恒岳没有办法，把宝珠叫过来，低声说："三娘，麻烦你去一趟。"

宝珠点头，进去一盏茶工夫出来，也只有叹气，"她不肯答话，也不许人碰。用强是能行得通，可她刚刚才遭人逼迫，要是再来一回……"

赵恒岳无奈摇头，皱眉在外快速来回踱了两趟，终于立定身形，对太医说："把药膏给我，帮我净手。我去吧。"说完擦了擦额上冷汗。

帐内的人早被遣退，陶花脸朝里侧躺，肩膀仍在微微发抖。

赵恒岳清咳一声，到她床边去坐下。她一动不动，只问了声："谁？"

他笑一笑，"我。过来问你句话儿。"

她仍是不动，也不再开口。

他讪笑着靠到她身边，"那个……我就是来问问，你早晨跟我说的话，算不算数啊？你要是哄我的，我……我就不当真了。"

“我说什么了？我都忘了。”

“你说要嫁给我的。”

她想了半天，“我说这话了？”

“你说了！虽然不是原话，反正就这个意思！”

“我没这个意思，你听错了。”

他一跺脚站起来，“你……你……我就知道你会不认账！我明白了，你就是嫌我配不上你，虎落平阳的时候给两个好脸色看看，可怜我还当真了！”说着他大动作朝外走，边走边踢路上的地毯。

陶花转过身来叫住他：“恒岳。”

他立刻停住。

“你的王后位子，有千千万万好女子在等着……”

他走回床边来蹲身下去，平望着她的眼睛，“可我在等你啊。”

“可我已经不是……”

他毫不犹豫打断她，“你只要还是我的阿陶，我就等你！其实我原本都想好了，你要是一意嫁给他，那我也一直等你。反正我比他小，应该能比他多活几年，到最后你还是我的。”

她望着他，轻叹：“你怎么这么傻。”

他再次追问：“你到底说话算不算话啊。”语声中带了孩子气的娇憨。

她微微皱眉，“我真没有谈婚论嫁的意思。我只是觉得你特别亲近，比……比他强多了。”

“阿陶—”他摇着她的手臂，“你真要让我等你一辈子，等到他死了才成么？”

陶花摇摇头，“你不用等他。你是好孩子，我们两个，都不配让你等。”她说完望了阵帐顶，“这件事，你让我再想想吧，我总得先跟他把话说清楚才成。”

他眼中立时惊喜无限，“你这是答应我了是么？跟他说清楚了，然后就嫁给我！”

陶花再次皱眉，“你总是曲解我的意思。”

他不再说话，笑着起身伏到床边，小心翼翼绕过她肩上固定着的夹板，去吻她的面颊。

陶花被他这古怪的动作给逗得一笑，“你嫌不嫌烦啊，好歹也得等着夹板拆了吧。不，不，我不是说夹板拆了就可以了。”

他根本不理她，只是不停跟她亲近，慢慢把手伸到她衣服中去。

陶花顿时大惊，抬手想要推开他。却被他稍一用力就按住了一只手，另一只手因着肩伤无法动作。

赵恒岳抬起面孔来，柔声说：“阿陶，你一直在流血，太医说，必须要用药。”

她瞪着他不说话。

他低下头来重又到她枕侧亲近，并不敢去碰唇，只是摩挲面颊发梢。“你别怕，我们早晚都是夫妻。就算你怎么都不要我，我也会等到你八十岁了，丈夫死了，再去缠你，早晚都是要让我碰的。”

她哧地一笑，“八十岁了，还……”话未说完，在她这一笑当中身体放松时他抓住了机会。她的笑声瞬间变作苦吟。

赵恒岳额头上冷汗涔涔顺着脸颊往下流，颤声问：“很疼么？是我不好。”

她满脸通红地转头向着内侧，不答话。

他战战兢兢地说：“这就好了，我轻点。”

她又呻吟一声，这次的声音明显与刚刚不同。

他微带疑惑看她一眼，等他想明白了这一声其实不是疼痛，满头冷汗不但没消，反倒是更加如浆涌出。

两个人全都是面色通红，他的汗水似水柱般落下去，滴滴答答落到她脸上。

她顿显懊恼，娇唇中一顿一顿吐出三个字：“大、坏、蛋！”

他笑得有些轻佻得意，喘息着在她耳边说：“你身上有伤，大坏蛋也不敢怎么样，改天啊。”

她羞得无地自处，突然地转回面孔藏到他怀中去，好让人看不见她红透的耳根。

他笑着揽住她，悠悠长长舒了一口气，快活得吼了一声。

她绷起脸来娇斥：“你叫什么叫，不怕别人听到么？”

他嘿嘿一笑，“我不怕，别人肯定以为是你在叫。”

她挣出手去打他，“胡说八道！我的声音怎么跟你一样。”

他挤眉弄眼地，悄悄低声说：“侍卫们都在十丈以外呢，你要想叫就赶紧。”

她红着脸抓住他的嘴使劲一拧，他还不及呼痛，外面远远传来侍卫们吆喝阻拦的声音。

两人还未及反应，帐门已经被掀开，有人大踏步走了进来，外面的侍卫没有一人敢跟进了。

赵恒岳没有回头，他认得这人的脚步声。

陶花急拉一条薄毯盖住两人，而后怔怔望着对面，半晌沉下面孔，“你……你怎么敢闯我的营帐？”

那人沉默许久，答了一句：“我也不是第一次闯你的营帐，以前你也没这么说我。”

“那……那你还不回避？”她说得有些有气无力。

“我有些话要跟你说，一刻也不能等。”

天色晚了，侍从们忙碌一阵，在帐内点上蜡烛。

赵恒岳端着一碗药，让陶花就着他的手喝了，一边回头说：“秦将军，对不住，这药一刻也耽搁不得，等喝完了我立刻就走，你们想说什么就说什么。”

秦文远远坐着，面色不变，什么话也不说。

陶花喝完药了，赵恒岳随即站起，他心情愉悦，一边收拾药碗一边笑着对秦文说：“我这就走。你放心，我答应过你的，不会因为情事动你们一指……”

他这句话顿在这儿，似乎想起了什么，一笑。

陶花拿起他手中的药碗直接砸到他身上，喝一声“滚出去”，语声虽然严厉，眼神却是含羞。

他出去了，秦文走到床前来坐下。

陶花的脸色瞬间不自在起来，有些害怕，又有些紧张，她稳住情绪淡淡开口，“我有伤在身，不能叙礼了，请将军莫怪。”

他低头沉默，许久没有答言。

烛火忽忽跳动，越发映得面前这人肤色如玉，眼中晶莹闪亮，华彩流转。

然而，他的面色极其哀伤。

她咬一咬牙，“要是没什么事的话，将军请回吧，我还要休息。”

他即刻站起，“那我不打扰你了。”

“将军，”陶花却又叫住他，“你到底想跟我说什么？”她凝望着他，还剩最后一丝希望等着她想听的话。

“我……”他低眉，仍旧吞吞吐吐，到最后叹口气，“现在多说也无用，空口无凭，还是算了。”说罢就向外走。

他已经走到门口，又转回头来，“倒是有一件事得明白说清楚，你我的婚约本来就没有明定，你要是不愿意了，也不必当真吧。”

秦文挑帘而去，背影仍是清俊挺拔，不与世俗同流。

他离去许久之后，陶花仰望帐顶，抬手擦掉眼泪。

因为都是外伤，陶花将养几日便恢复了元气。心伤倒是也有的，自有疼爱她的人在旁任劳任怨、任打任骂劝慰。这么几天下来，她竟是变得比以前还活泼开心了。

她恢复之后第一句话问的是：“林景云这小子宰了没？”

“你还真想宰了他？”赵恒岳十分不信。

陶花笑笑，招招手，“过来扶我起身，看我去剥他的皮。”

他急忙过来扶起她，虽然明知她已可自如走动，也还是小心翼翼，又唤侍女过来帮忙。

宝珠边走过来边说：“公主您也要自己走动走动，有助伤口痊愈。”

赵恒岳笑着挥挥手，“你下去，叫朱弦过来扶她去。”

陶花侧头，“我的侍女，你记得比我还清楚，你是不是看上她了？”

他苦笑，“是看上了，你舍不舍得给我？”

她认真想了想，“嗯，这事儿我还没想清楚，过两天再说吧。”说着正色问他，“我要是万一，我是说万一啊，嫁给了你，是不是得三宫六院地忍着，每天坐在窗口，巴巴地等着你来……来……那个啥。”

“那个啥叫做临幸，学会了没？”

“哦，临幸，学会了。巫山云雨和临幸，真是够拐弯抹角的。”

“嗯，都没有你的尿尿最直白。”

陶花羞恼地伸手推开他，只是挽着朱弦走路。

朱弦一笑，“公主啊，我看大王不像是个会让你独等的人呢，就算要等，也是他等你。”

陶花撇嘴，“你怎么知道？”

朱弦笑出声来，“公主，请恕奴婢无礼，您真是不怎么会看人。大王这么重情重义的人，您居然看不出来。”

陶花看看朱弦，又看看赵恒岳，点头说：“嗯，你们两人互相都很看得上，不如我给你们做媒算了。”

赵恒岳冷笑一声：“要让你这莽人做媒啊，全天下都是乱点鸳鸯谱。”

说话间到了林景云帐前，赵恒岳对朱弦说：“你先进去通报一声，就说公主来了，让他收拾收拾。”

陶花摆手，“不要紧，他重伤在身，难道你还让他迎出来不成？”说着要走进去。

赵恒岳一把拉住她，“你站住。天气热了，你不怕进去他没穿衣服么。”

陶花果然站住，十分钦服地说：“你果然心思周到。”随即却又反应过来，“那你让朱弦进去？”

朱弦已经走进去了，赵恒岳笑着把陶花拉到一边，挤挤眼睛，“她不一样。”

“什么不一样？”

“真是傻姑娘，景云受重伤，朱弦一听到消息就掉泪了，我这几天一直让她照顾他呢。”

陶花这才恍然大悟，她恍然大悟后的举动不是停在帐外，而是拉住赵恒岳往里走，“那咱们还不去看热闹？”

已是夏天，林景云果然穿得不怎么齐整，只有右臂牢牢包裹着，看见陶花就冷冷转开头去，“公主是来杀我么？”

陶花是笑嘻嘻看热闹进来的，被他当头一棒给堵得不知该怎么接口。

赵恒岳先开口，对朱弦说：“你先出去吧，让公主跟他说几句话，有我在，没事。”

陶花还没反应过来他这后半句话是什么意思，林景云已经抬头扫了他一眼，“你什么意思啊？”

赵恒岳正色说：“我是让人家姑娘放心，你虽然没穿什么衣服，也不至于跟公主……”

陶花已经反应了过来，举手一掌拍在他嘴上。

林景云笑道：“你别打他，让他说完。我看他能说得出来什么恶心话。他能说出一句来，我就能有十句等着，看谁先撑不住。”他的眼神语气都十分自然，如兄弟一般调笑，显然是这几天跟赵恒岳的关系变得亲密起来。

陶花微觉惊异，看了两人一眼。赵恒岳低头笑她，“看什么看，你是不是以为我们俩打起来才好？就跟比武招亲那天似的，一架打到天黑。我跟你说，除了那一位我看不上，其他人我都觉得挺好。”

林景云深以为然点头，“她那一位冷冰冰的，我也烦得很。”

陶花笑笑，“我本来是想给你们俩牵线搭桥的，现在也不用了。”

“搭什么桥？”

陶花指着赵恒岳，“这位是大周国的首领，求贤若渴，我想把我的侍卫推荐给他呢。”

林景云脸色凝住，“你不敢让我跟着你了？怕我害你？”

“不是不是，”陶花急忙摇头，“没有你，我早在城下中蛊的时候就死了。我是怕……我是怕……”

赵恒岳在一旁大声说：“她是怕她会喜欢上你！”说着故意走到帐门口，“要不要我回避啊，两位？”

陶花怒道：“你总是曲解我的意思！”

林景云却不生气，不慌不忙地说：“那你就先回避吧，正好我今天穿得也少，咱看看你在外头能撑多久。”

赵恒岳笑着又走回来，“景云，你跟到我身边来吧。我得继父亲自教诲数年，也该是教人的时候了，何况身边这么多能臣良师。”

林景云点头抱拳，“谢大王。”

“不，叫师傅。”他笑了笑。

林景云也笑，大王这是明显待他与旁人都不同的意思了，“谢师傅和公主恩典。血莲教即刻撤出扬州，吴越皇帝不义，以后我会让教众安居苗疆，服从大王，不，师傅。”

陶花听见这话顿觉心上一轻，笑道：“你是不是还要趁此机会跟我求娶侍女啊？”

林景云轻轻咬唇，低低答了一句不相干的话：“公主想让我死心，我怎敢不从？”

陶花一怔之间已然明白，不由有些尴尬。赵恒岳假装什么都没听见，只是举目望着远处。

林景云抬头看了看陶花，“公主，我本来是想捉住你逼大王退兵，然后再毫发无伤地放了你，没想到令你受害，我十分过意不去。”

陶花摆手一笑，“没事，恒岳说了，就当被狗咬了一口。”

林景云看看赵恒岳，“你说的安慰她的好方法，原来就是让她看轻贞节。”他又转向陶花，“就算你不在乎了，我不能不在乎，总是因我令你失贞……”

话没说完，赵恒岳走近近旁打断他，“景云啊，你终于承认了，是你令她失贞的。要是过两天有个孩子啥的，你可别不认账啊。”

林景云和陶花闻言，一起把这周国大王扑倒在床上痛打。

打完之后林景云说：“师傅，你真得谢谢我把那两人杀了，不然万一真有什么子嗣后患，那可就是一辈子的牵系，怎么都躲不开。”

赵恒岳点头，“是，所以，”他转头向着陶花，语重心长，“你是女子，以后要自己懂得留心，贞节是不用看重，可你也得找对人。谢怀畅就不错，你以前喜欢的那人可不行，你们俩要是有个孩子啊，我就天天把心担在肩上走路吧。”

林景云在旁笑着指指自己，“我呢？”

赵恒岳也笑，指指陶花，“她说行就行。”

陶花被他们两人如此无忌的当面调笑给挤对得逃了出去，出去时正见到朱弦在外面等，她拉过她来，“景云是苗人，旁人对他多有忌惮，你对他亲近些，他必然十倍报还。时不待人，机会稍纵即逝，你自己要好好把握。”

朱弦红着面孔点头。

陶花怕她听不明白，又在她耳边补上一句：“什么招数都要上，他断不会负你，你听明白没？”

朱弦害羞得笑起来，“公主，连你都明白的招数，我们早都明白啦。”

陶花撇嘴，“原来我的名声这么笨啊。”

第三十五章　攻心

又将养了两月有余，陶花才完全恢复。她受伤期间，中军一切事务都只能由赵恒岳打理，倒是林景云跟着学了不少东西，连奏折也可以帮着看了。

陶花见赵恒岳被累瘦整整一圈，十分心疼，对他也就温柔了许多，饮食起居也都开始亲自过问照应。她伤好之后更是勤勉于军务，尽力帮他分担事情。

赵恒岳心中喜慰，行动上却是一丝也不敢怠慢，中军与左军的所有往来军务他都亲自在场，再没给过陶花和秦文任何一次单独相处的机会。陶花当然明白，平白无故也不去犯他的忌讳，慢慢地她也就习惯了回避。

扬州守军中的血莲教是吴越国的南部苗疆势力，当今吴越天子重文轻武，把他们放在与周军交战的第一镇，又未加重兵配合，分明是不怎么在乎他们的性命。教主已经被陶花在城头射死，左护法林景云按例接位，力主降周。教众们商议多日，对这吴越国也寒了心，离城而去。

只可惜城墙上蛊虫已经布下，无法在吴越守军的监视下撤去。蛊毒十分凶险，周军最终决定围城，而不再进攻。扬州在两国边界处，周军的粮草供应也并不困难，围城正是保守而有效的方法。吴越皇帝胆怯，不敢发军救援，不顾武臣劝阻把主力军队全都留在京城建康左近，只派了小股兵力试探突围增援，都被周军尽数歼灭了。

如此围了数月，扬州城内粮草耗尽，开始有大批兵士出城，周军知道利害，对出城的人从来都是睁一只眼闭一只眼，只是不许任何人、物进城。城内自然是严令不许出逃的，冒险出城的人也都是实在没了办法，最后多半还是伤亡在自己人手上。过了这一拨之后，出城的人也就没有了，倒不是因为城内治理严苛，而是因为那些摇摆不定的人都走了，剩下的都是矢志报国的将士百姓，也都有了同仇敌忾之心。

周军仍是不急不躁远远围着，渐渐一年过去，来年的夏天又到了。夏日本来是植物茂盛的季节，可是扬州城内已经是饿殍遍地，连树叶都找不到一片。

这天，探子来报，说城墙上蛊虫已尽数饿死。陶花倒是有些不信，问道：“这蛊虫是他们的要紧物事，无论如何得先养活才是。”

那探子答道：“城内已经到了易子而食的地步，再无力养活那些蛊虫了。昨天扬州守将张闾宰杀幼子分给众兵士。”

陶花大吃一惊，整个人僵住了半晌才喃喃念道：“易子而食……竟到了如此地步。既然蛊虫已退，咱们还是早早破敌吧，也免得孩童们遭殃。”接着下令召集众将，商议攻城部署。

这边众将还未到齐，赵恒岳已经听到消息过来，一进帐先说：“此时攻城不妥，再围个十天半月，不费一兵一卒即得扬州。”

陶花微微沉吟，解释道：“城中已然惨不忍睹，还是尽快拿下主将，不要多害无辜了。”

赵恒岳见她十分坚持，不愿在众人面前与她冲突，也就不再说话。

陶花身为主帅，不能不考虑大家想法，既然在赵恒岳这里没有得到支持，她便转向秦家兄妹和罗焰，“你们觉得呢？”

秦梧和罗焰都不说话，众将顾虑赵恒岳的反对，也都不出声。秦文见无人应答，陶花神色十分不悦，便淡淡回了句：“你想打，那就打吧。”

陶花当即传令隔日攻城。

第二日一早周军大举攻城，然而城中守军十分顽强，大家同仇敌忾，连平民百姓都登上了城楼参战。一直到了中午城池都牢似坚铁，周军却已伤亡不少，几员副将在阵中骂骂咧咧，摩拳擦掌说着攻下后要迅即屠城。

陶花眼看着伤兵不断退下来，心里已开始有些焦急，若她听大家的话多等个十天半月，恐怕就不会是今日这般情形。她带着歉意回头望一眼赵恒岳，他因她受伤之事后怕，今日也在阵中。

赵恒岳半笑不笑回望着她开口，“你看我干什么？当时说‘打’的可不是我。”他在暗讽她应该去问责秦文。

陶花本来心情就很焦急，被他一奚落便着了恼，一转马头真往左军阵中过去了。赵恒岳招招手让几个侍卫随过去，他自己并没动，只是远远看着。

秦文立在左军阵前遥遥望着城楼，眉目清冽傲岸，白衣光芒胜雪。

她放缓马匹过去，他也并不下来行礼，只是侧头柔声问了一句：“着急了？”不似商议军事，只是小儿女间互说情话的关怀口气。

她点了点头。

他微微一笑，身上那阵肃杀之气顿时散去一瞬，接着飞身下马，摘下随身重物，解下箭囊铁弓和重甲，扬头向她笑说：“待我去试试。”笑容清朗柔和，如三月的春风般和煦温暖，不似他平时的冷傲。

陶花反应过来他是要亲自上城，刚打算阻止时，他已经冲出去到了攻城的士兵队伍中。她只能捏了一把汗回到中军阵，看见赵恒岳时，他哈哈一笑，“这美人计比我的大王令都管用得多。”

片刻后秦文已经攀上了南面的城墙，城上守军拼死来阻，却阻不住。一名副将过来救援，也是三五回合就被刺死在城上。周军登上南面城墙的士兵顿时多了起来，只是扬州军民仍抵死顽抗，一步也不肯退，就在城头上肉搏。

赵恒岳微微点头，“早听说吴越子民顽强，果然如此。若不是皇帝昏庸，只怕这吴越国难以征服。”说完却不见陶花答言，侧头看她时，见她满面紧张神色望着城头，对身外之物全然不觉。她脸上的神色，十分紧张之中又含着一丝仰慕，一如燕子河边他看过的那个神情。

赵恒岳清咳三声之后，陶花才反应过来。赵恒岳指指她背上弓箭，“我觉得这个东西比你的痴迷情意对他更有用些。”

陶花急忙摘下铁弓搭箭上弦，蓄势待发，一边侧头解释：“我只是担心战事……”正在此时，猛听得战阵之中有欢呼的声音，南面城门的吊桥正缓缓放下。赵恒岳立刻传令击鼓进军，陶花一马当先冲在了前面。

刚近城门，陶花却呆住了。城门倒是大开，那门内却站满了布衣百姓，手挽手组成人墙站在门内。扬州被围一年之久，军民早已一家。两边仍有百姓不断拥上来，他们大多手无寸铁，最多的也不过拎把菜刀斧头，在这重甲铁骑面前如同儿戏；而他们当中竟然也有真正的“儿戏”—站在最前排正中的一个小男孩，八九岁模样，手中拿着一只小木马向着周军愤怒挥动。陶花要想了一瞬才想起来自己的小木马在秦文手中，而面前这个人绝无可能是陶若。

陶花这一生，最悲惨的印记莫过于亲手射杀陶若，虽然不是她的过错，她却为此一直伤心噩梦。

她怔一怔的工夫，周军的先头部队已经冲入城门，瞬间哭喊哀号的声音震天而起。陶花眼睛一直盯着前排的那个小男孩，见他旁边的人被马蹄踏倒，他尖叫着扑上前去，却被马上的士兵一甩戟尾就震开了。他刚刚好跌到陶花马前，手中兀自紧抓着他的小木马不放。立刻有一个少妇模样的人扑到他身上来，扶抱起他来看看伤到没有。那个小男孩嘴角流血，起身之后却把他的小木马往陶花砸过来。

陶花也没有躲，那小木马砸到她盔甲上跌落，似乎有点疼。正路过身旁的士兵看到公主竟然受袭，挥刀就往那小男孩砍过去。陶花想出声阻止已然不及，那少妇却是举臂挡了过来。利刃岂是血肉可挡，瞬间母子二人两臂齐落，鲜血溅到陶花的鞋袜上，她只觉那阵热意直透心脏。

陶花决然回头，大喝一声：“退兵！”

她身侧军士们怔了一怔，跟着的传令官也怔了一怔，一个机灵些的答道：“我这就去报给大王。”说着向前冲去。

陶花知道没有赵恒岳点头，她在这个时候做不了主。若是普通命令传令官也不会犹疑，但是这个时候下退兵的命令实在太过匪夷所思，何况大王也同在阵中，需要先回禀过他定夺了。周军苦围一年，为的就是这得城之日，大王矢志要取天下，又怎能轻易放弃？

陶花抬头望去，看见赵恒岳就在前方不远处，他未掣出兵刃，只是立在当地怔怔看着眼前场景。

她轻轻咬唇，在这一片厮杀哀号声中对他大喊：“恒岳，即刻退兵，我答应嫁给你。”

赵恒岳模糊听见陶花叫自己的名字，却没听见她到底说些什么，于是回过头来朝她看了一眼，也喊回去："你说什么？"

陶花还未答言，传令官也刚到赵恒岳身侧，还不及说话，扬州南城门正血流满地、哭声震天之时，赵恒岳猛然一勒战马，在马上断喝一声："即刻退兵！不可再伤无辜！"

他声音响亮，周围的人全都听见了，立刻停了动作。远一些的人看见这边有异，也就慢慢停住了。

那一声断喝之时，不论是敌人还是己方，不论是军人还是百姓，听到的人全都带着惊异抬头看他，而转瞬之间，眼睛中那些惊异又全都变成了敬服。

这些眼睛当中，自然也有城门口那一双妙目。她痴住片刻，等回过神时，忽然就觉得害羞，也不知道为什么，明明她什么都没有做过，她说的话他又没有听到，她却是半红着面孔转开马匹出了城。

扬州百姓死伤惨重，剩下的都在救助同伴，也无力再行攻击。传令官发出退兵讯号，周军缓缓退出了扬州南城门。

众将回到中军帐中，全都有些莫名其妙。赵恒岳和陶花两人都为刚刚看到的景像有些烦闷，一时都没说话。

片刻间秦文回来，他一向淡漠不动声色，此时却带了些怒气喝问赵恒岳："一年心血，将士苦战，为何退兵？"他的质问已然无礼。

赵恒岳见他锐气正盛，咄咄逼人，就避开锋头说："要么秦将军先领左军去建康吧，正好泄泄怒气。"他不答他的问话，是避开当前冲突，却也点出了他的失礼。

秦文仍然不退，只是冷冷看着他。两人僵持在帐中，众将谁都不敢在此时多说一句话，局面尴尬异常。陶花只好清咳一声开口，"退兵也是我发的命令，那城中百姓实在可怜。"

秦文转头看着她，眼神慢慢舒缓些，说了一句"妇人之仁"，转身出帐，拔营去了建康。

中军帐中仍是没人敢说话，半晌赵恒岳开口，"得天下是为得人心，不是为得城池。传令下去即刻撤围，也给城内送些粮食过去。咱们绕过扬州，直取建康。"

陶花听见这些话十分高兴，又见扬州百姓得以保全，更加喜悦。抬头看看赵恒岳，见他仍为今天的惨状有些愁色，心里顿时升起些甜甜蜜蜜的怜惜。此时帐中诸将正依次退出，她便走到他身边去，轻声说："'攻城为下，攻心为上'，人人都知道《孙子兵法》里这句，能做到的却是少之又少。"

赵恒岳见她语声亲近、眼光温存，一下子便散去愁容，柔声答："对你也是一样。"

陶花若在往常听到他说如此明白的情话，必然会反驳，至少也是窘困避开，可是今日竟站在原地，只微低了低头。赵恒岳见她并未生气，螓首低垂的样子又是十分诱人，忍不住心中喜悦，探手去揽住她。

陶花觉到他手臂触及自己身躯时，忽地就心中一颤，连整个身体都颤抖起来。她与他日常接触并不少，她本也不是个细心敏感之人，今日却不知为何甚觉震动。她退后几步，心中一阵说不清楚的激烈情绪，纷乱中急忙转身跑出了帐。

等她再回来时已是晚饭时分，帐中满满一桌饭菜，赵恒岳动也未动，只在旁边批阅奏折等着她。

陶花也不理人，坐下就开始吃，一刻也不停地竟然把满桌菜都吃下去大半。赵恒岳在旁看了她许久，等她去乘第三碗饭的时候，咳嗽一声开口，“那个……元帅大人，咱们的粮食刚刚分了一半送去扬州，新的要后天才能到。”

她愣了一下，“怎么？不够我吃了？”

他微微笑，“倒是没关系，现存的足够到后天了，只是，这是给咱们两人吃的……”

她走到对面去把他的碗也盛满，捧到他面前。

他急忙接过，“不敢当不敢当，公主大人这还是头一次给在下盛饭。”

她靠在他身边，唤了一声“恒岳”。

他爱惜地吃着她奉上的米饭，觉得奇香无比，低低“嗯”了一声。

“我今天在扬州城门，答应了嫁给你。”

“我已经知道了。”

“那……你看……”

“阿陶，打仗时候说的话，不用太当真，你还说过要嫁给杀耶律德昌的人呢。”

她后退一步，“你什么意思？！”

他放下饭碗，“阿陶，你答应嫁给我，我很高兴，你要是当做这是咱们两人的婚约，我也愿意。可是现在咱们还不能让别人知道。”

“为什么？”

“今天攻城的时候，你看着他的眼神，让我觉得你还不到嫁人的时候。”

“你吃醋生气了？”

他笑笑，“我吃醋早就吃习惯了，不生气。只是，我觉得你心思还不定，不必匆忙嫁人……”

他的话还没说完，她拿起他的饭碗砰地掷到地上去，一声脆响之后，满地米饭碎瓷，“你不想娶我了就直说，不用拐弯抹角！”

他叹口气，仍是把刚刚没有说完的话续下去：“我是怕你后悔，提醒你一句。你要真想嫁，我什么时候敢拧过你的意思？”他握住她的手，“我的人、我的心一直都在你身边，你随手可得。”

她的脸上泛起一丝自嘲，“当初要嫁他的时候，也是说随手可得，联姻嘛，可是我却不能那么把自己嫁掉。如今要嫁你了，没想到也是一样，也是所谓随手可得，你们却都一样有办法逼得我不嫁！”

正说话时，帐外有人禀报，扬州守将张闾遣使来谢。赵恒岳立刻起身应声，使臣便进帐来，跪下拜谢周王恩德。

他跪在地上行礼之时，眼睛不时往那地上的米饭看过去，赵恒岳温言问了一声：“你还没吃饭么？”

那使臣急忙收住目光，垂头答道：“粮食刚刚送进城，饭还没煮熟，张将军让我先来拜谢大王。”

赵恒岳点点头，过去又拿了一只碗盛上米饭，递给那使臣，他立刻狼吞虎咽吃起来。陶花在旁边看见，顿感羞愧，蹲身到地上去一片片把刚刚摔碎的瓷碗和米饭捡拾起来，没沾上尘土的也就送到口中去吃了。

赵恒岳笑着碰碰她手臂，“比观音庙那半个馒头味道如何？”

她狠狠剜他一眼，不说话。

使臣告别时千恩万谢，又私下里说，他们都在劝张间将军降了大周，只是张将军还在犹豫。

赵恒岳笑说不急，周军可以绕过扬州直取建康。

那使臣连连点头，悄悄说，他曾在建康皇宫见过他们的靖玉公主一次，确实是倾国之色，这回也是实实在在倾了吴越国。

赵恒岳笑着敷衍。陶花在旁听见，却是心中一凛。

入夜安寝时，陶花辗转不能成眠。正翻来覆去的时候，帐外传来赵恒岳和朱弦对答的声音，她立刻转向内侧，假装睡着。

他还是进来了，到床边坐下，拉过她的手来握着。

她终于撑不住，转过身来，月光下，看见他正向着她微笑。

她哼了一声，又转回身去。

他轻轻地开口，小心翼翼地说话：“阿陶，嫁人这种事，不能胡乱说的。”

“我没胡乱说。”她的声音冷冷的。

他沉吟片刻，“没说的时候，你怎么样折腾我都随你。可一旦说了，我就会当真。等到我当真了，你再变卦，那我可真得跳无情崖了。”

“我不会变卦。”

他又沉默一阵，“可我还是不敢当真，你明明对他余情未了。”

不知道是被说中了心事，还是触发了其他，她大怒转身，“你别推三阻四了，我知道你为什么不肯娶我！”

“我没说不肯娶你……”

“你心里惦记着那个吴越公主！咱们大军压境就是为了让你娶到她。是我傻，居然连建康城还没进就跟你谈什么婚事。”

“阿陶！”他站起来，“你就是这么想我的？我心里惦记谁你看不出来？在这里胡说八道！”

“我当然看得出来。你刚刚跟我说，婚约你是愿意的，就是不想让别人知道，分明就是给你自己留条后路娶公主。要是公主不合你的意呢，你就再回头应我的婚约。”

他气得颤抖起来，一句话也说不出来。

她冷笑着接下去，“你这如意算盘打得真好，两头不吃亏。”

他仍旧没说话，只是一掌拍在她床边的桌子上，正好拍碎一只茶碗，碎瓷割得血肉淋漓，他一步不停走了出去。

第三十六章 琉璃

周军撤围，原地休整了半月。这中间扬州守将张闾来见过了周王，亲自说了拜谢之意。赵恒岳丝毫没有为难他，问问城中粮食够不够吃，就让他回去了。

没想到他刚刚回去，吴越皇帝却下了圣旨说他通敌，要押扬州几位守将回建康问罪。重围之下救兵不来，这重围一退索命的就来了。张闾前思后想，率众将投效了周王。

紧接着，收到秦文差来的快马信使，建康城十数万驻军竟然不堪一击，一战之后全线溃败，一起请降。吴越皇帝已然在微服出逃时被俘，另有宗室皇子在临安称制。建康城是吴越国都，左军不敢造次，在城外等周王下令进城。

赵恒岳见事情紧急，就立刻启程先带了亲兵营过江。扬州与建康不过一江之隔，只是大军过江却颇费时日。

陶花带大队人马到时，左军刚刚在当天进城。天色已黑，建康城已入周军掌握。陶花进入吴越皇宫，看那宫内果然美仑美奂，令兵士们乐不思蜀，她却不甚喜欢。她在草原上长大，住这种琉璃世界，还不如军帐中住得习惯。

傍晚有些凉意，她披上大红斗篷，在一众兵丁侍卫簇拥下，在吴越皇宫中转了一圈。

走到一处院落时，见布局与别处都不相同，院中只有小桥流水的别致，毫不见宫中别处的张扬奢靡。陶花不免多看了一眼，信步走入院中。一个将领服色的人抬起头来，看见她时怔了一怔，之后却忽然背过身去，似想躲开。陶花却已经看清了他，笑道："小金，好久不见，你还好么？"

小金再也躲不开去，只好硬着头皮转回身，跪地行礼。

陶花伸手扶住他，笑问："你怎么在这里？"他支吾不答。

她四处观看，"这是什么地方？怎么把你这个骑都尉派在这么个小院子中？"

小金仍是不说话。

陶花倒是奇了，笑道："小金不是最爱嚼舌头么？怎么今天不说话了？"

她转身问随行做向导的吴越宫人："这是哪里？"

那几个宫人急忙跪地，忙不迭回答说："这是贵妃娘娘……不，这是吴越废帝的贵妃姚碧君住所。"

陶花微笑点头，"听说过，是个难得的美人。"

那几个宫人听她赞赏，便又多加了几句："姚妃不但美丽，更是才华出众，琴棋书画无不精通，尤擅琴技。"

陶花微顿，转头问小金："你家将军在这里听琴是吧？这有什么要紧，他喜欢听琴大家都知道。"说着就向屋内走去，小金在后阻止已然不及。

屋内看不见人，侍从全都散去了。

秦文的佩剑横在桌上，陶花曾与他来往亲密，认得他的剑。

桌旁是一张红木大床，帷帐深垂，约略能看见两个人影，还有女子隐忍的呻吟声。

陶花疾步倒退出门，厉声训斥小金："这才刚刚进城，别说城内，连皇宫内都还没有理清，就敢如此放肆！"斥完她又叹一口气，转身出了院子。

此后她便有些愁烦，一圈圈在皇宫里绕行。以往她遇到难处或者不高兴时都是找赵恒岳来安慰，这时看不到人，就让侍从去找大王。

侍从回来说："大王正在吴越大殿料理降臣。"

陶花说："你问问他忙不忙，要是不忙就过来陪我一会儿，我心里不舒服。"

片刻后侍从回来，"大王说，他心里也正不舒服。"

"好吧，那我去看他好了。"陶花起身往大殿方向走去。

天色早已全黑，吴越大殿的台阶上却还是光芒如昼，到处都是宫灯和火把，比白天还要明亮。

陶花身着重甲踏上台阶，路过的吴越宫人全都恐慌规避，周军兵将则上前见礼。

大殿正中的金銮椅兀自异彩流光，却再也没有了主人。吴越皇帝已经被俘，宫中诸人死的死，逃的逃，到处都是重甲的周朝士兵，在这华美世界中十分不称。

那金銮椅正中镶了一盏昼夜长明的琉璃灯，小小琉璃折射出异样夺目的光芒，照得陶花眼睛生疼，伸手遮挡才不至于刺出眼泪。她在草原上长大，最常看的灯火只有星星和月亮。

她揉了眼睛半晌，等舒服适应些了，便缓步走进殿内。

赵恒岳正站在大殿正中，不断有官员将领来禀报收降情形，他一一聆听指挥。

陶花看见他，径直走了过去。

远远地他就抬头看她，到近前了，突然问一句："哭过了？"

她摇头，"没，就是有点闷。"

"哭过了就哭过了，还不承认。"他的脸色难看得很。

"我真没哭过，就是看见将领们急不可耐获取女色，觉得心里不舒服。"

"不舒服？你是三军统帅，还不斩杀以正军威？"

"这个……我想了半天，大胜之后获取敌国妇女，虽然于理不合，却也是人之常情，似乎不该一上来就为此杀人。"

他连连点头，"好，好一个人之常情！"说完之后转头去处理军务，再不理她。

她见他如此冷淡不通人情，当即也负气转身。

陆续有士兵押送吴越朝臣将官来此，全都安置在大殿一侧。

不一会儿有士兵押来了一群孩童，陶花看见小孩倒是来了兴致，过去看了看他们。士兵报说这是留在宫中的吴越皇室子孙。

陶花捡着几个小孩问问"多大了""饿不饿""怕不怕"之类的问题，心里打定主意无论如何不能为难这些孩子。

这一群小孩中有一个高挑些的，是个十五六岁的小姑娘，容貌清秀绝伦，眉目态度间一股说不尽的江南女子的温婉柔弱。陶花仍是像对小孩子一样问她：“你多大了？”

她冷冷看了陶花一眼，高傲地扬起头颅不说话。

陶花不悦，却也没跟她计较。

赵恒岳正好得空朝这边看了一眼，走过来质问吴越宫中仆从：“这是何人？”

仆从一齐跪地，“这是靖玉公主。”

那靖玉公主见吴越仆从竟然对周王跪拜，并且毫不犹豫答话，立刻断喝一声：“狗奴才！‘十四万人齐解甲，宁无一个是男儿！’”

她此言一出，大殿上的吴越大臣们全都惭愧不已，纷纷低头，也有些就开始跟同伴低声说，宁死也不该失了气节。

赵恒岳看见，本就不悦的眼神更加暗沉，脸上却是带了一丝轻笑走到靖玉身边去，已经近到了无礼的距离。他笑着问她：“你既是靖玉公主，竟然不认识我么？”

靖玉冷冰冰看他一眼，看服色和众人态度已经知道他是谁，于是轻蔑哼了一声：“弑父篡位的禽兽，我怎会认识？”

赵恒岳不怒反笑，伸手抬起她下巴。靖玉甩头想要避开，他猛然用力钳住，她痛得咬住嘴唇，却是没有出声。

他点点头，连说了两声“好”。这时忽然有几个吴越大臣出列跪下去，朗声说道：“大王，靖玉公主与大王有婚姻之约，还请大王以礼相待。”

赵恒岳侧头看了一眼那几个说话的人，微笑着缓缓问道：“你们既知她与我有婚姻之约，也就该知道以假乱真之事，是不是？”

那几人叩头作响，“有所耳闻。但此事与公主无关。”

他继续微笑，“不错，与她无关，只是与她的情人谢怀畅有关。”

话音刚落，赵恒岳顿觉靖玉在自己手中抖了一下。那几个吴越大臣急忙大力叩头，“大王不要误信流言，公主是贞德女子。”

他微笑着撤手放开靖玉，“她贞与不贞，你们说了能算数么？”那几人一时顿住，不知如何作答。

赵恒岳笑得嘴角弯上去，侧头朝旁边的随从招招手，轻声吐语：“带到内殿去。”

靖玉猛然觉到了危险，待那几个随从近身时忽地自怀中扯出一把匕首抵在胸前，她咬牙切齿看着众人说：“谁敢近前，我立刻自尽！”

那几个随从便停了步伐，回头看向赵恒岳。他看着靖玉，徐徐点了点头，面上仍是带着笑容说：“若不是我大周王后已有人选，你倒是真能当得起这个位子。”

陶花正在负气，当即接了一句：“没事，王后位子还空……”她还没说完，赵恒岳眼神转过来，笑容之下，目光里却全是厉色，硬生生把她后半句话给逼了回去。

他接着又压低声音向靖玉说：“你该知道，谢怀畅现在我手中。你今日死在这里，他明日就凌迟街头。”这几句话只有近旁几人能听得到，那边的吴越众臣都听不到了，说罢他施施然退了开去。

侍从接着便近身把靖玉带往内殿，她手中那把匕首轻飘飘地跌落地上，正跌到旁人鞋子上，连一声响都没发出。

待侍从回来了，赵恒岳轻轻巧巧一笑，闲步往内殿走去。

那些吴越大臣带些惧意看着他一举一动，那几个出列的互望一眼，终是无人敢再说话。

陶花看着他自身侧走过，听他冷冷对自己说了句“这也是人之常情吧”。她还在怔怔回味他这句话的意思时，猛听得内殿里传出靖玉挣扎扑跌的声音。她似是不愿出声，只听见牙齿咬得格格作响，与齿缝间漏出的一声半声呻吟，隔着一道墙壁尚听得清清楚楚。

她正在这里犹豫着该不该或者能不能进去解救，猛听得靖玉痛彻骨髓大叫一声。

陶花被这一声惊得一个激灵，若是旁人叫出这一声来，她也未必如此当真，却偏偏是那个咬破嘴唇都不肯在敌人跟前呼痛的靖玉。大殿内众人都是如此想法，全都是微微一抖，尤其那些吴越大臣，有人双腿都有些发颤了。

陶花后退两步，竟有些站立不稳。

身后的侍从赶紧过来扶住她，见她神色极差，就到处忙活着去找水找食物。这边刚刚忙完，喂了两口水进去，那边赵恒岳自内殿走了出来，一边走一边还毫不忌讳地系着衣带。他并未看向陶花这边，只冷冷吩咐近前的几个侍卫：“今夜就送出城，先送到左卫上将军帐中去，依官阶下传，至死方休。”

那几个侍卫中有一个机灵的不失时机回禀一句：“刚刚巡逻的哨兵回来禀报，说秦将军今夜留宿宫中。”

赵恒岳点点头，“那就再往下传，要让众人都知道，这是吴越公主。”众侍卫领命声中，他径直走到大殿一侧的吴越大臣跟前，对着那群人缓声说道：“我与靖玉公主曾有婚约，她若是嫁到我国，将来一统天下之时，她也必是我的皇后。只可惜她却看轻了我周国。你们若同她一样没有见识，将来自然也是会有今日。”说着他看了看刚刚出列的几个大臣，“你们说得不错，这靖玉公主果然还是贞洁之身，如若不然，你们几个此时脑袋已经掉了。”刚说完这句，却听到大殿另一侧有侍从低声呼唤自己。

赵恒岳回转头来，蓦然看见陶花脸上一丝血色也无，被两旁众人搀扶着才勉强站立。他一下僵住，再也顾不得这边，疾步奔过去扶住她，“阿陶，你怎么了？快传军医！你先坐下。哪里不舒服？”

陶花在他手中缓缓坐到椅中，他却又一把拉起了她，“你怎么双手冰凉？你到底怎么了？”

陶花仍是不说话，赵恒岳重新把她放入椅中，当着所有人的面半跪在她身侧，不断轻声低喃：“我错了，你别生气，都是我的错。”他又附到她耳边去低语，“这也是为了国事，阿陶你别生气，以后再不会了，再不跟你吵架，再不做这种事。你放心，她就算明媒正娶嫁过来，我也不会要她，我只要你。”

他刚刚说完，方才进去的侍卫已把靖玉带了出来。他们将她包在一个毯子当中，两人抬着向外走。路过赵恒岳身边时，靖玉忽然就猛一用力从毯子中滚落下来。

陶花倒是吓了一跳，虽然呆呆的也还是懂得向后扯了一把赵恒岳，脱开靖玉的攻击范围。

靖玉却没有要伤害他们的意思，相反，她伏地叩头，跪求大王开恩。她刚刚在内殿清楚听见了自己的命运安排，知道她将面临什么。她虽然硬气，却并不糊涂；她也不是怕死，只是不想这样屈辱地死去；更何况她还有心爱的人在敌人手上，她死了，他再无半分依靠。

她衣衫不整伏于尘埃，哀哀哭求着赵恒岳，说愿意一生一世服侍他，望他念在婚约的份儿上饶过她。

赵恒岳不耐烦地挥手，侍从们赶紧过来制服靖玉。陶花却在旁边一扯他的袖子。

他急忙侧头，附耳过来。

“你刚刚跟她好过了，是不是？”

他张口结舌，“那……那不算……”

“你得娶了她。”

他皱眉，“我只娶你一个。”

“我许你娶两个，反正这后半生你得照顾她。”

他心里暗叹“荒谬”，也明知这敌国公主是个累赘，可是此时却也不敢违背，只轻声答道：“咱们的家事都由你安排。”说着让人把靖玉带下去了。

军医接着赶到，问了问经过，又把了把脉搏，对赵恒岳说公主是受到惊吓委屈，阻住了经脉，并无大碍，只需放松休息。他长舒一口气，看看这殿内众多人等，即使遣退也要退个大半天，于是叫过侍卫来交待了几句，接着便伸手横抱起陶花向殿外走去。

一路走到宫外，陶花已然可以走动，便挣下地来。宫门口有便装侍卫备好了马车，赵恒岳拉起她的手上了马车，也不告诉她去往何处，只是一路上尽跟她讲些江南趣致。

马车停下时，陶花自帘缝中望出去，已然微微吃惊。看见一条波光如镜的河流横在面前，两岸灯火闪烁，让人疑心是在仙境。

她侧头问他：“这是哪里？”

他轻笑，“跟你提过的秦淮风光，就是这里了。本来安排的是明晚过来，没想到今天你这么生气，那就过来吧。”

第三十七章　船戏

夜色中的秦淮河如梦如幻，波光掩映。

水波上荡来几艘小舟，有艳妆的妇人探出船来招呼客人，也有素净的女子半挑门帘，坐在内里张望。每艘船上都挂着一个红灯笼，接到客人后艄公就把灯笼摘下，而后在岸边一撑篙荡开去，随着那水流去往梦幻深处。

自有船只过来招呼这一行人，看见中间站着的竟然是个女子，传来几簇低低的惊奇笑声。侍卫们摆摆手，把这些招呼船只都遣去了。

另有便装侍卫撑船过来，赵恒岳拉着陶花上了中间一艘。那侍卫低低问安，挑开船帘让二人走入船舱。

几艘小舟一齐离岸，又回往水波深处。

陶花坐在舱内，就着小窗看往外面的繁华世界。那份收敛的轻狂与张扬的沉迷在桨声灯影中渐渐散开来，随着涟漪一圈圈散入夜色之中。

赵恒岳轻揽住她腰身，低低问声：“喜欢么？”

陶花点头，“仿若仙境。”

“咱们的婚事，我当然是高兴还来不及，我等你等了这么些年，好不容易才等到。你别瞎猜疑了，傻乎乎的让人生气。”

她回头，“你说得对，我是有些心思不定。虽然他对我不好，我也决定了放手，可有些时候还是会觉得难受。”

他点头，“我明白，你是个重情义的人，哪有那么容易忘记的。你放心，我会帮你。”说着把她紧紧揽到胸前，柔声问她：“告诉我，今天为什么害怕？军医说你不光是委屈，还有惊惧，是不是想起来自己的事了？”

她摇摇头，“我自己那回事，你天天安慰打趣，变着法儿的开玩笑恶心我，我早已经不当回事了。”

“那是因为什么？”

“我……”她转头看看他，随即又避开眼神低下头，“我有点怕……嫁人，也怕……怕你。”她的第一次是惨痛经历，刚刚又亲耳听见靖玉的痛苦，她当然是有点怕这回事，也有点怕他，怕自己早晚有一天要忍受靖玉忍受过的那些。

赵恒岳呆住半晌，心中一边好笑一边又自责。他把她的面孔扳回来，不再让她看窗外景色，只是闲闲问了一句听似不相关的话：“从来没听你提过你的母亲。”

陶花点头，“阿妈生陶若时难产去世了，我都记不太清她什么模样。”

他微微叹息：“原来如此，那，自然也没人教过你儿女情事了。”

陶花一愣，随即羞红了面孔不说话，又觉得尴尬，于是转开面孔仍看向窗外。

她听见他在背后撕取衣襟的声音，转头还未及发问，眼睛就被蒙上了。

他俯到她颊侧，吐气已经到她耳边，“本来，今晚是打算让你在这仙境中观赏游历一夜的，可现在却不行了。以后再看吧，反正日子长着呢。”

她听出了弦外之音，惊问：“怎么？计划有变？是出什么事了么？”她以为，必然是出了大事，他才会蒙住她的眼睛，不许她再看外面发生的一切。

他轻笑，“就算是出事了吧。”说着双手紧抱住她，慢慢将她往舱板上按过去。

陶花抬手摸索他的位置，“是有刺客么？”她完全地信任他，所以也没想过反抗。

他半伏在她身上，正色跟她说：“阿陶，你今晚一定要听我的话，我不会动你；不然的话，你害怕的事情可就躲不过了。”

“到底出了什么事？”

他不答话，只是温柔地拥住她，不停亲吻面颊耳侧。

船身轻轻晃着，如母亲手中的摇篮，温暖，轻柔，又满含爱意。

陶花竟慢慢觉得有些困倦，有些迷糊，有些神不守舍。

过了好一会儿，他低声问：“你是几岁时有了月事？”

她一下子害羞，“你问这个干什么。”

“你乖乖听话，别让我失控。”他的手已经往她颈中探去解开领襟。

她终于觉到了危险，不是刺客，不是战事，是他。

慌乱中她胡乱去推，他一把握住她的手，声音里带了些对她说话时少见的狠厉，“说过了，别胡乱挣扎让我失控，你当我开玩笑么！”

她微微颤抖，他往日的温柔声音又回来了，“你自己想想，我待你怎样，伤过你没？”

她茫然摇了摇头，再没反抗的力气。

他微笑着拥住她，“你不是已经答应了嫁给我吗？别怕，我会等的。”

他不动不语抱了她好一会儿，又接着问：“到底是几岁？”

她羞得把面孔藏到他怀中去，“十四岁那年。”

他徐徐点头，“女儿家有了月事，就是能承欢雨露，哺育后代了。”说着手臂一紧，压住她双臂固于自己怀中，另一只手去探摸她衣带。

陶花一下子紧张起来，浑身紧绷似铁块一般。他轻笑，“又不是第一次碰你，上回……”

她连面孔都不好意思再藏在他怀中，转开头去，刚好被他捉住耳垂含住。

她的身躯在颤抖中酸软下去，渐渐放松。他俯头过去吻住她，她转开躲闪时，他声音严厉喝住她：“阿陶，这是我最后一次劝你听话，过会儿会怎么样，连我自己都不知道了。”

她果然不敢再动，他深深吻住她，一手抱紧她身躯，一手在她衣内摸索。

陶花开始发抖，喉间有呻吟声不受控制地在两人舌尖滚动。他抬起头来长长吸一口气，定了定心神，而后低头静静看着她，好在双眼是蒙住的，看不见他此刻快要疯狂的样子。

他俯到她耳边去，“再放松些。”

她已经有些迷乱，听话地做了，紧接着却发出一声绝望呻吟，身躯扭动挣扎起来，双臂也挣出来推拒。他以身体压住她的挣扎，狠狠地声音带了沙哑，“你想换成我是不是！”

她立时顿住，只剩下大口喘息。

他重又吻住她，唇舌间凶悍强横，而他的手臂却是柔和细致。她早已禁受不住，呻吟声不断，终于尖叫一声，不顾一切伸手将他紧抱入怀中。

水波在小舟一侧激烈荡漾了几下，随即归于平淡。

月色溶溶，满江春意。

过了好久，陶花才取下眼睛上蒙着的布条，侧头望望身边的人。

他看起来难受极了，转头到一侧去，看也不看她，只有胸口仍是急剧起伏。

她不知道该怎么做，想了片刻，轻轻探身过去，伸手去安抚他。

他一把将她推开，接着唤过外面的侍卫小船，让他们去给他找个女子过来，越快越好。

这边陶花听见他的吩咐一愣的工夫，他挪出船舱，俯身到船头撩起冰冷江水冲到脸上。陶花怔怔看着这一切，只觉心里头混乱不堪。

侍卫的小船很快回来，放了一个女子在船头。想是匆忙之间，那女子面貌并不算佳，倒是很懂得娇滴滴取悦客人，说着柔柔的一口吴侬软语往这船头之人靠过来。他却哪里有跟她调情的闲心，一把将她推倒吻在颈侧，双手扯开她衣裙向内探过去。那女子连连叫着“公子怜惜”，口中温软的呻吟声十分夸张。

陶花仍是怔怔看着，眼睛一眨也不眨，看见他双唇在她唇上，忽然就想到刚刚的吻，再看见他的手在她衣内贪婪猎取，心里一下子十分不自在起来。

他们的动作越来越深入，有许多，陶花连想都没有想到过。原来，有这许多春花秋月，她是从来都不知道的；原来，他有这许多烈焰痴狂，她是从来没见过的。

仿佛在无形中有一柄沉重的铁弓被缓缓拉开，箭慢慢放到了弦上，只消弓弦一松，这铁箭必能取人性命，而这跟越来越紧的弓弦，偏偏不在她的手上。

看见他终于撕开自己的衣襟，陶花蓦地站起来，不知道哪里来的一股火气一股力气，似那根紧紧扯着的弓弦竟被扯断了，她着了魔般扑过去，一把将这两人推落水中。

马车缓缓出城。

赵恒岳身上裹着两层毯子，还在不停叫冷。他试探着问了一句：“姑姑，拿你的大红袄把我裹进怀里成不？我好冷。”

此时盛夏，虽然夜晚凉爽些，陶花也不可能穿什么大红袄，他只是在打趣她，顺带提提旧事。

陶花把面孔转开去，过了好一会儿，又转回来正色跟他说：“你已经大了，我再也不能像以前那样抱你了，你以后再别动这些念头。”

他嘿嘿一笑，“在吴越皇宫抱着你安慰的时候怎么不说，难道我一夜就长大了？”

陶花面孔涨得通红，“你就是一夜长大了！”

他继续笑着，过了一阵，又试探着问：“阿陶，你刚刚发脾气，是因为吃那个靖玉公主的醋，还是那个烟花女子？你劈头盖脸把我骂了一顿，这两个人可都提到了……”

陶花大怒打断他，“一个都不是！”

他随即明白，“哦，我知道了，是两个！两个人都把你给惹酸了。”

陶花哼一声转开头去，再不理他。

过了好一阵，看她再不说话，他大笑着把她也揽到毯子里来，“别恼了，刚才你就是不推我，我也不会跟她……嗯，好，你喜欢用这个词儿，那咱们以后都用这个词儿。我就是不太敢相信你真的会为我吃醋了，于是趁着情昏试了试，也算是我穷孩子显摆一回新衣裳吧。”

陶花心里一下子安慰了许多，在毯子中拍拍他前胸，“你哪里有什么新衣裳，衣裳全都湿透脱掉了，你明明是个光屁股小孩。”这种玩笑话以前在两人之间说过许多遍，今天一说出来她却即刻脸红了，手刚触到他的肌肤便迅即收回，后悔不迭。

他也微微僵住片刻，倒不是为她触到自己的皮肤，而是为她这羞窘懊悔的神态，他和声轻言：“别怕，我从不会因为女人失控，以前我也暗自想过，不知道跟你有情事的时候还能不能自律自控，今天就知道没事。面对着我最亲最爱的阿陶，我更加要小心谨慎，不能伤着你，还要让你舒服喜欢，还要……喂，你拿箭指着我干什么，我哪里说错了？难道你不喜欢？”

此后，陶花对他再也不似从前那样毫不设防，若有亲近行为一概喝斥，若敢无礼那就刀兵相见。他试过再到她帐中去居住，被她以箭指颈给逼退出来。

可是，他一点也没有不快，相反，他觉得很是欣慰。

他伸个懒腰说：“我看，我们的婚事也差不多了，只差……”

这天，陶花在吴越皇宫中巡理军务，忽见几个士兵结队拿着兵刃，摩拳擦掌似要与人动手的模样。她忍不住问了他们一句，那几个士兵互相看看，有一个领头的上前回禀，他刚刚在皇宫内遇见一个彪悍女子，被她打伤，于是回来叫了弟兄们过去帮忙。

陶花不免奇怪，她这几日看惯了江南温柔佳人，不想这吴越皇宫内竟还有如此女子。她好奇跟着那些士兵过去，那几人一路上颇不自在的样子，她到了地方见过那名唤墨雨的女子才知道，原是刚刚这士兵调戏她，才被她出手打伤。

陶花将那几个士兵训斥一顿喝退了，回头看墨雨，清丽可人，穿着短打衣装，一看就是练功之人。她是吴越宫中的从艺宫女，专练鼓艺。陶花随墨雨到她院落中去，看见这里住着一队鼓手，清一色都是女子，领头的周大娘干练豁达，举手投足间都是不让须眉的豪气，让陶花顿生好感。

她既知她们从艺，就免不了提出想要观赏，不想周大娘却正色说，这鼓艺虽小，却应正襟观看，而不是这么随便戏耍。

她既这么说，陶花也就不好意思再不郑重，特地选了个合适的日子，叫了赵恒岳同去观看。

这些巨鼓全都是橡木做成，以特殊工艺处理过的精牛皮覆在面上，四周以玄铁扣固住。周大娘极为郑重，说看客要席地而坐，方能听得真切，说罢就引陶花到中间席地而坐。

陶花也不推辞，就在正中盘膝坐下，赵恒岳紧挨着坐在她身侧。他一挨近她，她就有些害羞，于是又往一侧挪了挪。正中的位置便空了，中间那架鼓就正对着两人之间的空隙。

周大娘看了看面前众人，稳稳扎了个马步，手中鼓槌高高扬起，面色严正。她鼓槌落下之时，那一声巨响欲穿耳膜，陶花听见自己身边几声微微惊呼，她侧头一望，是几个不会武功的侍从。陶花久在战阵，巨响奇声听得多了，自然心神不乱，他们却是被惊了一惊。

这时第二声鼓也响起了，且是群鼓齐齐的一声，不仅那几个没有练过武功的侍从，就连陶花也觉得心神激荡，被那鼓声带得神思飞天起来。似看见面前一马平川，她正在草原上奔驰，而父亲和弟弟就在一侧的马匹上。瞬间又看见面前千军万马，而她竟然全身冲过，正喜悦欢笑的时候，有人轻轻拉住她的手，接着听见赵恒岳的声音在她耳边，“你看后面一排正中的那个女子，眼神有几分像你，让人喜欢。”

陶花一愣，回到现实中来，顺着他指点往后面那人看去，正是她见过的墨雨姑娘。她并不是第一次见她，今天竟真觉得神情似有熟悉之感，那一双眼睛精光四射，便似俯视猎物的苍鹰一般。

忽然那双眼睛一凛，陶花心中也猛然一惊，那个眼神再熟悉不过，分明就是一个优秀箭手找到猎物后将要出击的眼神。她练箭十数年，这个眼神看得太多了，在哈布图那里见过，在同门师兄弟那里也都见过。

墨雨提起鼓槌，眼睛盯住赵恒岳，猛然间右臂下落。

在这转瞬之间，陶花再也来不及多思多想，也顾不得去检验自己的判断是否正确，更顾不得害羞避忌，身躯暴起，和身向他扑过去。

她刚刚扑到他面前时，看见他眼中惊讶之色，看见他伸手要推开自己。他双手刚推到她胸前时，她觉到后背一阵纷纷点点的急力，每一点力道都带来剧痛。

她被那阵力道击倒，向前扑跌，喉头一阵腥甜涌出来。她无法控制地一张口，似见一团红雾喷出来，接着听见赵恒岳撕心裂肺一声大叫—

“阿陶！”

她已倒在他胸前，他也被她扑在地上，两旁的侍卫焦急围上来，在他们身侧密密架起盾牌。

她听见背后有激战的声音，抬起头来却见面前之人满脸鲜血。她迷茫了一瞬，心想自己拼命来救，怎么他还是满脸鲜血，于是轻声问：“你伤到哪儿了？”出手想要去探摸，却终是无力停在他袍襟便动弹不得。

他眼神已经有些迷乱扩散，伸手抹一把脸上鲜血，想到这全都是自她肺腑中喷出，不免痛不欲生。他伸出手来似想抱她却又怕会让她更难过，顿了一顿之后，竟一咬牙起身要冲向她身后。

陶花的声音越来越轻，却还是喝住他，“你去做什么？”

他侧头，声音在这刀枪箭雨中映衬得十分平静，“上京郊外我跟你说过什么？燕子河边我跟你说过什么？一只燕子被捉了，另一只也不会逃！十一岁时我就跟你说过了，咱们患难与共、生死相依！”说着就要冲出去。

陶花虚张了两下嘴巴，却发不出来声音了。她只剩下手指，紧紧攥住他的衣角。

幸好他细心，她手指的力气虽然扯不住他，他却看见了，于是俯身下来到她唇边。

她勉强张了张嘴巴，用尽全力说了一声“傻……”，后面的话就再也出不来，她也消耗殆尽昏晕过去。

赵恒岳到此时才看见她双臂箭伤数支都是穿臂而过，鲜血汩汩流出，然而后背的箭支却未见深入，连血意都看不见。他心头狂喜，不顾周围全都是耳目探手直去扯开她领口，见她果然穿着金丝背心，顿时喜极而泣。急唤军医时，才又想起是在战中，于是起身指挥，只是此时稳重了许多，不似刚刚那般只欲求死的心情了。

这一班鼓手都是吴越皇帝旧部，拼死来此行刺，墨雨那张鼓内藏有强弩弓箭，众人也都随身携了兵器。鼓声震荡时本以为听众全都摄了心魄，连陶花这不通乐理的都失了神，只可惜赵恒岳却见那发箭之人眼神像极了陶花用箭时的模样，竟然就脱开鼓声撩荡，去与她闲话，将她也自鼓声中拖了出来。

第三十八章　燕子

陶花醒来时只觉周身剧痛，她睁开眼睛，看见锦帐四垂，一片平和，甚至于帐外还有一个守夜的身影。她知道险境已过，松了一口气，问外面那人："大王平安么？"

帘帐瞬间被拉开，外面那人几乎要扑到她身上来，却又怕碰到她伤口，于是只是撑住双臂在她身侧，仔仔细细看了她一眼。见她神色清明，果然是醒了过来，他欢喜无限，轻声答："我平安得很。我……我早就知道，你也是一样待我。"

她接着又问："我伤得怎样？能活几天？"

她先问他安危，再问自己。他只觉心都要化了，俯到她颊侧去，吐气就吹着她的嘴唇，"我能活多久，你就能活多久，咱们就是那两只同生共死的燕子。"

她笑着照他鼻头猛吹一口气，"还哄我呢，你的靖玉派人来行刺了，你才又想起来我。"

他苦笑，却不再似往日发怒与她争辩，只是笑着说："随便你怎么编排我，反正，咱们的婚事已经昭告天下了。"

她冷哼一声："你有没有说，是我不顾性命救你，才令你感动要娶我啊？"

她本来是开玩笑嘲讽他，没想到他面色顿显尴尬。

陶花大怒，"你……你真的……"

他笑着解释，"咱们这是在吴越国，你又非要让我娶那个黄毛丫头，我只好顺水推舟，说你舍命救护大王，本王不得不以你为正妻，以靖玉为侧室，以慰你忠勇痴情之心。这道诏书发下去，吴越在临安的小朝廷听见我愿意娶靖玉，竟然还送了贺礼，我看他们是打算归降了。"

陶花奇道："娶靖玉做侧室，难道他们还很高兴么？明明是公主为敌人所辱。"

"靖玉已经破璧，也没什么更好的出路，我肯收她是我对吴越施恩。"他十分冷峻地就事论事。

陶花哑然望着他，"那个……你跟我说，这不是什么大事的。"

他温柔一笑，"你我之间，当然不是什么大事，你肯收我，是阿陶对我施恩呢。"

陶花正色点头，"嗯，我也觉得是，反正怎么都不是你对我施恩。"

他看着她，浅浅地笑，"阿陶，这两个字不能这么乱用的。"

她已经猜到什么，瞪着他却不敢再多话。

他靠在她耳边解释："临幸、施恩，用在我对你的时候，其实都差不多，不过我早晚也要对你施恩就是了。”说着低低笑出声来。

陶花不服，“那怎么能算是你对我施恩？这汉话胡说八道！”

“难道不是么？那天晚上……”

“你住口！”她断喝一声转开话题，“要不是为了吴越少些兵祸，就凭你刚刚那道诏书，我就不会忍你这个大坏蛋！”

他挤眉弄眼地，“原来你是忍着我啊，我还以为你很喜欢……”

“你还敢说！”

他十分无辜，“我说什么了？我以为你喜欢我的诏书呢，让吴越少些兵祸啊，我说什么了呀？”

这次受伤动了脏腑，陶花到半月之后才能勉强坐住，先就传审了周大娘。受伤时她已交待过赵恒岳不能为难这些被擒的鼓手，否则以她这般重伤景况，他还不把这些人全都撕成碎片。

周大娘见到她时冷言冷语，一副视死如归的模样。

陶花心里对周大娘这班人并无恶感，于是和声和气问她，吴越皇帝昏庸，为何还要搭上性命来行刺，不如归顺周国。

这话却惹恼了周大娘，她对着陶花大骂：“我等冒死行刺，又不是为了那昏庸皇帝。你既身为周营主帅，如此纵容士兵，可觉愧为女子？”

陶花被她骂得愣住，“这，怎么跟我扯上关系了？”

周大娘冷哼一声：“你周军进城之后，从上到下，无耻不堪。天下皆知吴越女子温柔婉丽，可我们却并不该因此便受你们欺辱。你且去问问，城中未嫁的及笄女子，大半都葬送在你周军手中，更不必说周王辱我靖玉公主。就连那些已为人妇的女子，你们竟也不放过，姚妃受制于左营将军，她虽是倡馆出身，却也贞烈，双手无缚鸡之力，一样刺伤了你们周国名将。你身为元帅，就是如此治军的么？”

陶花被她质问得面孔红一阵白一阵，最后问了问身旁的赵恒岳：“可是真的？”

赵恒岳轻声答：“我不知道。靖玉公主的事你知道经过，其他的，军中事务最近都是秦将军在打理，你受了重伤，我又太过繁忙。”

陶花轻轻咬唇，“他自己那件事呢？”

赵恒岳想了想，强压住想要大大点头的愿望，反倒是摇头说：“我也不知道，那几天我都跟你在一起。”说着他回身，将林景云唤到身边来。

陶花对林景云信任，当下细细问他。林景云答得十分谨慎：“属下只知道，当夜秦将军确实留宿宫中，第二天一早才走，肩上受了伤，之后姚妃也确实随在了左军之中。至于到底发生了什么，属下就不便猜测了。”

陶花气得微微颤抖，“还要猜么，他一个骁勇无敌的将军，若非情正昏时，怎会被一个柔弱女子刺伤？若非他要对人用强，人家又怎会刺他？”说着摔了一支令箭到地上去，“传令三军，严加约束，再有辱人妻女者，就在当地斩刑！”又转向林景云，“你亲自往左军去一趟，跟秦文说清楚些，既然已经传下去了 军令，将军犯法，自然也与兵士同罪。”她心底其实并不真的相信这件事情如传闻中所说，她让林景云过去，是想听他一个解释。

然而，待林景云传令归来，却清清楚楚跟她说：“秦将军让我问问公主，若是两情相悦，还算不算违了公主的军令？”

此时众人已经退去，只有赵恒岳和几个近身侍卫在身边，陶花又气得牵动伤口疼痛，赵恒岳却是一笑出声。他一边服侍陶花重新躺下，一边回答林景云：“跟他说，虽然没有违令，气坏了公主却是罪加一等。”陶花心中怒气正无处发泄，侧头横他一眼，他立刻赔笑，“你不用看我，我可没收这个姚妃。”

陶花在建康城原地修养，中军留在建康守护，左右两军分两路攻取吴越残部。赵恒岳陪陶花留在建康，既未随军，也未回汴梁，后来国中文书就干脆直接递往建康，而不是由汴京郑丞相转交了。

前方不时有捷报传回，大都是攻城掠地、敌方投降。然而，等到来年夏天，情形却不怎么好了。左军攻吴越边境的永嘉城，久攻不下，后来右军也过去支援，两军加在一起竟然还是拿不下这个永嘉。朝中军中都已渐起怨言，更有人提起当日在建康城治军不严的旧事，也有人在奏折中直谏左军将领沉迷女色。这些折子，赵恒岳一张张找人念给陶花这三军总帅听，初时她只是甩手掷开，到了后来，永嘉之役毫无任何进展，而往来信使又从不多说半句话，永远都是一切安好，她不免也就着急起来，说的话也开始重了。

赵恒岳这边刚开始是不多说一句话的，朝中来抱怨的书信奏折他全都看了，却从没往永嘉前线说过一句。到后来看见陶花开始责怪了，他也就偶尔催催前线军事。然而，他催促的话语必然是经过深思熟虑的，听在朝中军中和信使耳中，就跟陶花那发脾气似的催促话语份量大不相同了。

他催到第二次的时候，秦梧亲自从永嘉回到建康见驾。

陶花接出城去，秦梧见到她却是跪下去行大礼，再也不似往日姐妹相称。陶花当然不等她跪落已然扶起，她却依然冷淡得一句话也不肯多说。

赵恒岳给秦梧摆酒接风，言谈欢笑，筵席上一句话也不提军事政事。陶花和秦梧两人都被他这态度给惹得急躁起来，秦梧几番想出言解释，都被他压住了话头。到最后是陶花忍不住出声，问了一句永嘉守将是谁。她并非真的不知道是谁，只是想把话题转到此处。

秦梧当即停箸，却不向着陶花，只向赵恒岳说：“永嘉守将是吴越的镇南将军钱元虎，此人身经百战、老练狡猾，当年也是我大周武状元出身……”她话未说完，陶花猛然将手中酒杯掷在地上。

“当啷”一声脆响，秦梧和赵恒岳一齐转头看向她。陶花今日见秦梧对自己态度异常，因着姐妹情谊已经隐忍了很久，到此时论及军政，那是再也不能忍了。她淡淡注视着秦梧，“此次征伐吴越，我是三军主帅，秦梧你不会不知吧？你身为周营将领，主帅向你问话，你对着旁人说什么！”

秦梧刷地站起身来，显然也要发作，赵恒岳急忙插话：“梧妹，你继续说，不用理她。”

秦梧重新坐下向着两人说话，语气稍缓了些，却仍是冷淡隔阂，“大王说过，吴越全境臣服之时，便是大王登基为皇帝、你们大婚之时。只是永嘉难攻，我们真的已经尽力，并不是要拖延婚期。将士们在前方浴血苦战，这后方不断催逼怀疑，着实让人寒心。”

陶花面色阴沉，“大军已破都城建康，吴越大半版图都已划入大周，正势如破竹，锐气盛时，怎么会挡在一个小小永嘉？我不是要催逼前方将士，只是朝中各种传言，如此下去恐怕不利你兄妹。”

秦梧听她语气稳重，是正经讨论国事军事，她便也收起刚刚的儿女脾气，正色答道：“永嘉郡城防牢固，依山而建，易守难攻，且是吴越名将钱元虎的家乡所在，由他亲自镇守。吴越退下的精兵全聚集于此，钱元虎有意割据为王，所以奋勇守城。我曾在阵前跟他交手，果真骁勇无匹。”

陶花冷冷一笑，“钱元虎是吴越名将，难道我大周竟无将领了？你是女子，尚披甲与他对阵，秦文拜我朝上将军，如今可是食素？”

秦梧猛然自座中站起，瞪视陶花半晌，“你一哼！我以为你退居后宫，再也不问军事，却又为何苦苦催逼哥哥？不错，不能速下永嘉，误了你的婚期，是我等无能，这份差，秦梧当不了了！”说着就将身上甲胄弓箭全都解下摔到地上。她气愤之中，手势十分粗重，衣裙险险撕裂，箭支从囊中错落散出，一地狼狈。

陶花不知她为何发怒，茫然毫无头绪中还不及询问，先看见那些散落的箭支中竟有一支自己的铁箭。

她忍不住问了一句：“你哪里得来我的箭支？”

秦梧向着她冷笑，“我哪里得来你的箭支，这还用得着问么？莫非你的箭支赠予外人的有很多，你得问问才能知道，我是哪里得来的？”她低下头去，“我秦家对不住你陶家，此事已然无法挽回，我兄长曾说，他便是为此赔上性命，也决无怨言。为杀耶律德昌，他已险些丧命，大丈夫战死疆场，原也没什么。只是，你一定要将他凌迟才甘心么？”言毕已在抽泣。

陶花闻言更加不明所以，“家仇之事，我早已看开，秦将军应该也知道。这……这跟眼下也没什么关系。永嘉久攻不破，如今朝中怨声沸腾，都以为是将领沉迷女色……”

“女色？”秦梧抬头看住陶花，“你是装傻，还是真不知道？”

赵恒岳在旁冷冷一声“秦梧”，秦梧转头去看他，他淡淡地说：“我知道，你们兄妹情深，但是你也该知道，咱们两人也是兄妹。那时候你父亲被文瑾瑜迷住，你的母亲痛不欲生时，是我父亲日夜在旁安慰妹妹。”

秦梧跪下来，“大王，不必提及父母，秦梧也感念你的恩情。可是，是非曲直却不能因此而颠倒。”

陶花到此已经隐隐不安，她转向赵恒岳，声音严厉，“你到底做了什么？”

赵恒岳迎着她的目光，缓缓答言："我知道你有一件事已经决心放下，只是十分难受，我是想帮你快点解脱。"

陶花顿时惊惧，想起他弑父杀弟的手段，想起郑丞相说他本性其实暴烈，她呆住半晌，越想越是害怕，狠力把手中的酒杯掷到他身上去，"你把秦文怎么了？！"说完就觉到胸口难受，喉间有一股血意冲上，要勉力控制才不致喷出。

他望着她，不答话，眼神中一缕淡淡哀伤。

她却是越发失措，心底的恐惧也让她乱了方寸，指着他厉声喝道："你要是敢动他……我……我……"

"我把他杀了，你想怎么样吧？"他忽然笑起来。

她被他的无赖态度给折磨得没有对策，又怕他真的动这个念头，只能拼死而谏："你敢杀他，我就敢陪着死！"

他听见这话，带一丝惨笑点头，"是，他才是你的那只燕子。"说完便疾步走了出去。

陶花知道自己匆忙出口的话语太伤人，想要追出，却不能把秦梧独自一人晾在这里，她也想知道秦文到底怎样了，只好怔怔重新坐下，对秦梧说："你有话但讲无妨。我只听说，你哥哥跟吴越王宠妃姚碧君要好，此后便是永嘉久攻不下。"

秦梧苦苦一笑，"姚碧君？不错，当日我哥哥进建康城前，大王密传他，交待了三件事：第一件，是掌住吴越虎符，第二件，是封住府库军需，第三件，就是将这吴越姚妃带回给大王。"

陶花微微皱眉，"此事大王没有告诉我。"

"我哥哥进城之后一一照办，到了姚妃的住处，他怕有不便，特地带上了我同去。见到那姚妃时，果然是美艳动人，我们带去的兵士都看得痴了。哥哥以礼相待，请她回去拜见大王，她不允，在众人面前竟对哥哥直诉相思。哥哥不理她，让人绑了带走，那些兵士你推我阻，都不忍心下手。后来我亲自上前绑她，谁知她拨动吴宫机关，将我们三人陷于密室之中，而后竟拔我佩刀，说宁可一死。哥哥怕伤了她性命，就苦苦相劝，结果这姚妃说，既然相思不可得，唯愿与哥哥对饮三杯，便可听凭处置。我哥哥就信了她，自她手中接了三杯酒喝……"

陶花"哎呀"一声："两军交战，敌人之酒怎能喝得？"

秦梧流下泪来，"不错，他只是心急，想快些把这人送给大王。他说，听大王口气，似乎有意此女，若是大王真的喜欢她，那……那他或许就会放了你。哥哥说他以往对你不够好，才令你不得已而从了大王，他说一旦大王有了一位宠妃，你自然也就明白过来，他也就有机会重新对你好。"

陶花叹口气，"这酒可是有毒？"

"不是毒药，却是……却是比毒药更糟。"秦梧面孔忽然发红，不肯明说。

陶花立刻明白她所指，轻轻点头，"所以，那天晚上将军在宫内留宿。"

"不是！"秦梧却大叫起来，"我哥哥从始至终，待你至诚。自从七年前出使契丹归来，他就一直把你的桃花箭带在身边，他只是心思沉重些，整天逼自己念着家国天下，一直不许我说罢了。那天晚上，他命我将他捆绑起来。我亲见他难受得咬破了嘴唇，实在不忍心就去帮他解开绳子，谁知，绳子刚一松开，他便自箭囊中摸出一支箭来，刺进左肩……”秦梧语声惊恐，显是又回到当时情境。陶花听得心中骤然一紧，跌坐椅中。

“就这样，那一晚上在密室之中，先先后后总共刺了四箭。姚妃看得心惊胆战，最后是真心敬服了哥哥，对哥哥说她也是受人之托，若是哥哥不嫌弃，她愿以真心来服侍哥哥。可是我哥哥说，只望她能放我们出去，然后同去见大王。我们出来之后，来不及找军医包扎伤口，我只能亲手拔箭给他包扎，这支箭就落在了我这里。”

陶花拿过那支铁箭来，触目钻心，“他，他现在伤好了没？”

“呵，难得你还念着他的伤。我们出来之后见过大王，大王说把姚碧君赐给他，哥哥不肯受。大王也没办法，只是说姚妃已无去处，就把她先放在了左军之中。那几天，哥哥每日都在沉思，怎么想一个好办法能让你出来，随他前去收服吴越残军。正在此时，忽然有消息大王遇刺，你舍命救护受了重伤，大王当夜遍传婚讯，说是慰你忠勇痴情之心。”秦梧叹了口气，“我哥哥伤心欲绝，却也并没生你的气。谁知紧接着就来了你的军令，说要约束军纪。林景云又亲自往左军去了一趟，传的是你的令，话里话外都是指斥姚妃之事。那姓林的与哥哥不和，说出来的话自然也不会好听。我哥哥当时就生了气，你胡乱疑心他，还搬出令箭来压人。当夜他就把那姚妃召到了帐中，他说，他不担这虚名。可怜他肩伤还正重着，约束之心，历历在目，却就把这女人给收了。我去劝过他，他还负着气，跟我说这欺辱弱女的声名他担不起，还不如两情相悦算了。

“从那之后，姚碧君就一直随军了，我哥哥也从不避讳，可你……可你竟然也信之不疑。我哥哥是个会沉迷女色的人么？那颜素素难道比姚碧君差？大王命我们收服吴越残军，一路南下打到永嘉，建康来的飞鸽传书，哥哥从来都是亲自拆开，不许旁人染指，可是，却再也没听过你的消息，我也再没见过他的笑容。永嘉难攻，何况……何况他肩伤竟是一直不愈，已经数月有余，左臂举不过肩。与那钱元虎战过数次，哥哥有伤在身，一时胜不了。你们苦苦相催，哥哥日夜忧烦，也不知是为战事，还是为了……为了……”秦梧失声痛哭。

陶花侧头看着秦梧啼哭，竟不知劝阻，只是怔怔的。等她哭停了，陶花才回过神来，立时起身要走，“我这就带兵赴永嘉增援，等我去回过大王。”说完之后又自己停住，她当然明白，这前前后后，赵恒岳都脱不了干系。他如此苦心经营要隔阂秦、陶两人，如果她去问他，他焉能让她轻易就去了永嘉？

陶花略一思忖，从门外叫了一个侍卫进来，对他说：“你报给大王知道，我带公主营去增援永嘉，我自东路走，取道台州，秦将军自西路去的，我不会与将军会合，只是牵制敌军兵力。你将我的话，原原本本报给大王。”说罢不顾那侍卫相劝，即带着秦梧离去。

第三十九章　倾城

陶花心急火燎，昼夜兼程赶至永嘉，先命大军在东侧驻营，而后让秦梧回营报给秦文知道。秦梧奇道："你为何不自己去告诉他？"

陶花摇摇头，"改日恒岳在时再相见吧。"

秦梧望着她，"陶姐姐，我哥哥待你是真心，从一开始就是，他只是不肯说。他是我们家唯一的男孩子，生母却老早去世了，长辈们从小就对他严厉，他已经习惯了压抑自己。你不理他，他就大病了一场，却并未跟你诉苦。我是他的妹妹，亲眼看着他如何对你，他是真的喜欢你。"

陶花轻叹了口气，没答话。

当夜陶花在营内休息，到夜半时忽然有军士来报，说永嘉城内有大队士兵出来。陶花立刻起来，猜想是钱元虎趁他们立足未稳，急求一战，不由暗自责怪自己路上太过焦急，士兵此时必然疲惫不堪。

陶花披甲上马，见自己所带兵士果然都有风尘之色，可是也别无退路，只能一战。列队到营前时，钱元虎已经到了，远远看见陶花一拱手，"听闻周国军中，以公主美色为最，若能收归我钱氏营中，当以礼待之。"

陶花最厌烦别人在战场上赞她美色，当即冷冷傲然道："本宫也曾耳闻吴越佳丽，以姚妃为先，不知如今在我周营可安好？"

钱元虎闻言大笑，毫不见怒色，"姚妃如今新寡，恐怕不如公主得意。"

陶花奇道："我们对吴越王礼遇有加，何来新寡之说？"

钱元虎也奇道："公主莫非不知，姚妃已经下嫁你们秦将军？昨日我斩秦将军于马下，颇觉对不住我的旧主姚妃。"

陶花闻言，只觉两耳"嗡"的一声，便再也听不见任何声音。她眼见周围人等忙忙碌碌，有人过来对她大声说话，竟都似身外之事。好半天缓过神来，陶花从背后摘下弓箭，恨不得当场射杀钱元虎，刚一用力拉弓，却觉喉头腥甜，一口鲜血喷涌而出。她当日受鼓箭劲力所伤，虽然外伤已好，却是落下了这个气血翻涌时会吐血的毛病。这口血自建康忍到永嘉，此时再也忍不住了。

鲜血落在"火云追"身上，它立时受惊一跳，陶花险些落马，急急双手去抓缰绳，铁弓"当啷"落地。

钱元虎已经一马当先冲了过来，他身后的吴越士兵杀声震天。陶花急命强弩兵放箭，自己不及拾弓，自一旁的侍卫身上摘下他的铁弓，恨恨三箭朝钱元虎连发而去。本来三箭是各有位置，陶花却恨得牙痒，三箭全往咽喉而去。钱元虎丝毫不乱，一手长刀一挡，一手挥臂一拨，第三箭来时来不及躲闪，只是身子偏了偏，箭尖擦身而过。陶花发箭时心乱，这一箭准头已不甚好，高了些，擦着他嘴巴过去，留下一道血痕。他丝毫不惊，反而转头冲陶花邪佞一笑。

陶花被激得恨怒满胸，失了常态，立时抽下佩刀，急催"火云追"向前。身旁侍卫连忙赶上来，叫着"公主退后"。

陶花气道："此时退后，何时向前？此人斩杀秦将军，是我周国的大仇人，仇人当前，要我退后？就是耶律德昌在阵时，我也未曾退过后！”一夹战马不顾众人而去。

侍卫们见此情景，只能跟上保护，却怎赶得上“火云追”？到陶花与钱元虎越来越近时，强弩兵也不再敢放箭，怕伤及公主。陶花见弩箭骤停，敌营士兵冲得越来越快，钱元虎看着她微微而笑时，立刻知道失策。想要回马已然不及，钱元虎如一只下山猛兽冲了过来。

陶花慌中不乱，知道自己近身兵刃必然不是他的对手，急从怀中取出木盒弩箭，待钱元虎近前时按机括发出，弩箭全中他左胸，穿过铁甲牢牢钉在身上，迅即在铁甲缝隙殷出一片血红。钱元虎大吼一声，马下却丝毫未停，左手长刀架住陶花手中的短刀，右手一横扯住她腰间竟生生擒过马来。陶花看他中弩竟然连步子都没停，不由给惊得有些呆了，连“推云手”都不及使出，被按在马上仍是抬头看了他一眼。

钱元虎低头骄横一笑，“公主，比你家秦将军何如？”

陶花怒极，在马上想要挣扎，钱元虎左手按住她身躯，右手横刀扫过奔来相救的侍卫，一时间哀号声四起。周营死士自是源源不断上来营救公主，钱元虎被众人围住，却气势泰然，大开大阖，刀刀伤敌，单手竟能自如应付围兵。等到吴越营中的兵士也跟上来时，他哈哈一笑，圈马回去，把胸口弩箭拔下，接过部将递上的白布当胸一缠，连呼痛也不曾。陶花在马背上听见他命人鸣金收兵。旁边的副将问他：“此时正气势如虹，为何收兵？”他答：“城中空虚，必须回防，此行是为俘此女，已经得到。”

他把陶花手臂绑了，提起抱坐于马鞍之上，共骑而行。陶花转头大骂“无耻之徒”，他冷笑一声：“我是听说你彪悍，怕你跑了，你若真逼我无耻，也未尝不可。”陶花恨不得引刀自尽，却苦于动弹不得。

不一刻回到了永嘉城下，先头部队叫开了城门，鱼贯而入。钱元虎站在城下，忽然大叫一声“且慢”，部队停住。他在城下仰望城头，战马往来数趟，忽用本地土音向城上高叫：“陆将军何在？”

片刻，城头上一人也用土音回道：“陆将军去巡防了，是属下高德在此。”

钱元虎大吼一声：“有诈！快退！”说着纵马向后。吴越士兵尚不明白是怎么回事，城头上箭支已如雨点落下，城门立时关闭，进了城的那些士兵再没一个出来。

副将们拥着钱元虎退出箭距之外，方才停住。他回望城头，对左右副将道：“我命陆将军守于此处城楼，城在人在，不可擅动，既答不在，必然就是城楼已失。”

副将奇道：“何人可在顷刻间得城？”

钱元虎长叹一声：“大队人马出城偷袭，城中戍防空虚，我为了保住城楼，减弱了海上防御。原以为他们是北方兵士，不惯水战……”

话音未落，一个哨探高声来报：“将军，已经探明，城池已为周军所获。将军走后不久，海上来了几艘大船，摇橹之人都穿商人衣服，讲话用本地土音，曹将军就没有拦阻他们。停船之后，舱内却全都是周营士兵，海防空虚，当即城破。”

钱元虎一勒战马，后退几步，陶花顿觉一阵腥气，转头一看，他一口鲜血吐在自己肩上，连带刚刚的伤口也迸开，喷出血来。两旁副将一齐来劝，钱元虎连叹数声："好……好……好一个吕子明白衣渡江！守海上的是曹将军，周军从未由海上攻击，他也就从未与周军交战过，竟如此大意！"

陶花闻言，不由心下大赞，正高兴间，钱元虎一把抓住她脖颈，"如今之计，我只有靠这个女娃娃，来夺回永嘉！"陶花"呸"地一口吐到他脸上，"你休想！"

钱元虎提住陶花，只带了几个贴身副将，又纵马回到城下。城中先放了几箭下来，钱元虎冷笑抬头喝道："哪里的箭兵如此无礼？敢在鲁班门前耍大斧么。"

此言一出，城上立时有声音喝止了箭兵，陶花仰头望去，但见城上旗帜已换，火把通明，照着周营的将旗猎猎飞舞。她虽然不识字，却认得那是秦文的旗帜。

陶花还正奇怪，接着看见一人白衣素甲，脸色淡淡，站上城头，火光明明灭灭，夜月照着他一身孤寂。

陶花一见他身影便惊喜异常，问道："秦文，是你么？你……你没死？"

秦文却不答她话，让陶花刚刚的惊喜又存疑问。

钱元虎哈哈大笑，向城头喊道："秦将军，这女娃娃你认得不？你要是不认得，我猜她要伤心了。我今晚去偷袭公主营，见这女娃娃模样儿不错，就跟她说：你不如给我做老婆，你们秦将军已经被我杀死了。结果这女娃娃就跟失心疯了一样，在战场上连铁弓都拿不稳跌落地下，还在两军阵前吐了一口血，全吐在她那汗血宝马之上。我听说这马是你送给她的，你去看看马背，兴许还有她这心尖之血。我钱元虎勇冠三军，岂是虚名？她连铁弓都落了，还要以卵击石，妄想跟我拼个同归于尽。你看我身上的白布，全是拜她所赐。钱元虎也不是无情之人，万般无奈，只好擒了她来看看你，免得她相思成狂，哈哈哈……"钱元虎纵声大笑，陶花连面孔到脖颈完全红透，没想到今日之事，说出来竟能成为这般。

然而，城头之上却毫无动静，秦文冷冷看着城下，听完钱元虎的话，竟是一言不发，连神情都没有变过。

钱元虎沉默一阵，嘴角微扬，对陶花大声说道："公主殿下，你想念秦将军，我已经带你来看过他了。你看他既然如此无情，不顾你生死，你不如跟我这有情有义的钱元虎回去，如何？"说罢他一收臂膀，将陶花紧紧抱于怀中。

陶花正要大骂，听见秦文在城上缓缓开口，"钱将军，你莫非不知她早已不是公主？她即将成为我大周王后。我本当勉力护卫王后，只是战场之上，许多事难以两全。三年之前，她确曾是我心爱之人，今时不同，我已有碧君，她也有所属，恐怕让钱将军失望了。我劝你还是收好了她，找我们大王谈和去吧。"

此言一出，连陶花都在怀疑，秦梧说他想念自己的话到底是真是假。

钱元虎焦躁地退了两步，喝道："你今日若不救她，她恐怕没命去见你们大王。"他自然不愿长途跋涉带陶花去见周王，谁知这中间会有何变故。他已经失去永嘉，一旦有变故，连个归处也没有。

然而钱元虎到底是老将，片刻之后即冷静下来，沉思一阵，笑道："秦将军是在跟我说笑。若真如你所说，那我也不用去见周王了，得此美眷，我不如娶做自己老婆，然后卸甲归田，享后半生艳福去。”说罢他扳过陶花，让她面朝自己，啧啧赞叹道：“果然是人面桃花，让老夫情难自已，不知这美人秦将军你享用过没有？若是没有，老夫今日可以让你大开眼界，若是有过，哈哈，你传些御兵之道给我如何。”说着他握住陶花纤腰用力一捏，陶花咬紧牙关没发出任何声音，“就怕她这小身子，受不起老夫我的……”话音未落，一只白羽箭夹着劲风飞至，钱元虎急忙提马，战马向前一跃，箭支擦过马上之人落在马背上，一箭没翎。那战马嘘溜溜一声长嘶，眼看要受痛失控，钱元虎应变迅速，手起刀落，立斩马头，遂和陶花跌落地上。

陶花溅一身马血，想要借此机会逃脱，却寸步难移——钱元虎身经百战，落地之时尚且紧紧箍抱住她，两旁的副将也已飞快围了过来。陶花只得了一个袭击的机会——她的手臂被牢牢绑住，只有在落地的瞬间是朝着后方的，这一个小机会她也不肯错过，当即甩出袖箭。

匆忙间无法拿捏准头，袖箭中了钱元虎的左臂，他狂吼一声，喝问陶花：“你身上还有多少暗器？是否要老夫亲自点一点？”说罢踏上前去，一脚踩住陶花后背，一手拔出自己左臂的箭头，鲜血喷出时，他俯身在陶花身上一扯，“嘶啦”一声一块长布条被撕下来，他立刻以布条裹住伤口。包扎完毕，他俯下身去撕开陶花的袖子，取出袖箭。

南方气候温暖，陶花穿得单薄，衣衫被撕去，里面就是亵衣。她是第二次落于敌人手中，头一回的遭遇还如在昨日，此刻虽然强撑，心底却也是惊惧起来。

终听得城上一声断喝：“住手！”钱元虎仰头而笑：“此刻住手，是不是晚了，老夫已经情动。”

秦文在城上一字字言道：“永嘉城，还给你，陶花，还给我。你再敢碰她一指，我今日血洗永嘉，不留一人一畜！”

钱元虎哈哈大笑，“秦文，我第一战时就跟你说过：姜还是我老的辣。请你即刻带兵出城，这公主殿下么，放心，我给你剥光了送到床头，然后咱们休战三日，只怕你明早连提枪的力气都没有。哈哈……”

秦文冷冷打断他的笑声，“我说过，不许你再碰她一指。”

钱元虎收住笑声，正色问左右副将：“营中有女人没，叫两个过来把她剥光，免得再发什么暗箭伤人，要是逃跑了，咱们可就什么都没了。”

陶花仰起头来，“永嘉如此难攻，请将军三思。”

秦文不答，只是自城上扔下一团白色物事，落到地下才看见是一件白裘。钱元虎当然明白，拿起来远远扔到陶花身上，真是再没有碰一指头。

陶花仍是不服，仰望城头含泪道：“将军，我身躯卑贱，不可因我失却重镇。若果真受害，陶花不过一死……”说着竟四处寻望，分明有自尽护城之意。

秦文顿显焦急，怒喝道：“你胡说什么！”陶花仰头望他，一脸不甘，秦文叹口气，迎视着她的目光缓缓言道：“天下之大，可以有千百个永嘉，四海之内，却再无第二个陶花，若能再找出一个你来，我又何至于今日？你曾问我，家国天下重要，还是陶花重要，我早说过，空口无凭，总有一天你自然能知道。”

钱元虎侧过头看他们一眼，抛下一句“还真是多情”。

第四十章　伤心

周兵列队离城。钱元虎坐于马上，冷冷看着对面的秦文。他手下并无女兵，最后是到城内找了两个随营的家眷，此刻那两人正抱住陶花。她们果真脱了她的衣衫，只用白裘包裹，又喂了些软骨散，以保万无一失，那是万万不可能自己逃跑了。

到周兵尽出，秦文向钱元虎微一点头，钱元虎便派一队士兵进城查看。过了半晌那些士兵出来，表示没有异处，钱元虎便示意那两个女眷送陶花过去。

她们两个走到中间即停下，不肯再前行。

秦文侧头，命秦梧过去接陶花。秦梧斜他一眼，显然是在说你该自己去。连钱元虎都忍不住劝道：“秦将军，你们二人之事我也听说了，是周王强娶你的未婚妻。此刻周王不在，她又未着寸缕，你不待这天高皇帝远时动手，更待何时？”秦文冷冷无语。秦梧只好上前去。

她走到那两个女眷跟前，俯身抱起陶花横于马上，圈回马正要起步。陶花一直眼望敌阵，此时赫然看见三只长箭成一排向秦梧后心而来。陶花大惊，急忙喝道：“下马！”

秦梧闻言立刻滚鞍落马，连陶花一起摔落。甫一落地，钱元虎已经到了跟前，伸手一捞将陶花提至马上，低笑道：“美人儿，这么快又见面了。”

话音未停，秦文的铁枪已到钱元虎胸前，秦梧虽在地上，长鞭也挥了上来。

钱元虎骤然受两人攻击，防守有些凌乱。他本来以为会是秦文来接，打算在此与他交手，却不料来的人是秦梧。他和秦文都在密切注视战局，所以应变迅速，两人几乎同时赶到，而其他副将显然都慢了一拍。此时两边倒都有人纷纷上来，却帮不到钱元虎了。

陶花在马上看见钱元虎有些慌乱，已经顾不到马上的俘虏了，当下毫不犹豫伸出一只手臂慢慢去抽取他的佩刀，往腰侧砍去。她吃了软骨散没有力气，行动只能极其缓慢。

钱元虎长刀架住秦文的双枪，一侧身躲过秦梧的长鞭，勉强算是应付过去，却骤见利刃已近了自己腰侧。万般无奈之下，只能刀背一扫陶花，将她扫下马去。秦文即刻纵跃下马，将陶花接在怀里，未舍得她落地。

秦梧大呼小叫起来：“哥哥你不能走啊，我一个人打不过他。”话音未落已经屡屡遇险。秦文只好重新上马，不放心也来不及放下陶花，将她抱坐于马鞍上，单手迎敌。

钱元虎同时迎战两人，已渐不支，带队往城内退去。秦文一纵战马，抢先奔入城门，乱军之中有好几员周将都奔进来，城门才缓缓合上。外面攻城之战重又开始，城内也杀得血流成河，钱元虎进城之后立即上城楼指挥，只由副将对付秦文。

一时之间城内城外都混乱不堪，陶花担心进来的周兵少，如此下去不是长久之计，不断地在秦文怀中左顾右盼。他皱了眉头，柔声低劝：“别动了，你还想我左肩再刺一箭不成。”

她一阵脸红，又知道此事在战中关系重大，仍是轻声问他：“伤口怎样了？”

“听说你来，已经好了一半。此刻，又恨不得全都裂开。”说完之后他纵马突围而出到城楼一侧，这个城楼是双城，两个城门之间有巨大空隙，由木板覆盖。秦文引弓射向固定木板的绳索，却因为绳索在上方，他的左臂不能举起，总是失却准头。

陶花一笑，伸出一只手臂，“我帮你掌住准头？”

于是，秦文以一手掌住弓身，一手拉弦，陶花以右手搭上箭，喝一声“放”。

一箭射出，绳索铿断，“哗啦啦”木板落下，尘土飞扬。在那木板之后，赫然是周国精兵，杀声震天而出，往城头袭去。

陶花无限惊喜，“今晚咱们定可一战获取永嘉。”

秦文见战局已定，便策马到城中小巷之内，他与陶花两人都是奔波一夜，伤痕累累。若在往常，他自是继续战下去，可是现在却怕陶花受不了，想找个地方休息。

永嘉城浴在战火之中，城内百姓大多已逃出，随处都是空房。

街边一处民居内，陶花正靠于榻侧，轻轻喘息。窗外火光隐现，杀声震天，映得屋内时明时暗，让人的心境也跟着时起时浮。白裘滑落半边，颈侧锁骨随她喘息若隐若现，在黑暗中闪着玉样光芒。秦文别过头去，“我到外面找件衣服给你。”

还未起身，听见屋外有声响。一个吴越士兵逃到此处，看见空屋门户大开，想进屋来躲一躲。

陶花听见声音，下意识地去捏支袖箭，却捏了个空，才想起自己现在浑身上下，只有一件白裘。她探出藕臂，到秦文身侧去寻他的箭囊，窸窸窣窣在他腰间摸索半晌，终是拿出一支箭来捏在手上。

那逃命的士兵仓皇之中，根本无心顾及周围情况。屋内昏暗，他模糊看见床榻的方向，就跌跌撞撞过来。待走近看清时，已经晚了，秦文一枪刺进他前胸。然而，这一枪远不似往日果断有力，那士兵没有即刻断气，倒在地上仍挣扎着想要爬起。他却未再接着刺出第二枪，只是坐在榻上，深深喘息几口。

陶花看他情状，以为他牵动伤处所以无力，于是一箭掷出，正中那士兵咽喉。然而陶花受软骨散所限，没有劲力，那士兵仍是没有毙命，他挣扎着竟然又爬出屋去，保住了性命。

秦文不由苦笑，大周国两位名动天下的悍将在此，竟是没能杀得了一个小小吴越士兵。

陶花不去顾那士兵，只是看住秦文，“伤这么重？”她以为他必然是因伤才至于此。

他摇头，缓缓说：“不是伤……”忽然一把抱起陶花，她的白裘顿时大半滑落。

月光自窗户斜下，照着白裘细软皮毛，映着肌肤冰雪晶莹。

陶花已经明白，心里头七上八下，哑然半晌后无奈出声：“你放开我。”

他摇头，“我再也不会放了。”

她想要推开，而她此刻的力气却不足以让他感受到推拒。

她只好提醒眼下战局，“这是乱军之中，咱们得准备应战。”

他不语，把白裘重新细细裹好，猛然抱起陶花，出门上马而去。

周军已经破城，街头到处可见巷战。秦文唤过一名将领服色的周军，凛然对他说："传我命令，立闭城门，今夜永嘉屠城，不留一个活物！"

陶花大惊打断，"不可！永嘉守军勇猛，却与百姓无涉，你怎能如此行事？"

秦文看她一眼，"我对钱元虎说过，只要他敢再碰你一指，我就屠城，难道你要我言而无信？"

他对陶花说话时语调已经极尽温柔，可是这话在陶花耳中听来却仍是森寒无比，她大力摇头，"不可……"

两人正争执间，话还没说完时，忽听城外隐隐穿来山呼"大王"之声，陶花顿时面露喜色，"恒岳到了，他定是带着大队随我来的。"

秦文不答话，策马到了城门口，但见城门大开，周营士兵源源不断涌入，有许多都是中军服色。

秦文逆流而出，三军士兵，没有一人不认得他，全都规避让路。偶有人认出他马上横抱着的是陶花，又如何敢出声多惹事端。

出城二十余里，渐渐空旷无人，他到一株榕树前停下。

榕树在南疆才有生长，永嘉之地是吴越国最南之处，才不过刚刚有而已。这株榕树硕大无比，四面垂下的枝条又扎入土中生根，如一个天然帐篷。

他下马走入枝蔓之中，轻轻把陶花放在树下。白裘展开，再无遮掩。刚刚若隐若现时，他只觉她的肌肤光芒四射，照得他心神荡漾，如今完全展开，才看见她身上累累伤痕，顿时万分心痛，反倒定下了心神。

陶花觉到他在一一查看自己周身伤处，于是一动不动，任他查看。只觉他手脚越来越轻，呼吸越来越微，似乎生怕吹痛了她。良久之后，他微微叹息，再无动作。

厮杀声越来越远，只有风吹榕帐的枝条声渐渐清晰起来。陶花望了一眼永嘉城的方向，"恒岳已经到了，我得去见他。"

秦文微微侧头，神色中一缕伤痛刻意避开她的目光，他柔柔唤了一声："陶花。"

她低低应声。

"与你相识以来，你问过我许多句话，宫变之前总是问我还有没有其他的话要跟你说，后来又问我家国天下和你谁更重要，扬州城下问我是不是嫌弃你，我从来都没有回答过……我一直以为你能明白的……许多话，说出来不如不说，空口无凭，说得又有什么意思？

"其实，在燕子河边遇见你时，我就已是难以忘怀、常常思念，后来幽州阵前重逢，你不知道我有多高兴，二十年间的笑容怕是也没有那一天多。可是，周国那时羸弱不堪，朝中也是暗流涌动，咱们身为将领，朝不保夕，又怎有心去谈情？以前杜姑娘给我医病时说我心太重了，那时我真的就是不敢回答你，也不知道自己该答什么、又能答什么……

"可是，陶花，你也该想想，我若只是为了功业、为了家族兴衰，何必拼着自己性命非要去给你报仇？乌由一败，契丹元气大伤，耶律德昌的生死已经无关紧要了。柳叶都没能杀得了他，我却拼死去刺他，若不是碰上杜姑娘，怕是就此送命。我以为你是明白的……你也看见了我一直留着你十五岁时在燕子河边射我的那支木箭，箭尖都已经变得圆润，是因为日常带在身边抚弄，你……你竟然都不想想是为什么，竟然不停追问我还有没有话要跟你说。我能答什么？那时是与田家联姻才得了幽州军的虎符，乱世之中，身不由己，我多说一句也怕自己不能承担，怕耽误了你。可是，我却奢望着你能明白……”

陶花愣愣看着他，“可是……可是……”

他转回头来，却迅即低下，仍是不看她的眼睛，“与萧照怜有过情事，是为着当时的局势，与田倩如在九华山逢场作戏，是为了田家的虎符。我喜欢听颜素素弹琴，人世多少无奈，只有在琴声中能有些舒缓，可是，我一直不愿与你细辩解释，我与她虽然是亲密好友，却从未逾矩。若非为政事必要，我并不想理这些女人，我总还想着，有一天，我陪你卸甲归田，相伴度此余生……”

他的声音颤抖，竟是说不下去了。陶花愣愣看着他，再也说不出话。她本来就心思迟钝，又怎么能解得开他如此深藏的情意？

秦文微微咬唇，勉力调匀呼吸，抬头看了她一眼，“我不能天天跟在你身边，也不知道旁人，不知道他都对你说了些什么。我自幼在战场上见惯了生死，脾气冷淡些，却并不是无情之人，对你更是……”他重又低下头去，“那天晚上见你受难，急痛之中说错了话，后来看到你跟他在一起，我才第一次体会了，心酸是什么滋味……这二十余年，我都没有体会过这种滋味……我才明白，我是早付真心，却被人设计了，从宁公子那幅桃花图就已经开始。那幅画上的题字根本就不是宁公子的笔迹，那时候气愤之中，竟然没去留心……若不是那幅画，只怕我也就拼着跟祖母吵一架跟你早早成亲了……

“我也不怪别人，只怪我自己心气高傲、顾虑重重，对你的亲近呵护不够。可是，咱们是有着生死盟约的，虽然咱们的婚约不作数，但咱们的……”他抬头看住他，“咱们的阳关之约、断箭之盟，我会一直守着！”

他紧抿双唇，断然结语。

陶花完全愣住，几次想开口却不知道该说些什么。

永嘉城的火光慢慢平息下来，厮杀声也弱了。赵恒岳施政仁善，一旦胜局确定，立刻会约束杀戮、安抚百姓。此刻他在做什么呢？百忙之中，一定是心急火燎满城找她。他多半已经得了讯息，知道陶花正跟秦文在一起，他心里头怕是比梅子还酸，却不会在她跟前露出一点，每次都是硬撑着自己的难过来逗她笑。

陶花的眼眸慢慢清晰，她黯然望着秦文，“过去的事已经过去了。就算是恒岳设计拆散你我，那也是你我情谊不坚，你顾着你的家族功业，我自己也是诸多疑虑。何况，在我每次受伤难过的时候，都是恒岳在我身边，我怎能负他？”

“你要嫁一个你不喜欢的人么？”

“不，你错了，我是真心喜欢他。”陶花神色严正，又微微有些害羞。

“我不信！你跟我走，咱们这就离开这是非之地，到西北边陲去隐退，到那时候你再告诉我你喜欢的人是谁。”

“秦文，不管你信与不信，我都是真心喜欢他。”

“你喜欢强拆散我们的帝王是么？！你贪图荣华富贵想要给他做王妃是么？！”一向淡漠的他，声音已经有些激烈强横。

她听他语气十分不善，就闭口没有接话。

他俯身拥住她，声调重又温柔下来，“别生气了，我知道是我说错了话，你问我会不会嫌弃你，我没有立刻表明心迹。”他的怀抱越收越紧，“我早就说过，空口无凭，话说多了也没有意思。我今天就让你自己体会，我是不是嫌弃你失了贞洁。”说着吻到她后颈中去。

陶花大惊，“将军不可。”

他在她耳后低喃：“我不会再说话，多说多错。明天早晨你自己告诉我，我有没有嫌弃你。”

他顺着她的后颈一路吻下去。

她勉力去推拒，却是不能撼动分毫。

她万般诉志，他充耳不闻。

只有一轮窄窄的淡月，淡得让人看不清彼此轮廓。

终于到了那一刻，陶花闭上眼睛。

那时候，她想的是：恒岳知道了这件事，会不会伤心呢？我可得好好跟他解释。他一定会原谅我的，连失贞那次他都拼命安慰我，这次一定也是。

他温柔到了极致，她却再也不说话。

周军得永嘉之后，将城内翻了个底朝天也没找到陶花。后来是有人说，看见秦将军抱着一个女子出城，于是才开始往城外搜寻。搜到时却无人敢近前，回报给大王。

赵恒岳甩开侍从，飞马赶到。陶花让他先扔衣服进去，他不理，径直闯入，但见白裘零乱，血迹斑斑，陶花半卧树下，低着头不看他。

赵恒岳稳稳心神，过去柔声问询：“你伤得可重？这么多血迹。”说着便解开白裘。陶花毫不避讳，由他动作，果然，他也是手脚越来越轻，到最后是一动也不敢再动。

到他完全停下来之后，她向他凝视，“我对不住你，失身于人。你要是想取消婚约，我……我也没什么可说的。”

他一把抱住她，带着笑声，“阿陶别说笑话了，你是太香了，香喷喷的大肉包子，所以总招狗来咬。是我没能保护好你，你放心，我决不会饶过钱元虎。以后我再也不会让你参战了，我马上就要登基，你回去做我的养尊处优的皇后去。想打仗了，咱们到床上打，再也不来这疆场了。”说着含笑看着她。

她的紧张神色散去一些，半晌又说：“其实，不是钱元虎。”

他仍旧微笑，“是谁你告诉我，反正我不会让他活命就是了。”

她有些尴尬，“可是这个人，我不想让你杀他。”

赵恒岳的神色瞬间千变万化，世故如他，当然一下就想到了这个人是谁。万般的惊痛愤怒委屈划过面孔，然后又一点点硬收起来，到最后是勉强的一点笑意，说了两个字：“没事。”转身出了榕帐。

当夜，陶花劳累至极，早早便安睡了。睡到一半朱弦把她叫醒，语气中明显惶急，“林将军请你过去一趟。”

陶花急忙穿衣起身，跟着朱弦走到营外。

眼前是一处烂泥塘，其中站着五六个男子，全都精赤着上身，满身污泥。仔细看一看，其中一个身材高大些的是赵恒岳，正以一敌多，跟其他几个人厮打。

塘边站着几十个侍卫，全都神情紧张，扣住暗器随时准备相救。

林景云一看见陶花就疾步走过来，“公主，大王让放开俘虏跟他打架，这已经是第三拨了。”陶花的公主封号早在婚讯之前就已经改了，只是林景云仍习惯了称她公主。

话音未落，听到那边赵恒岳大吼一声，臂肘正捣在一人背上，生生听见脊椎骨断裂的声音，那人当即软趴趴倒入泥中。

陶花心中一寒，起步就要下塘。

林景云拉住她，“公主你去做什么？”

“去拦他。”

“怎么拦？”

“还能怎么拦？不就是打架呗。”

“公主，他正在气头上，你现在怎能去硬拦？”林景云皱眉，“你不能迂回一点温柔一点么？”

陶花怒道：“俘虏也都是有爹有娘的，我再迂回，都不知道得枉死几个了。再说，温柔是啥意思？我陶花长这么大，还不知道这俩字儿怎么写！”说着她就下塘去了。

林景云在旁连连叹气，对朱弦说：“他俩总这么硬碰硬，以后夫妻吵架怎么办啊。”

朱弦笑道：“当然是大王让着王后，还用猜么？”

赵恒岳低着头又扑住一人，膝盖一沉把他踏到底下。陶花过去从背后把他往上提拉，他顺势回身把她扑在地上污泥中，抬手一拳往她面门打来。

陶花的软骨散还没有退干净，竟然无力应对。

拳头在她腮边停住，他摇了摇头，似乎是让自己清醒些。

旁边的侍卫们见此情形知道已经没事，赶紧把俘虏带走了。

赵恒岳恍惚一阵才反应过来，立刻起身把陶花从地上拎起来，在怀中抱了一会儿。

缓和了好一阵子，他才开口，“是我不好，没伤着你吧。”

陶花叹气，“你心里不舒服就发出来好了，何必非要跟我道歉？我这个人性子直，不知道怎么安抚你，可是至少，你不用委屈自己来应对我。”

他笑笑，摸摸她的脸，因为手上全是污泥，她顿时变成了大花脸，连着身上倒地沾的泥水，活脱脱一个泥人。

他扯着她向外走，“去洗洗。”

永嘉城依山而建，山上有一处温泉。

侍卫们远远警戒，赵恒岳拉着陶花走入汤池中。

她在草原上长大，不会游泳，虽然水只到胸口，还是因为一下失去重力而惊声喊叫。

他回头笑望她一眼，将她拉过来稳在怀中，探手帮她洗浴。

陶花看着他，见他脸上连着全身肌肉都棱角分明，虽然年纪还不算大，却是浓浓的刚毅成熟的异性味道。

他的手触在她身上时十分自然，一点也没有回避的意思，这也自然，他们两人早就亲密如一体了，只差最后那一步而已。

陶花盯着他看，慢慢地竟然觉得自己心中连同身体起了一阵阵的热意。她伸臂抱住他胸膛，靠在他前胸挨蹭。

他却是一僵，往后退了一步。

她仰头看着他，有些委屈，“钱元虎为了怕我逃跑，给我吃了软骨散，又把我衣服都脱了。当时，实在是难以抵抗。”

“你不是自己愿意的？”他起步就要往外走，“我去杀了他！我绝不会让任何人伤害我的阿陶！”

“不，”陶花惊慌，“你杀了他，秦家可怎么安置？”

“这些事不用你管。”

“不行。”她死死拖住他。

他转回头来，眼睛里的愤怒慢慢又变成哀伤，“我就问你一句话，他欺负了你，你不想杀他？”

“咱们三人一起拼杀疆场，出生入死这么多年，怎么能因为这个杀人？”

他瞪着她，“侮辱良家妇女，还不够定罪问斩么！”

“恒岳，是你跟我说，这不是什么大事的，怎么现在又说得这么当真？你说就跟狗咬了一口一样，可人也有走神儿会咬人的时候，我那时没穿衣服，也不能全怪他。再说……再说……”她微微低头，“他对我……其实……唉，其实是很好，只是我自己傻，看不懂罢了。”

赵恒岳眼中全都是警惕，又带了隐隐的怒气，“怎么，你改主意了？”

“没，”她急忙笃定回答，“我已经跟他说清楚，我……我只想嫁给你。”

他沉默一阵，把她放到池边，自己不说话游到另一侧去了。

陶花默然半晌，只是在一旁看着他。等他洗好了出来时，她贴到他身边去。

他低头蹭蹭她的头发，揽住她向外走。

晚风阵阵吹凉，她挨在他的怀中，仍然有些惴惴。

他很明白，于是拍拍她的脊背，有一搭没一搭地说些闲话："我第一次见他，是在契丹萧府，他的衣服跟萧二小姐一样白。我要是个女孩子啊，我也会喜欢他。第二次见他，是在燕子河边，咱们两个为了他吵架……"

"吵架了么？我怎么不记得了？"

"你不记得了？你看到他就呆呆的，还拐弯抹角地夸他，真是气死个人！"

陶花莞尔，"我真不记得了。"

"反正，从那时起，我就不喜欢他。这么多年了，就是不喜欢这个人。"

陶花踮脚到他耳边，"你那是吃醋！"

他笑笑，将她揽得更紧些，"你刚刚不停看我，是想我了么？"

她看他一眼，脸色红了起来。

他又笑了笑，"其实我更想你，等到行礼吧。"

"什么时候行礼呢？"她孜孜不倦地追问。

他想想，无奈叹口气，"本来是想等吴越归服后登基的时候，可我觉得现在还不合适。"

她顿住步子，"恒岳，你要是真的不想娶了，那就算了，没关系。"

他沉下脸来看住她，"我就知道你会这么说，所以现在还不能行礼。阿陶，咱们两人是生死相依的交情，彼此要完全信任，什么时候你明白我这句话了，咱们立刻行礼。"

她嘟着嘴，仍在生气。

他拉住她的手臂，"婚约不是儿戏。我说过，我们订了婚约之后你再反悔，我会怎么样？"

"我没反悔，是你。"

"我没反悔，也不许你变，再敢说这种话，我可就真生气了。"

第四十一章　婚礼

周军休养了一阵便班师回朝。因是得胜归来，大家全都神清气爽，就连伤兵也都觉得身轻不少。

只有陶花觉得身体日渐沉重不适，本来想着或许是路途奔波、水土不服，谁知到了汴梁却更加变本加厉，回到宫中的第一顿饭，她全都吐了出来。

陶花觉到不妥，立刻召来了太医。

今天是刘太医当值，老先生把完脉之后，战战兢兢不知该报喜还是报忧，只是跪在地上不停磕头。

陶花着急起来，"治不好了是么？死就死了，没什么大不了。"

正好赵恒岳急急忙忙赶过来，他本来在外奔忙，听说陶花召太医，立刻就过来探看。

刘太医知道瞒不过，硬着头皮跪到他跟前去，“微臣给大王道喜了。”

陶花懵懂，赵恒岳年少，两人都没有反应过来。

室内静了片刻，到底陶花是女子，她自己心里也知道有点蹊跷，猛然间就明白了。

她面色惊惶起来，挥挥手把刘太医和随从都遣退了。在这种时候，碰到这种事情，任是她如何勇猛无忌也会心慌。

到此时赵恒岳也反应过来，他先是一怔，又迅即换上笑容，两步走到陶花跟前握住她的手。

她疲惫不堪地抬头问他：“怎么一路上都不见秦文？”

他眼中的温柔神色一下变得不悦，“你答应了嫁给我的！”

她奇怪地看他一眼，“你没听明白么？我必是有孕了，太医以为咱们两个在一起，才会跟你道喜。”

他笑笑，“我听明白了。”说着靠到她颊侧去亲近，“所以才来趁火打劫。你是等不了他回来了，这就嫁吧。”

她看着他，“你不是说，现在还不能行礼么？”

“那时候不知道你有孕了。”

她更加奇怪地看他，“有孕了，你还要娶我？”

他被她以如此怪异的眼神连看无数次之后，终于也以同样的眼神回看她一眼，“怎么？我说的是汉文吧，就是契丹语，你也懂的啊。”

她试探着问：“要么我们别要这个孩子了。”

他立时大怒，“你怎么说这种话！你的孩子就是我的孩子，你居然想杀我的孩子！再说，”他坐下来拉住她的手，“我早就问过了，打胎不是万全，万一你有事，我岂不是也得陪着同生共死？本来是喜事，可别把它变成坏事。”

她叹口气，“一旦生下这个孩子，这一辈子跟他都是牵扯不清。”

他紧握着她的手，“阿陶，只要你能明白我对你的心，其他的什么都不怕。”

她无限柔情望着他，“我当然明白。”说完又叹了口气，“不想榕树下半日，竟然落得如此麻烦。”

这一句却又惹怒了他，站起来反反复复焦急踱步，终于急停在她跟前说：“我可不嫌它麻烦，你要嫌它麻烦，生下来给我好了！哪有你这样做母亲的？”说着就起了无比怜爱之情，走过去俯到她身前，试探着轻轻伸手，却又不敢碰上去，仿佛生怕碰坏了，只敢轻轻呼唤，“宝宝，阿陶肚子里的宝宝，你能听得见吗？”

陶花笑着推开他，“这么小，怎么可能听见。”

他赧然起身，她握住他的手，“好吧，你要是不嫌弃，那咱们即刻完婚吧。”

赵恒岳刚走，刚刚诊病的刘太医求见陶花。

陶花有些奇怪，给老先生让座。

老先生叹口气，“刚刚有句话，看见大王来了就没讲。”

陶花更觉奇怪，“先生但讲无妨。”

“公主……不，陶姑娘受了鼓箭之伤，气血奔涌，时时需要调理。可偏偏在旧伤发作时，又感染邪毒，吃了软骨散，更犯了房事大忌。往后，只能细心调养，减少房事。这话，怕是会惹大王不悦，只好请姑娘代传了。”

陶花点头，“我会小心。”

刘太医却仍是不走。

陶花隐隐觉到了不妥，小心问询：“是不是我生什么大病了？”

刘太医沉吟半晌，又叹了口气，“你是女子，却长年征战，屡屡受伤，我看……”他迟疑不语。

陶花抿抿唇，无奈一笑，“活不久了，是么？”

“也不能这么讲。往后细心调养，虽不能尽天年，繁衍子息把他们抚养成才，总还是能够。我会给公主抓付方子，请公主记得用药，以后，也不要再去战场征战损伤元气了。”

陶花笑笑，“那是自然，天下已定，如今是太平盛世，想打仗也没处打了。”

刘太医说完就告辞，走到门口时陶花叫住他：“老先生，这话不必让大王知道。”

老先生点头，“没人敢去触这个霉头。”

说是即刻完婚，也到了两月之后才堪堪准备妥当。

赵恒岳已登基为皇帝，宫中朝中建制全都升级，婚礼的一应细节全都有规制，一丝也错不得。

陶花受封枢密使，掌管朝中军事，只是这两月间吐得昏天黑地，对身外之事全然无知，只到婚礼这天被穿戴整齐扶着行礼。

赵恒岳看她晃晃悠悠的样子，悄悄吩咐侍女将她直接带入喜房休息，再让内监去找个身材胖瘦差不多的宫女过来顶替。

那领命的内监吓得不断叩头，却是不敢去应这个差事。

大喜的日子，赵恒岳又不愿发脾气，只是皱起眉头。便在此时，跟在陶花身后正要离去的一个侍女回转身来，跪在地上说：“皇上，您看奴婢行不行？”

他低头看看她，身材比陶花瘦弱很多，可是一时间也没更好人选，立刻吩咐左右给她换上衣服。

临去时，他回头问了一声：“你叫什么名字？”

小姑娘又跪下地去回答：“宁致静。”

他愣了一下，“宁诤是你什么人？”

她有些颤抖，“家父获罪，奴婢籍没入宫。”

他点头，微微叹息：“宁诤是忠臣，只是被你哥哥拖累了。”

红堂之内，宾客满座；喜房之中，却是静悄悄的毫无声音。陶花觉得气闷，掀起盖头来四处看了看，花烛高烧，似人垂泪。

朱弦刚刚跟她说，今日群臣来贺，却独不见秦文，想是战事未结。

陶花心内却还是有了结，吴越已服，什么样的战事能让他不来跟自己道声恭喜，除非，除非他是真的恨了自己。那天早晨她把话说得太绝，他走的时候满目伤痛、爱恨纠缠。她原本并不怕他恨她，可是现在他是她肚子里孩子的父亲，难免就多了些别样牵系，更何况，多年来共同拼杀战场，这份出生入死的交情早如亲人一般。

守在喜房内的只有宝珠，陶花看见她倒是有点惊奇，“我听人说，喜房内是不能留人的，你怎么还在这里？”

宝珠俯身答道：“皇上允我在这里陪伴皇后，他说您怕黑呢。”

陶花一笑，拉她坐在自己身边。宝珠也不推辞就坐下，两人静了片刻，陶花一声叹息。

宝珠侧头问：“是不是想起秦将军了？”

陶花倒被她如此直言问得一愣，片刻后叹一口气，“总觉得有些感慨。”

宝珠笑道：“军中上下私自里恋慕公主的不知道有多少，这感慨可也不知道该有多少了。”

陶花摇头，“那不一样，我……我与他有过旧情。”

宝珠到此笑容更盛，“公主啊，您跟秦将军的旧情，怕是连跟皇上的几席知心话都比不上，您可别被自己心里那点固执念头给骗过去了。皇上待您如此情深，您也得好好待他。”

话音未落，房外传来人声，陶花高声喝问：“何事？”

内监急忙答道：“吉祥太平，皇后安心。”

陶花起身走到门口，刚打开门，外面等着的喜娘丫鬟一齐惊叫，伏地求她盖上头巾，转回房去。

陶花索性把头巾扯下，远远望见几名内监推着一名侍卫服色的人退到长廊尽头，便再问一句：“到底何事？把他带回来。”

那领头的内监看瞒不过去，只能差人过去带那人回来，自己则跪在地上答道：“是官员送贺礼之事，娘娘明日再过目吧。”

陶花不理她，等那侍卫回来看着面熟，想必是林景云手下的人，便和声问道：“出了何事？”

侍卫立刻跪地，“林七哥差我来禀告公主，有人给公主送来贺礼。”

内监清咳一声：“这里没有公主。”

陶花只问那侍卫：“林将军何在？”林景云归来之后即封左卫将军，侍卫是赤龙会众，叫惯了七哥改不了口。

“七哥被拦在院外，说他……说他穿着盔甲，带着兵刃，不能进这喜院。”

陶花冷笑，一把自怀中掣出随身匕首，“是不是连我也赶出去？快请林将军！”

一众喜娘内监急忙伏地称吉，再无人敢拦阻。

林景云进来时看见陶花红衣立在门口，头巾也摘了下来，手中还拿着匕首，不由心内称奇。

陶花温言问他："景云，可是出了什么要紧事？"

林景云轻轻摇头，低声到陶花近前，"秦将军血衣归朝，掷了一颗首级在太华殿上，说是给公主的贺礼。"他虽与秦文不和，此刻却也知道关系重大。

陶花抿住嘴唇，"他人在何处？"

"掷下首级，即刻离去。"

"首级呢？"

"收在少阳宫中，与官员贺礼放在一处。"

陶花起步出门，"带我去少阳宫。"

跪伏在地的领头内监不顾礼数一把抓住陶花的裙角，涕泪交下，"娘娘，您若是走了，我等九族不保……"

陶花淡淡答道："我又不是不回来。"说罢一手拎着红巾，一手提着匕首，快步而出。

陶花一路前行，身后跟着一众侍从，不停规劝，却不敢阻拦。

少阳宫内灯火通明，各地进献来的奇珍异宝都在此处，陶花一进门便被那一屋子的珠光宝气给挤压得难受，回身问林景云："在何处？"

林景云答道："似是被装在了一个木盒之中……啊，就是那个！"

陶花顺着林景云手指方向，看见一个木盒在角落，上面还压上了一支半人多高的珊瑚树。

陶花走过去，抬手劈倒那颗珊瑚，顿时"哗啦啦"碎裂一地。她俯身打开那个盒子，身后跟着的喜娘也好奇地举目一望，想看看是什么样的宝物连珊瑚树都可以劈倒，却紧接着尖叫一声眩晕过去。

陶花不理会众人，自盒中拎起那颗首级，顿时边上又有几个喜娘内监尖叫眩晕。

陶花正无处排遣间，看见这几人晕倒，便怒喝道："废物！这才太平几日？"

她拨开那首级乱发，一眼之后便即冷笑，"钱元虎，你也有今日！"

一只手接过钱元虎的首级，重新放入盒中盖上。"别吓到了榕儿。"

陶花回头，"你怎么来了？"

"我怕我刚拜堂的新娘子跑了。"他唤侍从端来金盆，握着她的手入盆，帮她洗去手上血污，而后又拿起丝罗巾，为她擦干双手。

陶花看见那丝罗手巾，想起来了自己的红缎头巾，赶紧四处寻找。倒是在裙角找到了，拖绊在那里。

她匆忙拾起头巾，"我……我这就回去。"说罢疾步想离开。

他拉住她，"别这么匆忙，动了胎气。"说着拿过她的红缎头巾，"你已经是我大周皇后，我一生心愿已足，其他的繁文缛节，都不打紧了。你歇息去吧，想睡在哪儿就睡在哪儿，保重身体要紧。”

她“哦”了一声：“那……那你今晚……”

他微笑，在她耳边低声说：“你要想让我陪着你我就陪着。可你现在身子金贵得很，咱们俩可啥也不能惦记。”

她毫不掩饰失望，嘟嘴瞪着他，“那你还是自个儿睡吧，省得我看见葡萄又吃不着！”

他四周看看，仍旧低声：“该说这句话的是我，你看见的可不是葡萄。”

陶花笑着踢他一脚，接着飞快问了一句：“你见他了没？”

“刚刚见了。”

“他还好吗？”

“还好，我本来让他见你一面的，可是他说怕满身血污吓到你。他连衣服都没换就赶过来，要是战马再跑快些，说不定就能挡住你我行礼。”

她推他一把，他眸色深沉起来，“我刚刚封了他吴越王，命他明日离京，去镇守吴越。”

“哦，吴越是个好地方，可惜榕儿不能常见到他了。”

“见我不行吗？”

她眨眨眼睛，“你今晚陪我一起睡，不能推三阻四的，那我就让榕儿见你也行。”

他笑着在她腰侧轻轻一拍，“胡闹！”

第二天，陶花早早地起来，悄悄问旁边的赵恒岳：“我去送送他行不行？他还不知道榕儿的事。”

他没睁眼，“你想去送他，谁能拦得住？”

她撒娇地推推他手臂，“别这么说话，大不了……大不了我不梳头就是了！”

他大笑起身，扶她到了镜前，亲手仔仔细细给她梳好头，打扮好，簪上自己亲手做的珠花，点头说：“可以出门了。”

一路上看见道路两旁众多妙龄少女，都跟她一样细细打扮过，她们全都双目盈泪。她被感染得也开始觉到离别的伤感。

她到城门时，大军正在出城。

皇后驾到，六军不发，全都跪地接驾。

秦文跪到车前来，仍是一身素甲白衣，纤尘不染。他想让她记住他光鲜照人的样子，而不是满身血污手提敌人首级。

她屡次跟他提起，她和幼年时的赵恒岳如何分吃一个馒头。她说，他们两个是一起吃过苦的。他立时就想起，十九岁在江淮时被围十日，能喝到泥坑里的雨水就不错了，哪里还有什么馒头。他这次苦追钱元虎，最后是刺破他咽喉之后，靠喝了那喷出的鲜血缓过劲儿来。这些，他不会跟她提起，他要让她留有最美好的回忆，永远把他当做那个白衣倜傥的常胜将军。

她稳稳的声音在车帘内传出，吩咐侍从全退出十丈以外，然后问他："你伤到没？我听说你满身鲜血。"

他说："没有大伤。"

她絮絮叨叨说："没伤到就好。我就希望我们大家啊，全都平平安安的。我知道我对不住你，可是过去的事情已经过去了，希望你到吴越之后，赶紧寻一位般配的女子成亲。还有啊，我刚有了孩子……"自从有了身孕，她就变得啰唆起来。

他也没怎么细心听她前面的絮叨，只是听到最后一句怔了一下，抬头刚想问话，却不知道这话该怎么问出口来。

她知道他想问什么，低低地"嗯"了一声："榕儿，他的名字叫榕儿。"

他惊喜异常，再次不顾礼数抬头。

陶花一咬牙掀开帘子，"将军扶我下车。"

他走上前来，她扶着他的手下来，同时向四周望了一眼，见所有人都跪地低头，便拿住他的手在自己小腹上轻轻一抚，那孩子十分乖巧地在此时动了一下。

他再次惊喜，又看向陶花，见她腰身已有不便，就苦劝她回去。

陶花笑笑，重新上车。

他垂头，声音有些沙哑，"此处距离建康不过数日路程，你若想我了，命飞鸽传书，我星夜赶回来，见你一面再回去便是。"

陶花吃惊，又把帘子打开，"将军你不要误会，我不会想你，不是不是，我也会想你，但咱们俩个人应该是亲人一样，因为咱们都是榕儿的亲人，而不是……我是说……唉，反正等榕儿大了，我带他去看你就是。"

他声音低沉，"你最好生下孩子就送出宫去，我怕他会对孩子不利。"

"谁？谁敢对榕儿不利？"她一时没明白，等反应过来了就断然摇头，"不会，我以性命担保，恒岳一定会善待榕儿。"

两人不再说话，车帘缓缓放下，离别已在眼前。

他叩头，拜别皇后。车驾缓缓离去。

他未敢再抬头看一眼，他无法忍受在背后看着她走。所以，他选择了不看。

起身时，伊人已经远去，连烟尘都看不见了。

他抬脚擦掉地面落下的泪痕，而后大踏步远去。

吴越之地，鱼米之乡，那里山清水秀，丰硕富饶，从古至今便以美女著称天下。那里生下了"艳色天下重"的西子，以美貌倾了吴国；那里生下了"发长七尺，光可鉴人"的张丽华，让陈后主临朝之际也要抱于膝上，同决国事；他更知道，那里有过一对古今传诵的英雄美人，纵使如小乔般的国色天香，也有一个能配得起她的周郎。孙策曾对周瑜说：虽然二乔是绝色，'得吾二人做婿，亦足为欢'。

然而，陶花已嫁，要得谁为妻，他才能"亦足为欢"？

假如这些掌故，他都不知道，那么伤心是不是会少些？这一刻他又恨不得从未读过诗书，从不明白“断肠”是何意。

又或者，从未遇见她，是不是会好些？

到底是相遇好些，还是陌路好些？

他一路想着这个问题，南下吴越。

番外　松儿

春日繁花鼎盛之时，长宁宫外一派其乐融融。

赵榕在一颗松树底下跟奶妈捉迷藏，他走得还不甚稳当，要两个宫女在旁边护扶着躲猫猫，却不知道他躲好了之后，那两个宫女仍是凸显在外。

陶花仰躺在松树底下练箭，偶有飞鸟路过必成她箭下亡魂，连侍从的帽子衣饰也会成为她的目标。她却不愿到野外奔驰，幼子在此，一刻离开也是牵挂不已。

侍从们全都绕着她走，却不知道，越是绕得远了她越有兴致，距离太近哪还有练箭的乐趣？

远远地一人顶着块盾牌走过来，把陶花给逗得大笑。那人如此夸张也不过是为博皇后一笑而已，是个伶俐不过的小监。他走到松树底下，向着树后的赵榕跪拜下去，“奴才给冀王，不，太子殿下道喜来了。”

赵榕听见又被找到，气嘟嘟跑了出来，跺着一双小脚往旁边去了。

陶花却是直起身来，“你说什么？”

那个伶俐小监笑回道：“奴才也要给皇后娘娘道喜。今早圣上刚刚颁旨，立冀王殿下为太子。”

陶花坐在地上愣住，半晌才问：“皇上在哪儿呢？”

小监还没回话，赵恒岳的脚步声已经在远处响起。陶花抬头一笑，招招手让他过来坐下。

他坐到她身旁举目四顾，“榕儿呢？”

陶花靠到他耳边去低声进言：“恒岳，立储是大事……”

他笑笑，“怎么，你看不上咱们的乖榕儿？我可把他当宝贝。没有早立是因为小时候看不出他是不是安康，现在看得清清楚楚了，这么聪明伶俐的好孩子。”

陶花轻咬下唇，“榕儿是好孩子，不过……”

他揽她入怀，“榕儿眼看就长大了，你别老这么说话吞吞吐吐的，让孩子听见了会多想。等他懂点事了，你带他，不，我带他去看看他的亲生父亲，再原原本本告诉他当时情形。”

陶花仰头凝望着他，“我总觉得，还是立你的孩子为太子合适些。”

赵恒岳当即把脸沉下来，正色斥道：“刚刚已经说了让你不要乱说话，你怎么从不把我的话当真？榕儿要是再大个几岁，听见这话会怎么想？”他甚少与她争执，今日若不是为了爱子，也不会这么斥责她。他自幼便跟随继父，那是对他一生影响至深的一个人；而他自己的亲生父亲，不但与他没什么感情还在宫变中下令诛杀了，所以他从没有把血脉联系看得那么重要。

陶花垂首不语，目中竟隐隐有些湿意。

赵恒岳见她如此，以为是自己话说重了，她一直被他宠着，这么多年还从没受过他的斥责。于是赶紧想个补救之策，在她肩上的手滑下捏住纤腰，“我还没有孩子，先有一个，再来商量这些可好？”

她点头，四处一望，侍从们早已悄没声息退了出去。

赵恒岳见她在此处四顾，骇然道：“你不会……不会是想在这儿……”话还没说完，竟然被陶花按倒吻住。

他吃惊地一直睁着双眼，挣挣扎扎想要移开到别处去。她箍住他的肩膀，微笑着喘息一口：“我要临幸你了，躲什么！”

番外　碧君

江南最美的时候该是这梅雨时节了。

可是这却是碧君最厌烦的日子。到处泥泞不堪，老房子里会若有若无散出一股霉味儿。

她在琉璃宫中住着时也是如此，更不必说现在了。

杏花楼静立在烟雨之中。这是她入宫之前的居处，如今她又回来了。一生在男人手上辗转，她已经过不惯凄清的日子。

她曾经痴想过做他的王妃，可是终于还是不成，他只肯把她养在这青楼里，连个名正言顺的侍妾身份都不给她。

她爱他么？她自己也不知道，只知道她姚碧君这般的女人，就该配上这权力巅峰的男人。

太阳刚刚落山，小丫头为她磨了新墨，正要在薄暮微光中提笔赋首新词的时候，王府来人急急把她召去。她抱了“绿绮”，如往常一样换上红衫，缓步走入王府大厅。其实她最厌烦红色，只觉俗不可耐，然而他却喜欢。他也是风雅之人，琴棋书画都有造诣，却偏偏喜欢这么俗艳的颜色。只是此话轮不到她来说，她的生计便是讨好别人，她只能顺从他。

她竟在席上见到了大周天子，于是施展出浑身解数想要博取他的欢心。无奈，她琴声还未停，天子却已经打起了瞌睡。

他在一侧望着她笑了一下，她难得看见他有笑容，忽然就心中一动，弹错了一个音。

天子揉着眼睛醒了，带着歉意对他说：“我赶路太急了，有些困倦。她还是以前的脾气，想起来一件事情就立刻要办到，前几天忽然想起你来，就一定要我来看看。我差了景云过来她都不许，说他来了几次也没办成事情。”

他默然低头。

天子又抬起眼来上下打量她。她立刻打起精神，微微含羞敛眉，做出她最美丽的姿态来。

天子便侧头对他说："是个美人。"

他淡淡回道："不如送入宫中，换她出来。"

天子朗声大笑，"让我带个女人回宫？那你们就等着看我驾薨吧，哈哈。"

他仍是淡淡的，"那你怎么一入吴越就遍访美人？"

天子今日似乎心情很好，微笑着说："我遍访美人，是因为她说你身边总要有个女人照顾，交待我务必为你寻一位王妃。"说着大笑起来，"家有悍妻，不敢不从啊。"

他微微侧过脸去，神色间无比寂寥，却不愿让这份神色落入别人眼中，便只好侧脸躲开，"我的事情，不劳你费心了。"

天子轻声劝他："你总不能一直这样……"

他十分无礼地打断圣言，"我曾听耶律澜说过她怕黑，你出来也好几天了，还不回去陪她，在这里啰唆什么。"

天子微微点头，"是，她母亲早逝，很小就一人独住了，所以一直怕黑。只是……我不与她同住已经有些日子了，最近一直是榕儿在陪她。榕儿越长越像你，她每天看着榕儿，每天都催我过来亲自给你选妃。"

他的声音柔和了些，"她曾经给我传过讯息，说你待榕儿很好，我们都很是感激。你为何不陪她同住了？是有新宠了么？"

天子微皱眉头，"你怎么就从来都不信我能好好待她，我是不敢跟她同住了，她新近刚刚有喜。"

他再也没说话，只是怔怔然饮酒。

夜宴到二更方散。

她收拾起琴来，刚要离去。一个侍从过来，低低说声"王爷有请"。

她莫名一阵欣喜，随着那侍从去了。

自从他受封吴越王，将她也带至这故乡居处，却是再也没有碰过她了，每次都是听听琴而已。

夜色深沉，他房内并没有点灯。她借着月色走进去，到了床前，先理理妆才柔声问安。

帘帐开了，他轻轻握住她手拉到床上来。

她也算阅人无数了，今日却有些紧张。

三年了，不知道他还记不记得自己，她甚至在想，她能重入他的怀抱，是不是说，他愿意娶她了。

然而，他显然不怎么记得过去了，不记得他们曾经有过最亲密的情事。

于是她变得更紧张起来。

他觉到了她的紧张，轻声问道："怎么？不愿意？"说着竟然离了身。

她急忙大力摇头，腻到他身上去。她愿意，当然愿意，于情于利，她都愿意。

他解开她的罗衣，却并不把衣服除下，只是一路吻啄下去。她呻吟出声时，他柔声到她耳边交待："若是弄痛了你，告诉我。别忍着，知道么？"

她含泪点了点头。三年前，他也对她说过同样的话。然而此外却从没有别人跟她说过了，他们从来是以让她痛苦为乐趣的。纵然是把她宠在手掌心的吴越皇帝，也一样喜欢听她的呻吟声，不管是如何发出的。

他十分聪明，很快就能分清楚她发声是因为痛苦还是欢乐。总是有些不同的吧，其实她自己都分不清楚，他却是细心看了一会儿就明白了。

他一如往日的温柔，温柔得让她无法相信他便是那个征服吴越、手刃钱元虎之人。她还记得在她入宫前曾侍奉过钱元虎，而后歇了三天不能待客。

她看见了他肩上的伤疤，有些心痛地说："早知今日，何必当初。"

他微微笑了，"不是不想，只是不敢。" 他想起了那人在帐前望着萧照怜咬牙切齿的样子。

她不太明白，只懂得使出浑身解数来讨他欢喜。他却不怎么喜欢她那些招数，到后来，他伏在她胸前，对她说："你别动，好不好？还有，别叫我王爷，叫我名字。你以前都是叫我名字的。"

难道他想起旧事了？只是她不记得她居然敢叫过他的名字，然而她还是顺从了。

一如往日。当她在巅峰旋转不下时，她才明白他真的便是那个征服吴越、手刃钱元虎的将领。他如此勇猛凌厉，却又如此细心温柔，每一分力气都用在最恰到好处的地方，于是后力源源不绝，永无枯竭。想来他在战场之上，也便是这么对付敌人的。她恨不得把自己一切最好的都给他，让他也如她一样，享受这人间的极致，快乐得欲仙欲死。

可是她没能做到。

因为，他抱着她的脖颈哭了。

她吓坏了。三年前他不是这样的，虽然也时常郁郁，却不至如此。

他在她肩侧流泪，悲声问她："你就为我一句话，罚我受这些苦么？"

他的伤心瞬间让她痛心起来，也让她想起了曾听过的种种坊间流言—那些有关他的，伤心故事。

男儿有泪不轻弹，只因未到伤心处。

她紧紧抱住他，轻拍他肩背安慰。

他慢慢敛住悲声，仍是无限委屈对她诉苦："三年了，你都不来看看我。我知道你一个人带着榕儿辛苦，可是，我好想你……只怕再不找个女人来，又会像上次一样了。"

她虽然并不明白他口中的"上次"是怎么回事，却已经明白了自己今日为何可以在此，享受这一夕之欢。她轻轻叹口气，心里有些落寞，原来，她只不过是他口中的"女人"而已，连个名字都没有。

可是，后来想想，她也不十分介意。没有名字又怎样？她也不是生下来就叫做碧君，甚至，她根本就不姓姚。

她听着他诉了很多苦，一直在怨她，哭哭睡睡，在她怀中过了一夜。

不知是为了这一夜，还是这一哭，还是为了这恰恰好的时刻，总之，第二天一早，他带她去见天子，说他愿迎娶姚碧君为吴越王妃。

天子竟然当庭就给了她难堪，当着她的面对他说："你不用娶她做正妃。左相有个女儿，虽然不十分美丽，却是贤德才女，你一定会喜欢。"

他淡淡回答："不必害那么多人了。"

后来她也曾跟他说起此事，说天子与他是完全不同的人，从来不知怜香惜玉，从来不知留意女子的娇小心思，竟然把那样重的话说在她当面，让她吞了半日才吞下去。

他却叹了声气："他比我懂得女子心思，只是你没见到罢了。"

从那之后，他整个人都变了，虽然还是同样温雅，却也开始野心勃勃。

作为吴越王妃，她也发现了他的很多秘密，她想过是不是要去告发。然而，终于还是没有，到最后甚至连她自己都参与了进去。没有女人忍心去害他，没有女人能够抵抗他的魅力。

只除了那一位。

『第四卷』 情殇人殇

太阳出山明堂堂，照着我的新嫁娘，新嫁娘有个高鼻梁，比我过去的姑娘强。

月亮出山亮晃晃，照着我的新嫁娘，新嫁娘一天能织布五丈，比我过去的姑娘强。

新嫁娘的头发长，旧姑娘的头发黄，新嫁娘的手脚暖，旧姑娘的手脚凉。

人人都知道新的好，可我还是忘不了，忘不了我过去的那个旧姑娘。

第四十二章　玉瑕

鲁王赵松周岁生日还差二十天，送来的贺礼已经要在宫外另辟处所安放了。

陶花在昭阳殿中忙忙碌碌，准备生日庆典。正想着穿红还是穿绿时，乳母抱着赵松过来了，赵恒岳跟在身后，带着赵榕一起走进来。

两人一同坐下，看着两个孩子笑笑闹闹。赵松刚刚学走路，不停想要去追赵榕，却是追不上。他终于放弃，摇摇摆摆走到母亲身边，攀到陶花身上去。

他还没有断奶，虽然一直是吃乳母的奶，到了母亲怀中却还是天性寻找，磨磨蹭蹭就往陶花胸前拱。

陶花被他逗笑，只敢往后躲，不舍得去推他。谁知赵松无比伶俐，竟然懂得探手去扯她衣襟，陶花笑得手上无力，一个失手就被他给扯开了半边。酥胸半隐半现，随着她的大笑声微微乱颤。

殿中都是亲近女眷，她本来也没太在意，却在一抬眼的时候看到赵恒岳正盯着自己，一下子飞红了面孔，放下赵松起身到内室去。

刚走入内室，背后脚步声响。她猜想是侍女过来帮忙，也就没有避讳地把衣带完全散开，等她过来帮忙整理。

背后那人却没有走到面前，在她身后探手抱住她，缓缓帮她理好衣服。

陶花浑身都在发抖，半晌颤着声音说："孩子们都在。"

他在她身后低笑，"你糊涂了么？我是在帮你穿衣服，不是脱衣服。"

她再次飞红面孔低下头去。

他却突然停了手，凑到她耳边低声问："要么，咱们快快的？"

陶花大力摇头，"孩子们会看见……这里这么多人……"

他一笑放脱她，没再说话。

两人刚刚走出内室，赵恒岳便对侍从吩咐："去落霞山打猎，这就走。"

她愣了一愣，他回头笑，"陶花箭，什么时候打猎你舍得不去？"她也笑了笑，立刻去换装挽弓。

赵榕大叫一声跳着过来蹦到赵恒岳身上，想要蹭着同去，他却把他抱下去，"下次再带你。"

陶花跨上马匹拉开弓箭顿时忘了形，在落霞山下纵横驰骋，所获猎物连车都装不下了。

赵恒岳几番想要让她安静下来跟自己亲近一会儿，她却是如撒欢儿的小马驹一般，片刻也停不下来，他只好笑着吩咐侍从："今夜在外露营。"

侍从微微一怔回禀："我们没有准备帐篷，这里与宫中甚近，不如回去。"

他皱眉轻笑，"没有准备就回去取，哪里这么多废话。"

夕阳终是落了山，猎物们也都回窝睡眠去了，不再陪着这个女魔头搏命。

陶花在马上余兴未尽，吆喝两声，见四野空旷，再无动物声音，十分扫兴地叹息。

赵恒岳自后过来，笑道："听说这里晚上有狼，你怕不怕？"

她顿时双目放光，"真的？那我们留在这里等着！"

她一直等到半夜也没看见，却是也不敢轻视，伏在草丛中动也不敢动。

正是盛夏，夜晚虽凉爽些，蚊虫叮咬却是不断。他自背后覆到她身上去，她急忙要往前逃脱，他在她耳边说："咬一个人，总比咬两个人好。"本来，她往前逃是为了甩脱他，他这么一说倒让她不好意思起来，只好不动了。

月亮已经升得很高。

终于，一双绿油油的眼睛在黑夜里出现，陶花立刻架起弓箭，然而她很快又放下了。

那只狼身后跟着两只小崽，不时回头去摩挲挨蹭，她实在不忍下手。

夜静得比海还深。

陶花不发这头箭，就没人敢出手。大家也都不敢出声，生怕惊扰这匹母狼，会令它突然暴起发难。

陶花静静放下弓箭，想等它自己离去。

覆在她背上的人双手下滑，唇也俯下来含住她的耳垂。她顿觉苦闷，却是不敢发声，只敢极缓慢地翻身推拒。

他也并不着急，就这么一直轻柔但是持续地逗弄她。

圆月照着他们两个在草丛里翻滚挣扎。

那匹母狼往这边看了看，却又转开头去，一定是将他们两个当做了山野里的动物。

不知过了多少时候，三匹狼漫步离去了。

陶花已经连起身的力气都没有，只是发觉狼已经离开，终于可以大声喘息。两旁的侍卫见伏击结束，刚刚要起身，却听见这边如此声音，又全都伏住不言。

帝后恩爱异常，这是所有人都知道的。

有一年冬天天气寒冷，皇帝去早朝之后忽降大雪，皇后骂骂咧咧自热被窝里爬出去，拎了一个小暖炉去到皇帝回来的路上等。她又不肯让他知道她是刻意来此，于是假装散步，在大雪地里从东走到西，从南走到北。两旁的侍卫都在心里暗笑的时候，正好皇帝下朝了，大家都以为他一定感动万分将皇后抱入怀中取暖，谁知他竟解开皇后的大红袄子，冷风直灌进去，两个人却笑闹着不知打趣什么。回屋之后皇后就抱怨脚冷，皇帝不及遣出众人，立刻将她的脚放到自己怀中。他温柔地说："这是我欠你的。"她肆无忌惮地踩踩他前胸，十分大逆不道地说："你欠我的是你这条命。"

又有一年林景云受封左卫上将军，因他曾为皇帝侍卫，所以跟这些侍卫们都颇为熟稔，当值的不当值的全都抽空儿过去道贺。这一行人过去的时候，正看到皇帝一个人等在屋外，两旁的当值侍卫全都远远避开，于是大家也就都不敢近前。有三两个跟林景云日常来往亲近的兄弟绕道走近内室，正看到他跟皇后在喁喁细语，大家虽听过不少流言，此刻却也有些惊惧，不知道该不该回报皇帝。便在此时皇帝踢门闯进来，冲着两人抱怨说："这么大半天，孩子都能生出来了，你们俩竟然还都衣冠整齐！"皇后听见大是羞恼，一言不发"推云手"就朝皇帝推过去，两个人就在室内动手打起来，最后是林景云沉了脸说："你们两个要卿卿我我，别在我这失意人跟前。"这话侍卫们全都不解，他受封左卫上将军，得娶皇后最宠信的侍女，哪里失意了？拷问他他却死也不肯说。这天回去，马车两旁的侍卫听到皇帝对皇后说："我吃醋了。"皇后大笑："你以前可不这样。"皇帝答说："以前不觉得，现在觉得了，你以后不许单独见他，还有，那个谢怀畅宰了算了。"皇后忙说不可，后面的声音极低，旁边人都听不清楚了，只隐约听见提起了靖玉皇妃。

这一桩一件，这些近身侍卫们可比旁人都明白得多。

皇后在草丛里挣扎发声，隐隐约约似叫过救命。几个皇后的近身侍卫稍稍起身看了一眼，便又伏下来不言不语。莫说只是叫救命，就是她当庭跌倒，侍卫伸手扶早了恐怕也会冲撞到皇帝。这两夫妻间打情骂俏的话，哪能当真。何况皇帝待下属们一向甚好，人人都受过他的额外施恩，就是两夫妻偶尔闹脾气时，大家心里也都是帮着皇帝。

新来的侍卫们还有些脸红，老练的那些已经见怪不怪了。

猛然间皇后低低叫了一声，声音压抑无比，却还是人人都听见了。几个年长侍卫相视一笑，大家继续装聋作哑。

赵恒岳一口咬住她的耳朵，轻声说："侍卫们都在呢，你别出声。"

陶花大怒，"又不是我想出声的！"

他赶紧认错，"怨我怨我。"

她满足地仰躺在草丛中，"喂，松儿要过生日了，要不还是把太子之位还给他吧。"

他摇头，"本朝的规矩是立长不立幼，榕儿长大了会不高兴。"

她握住他的手，"恒岳，你对榕儿很好，我们都很感激你，不过……"

他愣住片刻，忽然心中起了一阵波涛，冰冰凉凉的，"阿陶，你跟谁是'我们'？"

陶花赶紧靠到他身边，“我说错话了，请皇上开恩，要不要我下跪？”

他笑着在她额头一点，“别以为我不舍得让你跪。”

她嘟嘴，“你也太小心眼儿了，以前不这样的。”

“以前你跟他有婚约，轮不到我来小心眼儿；现在你是我的妻子，我当然小心眼儿。因为……”他欠起身来看着她，“阿陶，这天下我都可以不要，只有你，我失去不起。”

她随意地拍拍他，“知道了，这太平日子过得这么好，说什么失去不失去的话。”

“太平？”赵恒岳哼了一声，起身传唤侍卫。

陶花最近爱上了听苏州评弹。

每过几天就会召了一个盲人乐者来宫内弹唱，这天正好赵恒岳路过，就陪她一起听了一会儿。

这个盲人乐者在市井间名头甚响，陶花请他进宫来演唱已经多次了。他坐下来，调了调三弦，一口吴侬软语在齿间飘出万种辗转。

赵恒岳一句也听不懂，不置信地笑笑问陶花：“你能听得懂？”

“我也听不懂，等他唱完一段，会给我们用官话解释。”

说是官话，也就是勉强能听懂而已，仍带着重重的江南口音。

盲乐者说：“这段唱得是，皇帝假言召郦明堂议朝政，其实是与她同游上林，上林苑里百花盛开，皇帝几番言语试探，郦相只是装听不出来呢。”

陶花好奇问声：“她为何装听不出来？”

“那是因为，皇帝想要与她共掌乾坤理朝政，想要与她时时刻刻不离分，皇帝爱上了她呢。”

“这不好么？”

盲乐者微微一笑，“娘娘您是皇后，当然觉得好，可是这郦相却是女扮男装的孟丽君。丽君虽然在朝廷为官，是一位女中豪杰，可她已有心上人，她早已心许元帅皇甫少华了啊。”

陶花斜斜靠在椅上，“对，前面唱过，她已有了心上人。”

那盲乐者多次前来，与陶花也熟了些，把细节一点点解释，解到骑马过桥一节，不免笑道：“这丽君小姐，马惊之后弱不禁风，被皇帝戏弄。若是皇后你，莫说马惊，便是阵前疆场，也不弱须眉。”

陶花想了想，大方地承了这份赞扬，又顺便谦虚一下，“丽君有丽君的难处，我也有我的难处，虽然我不怕马惊，却也有为难的时候。”

盲乐者把这一节游上林唱完解完，问陶花：“娘娘还要不要听下一节？”

陶花侧头看看赵恒岳，他深坐椅中，面上带着笑，眼神里却不太高兴，“我不想听了。这出戏，以后也不许你再听了。”

陶花十分不解，却也知道不能在人前与他争执，于是对那盲乐者说：“皇上不想听了，你给我讲讲结局吧，讲完了结局咱们下回换其他的戏。”

那盲乐者到此却是微微一叹，“这故事么，偏偏没有结局，写这个故事的人还没有完笔就去逝了。”

“那先生觉得结局该是如何呢？丽君是嫁给了皇帝呢，还是嫁给了皇甫少华？若是皇帝威逼，丽君岂不是只能从了？那皇甫元帅岂不是万千伤心？”陶花沉浸在故事当中，不倦追问。

盲乐者笑道：“娘娘多虑了，丽君又怎会从了皇帝？她与少华两心似铁。”说着，他轻唱起来：“国色天香郦相爷，她是那锦心绣口貌如花，她是个三贞九烈奇女子，她则为历尽艰辛访少华。风流帝王怀私意，辜负天恩为少华；谁知郦相心如铁，玉洁冰清为少华；言决裂，志靡他，件件桩桩为少华；圣恩浩荡归家去，奉旨成婚嫁少华；且听我，弹唱这株女贞花。”

这段不是评弹，他随口自唱，便用官话唱出来，以让陶花听懂。唱完之后说：“这是我给他们续的结局，让皇帝施恩，放了他们二人。”

陶花轻叹：“皇帝施恩，谈何容易，谁有这么好心，肯放弃自己心爱之人。”

盲乐者笑道：“咱们说书的，当然是给续个大团圆的结局才好说下去。若是真的皇帝不肯施恩，我看这丽君小姐，便是宁死也不肯受辱。”

陶花点头，一捋袖子，“不错，正当如此，便是宁死也不受辱，大不了一人一骑杀将出去！”

她话音未落，赵恒岳倏地自旁站起身向门外疾行。

陶花虽然糊涂，却也知道他是生气了，几步赶过去扯住，“喂喂喂，你这人怎么这样！”

那盲乐者早吓得连连伏地叩头，陶花冲他摆手，“不怪你，你快走，免得他发起脾气来连我都劝不住。”

她把赵恒岳扯回座位，“唱戏呢，你生什么气？那个皇帝就是很坏，明明人家丽君有心上人，还要喜欢人家。”

赵恒岳看着她，不说话。

“哦，那个……这也不能算坏，喜欢人家没有错，可不能总去缠着人家。”

他仍是看着她，不说话。

她再次改口，“呃，其实缠着也不能算坏，可是……可是人家给他做臣子，他总调戏人家！”

他被她气得笑起来。

她抓抓头发，“嗯，你也总调戏我的……”她开始变得疑惑，“恒岳，你说这出戏里，皇帝到底做错什么了？我怎么想不明白了？”

赵恒岳把她抱到怀中坐在腿上，“他做错的是，没有赶紧成事，生米煮成熟饭……”一边说着，一边去煮他的熟饭。

陶花一下跳起来，问旁边的侍从：“药好了没？”侍从赶紧端了药碗过来。

赵恒岳看一眼，“你这药怎么天天吃？”

她笑笑，“养颜的，当然得天天吃。”

他笑着捏捏她的脸，“不用养了，十药九毒，我又不是喜欢你这张脸。”

她一口气把药喝光，转回头来，冷森森问：“你刚刚说什么？说你不喜欢我的脸？”

“不是不是，娘娘容禀啊，我是说，”他笑着探手在她身上游走，“我更喜欢其他的地方。”

陶花推开他站起来，“榕儿呢？把他叫来，他今天刚学的山歌，唱来听听。”

“你呀，听就是听评弹，唱就是唱山歌，俗不可耐！”

赵榕踢着脚跑进屋来，立正之后乖乖唱歌，果然是俗不可耐的一首。陶花不通文墨，当然教不出什么阳春白雪来。

太阳出山明堂堂，照着我的新嫁娘
新嫁娘有个高鼻梁，比我过去的姑娘强

月亮出山亮晃晃，照着我的新嫁娘
新嫁娘一天能织布五丈，比我过去的姑娘强

新嫁娘的头发长，旧姑娘的头发黄
新嫁娘的手脚暖，旧姑娘的手脚凉

人人都知道新的好，可我还是忘不了
忘不了我过去的那个旧姑娘

赵榕唱歌的时候，外面进来一个侍卫在赵恒岳耳边低低禀报，神色肃穆。

陶花当即插话："什么事？"

这是赵恒岳的近身侍卫，当差多年，陶花早已认识，他却并未如往常一样立刻回答她的问话。

赵恒岳摆摆手，"别打岔，榕儿正唱歌，他要不高兴了。"

山歌唱完，赵恒岳唤过赵榕，拍拍他的头，"唱得很好，可是这种山歌以后不要再唱了，粗鄙不堪，莫名其妙。明明有新人了，还念着旧的干什么？"说着侧头瞪了陶花一眼。

陶花眼神中闪过一丝复杂的神色，黑白分明的眼睛竟不似从前那么直接了，她垂下眉目，"虽然有了新人，可是旧的也一样情深。"

赵恒岳的脸色微微沉了下来，"刚刚侍卫说，西凉质子逃走，怕是要动兵了……"

陶花不知他为何突然转换话题，她愣了一下，"也许只是走失，未必是逃走，我见过那孩子一次，比榕儿大不了几岁。"她停顿片刻，"那个……恒岳，这次动兵，我不想去了。"

赵恒岳看她一眼，没说话，把榕儿交给侍从让他们带走。他转回头重新看着陶花，"新嫁娘已经进了门，旧姑娘再好，却也不能跟你在一起了，她已经喜欢了别的人。"

"没有！"陶花大声打断，"她没有喜欢别人！"

"就算他不喜欢别人，他也已经娶了人家！"

陶花愣住，"你说什么呢？"

他静默片刻，"阿陶，你不想上阵，我随你，但你要一直在我身边。"

她靠到他身边来，"我在说你的新嫁娘呢，你都跟我说什么乱七八糟？"

"你才乱七八糟，我哪有什么新嫁娘？这辈子就你一个！"

她撇撇嘴，"真的？那，那个蔡晓虹怎么算？"

他有些赧然，"那是一时行差踏错，不作数。"

陶花大笑着刮他的脸，“羞羞，明明做了还不算数。你都跟人家好了，又不娶人家，真是坏得很。”

他更加有些不好意思，“阿陶你别笑我了，以后再也不会有这种事了。”

“可是我希望有人在你身边呢。”

“不可能！”

“不可能？”陶花笑嘻嘻地看着他，“恒岳，我今天忽然想喝酒，你陪我好不好？”

第四十三章　夜奔

宁致静先醒了过来。

她垂头看自己一身狼藉，温柔一笑，刚想起身收拾，却发觉自己半边衣服压在他身下。她只好静静躺着，含情凝望着他的侧影。

他轻锁眉头，一夜醉卧仍没能散去那些隐忧。他时常挂心着很多事情，困苦的少年生活让他养成了吃苦的习惯，恨不得睡着的时候在梦中也能想些军政大事。

宁致静满含深情又满含怜惜地望着他。

他突然伸手揽住她，眼睛仍是闭着，轻轻问声：“醒了？昨晚我醉了，是不是服侍不够周到？”

她没听太明白，只是答声：“刚刚醒，怕是扰了圣驾。”

他听到这话，猛然坐起来，不置信地看着她。

她低头，“娘娘说，她昨晚有些不舒服，让我来伺候。”

他如脱缰奔马一般地大怒起来，“胡闹！”迅即披衣起床，到了地下仍不解恨，回头斥道，“她胡闹，你们还不懂事么？也跟着胡闹！她惹事我不敢动她，你们跟着惹事，就不怕祸及自身！”

她抬头看了看他，“我早就知道会祸及自身，可是我……”她的声音渐渐低下去，却是更加坚毅了，一字字地说，“我心甘情愿。”

他一愣的时候，门外传来侍从低低呼唤的声音，他应了一声。侍从进来，附到他耳边悄悄说：“昭阳殿里的亲信传话过来，娘娘昨天夜里不知道为什么哭了。”

他哼了一声，“自作自受！你过去跟她说，这回我无论如何不饶她！”说着一指已经下床跪在地上的宁致静，“下到掖庭去。我要是不治她，往后这种事难保还会再有。”

侍从领命而去，走到门口他又叫住：“今天是松儿周岁生日，事情办完了带皇后去小商河游船上，四处不许留人，我有些军政大事要跟她商量。”

鲁王赵松的周岁庆典，父母之间却是冷若冰霜。

往常就算是典礼场合，他们两个也会趁空说句私话儿，或者彼此推搡一把玩笑。今天却是冷冰冰的。

陶花试过跟他说话，笑嘻嘻问他“新人好不好”，被他狠狠一瞪，就再也不敢多说了。

典礼过后，陶花在太华殿里召见宫廷命妇一一听她们上前恭贺。这一群妇人大多老迈了，因着夫力子力而讨些封荫，等拿到时都已经老去。

只有两个年轻些的：吴越王秦文的王妃、一品晋国夫人姚碧君，左卫上将军林景云的妻子、三品定陶郡夫人朱弦。

陶花与朱弦颇为熟悉，日常在宫中便经常来往，十分亲热。她却是第一次见姚碧君。这名字也算是如雷贯耳了。第一次听到这名字的时候，还是在征伐契丹的军中。如今弹指八年过，她终于见到了这个名冠天下的美人。

人人都知这姚碧君是何种出身，这些贵妇人们都离他远远的，生怕沾染上一丝不洁。可是也同样人人都知，她是命妇之中封号最高的，也是最得宠的。自从秦老夫人亡故，这晋国夫人便独占鳌头，每到逢年过节皇后必有封赏亲下到建康城。

陶花悄悄地、细细地打量她，她寂寞地站在人群中，天然一股诱人温柔。文静清华，隐隐又透出一点高傲，与秦文真是十分相仿的一对良配。

他们五年没有见过面了，甚至于，她都记不太清他的模样。

她只是隐约记得，他永远都是最出众的那一个。

也许，现在是时候带榕儿去看看他。

待众人都退出时，陶花把姚碧君留下，与她闲谈些生活琐事。姚碧君是个世故女子，轻轻淡淡、不着痕迹地把他的日常生活说给陶花知道。

后来越谈越深，陶花犹疑着问了一句："你们怎么还没有子嗣？秦家总归得后继有人。"

姚碧君惨淡一笑，似乎在讲述别人的故事："我与他虽是盛年夫妻，却是三两个月才得亲近一回，每次都是在连月亮也没有的漆黑夜里。他柔情万千，叫的却是你的名字，有时夜里会哭醒，怨你不去看他，怨你为了一句话就罚他受地狱之苦。他终是娶了我为正妻，而我出身烟花，他这是在回答你当年问他的那句话。"

陶花愣住，半晌无语，她一直以为他已经安顿，却不想竟是如此。她从未见过他的泪水，她真的以为他便是传闻中那个无坚不摧的常胜将军，什么样的危难都可以交给他解决，而他自己也永没有难处和伤心，只有一袭白衣之上的骄傲。

半晌她才抬头，"这次百官来贺，他怎么没有过来？"

姚碧君撇了撇嘴，"那要问你那贤明的夫君。两年前，你那夫君去为他选妃，就是那天晚上，我第一次看见他哭。" 她心底里十分憎恨当今天子，为着他那样瞧不起她，所以说起话来虽然没有一句褒贬，却是一样锋利到位。

陶花再次低头，"恒岳，唉，他们素来不和。是我不够周到，竟然让恒岳去为他选妃。"

姚碧君淡淡展开话题："西北苦寒，风沙遮天，我看他身体是一日不如一日了。"

陶花惊异，"你们不是在吴越么？"

姚碧君一笑，"他早就请驻阳关了，难道你不知道？"

陶花缓缓摇头，"我真的不知道。"

"我来之前才刚请过大夫，换了四五拨，众口一词说，他的肺病受不得风沙，若是执意居于西北，怕是眼看就要不治。”

陶花猛然抬头，“你说的是……秦文？”

她实在难以相信。她需要确认。

这怎么会是他？他应该是最出尘最得意的那一个，样样都是最好的，功夫是最好的，琴棋书画是最好的，就连容貌这种不能选择的东西，也都是最好的。他应该是那个梦中的鲜衣怒马少年郎，而不是风沙侵蚀、苦求一命的痨病鬼。

姚碧君仍是淡笑，“当然是他，吴越王秦文，杀死契丹皇帝、手刃钱元虎的秦文，铁箭公主许嫁而不嫁，如今他是我的夫君。他辗转病榻，我数次劝他离开阳关，他只是执意不肯。他说，是你让他在阳关等着，他不能走，就是病死也不能走。”

陶花眼眶已湿，“这……这从何说起？”

姚碧君紧盯着她的眼睛，目光变得炯炯，“我这次肯千里迢迢过来，就是想求你去劝劝他，只要离开阳关那风沙之地，他的病就能好。”

陶花点头，“我会去，当然会去，我会带榕儿一起去看他。”

姚碧君出言阻止，“娘娘，榕儿怕是带不走了。”

“为什么？”

“带着太子，我们怎能逃得出去？”

她大惑不解，“不必逃，我让恒岳送我们过去。”

姚碧君立刻站起作势要走，“娘娘，是我多嘴了，今天这些话你就当没听到吧。这事若让皇上知道了，别说我们一家人，九族都是性命不保。”

陶花赶紧拉住她，“我不告诉他，你别走，先坐下。”

朱弦听说皇后遣出所有侍从，静坐不语了大半日。她赶紧过去看看。

等她迟迟疑疑试探着移步进去，看见皇后竟然泪盈于睫，她赶紧搜肠刮肚想个讨好的话题。想了一阵想起了靖玉皇妃，人人都知道皇上待皇后百爱千宠，那靖玉皇妃只是个幌子而已，为着皇后的善心才能在这宫中生存下来。闲杂人等无事时便会去戏弄欺负她，反正她在这宫中没有任何依靠，皇上听到也只是一笑置之。

朱弦轻轻说：“皇后，我刚刚路过燕归馆，听见靖玉皇妃在那里啼哭呢。要么咱们过去看看？”她心中想着，这靖玉皇妃多半是因为失意而哭，皇后过去看到了，自然就会想起自己三千宠爱在一身，也就不会伤心了。

皇后迷迷茫茫站起来，“我从没见过他哭，他也从不告诉我。我提过什么阳关，只是一时胡说八道，我怎么知道那里风沙这么苦。我总要劝他回来。”

朱弦没有听太明白，只引着陶花去了燕归馆。

陶花一路行去，心口沉重。等进了燕归馆，朱弦生怕靖玉皇妃听见有人来会停了啼哭，她阻住侍从禀报，竟然就推开门直闯进去。

靖玉果然在啼哭，看见人来，慌慌张张收起桌上的一幅图画。

朱弦见那画上一个紫衣少年，却并不知道是谁。

陶花却认得那是谁。她抬头看靖玉，哭得已经双目红肿。她走上前去，一把拉住靖玉，“我带你去见他！”说罢一路扯着她往外走去。

朱弦已经傻了，半晌跟出去劝阻，陶花挥手喝令她回去，而后带着靖玉上了皇后的车驾，吩咐直奔天牢。

靖玉也吓傻了，刚开始以为是又被戏弄，她一味哀求讨饶。陶花却待她甚是和气，不住安慰她。等到真的进了天牢，她反倒是静下心来，只要能见他一面，便是粉身碎骨也好过这每日凌迟般的思念。

陶花呵斥劝阻的狱卒，强令他们打开牢门。

谢怀畅正在牢内昏睡，靖玉扑倒他身上时，他上上下下打量她一阵，问她：“你是人是鬼？”

靖玉大哭着抱住他。

陶花站在一旁看着不住拭泪，刚觉得心里有些安慰时，却见谢怀畅猛然扼住靖玉的咽喉，手下毫不留情，靖玉被扼得不断咳嗽。谢怀畅说：“让我杀死你，咱们到黄泉路上去做一对同路鬼。”

陶花大惊，急忙想要过去解救。旁边的狱卒却拼力拦住她，另有狱卒过去拿大棒把谢怀畅打晕，靖玉看见谢怀畅被打，死命扑到他身上帮他挡住，一时间局面狼狈不堪。

陶花被这变故给惊呆，这一片的狱卒首领已经赶过来，赶忙跪下，“禀皇后娘娘，此人两年前便已疯癫。”

靖玉听见，扑在已经昏晕的谢怀畅身上大哭起来。

陶花凄然立了半晌，过去把靖玉扶起来。她怎么也不肯起，叩伏于地，“娘娘，我知你仁善，求你将我也关在这牢中，日常也可服侍于他。”说着不住叩头，满面涕泪交流。

陶花伸一支手臂扶住她，“不是我不许，只是，他既已如此，怕会伤到你。”

靖玉抬起头来，眼神无比坚定，“我不怕，我一定能让他好起来。”陶花看着她的眼神，那个唯唯诺诺的靖玉皇妃不见了，当年那个喝一声“十四万人齐解甲，宁无一个是男儿”的靖玉公主又回来了。她不由自主点了点头，交待狱卒把靖玉也关在此处。狱卒跪地回禀：“此事不合大周礼法。”

陶花冷冷答道：“我这就回去拟旨，改了这礼法！”说着摆驾回宫。一路之上，那对苦命鸳鸯的惨状不时浮上眼前，让她心内愈发担心。

不知道他此刻如何了？数年前，曾经为了失去她，他在重伤之余生了一场大病。那么，此时呢？

姚碧君说他若再不回中原，眼看便要不治，到时她如何跟榕儿交待？榕儿现在还什么都不懂，等到他好不容易长大懂事了，她就告诉他，你的爸爸被妈妈一句话给骗到阳关、风沙侵蚀而死么？

姚碧君自阳关过来，路上也颇费了些时日，她离去时大夫们说他还有救，现在呢？

陶花越想越是担心，车驾还未到宫门时，她猛然跃出。随从们大惊失色，还未及开言，却看见皇后跳上前面的马匹，一转马头往反方向奔走了。

一时间众人大呼小叫追过去，却哪里有人赶得上陶花这自草原上练出的骑术？

她快马往西门奔去，这一路之上都未有阻碍，直到到了西门，远远望见城门口站着一个熟悉的身影。

她奔到近前去，才看清楚竟是林景云。

他也已看见了她，走上前来先见过礼，而后看看她身后，“连侍卫都不带，这么着急？”语调毫无谦恭之意，竟隐隐有些无礼。

陶花也不跟他客气，“我要出城，告辞！”说着纵马便要过去。

林景云横在她马前并不相让，“你都不问问我为何在此么？”

陶花到此时才觉得有些蹊跷，他官拜左卫上将军，掌管京郊驻军，怎么会在这里守城门？

林景云缓缓开言：“我在这里守西门已有两月，皇上说，若是皇后永不出京，天下太平自是最好；若是皇后有一日必要西去，那么，我这左卫上将军恐怕就得准备迎战了。

陶花仓促间不及细想，只是一甩马鞭怒喝：“你是要跟我动手么？”

林景云知道她会错了意，摇摇头说：“怎么敢跟你动手？皇上说了，若是有一天我在这里看见了你，就让我跟你说，敌我不两立，请你三思。”

陶花愣了片刻，“什么两立三立的，乱七八糟，我走了。”说罢大喝一声“闪开”，转开战马便出了城。

第四十四章　兵变

汴梁城外小商河，赵恒岳坐在船内，听着侍卫的禀报，一言不发。

侍卫低低提醒：“皇上回宫吧。”

他摇摇头，“再等等吧，也许她一会儿就来了。”

“可是……”侍卫又不敢再说下去，这话已经说过多遍了，他执意听不进去，旁人也就没有办法。

一直等到月亮都到中天了。

林景云推开众侍卫的拦阻，走上前去，“皇上，她已经走了，幽州军也已经南下，咱们不能在这里坐以待毙！”

他转过头来，似乎仍不确信，“真的走了？”

“是，真的走了。也正在今日，幽州军南下，西域各国齐反，由阳关直入中原，他们一定是早就约好了！”

他低下眉去，看着江心。

这个曾经与他在契丹一路奔逃相依为命的知心伙伴，如今一句话也不说就走了。他知道他即将面临命运中一场巨变，也许是这一生最残酷的挑战，可是，她却在这个时候离开了他。

第一次的，他对她起了一点怨意。

往常，不论她说什么做什么，他从来没有真的怨过她。

月亮沉下去，天色已经微微泛白。

河上一夜，仿若千年。

林景云一跺脚站起来，“她恐怕已经到了，两人那么久不见，此刻定然正在床上酣畅淋漓。”其实，没有那么快，她必然还在路上，可是他却不能看着皇帝这样下去了。

果然，赵恒岳连去探究路程长短的心思都没了，只是抬起头来看向远方。这两年以来，她渐渐推拒躲闪，他并非看不出来。到最后连宁致静都被填了进来，可笑之至。

他垂下头去，这些，他也并不那么在乎，可是当他听到幽州军刚刚南下的消息时，他是真的在乎了。

他原以为她是最可信任的人，她却是另有着一个“我们”，并且居然不惜为此而将他推入绝境。

她先是他的伙伴、亲人，其次才是他的女人。如今，她不再是伙伴亲人了，那么，就只是一个女人而已。他赵恒岳何时会放不下一个女人？这岂不是笑话！攻城略地之时，夺来了敌人手里的女人，他何曾手软过？便是靖玉那般的绝色天姿，于他也只是树立国威的棋子，从未得过他一丝怜惜。

陶花，若只是一个女人而已，那便没什么放不下的。

他终于长长叹了口气，转头对林景云说：“此后，便是敌人了。”

林景云低头咬牙，狠狠答一声：“不错！”

这个结果，这两个字，对他来说也一样是痛入骨髓。

他又恨声补上一句：“此人铁箭天下无敌，听说吴越王训了数千铁箭兵，必是此人带领，咱们得速想对策！”

赵恒岳蓦然站起，长长披风扫过船舷。

“即刻回城。昭告天下，废黜中宫，立宁致静为新后。”

那个他深爱的人，从此以后，与他再无关系。

来日相见，恐怕是在两军阵前。

风沙遮天蔽日。

陶花快马到了酒泉城吴越王府，跟那门卫说要见吴越王。

门卫问她：“你是谁？”

这一句话把陶花问住了，她是谁呢？

皇后么？这可就变成了大笑话。

民女么？吴越王为何要见她。

她连姓名都无法示人，怔了半晌转头走了，直到天黑才又越墙进去。

她绑住一个巡逻兵问到他住的地方，那里却黑着灯，不知道是不是已经睡下了。陶花蹑手蹑脚寻个空当进去，门竟是虚掩着的。

她还在奇怪这王爷居室怎么连门都不关，带些警惕慢慢走到床前，探手去掀帐子。

他却是先她一步挑了帐帘，而后一探手将她拉到床上去。她顿时一惊，他却没有，仿佛轻车熟路地问："这么快就到了？"

两人同时打量对方。月光底下，都还是旧日模样。她成熟风韵了些，他越发清雅不群。

他有些消瘦，却毫无病容，英姿倜傥一如当年。陶花怔然片刻，"你……你不是生病了？"

他笑了笑，"相思病重，你总算来了。"说着将她按在床上，柔柔吻啄。

她在震惊中还不及反抗，窗下有低低的声音叫了一声"王爷"。

他一边继续吻她一边问："什么事？"

那人答说："一切安排妥当，只是，宫中有变。"

他立时顿住身形，"说。"

"皇后夜奔出城，皇帝伤心已极，第二天凌晨便颁旨废黜中宫，夜里又突然独自一人离宫出走。御林军遍城搜索，最后在落霞山的侧峰无情崖上查到踪迹，有山民看到他坠崖，只是还未找到尸体。"

陶花按住床沿，静静听着。

听完了，一跃跳下床，跌跌撞撞向门外疾奔。

门外院子里灯火通明，一丛弓箭全都指着她。

背后响起秦文的声音："我知道你不怕死，可是你也该知道，你什么兵器都没带在身上，想拼死都难。咱们都是久经战阵的人，已知结果的战局，就省去动手吧。"

她站住，转头看着他。

他笑了笑，"你今晚在我屋里休息。放心，我不会碰你，我知道你想嫁给皇帝，你且等我把这万里江山送到你面前来。"

秦文没有食言，他只把她一人锁在了他的卧室，他自己连夜重甲出城。

陶花呆呆望着屋顶，有那么一个瞬间想要眩晕过去，这样就什么都不必看不必管了。

可是她知道不行。

他曾说过，若是她走了，他便从无情崖上跳下去。她一直当做是戏言。

无情崖她去过多次，九死无生，别说是找活人，就是尸体也难以找上来。

尸体……是的，尸体。

那个在观音庙里许愿要保护她的人，那个把最后一块馒头塞到她嘴里的人，那个在她伤心时永远守在旁边的人，那个不管她说什么做什么都一直宽容的人……他教过她情事，却并没有要占有她，他在她有孕的时候娶了她，他待她的孩子比亲生的还亲……

孩子……是的，孩子。

她的两个儿子此刻怕是正哀哀恸哭，一定是的，榕儿那么喜欢他，找不到他了一定会大哭不止。

更重要的，这天下虎视眈眈的人很多，她那两个小小的年幼儿子还不懂自保，这万里锦绣江山总不能这么乱了。不，其实，她才不在乎乱了天下，她已不在乎了。如他所说，真的在乎一个人，是不会有这么多家国天下做借口的。她不在乎什么家国天下了，只是，这是他的天下，他的江山，她不忍心乱了他的东西，如此而已。

除了这两个孩子，这江山天下，她再没有任何他的东西了。所以，她一定得保住这两样东西。

若不是为了这两样东西，她又何必苟活于世？

他已经走了，她何必活着？

她没有哭，站起来细细观察屋内布局物品，然而，一件铁器也没有，更别说弓箭了。

怎么才能逃走？她正在焦急的时候，房门被推开。

一个五短身材矮矮胖胖的姑娘走进来。

她以为是服侍的丫鬟，转开头不理她。

那胖姑娘倚在门口，上上下下把陶花看了一遍，问她："红衣公主，我放你走，你走不走？"

她转回头，狐疑地盯住她。

胖姑娘笑一笑，转身出门。月光下看得清楚些，这位姑娘面目微黑，因为胖得不匀称而显得有些丑陋，然而眼神中却是凌厉，气度也不凡，隐隐透着傲气，在月光下盈盈飘逸而出。

陶花没有别的选择，当即追着她出去。

大队兵马都已随秦文出城，路上偶有盘查，一看到这胖姑娘的面容，也都立即退去了。

胖姑娘送她到了王府门口，牵了一匹马给她。

陶花万分感激，对那姑娘说："我日后定当报答，还望姑娘告知姓名。"

胖姑娘看着她，微笑说："你永远不见他，就是对我最好的报答。"

汴京城里乍看还是一切如旧。陶花风尘仆仆竟是又赶了回来，一刻不停直入宫门。

守门的那两人看着面善，想是这宫中值守多年的侍卫了，她心情焦虑，头也不抬就往里走去，那两人却是一起侧身拦住她。

陶花皱眉说："怎么，不认得我了？"说着拂拂面上尘土。

那两人却是冷冷答道："禁宫重地，怎可擅入？林将军交待，这两日连朝中大臣也不得出入。"

陶花想到了自秦文书房外听到的"废黜中宫"之语，当下也不争执，只是淡淡立于一旁，"既是林将军交待，请他出来见我吧。"

那两人却是骄横，"你是何人？怎可命将军前来见你？"

陶花看着这两人凛然一笑，"我还是这大周国的枢密使，是不是要拿出铁箭令才能调得动他林景云！"

林景云来的倒是不慢，只是看到她时一脸轻蔑，问她："是称公主，皇后，还是吴越王妃？"

陶花冷冷答道："我是大周武将，担枢密使之职，当然是称将军。"

林景云徐徐点头，"不错，陶将军，陶大人，末将倒是有军情禀报，只怕你早已知道了。吴越王大开阳关，引入西域二十万大军，此刻正与淮南军对阵。幽州军南下到了小商河边，与京郊军隔河对峙。京郊军不过十万人，幽州军却有十五万，这一战凶多吉少，想来你过不了多久又可以入主中宫了，只是不知，到时是你为正呢，还是那烟花女子姚碧君为正？"

陶花早已经面色惨白，她没想到会如此凶险。她后退两步，瞪着林景云，"当真？"

林景云冷冷一笑，“皇上都被你逼得跳崖，还有什么是不能当真的？”

陶花又后退了两步，“他……他真是自己跳下去的？”

“难道你以为他是被人推下去的？你倒是想，只可惜幽州军尚未进城，谁能推得他下去。他临走前将我们几个亲信之人连同宁皇后一起召到他跟前，跟我们说，他欠你的是他的性命，今天便是去还了，还过之后，便与你两清！”

陶花身子晃了两晃，终于勉力站住，泪水潸然而下。片刻之后，她立即咬牙收住眼泪，抬起袖子在腮边一印，抬头问林景云：“榕儿和松儿在何处？”

“自然是在皇后处。”

“好。静儿待恒岳是真心，她不会难为两个孩子。”陶花轻叹一口气，“其实我早知她对恒岳有意，只是顾虑她有家仇在身，才没有早日促合他二人。”

林景云斜起嘴角，“不错，你心心念念就是要促合皇上与旁人，你可真是贤德得很！当年我是在嵩山上跟着你的，我还记得那时有个神医杜若仙，你对她怎么就没这么贤德？”

陶花已无暇与他细辨是非，眼光冷冷一转，“亏你还记得你是跟过我的，我贤德不贤德不是你该管的事！你只听我军令便是。松儿交给宁致静我可以放心，榕儿给我带到军中去，万不得已之时，要以他性命挟吴越王退兵！”说罢佩刀带鞘在他眼前一横，“再多说一句废话，陶花箭可不认你是左卫上将军！”

林景云收起面上的轻蔑笑容，眼前这个女子威严果断，竟让他仿若回到了五年之前，身不由已叫了一声：“公主。”

陶花一哂，“叫什么公主？我与他是夫妻，不是姑侄姐弟。”她收住自嘲的笑容，正色对林景云说，“我未叛国，他也并未夺我虎符。如今我虽不再是他的皇后，却还是他朝中将领。你带我去京郊军巡防，我比你们都更熟悉幽州军实力，你若对我有嫌隙，我们打胜的把握就更小了。”

林景云点头，她既已说出拿赵榕来要挟吴越王的话，想来是真的有意退兵。而他此刻也确实没有别的力量可以依靠。

他们二人合力把朝中诸事安顿，又密遣人四处寻访赵恒岳的下落，却是连尸体也未找回。这天两人又去到京郊军中，到时赫然碰见秦梧和罗焰也在。秦梧见到陶花只是跺脚大骂兄长，说他已经到了对岸营中，陶花过去也不跟她客套，直入主题：“我们两人过河去见他，劝他退兵。”

秦梧气道：“我已经去过了两次，他根本不听！说我要是再去，就当做敌将拿下。”

陶花冷哼一声：“要拿下我们，也先问问我手中弓箭！今夜就过去，我倒要看看他是不是对我们两个女子动手！”

幽州军到底是在秦家军手下治理，一看仪容陶花就知道这一战凶多吉少。她与秦梧两人身着重甲，并辔过河，在营门口见到了秦文。

他早听到禀报，一直接到营门口，看到她们两人全都带着兵刃，不由一笑，过去拉住“火云追”扶陶花下马。

陶花推开他的手，自己下来，看他正跟“火云追”亲热，淡淡说道：“这匹马还是还给王爷吧。”

他笑着转头，“怎么？跟我分这么清楚了。明明都已经到了我身边，竟然一声不响又跑了回来，我今晚上好好跟你算账。”

他语调亲密，又带着分明的调笑之意，陶花后退一步，“王爷，你我如今是敌非友，我们二人前来劝你退兵。你若是肯听，咱们将来还是朋友亲人；若不肯听，那就只有刀兵相见。”

秦文面色微微一沉，“陶花，秦梧来劝我退兵也就算了，你为何还来劝我？本来，皇上坠崖，这江山自然也就是榕儿的，可我还是有点不放心，还是想亲自领兵前来。这五年，我终是想明白了，若不能拿下这江山，就总不能稳妥了你。”

他说着又过去拉陶花的手，陶花又是后退一步，凛然道：“你该知道，我最恨祸国殃民之人。你若执意如此，让天下都骂我是‘祸水’，那咱们便恩断义绝，从此后再无一分情意！”

秦文看着她，笑容中泛起冷峻之意，“有没有情意又如何？当日你对他也无情意，还不是一样嫁给了他？你夜奔阳关去看我，难道对我没有情意？”说着猛然逼近一步。

陶花还不及答言，秦梧走过来一把扯过陶花，“哥，陶姐姐已嫁，请你自守礼节！”

秦文转头看看秦梧，“你是轩云公主的女儿，从小就万千宠爱在一身，喜欢的每一样东西都拿到了，你怎知道我这苦情相思之人的痛楚！我这一生，最喜欢的不过这一个女子，却被帝王强娶而走。”

秦梧被他问得哑口无言，陶花扯扯她手臂，“说不通了，我们回去。”

秦文立刻转回头盯住她双眼，“你今日还想回去？”

陶花“当啷”一声扯出佩刀，寒光出鞘，凉意摄人心魄，她语调却是淡淡的波澜不惊，“若要动手，那便一战好了。”

秦梧在回去的路上问她：“今日若果真一战，你说咱俩能不能出得来？”

陶花看她天真无暇的样子，撇撇嘴一笑，“咱们俩加一起也打不过你哥哥一人，你说能不能出得来？”

秦梧奇道：“我看你那阵势，还以为你信心十足呢。”

陶花微微一叹，“我不过是知道他对我有情，不会与我动手罢了。唉，我这一生，最厌烦别人在战场上说我是个女子，却没想到，到得最后还是要靠着自己是个女人来逃命。”

秦梧正要说话，陶花却忽然望着眼前怔住，原来两人在回程途中刚好经过落霞山。

陶花侧头问秦梧：“我要上无情崖看看，你是陪我去还是回营？”

秦梧立刻转了马头，“我陪你上去。”

第四十五章　明志

无情崖陶花来过多次，往日在落霞山时便常来此处练功，没想到再来之时竟是如此心境。她只觉举步如有千斤一般，每登上一步，便想起摔下去时，也是要多摔这一步之高。

崖上风景还是一如旧日，虽说曾有人在此坠崖，看起来却像什么也没有发生过。无论怎样的惨剧，等事情过去，在外人看来仍旧一切如常，只有在那些当事人的心里留下重创罢了。

陶花在月光下往崖边望过去，万丈深渊，不见有底。她又拾起一颗石子扔下去，竟然连落地的声音都听不到，想是实在太深了。她曾听落霞山的弟兄们讲过，这底下怪石嶙峋，跌落下去绝无生还之机。

陶花抿住嘴唇，就在崖边坐下来。

秦梧在旁边却紧张得很，似乎生怕她一纵身也跃下去。

陶花静坐了半个时辰，微微叹息起身，却在站起的瞬间看见旁边有金光在月色照耀下一闪。她走过去，在地上捡起了一枚小小金环。

她觉得面熟，想了一刻才想起来——

一次两人亲近的时候他被她怀中断箭硌痛了。她一向粗心，断箭一直在衣袋里，都没想到刻意扔掉。当时他可是大发了脾气，连着撒泼耍赖，把她那半支断箭给扔了，又问她讨要一件东西当做定情之物。她被他磨得不胜其烦，气着说：“这天下万物都是你的，你还要什么？”

他也不生气，笑着俯到她耳边去，以唇舌取下了这只金环，跟她说：“这金环正好是一对，一人一只。”

陶花却哪里当真，一对耳环缺了一只便不能再戴，她早已不记得另一只被扔到哪里去了。

如今，这只金环他终于也放下了，那自然是断情之意。她却顾不得如何伤痛，细心把这只金环收在怀中，在月光中与秦梧下山。

到得山脚下，正在路边看见一座观音庙。陶花不由想起旧事，就顺路拐了进去。她进到那庙里却有些奇怪了，只觉看起来熟悉之至，连那观音的模样都似曾相识。

陶花不由说一句：“原来中土供奉的观音跟契丹是一模一样的。”

秦梧笑道：“一听就知道你不常来，这尊观音是从契丹请来的呢。好像是皇上还做徽王的时候，派人去契丹请来这尊观音，据说还经过火灾，又重新漆画好的。你在这落霞山上居住，竟然不知道山下起了观音庙？听京城里的小姐夫人们说，很灵呢。”

陶花听得心内愈发酸楚，她走到那观音像前，双膝跪地伏拜下去喃喃祷祝：“观音娘娘，求你保佑我夫君平安，就算是已到了黄泉路上，也请你让他先等一等我，等我料理好了江山幼子，自然是要与他——患难与共，生死相依！”

秦梧在旁边听见也觉心酸，正要过去安慰她，却见陶花突地自地上跳起往门外疾奔而去，她赶紧追了出去。陶花站在门外举目四顾，看见秦梧出来便焦急问她：“你刚刚有没有听到一声叹息？”秦梧摇头。

陶花顿足说：“我明明听到了，是恒岳的声音！”

秦梧走近她身旁，轻轻握住她的手，“陶姐姐，人死不能复生，你想开些。”

陶花轻咬嘴唇，“真的是我听错了？”

陶花与秦梧两人回到京郊军营地，却是还未进营门先听到哀号声阵阵。两人大惊对望，莫非是有人偷袭？她们疾奔进门，看见连哨兵都坐在地下捂着肚子呻吟，倒并未看见敌人。

林景云一脸焦急，看见陶花回营立刻皱眉上前，“小商河竟然被下了毒，等我喝水的时候才发觉。今晚我营士兵全都中毒，并不致命，却要人腹泻一晚，明晨定然无力。看来他是要明日来袭了。”

陶花和秦梧一起惊在当地，没想到秦文连如此阴狠的招数都不吝使出。正无措之时，有飞马快使来到，忙得顾不上看满营呻吟，跪到中军帐前，“契丹大军突然南下，已近乌由城！”

陶花握刀握得指节发白，“幽州军全军出动，北防空虚，竟是一点后路也不留，秦文你可真是够绝！”当年他曾经跟她说过调大军南下取汴京城之意，那时还只是说分兵一半，如今，他是全都不顾了，一意要先取这大周天下。

陶花沉思半晌，转向林景云下令：“今夜京郊军北行，赶赴乌由。等赶到时，自然也就恢复气力了，契丹军曾大败于我国，也不敢急于求战。”

林景云迟疑着问：“那，京城怎么办？”

陶花不答，反问他：“扬州守将张闾现在何处？”

“他深得皇上赏识，已官升至右卫将军，如今就在京郊军中。”陶花心中暗叹：自己是到用人的时候才想起来，赵恒岳却是草灰蛇线、伏笔千里了。

“速传他来见我。京郊军即刻拔营，不必再留。”

张闾很快传到，他却未见中毒之状，林景云不免问了一句：“你未饮水？”

张闾躬身答道：“末将自从扬州之围后，食量水量都变得远小于往常。”

陶花走到他跟前一礼，“张将军，扬州围城一役，陶花至今想来还觉钦佩异常。”

张闾急忙还礼，“围城苦守之志，不若皇上与陶姑娘在城下那一声退兵之令，才真叫人心服。”

陶花一愣，“怎么，你听到我发令了？”

他微笑点头，“是，我当时正冲下来救助百姓，就在左近。陶姑娘说的话我全都听到了，后来与皇上闲谈时还曾提起过。”

陶花忽然有那么一点脸红，很快却又意识到今日之势，忙正色对张闾一揖，“如今汴梁空虚，还请张将军协助守城。当年怎么守的扬州，咱们今日就怎么守汴梁！必战至一人一卒方休。”

张闾似有犹豫之态，并未接令。

陶花微微皱眉，“怎么？张将军是怕再吃那份苦了么？”

张闾抬头，“枢密使此言差矣，我张闾自亲手杀死幼子之日，早将生死置之度外，唯愿报效国家，辅佐一个体恤苍生疾苦的君主。”

陶花轻轻低首，“张将军，我也曾亲手杀死我十一岁的弟弟，时局战乱，那是没有办法。”

张闾徐徐点头，“不错。只是汴梁之守……”他抬头看了看旁边，见只有林景云和秦梧，便开口续下去，“皇上去无情崖之前，曾经到过京郊军营……”

三人一齐跟进一步，“什么？”

“皇上找到我，对我说，十日之内，会有大军来攻汴京。他说，若是陶姑娘在敌军中，那我们就要准备苦战；若是陶姑娘在我军中，那就要看陶姑娘的应对。陶姑娘要降，那就请我……请我……”他忽然看住陶花不语。

陶花抿唇，“你说下去！”

“若是你要降，皇上命我立斩你于军前！留下了尚方宝剑在此，嘱我们以扬州之志死守汴梁。”说着张间解下佩剑，众人一看，正是赵恒岳之物。他又接下去，“如果陶姑娘要战，皇上却说，命我们献城投降，不可恋战。如今，既然陶姑娘要战，我张间听命于皇上，想要献城。”

林景云听到此皱眉，“献城？那岂不是把大周江山拱手让与他人？”

张间看了三人一眼，“我也这么问过。皇上说，不到万不得已，大周军队不可自相残杀。他还说，吴越王必然也是这么想的，必会想方设法避开两军正面交锋。我当时听这些话还不是很明白，现在看到竟是吴越王兵临城下，才明白皇上的意思。”

秦梧和林景云各自沉思，又一起看向陶花。

陶花轻轻吐语：“既然是他的旨意，咱们就听吧。快马到对岸营中，告诉敌军明早开城。”

张间又说：“皇上交待，不要告诉百姓有了兵变，免得人心恐慌离乱，只说是阅兵即可。”

陶花点头，“让信使跟敌营说明白，允了这些咱们才开城。”

张间这才躬身，“多谢枢密使大人顾全圣上一番心意。”陶花回礼，却是面色沉沉，一片哀色。

四人计议停当各自回帐休息。陶花刚刚走出两步，听见背后有脚步声响，她一回头，见是张间跟了上来。他到近前垂首说：“陶姑娘，有句话我刚刚怕动摇军心，没有对大家说。皇上本来是给了我尚方宝剑可以上斩公侯大臣的，可是他临去之时又说，若是你果真要降，也就放你去吧，还是别杀了。”

陶花咬牙，“要我性命，尽管开口便是，何必吩咐你们！”

第二天一早汴梁四门大开，秦文仍是一袭白衣，带着黑压压的铁骑精兵进城。幽州军过了小商河驻到原来京郊军的营地，而京郊军早已北进拒敌。

陶花素甲素裙站在宫门口，身后是朝中大臣、宫内眷属，她身边站着四岁的太子赵榕，赵松则抱在宁致静怀中。

秦文本来对她有些怒气，却是一看见赵榕就全都忘了。他飞身下马，过来一把抱起赵榕，四年未见过一面，他望着自己的孩子只觉万千情谊。不想赵榕却不这么想，一下子大哭起来连声叫唤“妈妈”。

陶花接过赵榕，秦文侧头向她母子一笑，又柔声问她：“怎么你穿着一身白裙？还是红色好看些。”

陶花冷冷答道：“败军之人，焉敢穿红？”

秦文皱了皱眉，随即轻声笑说：“你想打胜仗么？该早告诉我，我陪你练兵便是。”说着探手去捉陶花的手腕。

陶花即刻向后一闪，“群臣在此，请王爷自重。”

他点点头，说了一句“你要名分，我会给你”，便起步进了宫门。

金銮殿上寂静无声，只偶尔听见有人颤抖时身上环佩碰撞的声音。武将夺宫，人人都有些自危。

秦文走上御阶，在金銮椅四周走了一圈，忽一转身，殿下立刻跪了几个文臣下去，陶花轻斥一声“软骨头”。他望望陶花，一脸温柔神气问她：“累了？要不你先回家去。”

陶花朗声答道：“国破家亡，无家可归。”

他一笑，下去抱起赵榕，不顾他挣扎扭动将他放在金銮椅上，而后对阶下众人说：“自今日起，太子登基为帝。我为摄政王，辅助新皇理政。枢密使陶花原本就是我的妻子，以后便是摄政王妃。”

众人面面相觑之时，陶花踏前一步，“秦文，我并不是你的妻子，也不会做这摄政王妃。”

秦文仍是和和气气地答言：“你是想要我明媒正娶么？那咱们挑个日子行礼吧。”

陶花仰头凝视他，“我已嫁为他人妇，再也不能做你的妻子了。”

他轻轻一笑，“你我的婚约在先。”

陶花低头踏前两步，走到御阶之下跪了下去。

“秦文，我知道你我曾有断箭之盟、阳关之约，我也知道这朝中沸沸扬扬有许多关于你我的传言，今日我便是要在人前说清楚：我对你前情已断，心里只有恒岳一人。当初是他拆散你我，可是，我却是在那之前就已经喜欢了他，只是自己没有察觉。仪熙殿中是你拒婚，征伐契丹时我又知道了家仇之事，对你的心就已经淡了，他昼夜陪在我身旁安慰，我亲近于他却是并不自知。后来知道你为我舍命刺耶律德昌，我……我怎敢负你、怎能负你？竟是一直自欺欺人误承了你的深情。

“我不知如何求你放手，今日跪在你面前的，不是周国枢密使、不是陶花箭，只是一个寻常女子，求你宽容。你若肯退兵，将天下还给赵氏，我陶花甘愿与你余生相伴、近身服侍，也不要这什么王妃名号，只是还我欠你的深情；你若不肯退兵，立意要让榕儿即位你来做这摄政王，那，咱们可就从此是深仇大恨，我陶花手刃你也不会犹豫！江山陶花，你只能选一，请你三思！”

说罢陶花伏头在地，久久不起。

秦文站在御阶之上，气得几欲眩晕，双手死死握住金銮椅的扶手才勉力站稳。若是这番话在两人之间说出，或许还好些；如今朝中大臣都在，他这么心气高傲的一个人是被气得险险失态。陶花立意要在众人之前撇清两人关系，也是要让他当着这许多人作出选择，免得他将来食言。

他一手按到佩剑上去，剑鞘碰到铁甲轻声一响，虽是轻声，在此时静寂的大殿上却是明显。赵榕就在他身边，被他身上的凛冽怒气与杀气所摄，又看见阶下跪着的是自己母亲，立时便惊吓万分，哭叫“爹爹”。

他叫“爹爹”本意是呼唤赵恒岳来解救母亲，然而听在秦文耳中却似叫自己一般，他那一时暴起的怒气顿时被压了下去，双手离开佩剑和金銮椅的扶手，缓缓调匀呼吸。

他在激怒时伸手去按佩剑是武将本能，赵榕却以为他要斩杀自己的母亲，立刻对他痛恨入骨。

大殿中仍如死一般寂静。

陶花仍是跪伏在地。

静了有半炷香的工夫，秦文淡淡开口，“先皇已逝，太子登基是顺理成章。太子幼小，还有人比我更适合这摄政王之位么？”说完他冷冷一笑，轻轻摇了摇手指，立刻有几个亲兵过来，他指指阶下，“把王妃带回秦府。”

第四十六章　跪尘

陶花被缚在外室的太师椅上，人人都知她勇猛，怕她逃了，所以只能缚住。秦文到深夜才归来，见她被绑着，先过来解开绳索，而后问她吃饭没。陶花转开头不答。

他只好出去问过侍从，知道陶花拒食，于是端了一碗面过来。仿佛白天的事情未曾发生过，他轻笑问她：“还记不记得幽州城外那碗面？那是个大汤碗，若盛满了面，我平时也就是吃半碗吧，你竟是吃下了大半碗。”

陶花垂头不语，在一低头时见看到他腰际有白布包缠，忍不住就问了一句：“你受伤了？”说罢一笑，“这朝中还是有骨气的人多，必然是有人来刺你这谋逆之人！”

他笑笑，“你觉得，是谁来刺我，可以让我受伤？”

陶花认真想了想，答道：“若是恒岳和景云一起前来，三十招后应该可以刺伤你。”

秦文又笑笑，“你看见谁家的刺客有机会进攻三十招？”

陶花到此看了他一眼，“是谁刺的？”

他皱眉迎视她的目光，声音中竟带了些温柔，“除了你那宝贝儿子还有谁？他几次三番想要伤我，我看他实在辛苦，只好让他伤了一次。”

陶花顿住，满面担忧，“你……你没跟他动手吧？”

秦文转头瞧着她，目光中全是不置信，“怎么？你真把我当做了魔头不成？别说是我自己的儿子，就是不相识的人，我也不会跟一个四岁的小孩动手。”

陶花心底暗暗舒一口气，又赔上些笑意，仍带着半分战战兢兢问他：“那，一岁的小孩呢？”此次兵变，松儿的安危是她最为关心也最为担心的一点。

秦文即刻会意，冷冷笑了两笑，“你是说赵松吧？他可不是什么不相识的人。你若想保他平安，呵，竟然还敢如此对我？”说着侧目斜了她两眼。

陶花立时心惊起来，顿在那里说不出话。

他望着她，“江山美人，你让我只能选一，可是我却知道，若选了美人，到最后还是什么都没有；而若选了江山，你也早晚都是我的。反正，我就是想要你。”

陶花冷冷转开眼睛，“你是到今天才认识我么？我不是个会屈服的人。”

他忽然动怒，“你还不是一样屈服于他？”

“我服他，是心服！不是屈服于他的权势江山。”

秦文点点头，“好，你不服我，”他把那碗已经渐凉的面端到她面前，“你不吃下去，明早就能看到那个一岁小孩横尸在你眼前！”

陶花不说话，拿过面碗来就往嘴里塞，她连筷子也不找，就拿手往嘴里硬塞。

他立在旁边看着，看她塞下去了大半碗，就把碗夺回来，倒了一杯茶给她，而后轻揽住她肩膀，柔声说：“不论我选什么，都是为了你，你怎么就总是不明白？”

他的亲近却让她忽然心惊，往一旁侧身闪开他的手臂，自己有松儿这个软肋捏在他手中，若是他……

她抬头看他一眼，目光里尽是惶恐。

他却是被她的目光给刺伤了，他这一生何曾被女人如此忌惮过？于是离开她几步，轻轻叹息一声转身离去。

不一会儿进来一个小丫鬟，陪着陶花在房中安歇，跟她说这里是秦文旧日在秦府时的居处，又说他知道她怕黑，所以特地遣人过来陪着。陶花在房中四顾，心底暗叹一声：她曾经多么希望能嫁进这户人家，没想到今日来了，却是被绑缚来此。

宫变伊始，正是大局初定之时，秦文每日在外忙碌，只是晚饭时分过来看陶花吃下些东西，便即离去。也带赵榕过来让母子相聚了一次，陶花嘱咐长子，要时时刻刻跟弟弟在一起，弟弟吃的每一样东西他都要尝过。幼小的赵榕乍逢危机，虽然并不十分明白，却也懂得听母亲安排。

陶花起初几天总想着出逃，然而她近身功夫并不出众，数日之后即知道不能成功，又见秦文对她并没有无礼，而她的幼子又在他手中，也就只能在秦府住了下来。只是每日一见秦文便沉下面孔，绝不与他有半分亲近颜色。

这些时日，倒是秦梧时常过来陪陶花说话。当年赵恒岳为罗焰赐府第时就特地选在了秦府附近，如今秦家亲兵虽然知道她兄妹政见不和，却到底不能为难她这秦家小姐，何况她这小姐也是在秦家军里摸爬滚打长大的，与许多将领都相熟。

这天陶花正在园中练箭，秦梧飞跑过来，一边拉住她往外走一边问："你的骑术没有荒废吧？"陶花一愣，"当然没有，可是，我不能走。"她以为是秦梧要助她逃走。

秦梧摇摇头，"不是。林将军刚刚找到皇上，我哥就知道了，他已经带人赶了过去。林将军让我回来速速带你前去救驾，你的'火云追'我已经命人给你牵到门口，希望它还没有老迈。"

陶花骤然听到如此多的变故，却来不及多问多想，脚下一步也不敢停往门口疾奔。

秦梧到了门口与她同时上马，鞭梢向东一指，"就在落霞山南边的李庄，我的马若是赶不上你了，你尽管自去。林将军的人已经在那里了。"

陶花在百忙之中只及回头问了一句："他还活着？"

秦梧重重点头，"现在还活着，可你若是到得晚了，只怕我哥便会先下手。"

陶花再不言语，急催"火云追"出城。这匹马跟随她多年，她从未动过鞭子驱策，今日却是用了马刺。"火云追"明白遇上了大事，奋起全力往落霞山奔去。

陶花以前在落霞山时到过李庄，知道这是一个丛林深处的小村落。她约略还认得路，便一路狂奔过去。进到庄内却看见这处村落比她上次来时大了很多，无数新建的瓦房甚至连耕地都占去。她还不及细看，已经有御林军服色的士兵过来接应，将她引往庄子中间的一处低矮院落。

陶花进到院内，一眼看见林景云按剑而立。旁边的宁致静盛装华服，在这院落中显得十分不称，她正低眉顺眼对着院子角落的一人喁喁细语。

陶花要仔细看到第三眼才认出那在角落里的人正是赵恒岳。他穿着一身粗布衣服，正在挥汗如雨地砍一堆木柴。

陶花惊喜万分，立刻跑过去叫了一声“恒岳”，伸臂便想去抱他。

赵恒岳闪身躲开，满面愁苦对着她和宁致静说：“两位小姐，我真不知道你们在说什么，求求你们放过我吧，我还要砍柴。”

陶花愣在当地，喃喃又叫了一声“恒岳”。林景云的声音由背后传来：“我刚问过邻里，皇上跌落悬崖，被这村中的李老汉救下，虽没有大伤，却是把以前的事情全都忘了。”

陶花吃惊地回头，正看见宁致静满脸泪水，林景云低头叹息。

她仍是不信，一步上前握住赵恒岳的手，凝望着他的眼睛说：“我不信，我不信你记不起我了。”

赵恒岳呆呆看着她，慢慢抽出自己的手，后退两步往墙角里缩过去，等到距离远些了，抱住头“哇”的一声大哭起来，“爹爹妈妈快来救我，这女人……这女人带着刀哇……”

林景云轻叹一声：“你别吓他了。”

正说话间，外面跑来一对老公公老婆婆，放下手里的锄头便跑到赵恒岳身边扶起他。那老公公紧跟着跪到林景云跟前去，“将军，大人，我们老两口一直没有儿子，几天前在落霞山底救下这个人，看他什么都不记得了，就骗他说我们就是他的爹爹妈妈。是不是这犯了法？还求大人宽容，我们家里只有一篮子鸡蛋，都孝敬给大人了。老太婆，快去拿！”

老婆婆却在那里扶着赵恒岳说：“不，我不去！我要儿子！”赵恒岳立刻抱住她，“娘，我不要去，我哪里也不去。”说着又大哭起来。

老公公却是坚决地站起来，一边骂骂咧咧老婆子不听话，一边到屋里去，不一会儿取了一篮鸡蛋出来。

赵恒岳看见他出来，扑过去将那一篮鸡蛋给推到地上，大叫着：“我不走我不走！”

顷刻间，一地都是黄黄白白的蛋清蛋黄。

林景云对着这满院狼藉，抬起头看看陶花，正要开口的时候，外面忽然有了响动，有兵丁来往跑动的声音，又有人惊慌大喊：“摄政王来了！”

林景云怒声喝道：“这自封的摄政王也能叫得？！”

话音未落，一骑快马驰到院外骤然停住，马匹被勒得急停时前蹄腾空，仰天一声长嘶。嘶声未尽，马上素甲之人已翩然落马，一刻不停直入院内。

他走到院内了，外面才又有大队骑兵跟上来。

陶花连想也没想，立时就走到他跟前拦住去路。

秦文低头，先没去看院内众人，只是柔声问她：“你怎么过来了？”

陶花皱眉，“你总不能囚我一辈子。”

他声音低了些，却是更柔了，“怎么说这种话，我是担心你一个人在外。要是家里待腻了，叫上我陪你出来不是更好么？”

陶花在他如此温柔语气中正不知该如何应对，他跟进一步，声音依旧温柔，嗓音却是比刚刚高了些，院子里的人全都听见他问：“昨晚睡得好么？我自幼练功严厉，房里的床都是硬木硬棉，你要是不习惯就再多铺几层软褥。”

陶花蓦然抬头瞪视于他，知道他是刻意为此，不由满目恨意，又觉百口莫辩，回头望着赵恒岳说：“我……其实……”话音未落，听得院外有马车的声音，一个稚嫩的童声叫了一声“妈妈”，赵榕由院外直扑进来。他多日未见母亲，心情急躁了些，就把赵松剩在了院外自己奔跑进来。

还未扑入母亲怀抱时，他却又看见了角落里的赵恒岳，立时大叫“爹爹”，连母亲也不顾了就往赵恒岳怀中扑过去。

秦文听见这一声叫，脸色瞬间沉下来。他脸色一沉，陶花的一颗心便提到了嗓子眼儿。

想是两个孩子来得匆忙，赵松的乳母并未跟着，他一个人站在院外晃晃脑袋，看见了那满院子黄黄白白一地鸡蛋，立时像发现了宝物，咿咿呀呀迈着并不稳当的步子挪进来。

他走过秦文身旁时，身子一晃似要跌到，秦文便俯身探手想去扶稳他，还未碰到赵松身形时，陶花娇叱一声劈手抱过幼子。她十分爱惜幼子，又十分忌惮此时的秦文，自然而然就有了此举。

秦文见她如此疑心自己，他是骄傲而受不得半点委屈的一个人，登时就恼了，也不再与她母子纠缠，只是一言不发走到赵恒岳身旁。

林景云急忙过来阻拦，却被秦文身边的几员副将给挡住了。

秦文想也未想，一剑往赵恒岳左胸刺过去，他以为他会还手，却见他只是缩起身子，吓得大哭。

那一瞬间秦文心中转过许多念头，最终却还是决定把这一剑刺下去。

那一剑刚刚触到对手肌肤，只消再有两寸便能取他性命时，背后传来陶花如疯了般的一声尖叫。

秦文在心底暗暗叹口气，到底停住剑，转回身。

陶花已经放下了赵松，她双目含泪，却还是硬生生挤出笑容，忙不迭地说：“王爷，求你饶过他，我……我什么都依你。江山美人，你要什么是什么，求你放了他。”

秦文看着陶花那强装出来的笑容，心里难受得如蛇咬虫噬一般。她从来是最倔强的脾气，宁死也不会求饶，今日却为了他如此折损。

他见过他们两人亲密，听到过她亲口自述，甚至给他们的婚礼送过一份贺礼，只是，他却从来不相信陶花会真的爱上这个人。经历过秦文这样一个男子的女人，怎么可能再爱上别人？他以为她只是一时糊涂罢了。

可是今日在这院子里看见，他才知道，她竟然是真的爱上了他，为了他，可以连她自己最看重的尊严都不顾了。

秦文只觉心底翻江倒海地难受，剑便停在那里，收不回来也发不出去。

陶花见他不收剑，跌跌撞撞走过来跪下去，跪在那一地碎裂的蛋壳上，白裙满是污迹。她含泪对他说：“我们两人有过誓言，这一生都要患难与共、生死相依。一只燕子若是死了，另一只也不会逃，哪怕撞地殉情。你能制得住我一时半会儿，不许我自尽，你且看看能不能制得住我一生一世。”

秦文站在原地喘息几口，拼命想要压下去那已让他疯狂的怒火恨意，他是文武双全的周国名将，他是万人空巷的常胜将军，他无论如何也要保持他的骄傲姿态。

此时宁致静也已经扑到赵恒岳身上大哭，连着赵松尚未止住的哭声，这院中哀声一片。

他缓缓撤剑，看看地上的陶花。她哭得双肩颤抖，梨花带雨，从来未见过她如此情状，见了这一次，却是知道了为何西施捧心的愁苦也能变成绝色，为何周幽王烽火戏诸侯来讨褒姒一笑。

然而，这些，却再也都不是他的了。

国事家事，四面八方都是让人透不过气来的窒息。

这个女子本是他唯一的出口、唯一的安慰，也是唯一的目标，她是那箭靶正中的红心，却忽然地，在箭已出手之后，移了位置。

秦文瞪着陶花，蓦地将她拎入怀中横抱起来，几大步走出院外跨上了门外的马车。

陶花惊恐，却又不敢挣扎怕激怒了他。

他满眼血红，将陶花掷到马车之中，她还没来得及惊叫出声，他已经吻住她的唇。这次他再没了往日的温柔情致，如一只疯狂的野兽般掠夺于她。

她再也没有力气反抗，闭目等待命运的蹂躏。

然而，待了许久，却什么也没有等到。她张开眼睛时，看到他埋首在自己肩侧，深深低着头。

她猛然间觉到了有些什么不对。

陶花坐起身来，不知道该说什么，满腔怨恨消失得无影无踪，半晌竟是说了一句："杜姑娘呢？"

他远远坐到车厢一角，埋首膝上，静默了许久，开始有一句没一句地缓缓叙说："西域各国与淮南军对阵，一直不利，刚刚又在契丹朝中得到消息，他们打算倾兵打一场硬仗。当初调幽州军回来时候我是想着，你和我两个人，一个人可以掌控朝中局势，一个人可以领兵去北疆抗击契丹，可是没想到，你跟我不是一条心了……我既不能把这里交给你，也不放心把大军交给你……我原以为，所有的一切都是我的，谁知到头来，却变成让国家危难的罪人，就连你……唉，我也不在乎什么国家安危了，只是，我真没想到，你竟……你竟然真的爱上了他……"他低低埋住面孔，不愿让陶花看到他的神色。

陶花挪到他身边去，看着他，却是说不出话。

第四十七章　若仙

秦文回去之后就不大愿意见人，连陶花也不见。他这一生，从未输给过任何人，走到哪里都是最出挑的那一个，天下女子莫不爱慕于他。而这样一个人中龙凤，却偏偏到最后是悔在了情事上。

当年燕子河边，他看见这个女子箭技马术当世无双；幽州城下再见时，金童玉女两情相悦；他能娶到她的时候不娶，便是这稍一犹豫，就被别人抓住了机会。

幸好陶花到底是个良善之人，赵恒岳和秦文的眼光在这点上都没有错。她并未在此时落井下石。

沉寂了两天，他谁也不见，陶花好话说尽他也听不进去，叫来了赵榕也还是敲不开他的门。

第三天，陶花叫过秦府的亲信，吩咐说：“传旨下去，举国遍发告示，寻一位叫做杜若仙的神医来为王爷治病。”秦家军本来不受她调遣，可是此时知道关系重大，也便听命去了。

陶花随后去了宫中，将堆积的政事先处理一番。她既是周国的枢密使，赵恒岳的几个心腹包括林景云和张闾全都听命于她；她又是摄政王的心上人，秦家军也都给她面子，于是朝中大臣不管哪一派的连观望骑墙的都甘心听她指派。有她出面主事，朝中倒是很快安顿下来。

过了数日，京城局势渐渐安定，这天陶花把秦梧夫妇召到宫中。几日不见，陶花竟觉秦梧长大了很多，眉宇间多了些丘壑，比往日显得有城府了。

陶花笑道：“秦梧你是不是有什么心事了？怎么看起来不像以前那么直性子了？”

秦梧没有立刻回答，先是淡然一笑。她若是立刻大叫“有啊”，陶花反倒不会当真；她如此淡然，倒让陶花觉得她必是经历波折长大了。她的生活中并没有别样事情，虽然与哥哥政见不合，她这哥哥却对她依然宠爱，剩下的就只有她的丈夫。

陶花转头看看罗焰，“你是不是欺负秦梧了？”

罗焰尴尬一笑，并不答话。陶花立刻猜到是两人有了嫌隙，只是此事她是着实不好插嘴了，只能在虚处说了几句。说完之后，她即刻话锋一转，问罗焰：“落霞山上如今已没有弟兄，都去哪里了？”

罗焰答道：“大都在公主营中，是何四和我在打理。这次兵变，其他各处的军需武器都被秦家军控制，只有公主营他们给了几分面子，并未派人过来接手。”虽然陶花早已不是公主，这公主营的名字还是按习惯保留了下来。

陶花点点头，与他夫妻二人闲谈一阵送走，紧接着便去了城东公主营。她出城的时候城门口的守军盘问一阵，被她身后的侍女宝珠斥退，对那些守军说是出城为摄政王寻医。宝珠本来羁留在宫中，这次陶花回宫她欢喜迎上来，此后便一直跟随着她。

陶花到公主营中也不去与何四招呼，径直去找了一位旧日的落霞山弟兄。那人看见陶花十分惊奇，赶紧行大礼，陶花笑着扶起他，“李大哥，我没记错的话，你是落霞山南面的李庄人，对不对？”

李大哥点头称是。

陶花接着问道：“敢问你们庄中是不是突然有了新营生？”

李大哥摇头，“没听说。李庄地处偏僻，交通不便，难与外界通商。”

陶花点头，“我也这么想。那为什么庄中突然多了许多人口，又连耕地都占了，这些人靠什么吃饭？”

跟在陶花身侧的宝珠听见如此问话，侧望陶花一眼，微微一笑。

陶花一直到傍晚才回秦府，到门口时却看见门卫正与人争执。她走过去细看，正是在阳关被秦文囚住时救过她的胖姑娘。

那门卫十分不耐烦，“说过了，秦将军不见客，连他的心上人都不见，更别说是你！”

那位姑娘也不生气，只是淡淡言道：“你对我如此无礼，最好指望着一辈子都别生病，若是生点别人看不好的，也别来找我。”

陶花大喜道：“杜若仙！你是神医杜若仙，是不是？”

杜若仙微微侧头，冷哼一声：“我就知道，若不是你，他也不至于有今日！”说罢起步入门，门卫再也不敢拦阻。她走入门内后，又朝门外指了指，“把我的骡车牵进来，小心点，车上的草药一根也别给我弄丢了。”

陶花跟进门去，忙不迭问：“杜姑娘，你若是需要什么珍稀药物，我这就进宫去取。”

杜若仙停住风风火火的步子，转头正色说：“倒是有一件事情要请你帮忙。”

陶花忙道：“请讲。”

杜若仙看着她，十分温柔地说：“你要是能立刻死了，那就是帮了我大大的一个忙，”接着语调一转，几近咆哮，“要是不舍得死呢，就离他越远越好！”

陶花无语，垂头带她到秦文房前，杜若仙举手敲了敲门，却听得屋内大喝一声“滚开”。

陶花早就料到是这局面，满脸歉意刚想解释，杜若仙却是狠狠瞪她一眼，将她的话全给瞪了回去。然后杜若仙换了一副面孔，微微笑着向门内说：“秦文，是我。”

房门立刻打开了，秦文一把抱住杜若仙，竟然埋头在她肩上哭了起来。陶花从未见过他的眼泪，此时在旁看得目瞪口呆。

自杜若仙来后，秦文的郁症日渐好转，慢慢地也肯见人说话了。杜若仙说痊愈就在指日之间。只是，前方军情却刻不容缓了。

这天陶花正在院子里截住杜若仙询问秦文病情，林景云却焦急满面闯了进来，几步赶到陶花跟前，“契丹大军已经与京郊军在乌由北部开战，我军没有得力大将，又兼寡不敌众，一战便败回乌由城南，死伤两万多人。”

“两万？”陶花身子晃了一晃，强抿住嘴唇，却仍在唇角流下一丝鲜血。她的旧疾在宫中养了五年已经约略缓解，不想今日又复发了。

杜若仙在旁探手抓住她手腕，握了片刻，放手说：“你这是外伤内伤互发，外毒内毒齐攻，恶人自有恶报，迟早油尽灯枯。”说罢拍手而笑。

陶花抹去唇角鲜血，淡然说：“我不能死，我还有两个孩子。”

杜若仙冷冷一笑，“这却由不得你，你自己保重吧。”说罢即转身离去。

林景云上前一步，“你怎样？我去请大夫。”

陶花摇摇头，“北疆不保，还请什么大夫。”

林景云四顾望望左右无人，悄声对陶花说：“我倒是有个办法，不如让秦梧夫妇领幽州军北进拒敌。只要秦文点头，秦梧便能令得动幽州军。”

陶花慨然叹说：“难就难在要秦文点头。”

林景云一笑，“这就要看枢密使大人的能耐了。”

“什么意思？”

林景云笑容更盛，“秦文此人气傲，吃软不吃硬，谁去做说客都不如枢密使大人微微一笑最管用。若是笑不能打动他么，那你便哭上一哭，他必能服软。”

陶花凝视林景云半晌，脸上淡淡一笑，“你这说话的口气不似平时啊。”

林景云一怔。

陶花微笑说：“你这口气计谋，颇得你师傅的真传呢。”

林景云脸上顿有尴尬之色，竟不知如何对答，陶花已转身去找秦文调兵。

她果然是先笑了笑，又哭了哭，说起北疆惨状，两万士兵伤亡，无数孤魂难以归家。秦文终是叹息一声，留下三万幽州军驻守京城，其余都交给秦梧带去乌由。

秦梧抵达后便将契丹南下的铁蹄阻住了。朝中便也有了些欢声，因武将兵变而造成的紧张气氛缓和了一些，毕竟，到了国家存亡的紧急关头，还是这些武将抛头颅洒热血冲上前去。

这一点点的舒缓气氛却很快就因为秦文病愈而消失不见。

他一向行事严厉，现在因为幽州军大队不在，那就更加苛酷。临朝之后第一件事就是囚住了朝中几个重要将领，包括林景云。对陶花倒是放开了，不再强求她在秦府，让她到宫中陪在赵榕身侧，只是公主营却也被秦家军完全掌控再不留任何余地。

这天陶花正在宫内练箭，忽听见一片忙乱声音自宁致静所居的昭阳殿传来，宫内仆从训练有素，若非出了大事，不至于如此慌张。

陶花心内惊疑。宁致静虽然封后，家人却都还在边疆流放，不知道是赵恒岳不肯赦放她家人还是当时来不及注重这些细节，紧接着就有了兵变，那就更无人管她了。虽然她贵为皇后，却是没什么得力心腹之人在身边；不像陶花，纵使废去后位，在军中一样渊源深厚，战场上并肩对敌出生入死而来的交情不是寻常可比。

想到这些，陶花也就走进昭阳殿，谁知她一进去众人全都噤若寒蝉。陶花更是惊疑，抓住一个面熟些的侍女询问，那侍女颤抖着跪到地上，牙齿打着战说：“皇后……皇后她……刚刚吃过几片玉带糕，竟然就小产了。”

陶花一时愣住，回过神来后先问了句：“她有孕了？”

那侍女点头称是，陶花心头一阵酸楚，可这是她自己送人上去的，又有何话可说？她稳稳心神问下去：“怎么回事？”

那侍女战战兢兢回答：“刚刚有两位御膳房的婆婆过来，说是……说是……”侍女抬头看陶花一眼，又赶紧伏下头去，“说是摄政王送来的玉带糕给皇后吃。皇后不肯，那两人给她就硬塞进去，我们都不敢拦，等那两人刚走，这就……这就……”

陶花愣愣怔怔站在那里，似乎听见宁致静在内室呻吟的声音，她口齿不清地正大骂陶花，说她心肠狠毒。

她心心念念特地将有孕之事瞒住了陶花，却不知道若是不瞒，怕是孩儿还能多活一刻。

太医忙忙碌碌跑进来，看见陶花在此便立刻停住，不知该进该退。陶花断喝一声“还不快去救人”，猛然一转身出了昭阳殿。

她大踏步走往前殿，平时秦文都是在这里处理公务，刚到殿门口，却见几个御前侍卫绑缚着林景云出来。陶花立时停步，问他们所为何事。

那几个侍卫看着面熟，想来在这宫中当差日久了，此刻唯唯诺诺跪下去说话："回禀王妃，此人不肯归顺朝廷，摄政王命宫门外斩首。"

陶花都来不及分辨她不是王妃，只是大惊说："你们先等着，我去摄政王跟前求情。"

她走进殿去，几个秦家军的亲信将领正在殿内议事，看她急急忙忙进来便都停住了话。

秦文坐在案后，也未起身，只是说了声："榕儿不在这里，你过来干什么？"

陶花几步走到他近前，"你放了景云！静儿的事无可挽回，我也不想说了，你先把景云放了。"

秦文微微仰头，"这个人，我早就恨之入骨，你不用求情了。"

陶花大怒，"我什么都顺着你，又特地找来杜若仙为你治病，你怎么还是如此严酷？"

他淡淡注视着她，"你想放了他，是么？好，拿鲁王的性命来换吧。"说着他拨弄着案上的令箭，"这三个人——林景云、赵恒岳、赵松，我本来只打算留赵松一个，到底，你是他的母亲，我也算是爱屋及乌了。若想救另一个，就只好拿赵松的性命来换了。"

陶花瞪视于他，知道多言也是无益，转身疾奔出门。

宝珠一直在身后跟着她，随着她到了马厩。陶花亲自牵出"火云追"，刚跨上战马却见宝珠也牵出一匹马上去，她不由惊奇说："你会骑马？"

宝珠点头，"小时候学过。"

陶花无暇细问，一路奔驰往城东而去。

到了李庄时已是薄暮时分，夜色中有高大的庄民正来来往往走动，更有十数人在庄门口下棋，一看见陶花即刻有人起身离去。陶花微微冷笑，直往中间那处低矮院落走去。刚要进门，当日在院中胡言乱语的那一对公公婆婆拦住她的去路，陶花向他二人微一躬身，"枢密使陶花来此见驾，烦请二位转达。"

第四十八章　刺秦

陶花至李庄见驾，那一对看似年迈的公公婆婆对视一眼，还想装糊涂，宝珠在后笑道："不用装了，早就瞧破了。"

陶花也是一笑，旋即大踏步走入院内。

那矮屋内坐着赵恒岳和张间，陶花过去看了张间一眼，淡淡说道："张将军倒是忠心，只可惜对我这枢密使真是见外。"

张间淡然一笑，"国家危急之时，末将只敢听从圣上，还请枢密使大人恕罪。"

陶花站到赵恒岳跟前，近得身体几乎要碰到他面庞，带了些娇声说："你看，我白当了你这枢密使，不如把虎符都还给你好了。"

张间看到这里，微笑着向赵恒岳说："皇上，臣先告退了。"

赵恒岳点点头。张间即刻出门，又特地把门关上，陶花回望一眼，脸上浮起笑容过去拉住赵恒岳，“你还想瞒我，哼——”

赵恒岳抬头看看她，脸上一丝笑容也没有，只是淡淡问道：“为什么过来？”

陶花这才想起前情，赶紧半跪到他身旁肃声说：“我看你不能再等了。他刚杀了景云，我怎么都劝不住，还说也要杀你，还有……还有……你那皇后……”她嘟起小嘴，低下头去不肯再说。

赵恒岳微微点头，“景云之事，你不用担心，我如今只是担心松儿。他在深宫之中，你又交待过让他跟榕儿一起。榕儿身边全都是他的亲信，若是出事，我真是无法施救。”

陶花仰头望着他，“那怎么办？我把松儿带到这里来？”

赵恒岳看她一眼，“带到这里来大家难免立刻一战，我们并没有胜算，我也不想让大周军队自相残杀。”

“那怎么办？”

赵恒岳顿了片刻，淡淡开口，“此事因你而起。”

“不错。”她虽然十分不情愿，还是只能如此回答。

“因你而起，便该由你承担。你杀了他。我已在阵前悄悄急调秦梧回来，让她管束在京的幽州军。只要他死了，秦梧跟剩下的秦家军陈明利害，不需大战即可收回兵权。幽州军归服，西域各国必然军心动摇，李涵庆一击便可全胜。”

陶花张大嘴巴又抬起头，“杀了他？我……我……”

赵恒岳冷笑，“怎么，不舍得？”

“我怎是他的对手？就是能有三箭连发的机会，也难保必死。”

赵恒岳笑着望望她，“这京城里没人是他的对手，要杀他，只能请你这摄政王妃来想办法。你不杀他，他早晚有一天会杀了松儿，就算今天不杀，等松儿大些呢？”

“我……我有什么办法？下毒么？我从不给他弄东西吃，忽然送去，岂不是此地无银？”

赵恒岳仰头大笑，“用得着下毒么？你这么娇媚的美人儿，就想不出一个好办法来？”

陶花看着他的笑意，忽然明白了他的意思，她先是面孔发红，随即却又有些伤心，“恒岳，当年宫变之时我听人说过，赵登并无武功，你都不舍得让我去，一定让那弱女颜素素去，如今……”

赵恒岳收住笑意，垂下头来看着她，“当年是当年，现在是现在，当年你是我的心上人，现在你是我的枢密使。”

陶花怔在当地，一句话也说不出来，半晌发出哀声：“我……我在金殿上说的话，难道没人告诉你么？”

赵恒岳笑笑，“听说了，江山陶花，只能选一，你就当他是选了你吧。”

“我不是说这句！”

“哦，你是说你喜欢我。可是，两人情意，又不是一个人说了算的，是不是？”

她已经渐显绝望，“恒岳，我夜奔阳关，是受了欺骗蛊惑，不是……”

“蛊惑？你若是全心信任我，任凭什么事都会先跟我商量！”

夜色渐深。

是个无星无月的漆黑深夜。

陶花踉踉跄跄出门，宝珠在院中等着她，一伸手将她扶住。陶花在这院中站了许久，轻叹口气，转头看了一眼。那小屋的房门却已经关上了，她只好出去。

又是一个薄暮黄昏，秦府内却热闹得很，杜若仙正跑前跑后指挥大家挂起五彩灯笼。她说，今天是她们家乡的灯节，要挂五彩灯笼才吉利，秦文在旁微笑看着她忙活，只觉她像个任性的小孩。

灯笼还没挂好，家人进来禀报说王妃回家了。

杜若仙即刻沉了脸，一言不发走了开去。

秦文疾步迎到门口，果然看见陶花正进门，已经换下白衣素裙，穿上了一身红衣，五彩灯笼照得她美艳夺人。

他情不自禁过去拉她入怀，她也没有躲，仰头向他一笑。他只觉她这一笑灿若晚霞，再美的灯火也都失色了。

他揽着她，柔声说："你好久都没对我笑过了。"

她毫不相让回应："你也好久没对我笑过了。"

他听到这话，却即刻便被逗笑了。那一笑实在太柔太暖，让陶花心神荡漾了一瞬，不由在心底轻叹一声。

两人面对面吃饭，谁也不提旧日嫌隙。

她突地抬手去拍他后背，他本能地一躲，她即刻嘟起嘴巴，"我说错话了，你就恨我一辈子？你说错话，我可都没恨你一辈子。"

他看着她生气的俏模样笑了，满目的冰雪全都融化，过去环抱住她，温柔地亲亲面颊。

陶花腻在他怀中，不动不言，只是娇笑。

他也顾不得两人正吃到一半，抱她到罗帐中去。

这一次，他十分细心，十分周到，又十分温柔，她甚至觉得自己就快要迷失，快要忘记此行的目的。

可是不成，她一定得撑住，一定得是最晚失去神志的那个。

他似乎知道她内心所想，竟是无所不用其极来撩拨她，就要看看她还能清明多久。

然而，到底，他还是没能比得过她。

因为他爱，他便迷失得快些。

在他迷失前的那一霎那，他轻声问："你到底有什么事要求我？下这么大本钱。"

她心内稍稍一惊：原来他还是看出有诈了。可是此刻已经不能收手，她不说话，只是紧紧抱着他，看着他的一双华光流转的眼睛终于昏昏沉入情事，于是，她的手颤抖着，将一支短箭插入他后背。

以她的功夫，本应正中后心，可是在箭入肌肤的那一刻，她忽然想到：当年那柄长矛刺入他身体时，不知痛不痛？

就这么一想，箭尖便偏了半寸。

秦文骤然惊住，他从未想到她竟是要取他性命。

他一手电闪而出扼住她咽喉。

陶花面孔发紫，呛咳起来。

他望着她，眼神中的惊痛巨怒渐渐淡下去，终于，手松开了。

陶花大口喘气，抬头看着他，忽然就落下泪来。在那一瞬间，她似觉有些后悔：朱雀门之役，是他以手臂挡住射向她的毒箭；乌由谷诱敌，是他舍身冲出阻住已经过近的追兵；击败契丹，他不顾性命杀死她的仇人；永嘉重镇，他为她断然倾城……他们两人，怎么竟至于今日？

他看着她的眼泪却是微笑了，轻声说："没事，我……没事。"然而，他随即咳了两声，伸手一抹时全都是鲜血。

他笑笑，又万分不舍看看她，"我有几句话，一定得跟你说。"

她急忙扶住他，"别说话了，我……我……"又是落下泪来。

"再不说，怕没机会了……这三件事情在我心里很久，一直想跟你说……"他又咳了两声，"第一件，当初杀耶律澜，我是有心的，对不住，瞒了你这么久，是我担心你们旧情复燃。"

陶花忍泪，"别说了，都过去了。"

"第二件，宁致静的孩子是我害的，因为，这个孩子对你有百害而无一利……你在这京城无亲无故，真正能靠得住的人不过我和他罢了，他是万万不肯伤这个孩子的，就算明知对你不利……所以，只有我，来做这个恶人，来替你除去。

"杀林景云，杀耶律澜，我是嫉妒他们跟你好；杀这个孩子，我却全都是为了你。我知道，你跟我不会长久，早早晚晚，你还是要跟他去……我本来打算明早发退兵令……"

陶花刚刚忍住的泪水又全都倾下来，却是再也说不出话。

"第三件，陶花，我是真心喜欢你的……当年扬州城下你问我，你失了贞洁，我会不会嫌弃你……不会，真的不会……七年了，到今日才来回答你，对不住，让你等得失了耐心……"

陶花大哭出声，秦文到此时依然平和，温温柔柔地倒在她怀中，就此不省人事。

陶花只哭了一刻便立刻收住，轻轻挪开他身体，一边向外奔跑一边大叫："救命，救命！"

她一出门却看见杜若仙就在门外不远处，立刻冲她大叫："你救救他，救救他！"

杜若仙先是鄙夷地看着她这衣不蔽体的模样，而后万分焦急奔进屋去。

陶花看见她如见神仙，连声问："有救吗？要不要我去拿伤药？"

杜若仙在百忙之中回头，"公主殿下，你听我一句劝可好？"

"好，好，我听。"

"请你远远离开他，好让他多活一刻！"

陶花只好走了出去，在院子里来回踱步，踱到一半时心情渐渐平静下来，也就看见了院子里那一圈圈的脚印，想来刚刚杜若仙在这里踱步已经有些时候了。唉，她暗暗自叹，竟是做了如此一件事情，将这两个人都伤得体无完肤。

不知过了多久，房门打开了，秦文仍旧昏着，也不知是死是活，陶花有心上去问问，却又不敢。杜若仙很费力地抱着秦文往外走，走两步就歇一歇，陶花过去想要帮忙，她用狠毒的目光将她刺退。

就这么一步一挪的，她把他拖到院子里去，累得直喘气。有秦府家人过来探看，杜若仙大喝一声：“别动！你救得了他吗？”众人闻言，也就全都退后了。

杜若仙去马厩里牵出她的骡子，又费力地套上她的草药车，然后牵回院子里。她重又过去抱起秦文，大声喘着粗气把他拖到车上去。旁边围观的没有一人敢出手帮忙，虽然这个姑娘并不会武功，大家却全都忌惮她三分。

车子终于装好了，杜若仙到前面拍拍骡子，“小灰，咱们带他回家去，再也不理这些坏人了。”

小灰懂事地点点头，铆足了劲儿一步一挪往前行去。

五彩灯笼尚自通明，映照着杜若仙痛惜无限的含情双眸，映照着车板上秦文苍白绝望的昏沉面色。

小灰“嘚嘚”前行，在那蹄印之后，在那车轮的辙坑里，一滴一滴仍有鲜血落下。陶花实在忍不住过去提醒：“杜姑娘，他还在流血，你这么出去不大妥当。”

杜若仙面如寒霜，“血流干了，我有本事救回来；肾被伤了，我也有本事救回来；可是心被刺了，我没本事救回来！秦文已经被你一箭刺死，尸体流些血又有什么要紧，你再不用关怀惦念了。”

陶花黯然低头退后。

这个矮矮丑丑的胖姑娘，这个江湖中赫赫有名的奇女子，默默赶着她的骡车，载着她的心上人，离开了京城。

陶花看着秦文离去，竟觉心如刀割。他终是走了，满满带着她给的伤痕离去了。从此天涯海角，希望他再也记不起她来。他这样高傲不群的一个人，这样苦求完美的一个人，又这样出众这样俊逸无双的一个人，不知在昏迷前那一刻可曾后悔过——遇见了她。

曾经是让田倩如一见之后便即悔婚的他，曾经是让颜素素青灯古佛了此余生的他，曾经是让萧照怜苦候五年横刀自刎的他，曾经是让姚壁君阅尽沧桑心服口服的他，终于是，倒在了女人身上。

第四十九章　君臣

杜若仙带秦文走后，汴京城连夜就有了兵变。秦梧早将秦家军在京各主要将领聚于一处，对他们晓以国家大义，又说摄政王已死，这些将领看见大势已去，国家又正与契丹大战，也就都归顺了秦家小姐。

陶花深夜入宫，在金殿碰见几个重臣，她便与众人一起等候赵恒岳。

他身披重甲与秦梧一同来此，进殿后毫不犹豫登上了金銮椅。阶下有大臣询问：“废帝如何处置？”经此一变，大家心里都有些怀疑赵榕的身世。

赵恒岳淡淡答道：“废去太子位。”他扫视一眼众人，“此次平叛，秦梧、张闾、林景云三位将军都是大功，明日临朝再细加封赏。秦家军中所有在京将领革职，择一两个位高的斩首示众，在乌由阵前的由秦梧酌情处置。”他转向陶花，“枢密使陶花为摄政王妃，算是首恶……”

陶花听到此大声辩驳：“我没有！”

赵恒岳冷冷看着她，“夜奔阳关时不怕死，此刻倒怕死了么？”

陶花气得双目含泪，看着赵恒岳竟是说不出话来，半晌方道：“欲加之罪，何患无辞，我从未通敌，你要杀我便杀，何必找什么理由？何必去麻烦张闾将军？”

赵恒岳仍是冷冷的，“你是我大周枢密使，被叛军掳到府中去做王妃，你不懂以死相抗么？我容得你如此，国威何在，杀你难道还冤枉了么。陶花，我身为一国之主，不杀你，是人情；杀你，是本分。”

陶花在阶下仰头看着他半晌，刚刚的怒气全都变成伤心，凄然道：“我没有一死殉国殉夫，不过是为了孩子们都还幼小，等到把他们安顿好了，我自然是与你患难与共、生死相依。”

赵恒岳又是两声冷笑，“我现在活得好好的，你倒是想跟我生死相依了。”

陶花瞪视着他，只觉竟如不认识这个人了一般。

他收住唇角的讥嘲之意，恢复平淡声音，“念在你手刃摄政王，赦去你的首恶之罪，往后尽心为我大周效力便是。”

陶花眼神中的惊异与怒火都慢慢黯淡了下去，终于，她成为了他麾下一员将领，如此而已。

门外有侍卫来报，说淮南军击溃西域军队之后，分兵五万护驾，刚刚到了城外，淮南军部将求见圣驾。

赵恒岳立刻吩咐陶花这枢密使去接淮南军将领进来，陶花淡淡问道：“五万淮南军今晚到此，必是早接了调令。你既有如此筹码在手上，为何还非要逼我杀死秦文？”

他冷冷看着她，“你若不杀秦文，一身罪恶如何洗去？怎么，你后悔杀死他了？”

陶花徐徐点头，“不错，我早已后悔。他是为我才到如此地步，便是当死，也不该我去杀他。”

赵恒岳微微一笑，“就是要你去杀他，才让他知道国威严厉，才见得你这枢密使忠心耿耿。”

陶花一咬唇，没有再与他争执，转身大步出殿。

既然终于变成了君臣，那么，再争执又有何意义？

此后不久，西域军队请和，前线不断有军情请示，汴京城则忙着军权交接，陶花很是劳累了一阵子。她以前一直住在宫内，在外并无府邸，这时也就受秦梧之情一直在秦府住了下来。等到事务处理完毕，她即刻进宫去探视两个孩子。

往常她一直是疼爱赵松多过赵榕，如今却是心疼赵榕得多了，细细问他饮食起居，生怕他受一丝苦。

她说着说着难免就说到“废去太子之位，是因为国家政局，不是因为榕儿不好”。赵榕吃惊看她，“爹爹说，是因为我好才让我做冀王呢.”说着他做出跃马扬鞭的姿势来，“冀王多威风啊，才不要做什么太子呢。”

她轻轻叹了口气，却见赵榕满脸欢笑向她身后跑去。她回身时，正看见赵恒岳和宁致静挽手走了过来。

赵恒岳即刻把赵榕抱起到怀中，两人亲昵无比。过了一会儿，他把两个孩子交给侍从带走，走过来对陶花说："榕儿还小，你不要口无遮拦。"

陶花淡淡答声"遵命"。宁致静也走到近前，面色中带些明显地防备，赵恒岳看见她的神色，立刻揽到身边来柔声细语不知说了几句什么，她面上瞬间浮出笑意。

他一直是这样一个人，事事都照顾周到，在他身边的所有人都觉舒适体贴，也就全都忠心相随。就只有陶花，为着她曾有那样出众的一个情人，为着她刚强硬气不够敏感的心性，竟是许久都没觉到自己对他的依赖，与他这份生死相依全心信任的感情。

陶花望着他二人亲密的样子，独自落落离去。此后国政逐渐安顿，兵变的阴影也慢慢淡出朝臣的谈论，皇上对陶花也和气了甚多，如对朝中的其他股肱大臣一样，谦恭有礼体贴周到。也说起过兵变初定时自己口不择言，那是暗含了道歉的意思了，她心里也就不能再存什么难平意气。他为她赐过一处府邸，还真的如他旧日说过的，就在朱雀门对面那条街上，可是陶花却没有接受。她自己孤身一个懒得张罗，还是借居在秦府算了。

她常常进宫探望两个孩子，初时担心过皇上会对赵榕有嫌隙，却是没有，他明显更偏爱赵榕。有时也会有亲近之人开玩笑问他为何宠爱冀王胜过鲁王，他会笑着说，因为榕儿长得俊。

帝后相敬如宾，待两个孩子也是一般慈爱。皇后出身钟鼎之家，自然贤良端淑。皇上特赦了宁氏在边疆流放的亲族归京，袭以官爵。皇后感激涕零，在族中和民间又选了几个姿容佳丽的女子一同服侍圣前。皇上也不推托，好意从来是欣然受之，连带着日常即兴宠爱过的宫女，后宫的嫔妃渐渐已有数十人之多。只是，从来没有许旁人留过他的子嗣，便是宁皇后，也只有那一次不知情的偶然。

陶花渐渐变得寡言少语了，也收了平时那直来直去的脾气，倒是跟秦梧日渐知心。契丹得知周国政变已平，大军退去，秦梧也就日常留在汴梁。

她跟陶花抱怨过，当日皇上在落霞山假死是有多个心腹知情的，罗焰便是其中之一，他熟悉落霞山地形，是当日布局的直接参与者，只是他却将此事瞒住了妻子。秦梧为此十分负气，他担心她是秦文的妹子，便丝毫也不敢露出口风，她却是从来都将这丈夫看得比哥哥亲近很多，自然是觉得委屈，夫妻间冷言冷语越来越多。

这天秦梧又跟罗焰口角，于是跑到陶花这里来躲了半日，到下午时却见天上飘起来雪花。秦梧感叹一声："这么早就下雪了，我得回去看看他穿棉衣了没。"陶花笑着拍拍她，"既然关心，何必如此。"

陶花把她送到府门外，看着她的车驾刚刚消失在路口，就见一行十数人向着自己这边过来，全都是玄色风衣风帽，个个身材魁梧，步行极其迅速。她心内微有吃惊之意时，先头两人已经到了，跪下向她行礼。中间一人走到她跟前摘下风帽，微微笑说："下雪了，想起来你的救命之恩。"

接着后面有人自风衣中放下抱着的赵榕和赵松，陶花急忙去拉过两个孩子，回身对赵恒岳说："怎么走着过来？这么冷。"

他微微一笑，"不走着过来，如何能想起那天你救我时所受的寒冷。"

陶花倒是被他这些热情话语说得有些赧然，垂首道："小事不值一提。"说着拉两个孩子到厅内的暖炕上去取暖。

陶花看见那暖炕，却想起来什么，笑问榕儿："还记不记得妈妈教你的山歌？"

榕儿立刻像献宝一样大声唱起来：

太阳出山明堂堂，照着我的新嫁娘
新嫁娘有个高鼻梁，比我过去的姑娘强

月亮出山亮晃晃，照着我的新嫁娘
新嫁娘一天能织布五丈，比我过去的姑娘强

新嫁娘的头发长，旧姑娘的头发黄
新嫁娘的手脚暖，旧姑娘的手脚凉

人人都知道新的好，可我还是忘不了
忘不了我过去的那个旧姑娘

赵恒岳在外听见了，就没有跟着进去，只站在门廊望着外面大雪飘落。陶花把两个孩子安顿好也就走出来，轻声问道："不进去？外面冷。"

他仍是望着外面，叹口气说："你在雪地里救过我一次，在耶律澜帐中救过我一次，在吴越宫中救过我一次，这三次救命之恩，我原以为可以一生一世慢慢还，谁知到最后竟是无法报答了。"

陶花勉强一笑，"是啊，还把两个人都剩得孤孤单单。"

他到此时侧头看了她一眼，"我哪里孤单了？你不知道昨天宫中又升了一位贵人。"

陶花回望他，"我还记得你跟我说过，人越多的时候你越会觉得孤单，因为没人可以信任。"

他点头，"是，信任这种东西，一旦破坏，就再也回不来了。"

她低下头，"实在信任不了，那，不如你也升我去做贵人吧。"

他转开面孔不去看她，"你若是想做贵人，何必做我的，当年就是为了不让你做什么贵人，才宫变夺权。"

陶花仍是望着他，因他转开了面孔，便只得一个凄清侧影，她缓缓开口，"我就是想做你的，其他人的，皇后也不做。"

他不说话，静立片刻后，缓缓答声"好"，伸出手来揽住她的肩膀，也没有看她，只是把她揽到怀里来。

雪花一片片飞落。

他抬起她的面孔来，想要轻轻薄薄吻下去。

一个女人而已，他一遍遍这么告诉自己。

然而，当他快要触到她双唇的那一霎那，却又突觉心里百般难过，竟是要猛地将她推开才舒缓些。

正在此时，院子里有家丁来报林景云来访。两人顿觉尴尬，一起迎往门前。

林景云看见陶花便远远奔过来，走近了见赵恒岳在此，立刻笑道："我就是要找你呢。"他竟未向皇上行礼，只是笑着问他，"师傅，徒儿今日想趁大雪请你到家中一聚，不知道有没有这个面子。"

赵恒岳笑问林景云："你是要开拜师宴么？我当你师傅这么多年，真还没有吃过你一口酒呢。"

林景云笑道："好吧，那就算是谢师宴吧。既然是谢师宴，咱们可就只论师徒，不论君臣了，你是我的师傅。"他又回头看一眼陶花，"枢密使是我们师徒的媒人，咱们今天只论师徒之谊，可不管你们俩一个是皇上一个是我的上司。"

赵恒岳到此微一蹙眉，"怎么，你就只请了我们两个？"

林景云仍旧是满脸笑容，"还请了那时跟我一起的几个侍卫兄弟，大都升官了，有几个在京中，有几个做了地方官，也都叫回来了。本打算选个吉日，我看今天正好大雪，就在今天吧。"他说着拉住赵恒岳往外走去，还一边絮絮叨叨，"你还记得冯大年不？几年不见他吃成个胖子了……"他走出十多步后微微侧头，竟没看见陶花在身后，立刻回头朝她使个眼色，她便只好紧赶几步跟上来。

到了林景云府邸，果然已是济济一堂，赵恒岳新带来的几个侍卫也过去跟众人一一见礼，众人苦留他们一起吃酒，他们十分懂事地回答："待我等也建功立业时吧。"说罢退出屋外守候。

赵恒岳坐在主席，陶花的位子在他身侧，大家热热闹闹道过别情，林景云事先交待过了今日不见君臣之礼，赵恒岳待下属又格外宽厚，众人也就十分亲近。陶花刚刚坐稳，席中一个身材略胖的人便笑道："你们猜猜，我当侍卫那几年最惨的是哪天？"

林景云笑问："是不是捉吴越刺客时被小姑娘甩了一箭那天？"

那人摇摇头，"战前负伤、马革裹尸，那都是男儿本色，要说最惨的，还是秦淮河上那天晚上下水去救人……"他刚刚看到陶花，立刻想起了这件旧事。

众人一齐大笑，七嘴八舌又说了几句，却又忌惮陶花在场，都缓缓住了口。赵恒岳侧头对陶花说："你出去吧，免得大家拘束。"陶花听他完全就是吩咐下属的口吻，一言不发站起就走。林景云赶紧跟出去，将她带到了夫人朱弦的房中。

朱弦正用晚饭，她和陶花许久不见，拉住陶花的手只是不停叹气。两人坐下一边吃饭一边叙旧，朱弦一直说些宽慰的话。

不知不觉间已是夜半，院子里一阵熙熙攘攘之后，林景云遣人过来叫他们两人过去。朱弦拉着陶花走入前厅，只见杯盘狼藉，众人都已离去，只有林景云和赵恒岳仍坐在那里。林景云已经微醉，赵恒岳比他好些，却也有些迷蒙，抬起头来看见陶花时凝望了片刻。

林景云招招手让两人坐下，朱弦坐到他身边去，他却把陶花拉过来说："你坐这里，有些话，我要跟你说。”朱弦笑着让开，他拍拍她的手，“你别生气，我跟公主的情谊不比寻常。”

朱弦微笑点头，答声“知道”，陶花却是开口反对，“我早不是公主了。”

林景云侧头望着她，“咱们是叙旧，叙的就是你做公主时候的事呢。”他眼睛里醉意渐深，“你这铁箭公主，营里头仰慕的弟兄并不少，可真正敢到你跟前说话的，就只有我和师傅两个，要不，怎么说我们最有师徒缘分呢。那时候有秦文在，他那般俊模样一个人，又是那般人才，谁看见他都要自惭形秽些。”

赵恒岳听到这里微笑开口，“景云，你别不承认，你也是个俊模样的小子。”

林景云大笑点头，“好吧，就算是吧，不然也不敢在嵩山上站出去跟公主说话。公主待我是很好，她身边没个知心人儿，有个直爽些的伙伴她就坦诚相待，若是没有师傅，也许公主就跟我了。”

朱弦听到此笑了，“你以为你能争得过秦将军？我才不信。秦将军每次出征，我可都是到城门口去看呢。”

林景云笑着将手中的空杯掷到朱弦身上去，佯怒喝声“你敢”，赵恒岳却是侧头对朱弦说：“那倒未必，你不是最后仍嫁了景云么？我看在秦文和景云两人中，阿陶倒是多半会跟着景云一起。秦文虽是百年一遇的人才，却太过傲气，冷冰冰的，我这徒弟是多么热乎乎的贴心人儿。”

陶花听到他这一声“阿陶”，立时眼眶湿润，他已经多久没这么称呼过她了。

林景云虽是半醉，却察觉到他的旧主眼眶湿了，他即刻笑着接过话来：“到遇见谢怀畅，师傅忽然来问我，公主会不会喜欢这个小子，我那时就知道，我们都是争不过他了。他就是那么实心眼儿地全都不顾地对公主好，连他自己都不顾。我自问比不过他，心思也就淡了。后来他变成我的师傅，我们日常在一起，越来越熟悉得跟亲兄弟一样，那可是什么乌七八糟的事儿都知道了……”

赵恒岳斜睨他一眼，“什么叫乌七八糟？你这徒弟当的。”

林景云一笑，“你要是不认，那我可就当着两个女眷说出来了。在扬州围城时，有天半夜我都睡下了，你忽然跑过来把我们一帐的弟兄全都叫醒，说要出门。我悄悄问你怎么了，原来是公主练箭拧着肩膀，你帮她揉了一晚上，终于就撑不住了……”林景云说着大笑起来，“我们连夜微服出营，你说要去秦淮河，我就说你要是实在不喜欢咱们营里头带着的这些，还是不如回周国境内去吧，可你却说秦淮河上风光好，早晚要带着公主去玩，不如先探探路。咱们那可就趁黑渡江，夜奔秦淮了，七八个弟兄跟着你到了吴越心腹之地，倒是也都没觉着害怕，就是你这小师傅却挑得很……”

林景云侧望一眼陶花，对她说：“我猜公主你是不知道，他在你跟前定然不敢说这些，我师傅喜爱处子，幼弱些的更好，到底是帝王脾气呢，就是到了烟花之地也一定要找还没破身的女子。我们连夜赶过去的，颇费了些力气才给他找到一个，其他的他偏偏不肯相就，说碰过一次的就不好玩了。我这才知道，为何那隋炀帝宫中要养着十万宫女，却原来……”

赵恒岳抬手把一杯酒灌到林景云嘴里，杯子也不拿出来，就塞在他齿缝间，“你少说几句吧，比谁不好，比那隋炀帝！”

林景云笑着推开他的手，“你脾气暴起来的时候，可也不比那隋炀帝好多少。永嘉城外找到公主的那天，你当夜就去了秦文帐中，我们在外头可听到你们高声争吵了，出来之后你去了俘虏营，放开几十个人让他们跟你打架。你打得倒是痛快，我们这些近身保护的人可全都捏着把汗，那一夜，你自己算算你杀了多少人？就为着公主跟秦文……”

赵恒岳却在此打断他，“你错了，景云，我不是为他们俩那回事，我是气我自己。我早就说过，这一辈子都要护卫阿陶周全，她那时正为了断情而苦苦挣扎，我竟然没能阻住他们见面。我是气自己竟然思虑不周。”

林景云蓦然坐正，脸上醉意竟是不显了，“师傅，你说了，这一辈子都要护着公主。她性子粗疏，难免有一时糊涂，你怎么苦苦计较？你以前可不是这么待她的。”

到此朱弦也忙着插话：“是啊，我听还在她身边的姐妹们说起过，这些日子她可难过得很呢。本来大局已定，人人都很高兴，只有她，半夜里对着一只金耳环掉眼泪。”

赵恒岳轻叹口气，脸上的神色和缓了些，望一眼陶花，又回头问林景云：“你们是觉得我亏待她了，是么？”

林景云想一想，摇摇头，“那倒不是。换作是我的女人夜奔到敌人枕边，恐怕也就提刀斩了。我说这些话是因为我知道师傅你有多顾着她，咱们在小商河那晚，你明知道她已经走了，还是苦等了一夜。那天你眼睛湿了，别以为我没看见。可就这么着，到后来也就是废去后位，并没罢她的枢密使、收她的虎符箭令。你既然这么爱惜她，又何必逞这一时之气，让她这么难受，你以后想起来还不是又得心疼。”

他话未说完，陶花已经泪盈于睫。

赵恒岳又叹了口气，朱弦察言观色，悄悄向林景云使个眼色，两人便要离席。赵恒岳却是出言把两人留下了，他扫视一眼三人，缓缓说道：“我身边最得力的四员将领，陶、李、秦、林。李涵庆是我继父旧部，他的老母亲生病时我把宫中藏的一朵救命的雪莲送了过去，他感我的情，我也自信能得他的忠心。秦文为人冷淡、不易深交，做事也有些狠了，十六岁时就懂得凌迟陶若来逼他父亲姊姊回救，后来对田倩如、萧照怜可都是毫不留情，我本来就不喜欢他，为了阿陶和榕儿勉力应酬亲近，却终于还是不成，竟至如此收场。好在秦家军有秦梧接手，她是我的表妹，得过我许多照应，夫婿也是我的心腹，我也就从不担心她。景云么，更不必说了，跟亲兄弟一般，我也下了苦心栽培，虽然我们曾喜欢过同一个女子，却并未碍过我们的交情。这几日我一直在想，若再有一次兵变，或者又如幼年时一般被契丹擒住，再或者大周竟陷入绝境，那谁会在我身边？”

他再次扫视一眼三人，自己答道：“这李、秦、林三位将军，我都自信他们会留到最后，倒不见得是为了往日恩惠，更多是这份情谊吧。就只有这铁箭枢密使，我竟是不知道怎么去留住她……”说着他垂下头去，过了片刻又抬起头来看着陶花，“兵变之事已过，我并不想再去追究，何况这战局最终能定还是靠了你。当时是说了一些伤你的话，那是我历练不深、情伤所致，说过之后也后悔了。你我之间，又不仅仅是儿女私情，若只是私情，我何至于如此难过？你铁箭骑术无敌中原，兵法战策也是深谙其道，又在我大周屡次参战，年纪轻轻已是一位经验丰富的老将，更是《兵器谱》之首、群雄马首之瞻，我……我真是千方百计、不惜一切也想留住你。你想要什么，其实我也清楚得很，但凡这大周国有的东西，我都不吝惜，只是，你要的东西若是我没有，那我可就没办法了……”

他望着陶花长长叹息："你若是想让我重封你为皇后，那自然容易，我愿意为你尽废六宫，独尊你一人。若是这些就是你想要的，这些就能留住你铁箭陶花，那么我此刻就去做。可是，阿陶，我知道，这些不是你想要的，所以我想来想去，想了这么久，还是想不下一个安顿你的办法。你想要的东西，再也没有了，我给不了……我……我也不敢欺哄你，说我还能给你，那只怕会真的把你气走。我只能像现在这样，战战兢兢，生怕多一分亲密就不够尊重……"

他重又垂下头去，面色颓丧已极。陶花站起身，走到他身边半蹲下去握住他的手，泪水终于无声落下。

他们两人曾经死生相系的这一份情谊，终是变成了如今彼此小心翼翼的君臣关系。

他轻抚她的秀发，刚抚得一抚却又赶紧收住手，生怕冒犯了她。

第五十章　锦囊

冬天过去，春日姗姗而来。

然而，禁宫中无数待春的嫔妃却再也没有等来自己的春天。一如人们悄声相传的那样，当今圣上爱好处子，一夕之后便不再碰第二遭。此话原也不假，可是宫中却在开春大幅削减了宫女数量，也不再纳取新人。

郑丞相于此事最为敏锐，当即去秦府拜访了枢密使陶花。

他握着陶花的手拿出三个锦囊，"我老郑要告老归田了，唯一一件放心不下的事，就是你们俩。唉，要说起来，你们俩这桩好姻缘还是我给帮的媒，我老郑也只好义不容辞，再给你出个馊主意了。"

暮春之际，皇帝率领群臣去落霞山祭天。皇后皇子也都随行在侧，五千御林军绵延山道上，旌旗遮天蔽日。

赵恒岳执意步行上山，以示赤诚，皇后却是经不起这山路，一直在软轿之中。等到仪式完毕下山之时，皇后想与皇帝并肩步行，于是队伍便只能慢下来，这一众人等极其拖沓地缓缓向下。

枢密使陶花与左卫上将军林景云两人都是全身披挂整齐，一左一右走在圣驾之前。陶花是风风火火的性格，走得慢了颇有些不耐烦，却也只能忍着。帝后两人不时说些温柔话儿，连林景云都听得尴尬，看了陶花一眼，越发觉得可怜，就往她身边靠了靠，想说句话安慰。

陶花侧头一笑，神态十分亲密，说了句"看你，走个山路还出汗"，抬手帮他擦了一擦。

就这么一个微小的动作，大家全都听见走在后面的赵恒岳声音一顿。

陶花听见这一顿，立刻按照指示取出郑丞相给的第一个锦囊打开。

看完之后走到圣驾之侧，紧挨着赵恒岳走了几步。

他微有些奇怪，转头看她一眼。她清咳一声开口，"恒岳，我有件事要跟你说。"

宁致静是与赵恒岳挽手走路的，当然也就听见了。她盯了她一眼，微笑着问自己的夫君："要么，我先回避？"

赵恒岳忙答："不必，"接着转向陶花，"枢密使有什么话讲在当面，皇后是我信任之人。"

陶花还未开言，宁致静向陶花笑言："枢密使大人不必见外，只是，皇上名讳咱们做臣子的应该避着才是。"

陶花冷冷而言："好吧，皇上，我想请您下旨赐婚于我。"

宁致静听到此言倒是微有些吃惊，赵恒岳面不改色，一步一步沿着山路的阶梯向下走。走出十数步去，才问了一声："和谁？"

"谢怀畅。"

他再走出十数步去，又问了一声："养在家里玩乐？你不是一直顾念靖玉么。"

陶花想了想，"不是玩乐，是……是……嗯——看上了人家的俊模样。"

宁致静在旁接话："皇上，您这样问法儿，朝中大臣怕是没人敢求您赐婚了。"

赵恒岳又走出了十数步，点头说："随你。"说着不再理会陶花，只问左右侍从，"到无情崖了么？我去看看。"

下得山去已是日落，大队人马按原计划在山下驻营，本来是说今夜晚饭后围猎，明晨踏青回城，赵恒岳却说累了。众人自然都随着他，也就都不去围猎了，只有陶花试箭心切，仍是带了几个随从到山脚下晃了一圈。

归帐时已是深夜，四处静寂，陶花刚躺下还未入眠，却隐隐听得有女子哭啼哀叫之声。她初时只想不管，只是这声音持续不去，搅得人无法安眠，她只好又起来，出帐看看左右却全黑着灯，难道大家都听不见么？

陶花顺着声音走过去，先远远看见有人跪在地上，走近了见是小郑丞相。老郑丞相已回家安享天年，如今是他的长子继了这丞相之位，与他父亲一般的直谏脾气。

陶花看丞相跪在这深夜的帐外，已知不妙，疾步过去问他出了何事。小郑丞相长叹着告诉她，皇上虽未去打猎，却在晚饭后去了附近几处村落，强带得几个少女归来。这几个女子此刻正在帐中，年纪幼小，不堪人事，想来皇上也不爱惜，竟至一夜惨呼哀啼。丞相捶地向着帐内高声叫喊："桀纣暴君，方这般行事，不意我朝天子竟至如此！"

陶花静立半晌，蓦然转身，"此事与我无关，我也管不了。你跪着吧，我先回去睡了。"

小郑丞相却极其迅速地伸臂拦住她脚步，"陶姑娘，你怎说此事与你无关？家父曾经嘱咐过我三句话，说但凡皇上不听规劝时，便来找你陶姑娘去劝；但凡皇上在情事上失行时，便来找你陶姑娘去管；但凡皇上暴怒无人敢近前时，便请你陶姑娘上前。"

陶花皱眉，"我又不是神仙，此一时彼一时，如今皇上并不听我劝了。再者，郑丞相，我是枢密使，还是别称陶姑娘了吧。"

小郑丞相抬头望望陶花，语调已不似刚才严厉，神神秘秘跟她说："枢密使三字怎能说出陶姑娘在我朝地位？家父跟我说过多次我还半信半疑，今日方才看得清清楚楚，皇上是刚颁了为陶姑娘赐婚的诏书，这才至今日之事。"他是一心要说动陶花去劝谏。

陶花却不上他的当，急忙摇头，"丞相你可别什么事都往我身上推，我也担不起。求皇上赐婚是你父亲锦囊所示，他可没教我怎么安置这些女子，还是你自已想办法吧。"

小郑丞相却比老郑丞相年轻灵活许多，此时哈哈一笑，对陶花说：“我倒是有个办法……”说着他竟站起身来，到陶花耳边压低了声音，“不如陶姑娘进去，把那几个幼女换出来……”

他话音未落，陶花手中一支短箭直逼到他喉间，“难道老郑没告诉你，我最恨别人在朝中阵中欺负我是个女子！”

小郑丞相临危不乱，仍是笑嘻嘻说：“枢密使大人，你在朝中主管武将，我在朝中主管文官，咱们是分庭抗礼，你拿箭指着我不合大周国的规矩啊。”

陶花怒道：“规矩？你怎么不进帐去跟那人讲规矩，就会在这里管我！”说到这里生了气，起步往外走了两步，又终是顿住身形，转了方向往帐内走去。

帐门口守着几个侍卫，看见枢密使跟丞相在附近商谈许久，接着就气冲冲过来，几人都不知该如何应对。陶花也没给他们应对的机会，一到近前就甩出袖箭，趁那几人避箭的工夫直入帐内。

帐内缚着几个少女，正伏在地上啼哭。陶花过去把她们解开，安慰几句放走了。床帷之内有人哀哀叫唤，待陶花进来后叫声便渐歇下去，接着有一位瘦弱少女慌慌张张跳出帘帐，连衣服都顾不得穿齐整便奔出门去。

陶花看看人都走了，也便转身出门。

她还没走到门口时，听见帘帐内一声低喝：“站住！”

陶花背着他站住了。

他声音里带着喘息，带着沙哑，柔柔唤了声“阿陶”。

陶花低头，她竟是有些害怕，假若他此时要将她留下，那她该如何处置？她若是不应，心里竟是有些不忍；可她若在此时应了，与他新升的那些贵人们又有何不同？不过是他情动时的一个出口罢了。

她十分心慌，也十分害怕，微微颤抖起来。

他却是一如既往地体贴，并没有走近前来增加她的恐惧，只是远远说了一句：“我不想让你嫁人。”

她的惧意一下子散了，立刻伸手去抓她的第二个锦囊，看完之后起步出帐，再未停留。

陶花的婚事并未铺张，只是因她在朝中的地位，虽然没请什么人，贺礼却是络绎不绝地送来。

她在喜房之内摘下头巾，宝珠仍是坐在她身侧。她细细看了宝珠两眼，她竟似没有变化一般，依旧是上次婚礼时的模样。

陶花惨淡一笑，“一点都没变，连你的样子都跟六年前是一模一样。”

宝珠莞尔，“那就算是我驻颜有术吧。”

门外响起两声轻轻的敲击，宝珠即刻沉了声音，问声“谁”。

秦梧和声答道：“我来跟陶姐姐说几句话。”

宝珠仍是带些警惕，“今晚是花烛之夜，有话改天再说吧。”

秦梧在外一叹，“我有件事非得今晚说呢。”

陶花起身过去开门，秦梧进门后看看四周，先遣出了宝珠。接着她压低了声音附到陶花耳边说："我受人所托，要带一封信给你，他要我在婚礼前交付。"

陶花奇怪，伸手要拿信，秦梧却不立刻给她，只是说："陶姐姐，我哥哥为你所刺，京中人等全都以为他已死，就连目睹的家人都是那么以为。可是你当时在他近身，又是亲自动的手，你心里应该有数，他其实为杜姑娘所救。"

陶花骤然惊喜交集。她心疑此事已久，只是不能确定，更不敢贸然去问询别人。此刻听见如此消息，那是欢喜得眼泪都要掉下来。

秦梧微笑道："我偷偷去见过他一次呢。他……他跟杜姑娘已成眷属，夫妻两个隐居在契丹上京城。我哥哥这人博闻强记、学识驳杂，这些日子正跟从他的妻子研习医术，颇有所成。这封信就是他给你的。"说着这才交给她那封信。

陶花双手颤抖着接过来，打开书信，却是汉文写成，她并不识汉字，不由一叹，"他用汉字写信，分明是已经忘了我不认字。"

秦梧赧然道："他如今只顾着他的爱妻，对旁人都粗心的很，我来帮你看信吧。"她拿过信来细细读过，笑道，"他劝你不要急着成亲，说那谢怀畅配不上你。他还说你的身体不能再拖了，让你去他那里住个一年半载，你们叙叙旧，他也帮你好好调养身体。"

陶花笑道："帮我调养身体？我看他分明是要拿我试药。"

秦梧也笑，"我看也是。"说着把书信递给陶花，又劝了她几句取消婚事之语，见她执意不听，只好告辞出去。

秦梧刚刚走了没多久，院子里响起几簇脚步声，门上又有了两声敲击。陶花刚要起身去开门，宝珠拉住她，轻声说："听脚步声，这次来得人多，小心些。"

陶花只觉她此时的气势气度不似个侍女，还未来得及出言相询，宝珠在屋内朗声喝问："何人惊扰？"

门外之人低声答道："圣驾在此。"

第五十一章　疑忌

陶花赶紧打开第三个锦囊。

郑丞相的锦囊都是图画。

第一幅要她在皇帝吃醋不悦的时候打开，里面是花烛高烧，一边是一枝桃花，一边是一个漂亮的少年。

第二幅要她在皇帝挽留她的时候打开，里面是一个女子不理不睬绝裾而去。郑丞相深谙男子心理。

第三幅就在今天大婚之夜，皇帝来的时候打开。

陶花打开了，里面画着老郑丞相捂住眼睛，陶花一下就被逗笑了。

宝珠起身开门，看了一眼院中，立时回头拜别陶花。

赵恒岳独自走进来，也不说话，只是慢慢走近她身旁。

等走到跟前，他柔声柔语唤了声“阿陶”，沉默半晌，“你别嫁了吧。”

她哼一声：“不嫁了，你娶我么？”

他却又不说话。

陶花笃信郑丞相的推算，不管他说不说话，先把自己累累赘赘的喜服脱下来。

谁知他看见了，竟是转身想要出门。

陶花一步抢过去关上门，“喂，你敢！”

她这一步抢得甚急，胸口微微起伏喘息，满脸都是委屈负气的模样。

他在那一瞬间失了控制，心里头那些约束瞬间烟消云散了，也不再去想她会不会被冒犯，也不再去想他能给她多少，猛然捉住她手臂将她整个人带到怀里。

他对自己说：好吧好吧，就是对这个女人心动了，先跟她亲近了再说其他的。

陶花被他凌厉而来的乱吻扰得神志不清，听他在耳边喃喃说着：“不管了，我就是要你。”将她抱起来按在红床上。

她不想这么快被俘，可是手上却使不出多大力道，于是只能絮絮叨叨靠嘴巴发些怨气，“先找你的三宫六院去，先找你的娇弱处子去，先……”他已经封住她的嘴，急不可待撕开她的衣襟。

一封信笺自她襟内滑落，他也没有在意，两人早已缠绵在了一处。

只是那信封上的字迹实在是眼熟。

他读过他的许多奏折，当然认得这笔迹。

赵恒岳伏在美人身上隐隐觉得不对，重又拿起这封信。

“你果然是念旧啊。明明不识字，一封旧日信件还心心念念保存着。”说着大力把信件掷到一边，连读都没有读。

“不是那样，你听我解释——”

“好，你说吧，我听一句，只一句。”他还在她身上，所以一时没有十分绝情。

只一句？那要说哪一句？

陶花是个实心肠的人，想了半天，既然只能说一句——

“我跟他真的早就没什么了。”

“没什么了？没什么了你还不是把他给你的旧信贴身放着？一如当年，把春宫图放在枕边。”说着他就生了气，忽然发力。

她不知道该不该挣扎，只觉疼痛，咬牙苦忍，快要忍不住的时候他停下来。

她趁着这片刻空档赶紧开口，“你听我从头说——”

这个说来话长，要慢慢说，说不好又要惹怒他，单是他还活着这一条，怕是就难以蒙混过关。

本来或许有机会说出来的，就算他此时起身走开，也有容下她几句话的工夫。可是门外有人低声禀报：“皇后已到了府门口，说明日她做寿，原定的戏班却又不喜欢了，想请皇上一起拿主意换个戏班。”

赵恒岳点点头，一边起身一遍向外吩咐："赶紧去迎皇后车驾，别让她等久了。"说着一步也不停即刻出门。

三更开门去，始知子夜变。

他们两人之间那份性命可托的信任没有回来，就算肌肤之亲回来了也没什么用。

料事如神的老郑丞相给了她三个锦囊，却没料到秦文的一封来信，就算他能料到，他也拿不出第四个锦囊来应对。别的外人，又怎能理解他们两人之间这份生死相依的感情?

他在回去的路上想着：她若不是大周国的枢密使，若不是百年难遇的良将之才，若不是曾经救过他性命，他一定杀了她，免得总是让自己这般凄惶失措。

赵恒岳当然是难过，陶花却也同样用尽了最后一丝力气最后一丝耐心。她穿着凌乱嫁衣仰躺在床上想了一夜，心里头终是冰冰凉凉了，第二天一早还得匆匆忙忙梳洗换衣去宫内给皇后做寿。

皇后寿诞，今日请的全都是武臣，明日才是文官。皇上爱重皇后，这生日戏一连要唱满七天。

既然座中都是武将，皇上又显得甚是和气，席间气氛便没那么整肃。

戏班老板拿了单子过来，赵恒岳随手递给宁致静。宁致静看了两眼，说："今天都是将领，咱们听一出《罗成叫关》吧。"

那戏班老板跪在地上，一边叩头一边说："今天这《罗成叫关》怕是听不了，我们的武生高小奎刚刚摔伤了。"

宁致静笑了笑，"听说那高小奎是你们的台柱子，他摔伤了我们还看什么？"

戏班老板一迭不停地叩头，嘴里也不敢停，"看还是能看，咱们不如看一出《锁五龙》，看看他的扮相，听听他的唱功，只是翻打跌扑的戏演不了了。"

宁致静看着单子讪讪地不说话，戏班老板便一刻也不敢停，只是不住磕头，此时秦梧插了句话："那就看看好了，听说这高小奎把京城里的小姐们全都迷住了，我还没见过呢。人人都说他与我哥哥长得有三分相似，我倒是很想看看。"

那戏班老板在百忙中瞥了一眼秦梧，见她座次十分靠前，显是这朝中显贵，立刻回身吩咐："快叫小奎出来见见。"

不一刻一个穿着短打的小生出来跪拜，秦梧也是在军中日久没有避忌，当即命他抬头，陶花也一起随她看了一眼，还未上妆，眉目间果然与秦文有几分相似。他们学戏的从小就练眼功，自然而然一双眼睛神采四射。

秦梧笑道："当真是有几分像，若是穿上白袍只怕就更像了。"

那戏班老板随即谄媚笑道："罗成穿的就是白袍，咱们这就看出《锁五龙》。"

高小奎的扮相果真神俊，台上一站甚有大将风度。《锁五龙》里罗成不是重头戏，他虽然受伤，也还能够勉强客串。秦梧和陶花都是自幼习武，看他举手投足已然知道伤势不轻，否则也不至于皇宫里亮相都不撑台子，不由暗暗替他捏一把汗。

宫中其他女眷却看不出来，只是目不转睛看他那一双顾盼神飞的眼睛。等他们演完时，赵恒岳向众人招招手，他们便走到近前来谢幕。

赵恒岳笑望着高小奎，“这冷面银枪俏罗成演得十分地道，果然英俊无双，连单雄信的风头都抢了去。只是，罗成虽是唐王跟前的大功臣，若论到义气，却是负了单雄信甚多。当年贾家楼结拜，大家也都说过——唉，患难与共、生死相依的话，到最后却各为其主、兵戎相见了。单雄信对罗成有恩有义，罗成却是捉了他到唐王跟前问斩，免不了单雄信要咒他乱箭穿身尸无处埋。当年我和义父就是被判臣陷害才入的契丹，义父说他生平最恨背叛之人，越是信任的人，背叛时越让人寒心……”他忽然顿住说不下去了，最后只好转开话题，“这罗成果然也就应了个乱箭穿身尸无处埋。”

那戏班老板在旁边听见，小鸡啄米似的点头，连连说“圣上高见”。

等赵恒岳说完，高小奎正要退下时，秦梧问了他一句：“你是怎么受的伤？”

戏班老板忙抢过答话：“小奎有招绝活儿，能由两张叠起的桌子上翻筋斗下来。前几天唱完了有看客起哄，要叠三张桌子让他翻，小奎推不过只好试了，这就摔了背，直到昨天才刚刚能起身。”

秦梧听得“哎呀”一声：“那就别上台了，回去养伤吧。”

戏班老板还未回话，宁致静一笑，“他不上台，我们这么多人看什么？”

秦梧看宁致静一眼，轻声说：“摔坏腿脚胳膊都是养养便好，只有这背，若是摔到了不好好养着，怕是要落下病根。我小时候有一次和哥哥练功时……”

她还未说完，宁致静皱眉打断她，“乱臣贼子之事，也好说得？”她为着那一个失去的孩子，忌恨秦家已久。

秦梧面上顿时变色，却是压住不能发作。

一时场中静寂，无人敢开口，那戏院老板赶紧赔笑，“不妨事不妨事，小奎快回去换装，利索点！”

高小奎刚要转身，却听得这边传来一阵刺耳响声。

陶花单脚扬起，军靴踏住她身旁的椅子向旁一踢一推，那椅子四脚刮擦地面划出刺耳声音。待众人都皱眉回头时，正看见那椅子稳稳停在了她面前案子的侧旁。

陶花收靴，向高小奎指指那张椅子，“坐这儿，陪我看戏。”

这张椅子本来是与她并排，她把椅子推到侧边，才好让他坐下。

高小奎却不敢坐，先看看老板，又偷眼瞄瞄皇上。

宁致静看了一眼陶花，也回眼去看赵恒岳。

秦梧先看看陶花，再看看高小奎，最终也是看向赵恒岳。

他自宁致静手中拿过戏单，说了声：“选出不要武生的戏吧。”

高小奎这才小心翼翼到陶花身边坐下了。陶花将自己面前的果盘推了两个给他，也便不再说话。他却哪里敢吃，只是伺望着陶花和众人的脸色。

宁致静腻在赵恒岳手中看着戏单，面上起了些娇嗔之意。赵恒岳一边揽着她，一边柔声说：“枢密使大人念旧，你就看在她情深意重的份儿上，让她一次好了。”

宁致静笑了，声音低低的，却也让旁边的人都听得到，“最情深意重的人，怕是皇上了。”

赵恒岳抚抚她的秀发，“那也得是，遇见一个像你这么值得的人；遇见不值得的，情深意重都只是笑话罢了。”

两人相视一笑，温情无限。宁致静细细翻过戏单，问了句：“这《再生缘》是讲什么的？听起来像是才子佳人，不用武生了吧？”

戏班老板赶紧回话：“是，是出文戏，讲得是孟丽君女扮男装，考中状元，入朝为相的故事。”

宁致静还未答话，赵恒岳倏地把戏单合上，“就这出吧。”

陶花坐在一旁，一言不发地听下去。

她本来是想好了，一句话也不再说，不论他说什么做什么，她就只当没听见没看见吧。

可是偏偏地，看到一半时她实在忍不住问了一句：“怎么这出戏跟我原来听的不一样？”

旁边坐着的高小奎赶紧问：“您原来听的是什么样的？”

“我原来是听天香茶楼那个盲先生唱的弹词，应该是丽君守情守志，大团圆了啊。”

高小奎自幼便在戏班，熟知掌故，当下轻轻一叹：“这出戏、这个故事，怎么能大团圆了？若是要团圆，丽君高中状元时便已经可以团圆，写到入朝为相，便是团圆不了了。虽然看起来志得意满、鲜花着锦，却是所有的活路都已不通，她已无路可走了啊。”

陶花痴痴然愣住，“怎么？无路可走了么？”

高小奎又叹一口气，“皇甫元帅一定要逼她承认女儿身，好嫁给他为妻；太后赐酒脱靴，她是无处可逃了；本来皇帝对她有心，可她又不愿嫁入深宫，在那三宫六院中仰人鼻息。所以她，唉，竟是只有死路一条了。”

“死路……”陶花喃喃重复。

此时，场上刚刚换过布景，正是孟丽君病中出场了。她唱的是：

风阵阵雨阵阵雷声隐隐
孤寂寂愁闷闷昏昏沉沉
四肢绵绵浑身软
晴天霹雳击碎了心
仿佛我攀登在悬崖上
跌进深谷摔碎了身
仿佛我挣扎在枯井内
空见天中月一轮

陶花怔怔看着她的愁容，忽觉心中伤心万千。

血溅法场无悔恨
岂不笑煞天下人
一道白绫悬梁尽
岂不伤透了父母心
少华呀你当年绝情不会面
而今又借助权势苦逼人
金钗半段与君绝
覆水难收女儿心

陶花伸手捏住几案，晕眩眩虚弱不堪。那孟丽君稍收些愁容，又含羞敛眉轻吟低唱：

年轻的帝王解人意
实属丽君一知音
有心择为终身伴
谁让他偏偏是国君
弃臣攀君留笑柄
千般苦衷言不清

陶花忽然伏案轻咳，旁边的高小奎赶紧起身到她身边来，却又不敢碰她。那台上之人却看不见，继续唱了下去：

进无路退无门
茫茫暗夜锁孤魂
昏昏孤灯伴孤影
凄凄苦雨淹苦心

那台上的孟丽君此时也咳了两声，一丝血意自她嘴角滑下。今日是宫中演出，戏班也下了本钱，这嘴中藏着的血袋并不是红色颜料，乃是刚刚杀就的鸡血，红艳艳的十分凄惨。她满面愁苦唱到了：

我浑身力气都耗尽
落落寞寞二十春
我空读圣贤书万卷
难解人生况味深
我空在朝堂居一品
……

猛然间台下一声重咳，陶花身子前倾，一口鲜血喷在案上。高小奎大惊，再也顾不得避忌伸手去扶住她。

陶花摇摇头，推开他带着满口鲜血竟是说了一句："你身上有伤，回家去吧。"

赵恒岳已经奔到她身旁，听到她这一句话，就后退了两步不愿再上前。

秦梧过来抱扶住她，陶花抬头迷迷蒙蒙看了一眼众人，她只看得见眼前几个，却没有她想看到的那个人，于是心内暗暗叹息，一声不出昏了过去。

迷迷蒙蒙中脏腑内百般煎熬，每次在最难受的时候却都有一股暖和的气息自背心流到腑间，帮她撑了过来。

陶花醒过来时，看见是在自己的卧房，宝珠守在床边。她看见她醒了，立刻出去叫人。

秦梧和罗焰不多时便进来，想来是一直守在这秦府内左近的房间。

陶花看看他两人，想要说话，却又觉虚弱难以开口。

秦梧急忙问："你是不是要找皇上？"

陶花摇头，缓了半晌说："把景云叫来。"

秦梧答应一声，起身就要出去叫人。陶花却阻住她，"梧妹你留下。我有些话，要跟你和景云说。"

罗焰当即出去请林景云。秦梧坐下来，轻轻叹息，忍了片刻仍是没忍住，到底说出口来："陶姐姐，你在这间房内日常居住，怎么也不打理打理？"

陶花被这话说得摸不着头脑，"怎么了？平时都有你秦府家人打扫。"

"唉，"秦梧又是一叹，"这房间壁上挂着的画，你不认得么？"

陶花侧头看了看，"这是永嘉城，我刚搬进来已经认出了。"

"这是我哥哥追击钱元虎归来时，在你大婚之夜所画，一直挂在这里，你竟也不知道摘去。"

"一幅画而已，有什么打紧？"

"这画上题的字：一生一世苦相待，只得永嘉半日欢。"

陶花赧然："我不识字。"

"你不识字，皇上却识得。他来看过你，一进门先看到这幅画，连你的面都没看到就走了。"

陶花惨淡一笑，"就算没有这幅画，也会有其他的。是他自己想走，任谁也留不住。"

秦梧在旁只是唉声叹气，陶花却是终于下定了决心，"梧妹，把你哥哥的住处告诉我，我去找他。"

秦梧一惊，"他已经跟杜姑娘……"

陶花呛咳着笑了两声，"你想到哪里去了？我是过去请他们治病，往后就在那附近安居吧，大家也好有个照应。"

秦梧黯然，"你……你终是要走了？不想想还有两个幼子在汴京？"

陶花面色也黯淡下来，"我是没办法，再不走，怕会真如杜姑娘所说的，早晚之间，油尽灯枯。我并不怕死，可是，为了两个孩子，我还想多活一活。"

“皇上问起来，我可怎么说？”

“你就跟他说，我被他气病了，只好去找大夫。别的什么都不要说。”

不一刻林景云到了，陶花把军政要事细细交待给两人。林景云觉到了离别之意，竟然抓住陶花的手不放，却又不知道该怎么挽留。

他沉默半晌，最后说了一句：“早知如此，当初你还不如跟我。”说完竟是红了眼眶。

陶花微笑，“景云，念在我对你的知遇之恩，待会儿你陪我进宫带走榕儿。”

林景云无可推托，扶着陶花按剑入宫，在皇后处带走了赵榕。皇后见他二人带剑入昭阳殿，大骂叛逆，林景云淡然回道：“我自会面君请罪。”

赵恒岳接到禀报说陶花带走了赵榕，他并未在意，他从未想到她竟是要走，也竟然敢在重病之中受这颠簸之苦。林景云一路马不停蹄护送陶花出京，也没有向他回报。他以为她或许是发发脾气，或许是想念榕儿了，对他而言，枢密使按剑入宫威吓皇后的事也不算什么大事。

他是第二天早朝时才明白陶花走了。

她的官印、虎符箭令全都呈在案上，甚至于，还有那孤孤单单的一只金环。

林景云和秦梧跪在地上。

林景云是刚刚才赶得回来，面上还带着风尘。陶花催着马车连夜赶路，他也就一路送过去，直到再跟下去就赶不上早朝了，他才快马奔回。

秦梧老老实实告诉他，陶花是昨夜离去的，她伤心欲绝，说是要去契丹上京找一位名医治病。

赵恒岳把整个案子掀翻到阶下去。

林景云和秦梧看着那案子往下砸过来，也都未躲未挡，就在原地受了。

案上的东西全跌下去。她的虎符箭令散落地上，那只金环弹跳到角落里，白玉印章摔落了一个角。

赵恒岳起步离开，一句话也没说，朝臣们等了一阵不见回来，只好各自散去。

此后三天皇上未上早朝。

他一直以为，自己早已经忘记了与她的情谊、与她生死相依的诺言，如今的她只是大周枢密使，只是他曾经的一个女人。一个女人而已，还是曾经的。只有她那枢密使的身份让他敬重些，所以日常里也都是礼敬有加。偶尔涌动些无法自控的情欲，那是因为他们有过曾经，更是因为她是个美貌娇娘，所以他觉得自己的反应应该算是很正常的。

她不再是他的伙伴兄弟、生死相托的朋友，再也不是了。

直到她走了，他才明白过来。

不错，她再也不是他的伙伴朋友。

她是他血脉中流出来的激情，心房上镌刻着的名字，她早已融入他的血肉之中，再不是另外的一个人了。

她与他已为一体，再也不能分开。

三天之后，这金銮殿上一切如旧，连那只白玉印章摔落的碎片也还在原处，没人敢去碰触。

大臣们看见皇上来了，全都屏住呼吸，不敢出声。

他走下台阶，把她留下的这些东西又一件件给收起来，连那摔落的白玉碎片也细心收起来。那只金环，他放到了怀里最贴身的地方。

然后他坐在金銮椅中，缓缓说："遣散六宫，年轻女侍不能进入朕的居处，今日之言若有违背，请御史直谏。"

御史战战兢兢叩头接旨，殿内静如深夜，无一人敢发出响动的时候，殿外却有人飞奔而来，跪在地上说："星夜兼程，已请来了神医'鬼师傅'，现在宫门外等候。"

赵恒岳摇摇头，"不必了，请他先歇息吧。我也困了。"

第五十二章　骗技

陶花抱着赵榕，指指面前的人，"榕儿乖，叫爹爹。"

赵榕却是抽出他的小佩刀，想要扑将过去。

陶花带着歉意向秦文笑笑，"我会慢慢跟他讲。"

杜若仙紧紧扯着秦文的手，目不转睛盯着他二人一举一动，陶花冲她挤挤眼睛，"杜姑娘，要么，你为正我为偏，可好？"

杜若仙恨不得扑过来把她撕碎，秦文捏捏她的手，"我的爱妻可不是小气的人，连玩笑都容不下么？"

陶花正色道："你若是想让我早点走呢，就最好快点把我的病治好。"

秦文却皱起眉头，"不是说好我来治么？"

杜若仙即刻挡在他身前，"我来治我来治！"

陶花随着他二人走到屋里去，一路上把秦文好好打量一回，她往常从来没有这样看过他。他笑问："现在才知道好看？"

陶花也笑，"以前太近了，不觉得，又整天打仗，只想着你枪法好、马术好，是可担大任的良将。"

他侧头问她："还有呢？"

"还有兵法好。"

"没别的了？"

"嗯——还有琴棋书画全都精通。"

秦文一哂，"听了这么多，都没听见我最想听的。"

陶花犹疑着想了半天，不知道他到底想听什么。杜若仙却是嘴角含笑，脸色红扑扑地抓住他手臂在他耳边低低说了几个字，秦文立刻笑逐颜开，"这才是我想听的。"

陶花看着杜若仙的脸色，已然猜到定然不是什么好事，赶紧把赵榕抱在怀里不让他看见。

三人一路欢声进屋。

陶花笑问："你们怎么住到上京来了？这里可是契丹国都。"

杜若仙毫不避讳地说："就是为了躲你远点，也不受你夫君辖制。"

陶花笑着走到秦文身边去，转头向杜若仙做个鬼脸，"想躲我？你看清楚，越来越近了，越来越近了……"

她话未说完秦文一把抓住她的手腕，作势要将她带到自己怀中。

陶花顿时怒道："不能这么开玩笑的！"往回猛抽手腕。

秦文脸上漾着促狭的笑意。

杜若仙在笑。

榕儿也在笑。

最后连陶花都忍不住尴尬地笑起来。

然而。

最先变色的是秦文。

他不确信般垂头看了看她的手腕，以眼色叫杜若仙过来。

六个月之后，周国借口契丹国今年的岁贡迟交，撕毁乌由城下之盟，兴倾国之兵而伐。

赵恒岳能等这六个月，已经算是很有耐性了。他度日如年的数着月亮，就是想不明白，什么样的病半年了还看不完。

契丹国力经乌由之败后大不如前，周军一路势如破竹。

队伍进入锡兰时十分小心。赵恒岳更是脱下戎装，换了布衣，抱着松儿由锡兰集市穿过。

即使是打仗，百姓们也还是要吃饭的，所以集市上依然有人。

他指着路上的景物对赵松说："爹爹妈妈以前来过这里，以后我们再带你一起来。你乖乖地帮爹爹去求妈妈，让她别生气了。"

等他看见路边上的"铁口直断"条幅时，立刻笑着走过去坐下。

李半仙一看见他，当即大惊，"这位客官，换了是别人，求我给看相我李半仙也不给看的……"

赵恒岳哈哈一笑，"别给我看了，给我的孩儿看看吧。"说着扔了一锭金子给他。

李半仙盯着赵松看了半天，"嗯，天生富贵，一生顺遂，没什么好说的。"

"怎么？不是君临天下之相么？"

李半仙摇头，"你是，他不是。"

赵恒岳当即就沉了脸，"我君临天下，当然会传位给他。"

李半仙笑着摇头，"你为什么没传位给他，我也不知道。我只知道你反正没传位给他。其实当皇帝也不见得就好……"

赵恒岳倏地站起，"胡言乱语！"

他转身要走时，李半仙又叫住他："你是不是来找人？"

他顿住步子。

“人都说算命得捡好的说，可我看你仁善爱民，不得不提醒你命中这一大劫。你要找的这个人，只怕是很快便要离你而去了。”

赵恒岳手按刀柄回头，李半仙微笑，“你若是生气杀了我，铸下恶果，那你们就不但要分离，还要深恨。”

赵恒岳冷哼一声：“无稽之谈。”

赵恒岳离去不久，刘一刀不解回头，“你为啥尽捡不好听的说啊。”

李半仙笑笑，“这位客官啊，气宇轩昂，一看就不是常人，捡好听的说没用，捡不好听的他才可能听进去点。”

“你怎么知道他在找人？算出来的？”

“你看他那个样子，寻寻觅觅满心期待，一看就是在找他的心肝儿呢。”

两日之后周军围住上京。

围城的当天晚上，一个红衣女子自城中出来求见周国皇帝。

中军帐设在淮南军中，她找的那个岗哨也是淮南军兵士，并不认识她，只是斜眼打量一遍把她轰到一边去。

她搜肠刮肚想了半天，“啊，其实我是要找金德贵。”

金德贵随幽州军驻营，把他找来时已是深夜了。

他一看见这个女子，脚步都没停就往中军帐急奔。

这个女子身手也甚利落，跟着他一起跑，竟不落后于他。

淮南军的兵士们驻足观看，都说：“嗯，小金肯定是犯错了吧，他这老婆也真是厉害，居然追打到军营。”

等跑到中军帐时，两人都气喘吁吁，谁都说不出话来了。

一个小娃娃正好散步路过这里，拍拍手叫了声“妈妈”。

旁边跟着的爹爹笑话他，“别一看见女人就叫……”他没有说完却僵住，又即刻改了口，“所有人都退下，把松儿也带走。”

松儿大哭不许，他也快哭了，只差跪下来求他，“儿啊，你让给爹爹一晚上，明天要什么都行。”

那女子笑着过来，抱起松儿好好亲了亲，看了又看才让人抱走。

脸慢笑盈盈，相看无限情。

两情浓时，他小心翼翼说：“我把嫔妃们都遣散了，只剩了你的侍女静儿，她掉了一个孩子，实在可怜，我不忍赶她走。”

她点头，“静儿挺好，对你是真心。”

他觉得这句话甚是难测，赶紧又解释：“我留她也是为了松儿，松儿还小，跟她处得久了，就跟亲娘一样。”

她再次点头，“很好。”

他开始觉得有点不自在，偷眼看她是喜是怒，可惜看不出来，只好继续解释：“其实最主要的，我是想着，咱们俩要是万一有人生个病遭个灾，松儿不至于无依无靠。”

她突然有了反应，“我死了还有你，松儿怎么会无依无靠？”

他笑笑，“咱们不是说过吗，一只燕子死了，另一只也不会独活，哪怕撞地殉情呢。”

陶花伸手无限爱惜抚了抚他的面孔，点点头，“我知道了。”

山盟海誓总是动听，美好时光总是短暂。

第二天早晨，陶花很早就醒了。

算起来，这是她与他共度的这么多夜晚中，唯一一次比他早醒。想到这里她不觉有些感动，又有些心伤。

她侧过头来，仔仔细细看了看他，将他的样子细细记在心中。

而后她起床出帐，过了小半个时辰才回来。

回来时赵恒岳已经起了，一见她回来就跳过去抱住，“怎么起这么早？我好久没碰你了，是不是已经生疏到不能让你尽兴了，不然怎么起这么早？”

陶花脸色平淡，“你先坐下，我有话跟你说。”

他坐下来，“阿陶，你这次回来，眼神跟以前不同了。”

“哦？”她有些好奇。

“以前一眼能望到底，这次却好像有什么东西似的。”

她笑了笑。

他紧接着补上最重要的那一句：“不过不管你变成什么样，咱们俩还是跟以前一样亲。”

她淡淡看着他，“你说得对，这次我确实有事要跟你说，但是说之前你得先答应我两件事。”

“快说吧，难道之后再说我就敢不答应你么？我有那胆子吗？”

“第一件，我要你答应生够五个皇子，现在才只有两个。”

他站起来，“看来，昨晚你是真的没有尽兴，现在补还是等晚上？”

“你坐下吧，答应我了没？”

“阿陶，你要知道，你生一次孩子咱们俩就得好久都……”

“你别啰唆了！答不答应！”她忽然恼怒起来。

他只好被迫地万般委屈地点了点头。

“第二件，我要你从契丹撤兵。这里是我的故乡，在乌由与你订下盟约永保太平，你却不肯遵守。”

“阿陶，这都已经打到京城底下，不出几天就攻下了。”

“你要敢继续打，我就敢到那城上去守卫故土！”

“好吧好吧，我打这上京城一是为了见你，二是为了重温咱们当年走过的地方，现在见到你了，就回去吧。”

陶花点点头，算是认可，而后慢慢坐下来，“皇上，希望你能信守承诺。现在我有一个故事要讲给皇上听。”

他嘻嘻笑着问：“香艳么？”

她不理他，正色说下去：

“这是个很老套的故事。一个草原上长大的女子，爱上了远方来的客人，相许终身。他们对着草原上的月亮发过誓言，就在此地相伴一生。”

陶花指住门外一丛绿地，“就是那里。”

“可是这个客人却背负着两条秘密使命——杀这个女子一家，还要找到一个流落在外的皇子。这个客人实在没有办法，终致女子一家惨死，他拼着受伤才救下他爱的姑娘。可是姑娘却不原谅他，她当夜奔出上京城。她不知道，这个客人为了让契丹人放她出城，不得不与相府小姐虚与委蛇。

“老天爷安排得巧，姑娘在雪地中遇见皇子，她一眼认出就是心上人要找的那个人，所以救了他。后来许多年，她明知道心上人就在不远处，也始终恨他，不肯相见。然而，她救的皇子让她出征，她没有办法，只好又见到了她的心上人，两个人眷恋深深，这次一见面就再也不愿分开。直到他们回京了才发现，这个皇子也爱着这个姑娘，本来是没什么，可这个皇子却当了皇帝。唉——”

陶花在此一顿，转过头去看了一眼。赵恒岳平淡地看着她，眼睛里看不出喜怒。她凄惨一笑，“契丹一战，为了让姑娘报仇，他们假装彼此什么都不知道，假装中了敌人的离间计。可怜姑娘的心上人身负重伤，两个人思念成狂，却因为皇帝的阻隔连面都见不到。

“后来，他们想过好多办法，调幽州军南下甚至联合西域诸国一战，却始终逃不出皇帝的掌心。姑娘在皇帝身边困了五年，强颜欢笑，可是她心里是不愿意的，她始终不愿意跟他亲热，房事能推就推，还想方设法找别人替上去。”

她又转头去看他。他点点头，“原来如此，这件事我一直不明白。”

“这姑娘还曾经被迫去刺杀她的心上人，她当然不会刺死他，可是为了掩人耳目，只好刺成重伤，那一箭的伤痕也就永远留在心里了。好在，谢天谢地，皇帝终于不爱这姑娘了，她终于可以逃出牢笼，带着他们的孩子一起到说好的那片草地上相聚。他们在上京城里度过了一生中最为幸福的日子。

“可惜，好日子没过了几个月，这个皇帝就兴兵来犯，当年乌由的城下之盟全不算数。这个时候，西域已经全降了，吴越也已经全降了，他们再也没有地方去，可怜天下之大，却再没有他们两个人容身之地。姑娘只好回到皇帝身边盗取令牌，只为了能换心上人一条性命。

“现在，这个姑娘已经绝望了，她已经跟她的心上人永诀，因为她不想再拖累他。她只想来求问这个皇帝，能不能放她回家？回到她在上京的家，让她死在故乡。她在周国许多年，可契丹才是她的故乡。她与契丹交战多次，从没有杀过一员将领，因为那些都是她的伙伴。那里——”她指着远处的上京城，“才是她的家。”

说完，她跪在了赵恒岳跟前。

他从椅中站起来，“阿陶，你是骗我玩的，对吧？”

话音未落，门外传来急促的脚步声，林景云不经通报便闯进帐来，一边走一边说：“师傅，岗哨跟我说，今天早晨有人拿着您的腰牌从城内出营，奇怪的是，居然有个小孩很像冀王，更奇怪的是，都说那个大人像极了秦将军！他怎么会在契丹？他不是最恨契丹人吗？不是不是，我是说，他不是死了吗？许多人亲眼所见！”

他说完了才看见地上跪着的陶花，登时愣住。

赵恒岳指着陶花对他说：“把这个女人拉出去，砍了。”

林景云更加发愣，左右两边看看。

赵恒岳的声音仍是冷静，“趁我还没想到更折磨人的方法之前，趁淮南军的将领们都还没到，你赶紧去砍了吧，对她好。”

陶花站起来，率先走出帐外。

林景云一边跟出去一边问着：“公主，怎么了？”这么多年过去，他一到心急时还是叫她公主。

陶花顿住步子，“你杀不杀我？”

“不杀。”他连想都没想。

陶花起步继续往前走。

林景云愣了片刻，发觉问陶花问不出什么来，决定还是回去问问赵恒岳，于是又回进帐内。

陶花见他离去，便终于可以站住，回头望了望旭日中的大周皇帐。朝阳刚刚升起，帐顶上镶着的金边正盈盈闪烁。她很想再过去看一眼他，亲一亲再走，可是不行了。

她只能闭了闭眼睛，在满目黑暗中把他的眉目重新描画一遍，而后大步离开。

她的脸上，始终带着笑容。

已经走到营外了，听到背后有马蹄声。

她立刻回头，佩刀出鞘。

林景云叫一声“公主”，下了马。

她缓缓放回佩刀，“什么事？”

他一脸焦急，“这夫妻吵架，床头吵架床尾和，你们俩怎么闹成这样？我知道你脾气硬，可也不能倔强到底，回去说个软话儿成不？”

她哼一声继续朝前走。

他一把扯住她的臂膀，“好了！你先回去消消气，我让师傅来跟你道歉！包在我身上，我管保劝得他给你认错，下跪也成。”

陶花回头看着他，眼神中一片死灰。

半晌，她拉起他的右臂放在手中。他的右臂因那次重伤，已经不甚灵便。她轻轻抚摸他的右臂，“以后，自己多保重。”

他瞪着她不说话，眼神中的焦急慢慢变成疑问。

她笑一笑，“景云，这次是真的不成了，我也不想这样，可是没办法。”

他眼神中的疑问最终全变成惊恐。

她转身再走。

他从背后一把抱住她，“公主，我知道你们这次是真的闹翻了。可你别去那上京城，那是死路一条。你跟我回营，我照顾你。”

她苦笑，“景云，傻孩子，你放手吧。”

“我不放，师傅刚刚下令撤下幽州军和京郊军，只让淮南军攻城。淮南军的人全都不认识你，他们可不会容情。你跟我回去。”

“你放手！”

“我不放！放了你就是死路一条，我不能让你死！”

陶花叹口气，“生死由天，岂是你我能改变？”她回转身来，“景云，你说以前喜欢过我，是不是真的？”

他一下子脸红，放开手臂低头，“乌由山谷诱敌那次，秦文在营门口送你，你俯身下去跟他告别，面孔一侧，我正好看到了。你那时候满面都是关怀情意，一心一意想着对方的样子，我……我难免就动了一下子心。”

陶花笑了笑，“那，我亲亲你好不好？”

林景云惊异地看着她，而她却毫不犹豫靠过面孔来，他本能地闭上眼睛。

等他发觉不妙睁开眼睛的时候，陶花已经在他的战马之上，向他拱手，“景云，你的情意陶花来世再报吧！”说罢纵马而去。

整个早晨，她没有掉过一滴泪，而这一出重复的骗技却让她想起了旧事，瞬间眼眶润湿。

第五十三章　利箭

契丹皇宫内，萧照影握着陶花的手。

兵败将亡，她已经没有人可以依靠。

上京城不日即破，陶花连诈降都没有必要，所以她选择了信任她、接受她的帮助。她也早就听说了陶花被废去后位，想着也许这就是她背叛周国的原因吧。

门外有人跌跌撞撞跑进来，“启禀太后，周军向……向南门发动猛攻，今晚……今晚就要守不住了。”

宫女内监们全都吓得一颤，只有七岁的皇帝耶律云天稳坐龙椅，斥道：“城还没破，慌什么慌！”

萧太后手抚爱儿，望着陶花说，“这是澜哥哥的儿子，我把他交给你，可好？”

陶花握紧她的手，“我们换了装一起冲出去！你的马上功夫比我还强。”

萧太后摇了摇头，“我是一国之主，自幼便没有低过头，要我换上百姓衣服，在千军万马中苟延残喘、逃命而去，我做不到。”

她望着门外大好河山，唱起一首在草原上传唱的民歌，凄怨哀凉——

亡我祁连山
使我六畜不蕃息

失我焉支山

使我妇女无颜色

这是匈奴被大汉征服后，游牧民族代代传唱的哀歌。

不论哪个民族，不论哪个时代，被铁蹄践踏的国家都有它的哀伤。汉族被别人征服时如是，汉族征服别人时，别人也如是。

在那一瞬间陶花忽然有点后悔，也许在她的计划中，应该把保卫上京、劝周军退兵列得更重要一些。

她只是没想到赵恒岳的恨有这么重。她进城之后，他不但没有如约退兵，相反，周军昼夜不分，发动了围城以来最为猛烈的攻击。

他这么恨她吗？

萧太后把幼子的手交在陶花手中，“飞飞，以后，这就是你的姑姑，你要听她的话。”她又转向陶花，“飞飞的名字是澜哥哥去世前取的，要他如苍鹰一般飞翔，心在云天。”

陶花点头，“我会照顾飞飞，我也会照顾你。你放心……”

她还没说完，萧照影已经拿出一把匕首，刺入胸膛。

鲜血顺着衣襟滴下来。

飞飞大叫着“阿妈”，陶花大叫着“照影”。

她真的开始后悔，她应当先陪赵恒岳退兵，可是之后呢？之后，总有一天，他还是会攻入上京。

他爱她，会想重温旧地；他恨她，会想把她的故乡撕成碎片。反正，她已经没有办法一直在身边看着他，那就只好由他去。

她本来以为他仁善治国，不至于这么惨烈，为何竟到了这般地步？

陶花心里隐隐升上一股怒气。

门外又有人飞跑进来，“启禀太后……太后？”他愣在那里。

陶花在萧照影尸身旁站起，握着飞飞的手，看向那人，“皇帝在此，你还不赶紧奏报军情！”

“是，是，大事不好，南门马上就要破了，哈布图将军已经殉国，他临死前令我奏请太后，赶紧出宫！”

陶花蓦地起身，“带我去南门！飞飞跟着我！”

她入城数日，这还是第一次参战。

因她的参战，哈布图的铁箭兵又有了指挥，便又多抵敌了一阵。

恩师的尸体在身侧，师兄弟们的尸体也在身侧。

攻上前的周军凶恶至极，竟然在箭尖上都喂了毒。

陶花踏在尸身丛上，对着周军阵营大骂：“你个说话不算话的混帐皇帝！背信弃义，撕毁盟约，你有哪一次说话是算话的！”

因她这一声喝骂，周军的攻势却停了。

片刻之后，一人纵骑到了城下，四周密密跟着侍卫。

他仍是旧日穿着，与契丹人的打扮有些相像，短衣软甲长靴。仍是一袭黑衣，他素来不喜欢黄色。

他在城下仰头，大喊："阿陶！"

她站在城楼看着他，不说话。

"你跟我回去！我不杀你。"

"我不信！"

"我怎么会杀你？别傻了，跟我回去！以前的事我既往不咎，你还是我的阿陶。"

"你向来说话不算话，我不信你！"

"你要我怎样才信？"

"我要你退兵！"

"退兵不行，我一退兵你就去找他了。我也不信你。"

陶花在城楼上一阵苦笑，"你说过，两个人在一起要全心信任，咱们俩谁都不肯信谁，你还要我跟你回去干什么？"

"阿陶，我从没骗过你，可你一直在骗我，你再多信我一次可好？我让松儿来劝你。"

他多半是吩咐了下去，侍卫们有人回马。

陶花咬牙，她不能看见松儿，她不能把松儿搅到这两军阵前，她拉开铁弓，搭上一只铁箭。

陶花铁箭，从来没有失过一次准头，箭射在他左胸，穿甲而过，差心脏一寸。

城下侍卫们一起过来举盾护卫，密密盾牌底下，犹自听见他的怒声："你这个恶妇，看我亲手杀了你们这一对狗男女！"

赵恒岳受伤之后，周军攻势更盛，淮南军几员悍将亲自攻上城楼。

陶花知道守不住了，她抱起飞飞，剥下他的皇袍，跨上战马穿过城池奔出北门。

可惜"火云追"随秦文夫妇走了，这匹战马背负两人便有些吃力。

陶花不停鞭策马匹，到了北门外周军营。刚刚摘下弓箭准备闯营，连腰刀都未取出时，灯火突然通明。

一整队弓箭手自营门口的箭垛后站起，想是已等候多时了。

陶花伸手一抹额上汗珠，喝问："守将是谁？"

"五妹，是我。"罗焰自火光中走了出来。

"既然叫我五妹，还不放行？"

"五妹，我知道你这次跟皇上吵得狠了，可是夫妻没有隔夜仇，你不看他的面子也看松儿的面子，回去吧。"

"三哥你还不知道吧，我刚刚在城上一箭险险射死他，现在回去，他一定会杀我。"

"哈哈，"罗焰却笑了，"五妹你原来是怕这个啊。三哥拿脑袋担保，就算他被你射了一箭，他不但不会杀你，还会扎好伤口就过来巴结你，你要他往东他不敢往西。"

“三哥你看错了，我刚刚让他退兵他都不肯。”

“那肯定是在气头上，他怕你跑了。你要是想调他的兵，他不是早就给你铁箭令了么？回去吧五妹。”

“我不回！”

“五妹！”

陶花圈着马在北营门前急得团团转时，忽见城中又有周军冲出，似是往这个方向过来了。她更是大急，腰刀往颈中一横，“三哥！你再不放我，你的五妹可就没了！”

北营的营门缓缓打开。

一骑两人，如箭般飞了出去。

陶花穿梭而过的瞬间，看了一眼罗焰，“三哥，好好保重，来生再会了！”

林景云随后赶到，还没到近前就大喊：“罗将军，有人看到她从北门逃出，你可见到人了？”

罗焰向前一指，“刚从这里过去。”

“咦！你怎么放她过去？！”

“她拿刀指着脖子，你还不知道她的脾气？”

陶花揽着飞飞在身前奔跑，低声问他：“怕不怕？”

他摇头，“生为天下君主，就不能害怕。”

她点头，“是，生为天下君主，命途坎坷、一身伤病、至爱之人也无法相扶到老，都不能害怕抱怨。”说着怜惜地摸摸他的头发，回头看看周营已远，刚刚要松一口气时，忽见东南方向有一人一骑飞驰而来。

陶花顿时一惊，看马速知道比不过，看他服色又是周军，当下再不能犹豫摘下弓箭，三箭连发都往他骑的马身上去了。

那人正贴伏在奔马之上，连头都没抬，忽地右手前探，一柄短刀拨开三支木箭。

陶花这一生当中还是头一次见人能逃得过她的三箭连发，血莲教主虽然逃过了箭，却还是毙在城头，这人不动身形用短刀挡开，又是在奔马之上，武功高不可测。

陶花一愣之后只能再发三箭，这回全往他身上去了，可是身上比马匹更靠近他的兵刃，他挡得越发容易。

这下陶花知道遇到了强敌，再也不能侥幸，打马急向前奔跑。

那人也不着急，就这么追着，一直等到追近了，猛地一扑把陶花连同飞飞一起扑落马下。落马时他尚且顾着这一对妇孺，不让她们摔伤。

等到身形落定，陶花转头来看这个人。三十多岁的一个男子，看起来消瘦不堪，满面病容，看见陶花看他，就咳了两声，拱手说：“淮南军李涵庆，这还是头一遭拜见枢密使大人。”

陶花后退一步，她曾在兵变之后见过淮南军带队的部将，却从未见过李涵庆本人。他看起来似个不会武功的病鬼，出手却如此惊人。

陶花又后退了一步，“我打不过你，要杀便杀，放这个孩子逃生去吧。”

李涵庆一笑，“末将怎敢以下犯上？我只是感念皇上的恩德替他来请一请姑娘。”

“我要是不受你的请呢？”

“那我只好强请了。”

“哼，你这么强的功夫，却拿来欺负一对妇孺。”

“姑娘此言差矣。我已经多年没有与人动过手了，皇上说，不到万不得已，不让我以真功夫示人。我猜他今天是真的到了万不得已之境，还请姑娘体谅。”

陶花在原地站了一会儿，忽然问了一句：“听说皇上曾以一朵千年雪莲救过你的母亲？”

李涵庆点头，“是，那时家母病重，连鬼师傅都说无救。这千年雪莲宫中也只有一朵，我那时还说，要是万一皇室有人要用，岂不是就没有了。皇上却是一意给了我，李某感念至深，不只为一朵仙丹，而是为这份情谊。”

陶花接着又问：“那东西真的什么病都能治？”

“据说如此。”

“到哪里去找呢？”

他微笑摇头，“千年雪莲，一千年才出这一朵，再要一朵，等一千年之后吧。”

陶花苦笑，“怕是等不到了。”

她说完之后，拉着飞飞假装不经意地向李涵庆的战马走过去。他看见了一笑，也不着急，只是猛地出手抱住飞飞，接着便往回飞奔。

陶花大惊回身，看他跑得比马还快，只得跨上他的战马从后追赶。

三人就这么进了淮南军营。

一入军营，立刻有女兵上来绑住陶花，押往一侧的帐篷。陶花大叫着飞飞，他却被押往别处了。

周军攻陷上京后修整了几日。因为赵恒岳受伤，幽州军和京郊军继续前行，清除余孽，淮南军则护驾缓缓回京。

陶花被绑在囚车中。她看见拔营了，就问看守她的女兵：“怎么现在就回去？皇上明明受的只是皮肉伤。”

那女兵冷冷看她一眼，“什么皮肉伤？听说好几天都下不了地，契丹人真可恶。”

“下不了地？怎么可能？”她十分不解。

当晚大军在锡兰扎营。陶花仍是被绑缚在帐中，连吃东西都是别人喂她，就怕她逃跑。

晚饭过后赵恒岳来了，左胸从上到下都包着，陶花先看了一眼他的伤势，迅即转开目光。

他在她对面坐下，“我是心伤成疾下不了地，不是你这一箭。”

她转回头来，“可恨没有射死你！”

他看着她的眼睛不说话。

过了一阵他问：“他到哪里去了？”

她哈哈一笑，“你这一辈子都找不到！”

“我不找他，我是怕你去找他。”

她狠狠瞪着他，“我还记得你对我说过，只要我开心，我跟谁在一起都没关系。本来我很感激，现在才知道还是他说得对，这都是你的花言巧语，手段而已。”

他低头半晌，终是抬起头来，“不是。当时说这些话的时候，我真是这么想的，可是现在不行。”

又沉默一阵，他似是想找些话打破静寂，“那次你们怎么瞒过去的？许多人亲眼看到他滴滴答答一路流血。”

她笑嘻嘻的，“我放了一个猪血包啊。”

“怪不得，所以才要让杜若仙用药材车拉着，杜若仙也是你们的人吧？”

这点细节陶花没有想过，就没答话。

赵恒岳自己接下去，“杜若仙的师傅是西域皇子，当时西域兵变他当然也有份，我只是装不知道罢了，为了怕将来有一天咱们要找他瞧病，所以睁只眼闭只眼。既然鬼师傅是你们的人，他的徒弟当然也是。”他看着她笑了笑，“我还记得那天在落霞山打猎，你说了个‘我们’惹我不高兴，现在我才明白，你们才是一帮的。当初我跟弟弟争皇位，他也是到最后才知道，好多军中将领都跟我是一帮的。我现在体会了他那时候的心情，也算是报应吧，应得的。”

他说完又沉默好半天，最后竟然一笑，“阿陶，我从来不知道你心机这么深沉呢，那是我小看你了，以后再不敢了。今天锡兰镇有夜市，咱们去玩好不好？”

陶花一下愣住。

他探手过来解她的绳索，“这是哪个大坏蛋把你绑成这样？咱们以后都不理他了。”说着笑起来，“你还记不记得那天，你说‘大坏蛋’的时候，呵呵，我一辈子最高兴就是那天了。”

她冷冷答：“那是做戏给你看。”

“好吧，只要你演，我就看。”说着强拉她起身，出了帐门。

锡兰镇的夜市竟然十分红火。熙熙攘攘，吵吵闹闹，温馨的家乡气息。

陶花往自己身后一看，竟然没见到侍从，他低头轻声带过一句：“没带别人，你有个小孩在我手上，也别想着逃跑。”

说完这句话他就拉住她往旁边一坐，抬起头来，对面是李半仙。

李半仙心内暗暗得意，这个尊贵的客人果然又回来了，看来他那天说的话还是起了点作用。于是他故意绷起脸来不说话，以示高深。

赵恒岳笑着跟他闲聊，“你在契丹，怎么用周国的字做招牌啊？”

李半仙捋捋胡子，“我这相面功夫是跟周国的老师学的。”

赵恒岳点点头，拿出一锭金子给他，“我想跟我的娘子来看看相，看我们俩合不合。”

李半仙凝神细看，不说话。

赵恒岳笑笑，把身上带着的所有金子全拿出来，放过去。

李半仙张大嘴巴，“百年好合！佳偶天成！再也没有这么合适的一对儿了！”

陶花笑笑，问他：“那你说，我跟他会一起死吗？”

李半仙皱眉，心想：“除非天灾人祸，这两口子一起死的并不多。”于是摇了摇头。

他刚摇了两下，对面那位男子的面孔就沉下去了，他赶紧又点头，大力点头，“会会会，同生共死，世世相依！”

陶花叹气，“先生，我本来以为您真的是活神仙，现在才知道不是。”

她站起来走开，赵恒岳赶紧跟上来，指着远远一处灯光大笑拍手，“喂喂，那边有个糖葫芦扎子，我买一串给你吃。”

等到近前了，他扒拉了半天，糖葫芦都选好了，低下头拿钱时才想起来，刚刚把钱都给李半仙了。

他讪笑着看看陶花，回头对那糖葫芦摊主说：“我改主意了，不要手里这一串了，要最顶上那一串。”

摊主往上看了看，把扎子倾下来想帮他拿时，他忽地拉住陶花的手连同手中的糖葫芦蹿向旁边的小巷。

小巷子里灯光昏暗，隐隐约约仍传来摊主的喝骂声。他笑一笑，“这种事，我小时候干过好多次。”说着数数糖葫芦，“嗯，你吃两颗，我吃两颗，留两颗给松儿，剩下两颗给契丹小皇帝，好不好？”

陶花一惊，“你知道他是契丹皇帝了？”

他满不在乎一笑，“早就知道啦。”

她沉吟不语。

他过来缠她，“我问你好不好呢？要是不好，把我的两颗分你一个也行。唉，算了算了，别老这么拉着脸，我的两颗都给你吧。”

他把糖葫芦递到她嘴边，已经快挨到时又忽地撤开，换了他自己的嘴唇上来。待见她脸色十分不善时，他又赶紧让步，侧过头换成腮边。

小巷子里寂寥得很。远处的灯光和人声若隐若现地透过来。

那一瞬间，她忽然就想，假如他们两个是寻常人家的一对小夫妻，不必征战，不必受伤，一辈子平平安安的，那该有多好。

这个念头让她心里波涛起伏。

陶花死死咬住牙，那一口腥甜就在嘴边，她只是靠一条信念在支撑：无论如何我也不能喷到他脸上，不然他一定会找太医，那就瞒不住了。

她转身疾走两步，扶住一颗老槐树躲到背后吐了这一口血。

他没有看见，只是怯生生站过来，“我错了，我太心急了。”

她吐完这一口就有些踉跄，他小心翼翼搭把手扶着她。

集市是出镇的必经之路，他问：“你还能跑不？咱们待会儿得路过那个糖葫芦摊子。”

陶花默然摇了摇头。

他一探手抱起她，把她扛在肩上向镇外跑去。

饶是他强壮高大，到营门口时也已经累得气喘吁吁。

他的伤口崩裂了，鲜血开始殷透，又终于滴落下去。

他指着滴落的鲜血说："你还有没有猪血包？也给我两个用用。"

她冷冷不语。

他独自讪笑，"怎么，只舍得给他用，不舍得给我用啊？宁可我流血是么？"

她仍是无语。

"好吧，那就流吧，我认了。"

这一句话，又让她开始抿唇咬牙。

走进营门，他无奈放下她来，"我得歇歇了。"

汗水连着血水，在他衣服上滴得到处都是。

他指指前额，喘息着憨憨地问："累死了……帮我擦擦汗好不？"

她转头看了看，手往他额上去，先狠狠抿住嘴唇，而后啪地就是一掌。

他被打得侧开了头，没说话，又过了一会儿，抱起她向营内走。

帐内灯火昏暗。帐外漆黑无月。

他把她放在床上，说："阿陶，就今天一晚上吧。要是还不成，我就放了你好了，也算是咱们夫妻……唉，相识一场吧。"

陶花微微把头侧开去，不让他看见自己的眼睛。

他已经很累了，一边喘息着，一边认认真真去亲她，解她的衣服，动作与往日有些不同。

一会儿，他趴到她耳边去，献宝一般说："我的飞鸽传书今天刚收到回信，你猜是什么？嘿嘿，我问了姚碧君……"他的声音越来越低，"我想知道，到底怎么样才能令你喜欢，哪怕学他的手段也好……"

她再也忍不下那口血了，扑地全吐在他脸上。

他惊问："你怎么了？"

她在转瞬之间有了计较，冷冷地大声呵斥："你还记不记得我怎么说的？你要敢强迫我，我就是咬断舌头也要喷你一脸血！"

他震惊地看着她，慢慢从床边起身，忽然就打了她一记响亮的耳光，"你不愿意就直说！别人把心捧到你跟前来，就是仇人，也不该这么对他！"

他转身而去。

他终于离开了。

第五十四章　病狂

陶花坐在囚车中仰望天空。

飞鸟自由自在，不受人世羁绊。可是，它们也有病痛的吧。

当然，万物都是一样的。

好在他再也没来烦过她。

大军缓缓南行，在燕子河边休息了几日。

陶花担心时日不多了，于是对看守的女兵说求见皇帝，得到的回话是：皇后娘娘刚刚到了军中，皇上没空见你一个囚犯。

她跟那个女兵套近乎，“小妹，那我见见林将军成不？”

小妹答：“皇上说了，只许女兵接近你。”看见陶花十分不豫，她又补一句，“别不识好歹，那些看囚犯的男兵什么都能做得出来。”

“那——”她想了想，“我见见秦梧总成了吧？”

好在，这是大周的军队，她有一众出生入死的好友们可以托付。

秦梧告诉她飞飞安好，她悄悄靠近她问：“能不能想办法放我们出去？”

秦梧四周看看，“你们到底怎么了？再不能和好了？”

陶花缓缓摇头。

秦梧靠过来，“我哥哥给我传了讯息，说他得到一种药草，对你的身体有益。他会带给我，让我拿给你吃。”

陶花大惊，“他不能再来周营，皇上会置他于死地。”

“我也不想让他来，可他传讯的时候已经上路了。”

“那你赶紧放了我，他知道我走了就不会来了。”

当夜，秦梧让陶花扮成她的女兵，带她和飞飞一起出营。

周军对陶花的监控已经大大放松，待她与寻常女囚也没什么区别，她逃得并不难。

然而，她们两人在营门口遇见了一场苦战。

她们偷偷摸摸走到营门口的时候，乍见灯火明亮，四周弓箭手箭在弦上，她们刚以为是自己行踪被发觉的时候，却见弓箭方向都对着圆圈正中。

圈子里是两个马上的将军，一人执短刀，一人持双枪，正杀得难分难解。

圈子一侧，黑衣龙纹的男子冷冷观望。

陶花和秦梧全都惊呼一声上前一步，只有飞飞在旁莫名其妙，低声问：“姑姑还不快走？”

陶花颤抖着握住飞飞的手，“走不了了。”

飞飞甚觉惊讶，他这位姑姑踏在尸体丛上都不会发抖，怎么此刻竟然害怕了？

秦文明显已落下风，李涵庆不慌不忙，只是一招招想试清楚他的实力和底线。

秦文是武状元出身，从未落过败，也就不懂得败局该怎么处理，越发焦急起来。何况，他今天是肩负重任来送药的，根本就不能败。

等到最后发觉实在胜不过，他把“火云追”往旁一提，转向赵恒岳说话：“我不是来比武的，见见秦梧就走。”

赵恒岳凝视他片刻，他的眉目依旧清朗，这么多风尘波折扫过面颊，依然还是清俊不凡，无人能及。

他垂下眉，“先拿下再说吧。”

身旁几个兵士上去，秦文见他如此不通人情，也是怒极了，双枪一扫把那几个兵士全都打伤。

李涵庆已经纵马过来，见他伤人，趁他双枪在外时短刀闪电到了左臂。

赵恒岳早就说过了，一定要拿下他，生死不计。

可这一条左臂，当年在朱雀门之战时，是陶花拼了性命不要才留住的。

怎能让他取了去？

若让他取了去，她又怎么跟若仙和榕儿交待？

陶花摘下背上弓箭，她穿着女兵衣服，虽然没有她的玄铁宝弓，这么近的距离却也无关紧要了。

雕翎箭“嗖”的一声破空而出。

一击中的，弹开了李涵庆的短刀。

赵恒岳手按额头，皱眉叹了口气，他从战役指挥者的角度客观地想着：是我疏忽，早就应该想到他们是约好的，怎么没多派些人看住她？！

李涵庆侧头，“陶姑娘没了玄铁弓，这箭的力道不怎么够啊。”

陶花已经无可遁逃，索性走上前去，“大周名将率队围捕一个无辜平民，可觉羞耻？”

李涵庆还未答言，赵恒岳断喝一声：“拿下！别废话！”

李涵庆再不多言，吆喝一声，队伍中几个手执铁索的淮南军将士出列。他们显然是平时习练过，阵法与他的两柄快刀配合无间，只一盏茶工夫就将秦文拖倒捆住。

陶花走前几步，心内大急大忧，转头向赵恒岳斥道：“他没损在契丹战场，没损在扬州城头，没损在永嘉阵前，倒是损在了淮南军手上！要是兵变时你擒他，我也心服口服，可他现在身为良民，于你秋毫无犯，你擒他做什么！”

赵恒岳脸色一阵青一阵白，最后冷冷说：“你们两人的罪状，灭族也绰绰有余了。”

秦文被绑在地下尚在挣扎，此时向赵恒岳喝道：“我曾谋逆，算是不冤，可陶氏一族于你何涉？你如此为政，不怕天下大乱么？”

陶花叹道：“你跟他说什么？根本说不通！”疾步抢到跟前待要解他的绳索，“你快逃！我不要你的东西。”

她的手还没触到铁索，赵恒岳已经抽出佩刀，刀背向她的手臂横扫过来。

陶花急速后退，却也没退得及，仍是被扫中了小臂，“啊呀”一声。

秦文似没料到赵恒岳竟然向陶花动手，他呆了片刻，先问陶花：“要不要紧？伤到骨头没？过来让我看看。”

他学医已经许久，又曾为陶花治病，这句话说得就再随意不过。

说着又转向赵恒岳，“原来你就是这么对待你的阿陶的！早知道这样，我可不会把她留给你！”

赵恒岳额上已有青筋隐现，他倏地以刀尖指住秦文的左臂，眼望陶花，“你心疼他的手臂是不是？我倒要看看，你的箭还救不救得了他！”

陶花已经傻了。

赵恒岳的刀尖缓缓下去，鲜血涌出来。

“不要！”秦梧大叫一声走上前来。

她到赵恒岳跟前跪下去，“哥哥他只是来给陶姐姐送药，求皇上放过他罢。”

陶花看到那鲜血也已清醒过来。

她脑中反反复复念着：我怎么跟若仙交待？我怎么跟榕儿交待？

她再也没有别的办法，走到赵恒岳身前，“恒岳，我是骗你的。”

他转过头来，饶有兴致看着她。

“我跟他没什么私情，我都是骗你的。他跟杜若仙早就结成眷属了。”

“杜若仙？”他笑了笑，“杜若仙是你们的人，怎么编都不会出篓子。可你也不想想，那姑娘的模样，他这不可一世的秦将军会看得中么？”

“恒岳！”陶花的脸沉下来，“你怎么这么说话！”

当着别人的面批评别人妻子的模样，他怎么能这么说话！

他依旧笑着，“你要我怎么说话，陶姑娘？”

“我说过了，我都是骗你的。我跟他没什么，刚刚梧妹也说了，他只是来给我送药。”

“送药？这可真巧，你也正好是今天逃出来，还在这营门口碰上了。”

“我刚刚好今天求梧妹帮忙，让她带我出去。”

“是，当然是秦梧，换了是我，也会找秦梧帮这个忙。”

“好了，我已经跟你说清楚了，你快放人吧。”

“你骗我还要我放人？”他不可置信地笑看着她。

“我……我骗你是因为……恒岳，我生病了……”她低下头，不让他看见自己的脸色。

“是，”他依旧微笑着，“你生病了，多半还是无药可治的绝症，虽然杜若仙是你们的人，也还是治不好你的病，所以你不得已才骗我，你不想让我做那只飞回来撞地殉情的燕子。而他呢，刚刚好寻到一个偏方，所以得冒死给你送来，哦，不，这个偏方是杜若仙寻到的，这样更合情理些。”

陶花哑然，仰头望他半晌，笨拙开口，“啊，原来你都知道了？”

赵恒岳看着她，不说话，笑容渐渐敛去，眼神越来越冷。

她已经低下头去，不好意思地笑笑说：“我还以为骗过你了呢，原来没有。”

“没有？你早就骗了我整整十五年！”他气得低吼一声，一脚飞出正踢在她胸口。

陶花当即倒地，鲜血喷出来，衣襟同地上全都是血。

秦文和秦梧全都惊呼一声。

秦文虽然被缚，还是从地下挪过来，对她说：“药草在我衣袋里，快拿出来吃了，能让你好受点。”

陶花已经气血翻涌，胸口烦闷至极。剧烈的病痛折磨中什么也顾不上，半睁着眼睛伸手到秦文胸前去探摸，好一阵子拿不出来。

秦文低声说：“你先帮我解缚！”

他的铁索缚虽然坚固，却也易解，她一拉即开。

他急急到怀中去找药。

她却是撑不住了，一口血又吐到他胸前白衫上，人向后倒过去。

他痛呼一声："陶花！"将她紧紧抱在怀中。他知道，每一刻对她都是鬼门关，他只能紧紧抱住她，"你撑住！你想想榕儿！"

赵恒岳再也不愿看着这两人，这一对苦情鸳鸯，真是可歌可泣。只是，那却是别人的故事，再与他无关了。

他转身而去。

兵士侍卫们都等着他下令，他却一句话不说就往外走。

秦文已经拿出药草，喂入陶花口中。

这个笨姑娘终于明白过来了，也终于知道了此刻的局势险恶到什么程度，她跟他说真话他并不信了。她自己当然不怕死，可是她不能连累飞飞和秦文。

她在背后微弱叫了一声"恒岳"。

赵恒岳背对着她停下。

"你放过秦文和飞飞，我求你了。看在我在雪山解衣救你的份儿上，看在我在吴越宫中为你挡箭的份儿上……"

他背对着她，不说话。

"看在我们两个南征北战为你打下万里江山的份儿上……"

他起步前行，对两旁吩咐："女的收监，男的杀了。"

他刚冷冷吩咐完这句话，忽然语调转暖："你们怎么来了？"

宁致静抱着赵松一路走来。旁边是罗焰。他刚刚看到赵恒岳拿刀背削陶花的手臂，便已经知道不妙，立刻去请鲁王前来化解。

到了近前看见如此惨状，陶花吐血倒地，罗焰一把抱过赵松，递到伏击圈中。

赵松当然看不出危险与否，只是欢呼一声"妈妈"，笑嘻嘻跑过去。

赵恒岳只犹豫了一瞬，便错过了拦他的良机。

过来斩杀秦文的士兵便顿在了那里，进也不是退也不是。

赵松看见他的妈妈一脸绝望，猛然探手一捞将他抱过去。

赵松"哇"的一声惊叫，而后哈哈大笑。

陶花把赵松揽在怀中，右手探出扣在他后脑上，大叫一声："赵恒岳！"

他回头。

她强撑而起，撇嘴骄横一笑，"要你放人！一命换三命！"

赵恒岳暴起大骂："蝎子喂出的毒婆娘！你不得好死！"

冬天到了。草原上只剩一望无际的枯土。

陶花下马，把赵松递给一直跟着过来的宁致静。

赵松仍然不懂发生了什么，只是高高兴兴到了宁致静的怀抱。

陶花说："静儿，这两个人我都交给你了，希望你好好待他们。"说着她俯头又去亲了一下赵松，“宝宝，妈妈走了。妈妈希望你一生顺意，听宁妈妈的话，最好忘了我，省去思念之苦。”

说完她果断回到马上，由秦文手中接过飞飞放在自己马上，低头对飞飞说了几句话。

飞飞向后大喊：“喂——那边有没有个叫小满的，姑姑走啦——这回是真的走啦——希望你记得答应过姑姑的话——多生几个儿子——姑姑说，下辈子她等着你——”

陶花一夹胯下战马，与秦文并骑远去，并未回头。

草原的另一侧立着大周国铁骑军。

那里有个叫小满的，在众人簇拥中圈转马头，吩咐：“命沿途哨卡回报这二人去向。飞鸽传书给前线的幽州军和京郊军，只要遇见，格杀勿论！李将军带轻骑兵轮换战马沿蹄印去追，带回一个人头赏银千两！”

队伍各自分散执行任务。

他往回走了几步，忽地又转身，贴伏于马上向前狂奔，亲自带领追击队伍。

“火云追”远远快过陶花的战马，总是要不停回头等她。

陶花终是勒缰，“咱们到此分开吧，也分散一下追兵。”

秦文回头，“你带着小孩，把‘火云追’给你吧。”

“不不，”陶花一笑，“他不会真的杀我。只要你能逃掉咱们就算胜了。”

他不置可否，“那……你打算去哪儿？”

“他往南走，那我就往北去吧。我回上京，上无牙山，那一带应该有契丹旧部，我把飞飞交给他们。”

“不如去我家，我再帮你找药草，总能拖延些时候。”

陶花笑笑摇头，“不了，谢谢好意，该做的我都做了，再拖延只是折磨。”

他纵马到她身侧，“陶花。”

她一笑。

他伸手。

两人在马上双手一握。一起并肩作战这么多年，虽然未成眷属，虽然经历了许多起伏，也曾拔刀相对，但他们到底还是出生入死的好兄弟。

“下辈子，你可得跟我。”

“喂，我还没死呢，别乱说话。”

“下辈子都不肯跟我，你……”

他还不及说完，她在“火云追”背上一拍，“快走吧！”

“火云追”跑出去数丈，她大喊：“保重！照顾好榕儿！”

飞飞抬头，“姑姑你哭了？”

“没，”她摇摇头，“姑姑是高兴，总得有人百年好合是不是。”

哨探回报："那两人在前面分开了，男的往东去了，女的带小孩往北去了。"

皇帝下令："不分兵，跟着那女的。"

周军的大队轻骑兵，每人带两匹战马，远远向这一妇一孺掩追过去。

一个十人小队先追近了。

陶花射死八人，手刃两人，自己的战马也受了伤，敌人的马匹却都跑散了。

这些人全都是置她于死地的打法，毫不容情。

这本来是她希望的，她恨不得让他们带回自己的脑袋，可是，现在她带着飞飞，她得先把他送到安全的地方。

远处又隐隐传来马蹄声。陶花看看受伤的战马、渐空的箭囊，有些心急。

她望天一叹，"难道我真要连累飞飞死在这里了么？"

飞飞向前一指，"姑姑，你看那里有些东西。"

第五十五章　情殇

这是一座火烧过的观音庙，如今只剩断壁残垣。

因为草原地广人稀，这观音的金身又被请走了，这破庙的遗址也就一直没人修缮清理。

陶花走进废墟当中，找到石洞的位置，用力一提。

石板被挪开了。一切都如旧日模样。

飞飞拍手笑道："姑姑你真厉害，能看到地底下啊。"

陶花走到外面，把战马赶走，希望它能引开追兵，而后带飞飞进入石洞，重新盖上石板。

石洞里漆黑不见五指。那时候也是这样的。

陶花把飞飞抱在怀里，低声说："记住，别说话。如果石板被掀开了，你就拼命跑，别管姑姑了。"

飞飞抓住她的肩膀，"我不跑！"

陶花轻轻一掌打在他嘴巴上，"你敢！难道想两个人都死在这里？"

飞飞不再说话，蜷缩进她的怀抱当中，一边还捂住嘴巴，怕自己打嗝咳嗽。

外面传来隐隐的蹄声，越来越响，如奔雷声轰然过去。

陶花紧紧抱住飞飞，不动不语。

过了一盏茶工夫，这阵马蹄声又回来了，紧接着传来杂乱的脚步声，似乎是兵士们在四处搜寻。然而他们什么都找不到，慢慢脚步声也就弱了下去。

听见一个人在外说话："这还奇了怪了，明明看见他们到这边来了，前面的马匹上又没人。"

另一个立刻发话："在此地方圆五里警戒搜索！这天寒地冻的，我就不信他们能飞了。等捉到人，我非得把他们做成冻肉不可！"

飞飞微微颤了一下。陶花紧紧拥住他。

杂乱的脚步声又四处散开，显然是在仔细搜找。

远远地又传来一簇马蹄声，这次人数众多，大地为之震颤，石洞内扑落落往下落了些土。

震耳蹄声中仍然听见一个士兵叫道："这里有脚印！"

立刻有同伴围拢过来，沿着那脚印搜索。

脚步声越来越近。那几个人到了左近开始查摸地面。

陶花手执腰刀抵在洞口，回头拍拍飞飞，示意他准备逃跑。

一个士兵站在石洞旁说："这里的泥土……"

陶花知道已被发现，拉住飞飞的手腕准备带他跃出的时候，那士兵的语声却骤然停住。

轰然的马蹄声也停住。洞外鸦雀无声。

接着就听见"扑通"一声，那士兵跪在了地上。

与此同时，是纷纷跪地拜礼的声音。

刚刚发令的人朗声回禀："皇上，那女人带着小孩往这个方向跑过来。马匹受伤，他们下了马不知躲在什么地方。马已经在前面三里外被射死了。"

皇上低低"嗯"了一声，翻身下马。

陶花屏住呼吸，连大气都不敢喘。

他的脚步声慢慢过来。

他没有四处寻找，他就是朝着石洞的方向走了过来。

陶花低头抵在飞飞的发间，握着他的手控制不住地微微用力。

飞飞仰头，黑暗中两人看不清彼此，只是听见剧烈的心跳声。飞飞在陶花怀中微微点了点头，他是让她放心——他会听话，他会逃跑。

脚步声越来越近，到石洞边上就停了下来。

跪在石洞边上的士兵开口，"皇上，这里的泥土有些异常，旁边还发现了一大一小两双脚印。"

他没有答话，只是绕着石洞走了一圈。

又是一圈。

他的脚步声异常粗重，显然还带着怒气。

飞飞忽然觉到一股凉意，他抬手去摸自己的头顶，是两滴水珠。

陶花紧紧抱着他，紧到让他觉得窒息。

赵恒岳的声音："全都退出去。"

似乎有人没听明白，问了一声："皇上？"

他大喝："退下！"

所有人都起来，石洞旁的士兵也赶紧站起来，纷乱的脚步声退出了废墟。

许久的寂静。难耐的沉默。

他走前两步到了石洞正上方，声音极轻："欠你的好夫婿也还给你了，咱们，真的两清了。"

草原上下了薄薄的一场骤雨，来去匆匆。

等到雨点声停下的时候，飞飞悄声到陶花耳边：“那个大坏蛋走了吗？”

陶花点头，“大坏蛋走了。”

“他还会回来吗？”

“我想他不会了。”她欣慰地说。飞飞也高兴得拍手，担惊受怕的日子终于过去啦。

燕子河边石桥渡，淮南军正在过河。

几艘船架成浮桥，簇拥着中间一座石桥。大队人马分成几个小队次序走过。

赵恒岳已经过去了，站在河对岸看着。

他过这座桥的时候想着，这辈子都不会再回来了。这一路经历的伤心，这一辈子都不想再重温。

他远远看着这座石桥，想起来那时为了过这座桥，跟她在岸边苦守，最后碰见了他。

想起来她的一颦一笑，每一个表情都越来越清晰。

她在这石桥边看见他时，那满心仰慕的眼神，让他现在想来还觉心伤，不，不是心伤，只是愤怒、不屑、痛恨。

可是，这当中，这眼神的当中，总还是有些什么东西让他觉得不对。并且，越想，就越觉得不对。

赵恒岳猛然纵马，身后的侍卫们都没有反应过来，他已经奔到在桥边守着的林景云身边。

“景云，那天早晨她从我帐里走，你去拦她，她跟你说了什么？”

林景云忽然有些脸红。

“没事，你跟我说。”

“她……她说要亲我，莫名其妙的，我一闭眼，她就跳上我的马走了，然后跟我说，‘你的情意陶花来世再报吧’。”

赵恒岳一转缰绳，飞奔到另一侧的罗焰身旁。

“罗将军，那天在北营门口的箭垛，她过去的时候跟你说什么没？”他声音甚急。

“她拿刀指着脖子让我放她，过的时候好像说了一句什么‘好好保重，来生再会’。”

她在草原上跟他分别，让飞飞喊过去的话，是——“下辈子姑姑等着你”。

赵恒岳在马上“哎呀”一声，抬手照着自己额头一记重拳。

他一世聪明、事事周密，却还是有这一疏。

他的情绪太过冲动，所以一直没发觉不对。而她也刚好知道他这一颗心最脆弱的地方在哪里，他们两人的深情最薄弱的一环在哪里，她就是照着这一点准确出击了，让他失去了冷静理智的判断。

他曾经对她说过，两人之间要有完全的信任和依赖，他没有做到，他对她从怀疑到愤恨。而她做到了，她始终真心对他，笑着受他那一掌、那一刀、那一脚。

林景云察觉不对，也赶了过来，惊道：“师傅，你……你……你流泪了……”他惊得再也说不出话来。这是他第一次看见他的眼泪，小商河边上他眼睛湿过，那天早晨陶花走时他眼睛湿过，却从没见过真的流出泪来。

赵恒岳双手颤抖握住缰绳，“岗哨回报说她往哪里去了？”

他已经没太在意她的去向了，所以都不怎么记得。他以为她已经变成一个永远的过去，不愿意去触碰的屈辱过去。

“说是已经过了锡兰，继续往北，应该是往上京了。”

“她不是去上京，她一定是去——无牙山。”赵恒岳圈马向着桥头，“景云，你跟我带两个小队去无牙山，现在就走。她连水都没有带，身上一钱银子都没有……”

“罗焰，你去放飞鸽，让前线军士不可伤害她们两人，然后你亲自快马赶往前线，传达同样军令。不，不，不是不可伤害，而是要假装伤害却不得，她苦心布局，咱们……”他的声音哽咽，“怎忍心不陪着她演完……”

天色渐暗，终是飘飘扬扬洒下雪花。

下雪天很少出月亮，可是也有例外，就像下雨天也有出太阳的时候。

她记得她遇见他的那天，雪花里就能看得见月亮。

今天也是。

月华中一地茫茫。她揽紧飞飞，“姑姑本来想等找到你们契丹的余部把你交给他们，现在不知道还能不能做到。”

飞飞也揽紧她，“姑姑不怕，咱们刚刚把那几个人全都杀死了，不会有人知道咱们上这儿来了。”

“可是这里天气冷，不知道还能不能撑得住。”

“姑姑你冷吗？”

“不是，姑姑是困了，该睡觉了。唉——”

她仰头看看月亮，“飞飞，你听着，上京城内外都是周军，无牙山是个躲避的好地方，只可惜天冷。这山上有几个砍柴人的山洞，你冷了，就进去避一避，烧些柴火取暖。你会生柴火吗？”

“不会。”

“没关系，姑姑告诉你。”

“姑姑，那边山脚下好像有旗帜过来。”

姑姑静了很久。“那是大周的皇旗，难道，他这么恨我？”

飞飞知道是谁来了，一定是那个大坏蛋！他靠到姑姑怀里，“姑姑，我们怎么办？是不是要死了？”

山脚下。

林景云是南方人，还受不惯这大雪天气，一边扑打着身上的雪珠子一边说：“她确实上去了，这是刚刚从尸体上拔下来的箭，正中咽喉。”

赵恒岳接过箭来看了看，没有桃花，只是周军用的普通箭支。她穷途末路了，她哪里还有桃花箭用？

她的桃花箭，是才情满腹的耶律澜向她示爱用的；她的桃花箭，是在千钧一发的战场上救万夫莫敌的将军用的；她的桃花箭，是周王把大周举国之兵交到她手中用的；她的桃花箭，是她在武林大会上笑傲群雄用的。

他拿着箭支，几步就要奔上去找她，可是迅即又停步回头，“你们先上吧，她现在一定很怕我。”

林景云带了一个小队往上走，赵恒岳拦住他们，问：“你们谁带着馒头在身上？”

急速行军，大家都带着干粮的，立刻有几个拿了馒头出来。

赵恒岳拿过一个掰开，递了一半给林景云，“她要是跟你们动手，就把这个给她，她明白。”

林景云接过馒头，迎着风雪带队快步前行，他也满心焦急。

赵恒岳却又在后面叫住：“景云，你慢点，别吓着她。”

陶花把自己的大红袄脱下来，让飞飞穿上。

她说：“姑姑实在累了，想睡一会儿，你先走。”

“那我在哪里等你？”

“再往上走一阵，右边有个砍柴人的山洞，你在那里等姑姑吧。”她把飞飞揽到怀中来，“我答应过你的妈妈，一定要照顾好你。”

飞飞抱住她。

她拍拍他的后背，“姑姑一定要救你，你也要听姑姑的话，知道吗？”

她附在他耳边，吩咐了几件事。

林景云在风雪中上山，快到半山腰时，前面探路的先头部队折回来。

哨探跪在地上，“林将军，那女人死了。”

“哪个女人？”林景云一时摸不着头脑，他们在找一个死女人吗？没有啊。

“就是咱们在找的那个。前面的弟兄走路时被绊倒，挖开雪堆一看，那个女人死在雪地多时，尸体都冻僵了。”

哨探没听到回音，抬起头来，林景云一个踉跄跪倒在雪地上，他紧紧咬住牙，咬得鲜血四溢，滴滴答答顺着他嘴角流下来，他却还不自知，仿佛已经没了痛觉。

哨探赶忙站起去扶他，他摇摇头，抓住他的手臂，“先别告诉皇上。”

哨探点头，正要离去，他却又改了主意，断然对他说：“立刻飞步赶下山，告诉皇上陶姑娘死了，请他尽快赶来见最后一面。”

没有必要隐瞒，早晚也瞒不住。更何况，隐瞒下去，又怎么对得起此刻正在雪地中的她？

飞飞听姑姑的吩咐，在山洞里升了一堆火，乖乖地等着。等到火堆快燃尽了，山下走上来一个身影。他想着：姑姑说得真准啊。于是他立刻听话地从山洞里走出来，字正腔圆唱那一首山歌。

姑姑说了，如果他唱得好，也许，说不定，那个恶狠狠的大坏蛋就会念一下旧，然后饶他一命。

太阳出山明堂堂，照着我的新嫁娘
新嫁娘有个高鼻梁，比我过去的姑娘强
月亮出山亮晃晃，照着我的新嫁娘
新嫁娘一天能织布五丈，比我过去的姑娘强
新嫁娘的头发长，旧姑娘的头发黄
新嫁娘的手脚暖，旧姑娘的手脚凉

人人都知道新的好，可我还是忘不了
忘不了我过去的那个旧姑娘

大坏蛋听他唱到这里，向他笑了笑。他以为他唱完了。可是没有。

这首歌阿陶唱过好多次，每次都留住了这最后的一句。飞飞接着大声地唱下去：

新嫁娘坐在热炕上，旧姑娘葬在荒山岗
新嫁娘笑得花一样，旧姑娘忍下泪千行
人人都知道新的好，可我还是忘不了
忘不了我那荒山岗埋着的旧姑娘

飞飞终于唱完了，惴惴地看着停在面前的这个人。他正把姑姑抱在怀里，微笑地看着他，眼睛里痴茫一片。

他蹲下身来，小心地把姑姑放到雪地里，然后问他：“你的阿陶姑姑哪里去了？”

飞飞从来不知道，这个扫平契丹的恶魔说话也可以这么温柔。

“阿陶姑姑睡觉了，她说，她太困了，只好先睡觉了。”

“她还说什么了？她有没有说，什么时候再醒过来跟咱们一起玩儿？”

“嗯，她说了。”

“真的？”他眼睛中瞬间燃过狂热的惊喜。

“她说，等那个大坏蛋娶了新嫁娘，带她去看荒山岗里埋着的旧姑娘时，她就会醒过来，祝福他们。”

那个大坏蛋，眼睛里亮晶晶的对他说：“大坏蛋才不听她的！大坏蛋不想让她醒！大坏蛋要让她这一辈子，都说话算话！”

他说完这一句话，似乎也就耗尽了力气，慢慢倒在雪地里，倒在姑姑身上。

雪花漫天遍野洒下来，终于将他和姑姑全都盖住。

总盼着能和你，有个好结局。

可是我力不足，我的心有余。

『末卷』 团圆一梦

团圆一梦，虽然虚妄，仍旧让人欣喜。

她曾说过："生为天下君主，命途坎坷、一身伤病、至爱之人也无法相扶到老，都不能害怕抱怨。"她如此勇敢明晰，上天又怎忍心不眷顾她这一梦？

番外一　迟迟钟鼓初长夜

两声梆子响过，二更天了。

赵松在睡梦中翻了个身，呢喃一句“妈妈”。

宁皇后望着孤灯，不发一语。皇上走时都没有来得及跟她道别，只是下了令大军在燕子河南岸驻扎。她已经听到消息，陶花死了。

陶花死了，对宁致静来说本应是个天大的好消息，可是此刻她却无比担心。

皇帝呢？皇帝在哪里？他会不会……她不敢想下去。

她思念的皇帝正在锡兰镇的集市上，穿着一件大红色的袍子。

他说：“我以后都不穿黑色了，穿黑色干什么？跟发丧似的。好不容易见面了，发什么丧。”

他身旁的侍从抬着一具担架，一句话都不敢辩驳。担架上一个面色灰败的女子，早已停止呼吸多时。

集市上的人们纷纷回避议论，他也不理，只是一路慢慢走来。

等走到李半仙的相面摊子前他就停下，原地站了一会儿。刘一刀正削一只梨子，顿时就吓得呆住，手上也停了。

他径直走过去，自刘一刀手中拿过梨子和刀子，把剩下的皮削掉，手势无比熟练，连刘一刀都看得惊讶。

这只光莹莹的梨子被递到旁边的担架上，他的声音如同呵护一个婴儿：“你渴了吧？飞飞说你一上山就吃了好多雪，一定是渴坏了。”

他说完就低头到她近旁去，似在等她回答。

担架上的人却没有回答他，倒是李半仙清咳一声缓缓开口了，“呃，客官，这位姑娘前天路过我这小铺子时，我看她实在是饥肠辘辘，就给了她点东西吃，没想到她连钱都没带。”

赵恒岳直起身，自怀中随手拿出一锭金子扔过去，李半仙接住，眼色深深看住他。

“怎么，还不够？她能吃你多少。”

李半仙掂了掂手中的金子，“算了，就这些吧，我亏就亏点了。”他收起金子，直直看住赵恒岳，“客官，你听没听说过，有招魂引魄之术曾令明皇会贵妃？”

赵恒岳皱眉，“无稽之谈。”他起步要走，却又顿住。半晌，他问：“真的能见到么？”

李半仙在院子里蹦蹦跳跳、装神弄鬼半晌，然后进到内室，燃起了一炷檀香。

赵恒岳在昏睡过去之前的那一刹那，心中闪过一个念头：如果他是刺客怎么办？

那就认了吧，反正，他也不觉得活着有什么意思了。

这一觉睡得特别昏沉，等到再有知觉的时候是一只玉手在解他的大红袍。

这只手的手势如此熟悉……

赵恒岳本能地立刻抓住这只手，想把她带到怀里来，这时他才发觉自己一点力气都没有，连拉动一个女人的力气都没有。

他睁开眼睛，映入眼帘的是这女子探究的双眸，看见他醒了，似乎也就放心了，专心下去继续解他的衣服。

赵恒岳盯住她的面孔震惊了，他想大喊一声“阿陶”，却发不出任何声音，他徒劳地张大嘴巴，那女子娇笑着把嘴唇探了过来。

他只觉头脑昏沉沉难以思考，身体沉重不堪，然而他清楚地感觉到，这个女子与他缠绵半日，然后在他床头燃了一炷香，接着他又不省人事了。

第二天是李半仙叫醒他的。

李半仙闲闲捏着手指，“客官，您试也试过了，往后可就得付钱了。”

赵恒岳活动了一下筋骨，发觉一切如常，仿佛昨晚什么都没有发生过，他紧紧皱着眉头沉思，听见李半仙问话，随口答了一句：“你找我带着的那些人要就行。”

李半仙半笑不笑的，“小钱自然是可以，可我怕我要的，非得你才能做主。”

赵恒岳不耐烦地摇摇手，“不管多少，你找他们就行了。”

“西凉十六国，找他们能行么？”

赵恒岳一惊，却没有露出来，仍是淡淡问他：“你到底想要什么？”

“我帮皇上见你想见的人，见一晚，皇上就送我一个西凉的国家为报答，可好？”李半仙悠悠闲闲地微笑，一副胸有成竹的模样。

赵恒岳先没去想国家能不能分裂送人，他先问：“那十六晚之后呢？我再也见不到她了？”

李半仙还没回答，院外传来林景云高声吆喝的声音。昨晚李半仙授意赵恒岳下了严令，任何人不能踏进这个小院一步，所以林景云只是在院外大声呼叫。

赵恒岳出了院落，林景云脸色极其难看，似要准备领罚，连“师傅”都不敢再称，只是跪拜君臣之礼，“皇上，昨晚守营的弟兄困倦，打了个盹儿，不知怎的……唉，把人给看丢了。”

“谁丢了？”

“就是……唉，就是公主的尸身。”林景云深深垂下头去，准备迎接赵恒岳的一场大怒。

然而，对面却一点声音也没有发出。林景云不由一阵心慌，他想着：别是师傅气得背过气去了吧。他赶紧抬头，却看见赵恒岳嘴角边一丝诡异的笑容，眼中竟是遍布喜色，他更加心慌：要是师傅失心疯了，这……这可要天下大乱啊。

那一丝诡异的笑容迅速掩起，林景云刚要说话，赵恒岳以眼色止住，眼梢一抬，示意他离开。

林景云离去之前望了一眼，只觉师傅的眼珠重又活动起来，不似在无牙山上刚下来时的死气沉沉了。他不由心底暗叹：看来他忘记公主的日子也不远了。

林景云的想法得到了证实，当晚赵恒岳执意在李家吃饭，席间盯着李半仙刚及笄的女儿李碧云不放，一会儿问人家年龄，一会儿问人家生辰，这要是都答了，八字儿可不就出来了么。八字儿那可是定亲的时候告诉亲家的呀，陌生男子哪能告诉他。李夫人吓得战战兢兢，不停向李半仙使眼色。

李半仙皱着眉头开口，“那个……我跟你说的西凉十六国……”

赵恒岳仍是痴痴盯着李碧云，仿佛没有没有听见。

李半仙重重咳嗽一声。

赵恒岳急忙转头，“什么？你说什么？”

“我在说西凉十六国的事，不知皇上想得怎么样了？”

“哦，西凉，是是，西凉十六国，”他仍旧转回头去盯着李碧云，“那个，不知道西凉有没有这么美丽的姑娘？”

他这一句痴心的话语刚落，院外传来一声响亮的叫唤，“喂，李半仙在家不？我说你这两天不见，怎么家门口全都是兵啊？诶，还拦人哩……送谢礼都不行啊？”

李夫人听见急忙向李半仙开口，“这是张员外家的阿四，上次咱们帮张员外看相，看得准，他说要送谢礼的。”说着忙朝李半仙使眼色。李半仙还不怎么想动，李夫人大急，“张员外大方出了名的，你怎么还不快去接东西！”

李半仙无奈，只好对赵恒岳致歉，“我去去就来。”

赵恒岳但笑不语，等李半仙出去了，他转回头来，“李夫人，我刚刚问你，你们西凉的姑娘个个都似你们母女这么美丽吗？”

李夫人一边心里乐开了花，一边撇嘴表示不屑，“碧云在我们西凉，根本不算好看的；至于我，呵呵，你这年轻人还真是会说话。”

赵恒岳含笑注视她的面孔，明显带着悦目欣赏之色，又似忽然起了好奇，“既然西凉美女这么多，李半仙为啥要到契丹来呢？”

“唉，他的事情我也不明白，只知道他以前跟人学看病，那个时候我们家终日客人盈门，也算是当地一富了。可是后来他的师弟跟他反目成仇，为了什么我也不知道，再后来他的师弟常住酒泉，他就说，要离他远远的，就到契丹来了。”

赵恒岳微笑徐徐点头，看见李半仙抱着一个大盒子回来，笑问：“又发财了？”

李半仙皱眉，“发什么财？一盒肉包子。”

李碧云听见，笑逐颜开，“爹爹我要吃包子！”他们家境况平平，肉包子也并不是常吃。

李半仙微嗔着打开女儿的手，“姑娘家，矜持些！不然以后怎么嫁人？”

赵恒岳大笑，“不妨事不妨事，我不在乎这些，越是爽快的姑娘我越喜欢。”他这话说得特别大声，说完了刻意望向门外，然而，门外只有夜色寂寥。

李半仙脸色苦了下来，“你这是什么意思？我可没打算把女儿给你，我还等着你把西凉十六国放了呢。”

赵恒岳转头看住他，目光灼灼，突然正色问道：“我把西凉给你，你好去找仇人报仇，是不是？”

李半仙一怔，看他已经知道这么多，也就没有隐瞒，只是瞪了夫人一眼，回头对赵恒岳说：“我不是要报仇，只是西凉是我故国，如今被大周压制，过得苦不堪言，请你开恩。”

“这么说，你倒是个好人？”

“不敢当，只是人人都有故乡。”

“你既然眷恋故乡，也就该听说了五年前西凉风灾引发沙暴，孤渠国都埋入地下，是我大周军队冒着风沙前往，救出黎民百姓，还有孤渠皇室一根独苗。”

李半仙沉下脸来，“若不是为此，你以为我会给你的婆娘吃东西？我恨不得你们全家都饿死才好。”

赵恒岳点点头，“既然如此，你身在曹营心在汉，怎么不回家去？”

李半仙顿显恼怒，“哼！你把酒泉城送给那个小混账，酒泉是出关西凉必经之路，我怎么回去？！”

赵恒岳愣了半晌，眼神渐渐清晰起来，他忽地神秘一笑，拍拍李半仙的肩膀，“其实咱们俩是一帮的。”

“我怎么跟你一帮？我跟你敌我不两立！”

“不对不对，”他大大摇头，“我来告诉你，你刚刚说的那个小混账，他收了一个更加混账的小徒弟，而他那个小徒弟，收了一个最最混账的大混蛋做徒弟！我跟他誓不两立！就是因为他，我才对西凉苛刻。你说咱们俩是不是一帮？”

李半仙被他绕了半天才反应过来，“你是说那个鬼舞娘？她学艺不精……”

“是啊是啊，她怎么好意思收徒弟的，还收了那么个混账徒弟！”

“那人不是她的徒弟，是她男人。”

“师徒通奸？乱伦啊！我就知道那个大混蛋做不出什么好事情！”

李半仙咳了一声，看一眼李碧云，“我女儿年纪小，你说话还是清净些吧。”

赵恒岳带着一丝古怪笑容，“没事没事，我这就娶，今晚就娶。”说着竟然挪坐到李碧云身边去，大声惊叫，“碧云姑娘，你身上这么香……”一边叫唤一边在李家四处乱看。

李碧云是深闺少女，哪里见过他这泼皮无赖的架势，立时就吓得快哭了起来。

李半仙出声呵斥，却是毫无效果，他又不敢动手，赵恒岳人高马大的，真动起手来，他们一家三口都敌不过。

眼看赵恒岳的手慢慢往李碧云腰上放过去，李姑娘一边哭一边向内躲的时候，李夫人把杯子在桌上重重一顿。她笑了一声，声音竟变得轻柔起来，“年轻人，你别欺负我们家姑娘单纯、我们当家的敦厚，就以为我们家的人都好欺负了。”

赵恒岳仍带着他的古怪笑容，“岳母大人消消气——”

李夫人也不着恼，微笑着说：“我虽然不懂当家的在做什么，可是知道他前天救了一个姑娘，这个姑娘啊，呵呵，”她抬头定定看住他，“我可告诉你，她大病初愈，一丝气也受不得，最受不得激将法。”她的声音越说越轻，几乎要淹没在李半仙的呵斥声中，说完之后静静低下头去喝她的菜汤，旁若无人。

李半仙还在皱眉，心想夫人怎么不把她的河东狮吼使出来，这么轻声细语有什么用啊？眼看着赵恒岳的手就要碰到女儿的腰了，他正要不顾一切冲过去的时候，却见他如火炙般立刻把手收了回来，规规矩矩放到了身边。

赵恒岳起身离座，站到距离李碧云远远的一个角落去，耷拉下脑袋垂头丧气，“你们赢了。说吧，到底想要什么，真的只是西凉十六国？我把西凉给你你就把她给我？”

李半仙顿时重新趾高气扬起来，“先把西凉十六国放了，其他的以后再说。”

“以后再说？倾了十六国，就落个‘以后再说’？”

“可你要是不倾这十六国，连‘以后再说’的机会都没有。”

赵恒岳低下头，“你别亏待她，咱们什么都好说，你要是敢……”

他话未说完，李夫人截住他下面的狠话，“你这是什么意思？还以为我们绑了那姑娘？当家的治好了她的病，没告诉她，可也没害她，只是喂了枚龟息丸而已。她那脾气你又不是不知道，她要想见你谁也拦不住，可她要是不想见你，那就谁都没办法。”

赵恒岳深深垂下头颅，半晌抬起眉来，声音低沉入骨，“原来是她不想见我，那就随她吧。她身子不好，什么计策都经不起。”说是随她，眉目间却无比孤单凄凉，慢慢起身走出门去。

李半仙在背后叫着：“喂，我的西凉！”

他在门口缓缓回头，“你们要是没骗我，你真的救了她，别说西凉，我什么都给你。”

李半仙哼一声：“我只要西凉，谁稀罕其他！”说着他突向房顶仰头大叫，“喂，你还不现身？让他看看我李半仙从不骗人！”

赵恒岳听见这句话，一个箭步抢出门去，抬头往房顶上看。

然而，寂寂无声，寥无人影，只有一只寒鸦被惊起，叫了一声。

赵恒岳垂着头徒步走回军营，身后的侍卫们一点声响也不敢发出。

三更鼓过了，他站在营帐门口仰头望望天上星辰，叹口气说：“天怎么还不亮啊？”

迟迟钟鼓初长夜，这一夜漫长的相思无眠、痛悔折磨，才刚刚开始呢。

他和衣躺到床上，静静地把这两天来的所有经历、每一个细节全都梳理了一遍。最后，他向外扬声，让人把林景云叫了进来。

林景云揉着睡眼、打着哈欠，他又叹了一声：“能睡这么踏实，多好。”

林景云一笑，“不做亏心事，不怕鬼敲门。”

赵恒岳微微皱眉，要知道，林景云刚从无牙山上下来时，别说笑，连哭都不会哭了，只是不停大力咬唇，任着鲜血四溢，没想到，这么快就好了，这么快就能轻松欢笑了。他在沉思中也没有多想，只是低声吩咐：“选几个精干的兄弟监视李半仙家，飞鸽传书从燕子河边调队过来，整个锡兰全部戒严，但是，不能伤任何人。”

林景云却并未如往日一般立刻接令，反倒是劝他，“犯不着这么大动干戈吧？”

赵恒岳目光一转，语气急躁起来，“你什么时候敢抗我的令了！”

林景云笑笑，“不抗你的令，公主早就被我杀死了不是？”

赵恒岳到此时才觉到了异常，他仔仔细细把林景云看了一遍，笑了笑，“你见过她了？”

林景云大摇其头，“没见过没见过，人都死了，我到哪里去见？”

赵恒岳看着他，“你怎么知道我说的是她？”

林景云张口结舌，一下顿住，半晌回过神来，斩钉截铁，“反正就是没见过！”

赵恒岳不紧不慢，“你是我的徒弟，是跟谁学会欺君的？不怕师傅打你么？”

林景云哼了一声，一拍胸脯，“我等着挨打呢，就朝这儿踢，别偏了。”

赵恒岳侧开头去，叹了口气。人人都看不惯他这一脚呢，不知道她得委屈成什么样子了。

林景云看他面色无限萧索哀伤，动了些同情之心，又听他前后语气是已经猜到了，于是安慰说：“没事，虽然被你踢了，也没伤到什么筋骨，这么些天不见，还胖了些呢。”

他想着，这总算是既没有泄露公主行踪又安慰了师傅吧，两边都没得罪吧。没想到赵恒岳大怒瞪他一眼，“有这么安慰人的嘛！”

“怎么了？”

“你怎么知道她胖了？”

“她走那天我在后面抱过她，见面的时候太过惊喜，又……又……”他已经知道不妙了。

赵恒岳一脚踢在他胸前，“我怎么收了你这么个徒弟！”

御驾在锡兰驻了十数天，赵恒岳夜夜辗转难眠，每天对着空气嘀嘀咕咕，又不时跑到帐外去四处观望，最后林景云实在看不下去了，直接下令回京，把皇上给抬了回去。

周军大胜回到汴京城，国泰民安，繁华鼎盛。

刚刚正午时分，到处是莺歌燕舞、艳阳柔情。

赵恒岳一步步走入宫门，归来池苑皆依旧，到处都是她的影子，却不知道她还肯不肯回来。

他走得一步步越发气闷。

刚到长宁宫门口，就看见一个红衣女子正背对着他踢毽子。赵恒岳一声不响从后掩上，急不可耐地扑了过去，已经抱住了，才发觉手中的人腰身羸弱，不是他要找的那位。

那女子吓得惊叫一声，赵恒岳却已经恼怒起来，一把将她推开，喝道：“早就下过令，年轻女侍不能进我的住处，你好大的胆子！”

女子惶急想要解释时，他快步进了门，不再理会。

室内一切如旧。清爽的木香味道。

她不喜欢任何熏香，所以他什么也不用，这么多年来，他的住处一直如此。

几位留待的侍从全跪在当地迎接。虽是初春，天气也还有些微寒，领头的侍从递了一个手炉到他手中去。他懒得理人，握住手炉快步跨入内室。

一进门，看见龙塌上斜卧着一个人，绣鞋横在地面，纤细的足踝正扬在半空颤悠悠晃着。

她手里拿着一份奏折，正看得聚精会神，刚刚好挡住她的面孔。

这宫中女侍都是各处遴选而来，多得是学富五车的大才女，往常他闲着时也会跟她们说几句话，看奏折这种事虽然少，也不是没有过。可是此刻他却大怒了——什么人都敢登堂入室，他怎么跟她解释？

赵恒岳把手炉狠力向那女子身上掷去，回头大喝：“长宁宫侍从，连同这个女子，全部下到掖庭去！我要是不管，你们还……”

他的怒喝瞬间停住。

那女子微微侧身，展臂接住他扔过来的手炉，奏折不慌不忙放到床边的桌上。

她侧头含笑望他一眼，笑容仿若三月桃花，黑白分明的眼睛耀着明窗，头上的玫红色珠花在阳光下一闪，“掖庭？在什么地方？是东北角那块地吗？”

番外二　任意车

陶花在掖庭巡视了一圈儿。

她在这宫中住了也有年头了，这还是头一次到这里来。她自己不认路、不敢乱走，侍从们平白无故又怎么会带她到这冷宫炼狱来看。

身后有人躬身抱扶着她走路，她很是羞恼，“说过好几遍了，我已经没事了！”

他急忙点头应声：“是是是，我的错。”可是依然不松手。

巡视完掖庭，陶花总结：“不好玩，没有巡营有意思。”

“是是是，咱们回家。”

“除了‘是是是’，你能说点别的吗？”

“是是是，啊，不是，看见你太高兴，不会说别的了。”

高兴的时光总是过得飞快，转眼一月有余，墙外的迎春花已经全开了。

长宁宫已有大半年未占过年轻女子的气息了，好不容易才迎来了这一位。

夜已深，灯火朦胧。

她靠在龙榻上，拿着已经看了一个月的折子在灯下细细掐指数着。

折子上一列长长的名单，虽然她不识字，可是她却会数数！

这龙榻的主人此刻正跪在地上，仰着那女子的鼻息连大气也不敢出。

那女子终于数完了，转过头来慢悠悠说：“五十七个，不错嘛。”

他苦笑着看向她，“阿陶，我知错了。这些人早都遣走了，就连静儿……”

“啪”的一声折子被摔到地上，他立刻住了口。陶花怒不可遏地瞪着他，“你你你，你居然还敢提……啊呀，我胸口好疼，可别再吐血了。”

他急忙起身抱住她，“你看你，气坏了身子怎么办？”

她眼角一横，“谁让你起来的？”

他只好重又跪下去，半晌后轻言细语：“阿陶，你不能总这样对我。都一个月了，还不许我碰你，你生病我也就忍了，可李半仙明明说你大好了。阿陶，你要是生气，就在我身上扎个十七八箭吧，这样下去，”他伸手握住她的脚踝，“我早晚也要跟秦文一样。”说着他小心翼翼往她身边靠过去。

她即刻向内一闪，“你可别血口喷人，人家秦文现在生龙活虎着呢。”

他握在她踝上的手不自主地一用力，“你怎么知道！”

她“哎哟”一声踢开他的手，“我在他们夫妻隔壁住了半年，怎么能不知道？”

赵恒岳微微起身，半伏到她身上去，“阿陶，求你垂怜……”

陶花推开他，“先把小郑丞相的折子捡回来，我还没看完呢。小郑丞相说了，你的情事那是罄竹难书，他只能捡要紧的说了。”

他只好把刚刚摔落的那张折子又捡回来，陶花装模作样看了半天，然后指着后面看起来不是人名的字问：“这是什么？”

他抬头看了看，“这个，是说原来请军械司造任意车的事。景云那天撮合咱俩的时候不是拿我比隋炀帝么，我回去一不做二不休，就请军械司造了任意车，郑丞相大骂我暴虐。”

陶花奇怪起来，“任意车是什么东西？还要请军械司来造，是很厉害的武器吗？啊，我知道了，一定是你杀人取乐的东西，是不是？暴君！”

赵恒岳看了陶花一眼，见她果然是天真无知，微微一笑，“这任意车么，是个好玩的车子，坐上去舒适无比，前进后退、停止转弯都不费力气。我想，用来打仗也不错，困住个把名将是不成问题。”

陶花惊奇地坐起来，“是么？那你带我去看看。”

赵恒岳握住她的手，“去看看可以，可是我要先告诉你，别人没进过这车子，你是第一个，也不会再有第二个了。”

陶花不明所以地问：“你自己不玩的么？”

他摇摇头，“我自己不玩，也没跟别人玩过，就是知道你脾气大，打算陪你玩的。”

军械司长官在家打了个喷嚏，对家人说：“大王是明君，我为他制过无数兵器，只有那任意车，唉，不知困住多少幼弱处子，造孽啊造孽。”

他若是知道他的任意车此刻困住的是大周国一顶一的名将，不知道是不是能心安一点。

陶花在机关甫动的时候已然知道不妙，她双手双足顷刻间便被扣住。若是寻常女子，此时已然哀哭无路，然而，陶花箭到底是陶花箭，名将到底是名将，便是此时也未慌乱。她急急看了看赵恒岳手势的方向，已然知道枢纽所在。虽然她双手双足被扣，可是她的手指尚能抽出一支袖箭，稳稳地向着那枢纽射过去。

机关顿解，陶花在车中鱼跃而起，一把拧住赵恒岳将他压到车中去，厉声喝道：“你好大的胆子！”

他并不是打不过她，只是这满腔爱意早让他失了力气，于是轻轻揽住她，“要么，阿陶，你把我锁在这车里吧。”

陶花却并未如他一般情昏，他们两人打斗时早无人管这车子的动向，于是低问了一声：“东边地势低，这车子一直向东滑行，那里是什么？”

她问完之后也已经想了起来，两人对视一眼，“东边是——净心湖！”

话音未落车子已经失去平衡，直挺挺往湖里落下去。这般情事他自然不会容得侍从在左右，一时竟是无人来救。

赵恒岳在百忙间抽取陶花的佩刀，将车舱斩裂，带着她浮上水面。陶花连连呛了好几口水，他才想起，她并不识水性。他心中一动，有意要在这水中制住她，却终是看湖水太过寒凉，还是先唤人来救了。

长宁宫内立着一个半人高的大木桶，侍从们举起水盆才能往里添加热水。氤氲热气充满了室内，一切都如梦似幻，不那么真实起来。

陶花早把湿衣除下，此刻正裹着毯子在一旁等候。两个侍女在旁帮她解开头发，解到一半时，赵恒岳已经不耐烦将她们遣退了。

他到陶花身侧，亲自动手将她头上的钗环一只只取下，秀发散落下来，发丝挠得人连心里都痒痒的。

他低下头去，再以唇舌取下她的耳环。她迷迷糊糊地说："那个金环我实在找不到了。"

他笑着应了一声："我帮你收着呢，明天给你戴上一对。"说着将她自毯中抱起，往木盆走去。

陶花还是不太顺从，推推他手臂说："我不要跟你在一个盆里。"

他假装听不懂，"那你要跟谁在一个盆里？这千里万里的，我可叫不来他。"说着把她扔进了水中。

她急急扑腾起来，"谁？你说谁？唉，你怎么放了这么多水？我站不住了……"

站都站不住了，任是如何骁勇的名将，也只能任人宰割了……

番外三　传说中的宫斗

小商河灯火通明，沿岸都是列队手执火把的御林军，倒也将这京郊军事重地照得华彩耀目。

陶花站在船头，身上尚穿着轻甲，向岸边凝视片刻后回身问林景云："落霞山侧也有小商河的支流，为什么不把京郊军营地驻到那里去？"

林景云躬身回答："落霞山已到了下游，到夏季干旱时不够士兵用水。"

陶花点头说："那应该多凿几口井。有高山依傍，万一有战事也可多支撑些时候。"

林景云答声"是"，陶花还要开口说话时，蓦然发觉身边似乎少了一人，于是转头四顾一圈，问众人："皇上呢？"

身后的侍女宝珠笑起来："娘娘，说好了来此游玩的，您偏要去京郊军巡防，别说皇上不高兴，就连京郊军将领也被您带到这里来熬夜。"

林景云忙答："不妨不妨，难得皇后有兴致。"

陶花一笑，问两人："他到哪儿生气去了？真是小心眼儿。"

宝珠朝船舱内一努嘴，"您跟林将军一路谈得那么亲密，皇上插不上话儿，只好一个人先到里头坐着去了。娘娘您倒是不小心眼儿，就怕大方得过了头儿，全然不顾有多少人心里头惦记着您这皇后之位呢。"

陶花哈哈大笑，"这皇后二字，不过只是你们叫叫罢了。我早已不是什么皇后了，我的夫君姓谢呢。"话音刚落，船舱内莺歌燕舞的间歇，传出一声断喝："别整天胡说八道！"陶花旁若无人继续谈笑："瞧这人的脾气，要是有谁惦记他的后位，那就请吧。"

林景云却未笑，如朋友般柔声进言："皇后之位那是非你莫属，只是平日也该当心些，要是一不留神……你又是这样不容人的脾气……"他还没说完，陶花的袖箭已指住他咽喉，"你再说一遍？"

船舱内那人立刻趴在窗口一字字重复了一遍："你这样不容人的脾气！"

陶花转头，冷冷说声："我看你敢不敢一不留神！"

舱内倒是立刻没了声音，林景云却轻声劝道："不一定是有心，人都有走神的时候，师傅到现在还不许年轻女侍进长宁宫，那是专心对你好，就怕自己有疏忽。”说着他指指船舱，“今天这船上可不止带了长宁宫的人，有些歌舞艺女在里面呢，你总在外头跟我啰唆可不是个事儿。”说着他一笑。

陶花冲林景云冷哼了一声：“你嫌我烦了就直说，别跟我拐弯抹角的。”

林景云皱住眉头，这话就不好再说下去了。

陶花命游船前行，一直顺流到了落霞山侧才停下。她细细看过两岸地势，跟林景云商议了营地新址，这才两人同进船舱。

赵恒岳看见她进来，立刻欢喜无限拉到身边来揽着。陶花抬头看看在正中歌舞的几位女子，那领舞之人十分妩媚，便多看了几眼。赵恒岳急忙说：“这是右相陈大人家里带过来的，他说游船要歌舞助兴，我看也确实，不然让大家都听你们这些武将论兵么？”

陶花懒洋洋打个哈欠，模糊应了一声“是”，就伏到身侧人怀中去。他以为她是有了危机感来亲近自己，心里喜慰得很，连连挥手遣散歌舞与众臣。谁知，大家陆陆续续还没全部退出的时候，他却已听见怀中鼾声渐起，不由大叹了口气。

赵恒岳把陶花放在内舱室里安顿好，本想要躺下同眠，又想了想自己却没这个定力，已经等了她足足一个晚上，只好又往外走到船头上先去吹吹冷风。

他站在船头上观赏两岸景色，刚站了片刻，身后过来一名宫女，低声悄问：“皇上，您是不是嫌底下闷气？顶舱的卧室已经收拾好了，要不您到那里睡去？”

赵恒岳连头也没回，十分简短地答了句：“不必。”

那宫女却并未离去，犹豫片刻，想要查看他面色却是看不见，只能试探着说：“我看您刚刚望了那领舞的梅香姑娘好几眼，就把她留下了，此刻正包在毯子里等着呢。”

赵恒岳闻言，缓缓转回身来，“你怎如此大胆，竟自作这等主张？若她是刺客，你会株连九族！”声音威严冷峻，在暗沉的夜色中令人不寒而栗。

那宫女有些沉不住气了，慌忙解释：“梅香姑娘是陈大人带来的，都是自己人，您大可放心。”

赵恒岳盯住她，心中已然明白此事不是一个宫女的临时起意，也就不是自己一个拒绝能够安置妥当的。他思虑片刻后，脸色缓和下来，甚至有了些微微笑容，“这本是好事，我却怕辱及大臣家眷，会令陈大人不快。”

那宫女笑着答道：“皇上误会了，梅香姑娘只是陈大人府中养着的舞女，并不是他的家眷。这其实是陈大人的意思。”

他点了点头，脸上笑容更胜，“你不是在长宁宫听差的吧？我身边没见过你这么伶俐的。”

那宫女听见皇上夸奖立时笑逐颜开，连声音都有些激动发颤，“奴婢是在昭阳殿侍奉皇后衣着的，不过皇后不常在昭阳殿住，总共也没服侍过几回，上一回……那还是两年前宁皇后得幸的那天了。”

“所以你想着，说不定今夜这舞女得幸，明天又有了新后。”

她已意识到话锋不善，不敢接口。

他仍旧带着笑容，缓声问道：“你跟陈大人交情必然不浅，是进宫之前还是进宫之后开始来往的？”

她听见这句问话，立刻知道今日已然失策，忙不迭跪下磕头，涕泪交下泣道：“奴婢自幼卖入陈府，十四岁被送入宫中。”

赵恒岳点点头，“看你还算坦诚，我赦了你家人。”

宫女听见这话，知道是要问罪自身，吓得浑身颤抖，“皇上，我并无恶意。”

“你并无恶意？你身在昭阳殿，不知回护皇后，竟受朝臣差遣，死罪难道还冤枉你么？”

她听见要取自己性命，立时抖得钗环叮当作响，涕泪交下哀求道：“陈大人对我说，皇上从不杀女人，靖玉皇妃背弃婚约您都没有杀她，皇后与人通奸产子您都没有杀她，她叛夫投敌，粗劣不解风情，人人都在背后笑皇上软弱……”她话音未落，赵恒岳一把捉住她的颈子扔到河里去。

她到临死求情时还在诋毁陶花，终于让赵恒岳下了杀人的决心。右相陈裕曾是宁氏门生，这个宫女也曾服侍过宁致静，想来是陈、宁两家的亲信，这才冒死要替人争宠。

赵恒岳脸上神色都未变过，起手间已伤掉了一条人命。从他很小的时候，继父就告诉过他后宫的争斗有多么艰深可怖，他知道陶花应付不了，也从没打算过让她去应付。他很想看看，这据说可怕的宫斗，他能不能应付得来？

皇帝斜倚在船栏上，拍拍双手，对着渐渐归于沉寂的水中说：“没杀靖玉，是因为怕皇后不高兴；没杀皇后，是因为我自己怕死，她死了，我当然也要陪着。”

陶花在梦中打了个喷嚏，翻身想蹭进总在身旁的那个温暖怀抱中，却是扑了个空。她立刻就惊醒了，睁开眼看看，床上只有她一人。

窗外仍是黑夜，外舱室里没有灯光，只是隐隐传来赵恒岳的声音。她揉着惺忪睡眼，穿着半开的中衣，径直往外室走过去。

已经走到门口了，这才看见外室的黑暗夜色中跪着一地内宫侍从，全都在微微发抖。赵恒岳刻意压低了声音，在这寂静深夜中越发显得森严冷厉，“皇后刚回来半年，我也天天忙着她，没空管这后宫，你们竟如此妄为！是欺她仁善么？别怪我没提醒你们，她手上鲜血只怕比你们一生见过的都多！”

陶花也没听清他说些什么，只是一看到有旁人就立刻停步避了回来，忙忙先系好衣带，再去找外衣穿着。还没找到的时候赵恒岳已经进来，柔声道歉：“是不是吵醒你了？”与刚刚那个将人吓得发抖的声音判若两人。

陶花笑了笑，“不是，你不在我旁边，我睡得不习惯。”

他近前抱了抱她，而后抬头看看天色，“该准备上朝了，你也梳洗穿衣吧。”他们两人早已是并坐朝堂，同决国事。

陶花嘟起嘴巴，“你糊涂了。跟大家说好了昨夜尽兴，今晨免朝的。”

赵恒岳皱皱眉头，“刚刚去四处召人了，今晨上朝，我有要紧事情说。”

陶花听他如此严厉，微微一惊，“出什么事了？”

他摇摇头，“跟你没关系，只是，从明天起你要独自上朝几天。”

“为什么？你不理我了？”

“别胡说！我要帮你理理这后宫。”

“不是，”她抓住他的手，不忿地纠正，“你不是帮我理，这么大的后宫都是你造的业！”

天子临时召集早朝，人人都心内惊慌。赵恒岳也并不安慰众人，淡淡说起，昨夜陈大人献上的舞女十分讨人喜欢，本有意宠幸，却是有将领夜醉将此女玷污了，让人扫兴之至。

陶花在旁听得一惊一乍，赵恒岳伸手过来，捏了捏她的手背，她还是不怎么明白，却也就知道了闭口不言。

赵恒岳大怒着斥责众人，要将这个夜醉的将领斩首。等陶花看到押的人上来是林景云时，实在忍不住出声求情，赵恒岳也就顺水推舟允了她这个人情。而后他开始斥责这个女子，虽然她并不在金殿之上，他却斥得有板有眼，说当年皇后为人所擒，绝食不肯受辱，这个女子既然知道要侍奉天子，为何不抵死反抗？

右相陈裕当即就跪在了阶下。

赵恒岳也不令他起身，也不去责问他，只是不停说这个女子不明道义、不敬圣驾。陈裕在阶下险些将头磕破了，御史大夫褚大人看不下去，出列说道：“皇上，陈大人选人不淑有罪，想要献美人于圣前却是好意，还请皇上宽容。”

赵恒岳抬头看看他，停顿片刻说：“我并没问责陈大人，只是请你们选秀之时多加些心思，不要鱼目混珠！”

褚大人躬身道：“那是自然，不过这选秀之事如今只能偷偷摸摸，哪里敢多加心思？”说着他跪地一拜，“微臣有一事冒死相谏！”

赵恒岳不说话，殿内一片静寂，褚大人硬着头皮往下说：“此事微臣已谏过多次，今日还是要冒死进言！皇后居于长宁宫实不合大周礼法。昭阳殿才是中宫居处，如今却门可罗雀。长宁宫是皇上住所，皇后住在那里，还有谁再敢近前，再能近前？皇上才只有一个儿子……”

他话未说完，赵恒岳猛然一拍案子站起身来。

褚大人这才意识到失言，朝臣中虽也有议论猜测，却从无人敢当众质疑赵榕的身世，他竟是将平日只在心里盘算的这些话一紧张当庭给说了出来。

赵恒岳手指着他，一字字对左右说：“立斩无赦。”

此言一出，立时跪倒了一片，褚大人为人耿直，在朝中颇受敬重。大家纷纷求情，“褚大人只是口误，皇上宽容。”

“皇上历来宽待下属，怎可因一字之失错杀大臣？”

赵恒岳厉声说道：“你们这么说话，是逼着我不能杀他了，是不是？”他额上青筋都在跳动，显然是动了大怒。

众人一起停口，都不知道该怎么接话。

金銮殿上静似禅堂，陈裕又开始不停磕头，一向口若悬河的褚大人自知理亏说不出话来，小郑丞相跟褚大人向来不合，瞪着眼袖手旁观。

赵恒岳冷冷招手，唤侍卫过来将褚大人带走，再无人敢开口。

侍卫们押着褚大人刚走到门口，陶花侧头问了一句：“今天初几了？”

赵恒岳此刻连对陶花都没什么好气，冷着脸淡淡答了一句：“初八了。”

陶花点点头，“嗯，我猜今天也是初八。上个月也是初八，褚大人来谏我回昭阳殿住；再上个月也是初八，褚大人谏我不要常在长宁宫。我就说嘛，褚大人这御史谏词，跟女人的月事一样准。”

她此言一出，立时有几个武将没屏住笑出声来。

紧接着，文臣们越想越觉好笑，也笑出声来。

小郑丞相大笑着说：“皇后妙语！”

赵恒岳面色缓和下来，侧头微嗔：“你呀，真是口没遮拦。”他向殿门口招招手，“算了，回来吧。”

陶花笑道：“褚大人，我给你数着，看你下月初八还谏不谏这回事。”

褚大人回来跪到阶下，“皇后，下个月我不谏了，我已经明白了为什么您能常住长宁宫。您若是搬到昭阳殿，怕是下月初八，我得谏皇上回长宁宫去了。”

赵恒岳冷哼一声：“还算你识相。”

下朝之时，陶花把赵恒岳拉在一侧，悄声问他：“要么，我再给你生两个孩子？”

他大惊摇头，“别，别，这两个小子已经害得我苦忍了五年，再生两个你还不如杀了我吧。”

她撇撇嘴，“你可以找那美貌舞女去啊。”

他笑着低头，“你怎么什么都信。我说来挤对右相的，又不想真的跟他发脾气，只能杀鸡儆猴罢了。”

她仍旧撇着嘴，“我明明看到你看了她好几眼！别以为我睡着了就什么都不知道。哼，反正你们都不是好人，我最没想到的是景云……”

赵恒岳怔了一怔，有心要解释景云是听他差遣行事的，却又忽觉不如什么都不说最好。果然，自此以后，陶花对林景云便格外小心，再不敢与他亲近，更不敢两人独处了。

自此开始，赵恒岳亲自治理后宫。陶花在感情上一向傻乎乎的不够敏感，听见什么就信什么，易受奸人谗言所惑，他也因此不敢留一丝隐患。

好在当今天子历炼得很，手段也是文武双全，用在这宫闱之中虽说是牛刀杀鸡，倒也能应付得自如。数日之后内宫侍从已经噤若寒蝉，再无人敢动这盛年天子的主意，大家怕的不是皇后，却是皇帝自己。

番外四　小菜

宫内倒是整治了，日子却也越发无聊了。

晚饭桌上，陶花对着硕大的桌子发着呆，赵恒岳绕到桌子这边来，轻声问她有何心事。陶花皱着眉头说：“每天都是这些菜，烦都烦死了！”

他十分不解，“昨天不是这些菜啊，一月之内菜式不会重复的。”

陶花更加皱眉，“可是我吃起来明明是一种味道！腻死人了。”

他小心翼翼问：“要么换一批厨子？”

她不耐烦地摆摆手，“换什么厨子？还是换换丈夫有点新鲜。”

侍从恰恰在此时来报，林景云求见。

赵恒岳笑说：“要么你跟他过两天新鲜？”

陶花急忙摇头，嘀咕着说：“他太好色了，我竟然还曾让他近身在我身旁，想想都后怕。”

林景云是来传话的，说是当年的侍卫冯大年调入了京郊军，问问能不能请得动圣驾到家中一聚。

赵恒岳手按额头，“我这阵日子忙得很，你也看见了，连早朝都常常是阿陶自己。”

林景云答道：“那我就跟他说，先等阵子再看吧。”

赵恒岳还未答话，陶花一纵扑到他身上来，“我要去我要去！我要出去透透风，也想念京郊军的弟兄们了。”

他笑着侧头，“我很累了，你把我服侍好了才有力气陪你去。”

陶花怯怯望着他，“你要我做什么？”林景云知道自己再听下去那是实在不宜，也未行礼就赶紧退出通知冯大年安排去了。

大家先去京郊军巡防再去了附近的冯大年家。陶花一入军营便欢声笑语，十分熟络开心，到了冯家则被几个小丫鬟围住讲自己的军中盛事，兴高采烈得意非凡。晚饭时分，她便与那几个小丫鬟坐在一桌，赵恒岳、林景云和冯大年夫妇坐在另一桌。赵恒岳随和得很，席间气氛也就如家宴一般。

酒饭吃得差不多时，冯大年低声开口，“听说前阵子皇上为右相家里的一个舞女生气？”

林景云半讽着冷笑回答：“是，因为被我给占先了。”

赵恒岳温和地看了他一眼，但笑不语。

冯大年连连点头，“我知道皇上的脾气，从来不碰别人碰过的女人。要说起来，我家女儿今年刚满十三，自幼养在深闺，那可是连见都没见过几个外人。”

林景云正在饮酒，猛然就顿了一顿，侧望一眼旁边桌上的陶花，她正在那里口沫横飞讲到乌由诈降一战，有个小丫鬟惊声问道：“您真的是要杀了秦将军么？”陶花大笑，“我怎敢杀他？杀了他，还不得被汴京城的小姐们拦在路上给眼泪淹死。”那小丫鬟看了一眼冯大年，冯大年不动声色地眨了两下眼睛，那小丫鬟便回头笑着大声说：“我看您是自己不舍得！”

陶花抓抓头，认真想了一想，“是么？好久以前的事了，我都不大记得当时怎么想的了。只记得那时候跟恒岳住在一起……”想起往事她笑了，“那时候他可老实得很，装得跟乖宝宝似的，哪像现在？”

赵恒岳笑着侧头，“你说话留点神，你那一桌上都是年轻姑娘，不似你身经百战。”

林景云被他这句“身经百战”给呛了一口酒，伏在桌沿咳嗽。陶花羞怒交加，愤愤然回道：“反正，你总是比我多五十七个！”

众人哄笑声中，赵恒岳转回头来，听见冯大年在旁低声说道：“将领么，是身经百战越战越勇，女人么，还是年轻少经人事的水嫩些。”

赵恒岳微微皱眉，抬头看了看冯夫人，并不年轻的她嗔望了自己夫君一眼，走出门去。

片刻之后，冯夫人带着一个小女孩进来。溜肩细腰，身材清瘦娇弱，仿佛一阵风都能吹走的模样，眉目都还没有长开，越发显得童稚。她一看见房内这么多外人迅即低下了头，连脖颈都红起来。

冯夫人把她领到夫君身旁，冯大年拿过酒壶递给她，“青儿，你给皇上敬杯酒吧。”又向着赵恒岳说，“她还是小孩，不懂得行大礼，您别怪罪。我膝下只有这一个女儿，养得娇，别说外人，十岁以后连我的手都没碰过。”

冯青儿颤抖着双手接过酒壶，自赵恒岳跟前拿起他的酒杯斟上，再把这杯酒递到他跟前去。她一直深深低着头，露出一段光洁的脖颈，白净中透着红晕，发梢散出几丝垂在额前，随着她整个身躯都在微微发抖。

赵恒岳看她如此紧张，便随和一笑，伸手去接酒杯。酒杯狭小，他去接时双手难免就拂过她的指尖，她的手顿时一颤，半杯酒就洒了出来，落在赵恒岳的袍子上。

冯大年斥道：“怎么这么不小心，也不看看是谁！”

冯青儿越发抖得厉害，慌忙放下酒壶和酒杯，拿出手帕来半跪下身去擦拭赵恒岳的袍子。

她还是深深低着头，颈子就伏在赵恒岳面前，双手到他腿上去小心翼翼擦拭。她久在深闺，心思纯洁得很，既未想过君臣礼义，也未想过男女之别。

林景云在旁边看着，面上微微显出忧虑之色。他常在赵恒岳身边，知道他对什么样的女子最为动心，冯大年这个女儿，浑身上下每一点都是最能撩动他的那一类，每一点都是最恰到好处，不是假装的，也没过了火头。而冯大年也同样在赵恒岳身边当差多年，他必然也是深知这些关窍，再没人比他们这些近身侍卫更知道皇帝的心思了。

陶花正在讲着她的扣人心弦的故事，对这边的情形丝毫不察。

赵恒岳想要起身避开，却是一站竟没站得起来。冯青儿的手在他袍上时似乎察觉到了有些什么异常，可是她一点也不懂得，手也没有拿开就那么抬头去看她的母亲，一双黑漆漆的眼珠似打猎时被捕获的小鹿般忐忑。

冯夫人倒是微微脸红了，过来把女儿扶起拉走。

冯大年十分满意地笑着，轻声询问：“皇上是不是累了？我带您歇歇去吧。”

赵恒岳深吸一口气，转过头来看向陶花。她刚刚讲到那吴越皇宫是如何华丽，秦淮风光是如何旖旎，一个小丫鬟问道：“听说秦淮河边有个夫子庙，是最热闹的去处了。”

陶花张口结舌一阵，有些忸怩答道：“我……我也没仔细看。”

赵恒岳淡淡一笑，向她低喝：“你过来！”

她一惊侧头，他从未在人前如此呼喝过她，这时也只好挪步过来。

他并不避讳室内众人，一把将她揽到膝上，低低在她耳边说了句话。她神色越发忸怩，悄悄答道："今天不成，褚大人又来谏了。"

他稍稍一怔，立刻明白她所指，不由大笑起来。这一笑，欲念就轻了不少。

陶花仍旧坐在他怀中，在他盘中赤手拿了一块排骨啃着，口齿不清地对冯夫人说："你家饭菜真好吃！"

冯夫人笑说："我们家的厨子擅做无锡菜，这排骨十分地道。"

冯大年却打断她，"别尽说些没见过世面的话！宫里头什么山珍海味没有？"说着他望一眼皇帝，"只不过，这山珍海味天天吃么，也就吃腻了，偶尔也会想念民家的清凉小菜。"

赵恒岳刚要答话，陶花抢在他前面大大点头，仍是满嘴食物咕哝着："正是正是！其实我早就吃腻了……"她还没说完，赵恒岳一把推开她，声音里带着些负气，"我还没吃腻呢，这辈子也不会腻。你给我滚回去吧！"

陶花无端被他责骂，大是不满，瞪他两眼，回到自己位子上去再也不理这边了。冯大年赶紧在旁说："我先带皇上到里屋歇歇去吧，特地为您留了一间没用过的新房呢。"

赵恒岳远远瞪了陶花两眼，也不跟她招呼，站起来就走了。他出去了有一阵，林景云看陶花一点也没有着急的样子，不由替她着急起来，过去几番提醒，陶花只是不理。

又过了一阵，外面进来一个侍卫，到陶花身边来请她，她仍是不理。那侍卫只好在旁边等着，一直等到夜深，冯府众人都安睡了，她才懒洋洋跟着他走了。

侍卫帮她推开房门，陶花刚踏入门槛，赫然看见屋内一个女子的身影正往外走。她立时惊住，站在当地气得浑身颤抖。那女子却并不慌张，近前来拜倒说："宝珠奉召来此探查房屋。"

陶花怒道："他自己不会查么？外面那么多侍卫不会查么？非要你过来查！"

宝珠微微皱眉，跪在地上不说话。

赵恒岳在帷帐内出声："宝珠你走吧，不用理这个疯婆娘。"

宝珠即刻起身出门，临走把门好好关严了。陶花早已经走到床前，一把掀起帐帘喝道："我早疑心宝珠这人不寻常，根本不像一个内宫侍女的见识，却原来是与你有私！"

赵恒岳嗔道："你整天瞎疑心什么？该当心的不当心，不该当心的乱编排！"

陶花大怒，"推云手"毫不留情就朝他胸前推过去。这次他没有让她，在床上一侧身避过，抓过她探出的右臂按到床上去，接着翻身而起膝盖压住她后背，冷声说道："这屋里刚刚藏了个女子，所以我叫宝珠来查房。不能叫侍卫进来，是因为那女子衣衫不整，这里是别人的家，你总得给人留些情面。"

陶花不语，片刻后想明白是自己错怪了他，嘴上却不肯服软，只是"哎哟"叫喊着呼痛。她是个刚强的女子，却并不是不懂得叫喊，她忍起痛来比别人都硬气，叫起痛来时也比别人都大声。

赵恒岳却不放她，仍是拧着她的手臂，用力丝毫没有留情。陶花痛得眼泪都快落了下来，到后来哀叫中带了哭声，那是刻意要让他心疼。

冯大年夫妇就住在附近的院落，两人正在枕边商议，不知为何皇上明明对青儿动了情欲，却是又把她给完璧送了出来。

冯夫人听见陶花一声声带着哭泣的大叫，猛然有些心惊，沉默一阵后叹口气。枕旁的夫君问她怎么了，她附在他耳边低声说：“我曾问过宫内那些服侍过皇上的嫔妃，她们说他身材魁梧，异于常人，脾气也粗暴得很，众口一词跟我说‘苦不堪言’。”

冯大年也叹口气：“皇上喜爱处子，就是喜欢看她们受苦的样子。”

冯夫人双手合十念佛：“幸好他没有看上青儿。”

冯大年皱眉道：“妇人之见！受苦也不过就是初夜，等青儿封了妃，享不尽的荣华富贵，你没看见皇上待皇后那个体贴周到的样子。”

冯夫人冷哼一声：“你是聋子么，没听见皇后哭叫？她已生过两个孩子，又是马上的将军，尚且如此。”

冯大年仍旧皱着眉头，不置可否。

冯夫人又想起来一事，带着后怕说：“我听说有个姓周的宫女，一夜之后便流血不止，竟然就送了性命！”

冯大年也怕了，他们夫妻二人只有这一个女儿，爱若掌珠。他遍视周围男子，没有一人能比得上赵恒岳对待妻子的亲昵宠爱，他也想让女儿有个这样好的丈夫，这才布了今夜之局。他是疼爱女儿，可不想送掉她的性命。

陶花手臂被拧得酸痛，赵恒岳帮她揉了半夜说尽软话才缓和过来，到第二天早晨就起得迟了。她起床时看见自己身下一片殷红，立时连声抱怨，怪她这个贴身奴仆不早点叫她起来。

他侧头看一眼，笑道：“这才正好。”

等到两人穿戴整齐，他悄悄叮嘱：“我自己去吃早饭，你在屋里等着，等会儿我带点东西回来给你。”

“不成不成，”陶花大叫起来，“我爱吃这家的饭菜呢！”

他笑着捏捏她的面颊，“那我帮你把他们的厨子带回来。”

早饭桌上，赵恒岳皱着眉头说：“皇后娇弱，竟然起不来床了，有担架没？等会儿抬她上车。”

冯氏夫妇对望一眼，冯夫人冲口而出，“要不要请个大夫？”

冯大年瞪了夫人一眼，怪她出言无忌，可他自己说出来的话却更加直爽：“这种事要请什么大夫？”

赵恒岳淡淡一笑，问二位：“昨夜见过令嫒，真是一见倾心，不如此番跟我回宫？”

两人一起大惊摇头，冯夫人忙说：“小女已经定过亲了。”

赵恒岳十分失望，带些怒气说：“那就带上你们的厨子吧。女儿和厨子，你们选一个送给我！”

番外五　苦心

争宠风云之后，内内外外都无人敢再染指这一对帝后的夫妻关系。赵恒岳心内大是安慰。

他心安了，陶花却没有。

她从很早就开始疑心一个人，就是在冯府被她喝问过的宝珠。

更加让她疑心的是，每次她跟赵恒岳提起她的这些疑惑之处，他从来都是耐心跟她解释，毫无原则地回护宝珠，这让她越来越觉得他们两人一定有问题！

她决定要设个圈套好捉住他们。

想来想去，陶花也想不出什么别的好办法，只能常常把宝珠送到他的身旁，多让两人独处，这样她就可以捉奸在床了。

这是个其险无比其蠢无敌的办法，陶花却一次次乐此不疲，赵恒岳被她气得想杀人，可是面前只有宝珠，他也不能动手。

前两次，陶花都没捉到任何把柄，还平白无故落一顿骂。然而，第三次的时候，她在外听到了他在屋里跟宝珠说话，说的还都是埋怨她的话！

陶花想，这还不就是明证吗！她愤怒地冲进门去，正看见赵恒岳仰卧在床，宝珠坐在床边与他说话。她心里的醋坛子“哐当”就翻了，一掌往宝珠胸前推过去。

赵恒岳大惊着伸手来挡，已然不及——

宝珠左手探出拧住陶花的手腕，右手往她肩上一按，陶花一下就被压到了地上。她肩膀剧痛，却是咬住牙并不出声叫唤。落到了对头手中，还有什么可说的？

赵恒岳俯在床边叫着：“轻点，轻点，轻点——”

陶花抬起头来怒斥：“你别在这儿假仁假义了！我早就知道她是你的人！”

宝珠长叹一声松开陶花，伸手在脸上一抹，青春玉颜顿成云烟，露出一张满是皱纹的面孔来。她转到陶花身前跪下，“赤龙会谢三娘，见过会主陶大小姐。”

陶花自地上爬起来，愣了一瞬，转头看看赵恒岳。他向着她苦笑。

谢三娘跪在地上说：“我自朱雀门兵变后听戚二哥差遣保护小姐，戚二哥说，陶氏满门灭尽，只剩下你一个孤女，那是无论如何也要护得你周全。后来戚二哥归隐，他走前交待我说，赤龙会事务本该听命于小姐，就怕小姐顾不上，只要你们两个还在一起，那就还是听命于皇上吧。”

陶花皱眉听着，满脸尴尬，半晌想起来了救命的稻草，“那个……我今天说好了教松儿骑马的，你们慢慢聊，慢慢聊……”赵恒岳一把将她抓回来，“你给我坐下！自己惹的摊子自己收拾。”

陶花硬着头皮看看谢三娘，见她还跪着，赶紧过去扶起来，却尴尬得什么也说不出来。

谢三娘笑道：“如今我也不担心小姐安危了，恕老身年迈，这就想归乡安居了。刚刚也跟皇上商量过，还请小姐答允。”

陶花忙忙地点头，又忙忙地道谢。

三娘起身，对陶花说：“请小姐送我一程。”

陶花一怔，未料到她有此一请，也就跟着她走出去。

谢三娘走到门外，悄声说：“我虽然是听命于皇上，却只是为了会主你。有些事情临走要跟你交待一遍。”

陶花默默点头听着。

“第一件事，我刚在小姐身边没多久时，皇上求我帮她一个忙，去偷了一幅画出来。那是送给小姐的一幅桃花图，我击晕了你的侍卫拿到那幅画，交给皇上后他在上面添了几个字，然后让我重又放到那个侍卫手中。后来我才明白，这几个字，竟然将宁公子和秦将军两人的机会全都葬送了。那时我并不十分明白，想起来也不知你会不会生气。”

陶花低头微笑含嗔：“这怎能怪你？分明就是他欺人纯真，哼！”

“第二件事，令姚碧君留住秦文，这是我奉命潜入吴越皇宫传的消息。我知道此举会令你和秦文不和，可是，那时我在你身边，听见你夜里迷糊时唤人端茶送水，叫的都是皇上的名字，连近身女侍都不叫，更别提旁人了。我也就没有告诉你这件事。”

陶花一笑，“无妨，反正早早万万都是落入他手中，逃也逃不脱了。”

“第三件事，兵变初定时你和皇上冷言冷语，你夜夜难眠，我告诉他了，还问他，万一你要自尽怎么办？他跟我说，若真的到了那一步，那他装也要装出喜欢你的样子来，陪你过后半生。”

她听到这里蓦然怔住。

谢三娘接着说下去：“我从来没见过这么仁至义尽的一个男人……”她还没说完，忽听陶花大哭起来，一刻不停转身往回跑。

谢三娘皱眉看着她的背影，“唉，竟然还是如此脾气！”

陶花一边哭哭啼啼，一边咕咕哝哝，似乎在问他话，却实在听不清问的是什么。赵恒岳几番想要打断她，问问到底怎么了，却都被她凶狠的眼神给击退。

到后来他终于听出个大概来，她反反复复问着的是：“你是不是假装喜欢我的？”

他心里又好气又好笑，反问她：“你觉得呢？”

她大声哭：“我觉得像！”

他冷笑一声，突然答道：“不错，我就是假装的！”

陶花一下怔住，她原本以为他会断然否认，听到这个回答，她倒是手足无措了。半晌之后，她满面哀色说：“我早该猜到的。当初在乌由我就立过誓，若是违背了，就让所爱之人恨我入骨，看来我这后半生，真的只能独自凄凉了。”

他本来是要戏弄她，看她如此当真，就绷不住了，赶紧蹭到身边来，和声细语解释，指天指地说尽甜言蜜语山盟海誓。

陶花半信半疑，他柔声说：“咱们封禅祭天时，向老天爷说明白你违誓的苦衷，求他原谅你。你以后就不用整天想着那件事了，回来之后，也就名正言顺做我的皇后。”

封禅大典选在了暮春之日，落霞山上的天地两坛也都修建完毕，一行人便踏春而去。

赵恒岳先在山下的地坛祭地，又摒弃车驾，步行登山上天坛祭天。不顾礼部尚书的苦谏，他与陶花同祭，一同拜谢苍天。陶花终于放下了当年对萧照影发过的毒誓。

仪式完毕已是下午，两人牵手下山，大臣侍卫们都在前后远远跟着。下了没几步陶花便呼累不停，一定要赵恒岳抱起她。他只好照办了，她笑着说：“还记得上次祭天时，我和景云在前，护送你和你的皇后下山。”

他低头做个鬼脸，“别有事没事就拎我的小辫子。”

她大笑，“我那时就一路在想着，总有一天要让你抱着我下这落霞山，累累你这个坏心眼儿的。”

他顿时苦了脸，“娘娘，这山很高啊。”

她却怡然自得不理他诉苦，正闭目享福时，忽然听见他说：“我抱不动了，不如把你扔下去。”

她一惊睁眼，侧目望时，她身下竟是万丈深渊。

陶花大叫起来：“别这么闹着玩！万一你失手。”他不急不缓地笑着，“失手了便怎样？”

她伸手揽住他的颈子，“失手了便把你也拖下去！不是说了么，咱们同生共死。”

他点点头，说声“好”，忽然就放开双臂。

陶花大惊看着他，十分不解，他为何要杀她？是因为他还怀恨自己？是因为赤龙落霞？是因为他想悄无声息消夺大臣兵权？

无数念头转过心间，终于，她还是一笑。她信得过他，假如终是不得已要杀死自己，那么，也就死吧。她放开缠在他颈间的手臂，又向后推他一把，轻声说：“站稳靠后，咱们来世再做夫妻。”

他的面孔逐渐消失在视线中，竟然从头到尾都带着笑，陶花却觉留恋不舍，她面上的笑容全都变成伤感。

身体飞速下落，她刚刚有些眩晕时，猛然觉到周身一股大力支撑，竟然将她又弹了起来。

陶花定睛一望，她落在了一个巨大的绳网之中，正颤颤悠悠之时，听见崖上人喊：“——你害得我跳崖，我也要害你一次！”

陶花明白了过来，这必是无情崖，当年他也是这么跳下来的。她又被这个坏心眼儿的捉弄，不由仰头大骂，喝问那个跟她同生共死的人为什么不下来。他在山崖上喊：“那我也跳下去了，你等着啊。”

到此时她却又开始担心，对上面大喊：“你小心点，别摔着了，喂，你还是别下来了，我担心你。”

“你担心我什么啊？”

“担心你这个坏心眼儿的摔死了！”

“摔死了正好，就没人总捉弄你了。”

一句玩笑话却让她大怒，“你敢咒我！”

“我怎么咒你了？”

“你摔死了，不就是咒我死么，咱们早说过的——患难与共、生死相依！”

他没再说话。

于是那八个字在山谷中远远传了出去。落霞山上上下下、满天碧草黄花、春日高照的艳阳、天庭地府的神君小鬼，全都听见他们说的——

患难与共、生死相依。